# THE HAUNTED PORTAL

## CURSEBREAKER
### BUCH ZWEI

## JT LAWRENCE

FIRE FINCH

# FIRE FINCH

# ÜBER DIE AUTORIN
## JT LAWRENCE

JT Lawrence ist eine USA Today Bestsellerautorin
mit mehr als 30 Büchern und ist ein Kindle Unlimited All-Star. Mutter
einer Menagerie aus Chaos, leidenschaftliche Leserin, Gin-Fan und
urbane Farmerin.

* * *

*Bleib die ganze Nacht wach*
*mit USA Today Bestsellerautorin*
*JT Lawrence.*
www.jt-lawrence.com

* * *

facebook.com/JanitaTLawrence

x.com/stay_up_allnite

instagram.com/authorjtlawrence

amazon.com/author/jtlawrence

bookbub.com/authors/jt-lawrence

pinterest.com/stay_up_all_night

patreon.com/jtlawrence

youtube.com/@jtlawrence79

# DAS VERWUNSCHENE PORTAL

## CURSEBREAKER, BUCH 2

# FORT, FORT, FORT

*[In deinem Kreidekreis zu Hause oder in einem Geisterhaus zu rezitieren, um rastlose Geister und negative Energie zu vertreiben. Benötigt: Kreide, Salz, sechs Kerzen und Salbei. Optional: Kräuter- und Blumenkonfetti aus deinem Zaubergarten.]*

Wächter von Meer und Himmel

Du bringst das Licht, um die Dunkelheit zu vertreiben

Um die Dunkelheit zu vertreiben!

Fort, fort, fort.

Bedecke uns sicher mit deinen Schatten

Beschütze uns bis zum Licht des Tages.

Du, in dessen Händen das ewige Chaos ruht

Selbst Wind, Regen und Sturm

Bei dessen Stimme die Ozeane brüllen-

Vertreibe die bösen Mächte! Verschwinde!

Fort, fort, fort.

*[Kerzen ausblasen]*

# KAPITEL 1
# DEN ZAUBER BRECHEN

ASHA

Als ich nach dem Glas mit den getrockneten Blättern griff, verbrannte ich mir den Arm am Dampf, der aus dem Kessel zischte. Ich fluchte leise – ein kurzer, scharfer Fluch – und der Kessel sah angemessen reumütig aus.

»Vergeben«, sagte ich, obwohl ich wusste, dass es von Anfang an meine Schuld gewesen war. Normalerweise rede ich nicht mit meinem Wasserkessel oder anderen Küchengeräten, aber ich war zu einem GUTEN TAG aufgewacht, und ich konnte die überschwängliche Energie, die aus mir heraussprudelte, einfach nicht zurückhalten.

Nach einem höllischen Monat war ich endlich glücklich, gesund und zu Hause. Meine Kopfverletzung war vollständig verheilt, zum Erstaunen des Ärzteteams, das mich auf ihrem Tisch hatte sterben sehen und mich mit ihrer eigenen Version magischer Munition wieder zum Leben erweckt hatte: medizinische Geräte und Wissenschaft, unterstützt von ein wenig meiner eigenen Heilungsmagie. Mein Gedächtnis war größtenteils zurückgekehrt. Es gab ein paar lückenhafte Stellen, aber alles in allem erkannte ich jetzt mein Zuhause, meine Pflanzen und Tiere wieder, und es war unbeschreiblich wunderbar, wieder unter ihnen zu sein.

Was ich jedoch ziemlich seltsam fand, waren die Erinnerungen an mein amnesisches Ich, die sich wie ich anfühlten, aber gleichzeitig wie eine Fremde. Ich konnte mir nicht vorstellen, die Namen meiner kostbarsten Katzen, Circe und Odysseus, nicht zu kennen, oder nicht zu wissen, wann man gemäß dem Mondzyklus säen, umpflanzen und ernten sollte. Ich hoffte, dass der Gedächtnisverlust nie wieder auftreten würde, aber ich machte mir eine mentale Notiz, mehr Dinge in meinem Buch der Schatten aufzuschreiben, falls ich es eines Tages brauchen würde, die Göttin bewahre.

Ich nahm meinen Tee mit in den hinteren Dschungel, wo die Äste von frechen Mausvögeln und punkig-gekrönten Bülbüls bevölkert waren. Ich musste nie Obst in einem Futterspender auslegen; diese Freunde wussten, dass sie sich an allem in meinem Garten bedienen konnten, solange sie etwas für das nächste Lebewesen übrig ließen. Die Tauben bevorzugten den Garten am Hühnerstall, wo es Schatten, Körner auf dem Boden und Dinosauriervögel zur Gesellschaft gab.

»Hallo, Flauschpopos«, sagte ich zu den Hühnern, die mich begeistert begrüßten und wussten, dass sie etwas zu knabbern bekommen würden. Ich sah mich um und bemerkte, dass der Holunderbeerbusch Früchte trug, also pflückte ich ein paar Trauben und verteilte sie an das gackernde Geflügel. Ich liebte es, sie laufen zu sehen; liebte es, ihre kleinen weichgefiederten Körper hüpfen zu sehen. Während ich ihnen zusah, trottete Odysseus zu mir und wickelte seinen warmen Schwanz um meine Wade. Die Sonne stieg höher, und ich beobachtete, wie das Licht durch das Blätterdach meine Haut sprenkelnd traf. Ein tiefes Gefühl der Zufriedenheit blühte in mir auf. Wie konnte ich nur so glücklich sein?

Die Hühner kratzten und gackerten weiter begeistert, und ich machte mich auf den Weg zurück ins Haus, vorbei an schwer behangenen Obstbäumen und überwucherten Tomatenpflanzen, die Stützpfähle brauchten. Der Duft von Zitronenmelisse und Minze lag in der Luft, während ich an glänzend dunklen Auberginen, leuchtend roten und gelben Paprikas, Salat, Rucola und mehr vorbeiging. Das taufeuchte Gras kühlte meine nackten Füße.

Abgesehen von meiner städtischen Bauernhof-Glückseligkeit gab es noch mehr Segnungen zu zählen. Mein Lieblingsdetektiv, Sam Armstrong, war aus dem Krankenhaus entlassen worden. Er schrieb mir, dass er sicher sei, mein Geschenk der Trauben hätte damit zu tun gehabt. Er hatte gescherzt, aber ich hatte die grünen Kugeln tatsächlich im Aufzug auf dem Weg zu ihm gesegnet. Seine Heilung war schnell und stetig gewesen. Das Krankenhauspersonal hatte ihn von Anfang an verwöhnt, da sie die Geschichte kannten, wie er so viele Patienten vor dem Riverside-Feuer gerettet hatte. Ich bot an, Sam vom Krankenhaus nach Hause zu fahren – um den Gefallen zurückzugeben, *sans* Handschellen –, aber er hatte abgelehnt. Vielleicht hatte es etwas mit dem ärgerlichen Ehering zu tun, den er darauf bestand zu tragen.

Meine liebste Freundin Savvy würde zu unserer regelmäßigen Dienstag-Gin-Tonic-Sitzung vorbeikommen, und ich würde auch im Copper Cog & Ale vorbeischauen, um Ferra den Zauberstab zu geben, den ich Adrathar abgenommen hatte. Ich war sicher, dass sie dafür eine Verwendung finden würde. Alles in allem sah es tatsächlich nach einer ausgezeichneten Woche aus.

Ich ließ mir ein Bad ein, gab Lavendelöl und rosafarbenes Salz hinzu, drückte auf Play für meine Entspannungs-Playlist und versank dann im duftenden Wasser, spürte, wie die Wärme meinen Körper weiter entspannte. Ich zündete eine Kerze namens Unhex/Unvex von BEWITCH an und rezitierte einen alten Dankgesang an die Leere; einen, den ich gerne spreche, wenn alles gut ist und ich dankbar bin. Ich betrachtete die verblassenden blauen Flecken und Kratzer an meinen Armen und Beinen, während ich tiefer und tiefer eintauchte. Ich hatte gekämpft und ich hatte gewonnen. Ich war am Leben. Ich fühlte mich eins mit dem Wasser, der Musik und den Vögeln, die draußen riefen. Es war ein tiefes und wichtiges Gefühl. Dann klingelte es an der Tür und brach den Zauber.

Ich fragte mich, ob die Person am Tor weggehen würde, wenn ich sie einfach ignorierte. Ich tauchte tiefer in das rosafarbene Wasser ein, bis nur noch meine Augen über der Oberfläche waren. Ich hoffte, die Türklingel nicht noch einmal zu hören, aber kaum hatte ich den Gedanken gefasst, wurde er von weiterem Klingeln unterbrochen. Ich schloss für einen Moment die Augen und zog dann meinen widerwilligen Körper aus dem Wasser, wobei ich versuchte, positive Gedanken zu denken statt der Fluchworte, die sich in meinen Kopf drängten. Vielleicht war es eine Lieferung von BEWITCH. Vielleicht war es Tierfutter. Vielleicht war es Papa Schlumpf mit einem Cappuccino. Ich rubbelte meine Haut schnell mit einem Handtuch halbwegs trocken und warf mir meinen Wonder-Woman-Bademantel über. Ich versuchte mit wenig Erfolg, die Mascarastreifen unter meinen Augen wegzuwischen, und eilte dann die Treppe hinunter.

Ich nahm das Gegensprechtelefon ab. »Hallo?«

»Asha«, kam ein Knurren.

Ich würde diesen wölfischen Klang überall erkennen. »Stoker«, sagte ich und drückte auf den Summer für das Tor. Der Werwolf trabte den Weg zur Haustür hoch, die ich offenhielt. Er schnupperte an der Luft, bevor er eintrat. »Schönes Haus.«

»Danke«, antwortete ich, spürte die kühle Luft und zog meinen Bademantel enger. Der Stoff war dünner als ich mich erinnerte und klebte an meiner noch feuchten Haut. Nachdem ich die Tür hinter ihm geschlossen hatte, standen wir unbeholfen im Flur. »Kaffee?«

In seinen Augen blitzte es auf. »Wir haben keine Zeit.«

»Für Kaffee ist immer Zeit«, sagte ich, aber er lächelte nicht.

»Etwas ist passiert«, sagte Stoker. »Du musst mit mir kommen.«

Ich runzelte die Stirn. »Was ist los?«

»Ich bin hier, um dich nach Copperfield zu eskortieren.«

»Mich eskortieren? Hätte ein Anruf nicht gereicht?«

»Wie gesagt, wir haben es eilig.« Er blickte auf meinen Superhelden-Bademantel. »Vielleicht möchtest du dich umziehen.«

KAPITEL 2

# BLASS, ZERBRECHLICH, WÜTEND

ASHA

Ich zog mich so schnell wie möglich an und vergaß dabei nicht meinen Umhang, mein Ritualmesser, meinen Zauberstab und meinen Schutzring. Die Phiole hing an der Kette um meinen Hals. Als ich zurück in die Küche rannte, waren Stoker und Circe mitten in einem Starrwettbewerb. Ich nahm die Katze mit einem entschuldigenden Grinsen vom Tisch auf.

»Reisen wir per Portal dorthin?«, fragte ich.

Stoker schüttelte den Kopf und fuhr sich mit der Hand durch sein dichtes, glänzendes Haar. »Auf keinen Fall. Mein Kopf dreht sich noch vom letzten Trip.« Manche Leute bekommen eine Art Jetlag von der Portalmagie. Ich habe das Glück, davon verschont zu bleiben. Der Werwolf schüttelte einen kleinen Schlüsselbund in meine Richtung. »Außerdem habe ich Lust zu fahren.«

In seiner Stimme lag ein leichtes Knurren, als er »fahren« sagte, was mich nervös und ein bisschen aufgeregt machte. Wölfe sind berüchtigte Risikofanatiker, und ihre Kfz-Versicherungsprämien spiegeln das wider. Ich stellte sicher, dass meine Vertrauten genug Futter hatten, dann schloss ich ab.

5

Stokers Copperfield-Sicherheitsvan war echt krass. Er war wie die selbstgebaute Version von Morgans staatlich ausgegebenem SUV, komplett mit kugelsicherem Glas und Notlaufreifen. Er war verbeult und zusammengeschraubt; so sehr, dass er aussah, als gehöre er in einen *Mad Max*-Film. Obwohl wir es eilig hatten, öffnete Stoker mir die Tür. Die nächsten zwanzig Minuten haben mir die entsprechende Anzahl an Jahren von meinem Leben genommen. Wenn eine Ampel auf Gelb stand, trat er aufs Gas. Eine durchgezogene Linie war eine Einladung, sie zu überqueren. Stau auf der Autobahn? Kein Problem. Er klatschte sein Blinklicht aufs Dach, heulte mit der Sirene und wir sausten über den Standstreifen wie eine Fledermaus aus Draculas Schloss.

Stoker war nicht der Typ für Smalltalk, was ich generell schätzte, aber noch mehr, wenn er eine Maschine bediente, die uns sofort töten konnte. Um das Fahrzeug auf Kurs zu halten, hielt ich meine Augen auf die Straße gerichtet und trat mein imaginäres Bremspedal. Ich konnte nicht anders, als darüber nachzudenken, wie ironisch es wäre, wenn wir nach allem, was wir durchgemacht hatten, bei einem Unfall in einem kugelsicheren Fahrzeug sterben würden.

Als wir endlich am Copperfield-Institut ankamen, war ich aufgewühlt und konnte die Röte auf meinen Wangen spüren. Stoker brachte mich schnell ins Büro der Direktorin, wo sie vornübergebeugt stand und ihren Bauch umklammerte, als hätte sie Schmerzen.

»Madame Copperfield?«, sagte ich zögernd.

Sie schaute zu mir auf, ihre Haut aschfahl, und richtete sich zu ihrer vollen Größe auf. Die Direktorin hat legendär dunkle und wunderschöne Haut, daher war ich von ihrem blassen Teint schockiert. Ich schluckte.

»Direktorin? Sind Sie-?«

Ihre Lippen bildeten eine angespannte Linie. Ich sah ihr in die Augen und erkannte, dass sie nicht krank war, sondern wütend. Zorn loderte in ihren Augen. Ich hatte die Frau noch nie auch nur verärgert gesehen, daher machte es mich unglaublich unwohl, sie so aufgebracht zu sehen.

»Danke, Herr Grant«, sagte sie mit getragener Stimme.

Stoker verbeugte sich und verließ den Raum, ließ mich mit einem Mund so trocken wie ein Streichholz dort stehen. Plötzlich fühlte ich mich wieder wie ein ungezogenes Schulmädchen, als ob ich ins Büro der Direktorin gerufen worden wäre, weil ich etwas gegen die Regeln getan hatte. Ich rutschte unruhig hin und her.

Ich war die Ameise; Direktorin Copperfield war das Brennglas.

»Ich bin sicher, Sie sind enttäuscht von mir«, wagte ich zu sagen. »Bitte erlauben Sie mir, mich zu entschuldigen.«

Ich hatte überhaupt keine Fortschritte in dem Fall gemacht, über den sie mich vor fünf Tagen informiert hatte. Zu allem Überfluss hatte ich bereits den großzügigen Vorschuss ausgegeben, den sie mir bezahlt hatte. Wenn sie ihn zurückfordern würde, steckte ich in noch größeren Schwierigkeiten. Schuld lag wie kaltes Blei auf meinen Knochen.

»Entschuldigen?«, sagte Copperfield. Verwirrung schlich sich in ihr Gesicht und entschärfte etwas von der Wut. Sie blinzelte.

»Es tut mir schrecklich leid«, sagte ich. »Ich-«

Copperfield hielt inne und rieb sich das Gesicht, dann sah sie mir in die Augen. »Du denkst, ich bin wütend auf *dich*?«

»Natürlich sind Sie wütend auf mich«, sagte ich. »Ich hatte fünf Tage-«

»Liebes Kind«, unterbrach sie mich und hielt ihre Handfläche hoch, um mich vom Plappern abzuhalten. »Ich weiß, was du in Riverside getan hast.«

*Woher wüsste sie, was in Riverside passiert ist?*

»Das war ungemein mutig von dir.«

Jetzt war ich an der Reihe, sie anzublinzeln. »Woher wissen Sie-?«

»Ich war äußerst stolz, als mir die Geschichte zugetragen wurde. Außerordentlich stolz.«

Ich beschloss, nicht weiter nachzubohren. Ich war einfach erleichtert, dass ihre Wut nicht auf mich gerichtet war. »Danke, Direktorin. Ich hatte viel Hilfe. Stoker zum Beispiel-«

»Es gibt schreckliche Neuigkeiten«, sagte sie scharf und ließ mich zusammenzucken. »Die schrecklichsten Neuigkeiten. Die Polizei ist auf dem Weg. Der Rat wird einen Vertreter schicken. Wir werden die Schule wieder schließen.«

»Was? Warum?«

Das letzte Mal, als das Copperfield-Institut geschlossen wurde, war während des Bürgerkriegs im letzten Jahr, als Baldassares Vampirclan versuchte, das Reich zu übernehmen – und es fast geschafft hätte. Es gelang ihm, die brutalsten Orks auf seine Seite zu ziehen, die neonazistischen Hammerskins, um die heiligsten und historischsten Orte des Reiches zu plündern und niederzubrennen, darunter die alte Apotheke Mason & Sons, das Nationale Museum für Magische Artefakte und das Copperfield-Institut. Ich erinnerte mich an die Bilder, die nach dem Ende des Putsches veröffentlicht wurden: Fotos von tätowierten Orks, die auf ihren Panzern auf dem Hockeyfeld lümmelten, mit AK47-Munition als Halsketten und brennenden Molotowcocktails in ihren Händen, als wäre es Happy Hour in der Hölle. Was es in gewisser Weise wohl auch war. Sie übernahmen die Wohnheime und die Küche, die Speisesäle und die Aufenthaltsräume. Die Hammerskins hatten ein Händchen dafür, alles zu zerstören, was sie berührten, also waren sie perfekt für den Job. Natürlich – Spoileralarm – hatten Jacquelyn Denna Knight und ihr Team den Clan schließlich vertrieben und das Reich gerettet, bevor der Leerebruch vollständig war, was allen eine Menge Ärger erspart hatte, und die HighFire-Krone, das magische Artefakt, das die ganze Sache ausgelöst hatte, wird jetzt unter zahlreichen Schutzzaubern in Copperfield aufbewahrt, wo ihre Macht nur Gutes bewirken kann: die Wiederherstellung des Geländes, die Sicherheit und das Wohlbefinden aller und dafür sorgen, dass die Direktorin jünger und fitter aussieht als je zuvor. Bis heute.

Als ich sie wieder ansah, kochte sie vor Wut. Polizeisirenen näherten sich in der Ferne. Sie trat einen Schritt auf mich zu. »Asha«, sagte sie, blass, zerbrechlich, wütend. »Sie haben eine unserer Schülerinnen entführt.«

# KAPITEL 3
# ZWERGENGEMACHTES DYNAMIT

ASHA

»Wer hat das getan?«, fragte ich und hätte mich am liebsten dafür getreten, eine so lächerliche Frage zu stellen. Wenn die Direktorin wüsste, wer die Mädchen entführt, bräuchte sie mich nicht.

Anstatt die Augen zu verdrehen, war Copperfield gnädig. »Ich weiß es nicht.« Sie schüttelte den Kopf. »Ich weiß es nicht. Wir müssen herausfinden, wer es ist, bevor sie den Kindern etwas antun.« Sie erschauderte und rieb sich die Arme, um sich trotz des angenehmen Frühlingswetters zu wärmen. »Wir wissen nicht, wie sie hereingekommen sind. Nichts wurde aufgebrochen, keine Fenster zerbrochen. Nur ein wehender Vorhang und ein leeres Bett.«

Es war ein lebhaftes Bild in meinem Kopf – die aufgehende Sonne, der wehende Stoff, die warme Stelle, wo das Mädchen geschlafen hatte.

»Woher wisst ihr, dass sie entführt wurde?«, fragte ich. Es reicht zu sagen, dass ein Mädchen, das beschlossen hat, das Jungeninternat zu besuchen, nicht die erste wäre. Vielleicht hatte sie eine Freundin besucht und war dort eingeschlafen. Vielleicht war sie weggelaufen. Vielleicht–

»Ihre Zimmergenossin«, antwortete Copperfield. »Sie hat etwas gesehen. Aber sie redet nicht. Sie kann nicht reden. Sie ist buchstäblich versteinert.«

»Meinst du verängstigt oder verflucht?«

»Beides«, erwiderte Copperfield. »Deshalb haben wir dich gerufen.«

Drei Streifenwagen rasten heran und sprühten beigen Kies in Bögen, als sie bremsend unter dem majestätischen, violett blühenden Jacaranda-Baum parkten.

»Die Polizei ist da«, sagte die Direktorin und ignorierte, dass die Sirenen ihre Ankunft bereits angekündigt hatten. Als ich nach draußen spähte, sah ich einen vertrauten SUV. Eine attraktive Frau in schwarzer Uniform und unmöglich spitzen Stilettos stieg aus und schlug die Tür hinter sich zu. Sie ließ ihren Blick über die Landschaft schweifen, zweifellos, um sich an den Gebäuden zu orientieren.

»Morgan!«, rief ich aus dem Fenster, und sie kniff in unsere Richtung die Augen zusammen, während die Sonne auf ihrer Sonnenbrille reflektierte. »Wir sind hier drinnen.«

Captain Morgan nickte und rief ihrem Partner, ihr zu folgen.

»Daraus wird nichts Gutes entstehen«, tut-tuttete Copperfield und folgte meinem Blick. Zum ersten Mal klang sie ihrem Alter entsprechend. Nicht, dass ich nicht zustimmte. Ich war nur nicht daran gewöhnt, sie niedergeschlagen zu sehen. In meinen fünf Jahren in Copperfield hatte ich die Direktorin nie anders als stoisch erlebt.

Die Skorpione begannen, in das Gebäude zu strömen, und die Kapitänin kam direkt ins Büro.

»Direktorin«, begrüßte Morgan Copperfield mit einer Verbeugung und nickte mir zu.

»Danke, dass Sie so schnell gekommen sind«, antwortete die Direktorin.

»Es tut mir leid, dass es unter solch schrecklichen Umständen ist.«

Das forensische Team, in Schutzkleidung gekleidet, erschien an der Tür. »Wir sind bereit, Captain.«

Direktorin Copperfield atmete tief ein und führte sie dann aus dem Verwaltungsgebäude, vorbei an einem Rasenquadrat, Jasminhecken und einem übergroßen Schachbrett, das als Picknickdecke für die animierten Steinschachfiguren diente, die dort lebten. Die engäugigen Kobold-Bauern tuschelten untereinander. Die weiße Hexen-Königin machte einen trotzigen Schritt in Richtung des dunklen Zauberer-Königs, während die Elfen-Läufer erwartungsvoll zusahen.

Morgan, die interessiert zuschaute, verlangsamte ihre Schritte. »Ich frage mich, wer gewinnen wird.«

Natürlich wusste ich, dass weder Gut noch Böse jemals gewinnt. Es war ein ständiges Neuausbalancieren der Macht, und der Kampf war der Motor, der unser Universum antrieb.

»Sie spielen schon seit Jahren«, erklärte ich ihr und ließ es dabei bewenden.

DAS WOHNHEIM mit den Steinmauern war so hübsch, wie ich es in Erinnerung hatte, mit Wildem Wein, der an seinen Wänden und Türmchen hinaufrankte, und hübschen Hausflaggen, die vom Wind gepeitscht wurden. Die Empfangshalle des Malachit-Hauses war großzügig, aber dennoch gemütlich, mit einem riesigen Feuer, das im Kamin knisterte, und einem orientalischen Teppich, in dessen kompliziertes geometrisches Muster Bilder von Drachen, Schwertern und Dornen eingewebt waren. Ich hatte während meiner Schulzeit nicht in diesem speziellen Flügel gewohnt, aber es ließ mich nostalgisch an meine Schuljahre zurückdenken, trotz der manchmal schwierigen Zeiten, die ich unter seinen himmelhohen Türmen verbracht hatte.

Schwebende Flammen flackerten an den warmen Steinen, als wir unseren Weg zum Speisesaal und den Schlafräumen fortsetzten. Meine wehmütigen Gefühle wichen allmählich einem Unbehagen, als ich die leeren Stühle, stillen Korridore und verlassenen Betten sah.

»Wo sind die Schüler?«, flüsterte ich.

»Wir haben sie evakuiert«, antwortete die Direktorin. »Sie sind in der Schulhalle und warten auf ihre Eltern. Wie Sie sich vorstellen können, sind alle verstört.«

»Was ist mit den Kindern, die, weißt du«, sagte ich, »keine Eltern haben?«

Morgan verzog mitfühlend das Gesicht. Es war kein Geheimnis, dass ich als Baby ausgesetzt und später von mehreren Pflegeeltern abgelehnt wurde. Copperfield war das Nächste, was ich jemals als ein Zuhause hatte, und die Lehrer, die sich um mich kümmerten, brachten mir auch bei, meine einzigartige Form der Magie zu nutzen. Die Ironie, dass die verschwundenen Kinder liebende Eltern hatten, die sie vermissten, war mir nicht entgangen. In meiner Kindheit waren die Rollen vertauscht – ich hatte vermisste Eltern, nach denen ich mich jeden Tag sehnte. Wenn Teile verloren gehen, bleiben manche Puzzles für immer unvollständig.

»Sie werden in mein Haus ziehen, wie sie es letztes Jahr taten, als wir dieses Problem mit Acheron hatten.«

»Gut«, sagte ich nickend. Die Geschichten, die von den Kindern erzählt wurden, die während des Aufstands bei der Direktorin wohnten, waren gleichermaßen erschütternd und befriedigend. Anscheinend hatten die Waisen den Unsichtbarkeitstrank verwendet, den der Tränkemeister Sir Sparks hergestellt hatte, um heimlich in die Zimmer zu gelangen, die die Hammerskin-Orks als ihr Hauptquartier requiriert hatten, und ihre Strategiebesprechungen zu belauschen. Anscheinend waren die Pläne nicht sehr gut. Die Treffen wurden später als politische Spritztour in einem Cadillac beschrieben, der mit zwergengemachtem Dynamit vollgestopft war, mit einer Zündschnur, von der sie nicht einmal wussten, dass sie brannte. Als die unsichtbaren Kinder erkannten, dass nicht viel Geheiminformation zu gewinnen war, wandten sie sich dem Spielen von Streichen mit den Neonazis zu. Sie ließen die Milch sauer werden, gerade als die Orks sich zu ihrem Frühstücksmüsli setzten, ließen Toast willkürlich aus dem Toaster springen und ließen Küchenmesser den Männern folgen, die sie überraschten, wenn sie Duschvorhänge öffneten oder sich auf die Toilette setzten.

~

»Ihr Name ist Maple Mellor«, sagte die Direktorin, als wir den Gang der Schlafsäle betraten.

»Das Mädchen, das entführt wurde?«, fragte Morgan.

Copperfield schüttelte den Kopf. »Ihre Zimmergenossin.«

»Die Augenzeugin?«

»Ja. Diejenige, bei der ich hoffe, dass Frau Rook helfen kann.«

»Und das vermisste Mädchen?«, fragte ich. »Wie heißt sie?«

Die Direktorin verlangsamte ihre Schritte und schwenkte ihren Arm nach links, um auf die Tür eines fröhlich aussehenden Schlafsaals zu zeigen – fröhlich abgesehen von dem zerwühlten, seines Besitzers beraubten Bett. Copperfields Gesichtsausdruck war grimmig. »Zaleria Chalice.«

»Heiliger Hexenzauber«, murmelte ich und war sicher, dass meine Augen hervorquollen. Natürlich ist jedes Kind, das verschwindet, eine schreckliche Nachricht, aber die Tochter der Chalices zu entführen, erhöhte definitiv den Einsatz.

Morgan runzelte mir die Stirn und tat dieses Ding, in dem sie so gut war – nicht zu blinzeln, bis sie die Antwort bekommen hat, die sie sucht. »Die Chalices sind so etwas wie Zauberer-Adel«, erklärte ich. »Thavior Chalice ist Professor im Rat. Seine Frau, Sabine, leitet die BetterRealm Foundation. Denk an Bill und Melinda, aber mit magischen Kräften.«

»BetterRealm?«, erwiderte Morgan. »Warum kommt mir das bekannt vor?«

»Sie ist gut in Öffentlichkeitsarbeit. Außerdem hat sie letztes Jahr über fünf Millionen Koin für hungernde Orkfamilien gesammelt, die durch die Schlacht um das Reich mittellos geworden sind. Das war nur eines ihrer Projekte.«

Die Kapitänin verengte ihre Augen. »Bekannte, wohlhabende Eltern? Magisches Kind? Das ist nicht die Vorgehensweise des Entführers, nach dem wir suchen. Er nimmt durchschnittliche menschliche Kinder.«

Ich biss mir auf die Lippe. »Glaubst du, es wird eine Lösegeldforderung geben?«

Morgan hatte immer noch nicht geblinzelt. Es war beunruhigend. Sie bedeutete dem forensischen Team, den Schlafsaal zu betreten, und gab ihnen einen strengen Blick. »Geht nicht, bis ihr etwas gefunden habt.«

Ich beobachtete, wie ein Forensiker in weißer Kleidung den Papierkorb in einen Beweisbeutel leerte: Schokoladenpapier, Bleistiftspäne und Taschentücher.

Die Direktorin schaute geistesabwesend auf ihre Armbanduhr. »Folgt mir«, sagte sie. »Wir haben weniger als zwanzig Minuten mit der armen Maple Mellor, bevor ihre Eltern sie nach Hause nehmen.«

KAPITEL 4

# VERSTEINERTE MENSCHEN
# WEINEN NICHT

ASHA

Maple Mellor saß aufrecht am Rand eines Ohrensessels im Gemeinschaftsraum des Malachit-Hauses, so still und weiß wie eine Marmorstatue. Ihr Rücken war gerade, die Hände auf den Knien, ihr dunkles Haar fiel wie ein schwarzer Vorhang über ihre fast durchsichtigen Wangen. Sie sah fröstelnd aus; so sehr, dass ich automatisch nach einer Decke Ausschau hielt, aber keine fand. Eine freundlich dreinblickende Zwergenmatrone wachte über sie und erinnerte mich an eine jüngere Ferra. Als ich die Augen schloss, konnte ich fast die Gewürzkekse riechen, die sie heimlich in unsere Copperfield-Umhangtaschen steckte. Zimt, Muskatnuss, Ingwer, Butter. Der Raum war wunderbar gemütlich, mit reizvoller Kunst an den Wänden und übergroßen Möbeln. Trotz der Wärme der Einrichtung strahlte das Mädchen Kälte und Trostlosigkeit aus. Schließlich entdeckte ich eine schwere Patchworkdecke, die auf einem abgeschalteten Heizkörper lag. Ich schüttelte sie aus und legte sie über die Schultern des Mädchens, kreuzte sie vorne und bedeckte damit ihre knochigen Knie. Die Matrone half mir, sie festzustecken. Maple Mellor bewegte sich nicht. Sie starrte weiter geradeaus.

»Danke, Matrone Steel«, sagte die Direktorin. Die beschürzte Zwergin knickste. Als die Matrone den Raum verlassen hatte, wandte sich

15

Copperfield an uns und sprach mit leiser Stimme. »Wie Sie deutlich sehen können, befindet sich das Mädchen in einem fragilen Zustand. Die Mellors sind verzweifelt darauf aus, sie nach Hause zu bringen, aber sie haben eingewilligt, dass wir zuerst die Fragen stellen dürfen, die beantwortet werden müssen. Das arme Mädchen hat seit heute Morgen kein Wort gesagt, als wir sie erstarrt im Schlafsaal fanden, den sie mit Zaleria Chalice teilt.«

Ich trat näher und betrachtete das Mädchen. War es ein Fluch oder war eine andere Art von dunkler Magie im Spiel? Oder war das Kind einfach nur versteinert, im wahrsten Sinne des Wortes? Erstarrt durch das, was sie gesehen hatte. Göttin, ich hoffte nicht.

»*Illumino*«, sprach ich und griff nach meinem Zauberstab. Er leuchtete sofort auf, und ich benutzte ihn, um in die Augen des Mädchens zu schauen. Ihre Pupillen reagierten auf das Licht, aber die Leere, die ich dort sah, ließ mir das Blut in den Adern gefrieren.

»Was ist mit dir passiert?«, flüsterte ich. Falls sie mich hörte, zeigte sie es nicht. Ich schüttelte den Zauberstab wie ein verbrauchtes Streichholz, löschte seine glühende bernsteinfarbene Spitze und steckte ihn weg.

Morgan setzte sich in einiger Entfernung nieder, als wolle sie sagen, dass ich das Gespräch führen sollte. Ich nahm den Stuhl mit der harten Rückenlehne, der dem Mädchen am nächsten stand.

»Maple«, sagte ich langsam. »Mein Name ist Asha Viridian Rook. Ich bin eine grüne Hexe, eine Absolventin der Schule. Ich bin hier, um dir zu helfen. Kannst du mich hören?«

Die Schülerin zuckte nicht einmal.

»Ich glaube, du wurdest möglicherweise mit einem Schweigezauber belegt.«

In meinem peripheren Sichtfeld sah ich, wie die Matrone, die im Türrahmen gelauscht hatte, schockiert die Hand vor den Mund schlug.

Ich wandte mich an Copperfield. »Meine Vermutung ist, dass es sich um eine Art Versteinerungsfluch handelt.«

Ich kann einen Fluch nur dann aufheben, wenn ich den genauen Zauber kenne, der verwendet wurde, und beim Anblick des leeren Blicks des Mädchens bezweifelte ich, dass das der Fall sein würde. Versteinerungsmagie gibt es in allen möglichen Formen und Farben. Ich würde es hassen, etwas falsch zu machen und mehr Schaden anzurichten als der ursprüngliche Zauber.

»Na?«, drängte Morgan ungeduldig. »Du bist doch die Fluchbrecherin, oder?«

»Das Knifflige an Flüchen«, antwortete ich, »ist, dass sie sehr spezifisch sind. Wie ein Schloss und ein Schlüssel. Ich könnte Maple sofort von der Magie befreien, wenn ich den verwendeten Zauber kennen würde. Da das keine Option ist, sieht es so aus, als müssten wir etwas anderes versuchen.«

Morgan tippte mit ihrem Stiletto. »Dann mach schon«, sagte sie, ihre Geduld mit dem Schweigen des sprachlosen Mädchens verlierend. »Wir brauchen Antworten. Je schneller wir eine Identifikation bekommen, desto schneller können wir diesen Freak hinter Gitter bringen.«

Madame Copperfield seufzte. »Irgendwie«, sagte sie, »glaube ich nicht, dass es so einfach sein wird.«

Schritte marschierten den Gang hinunter, wo wir gerade gewesen waren. Ein Mann und eine Frau mit gleichem Kummer in ihren Gesichtern kamen im Gemeinschaftsraum an.

Die Direktorin zwang ihren grimmigen Gesichtsausdruck in einen etwas hoffnungsvolleren. »Herr und Frau Mellor«, sagte sie sanft. »Könnten wir noch zehn Minuten mit Maple haben? Ich fürchte, wir sind bisher nicht weitergekommen.«

Ich beobachtete das Mädchen sorgfältig und suchte nach irgendeiner Art von Reaktion oder Wiedererkennen ihrer Eltern, aber ich sah nichts.

»Das arme Kind!«, stieß die Mutter hervor. »Sie sollte zu Hause sein.«

»Natürlich, da stimme ich zu«, erwiderte Copperfield. »Wir brauchen nur noch ein paar Minuten. *Alles*, woran sich Maple erinnert, könnte uns helfen, den Entführer zu finden.«

»Selbstverständlich«, sagte Herr Mellor und nahm die Hand seiner Frau. »Wenn statt des Chalice-Mädchens Maple entführt worden wäre, würden wir wollen, dass sie gründlich befragt wird. Wir wären verzweifelt, irgendetwas zu erfahren.«

Frau Mellor schloss die Augen, ihr Gesichtsausdruck schmerzerfüllt. Eine Träne entkam und rann ihre Wange hinab. Vielleicht stellte sie sich in Frau Chalices Designer-Schuhen vor. Bisher war keines der vermissten Mädchen gefunden worden, und es gab nicht viel Hoffnung, dass sie noch atmen würden, wenn man sie fand.

Kapitän Morgan trat vor. »Sie spricht nicht. Vielleicht können Sie versuchen, etwas aus ihr herauszubekommen?«

Frau Mellor wischte die Träne weg und schniefte. Sie setzte sich direkt gegenüber ihrer Tochter. »Mein Liebling«, sagte sie und berührte das Kinn des Mädchens. Ihre Stimme war uneben. »Du bist in Sicherheit. Wir sind hier. Wir werden dich nach Hause bringen und uns um dich kümmern. Ich werde dir heute Abend Spaghetti machen. Wir werden Eis essen und zusammen *Hocus Pocus* schauen. Alles wird gut werden.«

Das Mädchen blinzelte. Frau Mellor wischte eine weitere Träne weg. »Aber zuerst musst du der Polizei sagen, was du weißt. Selbst wenn deine Erinnerung nicht klar ist. Selbst wenn es nur eine kleine, vage Sache ist. Ein Geruch, ein Gefühl, ein flüchtiger Blick. Kannst du uns irgendetwas darüber sagen, wer Zaleria mitgenommen hat?«

Wir hielten alle den Atem an, während wir darauf warteten, dass Maple antwortete. Sie blieb stumm und unbeweglich, außer dem Wasser, das in ihren Augen aufstieg und die Tränen ihrer Mutter spiegelte.

»Na, das war eine kolossale Zeitverschwendung«, sagte Morgan, als wir gemeinsam aus dem Copperfield-Gebäude schritten.

»Hmm«, sagte ich.

»Ja?«

»Vielleicht war es Zeitverschwendung. Vielleicht auch nicht.«

Wir hielten an, und Morgan verschränkte die Arme. »Spuck's aus, Hexe.«

»Ihre Pupillen haben auf das Licht reagiert. Und sie hatte Tränen in den Augen«, sagte ich. »Ich muss in meiner Bibliothek nachsehen, aber soweit ich weiß, weinen versteinerte Menschen nicht.«

Morgans Augen weiteten sich. »Du glaubst, sie täuscht es vor?«

Ich schüttelte den Kopf. »Nicht unbedingt. Sie ist sicherlich traumatisiert.«

Wir standen eine Weile da, die Hände in den Taschen, und betrachteten die violetten Blüten des Jacaranda-Baums. Was mich auch verwirrte, war die Art und Weise, wie sie sich weigerte, mit ihren Eltern nach Hause zu gehen, trotz des Angebots von Umarmungen, Pasta, Eis und Filmen. Herr und Frau Mellor sahen nett aus und klangen auch so, aber das Mädchen wollte sich nicht von der Stelle rühren. Copperfield sagte, dass Maple in ihrem Haus bei den Waisen bleiben könne, die sie beherbergte.

»Das ergibt keinen Sinn«, sagte ich, und Morgan nickte. Sie schaute nach meinem Roller, und als sie ihn nicht entdeckte, bot sie mir eine Mitfahrgelegenheit an.

»Hey, Gnrok«, begrüßte ich ihren orkischen Fahrer-Bodyguard, als ich in den Scorpion-SUV stieg.

Er grunzte zur Antwort, und ich wurde fast umgeworfen von seinem Barbecue-Soßen-Körpergeruch und Zwiebelatem. Meine Nase muss gezuckt haben, denn Morgan lächelte auf schelmische Weise und schaute dann aus dem Fenster, um ihr Amüsement zu verbergen.

»Zum Copper Cog, bitte, Gnrok«, sagte ich. »Ich habe ein heißes Date.«

Morgan wackelte mit den Augenbrauen in meine Richtung. Gnrok antwortete, indem er seinen Fuß aufs Gaspedal knallte, was den Kies aufspritzen ließ.

»Hat das forensische Team etwas in ihrem Zimmer gefunden?«, fragte ich.

Das Amüsement auf ihrem Gesicht schmolz dahin. »Nein«, antwortete sie. »Noch nicht.«

# KAPITEL 5

# PAPILIO DEMODOCUS

ASHA

Als ich bei The Copper Cog & Ale ankam, winkte ich Morgan und Gnrok zum Abschied und dankte ihnen für die Mitfahrgelegenheit. Anstatt direkt hineinzugehen, spazierte ich eine Weile um den Obstgarten und die Gemüsebeete herum. Teilweise, weil ich nervös war, Sam zu treffen. Ich wollte auch meine Kleidung und Haare in der Brise auslüften, da ich befürchtete, ich hätte Gnroks schreckliches *eau de Zwiebel-Ork* in der Fahrzeugkabine aufgesogen. Ich konnte nicht anders, als das Gartenbeet unterwegs ein wenig aufzuräumen, indem ich Vogelmiere herauszog, verblühte Studentenblumen abknipste und verirrte Bohnenstängel an ihren Stützen hochwand. Ich entdeckte eine sehr stattliche, leuchtend grüne Raupe, die sich an einem Blatt des Calamondinbaums gütlich tat – aus dessen Früchten Ferra die köstlichste goldene Ingwer-Zitrus-Marmelade herstellt. Ich hatte solche Bäume in meinem eigenen Garten und wusste, dass sich die Raupe bald in einen Zitrus-Schwalbenschwanz-Schmetterling verwandeln würde. Ich war so gefesselt von der ordentlichen Knabberei des Geschöpfs, dass ich fast einen Meter in die Luft sprang, als ich eine Hand auf meinem Rücken spürte.

»Bei Hades' Höllenkatzen«, fluchte ich und führte meine Hand vom Dolch zu meinem hämmernden Herzen.

»Ich wurde schon schlimmer genannt«, sagte Sam lächelnd. »Tut mir leid. Ich wollte dich nicht erschrecken. Ich habe gerufen, aber du schienst so vertieft in das, was du tatest.«

Er sah die Raupe. »Ein stattlicher Bursche.«

»*Papilio demodocus*«, erwiderte ich noch immer außer Atem.

»Ist das eine Art Zauberspruch?«

Ich schaute in seine Augen, die vor Humor funkelten.

»Sollte es sein«, antwortete ich.

Wir lächelten einander an, und die Zeit schien sich zu verlangsamen in der kleinen Blase, in der wir standen.

»Danke für die Trauben, die du mir ins Krankenhaus gebracht hast«, sagte er.

»Das war nichts«, log ich. In Wahrheit war es der einzige Weg, wie ich kontinuierliche Heilmagie einschmuggeln konnte. Es hatte viel magische Energie gekostet, die süßen Kugeln einzeln zu segnen, aber es war das Mindeste, was ich tun konnte. Immerhin hatte ich den Detektiv in die gefährliche Situation im Riverside Asylum hineingezogen, wo er Verbrennungen ersten und zweiten Grades sowie Lungenschäden durch Rauchvergiftung erlitten hatte.

»Es war auf keinen Fall *nichts*«, sagte Sam. »Die Ärzte dort meinten, sie hätten niemanden so schnell heilen sehen seit einem kürzlichen Patienten, den ich zufällig kenne.«

Ich lächelte ihn an und fand es witzig, dass wir beide Patienten im selben Krankenhaus gewesen waren.

Als ich Sam besuchte, wartete ich, bis seine Schmerzmittel wirkten und ihn bewusstlos machten, bevor ich einen Kreis um sein Krankenhausbett zog. Ich konnte nicht riskieren, den Raum mit Salbei auszuräuchern (es gab Rauchmelder), aber mein Heilzauber schien trotzdem gut gewirkt zu haben. Er hatte kaum Narben vorzuweisen für seinen Mut, abgesehen von einer glänzenden Wulst an seinem Unterarm.

»Erstaunlich, was ein Bündel Trauben bewirken kann«, sagte ich.

»In der Tat«, erwiderte er mit einem Lächeln, das auf seinen Lippen tanzte. Der Mann hatte attraktive Lippen. Ich spürte, wie seine Augen mich in sich aufnahmen. Ich zwang meinen Blick weg und schaute auf die Kartoffelpflanzen, die mit Stroh gemulcht waren. Ich versuchte, mir etwas Interessantes zu überlegen, was ich sagen könnte, aber mir fiel nichts ein. Die Leere wusste, dass ich genügend Zufallswissen über die beste Art, Kartoffeln anzubauen, hatte, aber mein Gehirn – und mein Becken – waren zu sehr mit der Chemie beschäftigt, die ich spürte, um damit etwas anfangen zu können. Ich fand auch seine neue Narbe attraktiv, weil sie ein Zeugnis für die Art Mann war, der er war. Ich würde wohl nie vergessen, wie er immer wieder in das brennende Gebäude lief, um Patienten und Pflegekräfte zu retten. Man sagt, man sollte auf rote Flaggen achten, wenn man einen neuen Mann datet. Bei Sam gingen bei mir viele rote Flaggen hoch, aber das Rot stand nicht für Vorsicht. Stattdessen warnte es davor, ihn nicht gehen zu lassen.

»Sollen wir reingehen?«, fragte ich. »Sie haben hier ausgezeichnetes Essen und Bier.«

Der Detektiv nickte und trat zur Seite. »Nach dir, m'lady.«

~

»Wow«, sagte der Detektiv, als wir den Steampunk-Gastro-Pub betraten.

Ich nickte. *Ich weiß, oder?*

Von außen sah es bereits beeindruckend aus – wie ein Vintage-Luftschiff – aber innen war es mit seiner gemütlichen Atmosphäre und der Liebe zum Detail genauso beeindruckend.

Wie üblich loderte das Feuer im Kamin in der Mitte des großen Raumes, und goldenes Licht spiegelte sich in den polierten Kupferrohren wider, die die Wände schmückten. Eine Armee von Uhren tickte an den freiliegenden Backsteinwänden und präsentierte ihre ordentlichen Zahnräder. Magische Kreaturen drängten sich in ihren Nischen und teilten Geschichten, Geheimnisse und herzhaftes Gelächter. Das Aroma von geröstetem Fleisch und Gemüse füllte den Raum und ließ selbst die am wenigsten hungrigen Gäste ein wenig Appetit verspüren.

»Neuling!«, rief eine Stimme vom Bartresen. Als ich hinüberschaute, war niemand hinter dem Tresen zu sehen. Ich blinzelte und dachte, es sei vielleicht Zeit für eine Brille, als Ferra ihren Kopf hinter dem schönen, mit Bronzenieten verzierten Tresen hob und mich anstrahlte. Sie trug ihr üppiges, ingwerrotes Haar in Zöpfen und einen Wikingerhelm.

»Willkommen!«, sagte sie. Sie stellte die Tassen, die sie gerade geholt hatte, auf den Tresen neben der Kaffeemaschine und wischte ihre Hände am Handtuch ab, das sie an ihrer Schulter festgenäht hatte.

Ich deutete auf Sam und neigte meinen Kopf in Richtung der Zwergin, bereit, ihn vorzustellen. Der Detektiv schien etwas schockiert, so viele magische Kreaturen zu sehen, und wurde von einem Tisch mit lärmenden Goblins in der Nähe abgelenkt, die in ihrer Nische Beer Pong spielten. Hinter ihnen beugten sich drei Zauberer über ein staubiges Buch, und neben ihnen brüllte eine Horde Orks vor Lachen über jemandes – vermutlich schmutzigen – Witz.

»Ich weiß, es ist seltsam«, sagte ich, was wahrscheinlich als die am meisten unterschätzte Untertreibung aller Zeiten gelten sollte. »Aber du wirst dich daran gewöhnen.«

»Sicher«, sagte er nickend. »Ich denke, am Ende des Tages siehst du sie alle als Menschen wie dich oder mich.«

»Nicht wirklich«, sagte ich. »Das Gegenteil ist wahr. Vergiss nie, mit wem du es zu tun hast. Es ist praktisch – und manchmal lebensrettend – grobe Verallgemeinerungen im Kopf zu haben. Goblins sind hinterhältig und unehrlich. Orks sind Schläger. Elfen sind arrogant und egoistisch. Zauberer haben Egos von der Größe des Schwarzen Turms–«

»Und Hexen?«, fragte er.

»Hexen sind sehr anstrengend im Umgang.«

»Wirklich?«, sagte er. »Das habe ich nicht so erlebt.«

»Sie sind melodramatisch. Manchmal zickig. Zu unabhängig. Sie werden dich wegstoßen, weil sie wissen, dass sie auch alleine hervorragend zurechtkommen.«

»Ach«, sagte Sam. »Ich mag Herausforderungen.«

Ich wusste, dass er irgendwie scherzte, aber es war das erste Mal, dass er klar machte, dass er daran interessiert war, eine Art Beziehung mit mir zu verfolgen. Ich schielte auf seinen Ehering und ging dann zu Ferra hinüber, die noch immer mit einem Grinsen auf ihrem fröhlichen, rotwangigen Gesicht auf uns wartete. Während sie gewartet hatte, hatte sie ein halbes Dutzend Kaffees eingeschenkt und einen Berg Minze zerkleinert. Sie beendete das Hacken und rammte die Spitze ihres großen Messers in ihr massives Holzschneidebrett. »Hallo! Wer ist das denn?«

»Detektiv Sam Armstrong, das ist Ferra Fernak, die Besitzerin von The Copper Cog & Ale.«

»Das ist ein schönes Etablissement«, sagte Sam.

Ferra mochte offensichtlich das Aussehen des Detektives, denn nachdem sie sich Zeit genommen hatte, ihn von oben bis unten zu mustern – obwohl sie nur halb so groß war wie er – nickte sie und zwinkerte mir verschmitzt zu, was mich erröten ließ.

»Warm hier drin«, murmelte ich und schnallte meinen Umhang ab.

Wie durch Zauberei erschien Ferras Tochter und balancierte zwei Biere auf einem runden Tablett. Ein Lager für Sam und ein Porter für mich.

»Gut gemacht, Stinktier«, sagte Ferra nickend. »Bleibt ihr zwei zum Mittagessen?«

»Ähm«, sagte ich und schaute zu Sam hoch. Wir hatten uns auf einen schnellen Kaffee zum Aufholen geeinigt. Ich wusste nicht, ob er Zeit oder Lust auf ein Mittagessen im Pub hatte.

»Natürlich bleiben wir zum Mittagessen«, sagte er. Ferra strahlte, und meine Schultern entspannten sich. Das Porter schmeckte nach Malz und Kaffee. Es war köstlich.

～

»Also«, sagte ich, nachdem Ferra uns am besten Tisch im Haus platziert hatte und zurückgegangen war, um Kirschen zu mazerieren. »Das scheint zu gut zu laufen.«

»Zu gut?«, fragte Sam.

»Hast du nicht dieses Gefühl?«

Er runzelte die Stirn. »Jetzt, wo du es sagst...«

»Wir sind beide aus dem Krankenhaus raus, beide gesund. Die unmittelbare Gefahr ist gebannt–«

»Vorerst«, warf Sam ein.

Ich nickte. »Vorerst.«

»Und wir scheinen ziemlich gut miteinander auszukommen«, sagte er.

Ich spürte wieder Farbe in meinen Wangen und ärgerte mich darüber, dass ich so leicht errötete. Sam ließ mich nicht aus den Augen. Sein Blick sagte: *Du bist wunderschön, aber ich sage es nicht laut. Ich will nicht, dass du dich unwohl fühlst. Ich will nicht, dass du denkst, ich versuche zu punkten.*

»Erzähl mir von deinem Ehering«, sagte ich.

Ich hatte mal irgendwo gelesen, dass nichts dich im Leben und in Beziehungen mehr voranbringt als unangenehme Gespräche zu führen. Am besten direkt zur Sache kommen. Das Letzte, was ich wollte, war, mich in einen verheirateten Mann zu verlieben, aber ich hatte das Gefühl, es war komplizierter als das. Bevor er antworten konnte, war Ferra zurück mit einer neuen Runde Getränke und einem Krug Wasser.

»Unsere Spezialitäten heute sind der Blaue-Krabben-Fenchel-Salat mit Meerrettich-Mayonnaise-Dressing, reicher Rotweineintopf vom Ochsenschwanz mit Rosmarienöl und Knödeln und ein in Milch geröstetes ganzes Hähnchen mit knusprigen Knoblauch-Kartoffelspalten.«

»Ein ganzes Hähnchen?«, fragte Sam.

Die Zwergin nickte. »Es ist ein Dauerbrenner bei den Orks. Sie mögen große Portionen. Lammkeule ist ein weiterer Favorit, serviert mit Schnittlauchbutter-Kartoffelpüree und frischer Kräuterpetersilie.«

»Ich dachte, Kräuserpetersilie sei in den 80ern ausgestorben«, sagte er.

»Nicht für die Orks«, erwiderte sie. »Sie mögen auch geschlagene Vanillecreme auf ihren Cappuccinos.«

»Schauder«, scherzte Sam.

»In der Tat«, lächelte Ferra.

Sie wandten sich beide gleichzeitig mir zu.

»Ähm«, sagte ich. Ich liebte Ferras Essen absolut, aber mein Appetit wollte nicht mitmachen. Mit dem Detektiv zusammen zu sein, schien diese Wirkung auf mich zu haben.

»Der Küchenchef hat ein wunderbares veganes Gericht für dich gemacht«, sagte Ferra. »Es ist ein schöner Toad-in-the-Hole, aber mit geröstetem Wurzelgemüse statt Würstchen. Und mit Kirschtomaten und einer samtigen Pilzsauce.«

Wie?, fragte ich mich. Wie hatte sie gewusst, dass ich zum Mittagessen kommen würde?

»Du bist Veganerin?«, sagte Sam.

»Ich hänge nicht an Bezeichnungen«, antwortete ich.

»Sie isst Eier«, antwortete Ferra. »Aber nur, wenn sie von ihren eigenen Hühnern stammen. Manchmal bringt sie uns ein paar Dutzend! Es sind die allerbesten Eier, das sagt jeder. Aber abgesehen davon ist sie ziemlich streng.«

Ich lachte unbehaglich.

Ferra machte unbeirrt weiter. »Ich war verstört, als Neuling mir sagte, dass sie keine Butter mehr essen würde«, fuhr Ferra fort. »Kannst du dir vorstellen, ohne Butter zu kochen? Was wirst du essen, fragte ich sie. Aber wir haben einen Plan gemacht, nicht wahr?«

»Ich habe heute einfach nicht so großen Hunger«, sagte ich. »Ich nehme bitte den Fenchelsalat, ohne die Krabbe. Und ohne die Mayonnaise.«

Beide schauten mich an, als wäre ich verrückt.

Ferra brach das Schweigen. »Ich lasse den Küchenchef eine kleine Portion des Toad-in-the-Hole anrichten.«

»Danke«, erwiderte ich. »Das klingt perfekt.«

»Ich nehme das Gleiche«, sagte Sam.

Ferra erstarrte. »Sind Sie sicher, Detektiv? Ich habe noch nie einen Mann erlebt, der kein Fleisch bestellt. Der Ochsenschwanz ist besonders–«

»Ich bin sicher«, sagte er. »Danke.«

Ferra hob ihre Augenbrauen in meine Richtung, drehte sich dann um und verschwand in der Küche, zweifellos um den Küchenchef zu bedrängen, sicherzustellen, dass das vegane Gericht perfekt wurde.

»Das ist interessant«, sagte Sam.

»Was ist es?«

»Die Tatsache, dass du Veganerin bist–«

»Ich sagte dir, ich hänge nicht an Bezeichnungen.«

»Die Tatsache, dass du so gut wie Veganerin bist und dennoch wohl dabei bist–«

Er zögerte und kratzte seinen Stoppelbart. Er hatte sehr attraktive Stoppeln.

»Ja?«, sagte ich.

»Du bist so gut wie Veganerin und dennoch scheinst du dich wohlzufühlen, wenn du Menschen tötest.«

# KAPITEL 6
# EINE NATURGEWALT

ASHA

Ich hätte mich fast an meinem Bier verschluckt. »Menschen töten?«, prustete ich.

»Versteh mich nicht falsch. Du scheinst sehr gut darin zu sein«, sagte Sam.

»Ist das eine Art Verhör?«, fragte ich gereizt. Hier dachte ich, wir wären auf einem lockeren Date, aber tatsächlich war der Mann immer noch darauf aus, mich für den Zauberer zu verhaften, den ich in Notwehr getötet hatte. Es war eine Art ausgeklügelter Hinterhalt. »Dieser Dusk Reaper hätte mich fast umgebracht«, sagte ich. »Mein Schädel war gebrochen, ich hatte-«

»Wow«, sagte er. »Beruhig dich. So habe ich das nicht gemeint.«

»Wie hast du es dann gemeint?« Jetzt war es Wut, die mir die Röte ins Gesicht trieb. Und ich hatte nicht vergessen, wie er meiner Frage nach seiner Ehe geschickt ausgewichen war.

»Asha«, sagte er. »Ich habe es wirklich nicht so gemeint.«

»Du wirst mich nicht heimlich in Handschellen legen wie beim letzten Mal?«

*Nur wenn du es willst*, versprachen seine Augen.

»Natürlich nicht. Ich bin nicht hier, um dich in eine Falle zu locken.«

»Warum bist du dann hier?«, fragte ich. Ich nahm den Rat zu »unbequemen Gesprächen« offensichtlich zu Herzen.

»Ich dachte, das wäre offensichtlich«, sagte er. Sein Blick war liebevoll und unerschütterlich.

»Ich habe meinen Angreifer in Notwehr getötet«, sagte ich. »Und dann habe ich Adrathar aus dem gleichen Grund getötet. In meinem Beruf werde ich wahrscheinlich wieder töten...«

Da war sie wieder, diese grandiose Untertreibung.

»Ja«, sagte er. »Ich weiß. Deshalb habe ich die Frage gestellt. Es scheint ein interessantes Paradox zu sein, dass du... irgendwie... Veganerin bist. Aber antworte nicht, wenn du nicht willst.«

*Warum trägst du einen Ehering?* wollte ich sagen. *Antworte nicht, wenn du nicht willst.*

»Es ist ganz einfach«, antwortete ich. »Für mich geht es beim Fleischverzicht nicht um Identitätspolitik. Ich identifiziere mich nicht als 'Veganerin'. Es ist keine Schublade, in die ich mich stecke.«

Sam nahm einen Schluck von seinem Bier und hörte zu.

»Es geht darum, eine echte Verbindung zur Erde zu haben. Eine intensive Verbindung zur Welt um dich herum, zur Natur, zu allem. Es geht nicht darum, die Natur zu schützen. Wir SIND die Natur. Wir sind alle ein Teil davon.«

Der Detektiv musste noch nicht die ganze Wahrheit über meine Kindheit erfahren, noch nicht. Die Tatsache, dass ich im Wald nach Nahrung suchen und manchmal Tauben und Kaninchen töten musste, um nicht zu verhungern. Das ist einer der Gründe, warum ich zu Hause den Nahrungsdschungel angelegt habe, damit ich mich nie wieder so verzweifelt hungrig fühlen würde. Damit ich nie wieder töten müsste, um zu essen. Und doch erforderte mein Beruf-

Der Detektiv nickte. »Du bist Mutter Natur.«

»Nein.« Ich lachte und befreite mich von meinen dunklen inneren Gedanken. »Ich bin nur ihre helfende Hand.«

»Eine Naturgewalt«, sagte er. »Buchstäblich.«

*Ich wandle Böses in Gutes um*, dachte ich. *Ich verwandle Kompost in neues Leben. Tod in Vitalität. Das ist es, was die Natur tut.*

»Ich komme wohl verrückt rüber«, sagte ich.

»Überhaupt nicht«, sagte Sam, aber bevor er fortfahren konnte, brachte uns eines von Ferras Kindern – ich fühlte mich immer schlecht, weil ich mich nicht an alle ihre Namen erinnern konnte, aber es gab so viele von ihnen! Ferra umging das, indem sie sie »Stinktiere« nannte – unser Essen auf schwebenden Tabletts. Wir bedankten uns bei dem Zwergenkind und schauten auf das dampfende Essen, das wirklich köstlich aussah, aber keiner von uns griff zu Besteck.

»Sieht toll aus«, sagte er.

»Ja!«, erwiderte ich mit gespieltem Enthusiasmus trotz der Schmetterlinge, die in meinem Bauch schwärmten. Wir warteten noch etwas länger, ohne uns zum Essen zu bewegen.

»Keinen Hunger?«, fragte Sam.

»Nicht wirklich«, antwortete ich. »Aber wir sollten uns anstrengen.« Ich deutete auf Ferra.

»Ja«, stimmte Sam zu und nahm seine Gabel.

Während wir um unser Essen herumtänzelten, galt am Tisch neben uns das genaue Gegenteil. Die Orks dort gossen sich Bier in die Kehlen und rissen gebratene Hähnchenschenkel von den Kadavern, die sie wie Lutscher aßen. Das saftige Fleisch löste sich leicht vom Skelett, und bald lag ein Haufen aus Knochen und Knorpel in der Mitte ihres Tisches wie ein Monument des Eroberns.

Ich wandte meinen Blick ab und wollte gerade anfangen zu essen, als mein Handy klingelte. Niemand hatte meine neue Nummer außer Papa Schlumpf, Morgan und Sam.

Er bestand darauf, dass ich rangehe, trotz des Essens vor uns. *Es könnte wichtig sein.*

Mit dem Wunsch, dass ich das Klingeln nie gehört hätte, entschuldigte ich mich widerwillig vom Tisch und ging in eine ruhigere Ecke, weg von den schmausenden Orks.

~

»Asha«, kam Morgans Stimme, dringend und heiser. »Du musst sofort herkommen.«

*Ich bin mitten in einem-* wollte ich sagen. *Gib mir nur eine Stunde und ich werde-*

»Asha? Hast du mich gehört?«

Ich seufzte. *Das ist einer der Gründe, warum es mein Schicksal ist, Single zu sterben.*

»Was ist los?«, fragte ich. Ich würde entscheiden, ob es dringend genug war, um Sam zurückzulassen, damit er sein veganes Mittagessen in einem Restaurant voller magischer Kreaturen beenden konnte. Spoiler: Irgendetwas müsste in Flammen stehen. Ich sah zu Sam hinüber. Er lächelte. Trotz unserer unbequemen Gespräche fand ich, dass es das beste Date war, das ich je hatte.

»Sie haben eines der vermissten Mädchen gesichtet. In der Innenstadt. Ich schicke dir die Koordinaten.«

Ich fluchte leise über den Fluch des schlechten Timings.

»Asha?«, sagte Morgan.

»Argh«, beschwerte ich mich. »Ich bin gleich da.«

Ich rannte zurück zum Tisch, entschuldigte mich ausführlich bei Sam und warf hundert Koin auf die Theke. Mir wurde klar, dass ich wahrscheinlich nie wieder von ihm hören würde. Ich würde bestimmt niemanden anrufen, nachdem er mich mitten bei einem ersten Date sitzen gelassen hatte. Falls es überhaupt ein Date war. Sein Ehering blitzte vorwurfsvoll von seinem Finger und tadelte mich, Abstand zu halten. Ich würde der Sache auf den Grund gehen, wenn ich ihn je wiedersehen würde. Er war aufgestanden und wollte mitkommen, aber ich lehnte ab. Ferra wäre zutiefst betroffen, wenn wir ihr Essen unberührt ließen. Natürlich war die Wahrheit, dass ich die Gesellschaft geliebt hätte. Ich hatte das Gefühl, dass ich ihn gerade erst kennenlernte, als ich den Tisch verließ, mein Bierglas drehte sich fast durch die Geschwindigkeit meines Aufbruchs. Aber beim letzten Mal, als er mich auf einem Abenteuer begleitet hatte, war er auf der Intensivstation gelandet. Ja, ich hatte ihn geheilt, aber das Leben war nicht immer so glücklich.

»Ich rufe dich später an«, sagte ich. »Wenn du willst.«

Seine Augen funkelten. »Natürlich will ich das.«

Ferra schob mir einen Cappuccino zum Mitnehmen in die Hand, als ich ging, so reibungslos, als wären wir bei einem olympischen Staffellauf. »Komm bald wieder«, rief sie. »Ich habe Rhabarber-Mandel-Streusel für dich! Mit Kokosnusssahne!«

Ich lachte und rannte zur Tür hinaus, aber nicht bevor ich sah, wie Ferra auf meinen leeren Platz glitt, zweifellos bereit, Sam Armstrong darüber zu befragen, was seine Absichten waren.

Ich trank den Kaffee in Rekordzeit im Uber aus, und all die warmen, flauschigen Gefühle verdunsteten aus meinem Körper. Wenn wir dieses Mädchen finden könnten, nur ein vermisstes Mädchen, könnten wir vielleicht die anderen finden. Mit etwas Glück würde sie uns die Vorgehensweise der Entführung erklären können. Wenn wir wirklich Glück hätten, könnte sie uns sagen, wer der Entführer war und wo die anderen Mädchen gefangen gehalten wurden. Als wir die Hauptstraße erreichten, bat ich den Fahrer, zu beschleunigen.

～

Ich kam an den Koordinaten gerade rechtzeitig an, um zu sehen, wie Gnrok die Verfolgung aufnahm. Wir folgten. Obwohl er ein Berg von einem Mann war, bewegte er sich ziemlich gewandt um Ecken und durch Gassen. Ich verstand nicht, wem wir folgten. Sicherlich verfolgten wir nicht das vermisste Mädchen – würde nicht jedes entführte Kind gefunden werden wollen? – aber dann erinnerte ich mich an das erste Mal, als ich dem Ork-Bodyguard begegnet war. Ich war auch nicht auf ihn zugerannt. Er musste für ein kleines Mädchen noch angsteinflö-ßender aussehen. Ich beschloss, das Taxi stehen zu lassen und zu rennen. Als ich sie endlich zu Gesicht bekam, schrie ich den Ork an, die Verfolgung einzustellen. Aufgeputscht von Bier, Koffein und dem Adrenalin des Eilens, nahm ich die Verfolgung auf wie ein hungriger Windhund. Das Kind stolperte und fiel fast auf den rauen Asphalt, und mein Herz schlug für sie.

»Ich werde dir nicht wehtun!«, rief ich, aber dann wurde mir klar, dass das eine dumme Sache war zu sagen. Das ist es doch, was alle Serienmörder sagen, oder? Es ist das, was die Schlange zur Ratte sagt, während sie ihre Beute hypnotisiert. *Ich werde dir nicht wehtun.*

Das Mädchen wurde müde. Sie verlangsamte sich. Sie war müde vom Weglaufen vor Gnrok, und sie konnte spüren, dass ich alle Energie hatte, die ich brauchte, um sie einzuholen.

»Stopp!«, rief ich. »Ich bin hier, um dir zu helfen!«

Trotzdem rannte sie weiter. Ich verlor sie aus den Augen, als sie um eine Ecke bog, dann sah ich sie wieder, als ich um die Kurve kam.

Das junge Mädchen musste etwa elf oder zwölf Jahre alt sein. Dünne Beine und schmutzige Haare, ihre Kleidung grau vor Schmutz. Ich wünschte, ich hätte ihr sagen können, dass ich in ihrem Alter genauso ausgesehen hatte. Vielleicht sogar dünner, blasser. Sie blickte zu mir, dann schob sie einen Stapel Pappkartons in meinen Weg, denen ich ausweichen konnte. Ich holte auf. Ich konnte ihre Panik spüren und wollte sie beruhigen. Aber zuerst musste ich sie einholen.

KAPITEL 7

# DUST 2 DUST

ASHA

Trotz meiner brennenden Muskeln zwang ich mich weiterzumachen. So viele junge Leben standen auf dem Spiel. Ich konnte dieses Mädchen auf keinen Fall entkommen lassen. Ich folgte ihr, rannte so schnell ich konnte, wich Mülleimern und Abfall aus und sprang über ein noch qualmendes, ausgebranntes Auto, das mir den Weg versperrte. Schließlich hatte ich Glück. Ein Radfahrer raste über den Weg des Mädchens. Es war, als wäre er aus dem Nichts aufgetaucht, und sie musste anhalten, um nicht direkt mit ihm zusammenzustoßen. Der Schock bremste sie genauso aus wie die Bremsen, die sie ziehen musste. Das gab mir genug Zeit, sie einzuholen und ihren Hoodie zu packen, wodurch wir beide zu Boden fielen. Sie kämpfte gegen mich an, kratzte und schlug wie eine wilde Katze, aber ich hielt sie fest. Ich spürte ihre Angst und Panik, als wäre es meine eigene. Plötzlich war ich das verängstigte Mädchen im dunklen Wald, versteckt hinter einem der Bäume, die ich so gut kannte, die trockene Rinde kribbelte auf meinen Handflächen. Ich war so klein, so verletzlich, so allein. Vor wem versteckte ich mich?

Mit einem tiefen Atemzug zwang ich mich, die Kindheitserinnerung zu verlassen und zurück in die Gegenwart zu kommen. Mein fester Griff um

35

das Mädchen verwandelte sich in ein sanftes Wiegen. »Ich werde dir nicht wehtun«, summte ich. »Ich werde dir nicht wehtun.«

Schließlich wurden ihre panischen Bewegungen langsamer. Als sie stillhielt, hörte ich auf, sie zu wiegen, und hielt ihre Schultern sanft fest, während ich ihr in die Augen sah.

»Mein Name ist Asha Viridian Rook«, sagte ich. »Ich bin hier, um dir zu helfen.«

Eine Polizeisirene ertönte im Hintergrund und ließ uns beide zusammenzucken.

»Bist du ein Bulle?«, fragte das Mädchen. Ihr Gesicht war schmutzig, ihre Haare zerzaust. Sie hatte alte blaue Flecken an Armen und Beinen und eine leichte Markierung am Wangenknochen.

»Nein«, sagte ich. »Ich bin kein Bulle. Ich bin auf deiner Seite. Ich war mal wie du. Ich kann dir die Hilfe besorgen, die du brauchst.«

»Ich brauche keine Hilfe.«

»Dann brauchen *wir deine* Hilfe«, sagte ich. »Wir werden dich dafür bezahlen.«

Als sie gegen mich gekämpft hatte, hatte ich ihre hervorstehenden Rippen und Schulterblätter gefühlt, scharf wie Messer. »Bargeld und eine ordentliche Mahlzeit. Von wo immer du willst.«

»Ihr werdet mich einsperren«, sagte sie. »Mich in ein Waisenhaus stecken.«

»Hex, nein«, antwortete ich. »Das ist der letzte Ort, an den Kinder gehören.«

Sie sah danach etwas ruhiger aus, aber immer noch so vorsichtig wie ein eingesperrtes Tier. Ich ließ sie langsam los. »Ich sterbe vor Hunger«, log ich. Obwohl ich Ferras Toad-in-the-Hole nicht gegessen hatte, war mein Appetit immer noch gleich null. »Wo willst du hin?«

∼

WIR LANDETEN in einem Steakhaus ein paar Blocks entfernt, in der Nähe der Stelle, wo das Mädchen auf der Straße schlief. Sie sagte, sie hätte seit Wochen davon geträumt, dort hineinzukommen. Der Geruch des gegrillten Fleisches quälte sie so sehr, dass sie nach einem neuen Platz zum Übernachten suchte, weit weg von diesem köstlichen Aroma. Das Personal musterte uns skeptisch, als wir eintraten. Wir ignorierten das und fanden einen Tisch.

Auf der Speisekarte standen Limetten-Milchshakes, die mich an Nilve SaltySnap erinnerten. Ich hatte sie nicht mehr gesehen, seit ich sie nach dem Riverside-Portal-Job zum Mittagessen im Cog ausgeführt hatte. Ich versuchte, sie anzurufen, aber das kleine Biest nahm ihr Telefon nicht ab. Ich bot dem Mädchen einen Milchshake oder eine Limonade an, aber sie wollte schwarzen Kaffee. Ich vermutete, dass sie mich glauben machen wollte, sie sei älter als die zwölf Jahre, die sie aussah, denn welches Kind in der Geschichte hatte jemals Kaffee einem Milchshake vorgezogen?

»Wie lange bist du schon auf der Straße?«, fragte ich.

Sie zuckte mit den Schultern.

»Tage? Wochen?«, fragte ich.

Ich schätzte etwa ein paar Wochen. Sie war schmutzig, aber sie hatte noch nicht den eingebetteten Dreck, den echte Straßenkinder haben: die verfilzten Haare und Läuse, die schwarzen Fingernägel, die toten Augen.

Ich brauchte Informationen, aber ich wollte sie nicht erschrecken.

Unser Kaffee kam an, und ich gab unsere Bestellung auf – Rippchen und Pommes für sie, Süßkartoffel-Wedges für mich. Ein Krug Leitungswasser mit Eis.

»Was ist mit dir passiert?«, fragte ich. »Wie bist du hierher gekommen?«

»Das ist eine lange Geschichte«, sagte sie.

»Ich mag lange Geschichten«, erwiderte ich.

»Was du auf der Straße gesagt hast«, sagte das Mädchen. »Dass du mal wie ich warst.«

Ich nahm einen Schluck Kaffee. Er war bitter und verbrannte mir die Zunge. »Das ist die Wahrheit.«

»Ich weiß«, antwortete sie und sah mir in die Augen. »Ich habe es gefühlt.«

Ich runzelte die Stirn. Ich hatte auch etwas gespürt. »Was meinst du damit?«

»Nichts«, sagte sie und schaute weg.

»Wie heißt du?«

»Ich habe keinen Namen mehr«, sagte sie. »Ich habe ihn zurückgelassen.«

»Also wurdest du nicht verschleppt«, sagte ich. »Du bist weggelaufen.«

Sie nickte.

»Deine Eltern müssen verzweifelt nach dir suchen«, sagte ich.

»Nicht«, sagte sie, und ihre Finger zuckten zwischen uns. Eine Art nervöser Tick. »Bring mich nicht zu ihnen zurück.«

»Werde ich nicht«, sagte ich.

Mein Handy vibrierte mit einer Nachricht von Morgan. *Kein vermisstes Mädchen.*

*Irgendwo vermisst*, antwortete ich.

*Kein Entführungsopfer*, schrieb Morgan. *Jedenfalls nicht unser Typ. Verdammt nochmal.*

*Sagt, sie sei weggelaufen*, tippte ich.

»Wer ist Morgan?«, fragte das Mädchen, während sie sich über ihr Essen hermachte.

Ich war verwirrt, als ich zusah, wie sie ihr Essen hinunterschlang. Hatte sie den Bildschirm meines Handys gesehen? Hatte ich unbewusst etwas laut gesagt?

»Was jetzt?«

»Morgan«, sagte sie. »*Kein-vermisstes-Mädchen*-Morgan.«

Ich schaute sie an, dann auf mein Handy, dann wieder sie. »Wie hast du das gemacht?«

»Oh«, sagte sie. »Ich weiß nicht. Manchmal passiert es einfach. Ich vergesse, dass andere Leute das nicht können.«

»Was können?«, fragte ich.

Sie zögerte, aber ich konnte erkennen, dass sie begann, mir zu vertrauen. »Manchmal hängen die Worte einfach in der Luft, und ich kann sie sehen. Na ja, ich kann sie fühlen, was so ist wie sie sehen.« Sie schüttelte den Kopf und aß ein weiteres Dutzend Pommes. »Es ist schwer zu erklären.«

Ich hätte fast meinen – sehr schlechten – Kaffee verschüttet. »Was zum *Henker?* Sagst du, dass du die Gedanken anderer Leute lesen kannst?«

»Ich weiß nicht«, sagte sie und schüttelte wieder den Kopf. »Es kommt darauf an.«

»Es kommt darauf an? Worauf?«

»Ich weiß nicht«, wiederholte sie. »Es funktioniert nicht immer. Mein Vater hasste es. Er hat es verboten, also habe ich versucht, es nicht zu tun. Aber es passiert trotzdem.«

»Warum mochte er es nicht?«

Sie zuckte mit den Schultern und schob ihren Teller weg, ohne ihn abzulecken, obwohl ich sicher war, dass sie es wollte. »Er sagte, es sei hinterhältig.«

»Nun, ich finde es nicht hinterhältig«, sagte ich. »Ich finde es ist eine verdammt coole Superkraft.«

Sie lächelte gezwungen und sah weg. Ich hatte das Gefühl, sie würde bald darum bitten, zur Toilette gehen zu dürfen, und dann durch ein offenes Fenster verschwinden.

»Hör zu«, sagte ich. »Gedankenleserin. Ich brauchte deine Hilfe schon vorher, aber jetzt brauche ich sie *wirklich*.«

Sie hörte auf, auf ihrem Stuhl herumzurutschen, und schenkte mir ihre volle Aufmerksamkeit.

»Ich brauche Hilfe bei einem Fall.«

»Du hast gesagt, du wärst kein Bulle.«

»Bin ich auch nicht. Ich helfe den Bullen.«

»Morgan ist ein Bulle«, sagte sie.

»Morgan ist die Hauptkommissarin«, sagte ich. »Sie leitet die Skorpione, eine Spezialeinheit, die vom Rat rekrutiert wurde, um paranormale Verbrechen zu untersuchen.«

Ihre Augen weiteten sich. »Du machst Witze.«

»Kein Witz«, sagte ich.

»Paranormale Verbrechen«, sagte sie ehrfürchtig. »So etwas gibt es nicht.«

»Wirklich?«, sagte ich. »Such dir einen neuen Namen aus.«

»Was?«

»Wenn du in unserem Team sein willst, brauchst du einen Namen.«

Ihre Augen waren so groß wie Speiseteller. Sie schaute sich um, aber das Interieur des Steakhauses war ziemlich uninspiriert. Dann fiel ihr Blick auf das Poster hinter mir, eine Werbung für ein Grateful Undead-Konzert, das im Stadtzentrum stattfinden sollte. Ich schauderte unwillkürlich. Wann immer ich ihre Musik hörte, erinnerte es mich an Crusty Jack in der Grackles Pub und den Chor der Geister, die in Riverside ankamen, um Derek Landau mitzunehmen. Die Vorband auf dem Poster war Dust 2 Dust, eine aufstrebende Dark-Indie-Rock-Gruppe.

»Wie wäre es mit Dusty?«, wagte sie.

»Nach Dust 2 Dust? Das ist eine ziemlich makabre Wahl.«

»Ich mag es«, sagte sie.

»In dem Fall«, sagte ich. »Wird es funktionieren.«

»Eis?«, bot ich an.

Dusty schüttelte den Kopf. »Nein, danke.«

Ihre Manieren waren zu gut für ein verwildertes Kind. Sie hatte die Wahrheit gesagt, als sie meinte, dass sie noch nicht lange auf der Straße war.

»Was für ein Kind mag kein Eis?«

»Ich bin kein Kind«, sagte sie. »Ich bin sechzehn.«

»Du bist elf«, sagte ich.

Sie sah leicht verärgert aus. »Ich bin fast zwölf.«

»Welches Fast-Zwölfjährige mag kein Eis?«

»Ich bin satt«, sagte sie und starrte auf ihren leeren Teller. »Ich bin es nicht gewohnt, so viel zu essen.«

Es war ein riesiger Unterschied zum Essen mit Salty, die zwei Limetten-Milchshakes, den ganzen Teller Rippchen und Pommes, dann meine Süßkartoffel-Wedges und dann einen Eisbecher und Kaffee mit Sahne eingesaugt hätte. Ich rief den Kellner herbei, bat um die Rechnung und fragte, ob wir eine Hähnchenpastete zum Mitnehmen für das Abendessen bekommen könnten. Nachdem ich bezahlt hatte und das Essen ordentlich verpackt zwischen uns stand, verschränkte ich die Arme und sah sie an.

»Okay, Dusty«, sagte ich. »Lass uns über das Geschäftliche reden.«

Das Mädchen setzte sich aufrecht hin.

»Du willst nicht nach Hause zurückgebracht werden.«

Sie nickte.

»Obwohl deine Eltern wahrscheinlich vor Sorge außer sich sind.«

»Das werden sie nicht sein«, sagte sie. »Sie werden froh sein, dass ich weg bin.«

»Ich kann mir nicht vorstellen, dass das stimmt«, sagte ich. Dann, ohne nachzudenken, sagte ich: »Alle Eltern lieben ihre Kinder.«

Dustys Gesicht fiel in sich zusammen. »Nicht alle Eltern.«

Sie hatte Recht. Es hatte hohl geklungen, als ich es sagte, denn meine Kindheit war der Beweis dafür, dass manche Eltern sich keinen Deut um ihre Babys scherten. Natürlich konnte ich nicht umhin, auch die verblassenden blauen Flecken an ihrem mageren Körper zu bemerken.

Ich räusperte mich und versuchte es erneut. »Du willst also nicht nach Hause gebracht werden, aber ich kann dich nicht auf der Straße schlafen lassen.«

»Mir geht's gut auf der Straße«, beharrte sie. »Ich kann auf mich selbst aufpassen.«

»Es ist zu gefährlich«, sagte ich. »Es passieren Dinge-«

Da leuchteten ihre Augen auf. »Die Entführungen«, sagte sie.

Ich wollte sie gerade fragen, woher sie davon wusste, als ich mich an Morgans SMS erinnerte. *Kein Entführungsopfer*, hatte sie geschrieben. *Nicht unser Typ.*

»Ja«, antwortete ich. »Er entführt junge Mädchen. Du passt perfekt ins Opferprofil. Du wärst verrückt, allein da draußen zu sein.«

Ich sah, dass sie damit nicht glücklich war, aber sie war auch nicht dumm. Sie zuckte mit den Schultern, als ob es keine Sorge wäre. Als ob es nicht um Leben und Tod ginge. »Schön.«

»Außerdem brauche ich dich für den Job.«

»Du hast gesagt, du zahlst bar«, sagte Dusty.

Ich zog mein Portemonnaie aus meiner Manteltasche und gab ihr fünfhundert Rand, was sie vorgab, nicht wichtig zu finden, aber ich sah die Erleichterung in ihrer Körpersprache. »Betrachte es als einen Vorschuss«, sagte ich. »Du bekommst das Doppelte, wenn du etwas für mich hast.« Das Geld würde sie ein paar Wochen lang auf der Straße ernähren, aber ich hatte andere Pläne für sie.

»Ich möchte, dass du in ein Haus mit einigen anderen Kindern ziehst«, sagte ich. »Das ist Teil des Jobs.«

»Ich habe dir gesagt, ich gehe nicht in ein Waisenhaus.«

»Das ist kein Waisenhaus.«

»Dort sind Waisen«, sagte sie und verengte ihre Augen. Es war ziemlich beunruhigend, ein Gespräch mit jemandem zu führen, der zeitweise deine Gedanken lesen konnte.

»Ja, aber es ist nicht das, was du denkst. Das Copperfield-Institut ist die erfolgreichste Magieakademie in Afrika.«

»Magische was?«

Ich lächelte. »Dusty. Was dein Vater als hinterhältig ansah, sehen wir als eine Gabe an.«

Ich konnte praktisch sehen, wie sich ihr Herz öffnete, hoffnungsvoll, besorgt. »Wer ist 'wir'?«

Es war gut, dass sie saß, denn in den nächsten zehn Minuten erzählte ich ihr alles über das, was jenseits des Schleiers lag. Magische Kräfte, übernatürliche Wesen, die guten und bösen Kräfte, die ständig darum kämpften, die Oberhand zu gewinnen.

»Es ist mein Job, das Gleichgewicht im Reich zu wahren«, sagte ich. »Ich muss daran arbeiten, die helle Seite zu stärken, weil es immer mehr als genug Leute auf der dunklen Seite gibt.«

Dustys Lippen standen offen. Ich konnte erkennen, dass ihr Gehirn wie das Tassen-Karussell im Vergnügungspark in der Goblin-Stadt wirbelte. »Das Gleichgewicht halten? Wie machst du das?«

»Ich habe bestimmte Kräfte – anders als deine.«

»Wie was?«

Ich war mir nicht sicher, wie viel ich sagen sollte, aber ich brauchte die Hilfe dieses Kindes. »Ich bin eine grüne Hexe, eine Tränkemeisterin und eine Fluchbrecherin.« Ich beschloss, den Teil über die Vigilanten-Attentäterin wegzulassen, und hoffte, sie würde diesen bestimmten Gedanken nicht lesen können.

»So was gibt's nicht«, sagte sie, aber ich hörte die Unsicherheit in ihrer Stimme. »Sowas wie Hexen oder Magie gibt es nicht.«

Ich hob meine Augenbrauen. »Wirklich?«

Ich konzentrierte meine Aufmerksamkeit auf das Essenspaket, das in der Mitte des Tisches zwischen uns lag, und atmete ein paar Mal tief ein, um meine Kraft zu sammeln. Sobald ich das Prickeln der Magie auf der Haut meiner Arme und Hände spürte, richtete ich meine ganze Aufmerksamkeit auf das Essen. *Volas!*, beschwor ich innerlich. Die braune Papiertüte mit Dustys Pastete zuckte und schwebte dann in der Luft zwischen uns. Dusty sah schockiert im Restaurant umher, als ob sie überprüfen wollte, ob noch jemand anderes sah, was sie sah. Ich zog die Magie zurück, und der Behälter fiel mit einem Knirschen aus Polystyrol zurück auf den Tisch.

Das Mädchen starrte auf die Tüte und dann auf mich. Ich lächelte.

»Der Aufenthalt im Haus der Direktorin in Copperfield mit den Waisen wird uns in zweierlei Hinsicht dienen. Erstens bekommst du ein Dach über dem Kopf, Essen und einen Schutzzauber um das Grundstück. Du wirst dort sicher sein.« Ich deutete auf das Geld, das ich auf den Tisch gelegt hatte. »Zweitens musst du für den Job, für den ich dich anheuere, dort sein.«

# KAPITEL 8

# IN GESELLSCHAFT DER BÄUME

ASHA

Ich war so froh, nach Hause zu kommen, nachdem ich Dusty bei Madame Copperfield abgesetzt hatte. Ich konnte den abgestandenen Schweiß und den städtischen Schmutz auf meiner Haut spüren und konnte es kaum erwarten zu duschen. Durch den Vorgarten zu gehen, war immer eine Erleichterung – das Tor zur heißen, gewalttätigen Stadt draußen schließen und sofort in die kühle grüne Oase aus Blättern, Knospen und Beeren und in die Gesellschaft der Bäume eintauchen. Ich blieb stehen und holte ein paar tiefe Atemzüge. Als ich dort schweigend stand, konnte ich das Schimmern in den sich bewegenden Zweigen und tanzenden Blättern sehen. Es gab so viele dringende Probleme in der Welt, aber nicht hier. Manchmal konnte ich nicht glauben, dass ich glücklich genug war, dieses Heiligtum zu besitzen.

Was mich daran erinnerte... jetzt, da ich wieder völlig *compos mentis* war und den größten Teil meiner Erinnerungen zurückhatte, musste ich wieder anfangen, Geld zu verdienen. Ich hatte bereits den Vorschuss ausgegeben, den die Direktorin mir gegeben hatte, und der Stundensatz, den die Skorpione für meine »freiberufliche Ermittlerin«-Tätigkeit zahlten, würde sogar eine leere Geldbörse beleidigen. Wie jede selbstachtende Hexe bestätigen würde, war es eine gute Idee, mehrere Einkommensquellen zu haben. Ja, meine wichtigste Aufgabe war es, das

Gleichgewicht im Reich zu halten, was bedeutete, paranormale Verbrechen zu lösen und gelegentlich einen Bösewicht auszuschalten, aber leider zahlte das nicht die Miete.

Meine Haupteinnahmequelle war kommerzieller, lag aber immer noch im übernatürlichen Bereich. Ich stellte Tränke für Mason & Sons her und füllte sie ab – die älteste und angesehenste magische Apotheke in Johannesburg. Ich belieferte sie auch mit Zutaten. Man wäre überrascht, wie schwierig es war, die nicht genmanipulierten Bio-Lebensmittel zu bekommen, die magische Wesen sogar für die grundlegendsten Zauber benötigen. Fingerhut, Alrauntrüffel, Molchaugen (auch bekannt als frische Senfsamen), Ingwerblütenblätter, ganz zu schweigen von der Vielzahl an Pilzen, die in meinem Garten wachsen. Natürlich haben alle Hexen ihre eigenen Gärten, aber die Jahreszeiten wechseln und man weiß nie, was das Leben bringen wird. Man kann nicht immer alle Zutaten anbauen. Als Stadtbewohner haben nicht alle Hexen genug Platz, um anzubauen, was sie brauchen. Ich wusste, dass die supercoole, technikbegeisterte Starfall-Hexe Agatha in einer Wohnung lebte und daher nur einen Balkon zum Begrünen hatte. Das passte zu ihr, aber ich könnte so nicht leben. Ich glaube, ich hätte mich von besagtem Balkon gestürzt.

Also ja, ich musste wieder mit der Trankherstellung beginnen. Ich musste auch wieder säen, ernten und konservieren. Nicht nur Zutaten, sondern auch Nahrung. Seit dem Angriff hatte ich mich nicht sehr gut ernährt. Ich musste meinen Körper mit den Gaben der Wildnis nähren. Allein im Vorgarten reiften Cinderella-Kürbisse, und Bohnen- und Erbsenranken hingen voller praller Schoten. Mein Bankkonto mochte zwar recht schmal sein, aber zumindest würde ich nicht hungern müssen. Ich pflückte eine Handvoll violettschotiger Erbsen, um sie den Hühnern zu bringen, und begann, sie beim Schlendern aufzuknacken. Ich schloss die Haustür auf und ging hinein, bereit, direkt in den Garten zu gehen, um die Dinosauriervögel mit ihren frischen grünen Süßigkeitskugeln zu verwöhnen.

Da war eine Silhouette vor einem Fenster, begleitet von einem vertrauten Geruch. Erschrocken ließ ich die Erbsen fallen, und sie rollten von mir weg. Der Duft war Rosmarin und Sandelholz.

»Hohepriesterin«, sagte ich. »Sie haben mich erschreckt.«

Soleil saß auf der Fensterbank mit Odysseus, der auf ihrem Schoß schnurrte. »Entschuldigung, Liebes.« Ohne einen Zauberstab zu benutzen, zeigte sie mit zwei Fingern auf die Erbsen auf dem Boden und sagte: »*Contendis*«, wirbelte sie auf und schickte sie dann in einem Strom nach draußen zu den dankbaren Hühnern.

»Ich wünschte, Sie würden das nicht tun«, sagte ich.

Soleil schenkte mir ein schelmisches Lächeln. »Die Hühner füttern?«

»Einbrechen.«

»Ich sehe keinen Bruch«, antwortete Soleil.

»Könnten Sie nicht einfach durch die Vordertür kommen wie ein normaler Mensch?«

Die Hohepriesterin runzelte die Stirn. »Ich bin kein normaler Mensch.«

Ich seufzte. »Ich verstehe nicht, warum Sie nicht einfach klingeln können.«

»Das habe ich!«, sagte sie lächelnd. »Aber niemand war zu Hause.«

Wir hatten dieses Spiel schon früher gespielt. Wir würden im Kreis gehen, bevor wir zu dem Schluss kämen, dass die Hohepriesterin tun würde, was sie wollte, und eines Tages würde ich lernen, dass Beschwerden zwecklos waren. Ich setzte den Wasserkocher auf und suchte im Schrank nach einigen Keksen.

»Du bist wieder zu deinem frechen Selbst zurückgekehrt«, sagte Soleil. »Ich bin froh. Als du an Amnesie littest, warst du viel höflicher zu mir. Es war ziemlich beunruhigend.«

Ich bereitete selbst angebauten Kamillentee zu, und wir nahmen das Tablett mit in den Garten, wo die Hühner aufgeregt zu gackern begannen, weil sie dachten, wir hätten mehr Leckereien mitgebracht. Ich brach eine Traube von der Patio-Rebe und begann, die süßen Kugeln eine nach der anderen hinüberzuwerfen. Ich liebte, wie leicht Hühner zufriedenzustellen waren. Der Vergleich mit Menschen ließ größere Gehirne überbewertet erscheinen.

Ich rutschte auf meinem Sitz hin und her, als Soleil mich mit ihren elektrischen Augen anstarrte. Der Tag war lang gewesen, und ich wollte wirklich diese Dusche, auf die ich mich gefreut hatte. Dennoch wäre es niemals angebracht, eine Hohepriesterin zu beeilen.

»Zwei Dinge bringen mich heute hierher«, begann sie. »Das erste ist natürlich, nach dir zu sehen.«

Ich trank meinen Tee in einem Zug aus und schenkte noch einen ein. Ich war durstiger als gedacht.

Sie beobachtete jede meiner Bewegungen. »Geht es dir gut? Du siehst ein bisschen... zerzaust aus.«

»Ja«, antwortete ich. »Danke. Ich hatte einen... interessanten Tag.«

Neugierig geworden, hob sie die Augenbrauen, während sie ihre Tasse an die Lippen hielt.

»Aber was meine Kopfverletzung betrifft, denke ich, sie ist fast vollständig geheilt.«

»So etwas wie vollständig geheilt gibt es nicht«, sagte Soleil.

»Ja«, antwortete ich. Eine Wunde hinterlässt immer eine Narbe, ob sichtbar oder nicht.

»Hast du noch Kopfschmerzen?«

»Nein«, antwortete ich. »Keine Kopfschmerzen.«

»Gut. Und deine Erinnerungen. Sind sie alle zurückgekehrt?«

Ich zögerte. »Ich glaube schon. Das Problem mit Erinnerungen ist, dass man nicht wüsste, ob man sie alle zurückbekommen hat oder nicht, oder?«

Die Hohepriesterin lächelte. »Wahr. Fleckige Erinnerung ist der menschliche Zustand.«

Bienen summten fröhlich um uns herum und suchten nach Pollen, um ihre Taschen zu füllen. Soleil beugte sich auf ihre Ellbogen nach vorne. »Ich schätze, was ich zu fragen versuche, liebe Asha, ist, ob du dich an unsere... Vereinbarung erinnert hast.«

Ich sah sie ausdruckslos an, bis mir klar wurde, worauf sie sich bezog. »Oh«, sagte ich. »Sie meinen-«

»Ja«, antwortete Soleil. »Deine V.A.-Position.«

Sie hätte natürlich virtuelle Assistentin meinen können, aber ich wusste es besser. Ich war Soleils Auftragsmörderin, ihre Killerin, ihre Vigilanten-Attentäterin.

Ich nickte. »Das Gleichgewicht im Reich halten.«

Die Hohepriesterin wirkte zufrieden, und ihre Schultern entspannten sich. »Ja«, sagte sie. »Das Gleichgewicht im Reich halten.«

Ich steckte mir einen Ingwerkeks in den Mund und wischte mir die Krümel von den Fingern. »Gibt es jemanden, um den ich mich kümmern soll?«

»Noch nicht«, antwortete Soleil. »Ich halte dich auf dem Laufenden. Ich wollte nur sicherstellen, dass dieser bestimmte Erinnerungsstrang zu dir zurückgekehrt ist.«

Ich nickte. Sie waren in voller Farbe und Geschwindigkeit zurückgekehrt, während ich im Feuer von Riverside gefangen war. Ich erinnerte mich daran, den Vampir zu töten, der eine ganze unberührte Familie ausgelöscht hatte; die Hexe, die jeden Mann tötete, den sie einfangen konnte; den Ork-Unhold, der die Zähne seiner unberührten menschlichen Opfer sammelte. Als das Gebäude um mich herum brannte, hatte ich mich daran erinnert, den Mördern das Leben zu nehmen, und ich erinnerte mich in krassen Details daran, denn das passiert, wenn man jemanden tötet. Ich erinnerte mich an jeden Geruch und jede brennende Empfindung.

»Asha?«

Ich blinzelte Soleil an. »Entschuldigung, ich-«

Sie hob eine Hand. »Keine Erklärung nötig. Das andere, weswegen ich dich besuchen wollte, ist eine Einladung.«

»Oh?«

»Rose Devka tritt dem Starfall-Zirkel bei.«

»Wie bitte?«

»Nicola Landau«, sagte Soleil langsam, vielleicht besorgt, dass ich mehr Erinnerungen verloren hatte als gedacht. »Sie ist im Hexenschutzprogramm.«

Ich schüttelte den Kopf. »Das weiß ich. Aber dem Zirkel beitreten? Sie hat nicht die Gabe.«

Die Hohepriesterin lächelte nachsichtig. »Du weißt genauso gut wie ich, dass nicht alle Frauen, die sich der Hexerei zuwenden, Zugang zur Leere haben.«

»Aber-«

»Du wurdest von den ausgezeichneten Lehrern und Professoren in Copperfield erzogen, also ist es natürlich, dass du erwartest, dass alle Okkultisten die Gabe haben.«

Ich stellte meine Tasse ab. »Aber-«

»Aber was ist der Sinn?«

»Wenn sie keine Magie wirken können, meine ich.«

Soleil blickte in den Dschungel. Ein Schmetterling flatterte vorbei, mit Wassermelonenflügeln. »Würdest du noch gärtnern, wenn du die Früchte nicht essen könntest?«

Ich blinzelte sie an. »Natürlich würde ich das.«

»Nun«, sie lächelte wieder. »Da hast du deine Antwort.«

Soleil hinterließ in mir ein Gefühl der Beunruhigung. Ich war absolut dafür, dass Nicola Landau – Rose Devka – ein neues Leben begann, aber es schien seltsam, dass sie unserem Zirkel beitreten würde. Die Hohepriesterin hatte gesagt, dass sie anderen helfen wolle, wie wir ihr geholfen hätten. Sie wäre ohne uns tot, sagte sie, oder Schlimmeres. Vielleicht fand ich es verstörend, weil ich wusste, warum sie überhaupt verflucht worden war... und das hatte nichts mit ihr zu tun und alles mit mir. Ich stellte mir Adrathars dämonisches Gesicht vor, als er seine Blitz-maschine einschaltete, meinen Körper in Krämpfe versetzte und mein Bewusstsein verdrehte, als wäre es ein nasses Tuch, das ausgewrungen wurde. Bei Hades, es war qualvoll. Und Landau hatte tagelang diese Art von Folter durchgemacht. Bevor Adrathar und Chione sie ins Visier genommen hatten, war Nicola Landau eine wohlhabende bürgerliche Vorstadtfrau gewesen, die Pilates und ihren Labrador liebte. Jetzt war sie eine obdachlose Witwe mit veränderten Fingerabdrücken und PTBS.

Ja, da war wieder dieses Zwicken; es war Schuld, ob ich sie verdiente oder nicht.

Ich würde zur Initiationszeremonie gehen, beschloss ich, und ich würde lächeln und Geschenke mitbringen. Das war das Mindeste, was ich tun konnte. In der Zwischenzeit musste ich die vermissten Mädchen finden. Ich überprüfte mein Handy. Noch nichts von Dusty, aber ich war immer noch hoffnungsvoll. Maple Mellor hatte sich wortlos geweigert, mit ihren Eltern nach Hause zu gehen, also waren Dusty und Maple jetzt unter einem Dach. Wenn Dusty wirklich telepathisch war, würde sie sicher bald Neuigkeiten für mich haben. Ich hoffte auch, dass sie sich im Haus der Direktorin gut eingelebt hatte. Die Matrone würde dort sein, um sie zu füttern und sie abends zuzudecken, und Madame Copperfield würde ihnen beibringen, was sie wissen mussten, um sich vor mögli-chen Entführern und anderer dunkler Magie zu schützen.

Ein schwerer Seufzer entwich meinen Lippen. In was für einer Welt lebten wir, in der wir jungen Mädchen beibringen mussten, sich vor Schaden zu schützen? Diese Entführungen drängten das Pendel sicher-lich zur dunklen Seite, und es war meine Verantwortung, es zurück-zuziehen.

Wo konnten die Mädchen sein? Es war, als wären sie alle spurlos verschwunden. Buchstäblich – Morgan sagte, ihr forensisches Team habe nicht einmal einen Teilabdruck oder ein verirrtes Haar gefunden. Und warum würde die böse Person, nachdem sie Dutzende gewöhnli-cher Mädchen entführt hatte, dann ein magisches Mädchen nehmen, die Tochter solch hochrangiger Reichsmitglieder? Suchte er oder sie nach Berühmtheit, nach Schlagzeilen, wie es Serienmörder oft tun? Mein Magen verkrampfte sich. *Bitte Göttin, lass es keinen Serienmörder sein.*

Während ich über den Fall grübelte, bewegte ich mich mit meinem Erntekorb und dem grünen Eimer für Hühnerreste durch den Garten. Ich bewegte mich langsam und methodisch, erntete und beschnitt. Nachdem ich meinen Korb fünfmal gefüllt hatte, ging ich hinein, in die kühle Küche, und begann, die Zutaten zu verarbeiten, die Kante an Kante auf meiner Küchentheke lagen. Die Kräuter wurden in drei Teile geteilt: ein Drittel an der Wand aufgehängt zum Trocknen, ein Drittel zum Wurzeln in einem Glas Wasser auf der Fensterbank und ein Drittel zum Einfrieren in Eiswürfelbehältern. Ich schnitt die verschiedenen Pilze und Trüffel und legte sie in den Dörrapparat. Chilischoten wurden getrocknet, aber nicht bevor ich ihre Samen rettete. Mit dem überschüssigen Knoblauch stellte ich ein Confit her, wärmte ihn in Olivenöl mit Thymian und Pfefferkörnern und füllte ihn in Flaschen, als er abgekühlt war. Karotten wurden geschrubbt und in Julienne geschnitten, besprüht und gekühlt, und ihre grünen Köpfe waren die Hauptzutat im Pesto, das ich mit Olivenöl, Knoblauch, Nüssen, Samen und veganem Parmesan herstellte.

Die interessanteren Kräuter – sprich: giftige – bereitete ich in einer anderen Ecke der Küche zu, auf einem Schneidebrett, das nie mit anderen Lebensmitteln in Berührung kam. Wasserschierling, schwarze Tollkirsche, weißer Schlangenwurz, Oleander. Der Wasserschierling – *Cicuta maculata* – gilt als die giftigste Pflanze der Welt. Das Tückische war, dass die große Wildblume aus der Familie der Karotten fast identisch mit Pastinaken aussah. Anscheinend war es ein leichter Fehler und eine schreckliche Art zu sterben. Belladonna wird seit der Antike als Medizin verwendet. Sie wurde nach den schönen Frauen des italienischen Renaissance benannt, die die Toxine zu sich nahmen, um ihre Pupillen zu erweitern. Die dunkle, süße, tintenartige Frucht hat weniger charmante Namen: Mörderbeeren; Zauberbeeren; sogar Teufelsbeeren. Sie könnten das Gift gewesen sein, das Julia in Shakespeares tragischem Stück gegeben wurde.

Wenn ich mit diesen Arten von Zutaten arbeitete, trug ich sicher Handschuhe, und die Abfälle kamen direkt in den Kompostturm und niemals in die Nähe meiner Vögel. Ich arbeitete schnell, mit geübten Händen, und genoss es, die Tinkturen und Extrakte herzustellen, die ich sorgfältig

mit meinen eigenen illustrierten Totenkopf-Etiketten auf braunen Glas-
flaschen beschriftete.

Während ich arbeitete, summte ich und dachte über alles nach, was in
meinem Kopf wirbelte, während mein Gehirn weiter die Ereignisse der
letzten Wochen verarbeitete. Ich dachte an meine Nahtoderfahrungen,
die vermissten Mädchen und Dusty. Und natürlich dachte ich an
Detektiv Sam Armstrong. Mutiger, freundlicher, lustiger Mann – oder
Herr Bulle, wie Salty ihn nannte. Ich wusste, dass ich seine Erinnerung
an Nilve und ihre mächtige Portalmagie hätte löschen sollen – und das
Treffen mit einem Werwolf namens Stoker, und Göttin weiß, welche
andere Magie er in jener Nacht in Riverside gesehen hatte –, aber ich
konnte mich nicht dazu durchringen. Nicht, wenn die Chance bestand,
seine Gefühle für mich zu löschen. Ich sollte den Schleier der Maskerade
um jeden Preis schützen, aber stattdessen tauchte ich tiefer ein. Ich
nahm Sam mit zu Ferras Kneipe, wo er noch mehr magische Kreaturen
sah, einschließlich eines Rülpsers betrunkener Orks. Er hatte es mit
Fassung aufgenommen, aber nicht ohne zu zeigen, wie überrascht er
war. Von einem Zwerg ausgezeichnetes Bier serviert zu bekommen, war
die sprichwörtliche Kirsche auf der Sahne. Soleil würde wütend sein,
wenn sie es herausfände.

Als ich in der Küche fertig wurde, die neue Ernte in meinen Tränkeraum
brachte und die Arbeitsflächen abwischte, hoffte ich, dass wir uns
wiedersehen würden. Ich wusste nicht, woran ich bei ihm war. Zuerst
drohte er mir mit einer Verhaftung, die er nie beabsichtigte durchzufüh-
ren, dann arbeitete er nebenbei als mein Leibwächter und half uns, in
eine staatliche Einrichtung einzubrechen. Es ergab keinen Sinn. Er ergab
keinen Sinn. Und doch, wenn wir zusammen waren, ergaben wir Sinn.

# KAPITEL 9
# LACEWOOD BOWER

SIMONE

Ich konnte es nicht glauben. Ich meine, ich konnte es wirklich nicht glauben. Ich wusste nicht, wie wir so viel Glück haben konnten. Byron schaute zu mir herüber, und ich drückte seine Hand, die auf dem Schalthebel ruhte.

»Unglaublich«, sagte ich, während die Aufregung meine Kehle zusammenschnürte, sodass meine Stimme hoch und atemlos klang. Es war eine lange Fahrt von Westville, Durban, gewesen, aber jetzt waren wir hier und offiziell Einwohner von Johannesburg! Und wir zogen nicht nur in die größte Stadt des Landes, es sah auch so aus, als würden wir in das schönste Haus einziehen, das ich je gesehen hatte.

Zuerst blieben wir im Auto sitzen und starrten auf das riesige, wundervolle Haus. Vielleicht würde der ganze Traum verschwinden, wenn wir uns bewegten, um aus dem Auto zu steigen, und wir würden wieder in unserem feuchten kleinen Haus in Durban aufwachen.

Dieses Haus war großartig. Wie konnten wir uns das leisten? Byron bestand darauf, dass es problemlos mit seinem neuen Gehalt aus der Zentrale finanzierbar sei.

»Es sieht aus wie eine Villa«, sagte ich.

Byron lachte leise. »Nicht ganz.«

»Ist das echt?«, fragte ich meinen Mann. »Es fühlt sich nicht echt an.«

Er lächelte mich warmherzig an. »Willkommen zu Hause.«

Bevor ich zu verträumt werden konnte, holten mich die Kinder wieder auf den Boden der Tatsachen zurück, indem sie auf dem Rücksitz einen Schreikontest veranstalteten. Als ich mich umdrehte, um das zu klären, traf mich eine leicht gesalzene Brezel an der Stirn.

Meine Jüngste, Tristan, grinste mich schuldbewusst an, was mich an das Grinsen der Hühner in »Chicken Run« erinnerte.

»Hast du gerade eine Brezel nach mir geworfen?«, fragte ich.

»Nicht mit Absicht«, antwortete sie, was meinen ältesten Sohn zum Lachen brachte, sodass ihm Saft aus der Nase spritzte.

*Jissis*, dachte ich.

Jissis, JIS-sis, ist ein südafrikanischer Ausruf, der knapp unter einem Schimpfwort bleibt. Er stammt, nehme ich an, von der afrikaans Aussprache von »Jesus«, wird aber so häufig verwendet, dass die Blasphemie längst ihre Schärfe verloren hat. Man kann ihn als Reaktion auf alles leicht Beeindruckende verwenden – *Jissis, Mann, das ist ein gutes Feuer, das du da gemacht hast* – oder als emotionaleren Ausdruck – *Jissis, ich verliere gleich die Beherrschung und bringe die verdammten Kinder um.*

Tristan, meine kleine Tochter, vier Jahre alt; Scott, das mittlere Kind, sechs Jahre alt; Cameron, mein Ältester, acht Jahre alt. Ja, das sind jeweils zwei Jahre Abstand, was bedeutete, dass ich noch ein Baby stillte, als ich merkte, dass ich mit dem nächsten schwanger war, und das ZWEIMAL, was dazu führte, dass ich sechs Jahre lang entweder schwanger war oder stillte. Ich weiß, was ihr denkt ... Ich habe eine Menge Gin & Tonics aufzuholen. Und ja, ich stimme zu. Ihr denkt wahrscheinlich auch, dass ich Verhütung benutzen sollte, und ich freue mich, euch mitteilen zu können, dass Byron sich einer Vasektomie unterzogen hat, sobald der dritte Schwangerschaftstest auch nur ansatzweise positiv ausfiel. Was soll ich sagen? Wir leben und lernen. In derselben Woche, in der wir beschlossen hatten, dass zwei Kinder mehr als genug sind, bekam ich Morgenübelkeit. Tristan war eine wunderbare Überraschung, und wir können uns ein Leben ohne sie nicht mehr vorstellen. Allerdings war das Leben mit drei kleinen Kindern absolutes Chaos. Ich betrachtete die Verwüstung auf dem Rücksitz. Verschütteter Saft, Crackerkrümel, Rosinen, die wie tote Fliegen auf dem Boden verstreut waren. iPad-Bildschirme fettig zurückgelassen und Kopfhörerkabel verdreht und verbogen.

Ich atmete tief durch. Immerhin hatten wir die Reise überlebt. Wir waren am Leben und körperlich gesund. Geistig gesund ... da war ich mir nicht sicher. Die Jury berät noch darüber. Es gibt Tage, an denen ich einen langen Spaziergang von einer kurzen Klippe machen möchte. Ich liebte es, und es machte mich wahnsinnig. In einem seltenen Moment der Ruhe sahen sie mich alle an und schenkten mir dieses Chicken-Run-Grinsen. Was konnte ich anderes tun, als das Grinsen zu erwidern? Es war ein Zirkus, und sie waren meine Affen.

Ich löste Tristans Autositz mit einem lauten Klicken. Ihre Haut war feucht vor Schweiß, und ihr kleines Baumwollkleid klebte an ihr. Ich glättete ihr Haar, wischte ein paar Kekskrümel von ihren Oberschenkeln und hob ihren kleinen Körper aus dem Sitz und auf das grüne Gras neben dem Auto, wo sie sich ihren Brüdern anschloss, die vom Anblick des Hauses ehrfürchtig zu sein schienen.

»Ist es nicht toll?«, fragte ich.

»Es ist ein Palast«, sagte Cameron. »Es ist wie Richie Richs Haus.«

»Nicht ganz«, sagte Byron und zwinkerte mir zu.

Meine Mutter hatte mir einen Stapel alter Comics gegeben, die ich als Kind gelesen hatte. Casper, Wendy, Little Lotta, Archie, Ritchie Rich. Cameron liebte sie. Ich liebte es, mir die Vintage-Anzeigen für Furzkissen und Seeaffen anzusehen. Cameron, der blond und gutaussehend geboren wurde und eine tiefe und beständige Liebe zu Taschengeld hatte, identifizierte sich sofort mit Ritchie.

»Es ist massiv«, sagte Tristan. »Massiv« war eines ihrer neuen Wörter, die sie bei jeder Gelegenheit benutzte. »Immens« war ihr anderes aktuelles Lieblingswort. Sie mochte »große« Wörter, was wir amüsant fanden, da sie die Kleinste war.

»Wir können Cricket spielen«, sagte Scott, der Sportfreak in der Familie, den Blick auf den weitläufigen, gepflegten Rasen gerichtet.

»Ja«, antwortete Byron. »Wir können Cricket spielen.« Er hob Scott hoch, und wir gingen auf das Haus zu. Neue Stadt, neues Haus, neue Leute. Die Bewohner von Jo'burg sollten weltoffener sein als die Leute in Durban, oder? Kosmopolitischer, fortschrittlicher. Freundlich. Darauf freute ich mich. Der Kaffee sollte besser sein. Und das Essen.

*Das wird ein echtes Abenteuer*, dachte ich bei mir, wie ich es schon hundertmal getan hatte, seit Byron mir erzählte, dass wir in eine andere Provinz umziehen würden, weg von unseren Freunden und unserer Familie. Weg von der Küste und allem, womit wir aufgewachsen waren. Seine Beförderung war ein riesiger Glücksfall gewesen, und hier waren wir, kurz davor, in unsere Villa einzuziehen. Byron nahm meine Hand, ich nahm Tristans und Camerons, und wir fünf gingen über unseren neuen Cricketplatz zur enteneierblauen Eingangstür von Lacewood Bower.

Byron schloss die Eingangstür auf und lehnte sich hinein, um sie zu öffnen. Die Kinder rannten an unseren Beinen vorbei in das neue Haus und kreischten wie überkoffeinierte Furien. Ich hatte auf der Autofahrt genug von ihrer lauten Gesellschaft gehabt, also ließ ich sie gewähren und freute mich auf ein paar Momente relativer Ruhe.

Der riesige, polierte Holzboden lud uns ein. Er wurde vom Nachmittags-sonnenlicht erhellt, das durch die großen Fenster strömte und alles vergoldete, was es berührte. Das Springen und Krachen, das ich über uns hörte, verriet mir, dass die Kinder nach oben gekommen waren. Bald würde es ein schrilles Schreien und Schluchzen geben, wenn sie um ihre neuen Zimmer kämpfen würden. Ich verdrehte die Augen über ihr wildes Chaos, und Byron legte seine Arme um mich. Mein Mann war etwas größer als ich und stärker, und ich liebte es, wenn er mich in seinen Körper einschloss. Wenn es je ein Für-immer-Zuhause gab, fühlte sich das hier danach an.

»Es ist wunderbar«, sagte ich.

Er lachte leise. »Du hast es dir noch nicht einmal angesehen. Es gibt ein Dutzend andere Räume.«

»Ich bin sicher, die sind auch wunderbar.«

In diesem Moment blieb vieles unausgesprochen, was wir beide von Natur aus verstanden. Es war ein Risiko gewesen, unser gemütliches Leben in Westville aufzugeben, um hierherzukommen, und wir waren beide besorgt darüber gewesen. Ich hatte das Haus, in das wir unsere gesamten Ersparnisse gesteckt hatten, noch nie gesehen. Es liegt in Byrons Natur, für alles Verantwortung zu übernehmen, also wusste ich, dass er gestresst war, wie alles herauskommen würde. Bisher lief alles gut.

Ich befreite mich aus seiner warmen Umarmung und krempelte meine Ärmel hoch. »Lass uns das Auto auspacken.«

»Nein«, antwortete Byron und prüfte, ob der Gefrierschrank Eis hatte. »Lass uns lieber feiern. Hier ist Eis, und in der Kühlbox ist Bombay Sapphire und Tonic.«

»So organisiert!«, sagte ich. »Ich bin beeindruckt.«

»Die Betten sind bezogen, und ich hole nur unsere Übernachtungstasche für Pyjamas und Zahnbürsten. Der Rest kann bis morgen warten.«

Ich würde nicht mit einem Mann streiten, der mir nach einem langen Tag im Auto mit unseren selbstgemachten Gremlins einen kalten G&T anbot. Wir hatten sogar noch einen halben Beutel Brezeln von der Reise übrig, also ignorierte ich die Tatsache, dass sie wahrscheinlich die Fingerkeime der Kinder trugen, und leerte sie in eine zufällige Plastikschüssel, die ich in einem ansonsten leeren Schrank fand. Die Schränke hatten nicht den muffigen Geruch, den Küstenhäuser hatten; die Luft hier war trocken. Wir nahmen unsere Getränke mit auf die Terrasse, die auf einen riesigen Eichenbaum, einen abfallenden Rasen und einen einladenden Pool blickte.

»Wow«, sagte ich, nicht zum ersten Mal an diesem Tag.

An dem Baum hing eine altmodische Schaukel, die sich leicht in der

Abendbrise bewegte. Der Rasen war perfekt gepflegt, und die Gartenbeete waren ein Blumenmeer.

»Zum Haus gehört ein Gärtner, oder?«, fragte ich. Ich hatte das Gegenteil eines grünen Daumens. Ich hatte schwarze Frostfinger. Wenn ich diesen Garten pflegen müsste, würde er innerhalb eines Jahres von üppig zu apokalyptisch werden.

»Gärtner und Putzfrau. Ich habe beide behalten, dachte, es wäre das Richtige. Sie fangen nächste Woche an.«

Ich machte mir Sorgen. Jo'burg war eine teure Stadt. »Aber das können wir uns doch nicht leisten, oder?«

»Mein Gehalt sollte das abdecken können«, antwortete er.

Wir wussten beide verdammt gut, dass meins das nicht könnte. Ich war früher Künstlerin – eine Malerin – aber die Kinder saugten wie überenthusiastische Seelenvampire jede kreative Energie aus mir heraus. Sie nahmen und nahmen, bis ich nichts mehr zu geben hatte, und dann nahmen sie noch mehr. Nicht, dass sie nie etwas zurückgaben. Das taten sie. Sie versorgten uns mit Drama und Freude und ließen unser Leben verbundener und sinnvoller erscheinen. Unser Leben vor den Kindern schien so steril, so oberflächlich. Kinder haben eine Art, einen auf den Boden der Tatsachen zu bringen und einen mit ihren Umarmungen und ständigen Fragen zu überfallen, sodass man fest im Moment verankert bleibt. Das ist es, was all die Gurus sagen, nicht wahr? Glück findet man, wenn man im Moment ist. Ich glaube, da ist etwas dran. Seit ich vor acht Jahren Cameron bekommen habe, fühle ich mich definitiv präsenter, engagierter. Auch erschöpfter. Aber wie man so schön sagt, die Tage sind lang, aber die Jahre sind kurz.

»Hey, Schöne«, sagte Byron und stieß sein Glas gegen meines. Sein Gesichtsausdruck war müde, aber fröhlich. »Frohes Umzugsfest. Willkommen im Rest deines Lebens.«

KAPITEL 10

# EIN ALTER MANN

SIMONE

Ich hatte kaum einen Schluck von meinem Gin Tonic genommen, als ich das schrille Weinen hörte, das ich erwartet hatte. Byron stand auf, aber ich winkte ihn zurück. »Ich schaue nach ihr«, sagte ich. »Ich muss sowieso ins Bad.«

Ich ließ Byron draußen auf der warmen Terrasse im sherryfarbenen Abendlicht zurück, sein Glas beschlagen vor Kondenswasser. Ich fühlte mich richtig schwindelig. Alles sah so neu aus. Ich lief nach oben, um die Kinder aus ihrem Ringkampf zu holen und sie für ihr schlechtes Benehmen zu tadeln. Ich drohte ihnen mit dem Entzug ihrer iPad-Privilegien und sagte ihnen, sie sollten ihre Rucksäcke auspacken.

»Wann kommt Catnip?«, fragte Cameron. Wir alle liebten unsere Katze, aber Cameron und Catnip hatten die engste Beziehung. Ich hatte sie oft zusammen liegend vorgefunden, die süße dunkle Tabbykatze schnurrte laut genug, um einen Motor anzutreiben, während Cam auf seinem Tablet den Harry-Potter-Hörbüchern lauschte. Catnip ist wahrscheinlich die einzige Katze der Welt, die sieben oder acht Lesungen der gesamten Harry-Potter-Reihe über sich ergehen lassen musste. Es schien ihr nichts auszumachen.

»Morgen«, antwortete ich.

60

»Ich vermisse sie«, sagte er.

*Es sind noch nicht mal vierundzwanzig Stunden*, wollte ich sagen. Stattdessen lächelte ich und wuschelte durch sein Haar. »Ich auch. Sie wird bald hier sein.«

Die verwöhnteste Katze in Westville sollte betäubt und zu uns geflogen werden, um das Trauma der Reise zu minimieren. Cameron hatte ihren Transportkorb mit frischer Katzenminze und einem teuren Schal von mir dekoriert. Er hatte sogar eine Dose Thunfisch in seinem Rucksack mitgebracht, um sie bei ihrer Ankunft willkommen zu heißen. Ich wünschte, er wäre genauso nett zu seinen Geschwistern, aber das wäre wohl zu viel verlangt. Ich rannte nach oben ins Gästezimmer, das mit Blick auf den Garten mit seinem schönen Rasen und der Eiche lag. Das eigene Badezimmer war schön dekoriert, abgesehen von einem gerahmten Druck an der Rückseite der Tür, der einen alten Mann mit einem beunruhigenden Blick zeigte. Er würde wahrscheinlich überall sonst im Haus an einer Wand gut aussehen, aber wenn man auf der Toilette saß und er einen direkt anstarrte, war es schon ein wenig befremdlich. Ich würde ihn durch einen Picasso-Druck ersetzen, dachte ich. Oder einen Jackson Pollock. Gott weiß, ich hatte in den nächsten Tagen genug Kunst aufzuhängen. Nachdem ich fertig war und mir die Hände gewaschen hatte, nahm ich das Gemälde ab und stellte es auf den Boden, mit dem Gesicht zur Wand, damit ich beim nächsten Mal in Ruhe pinkeln könnte.

Als ich Byron wiederfand, saß er am Steintisch auf der Terrasse und starrte ins Leere.

»Worüber denkst du nach?«, fragte ich.

Er schüttelte den Kopf und lächelte mich an. »Nichts. Alles okay mit den Kindern?«

»Sie leben«, antwortete ich. »Keine Blutungen.«

Byron sah zufrieden aus. Ich nahm mein beschlagenes Glas und trank ein paar große Schlucke. Ich konnte das Gemälde des Mannes nicht aus dem Kopf bekommen. »Wer hat vorher hier gewohnt?«

»Ein alter Mann«, antwortete Byron.

»Was?«

Er runzelte die Stirn. »Was?«

»Ein alter Mann?«

»Ich glaube ja. Das hat der Immobilienmakler gesagt.«

»Im Gästebad hängt ein Bild von einem alten Mann«, sagte ich.

»Das ist wahrscheinlich nicht der Vorbesitzer«, sagte Byron. »Ich meine, das wäre seltsam. Sein eigenes Bild, das einen anstarrt, während man-«

»Seltsam für *uns*«, sagte ich.

Er gab den Punkt mit einem Nicken zu und nahm dann einen Schluck von meinem Getränk. »Stimmt.«

Ich würde die Signatur des Künstlers überprüfen und sehen, was ich über den Mann herausfinden könnte. In der Zwischenzeit würde ich auf jeden Fall den Rahmen abhängen und durch etwas weniger Beunruhigendes ersetzen.

»Es ist seltsam«, sagte ich. »In ein möbliertes Haus zu ziehen, in dem nichts dir gehört.« *Und alles die Spur des Vorbesitzers trägt.*

»Unsere Sachen kommen morgen an. Es wird gemütlicher sein, wenn wir unsere eigenen Dinge haben.«

»Ja«, stimmte ich zu. Unser vorheriges Haus war klein – zu klein für eine geschäftige Familie mit fünf Personen –, deshalb hätten wir nie genug Möbel für diese weitläufige Residenz gehabt.

»Wo ist er jetzt?«, fragte ich. Ich stellte mein nun leeres Glas auf den Tisch und beobachtete, wie der Rest des Eises schmolz.

»Wer?«

»Der alte Mann«, sagte ich. »Der Vorbesitzer.«

Byron zuckte mit den Schultern. »Der Makler hat nichts gesagt. Vielleicht hat er beschlossen, zu seiner Familie zu ziehen. Der Makler erwähnte, dass er einen Sohn in der Nähe hat. Oder vielleicht ist er in ein Seniorendorf gezogen und feiert mit den anderen Bewohnern.«

Ich kicherte.

Byron schaute mich mit ernstem Gesicht an. »Du weißt ja, was diese Achtzigjährigen so treiben.«

»Also lebt er noch?«, fragte ich, das mürrische Gesicht des Gemäldes lebhaft vor Augen.

»Ich glaube schon«, sagte Byron achselzuckend. »Nicht dass es wichtig wäre.«

»Es ist wichtig«, sagte ich. »Nur nicht für dich.«

# KAPITEL 11
## SCHWARZER BLITZ

SIMONE

Ich hatte einen Albtraum vom Umzug, als ich unsanft von meinem ältesten Sohn geweckt wurde, der aus irgendeinem Grund immer mit voller Lautstärke sprach, egal ob man wach war oder nicht.

»Catnip kommt heute an!«

Ich starrte ihn durch kaum geöffnete Augen an. »Es ist zu früh am Morgen, um aufgeregt zu sein. Bitte geh weg.«

Manchmal schmolz mein Herz, wenn ich sah, wie Cameron Catnip kuschelte, aber für alles gab es eine Zeit und einen Ort, und ich brauchte mehr Schlaf, wenn ich die Energie haben wollte, unsere Sachen auszupacken.

Der Junge ignorierte mich. »Wann wird sie hier sein?«

Ich legte mir mein Kissen über den Kopf. »Bitte benutz deine Zimmerstimme.«

Er hielt meinen Arm fest. »Um wie viel Uhr, Mama?«

»Ich weiß es nicht. Das haben sie nicht gesagt. Wenn du dich nützlich machen willst, kannst du mir einen Tee zubereiten.«

Cameron stöhnte, wurde aber von einer Stimme auf der Treppe unterbrochen. »Es ist zu spät!«, verkündete Byron. Ich schob das Kissen beiseite und sah, wie mein Mann eine große Tasse Ceylon-Tee und einen Teller mit Zwieback trug.

»Gott segne dich, Byron Delport.«

Er lächelte, wohl wissend, dass ich nicht an Gott glaubte. »Aufstehen und los geht's, Schönheit. Es ist Zeit, den Tag zu ergreifen.«

»Was? Warum? Es ist so früh.«

»Die Sonne ist aufgegangen, Mama«, sagte Cameron, als wäre es skandalös, eine Minute nach Sonnenaufgang noch im Bett zu liegen. Meine Morgenlärchen-Familie verstand die Wege einer Nachteule nicht. Sie behandelten jede Abneigung, den Tag zu ergreifen, als verwirrend und vielleicht sogar faul. Sie verstanden nicht, dass ich nachts am energiegeladensten und kreativsten war, was sich oft in träge Morgen übersetzte.

»Schon gut, schon gut«, murrte ich und nippte am Tee. Zu Byrons Verteidigung, es war eine gute Tasse Tee.

Es gab Gebrüll auf der Treppe, und ich schaffte es gerade noch, die Tasse abzustellen, bevor Scott hereinstürmte, einen Flugsprung machte und brüllend auf meinem Bett landete. Er traf mein linkes Knie, und als ich mich aufsetzte, schaffte er es, seinen spitzen Ellbogen in meine Rippen zu bohren. Ich schrie auf, woraufhin er sich auf mich stürzte, um mich besser zu umarmen. Er war schon immer ein Wirbelwind der Energie gewesen, ein tasmanischer Teufel. Selbst als ich mit ihm schwanger war, hüpfte und trat er ständig. Wenn Scott im Raum war, musste man die zerbrechlichen Dinge wegräumen. Wie es war, machte ich mir Sorgen um den heißen Tee auf dem Nachttisch.

»Langsam!«, rief ich ihm zu, was ich mindestens hundertmal am Tag tat. Er umarmte mich fester – jetzt ein Baby-Meerkatzenäffchen – und kuschelte sich an mich. Er war schon immer die Gefahr, aber auch der kuscheligste der drei gewesen. Je mehr Umarmungen am Tag, je mehr Halten, je näher er mir kommen konnte, desto besser. Ich senkte meinen Kopf, roch an seinem Nacken und küsste ihn, während der Schmerz in meinen Rippen nachließ.

»Hey!«, ertönte die Stimme meiner Tochter. Wir beide schauten sie an. »Das ist mein Platz.«

»Komm schon«, sagte ich. »Spring rein.«

Als alle drei Kinder unser Bett bevölkerten, lächelte Byron und schüttelte den Kopf. »Und ich dachte, wir hätten mehr Platz im neuen Haus.«

~

NACH EINEM VORMITTAG des Auspackens und einem Mittagessen mit Käse-Schinken-Brötchen klingelte es an der Tür.

»Sie ist da!«, rief Cameron. »Catnip ist da!«

Ich hörte auf, Teller wegzuräumen, und schaute aus dem Vorderfenster. Dort stand tatsächlich ein Mann mit einer Transportbox. Ich trocknete meine Hände ab und griff nach den Schlüsseln. Cameron hatte mich mit seinem Genörgel über sie in den Wahnsinn getrieben, aber in Wahrheit freute ich mich auch wirklich darauf, Catnip wieder zu Hause zu haben.

»Schließt die Fenster!«, rief der vierjährige Stadtausrufer mit Zöpfen. »Schließt die Türen!«

Cameron wartete an der Haustür auf mich. »Komm schon, Mama!«

»Ja«, antwortete ich, »ich komme.«

Es waren drei Schlüssel am Schlüsselbund, also musste ich zwei ausprobieren, bevor der letzte es schaffte. Ich müsste sie farblich kennzeichnen lassen.

Der Mann von der Tiertransportagentur lächelte und überreichte mir die Box. Ich spähte hinein und runzelte die Stirn.

»Das ist nicht unsere Katze«, sagte ich.

Der Mann blinzelte mich alarmiert an. »Oh! Es tut mir so leid, wir müssen-«

»Ignorieren Sie sie einfach«, sagte Cameron mit einem Seufzer und nahm die Transportbox. »Sie denkt, sie ist urkomisch.«

»Äh-«

»Ich habe nur Spaß gemacht«, sagte ich zu ihm. »Das ist definitiv unsere Katze. Danke, dass Sie sie sicher nach Hause gebracht haben.«

»Oh«, sagte er, seine Schultern entspannten sich. »Guter Witz.«

Cameron seufzte erneut. »Ermutigen Sie sie nicht.«

Wir überhäuften die weiche, sanfte, dunkelhaarige Tigerkatze mit Aufmerksamkeit und fragten sie, wie ihr Abenteuer gewesen sei. Cam fütterte sie mit dem Thunfisch, den er aufbewahrt hatte, und ich stellte ihre Spielsachen und eine provisorische Katzentoilette bereit. Wir richteten Catnip in Camerons Schlafzimmer ein, mit geschlossenen Fenstern und Türen, wo sie die Gerüche ihres neuen Zuhauses kennenlernen würde. Sie begann sofort, an allem zu schnuppern.

»Nun, Delport-Schlingel«, sagte ich zu den Kindern. »Was sind die Regeln für Catnip in den nächsten Wochen?«

»Fenster schließen!«, zwitscherte Tristan.

»Ja. Wir halten die Fenster und die Tür geschlossen, damit sie nicht wegläuft. Was noch?«

»Ihr viel Aufmerksamkeit schenken«, sagte Scott.

»Richtig. Aber seid nicht zu laut in ihrer Nähe. Sie ist wahrscheinlich nach ihrer Reise nervös. Es ist unsere Aufgabe, sie glücklich zu machen und ihr ein Zuhause zu geben.«

Sie alle nickten mir mit ernsten Gesichtern zu. Die Katze fand den Schrank und flitzte hinein. Einen Moment später knurrte sie. In den fünf Jahren, die wir sie kannten, hatte ich sie nie knurren gehört.

»Was ist los?«, fragte ich. »Catnip?«

Ich ging zum Schrank und öffnete die Tür weiter. Catnip blickte in die Ecke, erstarrt, und gab dieses beunruhigende Knurren von sich. »Catnip? Ist da etwas?«

»Was ist los, Mama?«, fragte Cameron.

»Sie gewöhnt sich wahrscheinlich nur an die neue Umgebung«, sagte ich, ohne ein Wort davon zu glauben. Ich ging auf die Knie, um einen besseren Blick in den Schrank zu bekommen. Ich blinzelte in die Dunkelheit und sah nichts außer der Form von Catnips starrem Körper. »Was ist los, Kätzchen?«, flüsterte ich. Ich bewegte mich weiter in den Schrank hinein, der tiefer war, als ich angenommen hatte. Wieder erhob sich das Knurren der Katze, lauter und wilder, pumpte Adrenalin in meinen Blutkreislauf und ließ die Haare in meinem Nacken aufstellen. Als Catnip am Ende ihres langen, gurgelnden Lauts ankam, hörte ich etwas anderes. Etwas, das von weit her zu kommen schien. Es klang wie ein weinendes Kind. Ich riss meinen Kopf zurück, um nach meinen Kindern zu sehen, die alle noch da standen, mit weit aufgerissenen Augen. Ich drehte mich wieder zum Schrank, und während ich das tat, gab es eine Art Blitz – wenn Blitze dunkel sein könnten – wie schwarzer Blitz, und ein Jaulen von Catnip, die sich aus der Nische heraus direkt auf mein Gesicht und meine Brust katapultierte, ihre Krallen gruben sich vor Angst in meine Haut. Schockiert und ohne nachzudenken schubste ich sie von mir weg, wobei sie durch die Luft flog und auf dem Boden landete. Sie prallte mit einem widerlichen Knall auf und quiekte vor Schmerz.

»Mama!«, schrie Cameron und stürzte auf Catnip zu.

Ich schaute zu ihm auf und versuchte zu verstehen, was gerade passiert war. »Es tut mir leid!«

»Du blutest!«, rief Scott.

»Mir geht's gut«, sagte ich und versuchte immer noch zu begreifen, was geschehen war.

Tristans Gesicht verzog sich, als sie anfing zu weinen.

»Es ist okay«, sagte ich zu ihr. »Allen geht es gut.« Ich umarmte sie und spähte zu Catnip hinüber, die benommen wirkte, aber ansonsten gesund schien.

»Mama, ernsthaft«, sagte Scott. »Du blutest.«

Ich löste mich von der Umarmung meiner Tochter und sah, dass ich ihr hübsches Kleid mit meinem Blut beschmutzt hatte.

# KAPITEL 12
## DER ALTE STARRER

SIMONE

Mein Mann schaute mich mit tiefer Besorgnis im Gesicht an. »Schwarzer Blitz? Im Schrank.«

»Ich weiß, das klingt verrückt. Ich weiß nicht, was es war. Es war dunkel.«

Er legte mir die kalte Kompresse wieder auf die Wange. Catnips Krallen hatten wütende Striemen in meinem Gesicht und auf meiner Brust hinterlassen. Byrons sanfte Berührung wirkte beruhigend.

»Und Catnip hat dich angegriffen.«

»Nein, so war es nicht. Sie hat geknurrt. Irgendetwas hat sie erschreckt. Dann gab es diesen Funken, und sie ist davor weggesprungen, aber ich war im Weg.«

»Sie war noch nie aggressiv«, sagte er. »Vielleicht war sie durch die Reise gestresst.«

»Sie war nicht aggressiv«, beharrte ich. »Sie hatte Angst.«

Wir gingen zusammen zurück in Camerons Zimmer, ohne die Kinder. Catnip lag zusammengerollt und schlafend auf dem Bett und sah überhaupt nicht gestresst aus. Ich zeigte Byron den Schrank, und er ging auf

Händen und Knien hinunter, leuchtete mit einer Taschenlampe in die Ecke. Es war leer, wie ich wusste. Er führte eine gründliche Inspektion durch und stand dann wieder auf, den Kopf schüttelnd. »Ich kann nichts sehen.«

Es ist erstaunlich, wie ein einfaches Licht etwas viel weniger beängstigend machen kann.

»Ich bin sicher, es war nichts«, sagte ich und fuhr mit den Fingern über die Kratzer in meinem Gesicht. »Nur ein Unfall.«

Das glättete Byrons Stirnrunzeln nicht. »Ich mag es nicht, dich verletzt zu sehen.«

»Ach, das ist nichts, was ein bisschen Wundsalbe nicht beheben kann. Mir geht's gut. Catnip geht's gut.«

»Trotzdem«, erwiderte er und berührte meinen Arm. »Es gefällt mir nicht. Ich mache dir eine Tasse Tee, und du kannst dich ein bisschen hinlegen.«

Ich schüttelte den Kopf. »Auf keinen Fall. Ich habe so viel auszupacken. Ich muss heute die Zimmer der Kinder fertig machen und ihre neuen Schuluniformen besorgen-«

»Dafür ist noch Zeit. Du hattest einen Schock. Der Umzug war stressig. Sie sagen, dass ein Umzug eine der stressigsten Sachen ist, die man machen kann. Es ist okay, sich eine Auszeit zu nehmen.«

Ich zögerte. Ein Nickerchen klang äußerst verlockend. »Was ist mit dem *carpe* diem?«

»Wir werden morgen die Hölle aus dem *carpe* machen. Für jetzt kannst du den Tee und Netflix *carpe*-n.«

Ich kroch widerwillig – und dankbar – ins Bett. Ich war erschöpft und wünschte, das Haus würde sich selbst auspacken. Vielleicht hatte Byron recht, vielleicht war der Umzug eine größere psychische Belastung gewesen, als mir bewusst war. Schon Mutter von drei selbstgemachten Gremlins zu sein, war ein Vollzeitjob, ganz zu schweigen vom Rest. Das Baumwolllaken fühlte sich herrlich kühl auf meiner Haut an; das gefilterte Sonnenlicht zeichnete Muster auf das Bett. Ich war noch nicht an das Schlafzimmer gewöhnt, und es fühlte sich an, als wäre ich in einem Hotelzimmer. Ich fragte mich, wie lange es dauern würde, bis sich das Neue abnutzen würde; wie lange es dauern würde, bis ich mich daran erinnern würde, wo alle Lichtschalter waren. Die Kinder spielten und stritten unten. Byron rief sie zum Snack, und ich hörte sie in die Küche trippeln. Ich schloss die Augen und dachte, ich würde ein kurzes Nickerchen machen und dann aufstehen und produktiv sein. Ich wollte die Kunst aufhängen – besonders im oberen Badezimmer, um diesen finster dreinblickenden alten Mann zu ersetzen, den ich den Alten Starrer nannte. Viele der Kisten konnten warten, aber die Kunst musste aufgehängt werden.

Ich war gerade am Wegdämmern, als es an der Tür klopfte. Es war das weiche, zögerliche Klopfen eines Kindes. Ich öffnete die Augen. Ich hatte gewusst, dass ein Nachmittagsnickerchen zu schön war, um wahr zu sein; es gab einen Grund, warum es seit Jahren nicht mehr vorgekommen war.

»Ja«, murmelte ich, »komm rein.« *Wenn es unbedingt sein muss.*

Es herrschte Stille.

»Komm rein«, rief ich. Nichts.

Ich schloss meine Augen wieder. Vielleicht würde ich doch noch etwas Schlaf erhaschen können. Ich atmete tief ein und spürte, wie ich wieder wegdämmerte – bis zum nächsten Klopfen. Definitiv das Klopfen eines Kindes.

*Um Gottes willen!*

»Hör auf zu klopfen«, sagte ich mit meiner strengsten Stimme. »Wenn du reinkommen willst, komm rein, aber hör auf zu klopfen!«

Mein Herz schlug schneller, was mich irritierte. Ich würde jetzt nie einschlafen können, mit meinem Körper in höchster Alarmbereitschaft – und ohne Grund. Ich lag da, mit weit geöffneten Augen, und wartete auf das nächste Klopfen, das mich vielleicht in den Weltraum katapultieren würde. Ich wartete und wartete, und mein Körper entspannte sich langsam wieder, sank in die Matratze. Schließlich schloss ich zum dritten Mal meine Augen. In dem Moment, in dem ich das tat, kam das

Klopfen. Ich schoss aus dem Bett, getrieben von Wut, und riss die Tür auf, wobei meine Zähne so fest aufeinander gepresst waren, dass es schmerzte. Ich war bereit, so zu schreien, wie ich noch nie geschrien hatte; ich war von einer wütenden Flamme erleuchtet. Es war niemand auf der anderen Seite, und niemand in der Nähe des Schlafzimmers. Jetzt, da die Tür offen war, konnte ich alle drei Kinder hören, die weit weg im Garten spielten. Ich konnte Byron hören, wie er elterliche Kommandos erteilte.

*Ärgere deinen Bruder nicht.*

*Nicht schlagen. Schlagen ist schlecht.*

*Iss nicht die Rosen.*

Ich rieb mir das Gesicht, verwirrt, der Puls raste noch immer, obwohl die Wut abfloss. Ich war offensichtlich viel gestresster, als mir bewusst war.

»Wie hast du gesagt, hieß der alte Mann?«, fragte ich Byron. Ich kochte Hähnchen-Wokpfanne zum Abendessen, während mein Mann das Glasgeschirr auspackte. Es fühlte sich seltsam an, in einer neuen Küche zu kochen, und nichts schien dort zu sein, wo es sein sollte, obwohl ich es selbst ausgepackt hatte. Ich suchte nach der Mikroreibe, um den Ingwer zu reiben, und gab dann auf.

Byron schaute von seiner Tätigkeit auf. »Hä?«

Ich schnappte mir das Fleischermesser und schnitt die stachelige Haut von der Ananas ab. Der scharfe, süße Duft traf mich sofort. Es war eine gute Ananas. »Der alte Mann, der früher hier gelebt hat.«

»Oh, ich weiß nicht«, zuckte er mit den Schultern. »Ich kann mich nicht erinnern.«

Ich warf die gelben Fruchtwürfel in den heißen Wok und schnitt etwas Kohl und Koriander, während ich darauf wartete, dass die Ananas karamellisierte. Die Reisnudeln waren bereits gekocht und standen bereit.

Byron beendete eine Kiste und faltete sie flach. »Geht es dir gut?«

»Mir? Was? Ja.«

»Hmm«, sagte er. »Mir-was-ja bedeutet normalerweise nein.«

Ich runzelte die Stirn und schüttelte meinen Kopf, als ob ich sagen wollte, er sei verrückt, aber wir wussten beide, dass er Recht hatte.

»Konntest du heute Nachmittag schlafen? Du warst nicht lange drin.«

»Fast«, antwortete ich. »Es war das seltsamste Ding-«

Ich wurde von einem Heulen unterbrochen, das von draußen kam. Tristan konnte wirklich gut brüllen. Wir rollten beide mit den Augen, und Byron ging nachsehen. Sie war erst vier, aber das Mädchen wusste, wie man sich behauptet. Wenn einer der Jungen ihr Schwierigkeiten machte, würde sie es ihnen direkt zurückgeben. Sie scheute sich nicht davor, ihren Brüdern ins Gesicht zu schreien, wenn es nötig war. Manchmal schrie sie so laut, dass ihre Nase blutete. Gut für sie. Es ist eine beängstigende Welt da draußen, und ich war stolz und erleichtert, eine starke Tochter zu haben.

Byron kam zurück und öffnete seufzend eine weitere Kiste mit Glaswaren. »Ihr geht's gut.«

»Gut«, sagte ich und schob die Karottenstifte von dem Brett in den brutzelnden Wok.

Wir arbeiteten eine Weile in einvernehmlichem Schweigen zusammen, dann erinnerte sich Byron und schaute zu mir auf. »Du sagtest, dass etwas Seltsames passiert ist, als du versucht hast zu schlafen?«

»Ach, nein«, erwiderte ich und schüttelte meinen Kopf. »Es war nichts.«

Die Essenszeit kam und ging ohne größere Probleme, abgesehen davon, dass Scott alle seine Nudeln auf den Boden kippte und Cameron hysterisch darüber lachte, der kleine Punk.

»Du bist ein Punk«, sagte ich zu ihm.

»Was ist ein Punk?«, fragte er.

Wir hetzten sie durch die Abendroutine, verzweifelt darauf bedacht, etwas Zeit ohne die ewige Kleinkindermanager-Rolle zu haben. Sie bestanden darauf, Catnip gute Nacht zu sagen. Die Kratzer in meinem Gesicht und auf meiner Brust brannten bei der Erinnerung an das, was früher passiert war. Byron sah mein Zögern, so ging er, ohne zu zögern, mit ihnen in Camerons Zimmer, während ich ihre schmutzigen Klamotten aufsammelte und sie in den Wäschekorb in der Ecke warf, so als würde ich Körbe beim Basketball werfen. Dann kam die Zeit für Geschichten, Kuscheln und Schlaf. Byron und ich wankten aus ihren dunklen Zimmern, wechselten uns bei den Betten ab, bis wir beide mit jedem Kind gekuschelt hatten. Wir beschwerten uns darüber, aber wir liebten es. Wir wussten, dass trotz der Herausforderungen der Elternschaft die Zeit wie im Flug verging, und bevor wir uns versahen, wären sie alle erwachsen und würden die Welt bereisen und uns zurücklassen, während wir uns fragten, wo all die Zeit geblieben war.

»Ich bin sicher, Catnip tut es leid, dass sie dich gekratzt hat«, flüsterte Cameron.

»Oh, mir geht's gut«, versicherte ich ihm und starrte auf den Schrank.

Als alle Kinder schliefen, tranken Byron und ich eine ruhige Tasse Tee zusammen und machten früh Schluss. Als ich im Bett lag und mich unruhig fühlte, lauschte ich auf das Klopfen der kleinen Faust an der Tür, aber es kam nicht.

KAPITEL 13

# DIE KINDER IN DEN WÄNDEN

SIMONE

»Mama!«, brüllte Cameron und riss mich unsanft aus einem ohnehin unruhigen Schlummer. »Mama!«

Das Kind hatte keinerlei Gefühl für Lautstärkekontrolle. »Warum schreist du denn?«, fragte ich ihn. »Ich hab dir doch schon oft gesagt, dass du deine Zimmerstimme-«

»Mama, Catnip ist weg!«

Ich setzte mich steif und schwindelig auf. »Was?«

»Sie ist weg! Als ich aufgewacht bin, war sie einfach verschwunden!«

Ich schaute auf Byrons leere Bettseite. »Wo ist dein Vater?«

»Er sucht sie im Garten.«

Ich stand auf, griff nach meinem Morgenmantel, band ihn um meine Taille und rieb mir die Augen. »Habt ihr gestern Abend ein Fenster aufgemacht?«

»Nein!«, schrie er.

»Dann muss sie in deinem Zimmer sein.«

»Ist sie aber nicht!«

75

»Keine Sorge«, sagte ich, trotz der Angst, die meinen Körper durchflutete. »Sie ist bestimmt irgendwo hier.«

Wir eilten gemeinsam die Treppe hinunter in sein Zimmer.

»Aber du hast gesagt, dass Katzen weglaufen. Dass sie zu ihrem alten Zuhause zurücklaufen.«

Ich wusste nicht, was ich sagen sollte. »Catnip ist zu schlau dafür.«

Ich sah unter dem Bett nach, hinter den Vorhängen, hinter der Kommode. Übrig blieb nur noch der Schrank, den ich nicht öffnen wollte.

»Hier«, sagte Cameron und reichte mir die Taschenlampe vom Vortag. Ich warf ihm einen dankbaren Blick zu und schaltete sie ein.

»Catnip?«, rief ich leise. »Catnip? Miez-Miez.«

Vorsichtig öffnete ich die Schranktür und erwartete halb, dass sie sich wieder auf mich stürzen würde, aber der Schrank war leer. Ich durchsuchte das ganze Zimmer noch einmal und rief nach ihr.

»Okay«, murmelte ich. »Sie ist nicht in diesem Zimmer.«

»Hab ich doch gesagt!«, schrie Cameron. Sein Gesicht war gerötet, seine Augen voller Tränen.

»Wir werden sie finden!«, sagte ich. Er mochte keine Umarmungen, also drückte ich nur sanft seine Schulter. »Wir werden sie finden. Hol etwas von dem Thunfisch.«

Wir verbrachten den Vormittag damit, nach Catnip zu rufen, mit ihrer Stahlfutterschüssel zu klappern und überall auf dem Grundstück Teller mit Thunfisch aufzustellen. Um Mittag trug ich immer noch meinen Morgenmantel, rief nach ihr und schüttelte ihre Knusperbox wie eine Verrückte.

Byrons Gesichtsausdruck war düster. »Sie ist weg«, flüsterte er mir zu.

»Nein!«, antwortete ich erschüttert.

Er schüttelte resigniert den Kopf.

»Sie hat einen Chip«, sagte ich. »Jemand wird sie bei einem Tierarzt abgeben, der den Chip scannt und uns anruft.«

Byron streichelte meinen unteren Rücken und wählte seine Worte sorgfältig. »Hoffen wir, dass das passiert.«

Cameron weinte den ganzen Nachmittag lang. Die anderen Kinder waren zwar traurig, ließen sich aber leicht vom Fernsehen ablenken. Mein Herz schmerzte für meinen Sohn und für Catnip, die ich mir in allen möglichen schrecklichen Situationen vorstellte. Ich fühlte mich nicht in der Lage zu kochen, also bestellten wir Chinesisch und aßen es dann nicht.

»Ich bin zu traurig«, sagte Cam mit vom Weinen geschwollenen Augen.

Ich nickte, auch meine Augen brannten. »Ich auch.«

In dieser Nacht kroch ich ins Bett, bereit, mich in den Schlaf zu weinen. Catnip war eine so liebenswerte, weiche, wunderschöne Katze, ich konnte mir nicht vorstellen, dass sie nicht mehr da sein sollte. Am meisten beunruhigte mich ihr mögliches Leiden. War sie von einem Auto angefahren worden und lag irgendwo mit Schmerzen? War sie in jemandes Keller eingesperrt und verzweifelt darauf, herauszukommen? Würde sie verhungern? Byron war unter der Dusche und die Kinder schliefen sicher, also konnte ich endlich meine Fassung verlieren und weinen. Als die Tränen in meine Nebenhöhlen strömten, hörte ich dieses leise Klopfen an der Tür. Ich sprang auf und öffnete sie. Wer stand da? Die wunderschöne Catnip. Ich blinzelte sie ungläubig an, wissend, dass sie es – offensichtlich – nicht gewesen sein konnte, die geklopft hatte.

»Catnip!«, flüsterte ich und kniete mich hin, um sie zu streicheln. »Du kostbares Ding! Du freche Katze!« Ich schluckte den brennenden Kloß in meinem Hals hinunter, so unendlich dankbar, dass sie zurück war. Sie schnurrte und rieb sich an meinen gebeugten Knien. Ich nahm sie hoch, küsste sie und ging direkt in Camerons Zimmer, wo ich das Licht anmachte. Ich setzte die Katze auf sein Bett und weckte ihn. »Cameron!«, flüsterte ich. »Cam! Wach auf!«

Es dauerte einen Moment, aber als er begriff, dass Catnip zurück war, strahlte sein Gesicht wie ein Weihnachtsbaum. Er umarmte und streichelte sie und weinte noch mehr. Ich überließ sie sich selbst, begierig darauf, Byron zu erzählen, dass sie zurück war. Während ich alle Fenster und die Tür seines Zimmers schloss, hörte ich ihn sagen: »Catnip, du bist ein Punk, weißt du das?«

»Okay«, sagte ich zu mir selbst am nächsten Morgen über einer starken Tasse Kaffee. »Okay. Keine seltsamen Dinge mehr. Heute wird ein guter Tag. Ich packe den Rest der Kinderzimmer aus und hänge dann ein paar Bilder auf.«

Sicherlich würden wir uns dann alle ein wenig heimischer fühlen.

»Sprichst du schon wieder mit dir selbst?«, fragte Byron hinter mir und ließ mich erschreckt meinen Kaffee verschütten.

»Meine Güte«, sagte ich und legte die Hand auf mein Herz. »Du hast mich erschreckt.«

Er sah gut aus in seinem dunklen Anzug. »Tut mir leid.«

Ich reichte ihm seine Tasse, und er betrachtete mich eine Weile. »Womit habe ich dich verdient?«

»Ha«, erwiderte ich und richtete mein zerzaustes Haar und verschmierten Augen. »Du musst etwas wirklich Schlimmes getan haben.«

Er lachte und trank seinen Kaffee aus. »Wirst du heute zurechtkommen?«

»Ich komme schon klar«, sagte ich. »Genieß deinen ersten Tag im neuen Job.«

Er atmete tief ein, sammelte Kraft für die Fahrt nach Sandton. Wir hatten beide die Geschichten über die Joburger Autofahrer gehört, dass sie auf Gedrängel und Verkehrswut fuhren.

Er schnappte sich seine Schlüssel und küsste mich. »Ruf mich an, wenn du mich brauchst.«

Ich stellte ein Hörbuch für die Kinder an und nahm dann ein Zimmer nach dem anderen in Angriff. Bis zum Mittagessen hatte ich nur Tristans Zimmer fertig, also musste ich beim Auspacken der Sachen der Jungs

Gas geben. Nachdem wir etwas Suppe und Sandwiches hinunterge-
schlungen hatten, halfen sie mir mit den Kleidern und Spielsachen,
während Tristan *Frozen II* schaute.

»Gute Arbeit, Jungs«, sagte ich und wusch mir gefühlt zum hundertsten
Mal die Hände. »Holt euch je einen Keks und bringt einen für eure
Schwester mit.« Das ließen sie sich nicht zweimal sagen, und bald war
ich allein in Camerons Zimmer. Catnip lag ausgestreckt auf Cams Bett,
glücklich wie sonst was.

»Ich würde dir fluchen«, scherzte ich, während ich sie streichelte. »Ich
würde dir fluchen, wenn du nicht so verdammt süß wärst.«

Ich konnte nicht anders, als mich zu fragen, wo sie gewesen war. Sie sah
nicht verletzt oder traumatisiert aus. Ich fragte mich auch, wie sie durch
die geschlossenen Türen und Fenster entkommen war.

Ich hatte noch eine Stunde zum Auspacken, bevor ich mit dem Kochen
anfangen musste, also beschloss ich, mir etwas zu gönnen und ein paar
Bilder aufzuhängen. Ich begann mit meinen ältesten – billigen Drucken
meiner Lieblingsklassiker, die ich während meines Kunststudiums an
der Uni gekauft hatte. Ich bin nicht talentiert, wenn es um Heimwerken
geht, aber ich habe genug Bilder aufgehängt, um darin effizient zu sein.
Ich fügte einige eklektischere Stücke hinzu, dann ein paar meiner
eigenen Arbeiten.

Als ich nach oben ins Gästezimmer ging, hing das Porträt des Alten Star-
rers wieder an der Badezimmertür. Ich runzelte die Stirn und nahm es
erneut ab, ersetzte es durch einen kleinen Matisse-Druck. Ich ging
wieder nach unten und hatte schon bald den Flur in eine Kunstgalerie
verwandelt und fühlte mich viel heimischer. Es war nur ein kleiner Teil
des Hauses, aber es fühlte sich gut an.

Tristan kam, um nach mir zu suchen.

»Hallo, Frechdachs«, sagte ich, stieg von der Leiter und legte meinen
Hammer beiseite. »Bist du fertig mit deinem Film?«

Sie nickte.

Ich ging in die Hocke und nahm ihre Hände in meine. »Zeit, ein bisschen draußen zu spielen?«

Sie nickte wieder.

»Was ist los?«, fragte ich lächelnd. »Hat die Katze deine Zunge verschluckt?«

Die Vierjährige zögerte. »Ich mag deine Kunst ungemein«, sagte sie.

»Danke«, erwiderte ich. »Ich mag sie auch. Es fühlt sich mehr wie zu Hause an.«

»Ich mag deine Kunst, aber ich kann die Kinder nicht mehr sehen.«

Verwirrt lachte ich, dachte, sie spiele ein Spiel. »Die Kinder? Welche Kinder?«

Ihre Augen waren hell und klar, als sie mich anschaute. »Die Kinder in den Wänden.«

# KAPITEL 14
# EIN KIESELSTEIN IN MEINEM SCHÄDEL

SIMONE

Ich versuchte, den seltsamen Kommentar meiner Tochter abzuschütteln, aber die Wahrheit war, dass er mich verstört hatte. Keines meiner Kinder hatte bisher imaginäre Freunde, also war ich vielleicht einfach nicht an die Idee gewöhnt. Die Sonne ging unter, also zerrte ich die Kinder vom Fernseher weg und beobachtete, wie sie auf dem Trampolin herumsprangen, während ich versuchte, das Unbehagen loszuwerden, das ich verspürte. Zwanghaft blickte ich zum großen Haus zurück, vielleicht auf der Suche nach etwas Unheilvollem, aber alles, was ich sah, war das wunderbare, großzügige Zuhause, das wir glücklicherweise besaßen.

*Hör auf*, sagte ich zu mir selbst. *Hör auf, nach Problemen zu suchen, wo es keine gibt.*

Und genau da sah ich ihn.

Das ausdruckslose Gesicht eines Kindes starrte aus dem Zimmer im oberen Stockwerk heraus und beobachtete uns im Garten.

Ich glaube, mein Herz hörte für einen Moment auf zu schlagen, und ich verlor mein Gehör und meine Stimme, als alles einzufrieren schien und die Welt sich auf nur mich und das Kind verengte. Ich sog Luft in meine Lungen, nach Atem ringend, und rief nach Cameron, ohne meine Augen vom Gesicht des Fremden abzuwenden. Mein Sohn hörte mich nicht; die Kinder sprangen immer noch auf dem Trampolin.

»Cameron!«, rief ich erneut. Ich hielt meine Augen weiter auf das Kind im Fenster gerichtet.

Cam kam angerannt. »Was ist, Mama?«

»Schau nach oben zu diesem Fenster«, sagte ich langsam. »Das obere Fenster. Siehst du etwas?«

Er beschattete seine Augen vor der untergehenden Sonne und blinzelte zum Zimmer im oberen Stockwerk. »Nein.«

»Schau in die untere linke Ecke des Fensters«, sagte ich.

»Da ist nichts, Mama.«

Ich brach endlich den Blickkontakt mit dem Kind im Fenster und schaute zu Cam. »Bist du sicher?«, fragte ich. »Schau noch einmal.«

Aber natürlich war das Gesicht verschwunden, als ich wieder hinaufsah, genau wie ich es erwartet hatte.

»Da ist nichts«, sagte mein Sohn.

Ich vergewisserte mich schnell, dass der Poolzaun abgeschlossen war, und rannte in das kühle Haus und die Treppe hinauf, zum Gästezimmer, das zum Garten hinausging. Am Fenster war niemand. Ich kontrollierte hinter den Vorhängen, unter dem Bett und in den Schränken. Nichts schien ungewöhnlich oder merkwürdig. Ich setzte mich aufs Bett und wartete darauf, dass mein Herz langsamer schlug.

Als ich mich wieder ruhig fühlte, stand ich auf und ging zum Fenster, blickte hinunter auf meine Kinder. Cam hatte sich den anderen beiden wieder angeschlossen, und sie sprangen und lachten zusammen. Ich beobachtete sie eine Weile, fühlte mich aber unwohl bei dem Gedanken, dass nun mein Gesicht dasjenige im Fenster war.

Das Licht schwand schnell, und da Byron spät nach Hause kommen würde, musste ich noch viel erledigen, bevor die Kinder ins Bett gingen. Cameron ließ ein Bad für sie ein, während ich schnell Makkaroni mit Käse kochte und dabei ein Glas Rotwein hinunterstürzte, um meine

Nerven zu beruhigen. So sehr ich auch versuchte, dieses ausdruckslose Gesicht aus meinem Kopf zu bekommen, es blieb haften, wie wenn man in ein grelles Licht schaut und seine hellen Nachbilder in deiner Sicht eingebrannt bleiben. Das kleine graue Gesicht blieb während des ganzen Abendessens in meinem Kopf, wie ein Kieselstein in meinem Schädel.

*Ich mag deine Kunst, aber ich kann die Kinder nicht mehr sehen*, hatte Tristan gesagt. *Die Kinder in den Wänden.*

Ich schob die fade Pasta auf meinem Teller herum, gab das Essen auf und schenkte mir noch ein Glas Wein ein.

»Wann kommt Papa nach Hause?«, fragte Cameron.

»Bald«, antwortete ich. »Aber nachdem ihr eingeschlafen seid.«

Scott rutschte auf seinem Stuhl hin und her. »Wird er jeden Abend so spät arbeiten, wie er es früher in unserem alten Haus getan hat?«

»Ich hoffe nicht«, sagte ich und zwang mich zu einem Lächeln.

Es war keine Kleinigkeit, sie alle in ihre Schlafanzüge zu stecken, ihre Zähne zu putzen und mit Zahnseide zu reinigen, ihre Haare zu kämmen, sie mit Insektenschutzmittel einzusprühen und dann drei Gute-Nacht-Geschichten vorzulesen. Schließlich war es Zeit, das Licht auszuschalten, und ich legte mich mit einem lauten Seufzen zuerst neben Tristan, dankbar, dass der Tag fast vorbei war. Wir redeten und kuschelten, und ich drückte meine Nase in die warme Kuhle ihres Halses und küsste sie.

Wie kostbar die Kinder waren. Wie perfekt. Manchmal hatte ich das Gefühl, dass das Leben zu schön war, um wahr zu sein, oder dass ich das Schicksal herausforderte, indem ich eine so gesunde, schöne Familie hatte. Es gab so viel Not in der Welt; es war überhaupt nicht fair, dass ich so viel Fülle besaß. Und doch war da Dunkelheit, die wie schwarzer Nebel langsam auf uns zukroch. Ich konnte sie kommen spüren, und ich konnte sie vor meinem geistigen Auge sehen. Ich wusste nicht, wie ich sie abwehren sollte.

»Trissy«, flüsterte ich, nicht sicher, ob sie noch wach war. Ich wollte sie nach den Kindern in den Wänden fragen. »Tris?«

Ihr Körper war schwer, ihre Atmung gleichmäßig. Ich manövrierte vorsichtig meinen Arm unter ihrem Nacken hervor und küsste ihre Stirn. »Ich liebe dich«, flüsterte ich.

Tristan öffnete ihre Augen. »Wo ist Hasi?«

»Oh«, sagte ich. Mir war nicht aufgefallen, dass ihr Kuscheltier nicht da war.

»Ich kann ohne Hasi nicht schlafen«, sagte sie.

»Ich weiß. Bleib du im Bett. Ich werde nach ihr suchen. Wo hattest du sie zuletzt?«

Sie presste ihre Lippen zusammen. »Ich erinnere mich nicht.«

Ich schaltete ihr Zimmerlicht ein und begann zu suchen, aber Hasi war nicht in ihrem Zimmer. Ich seufzte. »Bleib hier! Ich suche weiter.«

Ich fragte die Jungs, ob sie Hasi gesehen hatten, aber sie verneinten. Ich schaute in ihren Zimmern nach, und in meinem eigenen, und stieg schließlich tief durchatmend die Treppe zum Gästezimmer hinauf. Ich wusste, dass ich mich albern benahm, aber ich wollte nicht allein in der Nacht dort sein. Mein Mund fühlte sich trocken an, und ich bereute das zweite Glas Wein. Während ich die Treppe hinaufstieg, sagte ich mir, ich solle nicht albern sein, nicht meiner Fantasie nachgeben.

Ich musste wieder anfangen zu malen. Wenn ich keinen Auslass für meine Kreativität hatte, spielte mir mein Verstand Streiche. Ich wurde auf andere Weise kreativ, was nicht so gut ist, wie es klingt. Ich erreichte die Tür und öffnete sie. Die Scharniere quietschten, und ich nahm mir vor, beim nächsten Mal das Q20 mitzubringen. Ich betätigte den Schalter, und Licht flutete den Raum und enthüllte Tristans Kuschelhasi auf dem Bett. Erleichtert atmete ich aus und hob das Spielzeug auf, nahm es instinktiv wie ein Baby in meine Armbeuge.

*Na bitte*, sagte ich zu mir selbst. *Nichts Unheilvolles hier*. Ich schaltete das Licht wieder aus und ging hinunter, trug Hasi zu Tristan, wo eine dramatische Wiedervereinigung stattfand. Sie legte sich wieder hin und ich setzte mich auf ihr Bett und strich ihr über das Haar.

»Hasi riecht anders«, sagte sie, was mich wieder unruhig machte.

Ich lehnte mich hinunter und roch an dem Spielzeug. Ich konnte nicht sagen, ob es anders roch.

»Wo war er?«, fragte sie.

»Im Schlafzimmer oben, hier«, sagte ich und zeigte auf die Decke. »Du solltest ihn nicht mit nach oben nehmen.«

»Habe ich nicht«, sagte sie.

Ich schaltete alle Lichter an, außer in den Kinderzimmern, schnappte mir das Q20 und ein Staubtuch und machte mich daran, alle Türscharniere einzuölen, die ich finden konnte. Ich würde keine quietschenden Scharniere dulden, die meinen Geisteszustand durcheinanderbrachten. Der Holzboden knarrte noch immer an einigen Stellen, aber das konnte ich nicht beheben. *Einer der Jungs muss Hasi bewegt haben*, sagte ich mir. Das war die offensichtliche Erklärung. Die Tür zum Gästezimmer ließ ich bis zum Schluss, und ich war erleichtert, als es geschafft war.

Ich lief ein wenig unruhig auf und ab und überlegte, was ich als Nächstes tun sollte. Ich dachte daran, das Abendessen zu essen, das ich früher aufgegeben hatte, aber trotz des hohlen Gefühls in meinem Magen hatte ich immer noch keinen Hunger. Ich entschied, dass ich genauso gut mehr auspacken könnte, um die nervöse Energie loszuwerden, die ich spürte. Ich machte mir eine Tasse Tee und ging in den Raum, den ich als mein Atelier ausgewählt hatte. Er bestand größtenteils aus Glas und hatte tagsüber wunderbares Licht. Es fühlte sich ruhig an – zu ruhig – also klickte ich auf meinem Handy auf eine klassische Musikplaylist und begann bald, meine Ölfarben und Pinsel zu den romantischen Symphonien von Mahler auszupacken, was mich wesentlich besser fühlen ließ.

Ich stellte meine Staffelei und eine neue Leinwand auf, mit dem Plan, in den nächsten Tagen ein Gemälde zu beginnen, wenn das Haus ausgepackt wäre, aber bevor ich es wusste, hatte ich eine Palette und ein Glas Terpentin parat und trug leichte Skizzenstriche auf die Leinwand auf. Es war ungewöhnlich für mich, einfach mit dem Malen zu beginnen. Normalerweise folgte ich einem strengen kreativen Prozess, bei dem ich genau entwarf, was ich malen wollte, bevor ich anfing. Es fühlte sich gut an, einen Pinsel zu halten, fühlte sich gut an, den Terpentingeruch zu riechen. *Ich kann genauso gut weitermachen*, dachte ich, *während ich auf*

*Byrons Nachhausekommen warte.* Ich ließ mich von der Musik und der Muse mitreißen.

»Simone«, sagte die Stimme meines Mannes. Die zweite Symphonie hallte noch immer von den Wänden wider.

Ich spürte warme Hände an meinen Armen, und ich öffnete meine Augen. »Du bist zu Hause.«

Sein Gesicht war angespannt. »Geht es dir gut?«

»Ja«, sagte ich. Außer, dass mein Rücken vom Einschlafen im Stuhl schmerzte. Ich dehnte mich und gähnte. »Wie spät ist es?«

»Spät«, sagte er. »Tut mir leid.«

»Lass uns ins Bett gehen«, sagte ich und war bereit aufzustehen.

Sein Griff an meinen Armen verstärkte sich. »Simone.« Seine Stimme war so ernst, dass sie mich innehalten ließ.

»Was?«

»Gibt es etwas, das du mir sagen möchtest?«

Ich dachte an das Gesicht im Fenster. Das Klopfen mit kleiner Faust an der Tür. Die Kinder in den Wänden. »Nein.«

»Bist du sicher?« Byrons Blick wanderte zu meiner Staffelei, wo ein fertiges Gemälde auf der Ablage stand.

Mein Mund fiel offen. »Ich-«

»Wer ist das?«, fragte Byron.

»Ich weiß es nicht«, antwortete ich.

Auf der Leinwand war, in reichem und düsterem Detail, das vertraute Gesicht eines toten Jungen.

Ich säuberte meine Hände mit Terpentin und schrubbte sie dann mit Seife und Wasser, als wäre ich Lady Macbeth, die versucht, giftige Schuld abzuwaschen.

»Ganz ruhig«, sagte Byron, nahm mir die Nagelbürste weg und spülte meine Hände unter dem Küchenwasserhahn ab, bevor er sie sanft mit einem Geschirrtuch abtrocknete.

»Ich weiß nicht, was passiert ist«, sagte ich. »Alles, woran ich mich erinnere, ist, dass ich das Atelier aufgeräumt habe und dann angefangen habe zu malen.«

»Wer ist der Junge?«, fragte Byron.

Ich schüttelte den Kopf. »Ich weiß es nicht. Ich habe ihn im Fenster gesehen.«

»Jetzt machst du mir Sorgen. Welches Fenster?«

»Ich war mit den Kindern im Garten und als ich nach oben schaute, sah ich ein Gesicht im Fenster des Gästezimmers. Als ich hochging, um nachzusehen, war niemand da.«

»Warum hast du mich nicht angerufen?«

»Weil du an deinem ersten Arbeitstag warst. Ich wusste nicht, ob ich verrückt wurde, und gleichzeitig hatte ich alle Hände voll zu tun mit den Kindern. Nachdem ich das Zimmer überprüft hatte, dachte ich, es wäre nicht nötig.«

Byrons angespannter Gesichtsausdruck war nicht verschwunden. »Ich bleibe morgen zu Hause«, sagte er.

Ich war so erleichtert. Ich schluckte den Kloß in meinem Hals hinunter. »Aber du musst zur Arbeit gehen.«

»Ja«, sagte er und blickte auf das makabre Porträt. »Aber ich muss mehr bei meiner Familie sein.«

# KAPITEL 15
## DIE TOTE RATTE



SIMONE

»Mama«, sagte meine kleine Tochter. »Mama.«

Ich öffnete ein kratzig anfühlendes Auge und sah Tristan neben meinem Bett stehen. Draußen war es noch dunkel, und ich war über alle Maßen erschöpft. Ich schwöre, diese verdammten Kinder sabotieren deinen Schlaf bei jeder Gelegenheit.

»Geh wieder schlafen«, murmelte ich. »Es ist mitten in der Nacht.«

»Hasi ist wieder weg«, sagte sie. Ich konnte hören, dass sie den Tränen nahe war. »Ich kann ohne Hasi nicht schlafen.«

»Er ist nicht weg«, sagte ich. »Er liegt wahrscheinlich auf deinem Bett oder darunter. Komm, kuschel dich zu mir und wir suchen ihn später.«

»Ich brauche ihn jetzt.«

Ich war so todmüde nach dem Packen und dieser bizarren Malerei-Episode, und mein Bedürfnis nach Schlaf siegte über mein Bedürfnis, eine gute Mutter zu sein. »Bitte geh einfach wieder schlafen.«

»Ich kann ohne Hasi nicht schlafen«, sagte sie.

Eine Mischung aus Ärger und Niederlage weckte mich aus dem Halbtod, und ich rollte aus dem Bett. Byron, der Glückspilz, schlief tief und fest weiter. Als ich meine Tochter hochhob, wurde mein Herz weich. Sie war schließlich erst vier, und es konnte nicht leicht sein, in einem neuen Zimmer ohne dein Kuscheltier alleine zu schlafen. Ich trug sie nach unten und durchsuchte ihr Zimmer nach Hasi, aber er war nirgends zu finden. Das ergab keinen Sinn. War Tristan schlafgewandelt?

»Ich kann ihn nicht sehen«, sagte ich zu ihr. »Bitte kuschle jetzt mit einem deiner anderen Freunde und wir werden morgen richtig suchen.«

»Schaust du im Schlafzimmer oben nach, wie beim letzten Mal?«

Ich schielte sie von der Seite an. »Warum? Hast du ihn wieder dort hingelegt?«

»Ich habe ihn beim letzten Mal nicht dort hingelegt. Vielleicht ist er von selbst gelaufen.«

»Hmm«, sagte ich. »Bleib hier.«

Ich ging wieder die Treppe hinauf und öffnete die Tür – die nicht quietschte –, aber Hasi war nicht da.

»Es tut mir leid, mein Würstchen«, sagte ich zu Tristan. »Ich habe überall gesucht. Ich bin sicher, er taucht morgen wieder auf.«

Sie begann zu wimmern, also nahm ich sie hoch und legte mich mit ihr ins Bett, beruhigte sie und küsste sie. Es war schwierig, wieder einzuschlafen. Ich konnte das Bild des toten Jungen nicht aus meinem Kopf bekommen.

Am Morgen, als ich aufwachte, war sie verschwunden.

Die Küche duftete nach frischem Kaffee. Byron warf einen Blick auf mich und reichte mir einen Becher. »Harte Nacht?«

»Das ist noch untertrieben«, antwortete ich und fühlte mich mindestens ein Jahrhundert alt.

»Ich habe angerufen. Gesagt, ich würde heute von zu Hause aus arbeiten.«

Erleichterung überflutete mich. »Danke. Wo sind die Kobolde?«

»Fernsehen. Ich habe ihnen gesagt, dass ich sie Liegestütze machen lasse, wenn sie dich stören.«

Ich lachte, trotz meines Zustands.

»Hör zu«, sagte er und stellte seinen Becher ab. »Warum nimmst du dir nicht ein paar Stunden frei? Ich kümmere mich um die Kinder und das Auspacken. Du kannst zur Bibliothek oder ins Café laufen, oder was auch immer. Nimm dir einfach Zeit für dich.«

Es war verlockend, aber ich fühlte mich tatsächlich zu müde, um das Haus zu verlassen. Ich müsste duschen, meine Haare waschen, etwas Unzerknittertes zum Anziehen finden... nein, ich blieb lieber zu Hause und überstand den Tag mit Kohlenhydraten und Koffein.

Tristan schrie aus dem Fernsehzimmer, dann kam Scott angerannt. »Cameron hat Tristan die Fernbedienung weggenommen!«

»Guten Morgen, Scott-bot«, sagte ich. Ihm fiel auf, dass er mich an diesem Morgen noch nicht gesehen hatte, und er sprintete geradewegs auf mich zu, um mich zu umarmen, wobei er mich fast umwarf. »Beste Mama der Welt«, sagte er.

Ich schloss meine Arme um ihn. »Das weiß ich nicht so genau.«

Tristan heulte immer noch mit voller Lautstärke. Ich stellte meinen kostbaren Kaffee ab und schleppte mich in ihre Richtung, um den Streit zu entschärfen.

»Kommt schon, ihr Frechdachse«, sagte ich zu ihnen und schaltete den Fernseher an der Wand aus. »Lasst uns draußen spielen gehen.«

Ich wischte Tristans Tränen weg und hob sie hoch. Sie schmolz in meine Arme, und ich stand einen Moment lang da, wiegte mich sanft, die Augen geschlossen, und genoss den Moment. Die Kinder wuchsen wie Unkraut und sie würden Teenager sein, bevor wir uns versahen. Ich wünschte, sie würden langsamer wachsen; ich war noch nicht bereit, meine Babys loszulassen.

Die Sonne war bereits um acht Uhr morgens heiß, mit nur einer schwachen Brise, um uns kühl zu halten. Cameron und Scott ließen sich gegenseitig auf dem Trampolin hochschnellen, während Tristan und ich zusammen die Pflanzen betrachteten. Ich wusste nichts über Gartenarbeit und jedes Mal, wenn ich diesen großzügig bemessenen Garten betrachtete, entdeckte ich etwas Neues. Vielleicht würde ich versuchen, ein botanisches Bild zu malen.

Ich musste unwillkürlich an das grässliche Porträt vom Vorabend denken und erschauderte. Ich verdrängte die Gedanken und versuchte, mich stattdessen auf Tristans fröhliches Geplapper über Blumen, Blätter und Schmetterlinge zu konzentrieren. Als wir am Ende des Gartens ankamen, hielt ich an.

»Tristan«, sagte ich und berührte ihre Schulter, um sie zurückzuhalten. »Was ist das?« Ich zeigte auf etwas, das gerade aus dem Boden ragte, regungslos. Ein kleines braunes Tier?

Wir näherten uns vorsichtig, ohne zu wissen, was es sein könnte. Vielleicht eine tote Ratte oder eine Maus. Ein brauner Vogel, der aus seinem Nest gefallen war.

Es war nichts davon. Als wir näher kamen, konnten wir immer noch nicht erkennen, was es war, aber wir sahen, dass es kein Lebewesen war, sondern eine Art Stoff. Ohne innezuhalten, um eine Kelle zu holen, zog ich an dem Ding und begann, es auszugraben. Der Boden war weich. Tristan keuchte auf, als sie sah, was ich ausgegraben hatte. Die tote Ratte war tatsächlich eine sehr schlammige Version ihres Kuschelhasen.

»Hast du Hasi hier vergraben?«, fragte ich Tristan, obwohl ich genau wusste, dass sie es nicht getan hatte.

Sie antwortete mit einem verärgerten Gesicht. »Nein!«

»JUNGS!«, rief ich. Sie hörten auf, auf dem Trampolin zu springen und sahen mich nervös an. »KOMMT HER.«

Sie kletterten vom Trampolin und kamen auf uns zu, ohne zu nah zu kommen, als könnten sie sehen, wie meine Zündschnur brannte.

»Sind wir in Schwierigkeiten?«, fragte Cameron mit vor Anstrengung geröteten Wangen.

»Ihr werdet es nicht sein, wenn ihr mir die Wahrheit sagt. Versprecht, mir die Wahrheit zu sagen, und niemand bekommt Ärger.«

Beide nickten und wackelten mit ihren kleinen Fingern in der Luft, um die Ernsthaftigkeit ihres Versprechens zur Ehrlichkeit zu bestätigen.

*Kleiner-Finger-Quadrat-Versprechen*, nennt Tristan das.

Ich nahm einen tiefen Atemzug. »Hat einer von euch Hasi hier vergraben?« Ich hob das unglückliche Geschöpf hoch, damit sie es sehen konnten. Es war mit Erde befleckt und sah schlimm aus.

Beide Jungen schüttelten die Köpfe. »Nein!«

Ich warf ihnen meinen besten Böse-Mama-Laserblick zu. »Seid ihr sicher?«

»Sicher«, sagte Scott.

»Mama«, sagte Cameron. »Warum sollten wir das tun?«

»Nun, irgendjemand hat es getan«, antwortete ich.

Wir vier standen da und betrachteten den Spielzeughasen.

»Waren wir nicht«, erklärte Scott.

Wir warteten noch einen Moment, dann entließ ich sie und versprach Tristan, dass ich Hasi so sorgfältig wie möglich waschen würde. Als ich mich umdrehte, um zurück ins Haus zu gehen – zur Hölle, ich brauchte noch einen Kaffee – bemerkte ich etwas in dem Loch, das ich gerade gegraben hatte. Ich hockte mich hin und schaute es mir an. War das ein Stück Plastik? Ich versuchte, es zu lösen, aber die Erde war dort unten härter. Ich marschierte ins Haus.

»Was ist los?«, fragte Byron, der gerade Krüge und Vasen auswickelte.

»Ich brauche einen Spaten«, sagte ich.

Seine Augen wanderten zu meinen schmutzigen Händen. »Warum?«

»Sag mir einfach, wo die Gartengeräte sind.« Es klang zu scharf. »Bitte.«

Er runzelte die Stirn, ging dann zur Garage und kam mit einem Spaten zurück. Als ich danach greifen wollte, berührte er meine Schulter. »Ich grabe.«

Ich zeigte ihm das Loch, wo wir Hasi ausgegraben hatten. Er war ebenso verwirrt wie ich. »Bist du sicher, dass Cam das nicht gemacht hat?«

»Ziemlich sicher«, sagte ich. Cameron war nicht immer der netteste zu seinen Geschwistern, aber er hatte nicht die Angewohnheit zu lügen.

Byron stach mit dem Spaten in den Boden. Der Kunststoffgegenstand war das Rad eines Spielzeugautos.

»Cool!«, sagte Scott.

Heraus kam das Auto, dann kamen zwei Puppen, ein Boot, einige Bauklötze und eine Wasserpistole. Es gab einen Schnuller, der mir die Haare im Nacken zu Berge stehen ließ. Dann noch ein halbes Dutzend Kinderspielzeuge.

Ich starrte in das Loch, das jetzt breit und tief war. »Was zum Teufel?«

»Ich glaube, das war's«, sagte Byron. »Ich kann nichts mehr sehen.«

»Es ist wie ein verdammter Fisher-Price-Friedhof«, sagte ich. »Warum?«

Byron zuckte mit den Schultern. »Keine Ahnung. Zu tief, als dass Kinder es getan haben könnten.«

Mir wurde etwas übel. »Wie ist Hasi hierher gekommen?«

Byron kratzte sich am Stoppelbart. »Keinen Schimmer.«

Wir standen da, ratlos, bis die Sonne zu heiß auf unseren Rücken brannte. Ich betrachtete meine Fingernägel, die mit Erde verkrustet waren. Das sah nicht gut aus. Als wir wieder drinnen waren, ging ich ins Badezimmer, um sie zu schrubben, während ich die ganze Zeit über den Spielzeug-Friedhof grübelte. Das nächste Badezimmer war das der Kinder, in der Diele um die Ecke von der Küche. Ich öffnete den Schrank und wurde vom vertrauten Anblick von Cartoon-Zahnpasta und -bürsten, Savlon, Pflastern und Nagelknipsern begrüßt. Ich nahm ihre grüne Plastikbürste und seifte meine Hände ein, mit mehr Kraft als nötig war, in der Hoffnung, dass ich vielleicht das Gruseln wegschrubben könnte, wie ich es schon am Abend zuvor versucht hatte.

Als ich zufrieden war, dass meine Nägel sauber waren, trocknete ich die Bürste ab und legte sie zurück in den Schrank. Ich schloss die Tür, und als der Spiegel zurückschwang, schrie ich auf. Der tote Junge war zurück.

KAPITEL 16

# EIN BÄCKERDUTZEND

SIMONE

Zum zweiten Mal in weniger als zwölf Stunden kam ich zu mir, während Byron mich wachrüttelte. Diesmal klangen seine Rufe dringlicher.

»Simone!«

Ich fühlte mich desorientiert. Ich wusste nicht genau, wo ich war, aber dann kamen die Erinnerungen zurück. Das Gesicht am Fenster, das Gemälde, die Spielzeug-Grabstätte, der Geisterspiegel.

»Der tote Junge«, murmelte ich.

»Vergiss den toten Jungen«, sagte Byron. »Wir müssen dich versorgen.«

Ich öffnete meine Augen und sah Blut. Da war eine Pfütze davon auf den Fliesen, auf denen ich lag, und ein roter Streifen am Rand der Badewanne, wo ich mit meiner Stirn aufgeschlagen war. Ich wollte gerade sagen: *Mach dir keine Sorgen, keine Aufregung, es ist nur ein bisschen Blut,* aber dann bemerkte ich, dass es in einem Tempo von meinem Kopf tropfte, das meinen Magen zusammenzog.

»Oh«, sagte ich stattdessen. »Wie schlimm ist es?« Meine Hand ging automatisch zu meiner Stirn, aber Byron hielt sanft mein Handgelenk fest.

95

»Fass es nicht an«, sagte er. »Wir müssen mit dir ins Krankenhaus.«

»Ins Krankenhaus?«, spottete ich. »So schlimm kann es doch nicht sein.« Was würden wir mit den Kindern machen?

»Ich will nicht, dass du in Panik gerätst«, sagte Byron. »Aber wir müssen definitiv mit dir ins Krankenhaus.«

»Ich fühle mich gut«, log ich und versuchte, ruhig zu bleiben. Mir war tatsächlich schwindelig, besonders wenn ich die wachsende rote Pfütze auf dem Boden betrachtete. Das Handtuch, das Byron gegen meine Stirn drückte, war fast durchnässt. Vielleicht musste ich doch ins Krankenhaus.

»Verdammt«, sagte ich. »Dafür habe ich keine Zeit.«

Byron hielt mich ein bisschen fester und drückte meinen Arm. »Mach dir jetzt darüber keine Gedanken. Lass uns dich erst mal verarzten lassen.«

Ich nickte. »Ich weiß nicht mal, wo das nächste Krankenhaus ist.«

»Dafür gibt es Google Maps«, sagte Byron. »Bleib hier und halte das Handtuch, wo ich es hingedrückt habe. Ich bringe die Kinder ins Auto und komme dann zurück, um dich zu holen.«

Ich nickte. »Okay.«

Byron verließ das Badezimmer und rief nach den Kindern. Ich hörte, wie sie den Flur zur Garage hinunter polterten und ängstliche Fragen stellten. Die Autotüren öffneten sich. Ich holte tief Luft und begann mich aufzurichten, vorsichtig, um nicht im Blut auszurutschen. Das Erste, was ich im Spiegel sah, war das durchnässte Handtuch. Ich konnte nicht anders, als es von meinem Kopf zu nehmen, um zu sehen, wie schlimm der Schaden war. Als ich mein ruiniertes Gesicht sah, schnappte ich nach Luft. Da war ein riesiger Riss in meiner Stirn. Ich konnte etwas Elfenbeinfarbenes unter der blutenden Haut sehen und fühlte mich erneut schwindelig, als mir klar wurde, dass es mein Schädel war. Ich klammerte mich am Waschbecken fest, als meine Knie nachgaben. Byron kam gerade rechtzeitig herein, um mich aufzufangen.

Die nächsten Stunden waren ein Nebel aus Halbwachheit. Ich erinnere mich an einen Teil der Fahrt zur Notaufnahme, die Kinder auf dem Rücksitz, die zwischen schriller Aufregung und leiser Furcht hin und her wechselten. Sie wollten alle Fragen stellen, aber Byron sagte ihnen, sie sollten ruhig sein. Ich erinnere mich, dass ich mir Sorgen machte, das Auto mit Blut zu verschmutzen, und darüber nachdachte, wie schwer es sein würde, die Flecken zu entfernen. Wir mussten nicht lange im Empfangsbereich der Notaufnahme warten. Ich glaube, die Menge an Blut, die ich verlor, brachte die Krankenschwestern dazu, mich an den Anfang der Schlange zu stellen. Sie wollten auch keine Flecken saubermachen. Die Ärztin war freundlich und sehr effizient und hatte mich im Nu genäht.

*Ein Bäckerdutzend*, hatte sie gesagt. Es tat weh, als ich bei ihrer Erklärung die Stirn runzelte. *Dreizehn Stiche.*

Byron sah mich an. »Ich habe dir gesagt, dass du ins Krankenhaus musst.«

Die Ärztin wollte mich über Nacht zur Beobachtung dabehalten, obwohl ich keine Anzeichen einer Gehirnerschütterung hatte. Ich lehnte ab.

»Wir müssen wissen, was dich überhaupt zum Ohnmächtigwerden gebracht hat«, sagte sie. »Dein Blutdruck ist gut und dein Blutzucker ist normal. Bist du schon einmal vorher ohnmächtig geworden?«

Ich schüttelte den Kopf, was meine Schläfen pochen ließ. »Nein.«

»Nun«, sagte Byron. »Du bist ohnmächtig geworden, als du schwanger warst.«

»Sind Sie das?« Die Ärztin sah interessiert aus. »Schwanger?«

»Gott, nein«, sagte ich. »Die Fabrik ist geschlossen.«

Byron nickte zustimmend.

»Nun«, sagte die Ärztin, »ich sehe, dass ich Sie nicht überzeugen kann zu bleiben. Aber Sie müssen in den nächsten Tagen vorsichtig sein. Zögern Sie nicht zurückzukommen, wenn Sie sich nicht wohl fühlen.«

An die Fahrt nach Hause erinnere ich mich nicht. Wahrscheinlich wegen der Kombination aus Schmerzmitteln und dem Adrenalinabfall danach. Als wir ankamen, trug Byron mich die Treppe hinauf ins Bett und brachte mir eine Tasse Tee. Er setzte sich auf die Bettkante und hielt meine Hand. Gott sei Dank war er an diesem Morgen nicht zur Arbeit gegangen.

»Also«, sagte er. »Jetzt kannst du mir erzählen, was passiert ist.«

»Ich habe dir gesagt, was passiert ist«, antwortete ich.

»Nein, hast du nicht. Du hast nur ‚der tote Junge' gesagt. Was hast du damit gemeint?«

Es dauerte eine Weile, bis ich meine Antwort formuliert hatte. Das Letzte, was ich wollte, war, dass mein Mann dachte, ich würde verrückt werden, aber vielleicht war dieser Zug bereits abgefahren. »Kennst du das Gemälde? Das von gestern Abend?«

»Ja«, sagte Byron. »Offensichtlich.«

»Ich habe ihn wieder gesehen. Als ich mir die Hände gewaschen habe.«

»Wo?«

»Im Spiegel«, antwortete ich. »In der Spiegelung. Er war da, hinter mir. Derselbe Junge.«

Byron schloss die Augen und kniff in seinen Nasenrücken.

Ich wurde plötzlich emotional. »Ich verstehe, wenn du mir nicht glaubst.«

»Natürlich glaube ich dir«, antwortete er und öffnete die Augen wieder. »Ich versuche nur zu begreifen, dass wir gerade in ein Spukhaus gezogen sind.«

»Vielleicht gibt es eine andere Erklärung«, sagte ich leise. Wir waren schließlich rationale Menschen.

»Wenn dir eine einfällt«, erwiderte er, »lass es mich wissen.«

# KAPITEL 17

# GEWITTER IN MEINEM KOPF

SIMONE

»Du hast das Blut weggewischt«, sagte ich.

Byron drehte sich vom Herd weg, wo er gerade Schweinekoteletts briet, und klapperte mit seiner Grillzange, während er lächelte. »Natürlich.«

Das Fleisch brutzelte und dampfte.

»Danke.«

Er warf einen Blick auf den Verband an meinem Kopf. »Wie fühlst du dich? Das Abendessen ist gleich fertig.«

Ich seufzte. »Womit habe ich dich nur verdient?«

»Ich weiß!«, antwortete er. »Ich bin der beste Ehemann aller Zeiten. Ich schleppe meine Familie in eine völlig neue Stadt, damit wir in einem riesigen Spukhaus leben können.«

Ich lachte und rieb mir die Augen. »Wenn du es so ausdrückst –«

Nur Byron konnte in so einer Situation den Humor sehen. Er richtete das Essen an, während ich für alle Wasser einschenkte. Ich beschloss, auf den Wein zu verzichten, und schluckte stattdessen als Aperitif ein paar Schmerztabletten.

Trotz der Pillen konnte ich nicht zu Abend essen, und jedes Geräusch, das die Kinder machten, fühlte sich an, als würde mein Gehirn von einer Käsereibe zerfetzt werden. Tristan weinte, weil sie kein Babyschwein essen wollte, also bediente sich Cam an ihrem Kotelett. Scott stand immer wieder auf seinem Stuhl und stieß Dinge um, was mich nervös machte, weil ich sicher war, dass er mich aus Versehen am Kopf treffen würde. Nach der Hälfte der Mahlzeit stand ich auf und entschuldigte mich. Ich war unsicher auf den Beinen, also bewegte sich Byron schnell, um mich zu stützen. »Hoppla«, sagte er. »Keine plötzlichen Bewegungen.«

»Ich glaube, die Medikamente machen mich schwindelig«, sagte ich.

»Ich glaube, das Loch in deinem Kopf macht dich schwindelig«, sagte Cameron.

Ich schaute ihn mit einem angedeuteten Lächeln an. »Guter Punkt.«

»Kobolde«, sagte Byron zu den Kindern. »Ich helfe eurer Mutter nach oben. Wenn ich in ein paar Minuten zurückkomme, erwarte ich, dass eure Bäuche voll sind und eure Teller in der Spülmaschine.«

»Ja, Papa«, kam der Chor.

Scott umarmte meine Taille auf eine ungewöhnlich vorsichtige Art, als ob er besorgt wäre, dass ich auseinanderfallen könnte.

»Geht es dir gut, Mama?«, fragte Tristan. Ich konnte sehen, dass sie beunruhigt war.

»Bestens!«, sagte ich und zwang mich zu einem Lächeln. »Ich muss heute nur früh schlafen gehen, das ist alles.«

Ein paar Stunden später weckte mich das Weinen eines Kindes. In meinem Kopf tobte ein Gewitter. Ich lag eine Weile da und hoffte, dass Byron aufwachen würde, aber ich wusste es besser. Der Mann schlief wie ein Toter; das hatte ich ihm schon immer beneidet. Normalerweise wäre ich aufgestanden, aber ich war noch immer schwindelig und meine rasenden Kopfschmerzen blendeten mich teilweise, also hielt ich es nicht für besonders klug, die Treppe hinunterzugehen.

»Byron«, flüsterte ich. »Byron.« Ich schüttelte ihn ein wenig und fühlte mich dabei schlecht.

Schließlich tauchte er auf. »Was ist los?«, fragte er eindringlich. »Geht es dir gut?«

»Ja«, antwortete ich, während mein Gesicht vor Schmerz pochte. »Jemand weint. Eins der Kinder.«

Byron runzelte die Stirn und lauschte. Es war ruhig. »Niemand weint. Du träumst. Versuch wieder einzuschlafen.«

Er drehte sich von mir weg und schlief innerhalb von Sekunden wieder ein. Ehrlich, der Mann hatte eine Superkraft. Es war noch nicht Zeit für weitere Medikamente, also schloss ich meine Augen und versuchte, den Schmerz wegzuatmen. Ich hatte das irgendwo gelesen – dass man in den Schmerz hineinatmen und ihn erträglicher machen könnte, aber stattdessen verstärkte er sich. Nach drei Minuten fluchte ich laut und nahm mehr Schmerzmittel.

Das Weinen riss mich wieder aus dem Schlaf wie ein gezackter Fingernagel, der immer wieder hängen bleibt. Der Schmerz war nicht mehr unerträglich, aber er lauerte in der Ferne wie eine dunkelgraue Wolke, die zu bersten drohte. Ich konnte nicht sagen, ob es Trissy oder Scott war, die weinten, aber es war nicht ihre Art, nachts zu weinen – jedenfalls nicht mehr –, also machte mir das Sorgen. Ich blickte zu meinem Mann hinüber, der wieder selig zu schlafen schien. Ich war unfairerweise verärgert über ihn.

Das Jammern wurde lauter. Ich zog die Bettdecke weg und stand langsam auf, wobei ich darauf achtete, mich zu stabilisieren. Mein Gehirn nahm dies als Zeichen, wieder zu donnern, und bald fühlte sich mein Schädel elektrisiert an.

*Du schaffst das*, sagte ich zu mir selbst. *Es dauert nur zwei Minuten. Vorsichtig die Treppe hinuntergehen, das Kind trösten, zurück ins Bett.*

Ich sah Sterne, während ich lief, und versuchte, sie wegzublinzeln, damit ich einen klaren Blick auf die Treppe bekommen würde. Ich nahm sie langsam, indem ich mich auf das Geländer stützte. Das Weinen wurde lauter und ich konnte immer noch nicht sagen, ob es Scott oder Tristan war. Ich erreichte zuerst Camerons Zimmer, das dunkel und ruhig war. Scotts Zimmer war genauso, abgesehen von seinem Nachtlicht: ein leuchtender Becher »Vielsaft-Trank«, der die ganze Nacht über seine Farbe wechselte. Er hatte seine Decke abgeworfen, also zog ich sie wieder über ihn und küsste ihn. Ich konnte das Weinen immer noch hören, aber als ich Tristans Zimmer betrat, schlief auch sie tief und fest, während ihr Wonder-Woman-Nachtlicht ihre Wange gelb anmalte.

Grauen krallte sich in meinen Magen. Alle meine Kinder schliefen tief und fest. Woher kam das Jammern? Ich lehnte mich gegen die kühle Wand und schloss die Augen.

*Hör auf!* sagte ich lautlos. *Hör einfach auf.*

Das Jammern hörte auf.

# KAPITEL 18

# STEINGESICHT

SIMONE

Fühle mich halbwegs menschlich, stand ich früh auf, schluckte ein paar Tabletten und machte Frühstück. Ich beschloss, mein nächtliches Abenteuer für mich zu behalten. Ich vermutete, dass Byron bereits an meinem Verstand zweifelte, und ich wollte es nicht noch schlimmer machen. Ich hatte genug Horrorfilme in meinem Leben gesehen, um die Klischees zu kennen: Frau beginnt, Dinge zu »sehen«, Frau wird fast in den Wahnsinn getrieben, Frau wird beschuldigt, verrückt zu sein, alle sterben außer der Frau und dem Hund. Nein danke, das wird in dieser Familie nicht passieren. Also, ich hörte ein Kind weinen, und es war alles in meinem Kopf. Keine Überraschung, wenn man bedenkt, dass ich es geschafft hatte, mich mit nichts weiter als meiner Fantasie an der Badewanne zu verletzen. Ich schüttelte den Kopf und bereute es sofort, und fragte mich, wann die Schmerzen nachlassen würden. Dreizehn Stiche! Vielleicht bräuchte ich etwas plastische Chirurgie, um die Narbe zu verschönern. Vielleicht könnte ich ein paar zusätzliche Anfragen einschmuggeln, wie das Ausbessern meiner Krähenfüße und Lachfalten. Mensch, warum dabei aufhören? Könnte auch gleich ein Brustupgrade bekommen. Eine kleine Bauchstraffung. Ich bin ein großer Fan davon, mehrere Fliegen mit einer Klappe zu schlagen, und es ist nicht jeden Tag, dass ich betäubt in einem Raum mit einem plastischen Chirurgen liege.

»Mama!«, rief Tristan, und ich drehte mich zu ihr um und ging auf ein Knie nieder.

»Hallo, meine Schöne«, sagte ich, hob sie zu einer Umarmung hoch und küsste ihre Wangen und Nase. Ihr Schlafanzug war noch warm vom Bett, und sie hatte Bunny unter dem Arm.

»Hat Papa Bunny für dich gewaschen?«, fragte ich.

Er sah deutlich mitgenommener aus, aber zumindest war er nicht mehr schlammverkrustet.

»Nein«, sagte sie.

»Oh! Hast du ihn gewaschen? Kluges Mädchen.«

»Nein«, antwortete sie.

»Oh«, sagte ich und legte etwas Roggenbrot in den Toaster. Vielleicht war das Spielzeug nicht so schmutzig gewesen, wie ich dachte.

Die Jungen kamen herein und aßen den Toast, sobald er aus dem Toaster sprang, dann fragten sie nach mehr. So wie die Kinder aßen, war es gut, dass Byron mit dem neuen Job eine Gehaltserhöhung bekommen hatte. Es schien, als wäre der Kühlschrank, egal wie oft ich ihn füllte, innerhalb von Tagen leer.

»Was machen wir heute?«, fragte Scott.

*Versuchen, bei klarem Verstand zu bleiben.* »Wir haben noch einiges auszupacken.« Sie stöhnten. »Nur die letzten Sachen. Die dauern immer am längsten. Aber dann, wenn es fertig ist, können wir uns alle einleben.«

»Catnip hat sich schon eingewöhnt«, sagte Cameron.

Ich nickte. »Wenigstens knurrt sie nicht mehr die frische Luft an.«

Ich dachte an die Kratzer in meinem Gesicht und die neue Wunde vom Sturz am Tag zuvor. Das würde alles bald heilen.

»Ich dachte, ich hätte einen von euch letzte Nacht weinen gehört«, sagte ich. »Ich kam runter, um nachzusehen, aber ihr habt alle tief und fest geschlafen.«

»Ich habe es auch gehört«, sagte Cam und biss in seine zweite Toastscheibe.

Ich schaute ihn so schnell an, dass ich mir fast den Hals verdrehte. »Was?«

»Ich habe es gehört«, wiederholte er. »Ich dachte, es wäre Tristan.«

»Ich habe letzte Nacht nicht geweint«, sagte Tristan.

»Ich dachte, ich hätte es mir eingebildet«, sagte ich. »Wegen meiner, du weißt schon.« Ich deutete vage auf den Verband an meinem Kopf.

»Nö«, sagte Cam. »Es war echt. Es hat mich aufgeweckt.«

Ich war mir nicht sicher, was schlimmer war: mir einzubilden, dass ich das Weinen gehört hatte, oder dass Cam die Geschichte bestätigte. Wenn es nicht in meiner Fantasie war, bedeutete es, dass wirklich ein Kind geweint hatte. Das Unheimliche war, dass es aus unserem Haus kam.

Byron schlenderte herein. »Guten Morgen, ihr Gremlins.«

Tristan kicherte. »Du hast Mama gerade einen Gremlin genannt.«

»Ja, nun«, antwortete er. »Sie ist ein wunderschöner Gremlin.« Er küsste meine Wange und schaltete dann den Wasserkocher ein.

»Papa!«, sagte Scott. »Wir können nicht hier bleiben. Das Haus ist verhext.«

»Oh, ich weiß«, antwortete er. »Aber die meisten Geister sind harmlos. Ich denke, wir werden gut zurechtkommen.«

»Was?«, fragte Scott, die Augen so weit aufgerissen wie seine Müslischale.

Byron lachte und wuschelte durch Scotts Haar. »Nur ein Scherz. Das Haus ist nicht verhext. Wir leben uns nur ein, das ist alles.«

Ich schaute ihn über meine dampfende Tasse hinweg an. »Ja«, log ich. »Wie du sagtest, wir leben uns einfach alle ein.«

~

BYRON PACKTE in der Garage aus. Ich beendete unser Schlafzimmer und machte mich dann an die Küche, die ewig dauerte, um sie zu sortieren. Bei der Entscheidung, was wir aus Durban mitnehmen sollten, war ich bei weitem nicht minimalistisch genug gewesen, und ich ertappte mich dabei, dass ich mir wünschte, ich hätte mindestens die Hälfte der Dinge, die ich auspackte, gespendet oder weggeworfen. Kelchartige Weingläser, die mir nie gefallen hatten, eine Servierplatte mit Haarrissen, ein Paar abblätternder Silikonzangen. Ich seufzte. Keines davon löste Freude aus. Wo war Marie Kondo, wenn man sie brauchte?

Ich hatte gerade den Geschirrschrank geschlossen und mit der Besteck-schublade begonnen, als ich Tristan aus dem Garten schreien hörte. Ich erstarrte. Tristan kreischte oft – meistens, wenn Cam sie ärgerte – und normalerweise ließ ich sie es unter sich ausmachen, aber in diesem Schrei lag etwas, das mir nicht gefiel. Ich ließ die Salatgabel fallen, die ich hielt, und bewegte mich auf Füßen nach draußen, die sich anfühlten, als würden sie den Boden nicht berühren.

»Mom!«, rief Cameron. »Mom!«

Eiswasser flutete meine Adern. Ich wusste, dass etwas sehr falsch war. Als ich nach draußen trat, blendete mich die Sonne fast. Ich hielt eine Hand hoch, um meine Augen zu beschatten, und versuchte zu sehen, wo die Kinder waren. Es war heiß, und Insekten summten um meinen pochenden Kopf.

»Tristan?«, rief ich. »Cam?«

»Mom!«, rief Cameron wieder. »Schau!«

Er stand im Schatten eines Baumes. Ich rannte zu ihm. Seine Körper-sprache war alarmiert, steif, und er zeigte hinauf zum Gästezimmer. Tristan schrie wieder, und der hohe Kreischen schien für einen Moment meine Sicht zu trüben. Ich dachte: *Oh nein, sie haben dieses Steingesicht im Fenster gesehen.* Aber es war viel schlimmer als das.

Als ich endlich zum Fenster hinaufschauen konnte, auf das Cameron zeigte, schoss Adrenalin wie eine Blitz durch meinen Körper. Scott saß auf dem Fensterbrett, einen knochenbrechenden Fall von den Rosenbü-schen darunter entfernt. Ich erstarrte für einen Moment. Mir kam der

Gedanke, dass Scott erschrecken und fallen könnte, wenn ich schreien würde. Mit zusammengebissenen Zähnen packte ich Camerons Arm und befahl ihm, seinem Vater Bescheid zu geben. Sein verängstigtes Gesicht nickte, und er rannte ins Haus. Ich schaute wieder zu Scott hinauf. Sein Gesicht war blank, wie hypnotisiert.

»Scott!«, rief ich, so leise ich konnte. Der Gesichtsausdruck meines Sohnes änderte sich nicht. »Scott!«, rief ich lauter, aber er ignorierte mich weiterhin. Irrationale Gedanken kamen mir. Ich sollte die Matratze holen und sie auf den Boden legen. Ich sollte eine Decke holen, um zu versuchen, ihn aufzufangen. Ich sollte den Notdienst rufen. Aber dann erschien Byron hinter dem Glas, sein Gesicht so weiß wie das von Scott; so weiß wie das Gesicht, das ich am Tag zuvor gesehen hatte. Byron näherte sich langsam. Ich hatte Angst zuzusehen, besorgt, dass Byron versehentlich dafür sorgen könnte, dass Scott fällt. Ich konnte nicht hinsehen. Ich konnte nicht wegsehen. Ich versuchte, ein letztes Mal zu meinem Sohn – in Trance – aufzuschauen und ihn anzuflehen, zuzuhören. Vielleicht, wenn ich weiter redete, würde er schließlich einschalten. »Scott. Bitte sei vorsichtig. Geh zurück ins Zimmer. Geh hinein. Scott! Erschrick nicht. Papa ist da, um dir zu helfen.« Sobald ich das Wort »Papa« sagte, blinzelte Scott und schaute hinter sich, wo Byron mit ausgestreckten Armen näherkam. Sein Körper entspannte sich, als wäre der Zauber gebrochen, versteifte sich aber wieder, sobald er erkannte, wie hoch er war.

»Keine Sorge, Papa wird dir helfen!«, schrie ich. Meine Stimme erreichte einen Höhepunkt, als ich sah, wie Scott ausrutschte, und ich schrie vor Angst. Sein kleiner Körper brach zusammen wie eine Marionette, deren Fäden durchgeschnitten wurden. Er fiel, aber nicht bevor Byron seinen Arm packte und ihn zurück nach oben und durch das offene Fenster zerrte. Ich hörte ihn weinen. Ich stellte mir den fünffingrigen blauen Fleck vor, den er an seinem Arm haben würde, ohne jemals die Qualen zu kennen, die er erlebt hätte, wenn er gefallen wäre.

Wir schickten Tristan, um *Peppa Pig* zu schauen, und Cameron machte uns heiße Schokolade. Wir saßen zusammen in der Küche und versuchten zu verstehen, was gerade passiert war, und unseren Schock zu verarbeiten. Ich konnte nicht anders, als mein Gesicht zu berühren –

meine Stirn, die Schläfen und die Wangen – als ob es mir irgendwie helfen würde, den Gedanken zu erfassen, dass mein Sechsjähriger sich fast umgebracht hätte. Byron zitterte ebenfalls.

»Es ist zu viel«, sagte ich zu ihm und bemerkte, wie meine Unterlippe zitterte. »Dieses Haus ist zu viel.«

»Du kannst nicht dem Haus die Schuld geben«, erwiderte Byron. Er sah Scott an. »Sag uns, warum du dort oben warst.«

Scotts Gesicht war so weiß, dass er krank aussah. Obwohl er normalerweise einen wütenden Süßzahn hatte, hatte er seine Tasse nicht angerührt. »Mein iPad war verschwunden. Ich bin nach oben gegangen, um danach zu suchen.«

»Warum?«, fragte ich. »Warum sollte es dort oben sein?« Soweit ich wusste, spielten die Kinder nicht im oberen Gästezimmer.

Scott zog seine Lippen zu einer Seite. »Manchmal werden unsere Spielsachen dort hinaufgebracht.«

»Dort hinaufgebracht?« Byrons Augenbrauen zogen sich zusammen. »Was meinst du damit? Wer bringt sie dort hinauf?«

»Ich dachte, es wäre Cam«, antwortete Scott.

»War ich nicht!«, sagte Cameron, die Hände in der Luft.

»Ich dachte, es wäre Cam, aber dann habe ich … ihn gesehen.«

Mein Körper fühlte sich eiskalt an. »Ihn?«, flüsterte ich. »Ihn?«

»Den Jungen, der hier wohnt.«

Mein Magen verkrampfte sich so stark, dass ich dachte, ich müsste mich übergeben. Byron und ich tauschten besorgte Blicke aus. »Scott.« Ich blinzelte die Tränen in meinen Augen weg. »Du musst uns alles erzählen, was du über diesen Jungen weißt.«

Scott zuckte mit den Schultern. »Ich weiß nichts über ihn. Er spricht nicht mit mir. Manchmal spielen wir nur zusammen.«

»Und er bringt deine Spielsachen hoch in dieses Zimmer?«

»Dort spielt er gerne.«

Byron hustete, dann holte er Luft. »Hast du vorhin mit ihm gespielt? Als du dich seltsam zu fühlen begannst?«

»Ja.«

Ich konnte nicht anders, als mit den Fingern auf den Tresen zu klopfen. »Und dann?«

»Und dann kann ich mich nicht erinnern. Wir haben gespielt, und dann bin ich gefallen, und Papa hat meinen Arm gepackt.«

Wir schauten auf seinen Arm, der sich von zornigem Rot zu Blau färbte.

»Du bist nicht in Schwierigkeiten«, sagte ich zu ihm. »Wir müssen nur die Wahrheit hören.«

»Es ist die Wahrheit«, sagte er.

»Hat der Junge jemals versucht, dir wehzutun?«, fragte ich.

Scott schüttelte den Kopf. »So ist er nicht. Er versucht nicht, mir wehzutun.«

Es kostete Kraft, meinen Sohn nicht am anderen Arm zu packen und zu schütteln. Stattdessen tat ich so, als wäre ich ruhig. »Er *hat* versucht, dir wehzutun. Wenn du gefallen wärst –«

Meine Hände flogen zu meinem Mund. Ich konnte den Satz nicht beenden.

Byron stand auf und sammelte die leeren Tassen ein. »Geht fernsehen«, sagte er zu den Jungen.

Beide jammerten. »Aber –«

Byrons Wangen röteten sich. »Ich sagte, geht fernsehen!«

Ich schloss die Augen und legte meine Stirn auf meine gefalteten Hände auf dem Tresen. Meine Kopfwunde pochte. Ich konnte nicht mit dem umgehen, was passierte.

»Es ist zu viel«, sagte ich wieder.

Byron stellte die Tassen in die Spüle und kam zu mir, umarmte mich von hinten. Mein Körper entspannte sich.

»Wir müssen aus diesem Haus raus«, sagte ich.

Byron nahm meine Hände und drehte mich um. »Hör zu, ich weiß, es war schwierig.«

Ich blinzelte ihn ungläubig an. Mein Hals war vor Emotion geschwollen. »Schwierig?«

»Du hast es selbst gesagt, wir brauchen Zeit, um uns einzugewöhnen.«

Meine Wut flammte auf. »Mein Gott, Byron! Scott hätte sich heute fast umgebracht!«

Ich würde, solange ich lebte, das Bild nicht aus dem Kopf bekommen, wie er fast aus dem Fenster gefallen wäre.

»Wir müssen ihn zu einem Arzt bringen«, sagte Byron. »Er hatte offensichtlich eine Art... Episode.«

Ich verschränkte die Arme. »Episode?«

»Eine Art... Anfall? Schlafwandeln? Er war völlig reaktionslos, als ich ihn rief, und er erinnert sich nicht daran, wie er dorthin gekommen ist. Ich werde einen Termin bei einem Neurologen vereinbaren.«

Ich konnte nicht glauben, was ich hörte. Lebte er überhaupt im selben Haus wie wir?

»Was zum Teufel, Byron? Ist das dein Ernst? Warum buchst du nicht auch gleich einen Hirnscan für mich? Und für Catnip?«

Verärgert trat er einen Schritt zurück. »Aus einem Fenster im zweiten Stock zu gehen, ist kein normales Verhalten.«

»Ja«, sagte ich. »Und eine Katze, die einen leeren Schrank anknurrt, ist auch kein normales Verhalten. Und dass ich einen toten Jungen im Spiegel des Kinderbadezimmers sehe und mir dann den Kopf an der Badewanne anschlage, ist auch kein normales Verhalten.« Ganz zu schweigen von den seltsamen Dingen, die passiert waren und von denen ich ihm nie erzählt hatte.

Sein Gesicht zuckte.

»Byron. Mit uns stimmt nichts nicht. Mit dem Haus stimmt etwas nicht.«

»Ich kenne jemanden«, sagte Byron und öffnete unsere zweite Flasche Merlot.

Ich schob mein Glas zu ihm rüber. Wir waren von heißer Schokolade zu Wein übergegangen. Tagsüber zu trinken schien das Offensichtliche zu sein, wenn man gerade erkannt hatte, dass das nagelneue Zuhause einen Poltergeist beherbergte.

Ich lachte und es war mir egal, dass es unangemessen war. Es war vielleicht etwas Hysterie dabei. Die Kinder schauten seit drei Stunden Netflix und es war mir egal.

»Was meinst du damit, du kennst jemanden?«

»Da war ein Mädchen, mit dem ich in Westville zur Schule ging –«

»Warum bekomme ich ein schlechtes Gefühl dabei?«

»Sie war schon immer in paranormale Dinge vertieft. Sie zog nach Joburg, um einer Gruppe von… Leuten beizutreten.«

»Einer Gruppe von Leuten?«

»Einer Gruppe von… Hexen.«

Ich hätte fast meinen Wein ausgespuckt. Ich meine, mein Kunststudium hat dazu geführt, dass ich viele exzentrische Menschen kennengelernt habe, aber Hexen waren nie auf meinem Radar gewesen.

»Du sagst also, dass deine Ex-Freundin eine… Hexe ist?«

»Sie wird uns helfen können. Sie kennt sich mit dieser Art von… Zeug aus.«

»Du machst Witze.«

Er presste frustriert die Lippen zusammen. »Nun, hast du irgendwelche Ideen?«

Ich antwortete nicht.

»Hör zu«, sagte Byron. »Ich glaube an Hexen ungefähr so sehr wie ich an Geister glaube. Was heißt, überhaupt nicht. Aber hier passiert etwas, dem wir nachgehen müssen. Jedes Mal, wenn ich diesen Verband an deinem Kopf sehe, spüre ich einen Schmerz. Ich kann nicht zulassen, dass du verletzt wirst. Und wir müssen die Kinder schützen, selbst wenn es vor einem unsichtbaren Freund ist.«

Ich schüttelte ungläubig den Kopf und nahm einen Schluck Wein. »Das ist so surreal.«

»Ich denke nur, wir sollten es im Keim ersticken«, sagte er. »Bevor es schlimmer wird.«

»Wenn es schlimmer wird, sind wir weg«, sagte ich. »Ich packe nicht einmal, ich gehe einfach.«

Natürlich war es nur Großspurigkeit. Wir hatten nirgendwo hinzugehen. Byron musste weiter in Joburg arbeiten, und all unser Geld steckte in diesem Haus. Wenn wir gingen, müssten wir in ein Obdachlosenheim im Stadtzentrum gehen, was wahrscheinlich gefährlicher wäre als ein besessenes Haus.

»In Ordnung«, seufzte ich. »Ruf die Hexe an.«

KAPITEL 19

# FLEISCH UND BLUT UND STERNENSTAUB

ASHA

Ich beschloss, zur Einweihungszeremonie des Hexenzirkels meine farbenfroheste Robe zu tragen: eine saphirblaue Kreation mit blassgelben Edelsteinen, die an Mieder und Saum genäht waren. Initiationen sind schließlich Feierlichkeiten. Als ich im Yogastudio ankam, tummelten sich bereits ein halbes Dutzend Hexen im Garten. Vögel flatterten knapp über Kopfhöhe herum, und die Hexen plauderten sanft, während die Sonne den Himmel zum Schmelzen brachte. Ich lächelte und winkte Esmerelda und Forsythia zu, mied Boston und ging hinein, um meine Salatplatte abzustellen – das frische Babygemüse, das ich am Tag zuvor geerntet hatte, zusammen mit dem Hummus und dem Karottengrün-Pesto, das ich gemacht hatte. Obwohl der Starfall-Zirkel wusste, dass ich regelmäßig mit giftigen Pilzen und Kräutern arbeitete, war mein *crudité* immer ein Erfolg. Savvy vermischte absichtlich ihr begrenztes Französisch und nannte sie meinen *coup d'état*.

»Asha!«

Ich drehte mich um und sah Soleil, die mich anstrahlte.

»Ich bin so froh, dass Sie es geschafft haben.«

»Das würde ich nicht verpassen!«, flunkerte ich. In Wahrheit hatte ich das Gefühl, Zeit zu verschwenden. Ich musste an dem Fall der vermissten Mädchen arbeiten, aber ich wartete immer noch darauf, von Dusty zu hören. Mir war klar, dass es vielleicht nicht die klügste Idee war, meine gesamte Ermittlung auf eine Ausreißerin zu stützen, aber im Moment war sie das Nächste, was ich als Spur hatte. Sie war die Einzige, die die Chance hatte herauszufinden, was Maple Mellor in der Nacht gesehen hatte, in der Zaleria Chalice entführt worden war.

Fröhliches Bellen von draußen signalisierte, dass Nicola Landau – oder besser gesagt, Rose Devka – angekommen war. Wir hatten uns alle in ihren Hund Sebastian verliebt, als wir ihre Wiedervereinigung sahen, und ich konnte hören, wie die anderen Frauen ihn genauso enthusiastisch begrüßten wie er sie. Meine Gedanken wanderten zu Chione, der Grimalkin, und ich fragte mich kurz, wie es ihr ging und was sie so trieb. Irgendetwas sagte mir, dass wir sie noch nicht zum letzten Mal gesehen hatten.

Hundekrallen klickten auf dem Boden neben mir. Als ich nach unten schaute, blickte Sebastian zu mir hoch, mit einem Hauch von Winseln in seiner aufrichtigen Begrüßung.

»Hallo, du guter Junge«, sagte ich und gab ihm eine gute Massage am Hinterkopf. »Hallo. Du bist gekommen, um zu sehen, wie deine Mama Starfall beitritt.«

Sebastian bellte.

»Oh, ich verstehe«, sagte ich und tat so, als würde ich die Weisheit in seinen Augen verstehen. »Du trittst auch bei. Unsere erste männliche Hexe! Und unsere erste Hundehexe. Na, wurde auch Zeit. Willkommen.«

Als Soleil das Signal gab, machte sich ein mehrfarbiges Gewimmel von Hexen an ihre Aufgaben: Kerzen anzünden, Weihrauch verbrennen und die sanfte High-End-Spa-Musik auflegen, die die Hohepriesterin zu bevorzugen schien. Soleil zog den Kreis, und Ivy reinigte den Raum darin mit Salz und Wasser. Wir nahmen unsere Plätze am Umfang ein und reichten uns die Hände. Sebastian saß an Rose Devkas Fersen.

Soleil murmelte einen schnellen Zauber, der ihren gewöhnlichen Umhang in ihren Zeremonienumhang verwandelte, der im gedämpften Licht funkelte.

»Eine Initiation ist ein symbolischer Tod und eine Wiedergeburt«, intonierte sie. »Ein Übergangsritus, der jeden, der ihn erlebt, verwandelt. Rose Devka, die heutige Zeremonie markiert Ihre Aufnahme in unseren Zirkel und Ihr tiefes, persönliches Engagement für die Göttin. Sie werden ein Jahr und einen Tag lang Initiatin sein, in dieser Zeit wird von Ihnen erwartet, dass Sie die Wege des Handwerks annehmen und Ihre Schattenarbeit leisten.«

»So soll es sein«, skandierte der Zirkel.

»Wo kein Mut ist, ist keine Liebe. Liebe erfordert Verletzlichkeit, sonst ist sie hohl. Rose Devka, verpflichten Sie sich zu diesem Weg der Neuprogrammierung?«

»Das tue ich«, sagte sie und schickte Rauchfahnen von Weihrauch wirbelnd in die Luft.

Ich konnte nicht anders, als sie anzustarren. Nicola Landau war als Rose Devka nicht wiederzuerkennen. Abgesehen von den oberflächlichen Veränderungen – ein neuer, kurzer, schicker Haarschnitt, eine Bräune und kirschroter Lippenstift – sah sie wirklich wie eine völlig andere Frau aus. Die verfluchte kriminelle Insassin, die ich im Riverside Asylum gefunden hatte, war ein bleicher Knochensack mit toten Augen. Die Zirkel-Initiatin, die in unserem Kreis mit einem hechelnden Labrador zu ihren Füßen stand und lächelte, strahlte. Ich hatte erwartet, dass sie krank aussehen würde vor Trauma und Trauer, aber diese Frau hatte sich in diesem schrecklichen Asylum ihrer dunklen Seite gestellt und war strahlend daraus hervorgegangen.

Ich mag es nicht, dem alten Narrativ zu glauben, dass ein Mensch Traumata erfahren muss, um gestärkt zu werden. Wir sind Fleisch und Blut und Sternenstaub, keine Stahlschwerter. Ich weiß aus persönlicher Erfahrung, dass Traumata oft das Gegenteil von Charakterbildung bewirken, trotz des alten Sprichworts. Aber ich musste zugeben, dass es in Nicolas Fall wahr zu sein schien.

Die rituelle Badewanne erschien in der Mitte des Kreises, das Wasser dampfte. Ich griff in meine Umhangtasche und holte die Badebombe heraus, die ich für diesen Anlass gemacht hatte. Salz, Rosenblätter, Lorbeerblätter, Eisenkraut und Rosmarinblüten. Als Soleil mir zunickte, trat ich vor und warf sie hinein, und sie sprudelte und blubberte, während wir alle chanteten.

Die Hexen, die zu beiden Seiten von Rose standen, halfen ihr aus ihrem Umhang. Sie stand nackt vor uns, Kerzenlicht und Flammenschatten tanzten auf ihrer Haut, als sie sich zur Wanne bewegte und hineinkletterte. Unser Gesang wurde lauter, als sie untertauchte, und Dampf und der Duft von Rosen ergoss sich aus der Wanne. Der rosa-goldene Rauch umhüllte uns und beschichtete uns mit seinem Glühen. Immer noch singend beobachteten wir, wie Rose meditierte, alle Zweifel löste und ihren neuen Namen akzeptierte. Ihre Sponsoren traten wieder vor und halfen ihr aus der Badewanne, trockneten sie ab, salbten sie mit Öl und halfen ihr in ihren neuen Starfall-Zirkelumhang.

Soleil ließ die Wanne mit einem Schnippen ihres Handgelenks verschwinden und näherte sich dann der neuen Initiatin mit einer dünnen Baumwollschnur, die sie locker um Roses Handgelenke band. »Und sie wurde gebunden, wie alle Lebenden gebunden sein müssen, die das Königreich des Todes betreten wollen.«

»So soll es sein«, antworteten wir alle.

Die Hohepriesterin band ein schwarzes Band um ihren Kopf und bedeckte damit Roses Augen. »Sie sind im Begriff, einen Wirbel der Macht zu betreten, einen Ort jenseits der Vorstellungskraft, wo Geburt und Tod, Dunkelheit und Licht, Freude und Schmerz als Einheit zusammentreffen. Sie werden zwischen den Welten schreiten, jenseits der Zeit, außerhalb der Grenzen Ihres menschlichen Lebens.«

Rose sprach. »Ich betrete den Starfall-Kreis mit Dankbarkeit, Liebe und Vertrauen.«

»Sei gegrüßt, Wächter der Wachtürme des Ostens, des Südens, des Westens, des Nordens. Seid gegrüßt, alle mächtigen des Handwerks. Seht Rose Devka, die vier Jahreszeiten und einen Tag lang unsere Initiatin sein wird.«

Die Hohepriesterin nahm Roses Hand und zog ihr juwelenbesetztes Messer heraus. Sie machte einen kleinen Schnitt auf Roses Zeigefingerkuppe, der die Initiatin auf die Lippe beißen ließ. Soleil drückte ein paar

Tropfen Blut auf eine Spiegelscherbe, die schmolz, als das Blut sie berührte, und dann zu rotem Rauch und goldenen Funken sublimierte.

»Sind Sie bereit, den Eid zu schwören?«

»Das bin ich«, sagte die alte Nicola Landau. »Ich, Rose Devka, schwöre aus freiem Willen feierlich, meine Schwestern im Handwerk zu schützen, zu unterstützen und zu verteidigen. Ich werde alles geheim halten, was nicht offenbart werden darf.«

Soleil drückte ihr Messer an Roses Herz, dann an ihre Lippen, dann an ihr drittes Auge. Mit einem schnellen Hieb der Klinge durchschnitt sie die Augenbinde, und sie fiel zu Boden. Wir hörten auf zu chanten.

»Seht!«, rief Soleil. »Seht Rose Devka, die nun zur Initiatin des Starfall-Zirkels geworden ist.«

Wir applaudierten und jubelten alle, und Sebastian bellte. Die Musikwiedergabeliste wurde zu flotteren Titeln gewechselt, und der Kreis wurde geöffnet, damit wir essen, trinken und fröhlich sein konnten. Bevor ich meine französische Rebellion auf einem Tablett servieren konnte, stellte ich mich an, um Rose zu gratulieren. Als sie mich sah, verblasste ihr Lächeln und wurde durch etwas wie Ehrfurcht ersetzt.

»Ich werde nie vergessen, was Sie für mich getan haben«, sagte sie. Sebastian bellte.

Ich umarmte sie. »Willkommen bei Starfall«, sagte ich.

Mit dem formellen Teil der Einweihungszeremonie beendet, begannen die Hexen, ihre Hemmungen abzulegen. Tawny war die DJane, und Esmerelda servierte Honigmet und Snacks. Ich näherte mich Soleil, um mich zu entschuldigen und zu gehen. Normalerweise wäre ich immer für eine Zirkelfeier zu haben, aber ich konnte mich nicht entspannen, wenn ich wusste, dass diese entführten Mädchen noch nicht gefunden worden waren.

»Verzeihen Sie mir«, sagte ich zu Soleil. »Ich muss gehen. Ich habe Arbeit zu erledigen.«

»Es gibt nichts zu verzeihen«, erwiderte die Hohepriesterin. »Aber ich brauche nur einen Moment mit Ihnen, bevor Sie gehen.«

Ich nickte. »Natürlich.«

Sie begleitete mich nach draußen, wo mein Uber-Fahrer wartete, die Warnblinkanlage eingeschaltet. »Es gibt einen neuen Fall.«

Ich schluckte. »Einen neuen Fall? Ich komme mit dem einen, den ich habe, nicht einmal zurecht.«

»Ich weiß, es muss schwierig sein«, sagte Soleil, »so viele Menschen zu haben, die von Ihnen abhängig sind.«

Der Uber-Fahrer reckte den Hals, um zu sehen, was mich so lange aufhielt.

»Alles, worum ich Sie bitte, ist, diese Familie zu besuchen.«

»Eine Familie?«

»Eine wunderschöne junge Familie in Schwierigkeiten.«

*Oh mein Fluch.* »Was für Schwierigkeiten?«

»Besuchen Sie sie einfach und entscheiden Sie dann selbst, ob Sie helfen können.«

»Soleil. Ich weiß jetzt schon, dass ich *nicht* helfen kann. Ich hätte heute Abend nicht einmal hierher kommen sollen. Jede Minute, die ich nicht mit der Arbeit am Fall der vermissten Mädchen verbringe, ist–«

Ich konnte den Satz nicht beenden. Jede Minute, die verstrich, bedeutete die Möglichkeit, dass mehr Mädchen entführt wurden, und die Göttin weiß, was mit den Kindern geschah, die bereits mitgenommen worden waren. Und hier war ich und aß Babymöhren mit Pesto.

Soleil blinzelte mich an. »Ich verstehe.«

Der Fahrer hupte und gestikulierte zu mir, als wolle er fragen, ob ich noch käme. Ich nickte und hob meine Hand zu ihm, dann rieb ich mir die Stirn, die zusammen mit dem Rest meines Schädels zu schmerzen begann.

»Ich weiß, Sie werden die richtige Entscheidung treffen, Asha«, sagte Soleil. »Das tun Sie immer.«

Ich machte ein paar Schritte auf das Auto zu, das immer noch schnurrte, dann drehte ich mich um. »Was für Schwierigkeiten?«, fragte ich erneut.

»Es ist eine ... mögliche Spukerscheinung.«

*Was jetzt?*

Ich lachte ohne Fröhlichkeit und verschränkte die Arme. »Soleil. Das Reich weiß, dass ich viele Hüte trage, aber irgendwo muss ich die Grenze ziehen. Ich bin verdammt nochmal kein Exorzist.«

Die Hohepriesterin presste die Lippen missbilligend über meinen Ton zusammen, schalt mich aber nicht. Sie sah prächtig aus, wie sie da in ihrem Ritualgewand stand, mit dem Vollmond, der ihr Gesicht umrahmte.

Ich versuchte, es in einer weniger aggressiven Weise zu formulieren. »Kennen Sie nicht jemand anderen, der ihnen helfen kann? Ich bin kaum qualifiziert, den Job zu machen.«

Natürlich wusste ich, dass es Energieverschwendung war, mit Soleil zu argumentieren, aber gleichzeitig wusste ich, dass ich unmöglich einen neuen Auftrag übernehmen konnte.

»Es ist keine gewöhnliche Spukerscheinung«, sagte sie. »Es ist ein komplexer Fall, einer, der meiner Meinung nach eine Art gefährlichen Fluch beinhaltet. Ich fürchte, es werden Leben verloren gehen.«

Ich starrte sie emotionslos an. »Wenn Sie versuchen, mich zu überzeugen, machen Sie keinen sehr guten Job.«

Nun war es an Soleil zu lachen, und in ihren Augen lag ein silbernes Funkeln. »Also werden Sie hingehen und sie besuchen?«

Ich bewegte mich näher zum Fahrer, der nun scheinbar aufgegeben hatte und während des Wartens ein kurzes Nickerchen machte. »Ich werde hingehen und sie besuchen«, sagte ich. »Aber ich übernehme den Fall nicht.«

Sie lächelte mich an, eine Scheibe mondweißer Zähne. »Danke, Asha. Gesegnet sei.«

Ich schritt zum Auto und rief über meine Schulter: »Ich übernehme den Fall nicht!«

Ich stieg ein und tippte dem Fahrer auf die Schulter, um ihn zu wecken. Als ich zurück zur Hohepriesterin blickte, war sie verschwunden. Ich fluchte. Wir wussten beide, sobald sie das Wort »Fluch« gesagt hatte, dass ich tatsächlich den Fall übernehmen würde.

## KAPITEL 20
# EIN MANN MIT DUNKLEM UMHANG

ASHA

Ich wälzte mich hin und her und dachte über Zaleria Chalice nach. Ich dachte an die arme, stumme Maple Mellor und an eine Familie, die in einem Spukhaus gefangen war. Ich schlief unruhig und träumte von wilden Kindern, besessenen Bäumen und Poltergeistern. Ich konnte immer noch die Badebombe auf meiner Haut riechen, und ihre Rosenblätter wurden in meinen Träumen zu Konfetti, nur waren die Pflanzen tot und der Duft ekelerregend, wie der süße Geruch des Todes. Ab und zu erhaschte ich einen Blick auf meinen Lieblingskobold Salty, und sogar Herr Bulle tauchte auf und erzählte mir, dass er glücklich verheiratet sei und nur da wäre, um mich zu verhaften.

Um fünf Uhr morgens ging die Sonne auf, und die Vögel vor meinem Fenster tanzten und zwitscherten bereits. Ich legte mir ein Kissen über den Kopf, um den Morgen zu übertönen, aber es half nichts. Circe und Odysseus warteten bereits ungeduldig auf der Treppe, bereit, mich zum Stolpern zu bringen, obwohl ich ihr einziger Ernährer war. Die Hühner mussten aus ihrem Stall gelassen und gefüttert werden, und mein Gehirn dürstete nach Kaffee. Drei gute Gründe, aufzustehen. Ich stöhnte und entfernte das Kissen, nur um zu sehen, dass mein Handy eine Nachricht von Madame Copperfield hatte.

*Bitte kommen Sie so bald wie möglich zu uns.*

Ich schrieb zurück, dass ich in einer Stunde da sein würde. Ich sprang aus dem Bett, warf Futter in verschiedene Tiernäpfe und stürzte eine Tasse Instantkaffee hinunter. Was war passiert?, fragte ich mich. Sicher keine weitere Entführung, sonst hätte die Nachricht düsterer geklungen. Oder Stoker wäre geschickt worden, um mich abzuholen, wie beim letzten Mal. Nein, es waren keine schlechten Nachrichten, entschied ich, während ich mir die Zähne putzte. Etwas war aufgetaucht. Zum Vorschein gekommen. Etwas war ans Licht gekommen. Würde es der Durchbruch sein, auf den wir gewartet hatten?

Nachdem ich mich um den Dschungel gekümmert hatte und die flauschigen Hintern glücklich gackernd – ich war übermäßig großzügig mit den Salatblättern und Blaubeeren, die ich ihnen zuwarf – zog ich eine Jeans, ein T-Shirt und einen Schal an und sprang auf meine Wespe. Meine Gedanken rasten schneller als der Roller, als ich in Richtung Copperfield Institution beschleunigte.

»Asha!«, rief das ausgerissene Mädchen, das auf dem cremefarbenen Kieselparkplatz unter dem Jacarandabaum wartete.

Ich nahm meinen Helm ab. »Hallo, Dusty«, antwortete ich.

»Ich habe auf dich gewartet. Die Direktorin sagte, du würdest kommen.«

»Nun«, sagte ich und versuchte, meine Helmfrisur zu glätten. »Sie hatte recht.«

Wir lächelten einander an.

»Wie behandeln sie dich hier?«

»Oh, es ist wunderbar«, antwortete sie. »Genau wie du gesagt hast. Die Schule ist geschlossen, aber wir sind etwa zwanzig im Haus der Direktorin. Es ist, als hätte man jede Nacht eine Übernachtungsparty.«

Madame Copperfields Haus war von bescheidener Größe, aber sie konnte nach Belieben zusätzliche Räume hinzufügen, dank der Magie der HighFire-Krone, die der Schule von Blimaex Abarim, einem verehrten Zauberer im Rat, geschenkt worden war. Es war das magische Artefakt, das es der Schule ermöglicht hatte, nach ihrer Zerstörung und Verbrennung durch die Hammerskins wieder aufgebaut zu werden. Die Schule wurde nicht nur wiederhergestellt, sondern mit dem ursprünglichen Material, sodass nichts von der Geschichte verloren ging. Wie sie dastand, sah sie genauso aus wie damals, als ich dort Schülerin war. Die Krone diente auch der Instandhaltung der Schule. Es gab keine tropfenden Wasserhähne, keine geplatzten Rohre. Die Farbe blätterte nie von den Wänden ab, und die Kamine brannten, ohne dass Holz benötigt wurde oder Roste gereinigt werden mussten. Das erklärte auch, warum die Direktorin so jung aussah. Ob es ihr gefiel oder nicht, die HighFire-Krone würde sie jung und gesund halten, solange sie sich auf ihrem Grund und Boden befand. Die Lehrer mochten es auch; es war ein guter Vorteil. Sie beklagten sich über ihre Krähenfüße und knackenden Knie in den Ferien und waren nie traurig, wieder zum Unterrichten auf das Copperfield-Gelände zurückzukehren.

»Hast du Freunde gefunden?«, fragte ich. Das Mädchen sah viel glücklicher aus, und ich stellte erfreut fest, dass sie Farbe im Gesicht hatte.

»Jede Menge«, antwortete Dusty. »Und Matrone Forge füttert mich ständig.«

»Das weckt Erinnerungen«, erzählte ich ihr. Erinnerungen, die nach Zimt und Muskatnuss dufteten. »Zwergenmatroninnen sind gut darin.«

»Und die Direktorin ist so liebenswürdig. Streng, aber liebenswürdig.«

»Das klingt passend.« Ich verstaute meinen Helm. »Ist sie in ihrem Büro?«

»Sie ist zu Hause. Es ist Wochenende.«

»Ist es das?« Ich hatte keine Ahnung.

»Sie sagte, ich soll dich zum Tee ins Wohnzimmer bringen.«

Das schöne Haus der Direktorin war immer streng tabu gewesen, als ich Copperfield-Schülerin war, aber als die Leere brach, änderte sich alles. Wir gingen alle in den Überlebensmodus, buchstäblich. Jetzt sah das Haus eher wie ein anspruchsvoller Park aus, mit einem riesigen Baumhaus an der Vorderseite mit integrierter Bibliothek, Schaukeln, einer Seilrutsche und einem wunderschönen polierten Holz-Dschungelgymnastikgerät. Die Direktorin hatte alles getan, um sicherzustellen, dass sich die Waisen sicher und glücklich fühlten. Die älteren Kinder hatten den Garten auf der Rückseite für sich, einschließlich eines Bildungsspielzentrums, das an den Lehrplan von Copperfield angepasst war, und eines riesigen Wintergartens, der nachts als sternbeleuchtetes Kino diente.

Dusty drückte mir etwas in die Hand. Als ich nach unten schaute, sah ich das Geld, das ich ihr gegeben hatte, um mir bei dem Fall zu helfen. »Was ist das?«

»Du hast mir so sehr geholfen, indem du mich hierher gebracht hast, du hast keine Ahnung. Niemand denkt, ich sei seltsam oder böse. Zum ersten Mal in meinem Leben fühle ich mich, als würde ich dazugehören.«

Plötzlich schmerzte ein Kloß in meinem Hals. Ich glaube nicht, dass ich jemals dieses Gefühl hatte, außer bei Pflanzen. Ich stellte mir vor, wie ich als alte Schreckschraube in einer Wohnung lebte, die von grünen Blättern und Katzen überfüllt war. Nun ja, das Leben könnte schlimmer sein.

Wir traten durch das intelligente, unsichtbare Kraftfeld, das das Gelände schützte und ein leichtes elektrisches Kribbeln durch unsere Finger und Füße sandte. Dusty schauderte, dann lächelte sie mich an. »An dieses Gefühl bin ich noch nicht gewöhnt.«

Der Vorgarten der Direktorin war ein Gewirr aus Stiefmütterchen und Pfingstrosen vor goldenen Gräsern, die sich in der Brise wiegten. Dusty führte mich so selbstbewusst ins Haus, als wäre sie dort aufgewachsen. Als wir im Wohnzimmer ankamen, stand Madame Copperfield am großen Fenster auf der gegenüberliegenden Seite des Raumes und schaute in den Kräutergarten hinaus.

Ich wollte gerade räuspern, um sie auf unsere Anwesenheit aufmerksam zu machen, als sie mit sanfter Stimme sprach. »Das Basilikum geht in die Höhe. Ich hätte es in der Ostecke pflanzen sollen.«

»Es ist nicht zu spät, um mehr zu pflanzen«, bot ich an. »Ich schicke dir einige selbstgesammelte Erbstücksamen.«

Sie drehte sich zu mir um, und ihre Mundwinkel zogen sich nach oben. »Du warst immer die beste Schülerin in Kräuterkunde. Die beste, die wir seit Jahren gesehen haben. Die anderen Schüler würden sich zu geheimen Treffen verabreden und Unfug anstellen, aber wenn du fehltest, wussten wir immer, wo wir dich finden würden.«

»Wo?«, fragte Dusty.

»Im Gewächshaus oder in den Gärten«, sagte Copperfield. »Oder im Zaubertranklabor. Asha war auch die beste Schülerin in Zaubertränken. Sie hat in ihrem letzten Jahr einen Preis gewonnen.«

Dusty lächelte.

Ich erinnere mich, dass die anderen Kinder sich über meine Fensterbank im Schlafsaal lustig machten – aber nie auf gemeine Weise – die immer voller Sämlinge und Stecklinge verschiedener Pflanzen war, die ich zu vermehren versuchte. Das soll nicht heißen, dass es in Copperfield nie Mobbing gab – Hexen sind die ursprünglichen gemeinen Mädchen – nur, dass ich glücklicherweise selten das Ziel war. Ich erinnere mich, dass Jacquelyn Denna Knight von einigen der Hexen gehänselt wurde, weil sie anders war: die einzige weibliche Zauberin in der Schule, vielleicht sogar im ganzen Reich. Aber dieses Mobbing hielt nicht lange an. Als diese Mädchen sahen, wozu Jax beim Armbrustturnier fähig war, ließen sie sie in Ruhe. Es war eher ein Akt der Selbsterhaltung als des Mitgefühls. Vielleicht ließen sie mich aus dem gleichen Grund in Ruhe – sie wussten, wie viele verschiedene Tränke ich brauen konnte, und ich vermute, sie wollten nicht eines Tages mit Haaren aufwachen, die aus ihren Augäpfeln wuchsen. Ich war freundlich genug, aber ich war auch das Gothic-Mädchen mit dem Zauberbuch, mit dem man sich besser nicht anlegte.

Wir setzten uns an den großen runden Tisch am hinteren Ende des Raumes, auf dem eine Teekanne auf einem Tablett stand. Die Direktorin machte eine subtile Geste in ihre Richtung, und sie begann zu dampfen. Sie bot uns Scones an, aber ich war zu nervös zum Essen.

»Dusty sagt, sie hat bereits etwas entdeckt«, sagte ich.

»In der Tat.« Copperfield strich ihren langen Rock glatt. »Nur zu, Dusty.«

Das Mädchen sah mich mit gemischten Gefühlen an, wie ich spürte. Glücklich, etwas berichten zu können, aber vielleicht auch ängstlich.

»Maple ist nicht versteinert«, sagte Dusty. »Sie tut nur so.«

Die Direktorin nickte, ihre stählernen Augen verließen meine nicht.

»Was?«, sagte ich und knallte meine Tasse ab. »Warum?«

»Sie hat den Entführer gesehen«, sagte Dusty.

»Was?«, rief ich erneut. *Maple Mellor hat den Entführer gesehen? Warum sitzen wir dann hier rum? Warum sind wir nicht aufgrund der neuen Informationen aktiv geworden?* »Wer war es? Direktorin, haben Sie Hauptmann Morgan angerufen?«

Copperfield bewahrte ihre Haltung und forderte Dusty mit einer Geste auf, fortzufahren.

»Maples Gedanken sind völlig durcheinander«, sagte Dusty. »Normalerweise finde ich es ziemlich einfach, die Gedanken von jemandem zu lesen – zumindest ihre kleinen, alltäglichen Gedanken – aber Maples sind wirr und unsicher. Sie hat schreckliche Angst. Ich habe großes Mitleid mit ihr.«

»Aber warum tut sie so, als sei sie versteinert? Warum sagt sie uns nicht einfach, dass sie verängstigt und verwirrt ist?«

Dusty schüttelte den Kopf. »Sie hat keine Wahl. Der Mann sagte ihr, wenn sie auch nur ein Wort sagt, wird er ihre Eltern töten. Und sie glaubt ihm. Sie denkt, er wird zurückkommen. Deshalb wollte sie nicht nach Hause gehen. Sie weiß, dass ihre Familie sicherer sein wird, wenn sie hier bleibt.«

»Wer ist also dieser Mann?«

»Maple denkt an ihn als ‚den Mann mit dem dunklen Umhang'. Ich weiß nicht, was das bedeutet.«

»Zauberer vielleicht«, erwiderte ich. »Oder Vampir.«

»Er kam wie ein Schatten durch das Fenster und stahl Zaleria. Der Mann wusste nicht, dass Maple wach war, aber sie muss es irgendwie verraten haben, als er ging, denn da hat er sie zermalmt.«

»Zermalmt?«, fragte ich.

»Mit seinem Blick zermalmt.«

*Definitiv ein Vampir*, dachte ich.

»Ohne zu sprechen befahl er ihr, zu vergessen, was sie gesehen hatte. Wenn sie jemandem davon erzählte, würde er ihre Eltern und ihren kleinen Bruder töten.«

»Klingt nach einem Vampir«, sagte ich, und Copperfield nickte. »Er hat versucht, sie zu hypnotisieren, aber es scheint nicht funktioniert zu haben. Aber es ist ihm gelungen, sie so zu terrorisieren, dass sie schweigt.«

Die Direktorin stellte ihre Tasse auf den Tisch. »Das ist genau, was ich dachte.«

»Hast du noch andere Details aufgeschnappt, Dusty? Ein Gesichtsmerkmal, eine Farbe?«

Sie schüttelte den Kopf. »Nein. Zu versuchen, in Maples Gedanken einzudringen, ist, als würde man versuchen, ein Buch in einem Tornado zu lesen.«

Ich muss enttäuscht ausgesehen haben, denn sie fügte schnell hinzu: »Aber ich werde es weiter versuchen, versprochen.«

Ich rieb mir die Schläfen. »Danke.«

Was konnte ich sagen? Es war kaum eine gute Nachricht, dass der Entführer ein Vampir war, aber zumindest war es ein Schritt vorwärts; unser erster und einziger Hinweis.

»Zalerias Eltern, die Chalices, werden heute Abend im nationalen Fernsehen sowie auf allen Streaming-Plattformen eine Belohnung für Informationen anbieten, die zur sicheren Rückkehr ihrer Tochter führen könnten.«

»Ugh«, sagte ich. Das war ein sicherer Weg, die Angelegenheit zu verkomplizieren, indem man die Spinner hervorholt und die Telefonleitungen des Skorpions verstopft. »Glauben Sie, man kann sie davon abbringen?«

»Ich weiß nicht. Sie sind verzweifelt. Natürlich sind sie verzweifelt. Zweiunddreißig vermisste Mädchen bisher und kein Hinweis, wo sie sind oder ob sie überhaupt noch leben.«

# KAPITEL 21

# EINE HANDTASCHE VOLLER TRICKS

ASHA

Ich kam kurz nach der Mittagszeit am Haus der Delports an. Es war ein großes zweistöckiges Haus mit einer freundlichen Ausstrahlung und einem gepflegten Garten. Es sah sicherlich nicht wie ein Spukhaus aus – wobei ich, um fair zu sein, noch nie wirklich ein Spukhaus gesehen hatte, und darin lag mein mangelndes Selbstvertrauen, der Familie zu helfen. Soleil schien es zu genießen, mich bei diesen Dingen ins kalte Wasser zu werfen, was amüsanter wäre, wenn es nicht eine finstere Geschichte von Hexen gäbe, die getötet wurden, indem man sie an Bretter band und in Flüsse stieß. Man glaubte, dass eine Hexe nicht ertrinken könne, also nutzten die Meute mit Mistgabeln es als Probe. Wenn die Frau die Tortur überlebte, war sie eindeutig eine Hexe und wurde hingerichtet. Wenn die Frau ertrank, nun ja ... Pech gehabt.

Ich schüttelte den Kopf, um ihn von negativen Gedanken zu befreien. Ich musste aufgeschlossen und reinen Geistes sein. Ich ging zur Haustür und legte meinen Finger auf die Klingel.

Ein heißer Stromschlag fuhr durch mich, als hätte ich ein stromführendes Kabel berührt. Er schoss durch meinen Finger, den Arm hinauf und in meinen Brustkorb, und hätte mich beinahe elektrisiert. Er schleuderte mich rückwärts, als hätte ich einen Schlag in die Magengrube bekommen, und ich lag ausgestreckt auf der Veranda und fragte mich, was zum Teufel gerade passiert war.

Die Haustür öffnete sich, bevor ich aufstehen konnte. Ein Kind stand in der Türöffnung. Er hatte pausbäckige Wangen, hellbraunes Haar und Augen so groß wie Teller.

»Bist du die *Hexe?*«, fragte er.

»Du kannst mich Asha nennen«, stöhnte ich.

Er kam vorsichtig nach vorne, und ich deutete ihm, mir aufzuhelfen. Er war zurückhaltend, mich zu berühren, tat es aber trotzdem.

»Also *bist* du eine Hexe?«, fragte er und betrachtete meine botanischen Tattoos und den langen dunklen Umhang.

»Das bin ich«, sagte ich, klopfte mich ab und bewegte meine verbrannte Hand. »Wer bist du?«

Er blinzelte mich an.

»Ja?«, sagte ich. »Hast du einen Namen?«

Plötzlich fühlte ich mich wie ein Kindermädchen aus den 40ern, das ankommt, um die Kinder kennenzulernen. Alles, was ich noch brauchte, war eine Handtasche voller Tricks. Mary Poppins war schließlich auch eine Hexe.

»Scott«, sagte er. »Scott Delport.«

»Das ist ein guter Name«, sagte ich. »Ich habe das Gefühl, du wirst es weit bringen im Leben, Scott Delport.«

Seine Lippen zuckten zu einer Andeutung eines Lächelns.

Schritte eilten auf uns zu.

»Oh Sch-«, sagte eine Frau mit einem Verband um den Kopf. »Oh, Schreck«, sagte sie und vermied gerade noch zu fluchen vor den Kindern, von denen es jetzt drei waren. Ein Mann folgte ihnen.

»Hallo«, sagte ich.

»Hallo«, sagten die Kinder.

»Es tut mir so leid«, sagte die Frau. »Wie lange stehst du schon da?«

»Gerade lang genug, um von eurer Türklingel elektrisiert zu werden und dann von diesem Herrn hier aufgeholfen zu bekommen.«

Scott lächelte. Das Gesicht der Frau war mit Verwirrung gezeichnet.

»Schon gut. Ich nehme an, Sie sind Frau Delport?«

»Nenn mich bitte Simone, und das ist Byron.«

Der Mann hob zur Begrüßung die Hand. »Bitte, komm rein.«

ICH BEWEGTE IMMER NOCH meine Hand, als Byron mir eine Tasse Kaffee hinstellte. Ich machte mir Sorgen wegen der Schädigung, weil es meine bevorzugte Zauberhand war.

»Willst du Eis dafür?«, fragte Simone. »Es tut mir so leid.«

»Ich werde die Verkabelung überprüfen, wenn wir hier fertig sind«, sagte Byron.

Der amüsierte Blick, den seine Frau ihm zuwarf, sagte mir, dass er keine Ahnung von solchen Dingen hatte. Wir saßen an der Küchentheke, während sie mir erzählten, was in dem neuen Haus passiert war, einschließlich warum Simones Kopf mit einem Verband umwickelt war.

»Wir waren nicht so besorgt«, sagte Simone, »bis gestern, als Scott diese ... Episode hatte. Ich meine, er hätte sich umbringen können.«

»Und er erinnert sich nicht daran, es getan zu haben?«, fragte ich.

»Er sagte, er spielte mit dem Jungen, und dann erinnerte er sich nur noch daran, wie Byron ihn auffing. Ich meine, bei mir war es das Gleiche, in jener Nacht in meinem Atelier. Ich nahm meine Farben und das Nächste, woran ich mich erinnere, ist, dass Byron mich aufweckte. Ich beendete das Porträt in einer Nacht, ohne mich daran zu erinnern, es überhaupt begonnen zu haben.«

»Hat sonst noch jemand diesen Jungen gesehen?«

Ich schaute zu Byron, der den Kopf schüttelte. »Nein. Nur Simone und Scott.«

»Was ist mit dem vorherigen Besitzer des Hauses?«, fragte ich.

»Ich muss ihn ausfindig machen«, sagte Byron. »Ich habe ihn nie getroffen. Er ist anscheinend krank. Oder war krank. Ich weiß es nicht.«

»Name?«

»Ich weiß es nicht. Ich habe ihn nie gesehen. Der Kauf des Hauses lief über eine Art Treuhandfonds.«

»Wir sollten seinen Namen herausfinden«, sagte ich.

Byron nickte. »Ich werde mit den Anwälten sprechen.«

Das Sonnenlicht begann zu schwinden, und ich verspürte den Drang, nach Hause zu gehen. Ich musste die Farmilie füttern und etwas Zeit in meinem Dschungel verbringen.

»Ich werde mir das Haus ansehen«, sagte ich. »Aber ich muss euch von vornherein sagen, dass dies nicht mein ... Fachgebiet ist.«

Byron sah frustriert aus. »Esmerelda sagte, du seist die talentierteste Hexe in ihrem Zirkel.«

»Das mag sein«, räumte ich ein, »aber Hexen sind keine Exorzisten.«

»Oh mein Gott«, sagte Simone und griff sich an die Brust. »Du denkst, wir brauchen einen Exorzisten?«

Natürlich ließ das Wort jeden an den gleichnamigen Film denken und ängstigte uns alle. Ich schwieg eine Weile.

»Ehrlich gesagt, weiß ich nicht, was ihr braucht. Ich war gerne bereit zu helfen, bis ihr mir von Scott erzählt habt. Ich könnte Salbei verbrennen und das Haus reinigen. Ich könnte Schutzzauber um das Grundstück wirken –«

»Ja«, nickte Simone. »Das klingt gut. Lass uns das tun.«

»Aber es wird nicht helfen«, sagte ich. »Klar, es wird negative Energie vertreiben und Fremde davon abhalten, hereinzukommen, aber es wird einen ansässigen Geist nicht loswerden. Und selbst damit hätte ich kein Problem, mit einem Geist umzugehen...« Wir hatten schließlich bei Copperfield darüber gelernt. »Aber das klingt wie ein Geist, der versucht, euren Kindern zu schaden.«

Simone ließ ihren Becher fallen und er zerschellte auf dem Küchenboden. Sie war barfuß, also sagte Byron ihr, sie solle sich nicht bewegen, während er ihre Turnschuhe von der Tür holte und Kehrblech und Bürste griff, um um sie herum aufzufegen.

»Was ist passiert?«, fragte der blonde Junge, der Älteste, der gerade hereingehuscht war und das Licht eingeschaltet hatte.

»Nichts«, sagte Byron und wuschelte ihm durch die Haare. »Nichts Ernstes. Geh und mach dich fertig fürs Bett.«

Wir warteten, bis der Junge gegangen war.

Ich hatte ernsthafte Bedenken, den Delports zu helfen. Erstens, jeder Moment, den ich nicht mit dem Fall der vermissten Töchter verbrachte, unterstützte den Vampir, der die Mädchen nahm. Ich musste diesen Fall lösen und die Mädchen sicher zurückbringen. Zweitens, wie ich bereits der Hohepriesterin und den Delports gesagt hatte, Geister waren nicht mein Ding. Ich hatte null Erfahrung und noch weniger Neigung, mich mit der Geisterwelt einzulassen. Drittens, dieser bestimmte Geist hatte bereits unmissverständlich klar gemacht, dass ich dort nicht willkommen war, und meiner Meinung nach war es sinnvoll zuzuhören, wenn mörderische Geister sprachen.

Andererseits konnte ich sehen, dass sie gute Menschen waren, und ich konnte erkennen, wie verzweifelt sie waren und wie geliebt ihre Kinder waren. Wie könnte ich davon weggehen? Das Reich wusste, dass nicht alle Kinder das Glück hatten, solche Eltern zu haben. Ich sicherlich nicht.

Ich seufzte tief. »Ich könnte versuchen, mit ihm zu reden«, sagte ich. »Dem Geist.«

Simone schaute auf, ein kleiner Funken Hoffnung in ihren müde aussehenden Augen. Sie hatte nicht geschlafen. »So mit einem dieser Ouija-Bretter?«

Ich müsste mir eines ausleihen oder kaufen. Ein richtiges, nicht wie die billigen Nachbildungen, die man in Einkaufszentren bekommt. Das würde Zeit kosten, worüber ich nicht begeistert war. Ich ertappte mich dabei, wie ich mir diese Handtasche mit Tricks wünschte.

»Ja«, sagte ich. »Auch hier, nicht meine Spezialität, aber ich bin bereit, es zu versuchen, wenn ihr es seid. Wenn wir herausfinden könnten, warum –«

Die Lichter flackerten.

Wir alle schauten zu den Glühbirnen auf, bis sie aufhörten zu blinken, und dann wieder zu einander hinunter.

»Nun«, überlegte ich und neigte meinen Kopf leicht zur Seite. »Sieht aus, als wollte er reden.«

# KAPITEL 22

# GUTE HEXE ODER BÖSE HEXE

SIMONE

Ich fühlte mich nach dem Besuch der Hexe viel besser. Obwohl sie ein großes Theater darum gemacht hatte, dass sie nicht die richtige Person für die Aufgabe sei, hatte ich ein gutes Gefühl bei ihr. Sie hatte einfach eine gute ... Energie. Sogar mein Kopf hatte aufgehört zu pochen, als ob ihre bloße Anwesenheit die Heilung beschleunigt hätte. Die Kinder waren natürlich fasziniert und brauchten ewig, um einzuschlafen.

*Ist sie eine echte Hexe?*

*Eine gute Hexe oder eine böse Hexe?*

*Sie ist zu hübsch, um eine Hexe zu sein.*

*So viele Tattoos.*

*Warum ist sie gekommen?*

*Wo war ihr Hut?*

*Glaubst du, sie hat Platz auf ihrem Besen?*

Sie waren begeistert, dass sie zurückkommen würde, um uns mit unserem Problem zu helfen, und ich musste gestehen, dass ich genauso empfand. Byron zog mich in eine Umarmung, nachdem sie endlich eingeschlafen waren.

»Ich glaube, Asha wird uns helfen können«, sagte ich.

Die Lichter flackerten erneut.

»Hoffen wir's«, antwortete er und zog mich näher an sich. Was hätten wir sonst noch sagen können?

# KAPITEL 23
# BLUT UND KNOCHEN

ASHA

Ich kam erschöpft nach Hause, und Circe und Odysseus lagen mir bei jedem Schritt im Weg, bis ich endlich Trockenfutter in ihre Näpfe füllen konnte. In meinem Kopf wirbelten so viele Gedanken umher. Ich musste den Delports helfen. Ich musste die vermissten Töchter finden. Ich musste nach Dusty sehen. Ich musste Mister Cop anrufen, wie Nilve SaltySnap Sam nannte. Ich goss mir einen großzügigen Schluck von Ferras feurigem Zimtwhisky ein und checkte die Nachrichten auf meinem Handy. Tatsächlich, genau wie Morgan es mir gesagt hatte, hatten die Chalices ein Video hochgeladen, in dem sie um Informationen über Zaleria baten. Das Video würde Verrückte anlocken und den Fall komplizierter machen, aber ich konnte es den Eltern nicht übelnehmen. Sie zeigten Fotos des Mädchens als Baby, als Kleinkind, als süßes Vorschulkind mit zahnlückigem Lächeln und Zöpfen. Ich wusste, dass die Bilder für den Entführer gedacht waren, um ihn zu zwingen, Zaleria als wertvollen Menschen zu sehen, statt als Ware, als Körper ohne Gefühle, mit dem er machen konnte, was er wollte. Was die Chalices nicht verstanden, war, dass Vampire kein Mitgefühl hatten, also würde der Film auf kalte Herzen stoßen.

Als ich die Verzweiflung in den Gesichtern der Eltern beobachtete, erinnerte ich mich daran, wie die Delports mir von Scotts Beinahe-Unfall erzählten. *Wie schwierig es sein muss, Kinder zu haben,* dachte ich. *Wie geht man damit um, wenn jemand von eigenem Blut und Knochen den Übeln der Welt ausgesetzt ist?* Ich könnte es nicht ertragen. Schon jetzt war ich krank vor Sorge um die Kinder anderer Leute.

Ich nahm einen großen Schluck und legte mein Handy beiseite. Was führten die Vampire im Schilde? Vielleicht war die Tatsache, dass der Serienentführer ein Vampir war, eine falsche Fährte. Vielleicht war er ein Psychopath, der zufällig ein Vampir war. Das war möglich. Aber es war auch möglich, dass der Clan etwas Neues und Gefährliches vorhatte, was ich überhaupt nicht gerne in Betracht zog. Wir alle wussten, dass es passieren würde, dass es nur eine Frage der Zeit war, bis der Ehrgeiz des Clans mehr Chaos verursachen würde. Sie hatten ihre Lektion aus der Leerenspaltung oder einem ihrer früheren Putschversuche nicht gelernt. Ein plötzlicher Gewaltimpuls ließ mich davon fantasieren, ihren Anführer auszuschalten, aber ich wusste, dass das nichts lösen würde. Da wäre immer ein neuer, ehrgeiziger Vampir, der bereit stand, die blutbefleckten Zügel zu übernehmen. Kennst du dieses Sprichwort über jemanden, der in dein Grab springen würde, wenn du es zulässt? Das traf besonders auf Vampire zu, obwohl vielleicht „Sarg" besser passen würde als Grab.

Ich sehnte mich nach einem Bad und meinem Bett, aber zuerst schnappte ich mir einen Stift und einen Werbeflyer für einen Baumfäller, auf dessen Rückseite ich zu schreiben begann.

OUIJA-BRETT

DELPORTS

DUSTY, COPPERFIELD

MORGAN - IRGENDWELCHE HINWEISE?

SAM

Ich versuchte, einen aktiven Ansatz zu finden, um die vermissten Mädchen zu finden, aber mir fiel nichts ein. Es war ein langer Tag gewesen. Vielleicht könnte ich Salty noch einmal besuchen und fragen, ob sie von irgendwelchen Gerüchten aus den blutdurstigen Clans gehört hatte. Oder vielleicht müsste ich undercover in ihre Treffpunkte gehen und jemanden finden, der leicht zu bezirzen war und gerne redete. Ich wusste, dass ich mehr tun musste. Ich gähnte, und meine Augenlider begannen sich zu schließen. Ich würde alles versuchen, aber zuerst brauchte ich etwas Schlaf.

~

AM NÄCHSTEN MORGEN wachte ich erfrischt und motiviert auf, bereit zu tun, was getan werden musste. Eine Textnachricht pingte auf meinem Handy. Morgan.

*Der Chalice-Videoaufruf hat unsere Telefonleitungen völlig durcheinandergebracht.*

Ich schrieb zurück. *Wie erwartet.*

Mein Handy überraschte mich, indem es klingelte. Morgan wollte reden.

»Das ist ein riesiger Reinfall«, sagte sie – ziemlich laut – in mein Ohr. »Jetzt spricht die Hälfte meines Teams mit Verschwörungstheoretikern und Verrückten, wenn wir eigentlich draußen sein und die Mädchen finden sollten.«

»Mein Beileid«, sagte ich. »Brauchst du vielleicht ein paar ‚technische Schwierigkeiten', die vorübergehend die Leitungen unterbrechen?«

»Ugh«, antwortete sie. »Verführ mich nicht.«

»Gibt's sonst Neuigkeiten?«

Morgan seufzte. »Nein. Dieser Fall ist frustrierend undurchdringlich. Der Entführer ist zu vorsichtig. Nie ein teilweiser Fingerabdruck oder ein DNA-Strang zu finden. Kalt, berechnend, bösartig.«

»Vampire sind so«, erwiderte ich.

»Was würdest du davon halten, Jacquelyn Denna Knight mit an Bord zu holen? Da sie ja die Vampirjägerin ist und so.«

»Copperfield wollte das«, sagte ich. »Aber sie sagte, dass Jax mit etwas extrem Wichtigem beschäftigt sei.«

»Aber sie liebt es, Vampire zu töten«, sagte Morgan. »Sie lebt dafür! Was könnte wichtiger sein als zwanzig vermisste Mädchen?«

»Keine Ahnung. Aber ich vertraue Copperfield. Sprichst du nicht mehr mit Knight? Ich dachte, ihr wärt beste Freundinnen.«

»Sind wir! Tun wir. Aber die letzten drei Monate waren brutal anstrengend für uns. Wir haben ein Dutzend Mittagessen geplant und abgesagt. Wenn ich sie nicht bei der Arbeit sehe, sehe ich sie überhaupt nicht.«

Was wir beide wussten, aber nicht laut aussprachen, war, dass Jax, nachdem sie das Reich gerettet hatte, sich zurückgezogen hatte und kaum jemanden außer Darick – bei dem sie eingezogen war – und Ferra sah. Ich vermute, manche Leute würden denken, das lag daran, dass sie in der Flitterwochenphase ihrer frisch erblühenden Beziehung waren, aber ich fragte mich, ob es mehr damit zu tun hatte, all die Traumata zu verarbeiten, die sie durchgemacht hatte.

»Vielleicht solltest du deine Fühler ausstrecken«, sagte ich. »Frag sie, ob sie jetzt an dem Fall interessiert wäre, wo ein Vampir involviert ist.«

Jax war berüchtigt für ihren absoluten, weißglühenden Hass auf Vampire nach dem, was sie ihrer Familie – und dem Reich – angetan hatten.

»Gute Idee. Wenn sonst nichts, können wir uns kurz auf den neuesten Stand bringen. Vielleicht erzählt sie mir, was dieses Sehr Wichtige Projekt ist, an dem sie arbeitet.«

»Prima«, sagte ich, bereit, das Gespräch zu beenden.

»Wann kommst du rein?«

»Ich? Ich-«

»Wir müssen in die Gänge kommen.«

»Ich weiß«, sagte ich. »Ich weiß. Ich muss nur heute Vormittag noch etwas erledigen und dann komme ich.«

»Es sollte besser wichtig sein«, meckerte Morgan.

Ich dachte an den süßen, rotbackigen Scott, der fast aus dem Fenster gefallen wäre. »Ist es«, antwortete ich. »Ich bin so schnell wie möglich bei euch.«

Ich fütterte und tränkte die Katzen und die Hühner, während ich meinen Aktionsplan ausarbeitete. Ich pflückte einige Beeren und warf sie den Dinosauriervögeln zu, ebenso wie einige Blattgemüse. Ich würde ein Ouija-Brett organisieren, es zu den Delports bringen und tun, was ich konnte, um ihnen zu helfen. Dann würde ich auf dem Weg zum Scorpion-Hauptquartier bei Dusty vorbeischauen und den Rest des Tages (oder der Woche, oder meines Lebens) damit verbringen, in dem Fall der vermissten Töchter voranzukommen. Die Hühner rannten aufgeregt gackernd herum, während Odysseus sie beobachtete. Hühner-TV war seine Lieblingsbeschäftigung – neben dem Schlafen in der Sonne. Ich pflückte ein paar Erbsenschoten vom Spalier in der Nähe und aß sie zum Frühstück. Sie waren so reif und süß, fast wie Süßigkeiten, und ich dachte, wenn ich nur meinen eigenen Mandelmilch-Cappuccino anbauen könnte, wäre das Leben verdammt perfekt. Ich beobachtete die Vögel noch eine Weile, dann holte ich tief Luft in der frischen Morgenluft und machte mich bereit für das, was ein anstrengender Tag zu werden versprach.

# KAPITEL 24

# SCHNEEBART-ZAUBERER

ASHA

Ich sauste auf meiner Wespe dahin, genoss die frische Luft und erreichte innerhalb von zwanzig Minuten mein Ziel im zwielichtigen Teil der Stadt. Ich parkte meinen Roller und nahm meinen Helm ab, während ich zu der merkwürdigen und verlockenden Ladenfront hinaufschaute, als die aufgehende Sonne die Fenster der magischen Apotheke namens Mason & Söhne beleuchtete. Das Äußere des Ladens war groß, die Wände und Fensterrahmen mit schwarzem Emaillack gestrichen. Der Name des Geschäfts prangte in schönen goldenen Buchstaben über den großzügig bemessenen Eingangstüren.

Ich ging zum Eingang und ein Zwerg-Portier in einem kastanienroten Anzug mit silbernen Streifen und Quasten lächelte mich an. Normalerweise muss man seinen Zauberstab vorzeigen, um Einlass zu bekommen, aber ich war eine regelmäßige Lieferantin von Tränken und Kräutern, also kannten alle mein Gesicht.

»Guten Morgen, Frau Rook«, sagte der Zwerg und verbeugte sich.

Ich verbeugte mich ebenfalls, und er hielt die Tür auf, wodurch über mir ein kleines Glöckchen klingelte.

Der riesige Laden war bis unters Dach vollgestopft mit allerlei Pflanzen, Salben, Pulvern und Tränken. Überladene Regale reichten bis zur Decke, jeder verfügbare Platz war von irgendeiner magischen Zutat belegt. Ich konnte den Weihrauch und die Öle riechen, die sich alle zu einem berauschenden Duft potenzieller Verzauberung vermischten. In der Mitte des Ladens, über dem Haupttresen, hing ein riesiges ausgestopftes Krokodil, dessen präpariertes Maul kunstvoll zu einem gemeinen und subtilen Grinsen geformt war. Ein Zauberer mit schneeweißem Bart kam zu mir herübergeschwebt, um mich zu begrüßen.

»Frau Rook!«, keuchte er. »Wie schön, Sie zu sehen. Sie sehen gut aus.«

»Sie auch.«

Ehrlich gesagt war ich immer wieder überrascht, Mason Junior noch am Leben zu finden. Er war mindestens zwei Jahrhunderte alt und hatte die Haut, die das bewies – nicht unähnlich dem ausgestopften Krokodil, das über ihm hing. Ich schätze, es gibt keine bessere Werbung für magische Elixiere als einen Händler, der sich weigert zu sterben – ganz zu schweigen von seinem noch atmenden Vater und Großvater, die das Zahlengeschäft im Hintergrund des Ladens betrieben.

Ich sah mich um und betrachtete die Holzschilder, die von der Decke hingen, mit fett aufgemalten Beschriftungen. In der Pflanzenabteilung gab es Schilder für Kräuter, Hölzer und Harze. Dann gab es einen Weihrauchgang, und magische Öle nahmen drei davon ein. Näher bei mir waren die Tränke und Pulver ausgestellt: Tees, Salben, Tinten und etwas vage als »Früchte der Apothekerkunst« Beschriebenes. Ich konnte einige meiner Tinkturen im Regal sehen.

»Sind Sie hier, um eine Lieferung zu machen?«, flüsterte der ergraute Zauberer. »Wir haben Sie erst am Dienstag erwartet.«

»Heute nicht«, antwortete ich. »Ich suche eigentlich nach etwas.«

Der Mann spitzte die Lippen und sah mich durch seine milchigen Augen an. »Ah«, sagte er. »Es scheint, mein Tag ist gerade interessanter geworden.«

Genau in diesem Moment war ein gewaltiges Krachen vom hinteren Teil des Ladens zu hören. Ich zuckte zusammen, aber Mason Junior zuckte nicht mit der Wimper.

»Äh«, sagte ich und deutete nach hinten. »Ich glaube, da ist gerade etwas zerbrochen.«

»Oh, das ist nichts«, keuchte er und winkte ab. »Wir haben im Moment ein paar ungewöhnliche Besucher. Sie können ziemlich rowdyhaft werden.«

Ich starrte in die dunklen Nischen, konnte aber nichts erkennen.

»Also!«, rief er aus, während er seine knorrigen Hände aneinander rieb. »Was kann ich für Sie tun?«

Ich blinzelte und riss meinen Blick von der Stelle los, von der das Geräusch gekommen war. »Ich suche ein Ouija-Brett.«

»Ah«, sagte er, und seine Augen leuchteten auf. Sein Lächeln zeigte mir einen Friedhof gelber Zähne. »Folgen Sie mir.«

DEM ALTEN MANN ZU FOLGEN, war schwieriger als es klang. Sein schlurfender Gang und die quälend kleinen Schritte ließen mich den Wunsch verspüren, ihm zu helfen. Stattdessen biss ich mir auf die Zunge und versuchte, geduldig zu sein. Wir bewegten uns qualvoll langsam von den Tränken weg in Richtung der westlichen Ecke des Ladens, wo die Regale mit Pendeln, magischen Federn, Schutzsteinen und Hexensteinen überquollen.

»Jetzt!«, keuchte er, während er die kleine runde Brille zurechtrückte, die er trug, und die Werkzeuge anstarrte. »Ich weiß, es ist irgendwo hier...«

Ich begann, danach zu suchen, überzeugt davon, dass ich bis zur Dämmerung dort sein würde, wenn ich darauf warten würde, dass der Zauberer es findet. Wir suchten eine Weile, dann schlurfte Mason Junior davon, um eine Leiter zu holen. Ich schaute auf meine Uhr und widerstand dem Drang, mit dem Fuß zu wippen.

»Lassen Sie mich klettern«, sagte ich, als er mit der Leiter zurückkehrte.

»Oh, nein«, erwiderte er, den Kopf schüttelnd. »Das geht nicht.«

Stattdessen musste ich mit ansehen, wie der uralte Mann mit erschreckender Ungenauigkeit die Stufen hinaufkletterte und dabei zitterte. Ich konnte kaum hinsehen. Aber seine Mühe war es wert, denn bald hörte ich ihn leise »Eureka!« murmeln. Als er ein Jahrzehnt später wieder herunterkam, war ich ein Nervenwrack, und ich glaube, die Leiter war auch erleichtert.

Die abgenutzte schwarze Schachtel zitterte in seinen Händen. Ich war mir sicher, dass alle Geister, die in der Nähe schwebten, sich fragten, was der alte Zauberer gegen sie hatte.

»Das ist es«, röchelte er. »Vintage. Bewiesene Genauigkeit. Qualitätsmaterialien. Sie wussten wirklich, wie man Dinge in der alten Zeit herstellte. Diese alten Dinge funktionieren gut und halten eine Ewigkeit.«

»Ja«, sagte ich. Seine bloße Anwesenheit war der Beweis dafür.

Es dauerte ein weiteres Jahrzehnt oder so, um akribisch den Inhalt der Schachtel zu überprüfen, den Kauf zu verbuchen und meine Zahlung anzunehmen, aber es war es wert. Ich hatte genau das, was ich brauchte, um den Delports zu helfen. Ich klemmte es mir unter den Arm und dankte dem Zauberer, wobei ich versprach, ihn bald für die nächste Lieferung zu sehen.

»Haben Sie einen Rat, wie man es benutzt?«, fragte ich. »Das letzte Mal, dass ich ein Brett gesehen habe, war in der Schule.« Und das war eines der billigen, in China hergestellt und im CNA verkauft.

»Ziehen Sie einen Salzkreis und seien Sie respektvoll gegenüber den Geistern«, sagte er und schaute mich über seine Brille hinweg an. Seine Augenbrauen waren wie Silberdraht. »Sie wollen sich nicht mit ihnen anlegen.«

# KAPITEL 25
# KLATSCHSPIEL

SIMONE

Ich schleppte mich in die Küche, um den Wasserkocher anzustellen. Noch immer schlaftrunken stolperte ich fast über den Berg alter Spielsachen, die dort auf dem Boden platziert worden waren. Ich starrte die schmutzigen Gegenstände an und brauchte eine Weile, um zu erkennen, dass es sich um die Spielzeuge handelte, die wir im Garten ausgegraben hatten.

»Cam!«, rief ich. »Scott! Tristan!«

Sie kamen angerannt, vielleicht in der Annahme, dass ich ihnen ein leckeres Frühstück zubereitet hatte. Auch sie stolperten fast über den Haufen.

»Was machst du da?«, fragte meine Tochter. »Du hast eine Unordnung gemacht.«

»Ich war das nicht«, sagte ich und sah die Jungs an. Sie schüttelten beide den Kopf.

Ich wollte fragen: *Wie sind sie dann hierhergekommen?*, aber wir alle kamen gleichzeitig auf die Antwort. Der Geisterjunge hatte es getan.

Wenn mir jemand vor ein paar Tagen gesagt hätte, dass ich die Anwesenheit eines Geisterkindes im Haus akzeptieren würde, hätte ich mich selbst in die nächste Irrenanstalt einweisen lassen. Aber solange sich der Geist damit beschäftigte, Müll umzuräumen, war ich zufrieden. Tatsächlich hatte ich nichts dagegen, das Haus mit ihm zu teilen, solange er niemandem etwas zuleide tat. So schnell können sich Meinungen ändern, so schnell kann sich das Leben ändern.

»Kommt schon«, sagte ich zu den Kindern, während ich ein paar schwarze Müllsäcke holte. »Helft mir, das alles wieder in die Tonne zu packen.«

~

Als Byron nach unten kam, war die Küche aufgeräumt und der Kaffee aufgebrüht. Ich hatte sogar Frühstück gemacht.

»Mensch, du hast echt Glück, mit mir verheiratet zu sein«, sagte ich und reichte meinem Mann einen Teller mit Rühreiern. Er stimmte zu.

Er hatte beschlossen, einen weiteren Tag bei der Arbeit auszusetzen, um sicherzustellen, dass wir in Sicherheit waren. Wir hofften, dass Asha ein Brett finden und so bald wie möglich zu unserem Haus zurückkehren würde. Wir mussten nur bis dahin am Leben bleiben. Ich war optimistisch.

»Vielleicht sollten wir heute im Garten bleiben«, schlug Byron vor. Das schien eine gute Idee zu sein. Wir zwängten die Kinder in ihre Kleidung und schmierten Sonnencreme auf ihre Gesichter. Zur Mittagszeit bestellte Byron Bagels, Donuts und Cappuccinos über Uber Eats, und wir machten ein Picknick unter dem Baum. Die Kinder stritten nicht. Es war alles zu schön, um wahr zu sein.

»Warum brauchen Donuts Regenschirme?«, fragte Scott.

»Ich weiß nicht«, sagte ich. »Warum?«

»Wegen der Streusel.«

Ich lachte.

»Guter Witz«, sagte Cameron grinsend. Er hatte Schokoladenglasur auf den Zähnen.

»Wir sollten jeden Tag Donuts haben«, sagte Tristan, und die anderen Kinder stimmten zu.

Ich warf Byron einen anerkennenden Blick zu. Ich war es so gewohnt, dass er die ganze Zeit arbeitete, dass Zeit mit ihm wirklich schön war. Für kurze Zeit konnte ich so tun, als wäre das Haus normal und das Leben gut, und wir sonnten uns, beobachteten die spielenden Kinder, bis ich meinen Cappuccino ausgetrunken hatte. Byron stand auf, um den Gartenschuppen aufzuräumen, der noch nicht ausgepackt worden war.

Ich musste auf Toilette. Ich sagte den Kindern, dass ich in fünf Minuten zurück sein würde, und schlenderte in das kühle Innere des Hauses. Anstatt auf die gegenüberliegende Seite des Hauses zu gehen und die Treppe hinaufzusteigen, beschloss ich, mich ins Gästezimmer mit seinem angrenzenden Badezimmer zu wagen. Ich war seit Scotts Beinahe-Unfall am Tag zuvor nicht mehr dort oben gewesen. Der Raum sah normal aus, und nichts schien fehl am Platz zu sein. Ich benutzte die Toilette und wusch mir die Hände, wobei ich mein Spiegelbild genau beobachtete, fest entschlossen, nicht in Ohnmacht zu fallen, falls ich etwas Gruseliges hinter mir sehen würde. Schließlich hatte mein Sturz den Schaden verursacht, nicht die Erscheinung selbst. Als sich niemand zu meinem Spiegelbild im Spiegel gesellte, war ich erleichtert. Meine Kopfwunde hatte ganz aufgehört zu schmerzen, also wickelte ich den Verband ab und zog langsam das Pflaster ab, das die dreizehn Stiche bedeckte, nur um festzustellen, dass nicht nur die Stiche verschwunden waren, sondern auch der Schnitt vollständig verheilt war. Nur eine dünne rosa und silberne Narbe war übrig geblieben. Die Kratzer waren ebenfalls verschwunden. Ich starrte mich eine ganze Weile an. Ich war sicher, dass die Hexe etwas damit zu tun hatte, denn ich hatte seit ihrem Besuch keine Kopfschmerzen mehr gehabt.

Auf dem Weg aus dem Badezimmer bemerkte ich, dass das Gemälde des alten Mannes wieder an der Tür hing. Ich nahm es erneut ab und stellte es auf den Boden, mit dem Gesicht zur Wand. Ich würde den Kindern sagen, dass sie es nicht wieder aufhängen sollten. Ich ging zu dem Fenster, das mir Albträume bereitet hatte – zuerst mit dem Gesicht, das ich hier oben gesehen hatte, und dann mit Scotts Schrecken.

*Es ist nur ein Fenster*, sagte ich mir. *Ein paar Glasscheiben in Stahlrahmen.* Ich stellte mich ganz nah davor und blickte hinunter in den hinteren Garten. Ich sah eine Bewegung im Gartenschuppen, wo Byron noch arbeitete. Ich würde ihm ein Glas kaltes Wasser bringen, wenn ich wieder nach unten ginge. Die Kinder waren wieder im Schatten des Baumes, saßen im Kreis und spielten eine Art Klatschspiel. Ich beobachtete sie eine Weile und genoss es zu sehen, wie gut sie miteinander auskamen. Es schien ein seltener Moment des Friedens zu sein, bis ich etwas bemerkte – einen Schatten hinter ihnen. Ich spürte einen Schmerz in meinem Herzen – eine Warnung, dass es nicht mehr viele Schrecken verkraften könnte. Ich hob meine Hand zu meiner Brust, um es zu beruhigen, aber es pochte so stark, dass ich darüber hinaus nichts mehr hören konnte. Ich ignorierte das Unbehagen und suchte nach dem Schatten. Ich fand ihn, als er sich wieder bewegte – ein dunkler Rauchfaden hinter den Kindern. Spielten mir meine Augen einen Streich? Nein, da war definitiv etwas, und es wollte den Kindern wehtun.

»Nein!«, rief ich der dunklen Energie zu. Ich wollte die Treppe hinunterlaufen und sie alle einsammeln, aber meine Schuhe klebten wie festgeklebt am Holzboden. Ich war wie gebannt und konnte mich nicht von der Stelle rühren. Ich rief wieder, versuchte, die Aufmerksamkeit der Kinder zu erregen, aber sie sangen, lachten und klatschten.

Während ich hilflos zusah, verwandelte sich der Rauch in den kleinen toten Jungen, wie ich es gewusst hatte. Er hatte einen bösartigen Gesichtsausdruck und näherte sich Cameron.

»Nein!«, schrie ich und begann mit dem Handballen gegen das Fenster zu schlagen, um ihre Aufmerksamkeit zu erregen. »Cameron! Cameron! Byron!«

Niemand hörte mein Toben. Ich versuchte mich wieder zu bewegen, aber meine Füße steckten noch immer fest. Mein Gesicht war nass, meine Knöchel weiß, als ich so fest wie möglich mit den Fäusten gegen das Fenster schlug. Es zerbrach nicht.

»Cameron! Scott! Hinter euch! BYRON!«

Der tote Junge kam den Kindern immer näher, aber sie hatten keine Ahnung. Ich hämmerte weiter gegen die Scheiben und brach mir eher die Knöchel als das Glas. Ich sah Sterne und fühlte mich, als würde ich vor Angst und Schmerz ohnmächtig werden. Ich schrie, als sich der tote Junge mit seinem mörderischen Gesichtsausdruck Cameron näherte, sicher, dass er sie töten würde. Ich sah, dass er eine Schaufel in der Hand hielt. Mein Schreien verwandelte sich in Schluchzen, während ich mit meiner gebrochenen Hand gegen das Fenster hämmerte. Warum wollte es nicht zerbrechen?

Hinter dem toten Jungen erschienen zwei weitere graugesichtige Kinder, ihre Gesichtsausdrücke genauso böse wie seiner, und ihre Augen waren auf meine Kinder gerichtet.

# KAPITEL 26
# SCHUHKARTON



Das helle Lachen und Singen der Kinder weckte mich auf. Ich war nicht lange bewusstlos, aber meine Hand war wie ein Ballontier angeschwollen. Als ich versuchte, meine Finger zu bewegen, durchfuhr ein stechender Schmerz meinen ganzen Unterarm. Langsam kam ich auf die Knie, um nicht wieder zu fallen, und spähte aus dem Fenster, das Schlimmste erwartend, trotz der Geräusche, die ich hörte. Die Geister waren verschwunden, und meine Kinder spielten noch fröhlich dasselbe Klatschspiel, als wäre nichts passiert. Meine verletzte Hand war der einzige Hinweis darauf, dass ich mir das Ganze nicht eingebildet hatte. Ich sah Byron aus dem Schuppen kommen, mit Schmutz im Gesicht und auf der Kleidung, und hörte, wie er die Kinder rief, mit ihm hineinzukommen und etwas zu trinken.

»Simmy?«, rief er und schaute sich im Garten um. »Alles okay bei dir?«

Ich atmete aus und schloss die Augen.

»Simone?«

Ich versuchte zurückzurufen, aber meine Stimme war weg. Vorsichtig ging ich in die Küche hinunter. Byron erstarrte, als er mich sah. Die Kinder drängten sich um mich, umarmten mich und klammerten sich an mich.

»Lasst eure Mom in Ruhe«, sagte Byron. »Sie ist verletzt.«

Cameron rannte los, um seinen Erste-Hilfe-Kasten zu holen. Scott verlangte zu wissen, was los sei. Tristan begann zu weinen.

Byron nahm sanft meine geschwollene Hand und untersuchte sie. »Was ist passiert?«

»Ich habe sie gebrochen«, sagte ich mit meiner neuen, heiseren Stimme.

»Das sehe ich«, antwortete Byron. »Wie?«

Ich bedeckte meine Augen, weil ich ihm nicht erzählen wollte, was passiert war. Ich wollte nicht zur Frau werden, die den Verstand verloren hat.

»Moment mal«, sagte er. »Dein Gesicht ist geheilt.«

»Ja.« Das hatte ich vergessen.

»Ich sammle die Kinder ein. Wir fahren wieder ins Krankenhaus.«

Ich schüttelte den Kopf. »Nein.«

»Simone. Das muss untersucht werden.«

Wir schauten beide nach unten. Ich war angewidert davon, wie blau und geschwollen die Hand war. Es bestand kein Zweifel daran, dass ich Behandlung brauchte, aber ins Krankenhaus zurückzukehren würde zu viele Fragen aufwerfen. Ich brauchte keine Polizisten, die auftauchten und bereit waren, Byron wegen Körperverletzung zu verhaften. Außerdem vermutete ich, dass sie mich über Nacht da behalten wollten, und es gab keine Möglichkeit, dass ich meine Kinder verlassen würde. Ich hatte noch Schmerzmittel vom letzten Besuch übrig. Ich würde zurechtkommen, bis die Hexe zurückkam. Sie könnte mich schneller heilen als ein Notarzt.

»Weißt du was?«, sagte ich und zwang mich zu einem Lächeln. »Es fühlt sich tatsächlich schon besser an. Ich nehme etwas Ibuprofen und lege eine Eispackung drauf.«

Byron war nicht überzeugt. »Ich denke wirklich, wir sollten hinfahren.«

»Es wird schon gehen«, log ich. »Können wir Asha eine Nachricht schicken, um zu fragen, wann wir mit ihr rechnen können?«

Byron ging los, um meine Medikamente zu holen, und Cam kam mit seinem Erste-Hilfe-Kasten zurück, bereit, mich zu verbinden.

»Cameron«, flüsterte ich ihm zu, während er nach der richtigen Bandage suchte. »Hattest du gerade ein seltsames Gefühl, als ihr draußen wart und dieses Klatschspiel gespielt habt?«

Er runzelte die Stirn und schüttelte den Kopf. »Nein. Warum?«

Ich seufzte. »Okay. Kein Grund.«

»Mama spricht von den anderen Kindern«, kam eine kleine Stimme von unter der Theke. Ich bückte mich und sah Tristan dort, die gerade ein Stück Brot aß, das sie sich gemopst hatte.

Ich starrte sie einen Moment lang an. »Welche anderen Kinder?«

»Der Junge war da. Und Cassandra. Und der andere Junge.«

»Du hast sie gesehen?«

Sie nickte.

»Du hattest keine Angst?«

»Nein. Sie sind nicht hier, um uns zu verletzen.«

Meine Hand pochte.

Alle Hintergrundgeräusche verschwanden, als ich mich auf meine Tochter konzentrierte. »Warum sind sie hier?«

Sie zuckte mit den Schultern. »Ich weiß nicht. Sie reden nicht viel.«

»Diese Cassandra, du hast sie schon früher gesehen?«

»Manchmal schläft sie unter meinem Bett.«

Ich keuchte. »Was?«

»Es macht mir nichts aus.«

Cameron beobachtete unseren Austausch mit offenem Mund. Ich konnte es ihm nicht verdenken.

»Warum hast du uns das nicht gesagt?«, fragte ich.

»Ich dachte, es wäre in meinem Kopf.« Tristan lächelte. »Aber jetzt, wo du sie sehen kannst, können wir alle zusammen spielen.«

*Wenn die Geisterkinder Cameron nicht verletzen wollten*, hatte ich Tristan gefragt, *warum sah der Junge dann so wütend aus? Warum hatte er einen Spaten?*

*Ich weiß nicht*, hatte sie mit den Schultern gezuckt. *Er ist wütend. Vielleicht wollte er ein Loch graben.*

Ich hatte gelacht – mehr aus Angst als aus Freude – aber danach beschlossen, dass der Junge vielleicht tatsächlich etwas ausgraben wollte, wie die Spielzeuge, die wir ausgegraben hatten. Wir würden seine Spielzeuge zurückgeben und nach allem anderen suchen, was er vielleicht zurückhaben möchte. Vielleicht würde er uns dann in Ruhe lassen.

Natürlich konnte ich mit meiner Verletzung nicht graben, also stand ich stattdessen herum und rief dem Rest der Familie Anweisungen zu. Eine gebrochene Hand zu haben hatte durchaus einige Vorteile. Ich konnte spüren, dass Byron genervt von mir war, sowohl weil ich mich weigerte, ärztliche Hilfe zu suchen, als auch weil ich darauf bestand, den perfekten Cricketfeld-Rasen umzugraben. Ich war hin- und hergerissen. *Soll ich mich dafür entschuldigen, dass ich unser Problem lösen will? Oder verhärte ich mein Herz gegen seinen stummen Vorwurf und sage ihm, er soll tiefer graben?* Wie auch immer, es war nicht der beste Tag in unserer Ehe, aber tote Kinder mit Spaten mussten zur Kenntnis genommen werden.

Ich liebte meine Kinder, aber beim Graben waren sie nutzlos. Sie taten völlig erschöpft, nachdem sie gerade mal die Oberfläche aufgebrochen hatten.

»Das ist wichtig«, sagte ich. Ich wusste es natürlich nicht. Ich riet nur. Wir hätten am Ende mit einem zerstörten Garten und sonst nichts dastehen können. Tatsächlich sah dieses Szenario immer wahrscheinlicher aus, als Byron sein gefühlt hundertfünfzigstes Loch zu graben begann.

»Vielleicht sollten wir einen Bagger mieten«, sagte ich. Cameron stimmte zu und meinte, nur ihm sollte es erlaubt sein, ihn zu steuern. Byron verdrehte die Augen und ich wusste, dass er sich dem Ende seiner Geduld näherte. Ich ging nach drinnen, um einen Snack für uns alle zu holen, und als ich eine Minute später wieder nach draußen kam, hatte er etwas gefunden.

»Was ist das?«, fragte ich. Als er die Erde wegkratzte, sah ich, dass es ein Schuhkarton war. Wir warfen uns beunruhigte Blicke zu. Ein Schuhkarton war doch im Grunde genommen ein Sarg für kleine Haustiere, oder? Wenn man so eine vergrabene Box findet, will man sie nicht öffnen. Aber wir wussten, dass wir es tun mussten.

»Ich mache das«, sagte Byron und deutete auf meine Hand. »Du hattest heute schon genug Trauma.«

Er grub ihn noch ein bisschen mehr aus und bewegte sich dann, um den Deckel anzuheben. Ich schaute hinein, und wir beide holten scharf Luft. Als ich meinen Kopf wieder zu ihm drehte, lag der Deckel wieder auf der Box und sein Gesicht war weiß und glänzte vor Schweiß.

»Wir müssen Asha anrufen«, sagte ich.

Byron schüttelte den Kopf. »Wir müssen die Polizei rufen.«

## KAPITEL 27
# ELFENBEINFARBENER TOTENSCHÄDEL

ASHA

Als ich am Haus der Delports ankam, widerstand ich dem Drang, die Türklingel zu betätigen. Ich war gerade dabei, sie zu rufen, als ich eine schreckliche Energie spürte. Ich war ziemlich sicher, dass es Simone war.

*Verflucht!*

Ich griff nach meinem Zauberstab und fasste mich. »*Volas!*«

Mein Körper schoss in die Luft, und ich steuerte mich über das Haus hinweg in den hinteren Garten, von wo ich glaubte, dass der Schrecken ausging. Der zuvor wunderschöne Rasen war stellenweise aufgegraben worden, und Byron und Simone standen dort mit Schweiß und Erde auf ihren angstverzerrten Gesichtern. Als sie mich entdeckten, wechselten ihre Gesichtsausdrücke zu Erleichterung – und Ungläubigkeit. Ich landete sanft, richtete meinen Umhang und begutachtete den Schaden am Garten. »Komme ich ungelegen?«

Ich fühlte mich schlecht wegen meines Versuchs der Leichtigkeit, als ich sah, wie sehr Simone zitterte und ihre geschwollene Hand bemerkte. Byron hielt eine zerfallene Schuhschachtel. Sie sahen völlig erschüttert aus.

»Wir müssen die Polizei rufen«, sagte Byron, was bei mir nie verfehlte, Alarmglocken läuten zu lassen.

Meine Angst stieg, und ich presste mein Buch der Schatten und das neu erworbene Ouija-Brett an meine Brust. »Was ist passiert?«

Er legte seinen Arm um seine Frau und führte uns nach drinnen, wo er uns Kaffee machte.

Sobald wir saßen, rieb er sich auf langsame und nachdenkliche Weise über die Stoppeln an seinem Kinn. Er erzählte mir von dem, was sie an diesem Morgen gesehen hatten und was zu ihrem neuen Schweizer-Käse-artigen Rasen geführt hatte. Und dann wurden ihre Gesichtsausdrücke noch grimmiger. »Wir haben gerade etwas... Beunruhigendes gefunden.«

»Okay«, sagte ich und wartete darauf, dass sie fortfuhren. Keiner von beiden schien näher darauf eingehen zu wollen. Schließlich legte Byron seine Hände auf die Theke und sah mir direkt in die Augen. »Ein Baby.«

Ich schluckte schwer. »Ähm, was bitte?«

Simone lehnte sich vor. »Wie eine Mumie. Aber ein kleines Baby.«

Ich konnte fühlen, wie sich meine Augen weiteten. Ich strich mir über die Haare, hauptsächlich, weil meine Hände zitterten und ich sie irgendwie beschäftigen musste. »Seid ihr sicher?«

Beide nickten und wir teilten einen langen Moment stillen Entsetzens.

»Er wollte, dass wir es finden«, sagte Simone. »Ich habe ihn mit einer Schaufel gesehen. Deshalb haben wir angefangen zu graben.«

»Göttin. Geht es den Kindern gut?«, fragte ich.

Sie nickten. »Sie haben es nicht gesehen. Sie schauen jetzt fern.«

Byron legte die schlammige Schachtel vor mich hin. Seine Körpersprache war entschuldigend. Ich beruhigte meine Nerven und öffnete behutsam den Deckel. Sie war leer.

Simones und Byrons Hände wanderten gleichzeitig zu ihren Wangen, als ihre Münder aufklappten.

»Ich s-schwöre, es war da«, stammelte Simone.

»Ich glaube dir«, erwiderte ich.

Byron schüttelte ungläubig den Kopf. »*Was* geht hier vor?«

»Es war eine Botschaft«, sagte ich. »Er versucht, uns etwas mitzuteilen.«

Simones Augen traten hervor. Ich legte meine Hand auf ihre verletzte und sandte einen stillen Heilzauber in ihre entzündeten Muskeln und gebrochenen Knochen. Es dauerte nicht lange, um sie zu reparieren. Ich bemerkte mit Zufriedenheit, dass auch ihre Stirn schön verheilt war.

Sie schloss die Augen und seufzte erleichtert. »Danke«, sagte sie.

Ich holte tief Luft. »Ich habe das Ouija-Brett heute Morgen besorgt.«

BYRON ZOG DIE VORHÄNGE ZU. Ich fand einige Blätter, Zweige und Blüten im Garten, um meine Kräfte zu verstärken. Während Simone den Kindern Snacks und Getränke brachte, einen Film einlegte und die Flurtür abschloss, zündete ich etwas Salbei an, zog den Salzkreis und wir setzten uns in den heiligen Raum, der mit Blättern und Blütenblättern übersät war. Ich öffnete mein Buch der Schatten und packte die Schachtel aus, die ich bei Mason & Sons gekauft hatte, wobei ich erst jetzt den subtilen Duft von Mottenkugeln und Sandelholz-Räucherstäbchen wahrnahm, den sie verströmte. Das Brett war gut benutzt, aber wunderschön – elegant gestaltet und fachmännisch geschnitzt. Ich legte es zwischen uns und nahm die Planchette, die ich in die Mitte des Bretts platzierte. Die Planchette war aus Elfenbein und in Form eines Schädels geschnitzt. Wir lächelten uns alle nervös an. Die Leere weiß, dass ich keine Geisterflüsterin war.

»Bereit?«

Byron drückte Simones unverletzte Hand. Sie nickten.

KAPITEL 28

# TÖTE DIE KINDER

ASHA

Ich zündete zwölf Kerzen an und platzierte sie entlang des Kreisumfangs. Ich sagte den Delports, sie sollten meine langsamen, tiefen Atemzüge nachahmen. Wir nahmen uns an den Händen, und ich war besonders vorsichtig mit Simones Hand, die in meiner immer noch langsam heilte. Ich rezitierte eine lange lateinische Passage aus meinem Buch der Schatten. Es war nicht direkt ein Geisterbeschwörungsspruch, aber es diente gut dazu, die Magie im Raum aufzuwirbeln, sodass die Kerzenflammen flackerten und die Planchette auf dem Brett zitterte. Ich bedeutete Byron und Simone, gemeinsam mit mir das Elfenbein zu berühren.

»Geister, zeigt euch«, sagte ich mit kratziger Stimme. »Gespenster, enthüllt euch. *Monstras!*«

Die Blätter begannen umherzuwehen, erhoben sich sogar in die Luft, aber die Kerzen blieben brennen, funkelten und wurden größer, als ob plötzlich mehr Sauerstoff im Raum wäre.

»*Monstras!*«

Die Küchentür knallte zu und ließ uns alle zusammenzucken, dann begann sich die Planchette zu bewegen. Wir sahen uns alle an. Es passierte tatsächlich.

159

Obwohl das Wetter draußen sonnig war, begann der Wind im Raum zu heulen. Ich konnte spüren, wie Simone zitterte. Byron war auch nervös, aber seine Energie war beständig.

»Sag mir, warum du hier bist«, sagte ich. »Du weißt, dass du tot bist. Du hättest weitergehen sollen. Warum entscheidest du dich, hier zu bleiben, wenn du frei sein könntest?«

Der Wind wurde stärker, die Flammen wurden höher. Blätter flatterten durch den Raum und die Seiten meines Buches blätterten sich von selbst um.

Unter dem sanften Druck unserer Fingerspitzen begann der elfenbeinerne Totenschädel über die Buchstaben auf dem Vintage-Brett zu gleiten.

*T.*

*Ö.*

*T.*

*E.*

*Heiliger Hexenzauber*, dachte ich. Ich war völlig überfordert.

*D.*

*I.*

*E.*

Ich wusste, was als Nächstes kommen würde, noch bevor der Geist begann, es zu buchstabieren, und ich bekam Gänsehaut an jeder Stelle meiner Haut.

*K.*

*I.*

*N.*

*D.*

*E.*

*R.*

KAPITEL 29

# ZU HELL GEBRANNT

ASHA

Simone zitterte inzwischen so stark, dass sie den Schädel nicht mehr festhalten konnte. Sie ließ ein schockiertes Schluchzen hören. Ich dachte an Cameron, Scott und Tristan.

»Ich brauche dich, um dieses Haus zu verlassen«, sagte ich.

Ein plötzlicher Windstoß warf uns alle zurück, als hätte der Geist uns wütend weggeschlagen. *Nein!* hörte ich im Wind, der in meinen Ohren rauschte. *NEIN!*

Ich kämpfte mich hoch. »Sag mir, was du brauchst. Ich kann dir helfen!«

*NEIN!* schrie der Wind und warf mich wieder zurück. Die Kerzen brannten zu hell.

Niemand berührte mehr das Ouija-Brett, aber der Zeiger bewegte sich weiter und buchstabierte immer wieder ähnliche Botschaften.

*Nimm die Kinder.*

*Verletze die Kinder.*

*Töte die Kinder.*

Ich konnte erkennen, dass wir den Geist nicht überzeugen würden, das Haus zu verlassen. Schweren Herzens schloss ich das Buch der Schatten und beendete den Zauber. Der Wind ließ sofort nach und die Kerzen erloschen zischend. Ich hatte plötzlich stechende Kopfschmerzen und ließ mein Gesicht in meine Hände sinken.

»Was zum Teufel war das?«, fragte Byron.

Ich sah zu ihm auf. »Ich weiß nicht. Er ist wütend.«

»Er will den Kindern wehtun«, schluchzte Simone.

»Nicht unbedingt«, sagte ich.

Beide sahen mich an, als wäre ich verrückt. »Hast du das Brett nicht gelesen?«

»Ich meine nur, man kann das, was Geister sagen, nicht wörtlich nehmen. Sie sind in einer anderen Dimension. Dinge werden... in der Übersetzung verloren. Stell dir vor, sie befinden sich in einem 4D-Universum, während wir uns in 3D bewegen.« Als die Worte meinen Mund verließen, wusste ich, dass ich das nicht hätte sagen sollen. Unberührte Menschen hatten, ohne dass es ihre Schuld war, null Verständnis für das größere Bild, geschweige denn für vierdimensionale Sprache.

Simone verzog das Gesicht. »3D? Meinst du das ernst?«

»Was ich meine-«

»Es ist mir egal, was du meinst!« Ihr Gesicht war von weiß zu vor Wut gerötet gewechselt. »Meine Kinder sind in Gefahr und ich dachte, du könntest uns helfen!«

»Ich versuche es«, sagte ich. »Ich werde es weiter versuchen. Ich will, dass deine Familie sicher ist.«

Byron rieb sich aufgeregt die Wange. »Also, was tun wir?«

Bevor ich antworten konnte, begann eines der Kinder zu schreien. Byron schloss die Tür zum Gang auf, und wir alle rannten in Richtung des Schreis. Als wir ankamen, standen alle drei Kinder auf der Couch, mit schockierten Gesichtsausdrücken.

»Was?«, rief Simone. »Was ist los?«

Der tote Fernseher hatte einen großen Riss. Nach dem Geruch von Elektrizität in der Luft zu urteilen, war er durch eine Art Stromstoß ausgefallen.

»Da war ein gruseliger Junge«, sagte Scott. Tristan begann zu weinen.

»Was?«, fragte ich alarmiert und zog meinen Zauberstab heraus. »Was meinst du? Wo?«

»Im Fernseher«, sagte Cameron.

»Habt ihr einen Horrorfilm gesehen?«, fragte ich.

Die Jungs schüttelten den Kopf.

»Er kam durch den Film!«, jammerte Tristan, während Simone sie hochhob.

»Sein Gesicht hat sich aus dem Fernseher gedrückt«, sagte Scott. »Als ob er versucht hat, rauszukommen. Er sah wütend aus.«

Byron warf mir einen vorwurfsvollen Blick zu, und ich fragte mich, ob ich die Situation verschlimmert hatte.

Simone drückte ihre Tochter fest an sich und wandte sich zu mir. »Vielleicht solltest du gehen.«

»Gehen?«, stotterte ich. »Und wer wird euch dann beschützen?«

Genau in diesem Moment klingelte es an der Tür.

# KAPITEL 30

# GEBRAUCHTER LEICHENWAGEN

ASHA

Warum die Türklingel ausgerechnet mich und nicht den fremden Typen, der dort stand, elektrisiert hatte, wird wohl für immer ein Rätsel bleiben. Wir schauten uns alle verwirrt an. Ich konnte erkennen, dass sie keinen Besuch erwarteten. Als wir uns genug gesammelt hatten, um zur Vorderseite des Hauses zu gehen, fanden wir dort einen seltsamen Mann vor. Er sah etwa dreißig Jahre alt aus, trug einen grauen Overall und hatte ein merkwürdiges Gerät auf dem Rücken. Mit seiner Designersonnenbrille und seinen Sneakers mit hohem Schaft wirkte er zwar harmlos genug, aber ich mochte ihn auf Anhieb nicht. Vielleicht lag es daran, dass der Zauber mir viel Energie geraubt hatte, oder weil ich mich nach dem Scheitern der Séance ungerecht behandelt fühlte, aber irgendetwas an dem ungebetenen Gast machte mich äußerst unwohl. Die Delports schienen meine Vorahnung jedoch nicht zu teilen. Sie wirkten verletzlich und neugierig, besonders als der Mann zu sprechen begann.

»Ich hoffe, Sie verzeihen mein Eindringen«, sagte er mit einem geschliffenen Privatschulakzent. »Aber ich habe von Ihrem Grundstück eine Menge paranormaler Aktivität aufgezeichnet.«

Die Delports schauten sich gegenseitig an und dann wieder den Mann.

»Nun, vielleicht haben Sie nichts bemerkt—«

Simone trat vor, stolperte fast in ihrem Eifer, ihn anzusprechen. »Oh doch, haben wir«, versicherte sie ihm. »Das haben wir. Was wissen Sie darüber?«

»Simone«, warnte ich. »Wir kennen diese Person nicht. Er könnte irgendjemand sein. Pass auf, was du sagst.«

»Dich kannten wir auch nicht«, argumentierte sie ziemlich bitter. »Und dieser Mann—«

»Nathan Steiger«, sagte er und verbeugte sich. »Erfreut, Ihnen zu Diensten sein zu können.«

Ich konnte nicht anders, als mit den Augen zu rollen.

»Und dieser Mann«, fuhr Simone fort, »sieht aus wie ... na ja, er sieht aus wie ein Geisterjäger.«

Meine Augen konnten diesmal nicht widerstehen und rollten so weit nach hinten, dass ich dachte, ich würde sie ganz verlieren. Nathan Steiger schien nicht beleidigt zu sein.

»Jawohl, gnädige Frau«, sagte er und trat zur Seite, um sein Geisterjägerfahrzeug hinter ihm zu enthüllen. Es sah aus, als käme es direkt vom originalen Filmset von *Ghostbusters* aus dem Jahr 1984 - abgesehen davon, dass es ein teurer Sportwagen statt eines gebrauchten Leichenwagens war.

»Das ist nicht dein Ernst«, sagte ich mit einer Hand an der Hüfte.

»Todernst«, erwiderte er und blendete uns fast mit seinen gebleichten Zähnen.

Die Delports starrten Steiger an, als wäre er ihr Retter.

»Warum kommen Sie nicht herein?«, sagte Byron zu meinem Verdruss. Diesmal schenkte er Wein statt Kaffee ein. Steiger lehnte ein Getränk ab, aber ich war dankbar, etwas zu haben, um mich zu beruhigen. Es war bisher kein guter Tag gewesen. Die Kinder wimmelten um uns herum, also schickten wir sie mit Saftpackungen und Chips zum Trampolin. Steiger holte ein Gerät aus seinem Rucksack. Es sah aus wie ein bombensicheres Tablet, das mit Titan verstärkt worden war.

»Schauen Sie sich das an«, sagte er und schaltete es ein. Sofort begann das Ding zu vibrieren und zu kreischen. Er stellte es auf lautlos, und wir beobachteten, wie die Luftaufnahme der Straße, in der wir uns befanden, vor Energie pulsierte, und alles kam aus dem Haus der Delports.

»Was ist das?«, fragte ich und betrachtete das Gerät mit verschränkten Armen.

»Ein Supernator«, antwortete der Geisterjäger, als wäre das Allgemeinwissen. »Er misst paranormale Energie in der Atmosphäre.«

»Praktisch«, sagte ich. »Also fahren Sie damit herum und suchen nach neuen Kunden?«

»Nein«, lachte er gekünstelt. »Es ist etwas komplizierter als das.«

Ich verengte meine Augen zu Schlitzen. Als ich zu Simone zurücksah, hatte sie ihr Glas bereits geleert und schaute Nathan Steiger mit herzförmiger Hoffnung in ihren Augen an. Es war eine Katastrophe, die darauf wartete zu passieren.

»Sie machen das also beruflich?«, fragte Byron, der seinen Wein noch nicht angerührt hatte. Ich war froh zu sehen, dass er zumindest ein wenig skeptisch schien.

Steiger nickte enthusiastisch. »Ich bin ziemlich leidenschaftlich dabei. Es ist meine Berufung.«

Meine Augäpfel drohten, komplett aus ihren Höhlen zu rollen. Ich stellte mein Glas ab. »Ich gehe jetzt«, sagte ich.

»Du kannst nicht gehen«, sagte Byron. »Was ist mit der... der Kiste, die wir gefunden haben? Was ist mit den Kindern?«

»Ich habe mich nicht für Teamarbeit angemeldet«, sagte ich und schaute Nathan vielsagend an. Ich erkannte einen Scharlatan, wenn ich einen sah, und er würde die Situation für uns nur gefährlicher machen.

»Lass sie gehen«, sagte Simone. »Sie hat selbst gesagt, dass sie keine Geisterflüsterin ist.«

Ich sammelte meine Sachen ein, ging zum Trampolin und wuschelte den Kindern zum Abschied durch die Haare. Dann überkam mich ein bohrendes Schuldgefühl, als ich wegging. Sie sollten nicht für die Verzweiflung ihrer Eltern bestraft werden. Trotzdem hatte ich keine Wahl. Ich wusste, dass Simone mir nicht mehr vertraute, also würde meine Anwesenheit dort nichts Gutes bewirken, bis sich das änderte. Der einzige Grund, warum ich versucht hatte, ihnen zu helfen, war, weil Soleil mir erzählt hatte, wie verzweifelt sie waren, und ich schien die Einzige zu sein, die möglicherweise helfen konnte. Jetzt, da ein professioneller Geisterjäger im Haus war, konnte ich mich wieder auf den Fall der vermissten Mädchen konzentrieren.

Byron begleitete mich hinaus. »Danke für deine Hilfe«, sagte er.

»Selbstverständlich«, antwortete ich. »Ich melde mich morgen bei euch. Ruf mich an, wenn du mich brauchst.«

»Das weiß ich zu schätzen.«

Als ich draußen war und er die Tür hinter mir fast geschlossen hatte, rief ich: »Byron.«

Er drehte sich um. »Ja?«

Was konnte ich sagen?

*Vertrau keinem Typen, der uneingeladen in etwas auftaucht, das wie ein Halloween-Kostüm für Kinder aussieht.*

*Achte darauf, dass er den Geist nicht noch wütender macht, als er schon ist.*

*Lass deine Kinder nicht aus den Augen.*

»Bitte sei vorsichtig«, sagte ich und stieg auf meine Wasp. So zwiespältig ich mich auch fühlte, ich musste diese Sache ziehen lassen.

KAPITEL 31

# RAUCH UND SPIEGEL

SIMONE

»Wo fangen wir an?«, fragte ich den Geisterjäger. Je schneller wir den Poltergeist vertrieben, desto eher wären meine Kinder in Sicherheit.

Byron kam wieder herein, nachdem er Asha hinausgelassen hatte, mit einem Ausdruck tiefer Besorgnis auf seinem Gesicht. Ich spürte einen Anflug von Reue, die Hexe gehen gelassen zu haben, und das dunkle Aufblühen von Schuldgefühlen. Sie hatte ihr Bestes getan, um uns zu helfen, und ich war ihr gegenüber undankbar und pampig gewesen. Ich hob meine Hand und bewegte meine Finger. Ich hatte ihr nicht einmal dafür gedankt, dass sie meine Stirn oder meine Hand geheilt hatte, was keine Kleinigkeit war. Ich beschloss, es wiedergutzumachen, wenn das alles vorbei wäre.

»Ich werde damit beginnen, das Grundstück zu durchsuchen«, sagte er und richtete sich zu seiner vollen Größe auf. »Sobald ich das Epizentrum der paranormalen Energie gefunden habe, werde ich das Geisterzentrum mit meinem Phasmablaster 5000 sprengen.« Er griff nach hinten und klopfte auf seinen Rucksack.

169

Ich beobachtete ihn mit Interesse und Hoffnung. Das klang definitiv effizienter als Küchenkräuter über einem gebrauchten Brettspiel zu verbrennen.

Nathan Steiger arbeitete lieber allein, also machte er sich auf den Weg durchs Haus, während wir die Kinder ins Bett brachten. Ich lag länger als gewöhnlich bei ihnen, hielt ihre weichen Hände, streichelte ihre Rücken und sagte ihnen, wie sehr ich sie liebte, während meine Augen auf ihre jeweiligen Kissen tropften. Sogar Catnip bekam volle fünf Minuten Zuneigung. Als alle eingeschlafen waren, schleppte ich mich zurück in die Küche, wo Byron mir ein weiteres Glas Wein anbot. Ich überraschte mich selbst, indem ich ablehnte, da ich so wachsam wie möglich sein wollte, falls etwas schiefgehen sollte.

Kurz nach neun Uhr kehrte Steiger in die Küche zurück, seine graue Uniform verschmiert und staubig vom Kriechen in Ecken und Winkel. Er nahm ein Glas Wasser von mir an und stürzte es in einem Zug hinunter.

»Die Sache ist die«, seufzte er, nachdem er mir das leere Glas mit einem Nicken zurückgegeben hatte.

Er hatte unsere Aufmerksamkeit.

»Diese Heimsuchung ist etwas komplizierter als ich zuerst dachte.«

Angst durchbrach mein Gefühl der Ruhe. Ich brauchte diesen Mann, um unser Zuhause sicher zu machen.

»Warum ist das so?«, fragte Byron.

»Die paranormale Energie wird an mehreren Stellen gebrochen, was meinen Spezialradar verwirrt.«

Ich runzelte die Stirn. »Auf Deutsch?«

»In den meisten Häusern, die ich reinige, gibt es ein Gespenst, manchmal zwei. Sie sind normalerweise ziemlich leicht zu lokalisieren und zu vernichten. Aber in diesem Haus-«

»Ich habe drei von ihnen gesehen«, sagte ich. »Drei tote Kinder.«

Byrons Mund verzog sich nach unten. »Bisher drei.«

»Genau«, erwiderte Nathan. »Es sind etwa ein Dutzend. Und sie nähren sich nicht nur von der Energie des Hauses, sondern auch voneinander, und das erzeugt ein spektrales Spiegelkabinett.«

»Ein was?«

»Rauch und Spiegel«, sagte er. »Geisterart.«

Byron rieb sich die Wangen. »Also, was machen wir?«

»Es wird nicht schön sein«, sagte Nathan. »Ich muss einen Umfassenden Vollen Monty Phantasma Steiger Showdown durchführen.«

»Richtig«, antwortete Byron. »Und wie viel wird das kosten?«

Ich warf ihm einen bösen Blick zu. Wen kümmerte es, wie viel es kostete? Das Leben unserer Kinder stand auf dem Spiel!

»Ich habe Verständnis für Ihre Lage«, sagte der Geisterjäger. »Es ist nicht einfach, wenn Kinder beteiligt sind.«

»Das weiß ich zu schätzen«, sagte Byron, »aber ich brauche eine Zahl.«

Ich war dabei, ihn wieder finster anzuschauen, als mir einfiel, dass unser ganzes Geld im Haus steckte. Zu allem Überfluss hatte ich kein Bild mehr verkauft, seit die Kinder geboren waren, also war es unfair von mir, ihn so hart anzugehen.

»Normalerweise berechne ich hunderttausend Rand für einen Showdown«, sagte er. »Das klingt nach viel, aber glaubt mir, es ist eine haarige Angelegenheit – manchmal tödlich.«

Ich schluckte. Es gab keine Möglichkeit, an diese Summe zu kommen. Schon die neuen Hypothekenraten würden uns finanziell strapazieren.

»Ich werde euch aber einen Rabatt geben. Wegen der Kinder und so. Und weil ihr etwas Bargeld zur Hand haben müsst, um für ein paar Tage in ein Hotel zu ziehen. Sagen wir achtzig.«

»Sechzig ist alles, was wir uns leisten können«, sagte Byron.

Nathan tippte mit den Fingern auf die Theke, als würde er eine Melodie spielen, während ich mich fragte, woher wir die sechzigtausend nehmen sollten. Der Geisterjäger hörte auf zu tippen und hob seine Hand, um Byrons zu schütteln.

Ich atmete aus. Wir hatten einen Deal.

KAPITEL 32

# FRISCHE REUE

ASHA

Ich verließ das Haus der Delports angemessen verärgert. Ich wusste nicht, wo zum Teufel Nathan Steiger hergekommen war, aber ich war mir sicher, dass er nichts Gutes bedeutete. Hätte ich nur Simone und Byron zurückgelassen, wäre ich einigermaßen im Reinen damit gewesen – es war ihre Entscheidung, diesen Halloween-Möchtegern zu engagieren. Aber ihre Kinder waren so liebenswert und so unschuldig, dass ich den Gedanken hasste, welches Trauma sie erleiden könnten. Die Leere weiß, dass ich verstehe, was Kindheitstraumata einem jungen Geist antun können.

Ich verdrängte sie aus meinen Gedanken und beschleunigte, während ich dem Abendverkehr auswich. Wenn ich mich beeilte, könnte ich es immer noch rechtzeitig zum Copperfield-Institut schaffen, um mit Dusty zu sprechen.

*Steiger,* sagte die nagende Stimme in meinem Kopf.

*Steiger.*

Kam mir der Name bekannt vor? Oder bildete ich mir das ein? Seit meinem Schädelbruch im letzten Monat hatte ich festgestellt, dass meine wiedergewonnenen Erinnerungen etwas lückenhaft waren, wie der Versuch, durch eine migränebedingte Aura zu sehen – oder wie der

173

Versuch, ein imaginäres Puzzle mit seltsam passenden Teilen zu vervollständigen. Ich sollte nicht klagen. Ich starb zweimal auf dem Tisch, und die Ärzte sagten mir, sie hätten nie gedacht, dass ich je wieder atmen würde, geschweige denn laufen, sprechen und denken. Aber da war ich, surrte auf meinem Roller dahin, mit größtenteils intaktem Gehirn, und versuchte, meine frische Reue hinter mir zu lassen.

Ich kam kurz nach Einbruch der Dämmerung bei Copperfield an, und Stoker lächelte und winkte mich herein. Ich salutierte und zoomte durch das Tor und die Auffahrt hinauf. Madame Copperfield begrüßte mich herzlich und bot mir einen trockenen Sherry an, den ich dankbar annahm. Sie sah gut aus. Wir saßen in ihrer Lounge, umgeben von Porträts wichtiger magischer Persönlichkeiten, und hörten die Schüler, die sich im Haus bewegten und unterhielten.

»Wie geht es Dusty?«, fragte ich. Ich hatte erwartet, sie zu sehen.

»Es geht ihr gut«, sagte Copperfield. »Wir sind sehr froh, sie bei uns zu haben.«

»Aber?«

Die Direktorin lächelte. »Meine einzige Sorge ist, dass wir nicht die Erlaubnis ihrer Eltern haben, sie unterzubringen oder auszubilden.«

»Ihre Eltern sind Missbraucher, die Dusty nicht einmal als vermisst gemeldet haben«, sagte ich. »Sicherlich haben sie vorübergehend ihre Elternrechte verloren?«

»In einer gerechten Welt, ja.«

»Was muss ich tun? Sie aufspüren? Dusty will mir ihren echten Namen nicht verraten.«

»Wir werden es zu einer Priorität machen, sobald Zaleria gefunden ist«, antwortete Copperfield, und ich nickte zustimmend. Der Sherry wärmte meinen Hals und meinen Magen.

»Wie erwartet wurden die Skorpione mit Anrufen überschwemmt, seit dem Aufruf des Kelchs.«

Copperfield nickte bedauernd.

»Wissen Sie, ob Dusty etwas Neues von Maple Mellor erfahren hat?«

»Sie arbeitet daran. Ich sehe sie oft zusammen. Wenn es etwas Neues zu erfahren gibt, bin ich zuversichtlich, dass sie es schaffen wird. Wenn sie sich bewährt, wird sie vielleicht nach ihrem Abschluss Ihre Auszubildende.«

»Vielleicht«, sagte ich. Ich hatte mich immer als Einzelgängerin gesehen, aber es wäre durchaus nützlich, einen Gedankenleser als Sidekick zu haben.

»Ich habe etwas für Sie«, sagte Madame Copperfield und ging zu einem polierten Holz-Beistelltisch. Sie nahm ein großes Hardcover-Buch mit geriffelten Kanten und reichte es mir. Der Goldtitel auf dem Umschlag schimmerte.

DIE VERMISSTEN TÖCHTER VON EVARON

»Was ist das?«, fragte ich.

»Abarim hat es mir gegeben. Er hat eine große Sammlung von Kindermärchen in seinem Arbeitszimmer. Berührte und unberührte, klassische Erzählungen sowie längst vergessene.«

»Von diesem habe ich noch nie gehört.«

Ehrlich gesagt waren meine Kenntnisse über Märchen bestenfalls lückenhaft. Das passiert, wenn man in den prägenden Jahren zwischen Pflegefamilien hin und her geschoben wird. Die Zeit, in der man genährt und umsorgt, gekuschelt und vorgelesen bekommen sollte. Statt warmer Erinnerungen hat man eine kühle, harte Leere.

»Nehmen Sie es mit nach Hause«, bot sie an.

»Glauben Sie, es hat etwas mit den vermissten Mädchen zu tun?«

»Ist nicht alles miteinander verbunden?«

»In Ordnung«, sagte ich skeptisch. Ja, alles war immer miteinander verbunden, aber ich sah nicht, wie mir das Lesen von Kindergeschichten helfen sollte, den Entführer zu finden, besonders unter Zeitdruck.

»Ist Dusty in der Nähe?«, fragte ich.

Die Direktorin nickte. »Sie schien zu wissen, dass Sie kommen würden.«

Wir teilten ein Lächeln.

»Sie wartet in der Bibliothek auf Sie.«

Ich hatte Flüstergerüchte über Madame Copperfields Bibliothek gehört, als ich an der Akademie studierte, aber die Gerüchte hatten mich nicht auf das vorbereitet, was ich sah, als ich durch die hohen Mahagonitüren ging.

STELLT euch eine dieser unglaublichen europäischen Bibliotheken mit einem Dutzend Etagen vor, und Treppen und Türen überall. Die Art von Bildern, die in sozialen Medien von Buchliebhabern geteilt werden und zu verträumten Augen und tiefer, verzweifelter Sehnsucht führen. Natürlich war es eine Art schöner Trick, denn allein das Erdgeschoss war größer als Madame Copperfields ganzes Haus.

»Der Beschwörungszauber ist genial«, sagte Dusty, die ich erst jetzt entdeckte, als sie an einem Tisch saß, vor dem ein Stapel Bücher aufragte.

Ich schaute mich um und machte mir nicht die Mühe, mein Staunen zu verbergen. »Wie funktioniert das?«

»Es ist wie ein Computer mit Dateien. Du nimmst nur den Platz ein, den du buchstäblich mit deinem Körper einnimmst. Der Rest ist eine Illusion.«

Ich betrachtete meine Hand und drehte sie um. Sie sah normal aus, aber die Ränder flackerten ein wenig, als ich sie bewegte, als ob dahinter ständig ein Greenscreen versuchen würde, mitzuhalten.

Dusty stand auf. »Du kannst dich sogar darin bewegen. Schau dir das an.« Sie zeigte auf eine Treppe am anderen Ende des Raumes und lockte sie mit ihrem Finger. Die Treppe glitt sanft zu ihr herüber. Sie lächelte mir zu und begann, zur zweiten Etage hochzuklettern. »Na? Kommst du?«

Die Treppen fühlten sich unter meinen vorsichtigen Füßen fest an, und ich war erleichtert, den scheinbar soliden Holzboden der nächsten Ebene zu erreichen.

»Das ist unglaublich«, sagte ich.

Die Bücher blieben nicht still. Überall, wo ich hinschaute, gab es Bewegung. Kupfergeländer schimmerten, Türen öffneten und schlossen sich, und Bücher rutschten aus den Regalen und schüttelten den Staub von ihren Schultern.

»Ich könnte den ganzen Tag hier verbringen«, flüsterte ich.

»Das tue ich oft«, sagte das Mädchen. »Ich möchte jedes Buch lesen, das ich sehen kann.« Sie blickte auf das gebundene Märchenbuch herab, das ich unter meinem Arm trug.

»Copperfield hat es mir zum Lesen gegeben. Es ist von Blimaex Abarim.«

Sie nickte und ging weiter. Ich hielt mit. Sie wirkte wie ein anderer Mensch. Sie stand aufrechter, sah stärker aus. Aber noch etwas anderes: Sie schleppte nicht mehr die Scham mit sich herum, die ich gespürt hatte, als ich sie kennenlernte. Ein magischer selbstfegender Besen huschte an uns vorbei und unterbrach meine Gedanken.

»Du siehst wirklich gut aus«, sagte ich.

»Ich fühle mich gut«, antwortete sie lächelnd und deutete auf die magische Bibliothek. »Ich wusste nicht, dass das Leben so sein kann.«

Wir teilten einen Moment der Zufriedenheit. Ich erinnerte mich an meine Erleichterung als Kind, als ich erkannte, dass Copperfield mein neues Zuhause sein würde.

»Gut«, sagte ich. »Das ist wirklich gut.«

Ich spürte, dass es eine dumme Aussage war. Offensichtlich und nichtssagend. Aber ich hatte einen Kloß im Hals, der nicht leicht zu überwinden war, also beließ ich es dabei. Nach einer Weile des Stöberns hatte ich mich ausreichend erholt, um nach dem Fall der vermissten Mädchen zu fragen.

»Hast du noch etwas von Mellor gehört?«, fragte ich. »Hast du etwas Neues erfahren?«

»Maple hat immer noch Angst«, erwiderte Dusty. »Sie hat Albträume darüber, was der Vampir ihrer Familie antun wird, wenn sie spricht.«

»Du kannst auch Träume lesen?«

Dusty zuckte mit den Schultern. »Träume sind doch Gedanken, oder?«

Ich erwiderte ihr Schulterzucken. »Darüber habe ich nie nachgedacht.«

Wir bewegten uns an den hohen Regalen vorbei und genossen es, in der Gesellschaft so vieler Geschichten zu sein. Natürlich musste ich, umgeben von Büchern und mit einem Märchen unter dem Arm, an den Traumtrinker denken. Es war die Geschichte eines mächtigen älteren Zauberers, der eine Zauberlehrling in einem Turm gefangen hielt, um ihre Träume zu trinken und dadurch ihre magische Kraft zu stehlen. Obwohl ich mit vielen Kindergeschichten nicht besonders vertraut war, erinnerte ich mich an diese, weil sie mich entsetzt hatte; sie hatte mir einen Knoten im Magen verursacht.

Ich konnte sehen, dass Dusty meine Gedanken las, denn auch sie schien von der Geschichte angewidert zu sein. Ich verdrängte sie aus meinem Kopf. »Hat Maple sich noch an etwas anderes erinnert?«

»Nicht dass ich wüsste. Sie spielt immer wieder dasselbe ab. Sie hört nur auf, um sich die schrecklichen Dinge vorzustellen, die passieren könnten, wenn sie...«

»Wir müssen etwas tun«, sagte ich. »Sie wird verrückt werden, wenn sie so weitermacht.«

Dusty nickte. »Sie zeigt bereits Anzeichen von-« Sie brach ab, mit nachdenklichem Gesichtsausdruck.

»Von was?«

Das Mädchen schüttelte den Kopf. »Ich weiß es nicht. Ich kann es nicht erklären. Es ist, als würde ihr Geist sich im Kreis drehen und ihre Gedanken... zerfallen.«

Ich runzelte die Stirn. Ich wusste nicht, was das bedeutete, aber es hörte sich nicht gut an. Frustriert ballte ich meine Fäuste und klopfte mit den Unterseiten gegen das Geländer, während ich nachdachte. Ich beobachtete, wie eine Bibliotheksleiter auf einer Schiene von einer Seite der Bibliothek zur anderen glitt.

»Wo ist sie jetzt?«

»Sie schläft«, sagte Dusty. »Sie schläft jetzt viel.«

Das arme Kind. Es muss quälend sein. Wir mussten etwas tun, aber ich wusste nicht was.

~

MEINE STIMMUNG WAR auf der Heimfahrt gedrückt. Ich konnte nicht aufhören, mir Sorgen um Maple Mellor oder die Delports zu machen.

*Töte die Kinder*, hatte der Geist gesagt. Trotz des milden Abendwetters und meines warmen Umhangs durchfuhr mich ein Schauer. Ich musste mich zwingen, in Richtung Heimat zu fahren, anstatt zu ihrem Haus. Trotz des Stresses, den sie durchgemacht hatten, war ich nach wie vor nicht davon überzeugt, dass sie die Gefahr zu schätzen wussten, die in ihrem neuen Zuhause lauerte.

*Steiger*, dachte ich wieder. Ich musste versuchen, mich zu erinnern, warum mir der Name bekannt vorkam. Ich hoffte inständig, dass seine Anwesenheit ihre Gefahr nicht noch vergrößern würde.

Endlich erreichte ich mein Haus, und als ich geparkt und meinen Helm abgenommen hatte, merkte ich, wie müde ich war. Ich fütterte die Katzen und Hühner, während ich mich einer kurzen Fantasie hingab, wie gerne ich den Abend verbringen würde: ein langes, heißes Bad mit klassischer Musik und Kerzenlicht, ein Abendessen mit Obst und Brot, ein Glas dunkelroter Wein. Die Fantasie war nur von kurzer Dauer. Sobald ich meine Kleidung ausgezogen hatte, fand ich den Reiz meines Pyjamas zu stark, um darauf zu verzichten. Ich legte das Kinderbuch auf meinen Nachttisch und beschloss, mich auf mein Bett zu legen – nur für eine Minute – und öffnete meine Augen vier Stunden später, aufgeschreckt durch einen vampirthematischen Albtraum.

Unfähig, nach dem Albtraum wieder einzuschlafen, schaltete ich meine Leselampe ein und nahm das Hardcover-Buch, das mir die Direktorin gegeben hatte. Ich verbrachte meine Zeit damit, den Einband zu bewundern, den Goldtitel, der im schwachen Licht schimmerte. Das Buch war gut gelesen, aber auch gut gepflegt. Obwohl es älter als ich war, zeigte es außer den oft umgeblätterten Seiten kaum Schäden.

Ich war pessimistisch, was weiteren Schlaf anging, also öffnete ich das Buch und machte es mir gemütlich.

# KAPITEL 33

# DIE VERSCHWUNDENEN TÖCHTER VON EVARON

Es war einmal ein liebliches Städtchen namens Evaron, eingebettet in einem wunderschönen Tal zwischen einem Berg und einem Wald. Alle Menschen in Evaron waren gut und freundlich. Die Kinder waren glücklich und hilfsbereit, die Bauernhöfe ertragreich, und das Dorf war der friedlichste, zufriedenste Ort, den man sich vorstellen konnte.

Eines Tages änderte sich alles.

Eines Tages hörten die Kinder auf zu spielen.

Eines Tages waren die Türen verschlossen und die Fensterläden verriegelt.

Dies geschah, weil ein junges Mädchen namens Marike verschwand. Sie war gerade einmal acht Jahre alt, als sie mitten in der Nacht aus ihrem Zimmer entführt wurde. Ihre Mutter fand das Bett kalt und leer an dem Morgen, an dem sich alles im friedlichen Dorf Evaron veränderte.

Die Dorfbewohner ließen ihre Werkzeuge fallen, um nach dem Mädchen zu suchen. Der Milchbauer ließ seine Kühe ungemolken, die Näherin legte ihre Nadel beiseite, und der Schmied ließ sein Feuer in der Schmiede erlöschen. Die Dorfbewohner durchsuchten die Wiese, den Berg und den Fluss, aber es gab keine Spur von dem vermissten

Mädchen. Marikes Eltern schworen, niemals mit der Suche nach ihrer Tochter aufzuhören, bis zum Tag ihres Todes.

Sie waren am nächsten Tag bei Tagesanbruch auf den Beinen, um mit der Suche nach ihrer vermissten Tochter zu beginnen, als etwas Schreckliches geschah. Sie hörten Schmerzensschreie von ihrer Nachbarin, der Mutter von Marikes bester Freundin Eleanor. Sie eilten zu Hilfe, aber es war zu spät. Auch Eleanors Bett war kalt und leer.

Sie weckten das Dorf, und die Dorfbewohner machten sich sofort wieder auf die Suche nach den Mädchen, während die Kuchen des Bäckers zusammenfielen und die Käselaibe des Käsemachers Risse bekamen. Die Dorfbewohner verdoppelten ihre Anstrengungen, um die Mädchen zu finden, und riefen in die leere Morgenluft, wobei ihr Atem Geister bildete, während sie nach ihnen riefen.

Wieder durchsuchten sie die Wiese, den Berg und den Fluss, aber es gab keine Spur von dem vermissten Mädchen. Eleanors Eltern versprachen, niemals mit der Suche nach ihrer Tochter aufzuhören, bis zum Tag ihres Todes.

Am dritten Tag verschwand das dritte Mädchen.

Ihr Name war Harriet.

Diesmal suchten die Dorfbewohner nicht. Stattdessen gerieten sie in Panik. Ihre Angst wurde durch ihren Hunger noch verschlimmert. Sie begannen, sich gegenseitig die Schuld zu geben. Der Metzger zeigte mit dem Finger auf den Müller und sagte, er habe den Mann ein paar Tage vor ihrem Verschwinden mit Marike reden sehen. Der Arzt erwähnte, er habe blaue Flecken an Eleanors Beinen gesehen, und fragte sich, ob ihre Eltern sie schlugen. Der Hühnerfarmer war sich sicher, dass Harriet in der Scheune seines Nachbarn eingesperrt war, aber als die wütenden Dorfbewohner die Scheune zerstörten, war dort kein kleines Mädchen zu finden.

Der Dorfpfarrer rief zur Ruhe auf. Er hatte eine vorübergehende Lösung, um die Mädchen im Ort in Sicherheit zu bringen, während sie herausfanden, was mit Marike, Eleanor und Harriet geschehen war.

Sie würden die Töchter von Evaron im Rathaus einsperren, bis die Gefahr vorüber wäre. Jedes Mädchen wurde gepackt, ins Rathaus gebracht und bekam ein Stahlbett mit einer grauen Decke und einer Blüte auf dem Kissen.

»Es wird nicht für immer sein«, flüsterten die Eltern ihren weinenden Töchtern ins Ohr. »Bald werdet ihr wieder bei uns zu Hause sein. Hier seid ihr wenigstens sicher.«

Die Mädchen wollten nach Hause gehen. Sie flehten und schrien. Sie versuchten, die Schlösser zu knacken und die Fenster einzuschlagen, aber das Rathaus war gesichert, sodass niemandem die Flucht gelang.

Am vierten Tag wurde eine vierte Tochter aus dem Rathaus entführt, obwohl die Türen verschlossen und die Fenster unversehrt blieben.

Der Schmied wurde beauftragt, Ringe für die Mädchen anzufertigen, und der Pfarrer sorgte dafür, dass jedes Mädchen mit dem Ring am linken kleinen Finger an sein Bett gekettet wurde. Die Dorfbewohner hielten vor dem Rathaus Wache und wechselten sich ab, um wach zu bleiben und die kostbaren Mädchen zu beschützen, während der Weizen auf den Feldern verwelkte und das Garn für Decken ungestrickt blieb.

Am fünften Tag wurde eine fünfte Tochter entführt, trotz der Kette am kleinen Finger, der verschlossenen Türen und der Wächter, die draußen Wache hielten. Es war unerklärlich, und doch versuchte der Pfarrer eine Erklärung zu geben.

Ein magisches Wesen sei verantwortlich, sagte er. Ein Dämon, ein Werwolf oder eine Hexe. Ein Wesen, das an gewöhnlichen menschlichen Verteidigungsanlagen wie Wachen, Mauern und verschlossenen Türen vorbeikommen konnte.

Die Töchter von Evaron flehten darum, freigelassen zu werden, aber ihre Väter weigerten sich.

Die Väter weigerten sich, weil sie die Geschichte von der Hexe im Wald kannten – der Waldhexe –, die in einer auf Hühnerbeinen gebauten Hütte lebte, umgeben von einem Zaun aus Kinderknochen und -schädeln. Sie hatte Metallzähne, sagten die Väter, und mochte es, Kinder zu fressen. Die Mädchen zitterten in ihren grauen Betten. Sie kannten die

Geschichten. Ihnen war während ihrer ganzen Kindheit gesagt worden, dass sie nicht in den Wald gehen sollten.

»Seid brav, sonst holt euch Baba Jaga mit den Knochenbeinen.«

Baba Jaga war eine weise Frau und Heilerin, die im lieblichen Städtchen Evaron gelebt hatte, bis sie der Hexerei beschuldigt wurde. Die Dorfbewohner hatten versucht, sie zu ertränken, aber sie überlebte und floh, wobei sie alles und jeden, die sie liebte, zurückließ.

Der Pfarrer fragte sich laut, ob die Hexe vielleicht versuchte, Rache für die Art und Weise zu nehmen, wie sie sie behandelt hatten. Die Dorfbewohner erkannten, dass Baba Jaga erst durch ihre Handlungen zu einer schrecklichen Hexe geworden war.

Sie erwogen, in den dunklen Wald zu gehen, um die Hexe zu töten, entschieden sich aber stattdessen dafür, sie zu besuchen, um längst überfällige Wiedergutmachung zu leisten.

Die Dorfbewohner und Wächter sammelten ihre Heugabeln und brennenden Fackeln sowie jedes Geschenk, das sie tragen konnten – Butter, Decken, Klingen – und machten sich tief in den Wald auf, wo Baba Jaga angeblich lebte. Als sie die Hütte fanden, war sie leer, abgesehen von den frischen Knochen der fünf vermissten Mädchen.

Baba Jaga hatte die Jungfrauen gefressen, um ihre unschuldige Jugend zu entziehen und länger zu leben. Als die Dorfbewohner ihren Gesang hörten, bekamen sie Angst und rannten zurück ins Dorf.

Bevor die Dorfbewohner ihr Zuhause erreichten, schnitten sich die Töchter, die dachten, sie würden für immer angekettet bleiben, die kleinen Finger ab. Sie entkamen durch die vorübergehend unbewachten Türen und liefen davon.

Die Töchter von Evaron wurden nie wieder gesehen.

# KAPITEL 34
# BRENNT ES NIEDER

SIMONE

Nachdem wir die Details mit dem Geisterjäger besprochen und zugestimmt hatten, am nächsten Tag nicht im Haus zu sein, fuhr er ab und ließ den Motor seines lächerlichen Autos aufheulen, während er die Straße hinunterraste.

»Irgendetwas an ihm macht mich unsicher«, sagte ich und spürte einen weiteren Stich des schlechten Gewissens darüber, wie ich Asha behandelt hatte, die vermutlich dasselbe über den Fremden namens Steiger gefühlt hatte.

»Mir geht's genauso«, stimmte Byron zu. »Aber er scheint zu wissen, was er tut. Man muss einen Klempner ja nicht mögen, um ihn zu engagieren, oder?«

Ich zuckte mit den Schultern. »Stimmt wohl. Solange die Kinder sicher sind.«

Byron zog mich in eine Umarmung und küsste meinen Scheitel. »Das werden sie sein.«

Wir konnten es nicht ertragen, oben zu schlafen; es schien zu weit weg von den Kindern zu sein, also legten wir ein paar Liegestuhlkissen auf den Boden im Flur vor ihren Zimmern und lagen dort mit offenen Augen im Dunkeln und hielten Händchen.

»Asha hat meine Hand geheilt«, erzählte ich ihm. »Ich fühle mich schlecht, weil ich so zickig zu ihr war. Das hat sie nicht verdient.«

»Sei nicht so hart zu dir selbst«, antwortete er. »Wir haben es mit außergewöhnlichen Umständen zu tun. Du stehst unter großem Stress. Ich bin sicher, sie versteht das.«

»Trotzdem«, sagte ich. »Das ist keine Entschuldigung dafür, so ein *kak* zu sein.«

»Sie kommt morgen vorbei, um nach uns zu sehen«, sagte Byron. »Dann können wir uns entschuldigen.«

»Okay«, sagte ich, fühlte mich etwas besser und schloss die Augen. Der Boden war hart unter den dünnen Kissen, und ich konnte Asha nicht aus meinen Gedanken verdrängen.

»Okay?«, fragte Byron.

»Okay«, sagte ich.

Ich glitt in einen oberflächlichen, unruhigen Schlaf, nur um von etwas geweckt zu werden, das meinen Fuß kitzelte. In meinem Traum war es eines der toten Kinder, das versuchte, mich aufzuwecken. Ich trat und stöhnte, als ich zu mir kam, und sorgte mich plötzlich, dass ich gerade Catnip getreten hatte. Ich schreckte hoch, bereit mich zu entschuldigen, aber selbst im Dunkeln konnte ich sehen, dass keine Katze dort war. Das Kitzeln hörte nicht auf. Auf meinem Fuß lag ein Schatten; ein Schatten mit vibrierenden Beinen.

Ich erstarrte und wollte weder um mich schlagen noch schreien oder irgendetwas tun, was das Wesen dazu bringen könnte, mich zu beißen oder zu stechen. »Byron.«

Er bewegte sich. Dunkelheit zuckte an den Wänden.

»Byron. Mach das Licht an.«

Er stöhnte und richtete sich auf, dann tastete er an den Flurwänden nach dem Lichtschalter, was die kriechenden Schatten noch mehr aufscheuchte. Er betätigte den Schalter und das Flurlicht überflutete den Raum zwischen uns, der von großen, haarigen Spinnen wimmelte.

In der Überzeugung, dass ich immer noch in meinem Albtraum gefangen war, schrie ich auf und versuchte, sie wegzutreten; versuchte, mich nach oben und aus meinem Traum herauszustrampeln, wie aus einem dunklen See. Die Spinnen rückten vor. Panik versetzte Byron in den vollen Kriegermodus, und er tötete so viele, wie er erreichen konnte. Ich schaffte es, aufzustehen. Innerlich immer noch schreiend, fegte ich die Spinnen von meinen Haaren, meinem Schlafanzug, meinen Füßen. Ich war barfuß und spürte, wie die weichen Körper unter mir gegen den Holzboden gequetscht wurden, als ich meinen Weg zu Tristans Zimmer machte und ihr Licht anknipste. Ich unterdrückte meinen Schrei. Ihr Zimmer und ihre Spielsachen waren voller Spinnen, und einige hatten es bis auf ihr Bett geschafft. Ich fegte sie panisch schluchzend weg und hob sie hoch. Ich beruhigte sie, während ich sie die Treppe hinauftrug und in unser Bett legte. Die Spinnen hatten ihren Weg die Treppe hinauf noch nicht gefunden. Ich zog Stiefel an und ging zurück, um die Jungs zu holen, die ich aufhob, ohne sie zu wecken. Byron hatte das Zertreten aufgegeben und einen Besen geholt. Er fegte die Spinnen in Richtung Küchentür, wo sie in den Garten flüchten konnten. Ich schnappte mir den Außenbesen und half ihm. Die Spinnen schienen mehr als froh zu sein, zu entkommen. Als wir sicher waren, dass jede einzelne, ob lebend oder tot, beseitigt worden war, fielen wir erschöpft zu Boden. Byron saß mit dem Kopf in den Händen, während ich in meine schluchzte. Ich hatte meinen Bruchpunkt erreicht.

*Wir werden das Haus niederbrennen*, dachte ich irrational. *Wir werden es niederbrennen und alles darin, und dann werden die Probleme verschwunden sein.*

# KAPITEL 35
# FRISCHES KARMESINROT

SIMONE

Wir standen auf, als die Sonne begann, die Fenster golden zu färben. Unsere Muskeln waren steif, unsere Gehirne nach dieser schrecklichen Nacht wie ausgebrannt. Nachdem ich nach den Kindern in unserem Bett im Obergeschoss gesehen hatte – alle schliefen tief und fest, trotz Scotts Gliedmaßen, die über seine Geschwister verteilt waren – begann ich, die restlichen toten Spinnen aufzufegen und einzusammeln, während Byron leise Kaffee kochte. Sein Gesicht war geschwollen und zerknittert, und wir hatten beide dunkle Ringe unter den Augen. Ich wusste nicht einmal, was ich sagen sollte.

»Wir werden heute nach einem Hotel suchen«, sagte er schließlich.

»Okay.« Wie wir den Hotelaufenthalt und die Hausreinigung bezahlen würden, war für mich noch immer ein Rätsel. Wenn ich nur härter gearbeitet, mehr gemalt und meine Werke besser vermarktet hätte, hätten wir mehr Erspartes auf der Bank.

»Es tut mir leid, dass ich nichts zu den Rechnungen beitragen kann«, sagte ich und spürte, wie Scham in meiner Brust brannte.

»Du trägst zu allem anderen bei«, antwortete Byron. »Überlass die Rechnungen mir.«

Ich lachte bitter. »Du meinst die Kinder und die Wäsche? Ich fühle mich wie eine Vintage-Hausfrau aus den 1950ern.«

»Du bist viel interessanter als das«, sagte er in gespieltem Ernst. »Du bist eine Vintage-Hausfrau *eines Spukhauses*.«

Ich boxte ihn in den Arm. »Mach keine Witze darüber. Ich habe zu viel Angst.«

Er holte tief Luft und richtete seine müden Augen auf mich. »Ich auch.«

ICH TRUG zwei schwarze Plastiktüten mit geschrumpften Spinnenkadavern zur Mülltonne vor der Küchentür und warf sie hinein. Ich konnte nicht anders, als mich zu fragen, wohin die überlebenden geflohen waren. Das Gewicht der Tüten versicherte mir, dass ich zwar im schlimmsten jemals gekauften Haus leben mochte, aber zumindest nicht verrückt wurde. Die Spinnen waren so real wie meine kribbelnde Haut.

Unsere hausgemachten Gremlinsbande kam in morgendlicher Benommenheit mit zerzausten Haaren und warmer Haut heruntermarschiert. Tristan beschwerte sich, dass ich sie zu fest umarmte, und Scott, dass ich ihn nicht fest genug umarmt hatte. Cameron schob mich ganz weg. »Du weißt, dass ich keine Umarmungen mag«, sagte er.

Ich legte meinen schlimmsten italienisch-russischen Akzent auf, den Cam hasste, und stapfte wie ein Zombie hinter ihm her, wobei ich »LASS MICH DICH LIEBEN« sagte, bis er für ein paar Kitzeleinheiten nachgab.

»Wo ist Asha?«, fragte Scott.

»Oh«, sagte ich und spürte wieder diesen Anflug von Schuld. »Sie ist nach Hause gegangen.«

»Ich hoffe, sie kommt zurück«, sagte er. »Das Haus ist sicherer, wenn sie hier ist.«

Ich machte Toast für alle, und wir saßen um die Kücheninsel herum, reichten Butter, Marmelade und Käse herum.

»Warum haben wir in eurem Bett geschlafen?«, fragte Cameron.

Byron und ich sahen uns an. Ich hatte irgendwo einmal gelesen, dass man, um eine überzeugende Lüge zu erzählen, so nah wie möglich an der Wahrheit bleiben sollte. »Papa und ich haben gestern Nacht eine Spinne gesehen. Im Flur. Also haben wir beschlossen, euch umzuquartieren, für den Fall, dass sie beißen könnte.«

Cameron verengte misstrauisch die Augen. »Warum habt ihr nicht die Spinne umquartiert?«

Ich lächelte ihn an.

Byron räusperte sich. »Noch Kaffee?«, fragte er.

NATHAN STEIGER SOLLTE MITTAGS EINTREFFEN. Ich packte genug Kleidung für einen dreitägigen Hotelaufenthalt ein und sprang dann unter die Dusche. Ich schloss die Augen und ließ das warme Wasser meine angespannten Muskeln entspannen. Ich legte den Kopf zurück und genoss das Gefühl des Wassers auf meiner Kopfhaut, dann öffnete ich die Augen, um nach dem Shampoo zu greifen.

Alles war rot.

Panik leerte mein Gehirn. War meine Kopfwunde offen? Hatte ich mich geschnitten? Hatte ich Blut in meinen Haaren? Nein, das Blut war überall. Es kam aus dem Duschkopf. Ich schrie und würgte, als ich merkte, dass das Wasser salzig und leicht metallisch schmeckte. Ich drückte den Hebel nach unten, um den Fluss zu stoppen, und würgte erneut, trat auf die Badematte und griff nach meinem Handtuch, wobei ich beides ruinierte. Ich wollte Byron rufen, wollte aber die Kinder nicht erschrecken. Blut tropfte überall auf den Boden, und als ich mich im Spiegel sah, hätte ich fast wieder geschrien. Ich versuchte den Wasserhahn am Waschbecken, und das Wasser war klar, also benutzte ich es, um mich in kleinen, unbeholfenen Handvoll abzuspülen, dann nahm ich ein frisches Handtuch, das ich rosa färbte. Es dauerte ewig, das Blut abzuwaschen, und als ich fertig war, saß ich am Bettrand und fühlte mich vor Nervosität fast katatonisch.

Als Byron mich fand, zog er scharf die Luft ein. Ich saß immer noch am Bettrand, nackt, kalt, mit leerem Kopf, unsicher, wie viel Zeit vergangen war. Er starrte auf das Blut am Boden und die Handtücher.

»Was zum-«

Ich blickte zu ihm auf und blinzelte. »Blut.«

»Das sehe ich«, sagte er. »Bist du verletzt?«

Ich schüttelte den Kopf. »Es kam aus der Dusche.«

Er schüttelte ungläubig den Kopf, dann ging er hin, um den Wasserhahn anzustoßen. Frisches Karmesinrot ergoss sich in einem Strom. Er drehte ihn ab und trocknete seine Hände, die mit Rot bespritzt worden waren. Er zog mich an und legte mich ins Bett. Wir wussten, dass wir ins Hotel mussten, aber ich war in keinem Zustand, irgendetwas zu tun, außer mich hinzulegen.

»Ruh dich aus«, sagte er. »Das Hotel kann warten.«

KAPITEL 36

# SIE IST NICHT SIE SELBST

SIMONE

»Ihr geht es nicht gut«, hörte ich Byron sagen. »Wir gehen heute nirgendwohin.«

Ich lag im Bett, starrte mit unbewegten Augen an die Decke. Es fühlte sich an, als hätten die vielen Traumata der letzten Tage mein Gehirn kurzgeschlossen.

»Aber Sie müssen«, erwiderte Steiger. »Es ist nicht sicher für Sie hier.«

»Sie kann kaum sprechen«, sagte Byron.

Ein Teil von mir widersprach ihm. Natürlich konnte ich sprechen. Es ging mir gut. Nur dass ich einfach dalag, bewegungslos wie eine Leiche.

»Herr Delport«, sagte der Mann. »Ich verstehe, dass sie nicht sie selbst ist. Jeder in ihrer Situation wäre traumatisiert. Ich glaube nicht, dass Sie den Ernst der Lage verstehen. Ihre Kinder sind in Gefahr.«

*Er hat Recht*, dachte ich. Wir mussten alles für die Kinder tun. Wir mussten raus. Ich würde aufstehen und wir könnten gehen. Meine Finger zuckten, aber mein Körper blieb reglos.

»Ich glaube nicht, dass *Sie* den Ernst des Zustands meiner Frau verste-

192

hen«, sagte Byron. »Diese Woche war die Hölle. Dieses Haus war die Hölle.«

»Umso mehr Grund auszuziehen und mich darum kümmern zu lassen. Dafür bezahlen Sie mich schließlich.«

»Sie haben die Anzahlung erhalten«, sagte Byron.

»Das habe ich.«

Ich wusste nicht, woher Byron das Geld hatte, aber es hörte auf, mich zu interessieren, als ich spürte, wie mein Geist davonschwebte und nur eine leere Hülle im Bett zurückließ.

~

Stunden später stand Byron mit einer Tasse Tee an meinem Bett.

»Fühlst du dich besser?«, fragte er. Die Koffer waren alle gepackt und bereit zum Mitnehmen.

Ich nickte, obwohl ich nicht sicher war, wie ich mich fühlte. Ich wusste nur, dass wir raus mussten.

»Kannst du laufen?«, fragte er.

»Ich weiß nicht.«

Byron half mir aufzusitzen. Er legte meinen Arm über seine Schulter, damit er mich stützen konnte, während wir die Treppe hinuntergingen, dann setzte er mich auf der Couch im Wohnzimmer ab.

»Mama!«, riefen die Kinder und kletterten über mich.

»Vorsichtig!«, rief Byron. »Eurer Mama geht es nicht gut.«

Ich genoss die Hände, die mich drückten und tätschelten. Es gab mir das Gefühl, mehr mit meinem Körper verbunden zu sein, im Gegensatz zu dem Gefühl, wieder davonzuschweben.

»Du hast so lange geschlafen«, beschwerte sich Scott. Ich schenkte ihm ein schwaches Lächeln.

Byron kam mit den Autoschlüsseln in der Hand zurück, nachdem er unsere Taschen ins Auto gebracht hatte. »Bereit zu gehen?«

»Wir können nicht gehen«, sagte Tristan. »Wir dürfen nicht.«

»Was meinst du?«, fragte Byron.

»Cassandra hat's gesagt.«

»Cassandra ist das Mädchen in Tristans Zimmer«, sagte Scott.

Es schien Elektrizität in der Luft zu liegen. Ich ertappte mich dabei, wie ich den Atem anhielt. Ich wandte mich an Scott. »Du siehst sie auch?«

Er nickte. »Ähm, ja. Catnip auch.«

Tristan meldete sich zu Wort: »Cassandra liebt Catnip.«

Byron starrte unsere vierjährige Tochter an. »Ist das deine Freundin, die unter deinem Bett schläft?«

»Ja. Sie ist eines der Kinder, die hier wohnen«, sagte sie. »Sie ist diejenige, die immer Bunny genommen hat. Sie hat Bunny dieses eine Mal vergraben.«

»Die Kinder, die früher hier gelebt haben?«, fragte ich. Es schien, als würde mein Gehirn wieder funktionieren.

»Ich habe ihr gesagt, sie soll AUFHÖREN, Bunny zu nehmen. Jetzt sind wir Freunde.«

»War Cassandra diejenige, die Scott aus dem Fenster klettern ließ?«

»Nein«, sagte sie, den Kopf schüttelnd und dann eine Haarsträhne von ihren Lippen wegbewegend. »Das war Henry.«

»Die Kinder haben Namen«, sagte ich. Ich schluckte schwer. »Wie viele gibt es? Wie viele Kinder?«

»Viele«, sagte Tristan.

Scott verzog das Gesicht. »Zu viele.«

»Henry ist der Boss«, sagte Tristan. »Er ist immer wütend.«

»Warum wollen sie euch verletzen?«, fragte ich.

»Sie wollen uns nicht verletzen«, antwortete Scott.

»Scott!«, rief ich. »Er hat dich aus dem Fenster klettern lassen. Du wärst fast gestorben!«

Er nickte. »Stimmt, guter Punkt.«

Die Ouija-Kommunikation hatte die Gefahr deutlich gemacht. »Ihr dürft ihnen nicht trauen«, sagte ich. »Habt ihr mich gehört?«

Sie stimmten nur zögernd zu. Viel zu zögernd. Ich biss die Zähne zusammen. »Habt ihr mich gehört?«

»Ja, Mama«, sagten die Jungs.

»Tristan«, sagte ich, der Kiefer vor Anspannung wie zugedrahtet.

Ihre haselnussbraunen Augen waren weit geöffnet und klar. »Ja, Mama.«

»Gut«, sagte Byron. »Dann lasst uns ins Auto steigen.«

»Nein!«, schrie Tristan. »Ich habe es euch gesagt, wir dürfen nicht gehen!«

»Tristan«, sagte ich. »Du bist vier Jahre alt und ich bin deine Mutter.«

»Ich bin viereinhalb!«, schrie sie zurück.

»TRISTAN. Ich sage dir, dass wir in dieses Auto steigen werden.«

»Nein!«, rief sie, und Tränen traten in ihre Augen. Ich spürte, wie die wenige Energie, die ich hatte, entwich, in Erwartung eines Streits mit einem eigensinnigen Vorschulkind, besonders mit *meinem* eigensinnigen Vorschulkind. Ich lehnte mich zurück und schloss die Augen.

»Cassandra hat gesagt, wir müssen bleiben«, sagte sie, ihr Gesicht vor Emotionen gerötet. »Wir müssen bleiben, sonst werden Menschen sterben.«

»Wer wird sterben?«, forderte ich, wieder an die Ouija-Botschaft denkend.

*Verletze die Kinder.*

*Töte die Kinder.*

»Die Kinder!«, schrie Tristan und begann zu weinen.

Ich dachte an Scott auf dem Fensterbrett. Ich dachte an die Spinnen auf Tristans Haut. Sie sah so verzweifelt aus, dass ich nicht mehr mit ihr streiten konnte. Auch meine Augen füllten sich mit Tränen, und ich streckte die Arme nach ihr aus. Sie stürmte sofort in meine Arme, suchte Trost. Ich schaute zu Byron auf, der den Kopf schüttelte und zur Decke blickte.

»Ich weiß nicht, was ich tun soll«, sagte ich und wiegte meine kleine Tochter.

»Ich auch nicht«, antwortete er.

Wir überbrachten dem Geisterjäger die Nachricht, dass wir bleiben würden.

»Seien Sie nicht lächerlich«, sagte Nathan Steiger. Er trug seine volle Ausrüstung und hatte sein Spezialradar draußen, bereit, das Haus zu durchkämmen. »Sie müssen gehen.«

Mein Mund fiel auf. Der Mann war am Tag zuvor so höflich gewesen. Es war, als hätte er die Maske gewechselt. »Entschuldigen Sie? Das ist unser Haus.«

»Nicht mehr«, schnauzte er und versuchte, sich auf den piependen Bildschirm seines Geräts zu konzentrieren.

Byron machte einen Schritt auf ihn zu. »Was?«

»Es ist nicht Ihr Haus«, sagte der Geisterjäger. »Es wird nicht Ihres sein, bis Sie die paranormale Energie loswerden, die in jedem Teil dieses Gebäudes eingebettet ist.«

»Einer der ... Geister«, sagte ich, über das Wort stolpernd, das ich nicht gewohnt war, laut auszusprechen. »Eines der Geisterkinder hat meiner Tochter gesagt, dass wenn wir gehen, dann würden Menschen sterben.«

»Und Sie glauben der Fantasie einer Vierjährigen?«

»Sie ist viereinhalb«, sagte ich. »Und ja, ich glaube ihr.«

»Sie werden um uns herum arbeiten müssen«, sagte Byron. »Wir werden Ihnen nicht im Weg stehen.«

Unser Plan war, Snacks zu packen, eine Deckenfort in unserem Schlafzimmer zu bauen und dort zu bleiben, so lange es nötig war.

»Jetzt habe ich alles gehört«, sagte Steiger und schüttelte den Kopf, während er wegging.

»Oh«, sagte ich laut, als ob ich mich gerade erinnern würde. »Asha Rook wird heute vorbeikommen.«

Steiger drehte sich um und starrte mich an. »Ich brauche keine weiteren Ablenkungen. Sagen Sie ihr, sie soll wegbleiben.«

Ich starrte zurück. »Wie ich sagte, Asha Rook wird heute vorbeikommen.«

Ich schickte sofort eine Nachricht an Asha, entschuldigte mich für den Tag zuvor und fragte, ob sie immer noch vorhatte, uns zu besuchen. Sie antwortete nicht.

»Wie bist du an das Geld gekommen?«, fragte ich Byron.

»Mach dir keine Sorgen«, sagte er. »Es ist erledigt.«

Angst nagte an mir. »Noch ein Kredit?«, fragte ich.

Er schüttelte den Kopf. »Nein. Obwohl ich es versucht habe.«

»Erzähl es mir«, drängte ich.

Er seufzte. »Ich werde sie zurückkaufen, sobald wir wieder einen besseren Cashflow haben. Ich habe dem Pfandhaus gesagt, sie für mich aufzubewahren.«

»Was?«, fragte ich.

»Die Diamantohrringe meiner Mutter«, sagte er.

»Ach, Byron«, sagte ich und legte die Hand aufs Herz. Byrons Mutter war vor einigen Jahren gestorben, und er hatte geplant, die Ohrringe an Tristans 21. Geburtstag zu verschenken. »Wir werden sie zurückbekommen.«

»Ja«, sagte er, aber ich hörte die Unsicherheit in seiner Stimme. Er schüttelte wieder den Kopf. »Es spielt keine Rolle. Nichts ist wichtiger, als dich und die Kinder in Sicherheit zu wissen.«

Wir umarmten uns eine Weile.

»Wo wir gerade davon sprechen, wann ist der Geisterjäger so ein Arsch geworden?«

Er lachte. »Als er die Anzahlung bekommen hat. Aber hoffentlich hindert ihn sein Arschlochverhalten nicht daran, das Problem zu lösen.«

»Hmm«, sagte ich. Ich war am Tag zuvor so von ihm eingenommen gewesen. Ich war so verletzlich und verzweifelt gewesen. Seine gebleichten Zähne hätten ein Warnsignal sein sollen. Wer hatte so weiße Zähne? Jemand, der etwas zu verbergen hatte. Ich begann, Snacks für die Deckenfort zu packen. Es würde ein langer Tag werden.

# KAPITEL 37

# ROSA KNOCHEN

ASHA

Simone Delports Nachricht pingte auf meinem Handy.

*Es tut mir schrecklich leid wegen meines Verhaltens gestern. Es war unhöflich und unnötig, besonders nach der Freundlichkeit, die Sie uns gezeigt haben. Bitte verzeihen Sie mir. Ich fürchte um meine Kinder. Würden Sie bitte heute wiederkommen?*

Die Nachricht war reuevoll genug, um ihr leicht zu verzeihen. Schließlich versuchte sie, ihre Familie zu beschützen. Der Geisterjäger hatte Simone Hoffnung gebracht; ich hatte ihr ein antikes Ouija-Brett und Todesdrohungen gebracht. Außerdem sollte man niemals die Macht eines von 80er-Jahre-Filmen inspirierten Cosplay-Kostüms unterschätzen.

Ich fühlte mich immer noch unruhig, nachdem ich am Vorabend dieses schreckliche Märchen gelesen hatte. Warum hatte Abarim Direktorin Copperfield ein so grauenhaftes Buch zum Lesen gegeben? Ich konnte keine Verbindung zum Fall der vermissten Mädchen erkennen, außer dem Titel. Kein Wunder, dass es eine »verlorene« Geschichte war... Ich war mir sicher, dass es Kindern Albträume bescherte und schnell in die hinterste Ecke des Regals verbannt wurde.

Es ließ mich wieder an die Delport-Kinder denken und ich beschleunigte meinen Schritt. Für eine kinderlose, alte Jungfer von einer Hexe machte ich mir erstaunlich viele Sorgen um Kinder.

Ich kramte erneut mein Buch der Schatten hervor und vertiefte mich darin, auf der Suche nach einem besseren Weg, mit dem Geist zu kommunizieren. Falls er den Kindern schaden wollte, musste ich herausfinden, warum.

~

ALS ICH AM Haus der Delports ankam, war es unheimlich still. Da ich meine erste elektrisierende Erfahrung mit der Türklingel nicht wiederholen wollte, rief ich laut. Ich sah eine Bewegung im Garten und strengte mich an zu sehen. Eine wunderschöne Katze schlich den Weg entlang auf mich zu.

»Hallo, Eure Majestät«, sagte ich. Sie schlüpfte durch den Spalt zwischen der Mauer und dem Tor wie ein Seidenfaden durch ein Nadelöhr, und ich kniete mich hin, um sie zu streicheln. Sie war eine dunkel marmorierte Tigerkatze, so süß und weich. Wir teilten einen Moment gegenseitiger Glückseligkeit, dann schaute ich auf und erschrak.

Scott stand hinter dem Tor und beobachtete uns.

»Hades!«, sagte ich, nachdem ich nach Luft geschnappt hatte. »Du hast mir solch einen Schrecken eingejagt.«

Sein Gesichtsausdruck veränderte sich nicht. Er starrte mich an, als wäre ich ein recht interessant aussehender Stein.

»Scott«, sagte ich. »Ist alles in Ordnung bei dir?«

Ich hockte immer noch da, mit meiner Hand auf dem Rücken der Katze. Sie drehte sich zu Scott um und fauchte ihn an, was mich überraschte. Sie hatte so zahm und freundlich gewirkt. Als ich wieder zu Scott aufblickte, schmolz sein Gesicht.

Ich sprang auf. »Scott?«

Ich beobachtete entsetzt, wie die Haut von seinem Schädel zu rutschen begann. Ich trat kräftig gegen die Türklingel und ließ sie so lange läuten, wie ich den Strom ertragen konnte. Ich konnte den rosa Knochen des Jungen-Skeletts sehen, während sein Fleisch wegschmolz, als ob er sich im Pfad einer heftigen, nach unten gerichteten Strahlungswelle befände. Er beobachtete mich, bis seine Augäpfel anfingen, seine Wangen hinunterzulaufen.

»Simone!«, rief ich. »Byron! Byron! Simone!«

Natürlich hätte ich zu diesem Zeitpunkt erkennen sollen, dass es eine Illusion war. Sechsjährige haben nicht die Angewohnheit, einfach in den Boden zu schmelzen. Ich sah, wie ein Vorhang zur Seite gezogen wurde, und dann rannte Byron heraus, gefolgt vom Rest der Familie, einschließlich eines sehr gesund aussehenden Scott. Als ich zurück zum Skelett blickte, war es nichts weiter als grauer Nebel.

Nein, kein grauer Nebel.

Es war ein schwacher Geist.

Ein Junge.

Seine Lippen bewegten sich, aber ich konnte nicht hören, was er sagte. Es war ein Wort. Ich versuchte, von seinen Lippen zu lesen, aber er verblasste.

*Hilfe*, sagte er. *Hilfe.*

»Warte!«, rief ich ihm zu, aber der Dunst verschwand.

# KAPITEL 38
# HENRY

ASHA

Byron näherte sich mir, als wäre ich ziemlich verrückt, und zögerte, das Tor aufzuschließen.

»Ich habe gerade einen Geist gesehen«, sagte ich und hielt mir die Brust. Ich beschloss, den ekligen Teil, in dem Scott schmolz, wegzulassen. »Einen kleinen toten Jungen.«

Simone nickte und schritt vorwärts. »Ja«, sagte sie. »Das ist Henry.«

»Durchdringender Blick«, sagte ich. »Blass. Schlechte Zähne.« Ich fragte mich, ob ich gerade jeden Geist beschrieben hatte, der je existiert hatte.

Simone nickte. »Genau der.« Sie stieß Byron mit dem Ellbogen an, der aus seiner Starre erwachte und mich einließ. Die Katze trottete mit mir mit.

»Catnip!«, rief Cameron. »Ich habe dich gesucht.« Er ließ sich auf die Knie fallen, und sie lief zu ihm, begierig auf mehr Zuneigung. Scott und Tristan lächelten mich schüchtern an.

»Gut«, sagte ich, nahm einen beruhigenden Atemzug und richtete meinen Umhang. »Ich bin hier, um zu helfen.«

Die Delports schickten widerwillig die Kinder zum Spielen nach draußen und erzählten mir mit gedämpfter Stimme vom Spinnen-Albtraum und vom Blutdusche-Trauma.

»Ihr müsst hier raus«, sagte ich und fragte mich, warum um alles in der Welt sie noch hier waren.

»Wir können nicht«, sagte Simone. »Das Haus hat den Kindern gesagt, dass jemand sterben würde, wenn wir gehen.«

Ich verschränkte die Arme. »Und wenn ihr bleibt?«

*Sterbt ihr alle?* Wollte ich sagen, aber ich hielt meine Zunge im Zaum. Ich wollte sie nicht verärgern.

»Nathan will uns in einem Hotel unterbringen«, sagte Byron. »Aber die Kinder bestehen darauf, dass wir bleiben.«

Simone schenkte mir ein schiefes Lächeln. »Wir haben einen Kompromiss geschlossen und eine Deckenfort in unserem Zimmer gebaut.«

Ich bemerkte den ausgeklügelten Rucksack des Geisterjägers, der in der Ecke an der Wand lehnte. »Wo ist Steiger?«

Simone gestikulierte vage zur anderen Seite des Hauses. »Er läuft mit seinem Radardings herum. Er redet nur über seine High-Tech-Gadgets und Messungen, aber bisher hat er überhaupt nicht geholfen.«

Nathan wählte genau diesen Moment, um hinter den Delports aufzutauchen.

»Hallo, Steiger«, sagte ich.

Simone errötete, und sie drehten sich zu ihm um. Er schenkte eines seiner breiten, oberflächlichen Lächeln.

»Hallo, Hexe«, sagte er gedehnt. »Immer eine Freude.«

Ich erwiderte seinen falschen Gesichtsausdruck mit Zähnen und fügte zur Sicherheit noch etwas Wimpernklimpern hinzu. »Immer.«

Wir standen in einer unangenehmen Stille.

»Ich habe Henry gesehen«, sagte ich. »Den toten Jungen. Die Katze hat ihn auch gesehen.«

»Sie werden immer dreister«, sagte Steiger. »Ihr müsst alle ausziehen und mich meine Arbeit machen lassen.«

Ich blieb standhaft. »Der Geisterjunge – Henry – sagte, er braucht Hilfe.«

Steiger lachte freudlos auf. »Das ist ein Trick! Wissen Sie denn nicht, dass die Geisterwelt alles tun wird, um ihren Willen durchzusetzen? Wissen Sie, wie gefährlich sie werden, wenn sie ihren Willen nicht bekommen? Wissen Sie *überhaupt etwas* über das Reich der Phantome?« Er rümpfte die Nase. »Was machen Sie eigentlich hier?«

Das war eine gute Frage.

»Meine Hohepriesterin hat mich geschickt«, sagte ich.

Der Geisterjäger höhnte. »Und Sie sind auf Ihrem Besen – ich meine, *Roller* – mit einem antiken Gesellschaftsspiel und leeren Versprechungen angekommen.«

Es klang ziemlich lahm, wenn er es so ausdrückte, besonders im Vergleich zu den High-Tech-Werkzeugen, die er trug.

»Hören Sie«, sagte er und sprach mich an. »Wenn Sie helfen wollen, wie wäre es, wenn Sie die Kinder davon überzeugen, dass das Haus sie nicht hier haben will? Sagen Sie ihnen, dass sie sicherer sein werden – und ihre Eltern auch – wenn sie ausziehen, damit ich meine Arbeit machen kann.«

Die Anmaßung des Mannes machte mich wütend. *Was kommt als Nächstes? Soll ich ihm ein Sandwich machen?* Aber ich musste ihm zustimmen, dass die Familie woanders bleiben sollte, während wir das Haus reinigten.

Ich wandte mich an die Delports. »Glauben Sie mir, ich hasse es, das zu sagen, aber ich glaube, Steiger hat Recht. Es ist einfach zu gefährlich hier. Wenn es meine Kinder wären –«

Ich musste den Satz nicht beenden. Simone und Byron sahen sich mit übereinstimmender Körpersprache an: geschwollene Augen, eingefallene Wangen, Schultern vor Erschöpfung gebeugt. Sie schüttelten entmutigt die Köpfe.

»Gut«, sagte Simone. »Ich schätze, ihr wisst, wovon ihr redet.«

Steiger sah erleichtert aus.

»Ich rede mit den Kindern«, sagte ich.

Ich ging in den Garten, während Simone und Byron das Auto fertig beluden. Ich musste den gegrabenen Löchern ausweichen. Die Kinder saßen auf dem Trampolin, streichelten Catnip und sprachen leise miteinander.

»Hallo nochmal«, sagte ich.

Sie schauten zu mir auf. »Hallo!«

»Bist du wirklich eine Hexe?«, fragte Tristan.

»Was denkst du?«, antwortete ich.

Sie dachte eine Weile nach. »Ich dachte, Hexen gibt es nur in Geschichten.«

»Die ganze Welt ist eine Bühne«, sagte ich, »und alle Männer und Frauen bloß Spieler.«

Sie verzog ihr Gesicht.

»Das hat Shakespeare geschrieben«, sagte ich.

Scott setzte sich kerzengerade hin. »Kannte Shakespeare irgendwelche Hexen?«

»Nun«, antwortete ich nachdenklich, »er hat auf jeden Fall über sie geschrieben. Nicht sehr nette, die schreckliche Tränke herstellten.«

»Wir stellen manchmal Tränke her«, sagte Scott.

»Und Feentee und Feensuppe«, sagte Tristan.

»Glückliche Feen«, sagte ich. »Was für Tränke stellst du her, Scott?«

»Oh, du weißt schon«, sagte er achselzuckend. »Blätter und Sand und sowas. Unkraut. Einen Hühnerknochen.«

»Das hört sich nach einem guten Anfang an. Ich stelle auch Tränke zu Hause her.«

»Was für Tränke?«, fragte Cameron.

»Alle möglichen. Heiltränke, Schlaftränke, Glamours.«

»Was ist ein Glamour?«, fragte er.

»Es ist wie eine Maske«, antwortete ich. »Aber für deinen ganzen Körper. Es verwandelt dich in jemand anderen.«

»Warum?«, fragte Tristan.

»Das ist praktisch«, sagte ich. »Bei der Art von Arbeit, die ich mache.«

»Deine Geisterjäger-Arbeit«, sagte Scott.

Ich lachte. »Nein. Ich bin keine Geisterjägerin. Ich...«

Nun, ich konnte ihnen schlecht sagen, dass ich eine Vigilanten-Attentäterin unter dem Deckmantel einer grünen Tränkemeisterin-Detektiv-Hexe war. »Ich bin einfach eine Hexe«, lächelte ich.

»Wirst du den Kindern helfen?«, fragte Scott.

»Den Geisterkindern? Ja, ich werde es versuchen. Aber ich brauche eure Hilfe.«

Sie alle nickten mir mit großen Augen zu.

»Ich brauche euch, um mit euren Eltern für ein paar Tage ins Hotel zu gehen, damit wir dieses Haus in Ordnung bringen können. Ich werde den Kindern helfen, weiterzuziehen.«

Sie schüttelten synchron die Köpfe, als wären sie alle kitschige Wackeldackel auf einem Armaturenbrett.

»Nein«, sagte Tristan. »Wir können nicht. Sie haben uns gesagt, dass wir nicht gehen können.«

»Warum nicht?«

»Cassandra hat gesagt, wir müssen bleiben, oder Menschen werden sterben.«

»Cassandra ist eines der Geisterkinder?«

»Ja«, sagte Tristan.

»Okay«, sagte ich. »Wie viele Geisterkinder gibt es?

»Viele«, sagte Cameron. »Vielleicht zwölf.«

»Wie sind sie gestorben?«, fragte ich.

»Sie reden nicht viel«, sagte Scott. »Oder vielleicht können sie es, aber wir können sie nicht hören. Wir spüren sie einfach.«

Ich erinnerte mich an Henry am Tor, wie er *Hilfe* formte.

»Was, wenn ich sage, dass es für euch am sichersten ist, für eine Weile auszuziehen, und dass ich den Kindern helfen werde und niemand sterben wird?«

Tristan sah mich mit runden, klaren Augen an. »Dann würde ich sagen, dass du falsch liegst.«

KAPITEL 39

# EIN LEBEN FÜR EIN LEBEN

ASHA

Irgendwann konnte ich die Kinder davon überzeugen, dass sie und ihre Eltern woanders sicherer wären. Es war kein leichter Sieg. Simone packte noch ein paar Sachen in letzter Minute ein, darunter ein Spielzeugkaninchen, das eindeutig bessere Tage gesehen hatte, und sie schnallten die Kinder im bescheidenen Familienauto an.

»Die werden uns nicht gehen lassen«, sagte Tristan.

»Unsinn«, schnappte Simone. Es war das erste Mal, dass ich sie in einem weniger liebevollen Ton mit ihren Kindern sprechen hörte. Ich sah, dass ihr Kiefer angespannt war, und meiner fühlte sich genauso an. Ich stand in ihrer Garage und wartete darauf, sie zu verabschieden.

Cameron fing an zu weinen. Er versuchte, seine Tränen zu verbergen, indem er aus dem Fenster schaute, aber wir alle hörten ihn schniefen.

Byron drehte sich zu ihm um. »Was ist los, Junge?«

»Ich will Catnip mitnehmen«, sagte er. »Wir können sie nicht einfach hier lassen.«

»Das Hotel erlaubt keine Haustiere«, sagte sein Vater. »Und sie hat sich hier gerade erst eingewöhnt. Es ist wahrscheinlich das Beste für alle, wenn sie bleibt.«

Es war offensichtlich, dass niemand das glaubte. Wer wusste schon, was mit einer Katze in einem Spukhaus passieren könnte?

»Ich werde gut auf Catnip aufpassen«, sagte ich. »Ich liebe Katzen. Ich habe zwei zu Hause. Ich werde sie verwöhnen.«

Cameron schien teilweise besänftigt, aber Scott fing an zu weinen, was Tristan ansteckte.

»Arme Catnip«, schluchzte sie. »Jemand wird sterben.«

Das war der letzte Tropfen für Cameron, der so lange auf seinen Sicherheitsgurtknopf schlug, bis er frei war. Er riss die Autotür auf und kletterte aus dem Wagen.

»Ihr fahrt«, sagte er. »Ich bleibe hier und passe auf Catnip auf.«

»Gütiger Himmel«, sagte Simone mit der Hand an der Stirn.

»Steig wieder ins Auto, Cameron«, sagte Byron. Sein Ton implizierte eine Warnung: *sonst gibt's was.*

Cameron schüttelte den Kopf, seine Augen glänzten vor Tränen. »Nein. Ich bleibe hier.«

»Du bist acht Jahre alt«, sagte Simone. »Du bleibst nicht hier. Du kommst mit uns.«

»Nein!«, schrie er und rannte aus der Garage.

Simone seufzte, als hätte sich gerade ein riesiger Felsbrocken auf ihre Brust gelegt.

»Soll ich mit ihm reden?«, fragte ich.

»Nein«, sagte Simone und riss ihre eigene Tür auf. »Das mache ich.«

Die anderen Kinder weinten leise auf der Rückbank, während Byron und ich uns ansahen. Nach ein paar Minuten kam Simone zurück und schleifte einen sehr unglücklichen Jungen hinter sich her. Sie setzte ihn wieder auf den Rücksitz und schnallte seinen Gurt an, dann kehrte sie zu ihrem Sitz zurück.

»So«, sagte sie. »Lass uns fahren.«

Die kleineren Kinder weinten lauter. Als er auf die Fernbedienung drückte, um das Garagentor zu öffnen, passierte nichts.

»Versuch es noch mal«, sagte Simone.

»Habe ich«, sagte er. »Dreimal.«

Er hielt die Fernbedienung vor seine Augen, um sie zu inspizieren, dann schlug er ein paarmal darauf. Als er es erneut versuchte, bewegte sich das Tor nicht.

Simone sprang wieder aus dem Auto und drückte den Knopf an der Wand. Nichts geschah. Byron versuchte, den Wagen zu starten, aber die Batterie war leer. Die Garagenlichter flackerten.

»Es versucht, uns hier zu behalten«, sagte sie mit unheilvoller Stimme.

Das flackernde Licht auf ihrem blassen Gesicht ließ sie bedrohlich aussehen.

»Kann man das Tor manuell öffnen?«, fragte ich.

Byron schüttelte den Kopf. »Die manuelle Steuerung ist verriegelt, und der Vorbesitzer hat keinen Schlüssel hinterlassen.«

Simone seufzte wieder, als läge ein Felsbrocken auf ihrer Brust, und begann, das Auto auszupacken, angefangen bei den Kindern.

Ich überprüfte den Sicherungskasten, fand aber nichts Ungewöhnliches. Dann folgte ich einigen Kabeln und sah Korrosion. Ich zeigte es Byron, der die Stirn runzelte.

»Ich rufe einen Uber«, sagte er.

Ich half ihm, die Taschen zum Vordertor zu tragen, wo ich zuvor Henry gesehen hatte.

»Das ist seltsam«, sagte er. »Meine Uber-App funktioniert nicht. Kein Signal.«

Ich zog mein Handy heraus. »Ich habe auch kein Signal.«

»Okay«, sagte er und seufzte tief. »Trinken wir eine Tasse Tee und versuchen es später noch einmal.«

Die Kinder schienen erleichtert zu sein, zu Hause bleiben zu können. Sie rannten zurück in ihre Zimmer, um Spielzeug zu holen, und dann in die TV-Lounge, wo sie auf einem iPad begannen, *Spongebob Schwammkopf* zu schauen. Byron füllte den Wasserkocher und holte eine Teekanne und vier Becher heraus. Ihn in der Küche zu sehen, erinnerte mich an Sam, und ich spürte sofort einen Anflug von Zuneigung für den Polizisten. Ich hatte ihn nicht mehr gesehen, seit wir im Copper Cog zu Mittag gegessen hatten, also machte ich mir eine gedankliche Notiz, ihm eine Nachricht zu schicken. Byron legte Chocolate-Chip-Cookies und Erdbeerwaffeln aus.

»Ich kann nichts dafür«, sagte er verschwörerisch zu mir. »Ich bin ein Stressesser.«

Ich nahm eine Waffel. »Wenn es jemals eine Zeit gab, Kohlenhydrate zu essen ... dann ist es wahrscheinlich jetzt.«

Wir waren einen Moment still, dann sprach Byron. »Glaubst du, es stimmt? Dass jemand sterben wird, wenn wir gehen?«

Ich zuckte mit den Schultern. »Keine Ahnung. Aber wer weiß, wie viele Leute sterben werden, wenn ihr bleibt?«

»Was, wenn es unsere Bestimmung ist?«, sagte er. »Zu sterben, meine ich.«

»Dann werdet ihr sterben«, antwortete ich. »Egal, wo ihr seid.«

»Wie ist es?«, fragte er.

»Zu sterben? Ich weiß es nicht. Ich kann mich nicht erinnern.«

»Du hast Simones Stirn geheilt und dann ihre Hand. Kannst du jemanden ins Leben zurückbringen?«

Ich nickte. »Ich kann, aber es lohnt sich nicht für den Preis.«

»Was ist der Preis?«

»Ein Leben für ein Leben.«

Wir tranken den Rest unseres Tees schweigend.

# KAPITEL 40

# ELFISCH

ASHA

Simone stürmte herein. »Uber?«, fragte sie mit hochgezogenen Augenbrauen.

Byron reichte ihr einen Becher Tee. »Wir versuchen es. Bisher kein Glück.«

Sie wirkte resigniert und lehnte sich gegen die Kücheninsel. »Wir bleiben hier, oder?«

Byron zuckte mit den Schultern. »Sieht ganz danach aus.«

»Steiger wird nicht begeistert sein«, sagte ich und blickte auf seinen Rucksack, der immer noch in der Ecke an der Wand lehnte. »Wo ist er überhaupt?«

»Ich habe ihn in unserem Schlafzimmer gesehen«, sagte Simone. »Er benutzt dieses verdammte piepende Ding, das aussieht wie ein Rasentrimmer aus *Star Wars*.«

Trotz der Umstände kicherte Byron.

Ich hielt meinen leeren Becher an meine Brust und genoss die letzte Wärme in meiner Handfläche. »Ich weiß, dass ihr beide eine Höllenwoche hinter euch habt«, sagte ich. »Aber ihr müsst euch auch daran erinnern, was ihr alles habt.«

Beide schauten mich fragend an.

»Ihr habt eine solide, liebevolle Beziehung«, sagte ich. »Und ihr habt drei wunderbare Kinder.«

»Die sind nur manchmal wunderbar«, sagte Byron.

»Und eine Katze«, fügte Simone hinzu. »Wir haben eine Katze.«

»Und eine Katze«, sagte ich. »Und ihr habt euren Humor noch nicht völlig verloren.«

»Noch nicht«, sagte Byron.

»Also würde ich das als eindeutigen Sieg werten«, sagte ich. »Ihr habt mehr Glück als die meisten Menschen, die ich kenne.«

»Abgesehen von der ganzen Poltergeist-Sache«, sagte Byron. »Und dem unheimlichen Spielzeug, das in unserem Garten vergraben ist. Und, na ja, dem Blut in unserer Dusche.«

»Ja«, lächelte ich. »Abgesehen davon.«

Ich spülte den Becher aus und stellte ihn umgedreht auf das Abtropfgestell, dann hob ich Steigers Rucksack vom Boden auf die Küchentheke.

»Was machst du da?«, flüsterte Simone.

Auch Byron sah besorgt aus. »Du solltest das wahrscheinlich nicht anfassen.«

»Sorgfaltspflicht«, sagte ich, »das mache ich. Das hätte ich tun sollen, sobald Steiger ankam.«

Wir alle starrten auf die riesige Tasche auf der Granitplatte. Ich wusste, dass es etwas zu finden gab, aber ich war nicht sicher, ob ich es finden würde. Ich versuchte, den Hauptverschluss zu öffnen, aber er klemmte.

»Er hat irgendeine Art Sicherheitszauber darauf gelegt«, sagte ich. Mir war nicht bewusst gewesen, dass Nathan Steiger begabt war. Das war nicht aufgefallen. Obwohl, wenn ich darüber nachdachte, sah er aus, als hätte er etwas Elfenblut in sich, was völlig Sinn ergab. Ich hatte noch nie einen Elfen getroffen, dem etwas wichtiger war als er selbst und – mit viel Wohlwollen – seine Familie. Wie Ferra gerne sagte: Es gibt einen Grund, warum Egoismus so viel mit Elfentum zu tun hat. Manchmal vergisst sie die Betonung auf "Ego" völlig: Wenn eines ihrer mehr als zwölf Kinder mehr als seinen gerechten Anteil fordert, schlägt sie mit ihren Kupfertöpfen herum und schreit: »Hör auf, so elfisch zu sein!«

Ja, es machte Sinn, dass Nathan Steiger etwas Elfenblut hatte. Das gute Aussehen, die Größe, das teure Auto. Das Einzige, was mir seltsam vorkam, war, dass er für seinen Lebensunterhalt arbeitete. Die meisten Elfen waren Treuhandfondskinder, die keinen Tag in ihrem Leben arbeiten mussten. Wenn sie arbeiteten, war es normalerweise etwas Gut-Bezahltes und Bequemes – nicht im Dienstleistungssektor, und schon gar nicht, indem sie ihr Leben riskierten, um Geister zu vertreiben. Irgendetwas an Nathan Steiger ging einfach nicht auf.

Ich versuchte es noch einmal mit den Verschlüssen, und dieses Mal gaben sie mir einen kleinen Schock, um mich zu warnen. Ich erinnerte mich an die Türklingel. Hatte er auch darauf einen Zauber gelegt?

Ich machte meinen Zauberstab los. »*Rumpis Protendo*«, sagte ich. *Brich den Schutz.*

Ein kleiner Lichtfunke wanderte von der Spitze meines Zauberstabes zu dem widerspenstigen Plastikclip, löste den Zauber des Elfen auf, und ich konnte ihn öffnen.

»Ich bin nicht sicher, ob du das tun solltest«, sagte Simone und sah sich nach dem drohenden Schatten des Geisterjägers um. Trotz ihrer offensichtlichen Bedenken spähte sie begierig in die Tasche, um zu sehen, was wir finden könnten.

Ich steckte meine Hand in die Öffnung. Ich hoffte, es war keine Falle – Elfen sind hinterlistig. Einmal war ich von einem Skorpion gestochen worden, weil ich nach dem Brechen eines einfachen Schutzzaubers zu voreilig war, nur um von einer burgunderroten *scorpio*-Beschwörung mit einem doppelt gelenkigen Schwanz durchbohrt zu werden. Glücklicherweise war Steiger nicht so schlau – oder paranoid – und es gab keine weiteren Fallen in seiner Magie. Ich ergriff etwas Fremdartiges und zog es heraus, und wir alle starrten es an.

»Scheißkerl«, sagte Simone.

# KAPITEL 41
# FANGTASTIC



Nathan Steiger würde es noch bereuen, dass er weder besonders schlau noch paranoid genug war, denn was wir aus seiner Tasche zogen, machte Simone so wütend, dass ihre blassen Finger zu pulsieren begannen, als wäre sie bereit, den Mann zu erwürgen.

Wir hatten vielleicht erwartet, eines seiner hochentwickelten technischen Geräte zu sehen, aber stattdessen war es eine leere Plastiktüte, die mit rotem Pulver befleckt war. Auf dem Aufkleber stand BULK BLOOD von Fangtastic – dem beliebten Online-Shop für Cosplay und Verkleidungen.

»Ich habe mich schon gefragt, warum nur das Duschwasser rot war«, sagte sie. »Er muss es in den Duschkopf in unserem Schlafzimmer getan haben.«

Ich beschloss, die Vorsicht über Bord zu werfen und den gesamten Inhalt der Tasche auf die Granitplatte zu kippen. Da waren tatsächlich viele Geräte, aber wir fanden auch Drahtschneider und Zangen, die die flackernden Lichter erklärten – sein erster Versuch, die Familie zu manipulieren, damit sie seine Dienste in Anspruch nehmen würden – und sobald er eingezogen war, hatte er leichten Zugang, um weitere Streiche zu spielen. Es gab eine Quittung aus einer Zoohandlung für eine absurde Anzahl von Spinnen.

Byrons Gesicht lief vor Wut rot an. Er stürmte zum Flur und schrie nach oben. »Steiger! Steiger, kommen Sie sofort runter!«

Simone schnappte sich die Schlüssel für das Eingangstor und rannte auf den Pfad hinaus, wobei sie das Tor mit zitternden Händen aufschloss.

»STEIGER!«, donnerte Byron.

Der Geisterjäger kam herunter und murrte über die unhöfliche Unterbrechung, aber als er die Küchentheke sah, schloss er den Mund und trat zurück, wobei er die Hände hob.

Byron starrte ihn an und sagte dann mit einer sehr ruhigen, sehr gefährlichen Stimme: »Ich denke, Sie schulden uns eine Erklärung.«

»Es ist nicht das, was Sie denken«, sagte Steiger.

»Wirklich«, sagte Byron. »Dann helfen Sie uns doch, unser... Missverständnis zu klären.«

Der Kontrast zwischen Byrons massiger Gestalt und Steigers schlankem Körperbau war noch nie so stark erschienen.

Steiger schluckte sichtbar und bewegte sich auf seine Tasche zu, wobei er die belastenden Gegenstände wieder hineinpackte.

»Wir hören zu«, sagte ich.

Als er schließlich alles drin hatte und die Tasche halb zuklippte, schwang er sie auf seinen Rücken. Byron eskortierte ihn aus dem Haus zu seinem lächerlichen Auto.

»Warum haben Sie uns das angetan?«, fragte Simone. Ihre Stimme zitterte vor Emotion.

Ich wollte ihn auch fragen, *wie*. Ich verstand, wie er die billigen Tricks und vergrabenen Spielzeuge gemacht hatte, aber die anderen Beschwörungen waren sehr raffiniert.

»Wie haben Sie es geschafft, dass Scott fast aus dem Fenster gegangen ist?«, fragte ich.

Er sah mich genervt an. »Das habe ich nicht. Die Fantasie dieser Kinder ist wild. *Sie* sind die gefährlichen.«

»Aber... mein Gemälde«, sagte Simone.

Ich nickte. »Ich habe den toten Jungen auch gesehen.«

»Ihr seid wahnhaft«, sagte Steiger, warf seine Tasche in den Kofferraum und knallte ihn zu. »Ihr seid alle völlig irre.«

»Also, das ist es, was Sie tun?«, fragte ich ihn. »Sie lassen Leute glauben, ihr Haus sei heimgesucht, und rupfen sie dann ab?«

Er strich sich den Pony aus dem erregten Gesicht und grinste mich höhnisch an. »Verurteilen Sie mich nicht, *Hexe*. Sie arbeiten auf der gleichen Schiene.«

»Sei verflucht«, höhnte ich.

Er sprang in sein teures Auto – zweifellos finanziert von verängstigten und verletzlichen Familien – und ließ den Motor laut genug aufheulen, dass die ganze Nachbarschaft es hören konnte.

»Wie haben Sie das gemacht?«, fragte ich erneut. »Die toten Kinder?«

Er schüttelte wieder den Kopf. »Wie gesagt. Ihr seid alle bekloppt.« Er trat aufs Gaspedal und brauste mit quietschenden Reifen davon, wobei er Byron, Simone und mich in einer schockierten Starre auf dem Gehweg zurückließ. Ich konnte spüren, wie das Grauen in mir hochkochte. Steiger war eindeutig ein Betrüger, aber Henry zu sehen war keine Illusion gewesen.

»Es muss einen besonderen Platz in der Hölle für solche Leute geben«, sagte Simone.

»Seit wann glaubst du an die Hölle?«, witzelte Byron.

»Seitdem wir nach Johannesburg gezogen sind«, antwortete sie. Sie tauschten halbe Lächeln und eine Umarmung aus.

Sie holte tief Luft und atmete aus. »Ich kann nicht glauben, dass es vorbei ist.«

»Es ist definitiv nicht vorbei«, sagte ich.

Beide sahen mich erwartungsvoll an.

»Du hast die Geisterkinder gesehen«, sagte ich zu Simone. »Du weißt, dass sie real sind. Du weißt, dass sie versucht haben, Scott dazu zu bringen, aus diesem Fenster zu springen.«

»Und die Kiste«, sagte Byron. »Die Kiste, die wir ausgegraben haben. Das konnte nicht Steiger gewesen sein.«

»Und das Ouija-Brett.«

Simone fuhr sich mit den Fingern durch die Haare. »Lasst uns einfach alles niederbrennen.«

Byron lachte.

»Ich mache keine Witze«, sagte sie. »Zumindest wird die Versicherung uns genug geben, um ein anderes Haus zu kaufen.«

»*Ja*«, erwiderte Byron. »Ein Haus, das leer stehen wird, während wir wegen Brandstiftung im Gefängnis sitzen.«

Sie knirschte mit den Zähnen. »Was sollen wir denn tun?«

»Ich werde mein Bestes tun, um euch zu helfen«, sagte ich. »Es muss einen Weg geben, dieses Haus zu reinigen. Jetzt, da wir die Ablenkungen aus dem Weg geräumt haben, können wir uns darauf konzentrieren, die Geister dazu zu bringen, weiterzuziehen.«

Wir gingen nach drinnen.

»Ich muss mehr recherchieren«, sagte ich. »Ich muss üben.«

»Wir haben keine Zeit dafür«, sagte Simone.

Ich wusste, dass sie recht hatte. Die Luft stank nach Tod und Gefahr in der Gegenwart dieser kleinen Phantome.

*Hilfe*, hatte Henry lautlos geformt. *Hilfe*.

# KAPITEL 42
# CATNIP

ASHA

Catnip sprang auf die Fensterbank und warf mir einen seelenerforschenden Blick zu. Ich streichelte ihren seidigen Rücken.

»Was sollen wir nur tun?«, fragte ich. Sie schloss die Augen und schnurrte. »Das hilft mir nicht weiter«, meckerte ich und streichelte sie weiter.

Ich fühlte mich festgefahren, nutzlos und machte mir Sorgen um all die Menschen, nach denen ich suchen oder die ich beschützen sollte. Catnips Schnurren war beruhigend. Ich schloss die Augen, und wir saßen gemeinsam in unserer perfekten Mensch-Katze-Blase. Das brachte mich auf eine Idee. Ich küsste Catnip auf den Kopf, schnappte mir die Schlüssel und teilte den Delports mit, dass ich gleich zurück sei. Bevor sie mich aufhalten konnten, war ich schon draußen und sprang auf meine Wasp.

Unterwegs rief ich Morgan an.

»Ich brauche einen Gefallen, bitte.«

Sie bemühte sich gar nicht, die Gereiztheit aus ihrer Stimme zu halten.

»Hör mal, Rook. Du solltest eigentlich für mich arbeiten, stimmt's? Nicht umgekehrt.«

»Tut mir leid«, sagte ich. »Das ist wichtig.«

»Und meine Fälle nicht?«

»Ein kleiner Junge namens Henry«, sagte ich. »Ein verschwundenes oder ermordetes Kind, etwa sechs Jahre alt. Kaukasisch, dunkle Haare. Kannst du das bitte für mich überprüfen?«

Morgan atmete kapitulierend aus. »Du bist echt das Letzte, weißt du das?«

Sie hatte selbst Kinder. Kinder waren ihr Kryptonit. Deshalb war der Fall der verschwundenen Töchter für sie so eine Obsession.

»Ich schaue, was ich finden kann.«

Kürzlich hatte ich über den Zwergen-Buschfunk – sprich: The Copper Cog – gehört, dass es für Chione seit unserer letzten Begegnung nicht gut lief. Als ich sie im Auric getroffen hatte, war sie stylisch gekleidet und mit Schmuck behängt gewesen, hatte teure Cocktails in der exklusiven Location getrunken. Sie hatte keine Ahnung gehabt, dass ihr Goldesel Derek Landau in Schulden und schlechten Entscheidungen versank. Sie hatte auf die harte Tour gelernt, dass man sich sehr wahrscheinlich verbrennt, wenn man einen Deal mit dem Teufel eingeht.

Ich erreichte den ersten von vielen SubRealm-Eingängen, die über die Stadt verteilt waren. Nicht-magische Menschen konnten die Eingänge nicht als das erkennen, was sie waren, da sie als gewöhnliche Dinge getarnt waren: eine Werbetafel, ein Baumhaus, ein Felsen, ein Gully. Es funktionierte ein bisschen wie die Londoner U-Bahn, nur dass die Leute freundlicher waren. Den Stadtplan bekam man in der Schule eingebläut wie das Einmaleins und die magischen Hauptstädte. Man musste wissen, wo die Eingänge waren und den Spruch, um hineinzukommen, aber abgesehen davon war es ein Kinderspiel. Portalmagie war nicht meine Stärke, aber das ist egal, wenn man das SubRealm-Passwort kennt.

Dieses Portal befand sich auf einem Kinderspielplatz in einem Park in der Nähe des Hauses der Delports. Ich setzte mich auf eine Schaukel, die für jemanden halb so groß wie ich gedacht war, und begann zu schaukeln. Ich sah mich nach neugierigen Blicken um, und als ich keine bemerkte, murmelte ich das Ork-Passwort vor mich hin.

»Knorghad.«

Ich spürte für einen Moment die seltsame Schwerelosigkeit des Raumsprungs, dann verschwand die Schaukel, und ich landete mit beiden Füßen in einem dunklen Tunnel, in kalter Luft, die nach Erde und Kohle roch.

Das SubRealm verlief wie ein Ameisenhaufen unter der ganzen Stadt, riesig und verschachtelt. Es war ein Netzwerk aus Tausenden verschiedener Röhren und Ebenen und alten Minenschacht-Tunneln. Es gab das Textilviertel, in dem hauptsächlich Orkfrauen und -kinder in Reihen saßen und neue XXXL-Kleidung nähten, strickten und häkelten (unberührte Läden hatten nie große genug Größen) oder gebrauchte Kleidung für die weitere Verwendung ausbesserten. Es gab Färbebottiche, in denen runzelige alte Orkfrauen mit gefärbten Händen unaufhörlich die Kleidung darin umrührten, begleitet vom ständigen Summen der Näh- und Strickmaschinen.

Das Farmviertel war mein Lieblingsteil der Unterwelt. Orks mögen ziemlich einfache Kreaturen sein, aber sie wussten auf jeden Fall, wie man Kartoffeln anbaut. Es verstand sich von selbst, dass ich ein großer Fan von Kartoffeln war. Sie hatten Beet an Beet mit allen möglichen Nutzpflanzen, die unter den lila Wachstumslampen gediehen. Wasser für das Tropfbewässerungssystem wurde durch das Bohrloch hochgepumpt, und es gab dort unten kaum Schädlinge, sodass die Pflanzen immer aussahen, als gehörten sie in die Kühltheke von Woolworths.

Das Gold Reef Viertel war das Gebiet, in dem die Tunnel mit Gold durchzogen waren. Die Goblins (und die Zwerge) hassten die Orks dafür, dass sie sich auf dem mineralreichen Boden dort niederließen. »Wer zuerst kommt, mahlt zuerst«, hatten die Orks gekichert. Fairerweise musste man sagen, dass keine andere übernatürliche Spezies so unter der Erde lebte wie die Orks. Es war einer der lebendigsten Orte dort, voller Fröhlichkeit, egal zu welcher Tages- oder Nachtzeit. Es hatte die Atmosphäre eines Oktoberfestes mit einem nie endenden Fluss von Trollbier, Live-Musik und Bratwurst mit Brot – was für Neuankömmlinge ziemlich alarmierend anzusehen ist, da die Wurst Ork-Fingern zum Verwechseln ähnlich sieht.

Die Snacks und das Bier wurden per Straßenbahn aus dem nahe gelegenen Essensviertel herangeschafft, das umgangssprachlich als The Greasy Spoon bekannt war. Orks haben einen riesigen Appetit, und es war kein Zufall, dass ein ganzes Viertel dem Essen gewidmet war. So sehr ich das Farmviertel liebte, so sehr hasste ich das Essensviertel. Ein formeller Restaurantbereich, umgeben von einem zwangloseren Lebensmittelmarkt... sagen wir einfach, dass man diesen Ort nicht besuchen möchte, wenn einem Tiere überhaupt am Herzen liegen. Ein Teil davon war ein nasser Markt, wo sie auf Bestellung ein lebendes Tier schlachteten und es töteten, ausweideten, häuteten und portionierten, während man wartete. Viele Orks schätzten die Brutalität daran, die Ehrlichkeit. Ich musste beim ersten Besuch fast kotzen und habe es seitdem gemieden. Nervöse Aale, die das Wasser in Tanks aufwühlten, gebratene Enten, die von Stahlhaken hingen, frittierte Hühnerfüße, gesalzen und als Snacks in Wachspapiertüten serviert. Das war Albtraumzeug für mich, aber ich musste meine große Mädchen-Höschen anziehen und weitergehen.

Um es mir leichter zu machen, betrat ich die grüne Seite – die Stände, die für Obst, Gemüse und Kräuter bestimmt waren, bei denen Blätter auf dem Boden lagen statt blutmarmorierter Erde. Im Versuch, anonym zu bleiben, behielt ich meinen Hoodie an, aber ich war trotzdem auffällig, da ich eindeutig menschengroß zwischen den Scharen von Riesen war. Ich ging die Gänge entlang, vollgepackt mit riesigen Kartoffeln, Süßkartoffeln, Möhren, Rüben und Rote Beete – Ork-Gemüse war doppelt so groß wie normale Produkte. Es gab nicht viele Kräuter zur Auswahl, aber ihr Duft war eine willkommene Maske für den üblichen Ork-Geruch, der das gesamte SubRealm durchdrang. Die meisten der angebotenen Kräuter dienten sowohl magischen als auch medizinischen Zwecken; Kräuter, die nur zur Geschmacksverbesserung beim Kochen verwendet wurden, galten als Zeitverschwendung. Ich ignorierte die Rufe der Standbetreiber, senkte den Kopf und marschierte mit den Händen in den

Taschen weiter. Es gab nicht viele Dinge, die ich an der Gesellschaft von Orks mochte, aber eines war, dass man nicht lächeln musste. Es gibt keinen Grund zu lächeln, und wer mit einem Grinsen herumläuft, könnte als geistig krank gelten. Ein Ork lächelt nicht einmal, wenn er Freunde sieht; das ist nicht nötig. Alle wissen, dass er sich freut, sie zu sehen, denn wenn nicht, wäre sein Stirnrunzeln und seine zu Fäusten geballten Finger nicht zu übersehen. Hier unten brauchte man keine verfeinerten Manieren oder Charme. Es war einfach nicht notwendig und wurde oft als unaufrichtig angesehen – das Zeichen einer krummen Person.

Ich ignorierte die Gemüsehändler. Normalerweise würden sie ihre Warenangebote nicht ausrufen, aber die Dinge waren schwieriger geworden, seit der Ork-Pate Don Vito Khargol ermordet wurde und die Neonazi-Hammerskin-Sekte die Gelegenheit nutzte, unter dem vom türkis-bemäntelten Vampirclan unter Baldassare an die Macht zu kommen. Die Leute vertrauten den Orks nicht mehr – oder zumindest vertrauten sie ihnen weniger als je zuvor – und das hatte ihrer kollektiven Beschäftigungsfähigkeit geschadet. Morgan hatte mir erzählt, dass der Rat alles tat, um die Arbeitslosenquote der Orks zu senken, aber am Ende wussten wir beide, dass es lange dauern würde, bis die Orks ihr minimales Maß an Vertrauen zurückgewonnen hätten.

Das war einer der Gründe, warum ich es schwer fand zu glauben, dass Chione einen Job in den Hinterzimmern von The Greasy Spoon bekommen hatte. Die Orkkultur war keine integrative. Wenn es Jobs im SubRealm gab, kannst du darauf wetten, dass sie an Orks gehen würden und nicht an andere magische Kreaturen. Außerdem war die Grimalkin, die ich kannte, wohlhabend, kultiviert und gut gekleidet, und ich konnte kaum glauben, dass sie an einem solchen Ort arbeiten würde. Andererseits war Chione voller Überraschungen, also wer wusste schon, was sie wirklich vorhatte?

Ich hatte gesehen, was auf dem Fleischmarkt angeboten wurde, und war nicht besonders scharf darauf zu sehen, was hinter verschlossenen Türen in den Hinterzimmern aufbewahrt wurde, aber es gab keinen anderen Weg, die Grimalkin zu finden, also hielt ich mir – im übertragenen Sinne – die Nase zu und begann meine Suche.

# KAPITEL 43

# AUF HOLZ KLOPFEN

SIMONE

»Wo ist die Hexe?«, fragte Tristan mit geröteten Wangen und außer Atem vom Trampolinspringen.

»Sie hat sich nicht mal verabschiedet«, sagte Scott und klang dabei tieftraurig.

»Sie ist nur kurz weg«, antwortete ich. »Sie kommt zurück, sobald sie kann.«

Ich hoffte, Asha würde sich beeilen. Wenn sie nicht da war, passierten immer schlimme Dinge. Ich verbrachte den Tag damit, meinen Kindern im Garten zu folgen wie die Helikopter-Mutter, die ich nie gewesen war, und kontrollierte zwanghaft meine angekauten Nägel, meine Uhr und mein Handy. Ich spürte die Gefahr in jedem Moment vibrieren. Der Nachmittag gähnte vor mir.

Es gab keine Anzeichen von vergrabenen Spielzeugen, Spinnengewimmel oder den schwachen Erscheinungen toter Kinder. Vielleicht sollte ich anfangen, ein Dankbarkeitstagebuch zu führen. Jede gewöhnliche Stunde, die verging, war ein Geschenk für den Erhalt meines Verstandes.

Ich hörte nicht, wie Byron hinter mich trat, deshalb zuckte ich zusammen, als er meine Taille berührte, und hätte ihm fast den Kaffee aus der Hand geschlagen.

»Meine Güte«, sagte ich. »Lern mal, eine Frau vorzuwarnen.«

»Tut mir leid«, sagte er. »Ich dachte, du hättest mich gehört. Ich bin ja kaum leichtfüßig.«

Ich zuckte mit den Schultern. »Hier ist viel los«, sagte ich.

»Ja«, sagte Byron mit zärtlicher Stimme. »Fühlst du dich okay?«

Ich nickte. »Ich habe gerade gedacht, wie glücklich ich bin, dass der Vormittag bisher so ereignislos war.« Ich lehnte mich zur Seite, um einen Baumstamm zu berühren. »Auf Holz klopfen.«

»Das Ganze fühlt sich an wie ein Traum«, sagte Byron. »Manchmal denke ich, ich werde aufwachen und wir werden zu Hause in Westville in unserem kleinen Haus sein, und diese ganze Sache wäre nur ein Traum gewesen.«

Die Brise wehte mir die Haare ins Gesicht, und ich steckte sie hinters Ohr. »Vielleicht kennt Asha einen Zauber, der die Zeit zurückdreht.«

»Vielleicht tut sie das«, sagte Byron, »aber das würde nicht helfen. Wir wüssten nicht, was wir jetzt wissen. Wir würden immer noch dieselben Entscheidungen treffen.«

»Stimmt wohl«, sagte ich. Es gab keine Schnelllösung für so etwas. Das hätten wir wissen sollen, bevor wir Nathan Steiger engagiert haben, aber manche Lektionen lernt man nur durch Erfahrung. »Man lebt und lernt«, pflegte meine Mutter zu sagen. Es gab kein Zurück. Es gab kein Aufwachen aus einem Traum. Diese Dämonen mussten wir selbst austreiben.

# KAPITEL 44

# DIE IN UNGNADE GEFALLENE GRIMALKIN

ASHA

Ich nutzte den Tarnaspekt meines von Fernak gefertigten Hexenmantels, der mich unsichtbar machte, abgesehen von dem bisschen Haut, das zu sehen war, und einem leichten Schimmern, wenn sich der Stoff an die neue Umgebung anpasste, während ich ging. Als ich gerade die erste Hintertür im Viertel der Schmuddelküche öffnen wollte, zögerte ich und fragte mich, ob ich das Richtige tat. Die Räume waren streng verboten, und das Letzte, was ich wollte, war, von der SubRealm-Sicherheit verhaftet und in eine unterirdische Gefängniszelle geworfen zu werden, die nach Apfelessig und muffigen Ziegen stank. Tatsächlich wäre ich glücklich, eine Zelle zu haben, die so roch, denn wenn ich mit jemand anderem eingesperrt würde, könnte es viel schlimmer werden. Graue Kobolde, schäbige Vampire und unterirdische Orks hatten alle einen unverwechselbaren Körpergeruch, den ich nicht unbedingt längere Zeit riechen wollte. Nicht dass ein grauer Kobold dir Zeit zum Riechen geben würde, wenn du das Pech hättest, sein Zellengenosse zu sein – seine schmutzigen Nadelzähne würden dich zerfetzen, bevor du *eau de grise goblin* sagen könntest.

Ich konnte nicht anders, als zu erschaudern. Vielleicht hätte ich, wenn ich organisierter gewesen wäre, vor dem Hinuntereilen einen Glamour-Trank aufgetragen. Es wäre sicherer gewesen, obwohl Ork-Glamours extrem unangenehm sind. Stell dir vor, dein Körper schwillt auf die Größe des Michelin-Männchens an, dein Körpergeruch wird ranzig – in meinem speziellen Fall nach würgender Barbecue-Soße und faulenden Kichererbsen –, und deine Finger verwandeln sich in dampfende Bratwürste, wie sie in der Bierhalle im Gold-Reef-Viertel verschlungen werden. Stell dir vor, du versuchst mit Lippen in der Größe und Textur von Riesennacktschnecken zu sprechen. Jedes Mal, wenn ich es – widerwillig – getan hatte, hatte ich mir geschworen: *nie wieder.*

Ich war froh, in meiner eigenen Hexenhaut zu stecken, und noch froher über Ferras geniale Zwergtechnologie in meinem Mantel, die mir ein gewisses Maß an Unsichtbarkeit ermöglichte. Ich sprach ein kleines Dankgebet für meine brillante Zwerggodmutter und öffnete die erste Tür.

Um meine Nerven zu beruhigen, spielte ich ein Spiel in meinem Kopf. Ich stellte mir grelle Scheinwerfer vor, die den Marktplatz beleuchteten, und einen riesigen Ork mit Gurkengesicht und Mikrofon in der Mitte, der seine Fliege unter dem staubigen, hellen Licht zurechtrückte. Als der imaginäre Ork auf mich zeigte, verkündete er in seiner besten Showmaster-Stimme: »Schauen wir, was sich hinter Tür Nummer eins verbirgt!«

Die Tür öffnete sich ohne Widerstand, und die imaginäre Gameshow hinter mir verschwand. Ich betrat einen Raum mit hell erleuchteten Theken voller riesiger Fleischstücke: Koteletts, Rippen, Filets und Innereien. Eine Bandsäge heulte rhythmisch, während der Metzger – ein glatzköpfiger Ork in einem weißen Kittel mit roter Schürze und Gummistiefeln – sauber und methodisch einen Berg von Kadavern verarbeitete. Ich konnte nicht erkennen, welches unglückliche Tier es war, nur dass es riesig war, mit T-Bone-Steaks so groß wie das Tablett, auf dem sie landeten. Sein Team von drei Personen arbeitete schnell, um das Fleisch in schwarze Styroporschalen zu verpacken, mit Plastikfolie zu umwickeln, einen Aufkleber anzubringen und in Kühlboxen zu packen, bereit zur Lieferung. Der Raum roch nach Eisen, gekühltem Fleisch und gesägten Knochen. Ich ging, bevor ich mich übergab.

Die Discolichter und der Ork mit Fliege waren wieder da, die grellen Farben drangen in meine bereits beleidigten Augäpfel ein.

»Jetzt ist es an der Zeit, herauszufinden, was sich hinter ... Tür Nummer zwei befindet!«

Ich stieß die nächste Tür auf, vorsichtiger jetzt, was ich finden könnte. Die Luft drinnen summte schwarz. Ich zuckte zurück. Bald erkannte ich, dass die unzähligen Fliegen hinter einem Gitter waren und mich nicht berühren konnten. Ihre hektischen Bewegungen und Geräusche ließen mich trotzdem extrem unwohl fühlen. Es dauerte eine Weile, bis ich begriff, dass dies ein Labor für schwarze Soldatenfliegen war, von dem ich gehört hatte, aber vermutet hätte, dass es im Landwirtschaftsviertel wäre. Die Fliegenanlage war die billigste und nachhaltigste Methode, die riesige Menge an Protein zu züchten, die die Orks zum Funktionieren brauchten. Natürlich wurden sie nicht in Insektenform serviert. Meistens wurden sie getrocknet und zu Proteinpulver zermahlen und zu einem leckeren Schokoladenshake verarbeitet, aber sie wurden auch zerkleinert und aromatisiert und zu Burgern, Fleischbällchen und »Rosinen« verarbeitet. Ich erschauderte erneut. Das hohe Geräusch der verzweifelten Fliegen drang direkt in meine Ohren, und ich zog mich schnell zurück.

Auf dem Weg zu »Tür Nummer drei!« war ich etwas angespannt und hoffte, dass nicht noch mehr Blutiges auf mich wartete. Ich hatte Glück. Es war eine Eisfabrik. Auf dem Weg hinein war ich an einem Eisstand vorbeigegangen und erkannte das Logo wieder. Der ganze Raum war gekühlt, wie es beim Metzger der Fall gewesen war, aber die Temperatur war auf »Die Hölle friert gerade zu« eingestellt. Sie stellten dort das Eis her und transportierten es dann in rauchenden Schachteln mit Trockeneis hinaus, wenn es fertig war. Ich scannte die Gesichter der Arbeiter und sah, dass sie alle Orks waren, also war Chione immer noch vermisst.

Ich überprüfte schnell die Eissorten, bevor ich ging, nur aus Neugier. Es gab Steak und Kuss-Kuchen, Kaninchen und Rosenblätter, und Portwein mit Stilton, komplett mit blauen Adern im marmorierten rot-weißen Eis. *Liebe Leere*, dachte ich, *was haben Orks nur mit stinkendem Käse?*

Es gab noch etwa sechs Räume zu erkunden, aber als ich meine Handfläche auf den Griff von Tür Nummer vier legte, spürte ich eine feste

Hand, die mich von hinten an der Schulter packte. Ich keuchte und wirbelte herum.

Es war der Gameshow-Ork, sans Mikrofon und Fliege. Tatsächlich hatte ich den Mann auf dem Weg hinein gesehen und vermutet, dass er ein Türsteher war, und irgendwie war er in meine Gameshow-Vision geraten. Aus der Nähe bemerkte ich, dass seine Schultern unterschiedlich hoch waren.

»Sie dürfen da nicht hinein«, sagte er und zeigte auf ein Zutritt-verboten-Schild.

»Oh!«, sagte ich und tat überrascht. »Es tut mir so leid. Ich suche eine Freundin.«

»Sie haben hier keine Freunde«, erwiderte er.

»Doch«, sagte ich. »Eine Grimalkin namens Chione.«

Der Türsteher sah belustigt aus. »Die in Ungnade gefallene Grimalkin.«

Ich nickte hoffnungsvoll. »Wissen Sie, wo ich sie finden kann?«

Ohne zu antworten, begann er, wegzuhumpeln. Ich war mir nicht sicher, ob ich ihm folgen sollte, aber ich tat es. Ich vermutete, dass das Humpeln etwas mit seiner fehlenden Körpersymmetrie zu tun hatte.

»Ich liebe, was Sie aus dem Ort gemacht haben«, sagte ich, um ein Gespräch anzufangen.

Er schnaubte. »Es braucht Arbeit.«

»Das brauchen wir alle«, antwortete ich.

Er führte mich weg von den Türen, die ich überprüfen wollte, und stattdessen umrundeten wir die riesige Halle, bis wir auf den nassen Markt trafen. Ich wandte meinen Blick ab und konzentrierte mich auf die ungleichmäßigen Schritte des Orks. Ich sah dennoch subtile Ausschnitte des Grauens: ein Tier, das gehäutet wurde, Schlangeneier, ein gekochter Lammkopf. Ich konnte nicht anders, als meine Augen zu schließen und auf einen starken Magen zu hoffen. Wenn ich hier meine Nieren auskotzen würde, wäre das kein gutes Zeichen. Ich schluckte den sauren Speichel hinunter, der meinen Mund flutete, und ging weiter.

*Denk an schöne Dinge*, sagte ich mir, *denk an den Garten und die Hühner und die liebe Circe und Odysseus.* Ich tat so, als würde ich durch meinen essbaren Dschungel laufen, die weichen Blätter streiften meine Haut, während ich schlenderte. Aber ich konnte nicht anders, als das Blut in der Luft zu riechen, was mich in die Realität zurückbrachte. Der Ork wurde langsamer. Ich sah einen Eingang zu dem, was wie ein Tunnel aussah. Plötzlich machte ich mir Sorgen, dass er mich einsperren würde, aber ich sah keine Bosheit in seinem breiten, blassen Gesicht.

»Die Grimalkin ist da drin.«

Ich zog meinen Zauberstab heraus.

»Whoa«, sagte er und spannte sich an. »Vorsichtig mit dem Ding.«

»Es ist nur für Licht«, sagte ich und nickte zum Eingang der Höhle.

»Na dann«, sagte er schroff. »Gehen Sie und finden Sie Ihre Katze.«

Ich trat in die kühle Luft, die nach Erde roch. Der Ork beobachtete, wie ich in der Dunkelheit verschwand. Als ich sicher war, dass er mich nicht mehr sehen konnte, richtete ich meinen Zauberstab auf seinen Oberkörper, stellte mir die verknoteten Sehnen und eingeklemmten Nerven in seinen Hüften und im Rücken vor und flüsterte »*Curas vulnum.*«

Der Ork verzog das Gesicht und legte die Hände an seinen unteren Rücken. Es gab einen hörbaren Knackton, und sein Gesicht verzerrte sich, seine Schultern rundeten sich, und er stand einen Moment lang vor Schmerzen erstarrt da. Ich wartete, während der Heilzauber noch Energie von mir durch meinen Zauberstab zog, bis es vorbei war. Die hohe Schulter des Türstehers senkte sich – seine Wirbelsäule hatte sich verlängert und begradigt – und sein schmerzverzerrter Ausdruck entspannte sich und wich einem Bild immenser Erleichterung. Er schüttelte den Kopf, und als er sich umdrehte, um wegzugehen, humpelte er nicht mehr.

KAPITEL 45

# ILLUMINO

ASHA

Ich war froh, den feuchten Markt hinter mir zu lassen, aber selbst als ich in die Dunkelheit schritt, hatte ich Angst vor dem, was ich finden könnte. Ich lief in etwas hinein, das wie ein verlassener Minentunnel aussah, mit allen möglichen Wildtieren, die das bewiesen.

*»Illumino«*, sagte ich, und mein Zauberstab leuchtete in goldenem Licht auf.

Spinnen huschten über silberne Fäden. Kakerlaken von der Größe von Krabben raschelten an mir vorbei, und feuchte schwarze Blutegel krochen die Wände hoch. Angst brannte in meinem Magen, aber ich ging weiter.

Ich begann Hinweise zu sehen, und als ich auf einen Rattenknochen trat und ihn zerbrach, wusste ich, dass ich in der Nähe des Grimalkins war.

»Hallo, Hexe«, sagte Chione und stolzierte aus der Dunkelheit auf mich zu, als wäre sie immer noch das glamouröse Fashionmodel, als das sie ausgesehen hatte, als wir uns zum ersten Mal trafen. Diesmal jedoch trug sie einen schmutzigen Trainingsanzug und ihre Haut war glanzlos.

Ich hörte etwas in der Ferne flattern. Fledermäuse?

232

»Du... *wohnst nicht hier*, oder?«, fragte ich. Ich versuchte, den Ekel aus meinem Gesicht zu halten, scheiterte aber.

»Es ist vorübergehend«, sagte sie und kratzte sich an ihrem fettigen Haar, was mich dazu brachte, meines auch kratzen zu wollen, aber ich widerstand.

»Warum hier?«, fragte ich. »Du hättest zu mir kommen können, weißt du.«

Sie lachte trocken und humorlos. »Bei dir bleiben? Nach dem, was passiert ist?«

»Ja«, sagte ich. »Wenn ich gewusst hätte, wie... verzweifelt-«

»Ich brauche dein Mitleid nicht«, zischte sie. »Ich habe das Orkterritorium aus einem Grund gewählt. Ich wollte in Ruhe gelassen werden. Warum bist du hier?«

Ich zögerte.

»Spuck's aus«, fauchte sie. »Bist du hier, um deinen Anspruch geltend zu machen?«

»Mein was?«

»Deinen Anspruch. Deinen Gefallen.« Sie verschränkte die Arme und verdrehte die Augen. »Ich schulde dir ein Leben, erinnerst du dich?«

»Nein«, sagte ich. »Du schuldest mir gar nichts.«

Ihre katzenartigen Augen glänzten im Licht meines Zauberstabs.

»Du hast Nicky Landau etwas geschuldet und hast es beglichen, indem du ihre Fingerabdrücke verändert hast. Sie hat jetzt einen neuen Namen und eine neue Identität. Das wäre ohne dich nicht möglich gewesen. Sie werden sie nie mit diesen Abdrücken verhaften können.«

Der Grimalkin war immer noch verärgert; sie lief auf und ab und schlich herum.

»Es ist ein Kapitel, das ich lieber vergessen würde«, sagte sie.

»Ich auch.«

Wir starrten uns gegenseitig an.

»Also, du wohnst hier?«, fragte ich. »Oder-«

»Ich fange Ratten für sie«, sagte Chione. »Der Greasy Spoon wimmelt davon. Ein paar umherlaufende Nagetiere stören sie nicht, aber wenn es so viele werden, dass sie in die Lebensmittelvorräte gelangen, muss das Management einschreiten.«

»Oh«, sagte ich.

»Ich schlafe nicht hier drin«, sagte sie. »Ich habe einen Schiffscontainer im Gold-Reef-Viertel und drei Mahlzeiten am Tag. Es ist kein schlechter Deal, abgesehen von den grölenden Betrunkenen jede Nacht. Es ist überhaupt kein schlechter Deal. Mehr, als ich verdiene.«

Außer dass sie buchstäblich unter der Erde leben und Ratten fangen musste. Und Orkfutter essen und im Gestank leben.

»Nun«, sagte ich und richtete mich auf. »Ich bin hier, um dich abzuwerben.«

Chione lachte. »Was? Warum? Hast du auch ein Nagerproblem?«

»So etwas in der Art«, sagte ich und dachte an das Delport-Haus. »Wirst du mit mir kommen? Ich verspreche, dir mindestens so viel zu zahlen, wie sie dir hier zahlen, und du wirst ein bequemes, sauberes Zimmer haben.«

Sie blickte mich misstrauisch an. »Sie zahlen mir gar nichts.«

»In diesem Fall«, sagte ich und streckte ihr meine Hand entgegen, »zahle ich dir das Doppelte.«

MORGAN RIEF MICH AN, als Chione und ich unseren Weg aus dem SubRealm herausfanden.

»Rook«, sagte sie. »Henry Holden und seine Zwillingsschwester wurden vor zwei Jahren, als sie sechs Jahre alt waren, aus einem Waisenhaus adoptiert.«

»Adoptiert?« Das hatte ich nicht erwartet.

»Aber hör dir das an. Wenn ich der Papierspur folge, führt sie nirgendwohin. Ein ausgeklügeltes Netz aus gestohlenen Identitäten und gefälschten Ausweisen und Adressen. Die Adoption war ein so strenges Verfahren, ich weiß nicht, wie sie damit durchgekommen sind.«

»Aber sie haben es geschafft«, sagte ich.

»Ja. Es war eindeutig jemand mit vielen Ressourcen.«

»Du meinst, mit viel Geld?«

»Ja.«

»Und jetzt ist Henry Holden tot, und wir müssen herausfinden, wer ihn getötet hat.«

# KAPITEL 46
# GERINGE AUSWAHL

ASHA

Chione und ich verließen das SubRealm zusammen, ohne großes Aufsehen zu erregen, und mit dem magischen Passwort am Ausgang landeten wir wieder auf dem Spielplatz, jede auf ihrer eigenen Schaukel. Ein Kleinkind in einem nahe gelegenen Sandkasten schaute uns erschrocken an. Trotz seines zarten Alters schien er zu wissen, dass Menschen nicht aus dem Nichts auftauchen sollten, besonders nicht auf seinen Lieblingsschaukeln. Die Grimalkin blitzte ihre schwarzen Katzenohren zu ihm herüber, dann schüttelte sie ihren Kopf, um sie wieder verschwinden zu lassen. Ihr Versuch zu unterhalten hatte nicht die gewünschte Wirkung, und der Junge ließ seinen Eimer und seine Schaufel fallen, warf den Kopf zurück und begann zu heulen.

»Ich war noch nie gut mit Kindern«, murmelte Chione.

»Es war ein netter Versuch«, sagte ich.

Ein Kindermädchen in einer schicken Shweshwe-Reinigungsuniform, einem traditionellen Stoff mit passendem Kopfschmuck, kam angerannt und verließ ihr Gespräch mit den anderen Frauen, die sich unter dem Maulbeerbaum versammelt hatten. Sie hob den Jungen hoch und beruhigte ihn, redete lebhaft auf ihn ein und wiegte ihn, bis er sich beruhigt hatte. Das traumatisierte Kleinkind sah uns nicht wieder an.

»Also«, sagte Chione. »Wo ist dein Nagetier-Problem?«

»Darüber«, sagte ich. »Wie würdest du dich fühlen, wenn du anstelle einer Rattenplage einer Familie mit... unerwünschten... spirituellen Bewohnern helfen müsstest?«

Sie bremste mit ihren Füßen und wirbelte eine kleine Staubwolke auf. »Was jetzt?«

Ich hörte auch auf zu schaukeln. »Ich weiß, was du sagen wirst.«

»Nein, weißt du nicht«, sagte sie. »Nicht einmal ich weiß, was ich gleich sagen werde. Ich habe keine Ahnung, wovon du redest. Spirituelles Was-Was?«

»Ein Spukhaus«, sagte ich.

Ihr Mund öffnete sich. »Und du dachtest nicht daran, das früher zu erwähnen?«

»Das alte Klischee – ich war mir nicht sicher, ob du mitkommen würdest. Außerdem gibt es nicht viel, wovor man Angst haben müsste. Nur ein paar Phantome.«

»Ein paar Phantome? Ist das alles?«

Ich gab ihr ein unbehagliches Grinsen. »Es ist ein bisschen komplizierter als das.«

Sie verengte ihre Augen. »Natürlich ist es das.«

»Also«, sagte Chione, als wir die Haustür des Delport-Hauses erreichten. »Du weißt, dass ich kein Geisterflüsterer bin, oder?«

»Du predigst zu den Bekehrten«, sagte ich. »Das sage ich schon die ganze Woche.« Ich dachte an Nathan Steiger, den Quacksalber-Geisterjäger. »Aber das bedeutet nicht, dass wir nicht die besten Leute für den Job sind.«

»Geringe Auswahl«, murmelte sie und griff nach der Türklingel.

Ich hielt sie gerade noch rechtzeitig auf, zog ihre Hand von der Klingel weg und trat stattdessen dagegen. Dieses Mal spürte ich keinen Strom, aber besser vorsichtig sein als nachher zu bereuen. Chione sah mich an, als wäre mir ein zusätzlicher Kopf gewachsen.

»Sie ist unberechenbar«, sagte ich.

Plötzlich sah sie nervös aus und spähte in den Vorgarten. »Es gibt hier keine Hunde, oder?«

Ich schüttelte den Kopf. »Mein Gedächtnis ist nicht so brüchig.«

Chione wäre fast an einer heftigen allergischen Reaktion gestorben, und ich musste ihr Herz mit einem *Fiat fulgur*-Zauber wieder zum Schlagen bringen. Man könnte meinen, das war nett von mir, abgesehen von der Tatsache, dass der Grund, warum es überhaupt aufgehört hatte zu schlagen, darin bestand, dass ich ihr während eines Scharmützels ein gebrauchtes Hundehalsband umgelegt hatte – ohne zu wissen, dass sie lebensgefährlich allergisch gegen Hunde war.

»Es gibt eine Katze, die etwas weiß«, sagte ich. »Deshalb habe ich dich gebeten, mitzukommen.«

Byron öffnete das Tor, und die Kinder stürmten auf mich zu, als wäre ich ihre lang verlorene gute Fee. Tristan wickelte sich um mein Bein, und Scott lehnte sich für eine Umarmung an mich. Sogar Cameron kam ganz nah und lächelte.

»Wir sind froh, dass du zurück bist«, sagte er.

Simone nickte. »Das kannst du laut sagen.«

Ich stellte ihnen Chione als normalen Menschen vor, um es einfach zu halten.

»Kee-own-knee«, sagte Tristan. »Kee-own-knee.«

Die Grimalkin schnüffelte in der Luft. »Ihr habt eine Katze.«

Camerons Augen weiteten sich. »Woher wusstest du das?«

Chione lächelte. »Asha hat es mir gesagt.«

»Oh«, sagte Cameron. »Ich dachte, du hättest sie einfach gespürt. Das wäre cool gewesen.«

»Ja«, sagte Chione. Ich könnte schwören, ein leises Schnurren gehört zu haben. »Das wäre cool gewesen.«

»Du bist hier, um uns zu helfen?«, fragte Simone. »Du bist eine... eine Hexe?«

»So etwas in der Art«, antwortete die Grimalkin.

»Gehen wir rein«, sagte ich. »Chione möchte Catnip kennenlernen.«

Chiones ganzer Körper versteifte sich, als sie die Schwelle überschritt. Ich konnte sehen, dass sie sich unwohl fühlte, und ich konnte praktisch spüren, wie sich die Haare in ihrem Nacken aufstellten. Die Kinder stoben wie Käfer auseinander, um ihr Haustier zu finden, während Byron uns Getränke anbot. Ich nahm ein Glas Wasser an, ebenso wie die Grimalkin. Als ich sie zum ersten Mal traf, trank sie einen Katzenminze-Julep, was den Namen der Katze der Delports zu einem interessanten Zufall machte. Natürlich würden manche Leute sagen, dass es so etwas wie Zufälle nicht gibt.

»Warum glaubst du, dass die Katze etwas weiß?«, fragte mich Chione.

»Tiere wissen über solche Dinge Bescheid, oder? Sie evakuieren Land lange vor Erdbeben und Tsunamis.«

»Apropos ... du hast diese Familie nicht evakuiert ... warum?«

»Das ist eine lange Geschichte. Die Kinder sagen, dass jemand sterben wird, wenn sie gehen. Das haben ihnen die Geister gesagt. Außerdem haben sie wenig Geld, besonders nachdem der Halb-Elf sie betrogen hat, und sie wollen ihre Katze nicht zurücklassen.«

»Meine Art von Leuten«, sagte sie. »Was ist die Geschichte mit dem Halb-Elfen?«

»Wir haben sie gefunden!«, rief Scott und rannte in die Küche. »Sie ist am Pool.«

Wir gingen hinaus in den Sonnenschein und entdeckten die marmorierte Tigerkatze, die auf einer Poolliege schlief.

»Sie lebt ihr bestes Leben, wie ich sehe«, sagte Chione grinsend. »Glaubst du, sie würden mich auch adoptieren?«

Ich lächelte. »Wenn du deine Karten richtig ausspielst.«

Simone bändigte die Kinder und nahm sie mit hinein für einen Snack, während wir die kleine, seidige Katze streichelten und sie aus dem wecken, was wie ein ausgezeichnetes Nickerchen aussah.

»Hallo«, sagte Chione, ihre Pupillen veränderten sich von menschlich zu katzenartig. Sie blinzelte langsam und stellte sich der Tigerkatze vor, die sich aufsetzte und streckte, dann schenkte sie der Grimalkin ihre volle Aufmerksamkeit.

Sie führten ein stilles Gespräch, während ich zusah. Mir war nicht klar gewesen, dass Katzen irgendwie telepathisch waren, aber es ergab vollkommen Sinn. Wenn ich zu Hause jemals aufgebracht war, kamen Circe und Odysseus wie durch Zauberhand, um mich zu trösten.

Nach ein paar Minuten schaute Chione weg, und Catnip legte sich für eine weitere heroische Runde Nickerchen wieder auf ihre Liege.

»Sie sagt, dass hier Kinder gefangen sind«, sagte die Grimalkin.

»Ja, das macht Sinn. Alle Geister, die wir bisher gesehen haben, sind Kinder. Ich habe ihnen gesagt, sie sollen weiterziehen, aber sie wurden wütend. Sie haben die Kinder bedroht.«

»Die Katze sagt, wenn wir die Kinder befreien können, wird das Haus gereinigt werden.«

Ich spürte einen Stich der Frustration. So viel zum Thema Offensichtliches feststellen. »Das habe ich mir schon gedacht, aber wie?«

»Indem du das tust, was du am besten kannst.«

*Was ich am besten kann? Dinge anbauen? Tränke brauen? Menschen heilen — oder sie töten?*

»Was kann ich am besten?«, fragte ich.

Chione sah amüsiert aus. »Du bist doch die Fluchbrecherin, oder nicht?«

»Ja«, antwortete ich und verstand die Bedeutung nicht.

»Die Phantome sind durch einen Fluch an dieses Haus gebunden.«

»Was? Ist das, was Catnip gesagt hat?«

»Ja. Sie hat den Fluch am ersten Tag hier gefunden. Aber du brauchtest keine Katze, um dir das zu sagen. Ist es nicht offensichtlich? Warum sonst wärst du hier?«

»Ich weiß nicht. Soleil hat mich geschickt.«

»Eben.«

Catnip wählte diesen Moment für eine lange, tiefe Streckung, bei der sie uns ihren weißen, chinchilla-weichen Bauch zeigte, den ich nicht anders konnte, als ihn zu streicheln. »Was für eine große Streckung«, sagte ich zu ihr.

Ich dachte über das Konzept nach, dass das Haus verflucht sein könnte. Einerseits würde das Wissen, dass es ein Fluch war, mich selbstsicherer machen, denn zumindest wusste ich etwas über Flüche. Andererseits hatte ich absolut keine Ahnung, wo ich anfangen sollte, diesen Zauber zu entwirren, und das erfüllte mich mit einem nagenden Gefühl der Angst. Ich war entsetzt bei dem Gedanken, dass es allein an mir liegen würde, alle zu beschützen.

»Du siehst aus, als hätte gerade jemand auf deinem Grab getanzt.«

»Ich glaube, das hat jemand«, antwortete ich.

»Du hast all deine Farbe verloren.«

»Ich habe Angst«, sagte ich. »Besonders um die Kinder.«

Wir teilten den Delports unseren Aktionsplan mit. Ich würde versuchen, den Ursprung des Fluchs zu finden, damit ich ihn brechen könnte.

»Wie?«, fragte Byron. »Wie findet man den Ursprung eines Fluches?«

»Ich werde Henry fragen«, antwortete ich.

»Ma-a-a-a-ma?«, schrie einer der Jungen. »Ma-a-a-a-ma?«

Simone begann auf die Kinder zuzugehen, die in der Ecke des Gartens spielten. Ich folgte dicht hinter ihr. Es lag etwas in der Stimme des Kindes, das eine Art Angstinstinkt in meinem Körper auslöste.

»Ja?«, rief Simone. »Ja? Scott?«

Wir erstarrten bei dem, was wir sahen. Scott stand neben drei klaffenden Löchern im Boden, drei Gräbern, die gerade groß genug waren, um kindersarggroße Särge aufzunehmen. Ich hätte niemals gedacht, dass er sie gegraben hätte, wenn nicht der Spaten in seiner Hand und die schmutzbefleckten Handgelenke und Beine gewesen wären.

»Scott?«, sagte Simone, ihre Stimme brach wie Eis in warmem Wasser. Sie rannte zu ihm und nahm den Spaten, untersuchte seine schmutzigen, mit Blasen übersäten Hände. Byron überprüfte die Löcher und verkündete mit offensichtlicher Erleichterung, dass sie leer waren.

»Was hast du gemacht?«, fragte er.

Scott schüttelte den Kopf. »Ich erinnere mich nicht.«

Zehn Minuten später war Scott in der Badewanne und erholte sich von dem, was gerade passiert war.

*Ich erinnere mich nicht daran, das getan zu haben*, wiederholte er immer wieder, schaute auf seine wunden Hände und begann dann zu weinen.

»Es ist unmöglich, dass ein Sechsjähriger ein solches Loch graben kann«, flüsterte Byron. »Geschweige denn drei. Er ist nicht stark genug – oder nicht einmal groß genug.«

Simones Lippen waren weiß, ihre Augen dunkel. »Das ist eine Warnung«, sagte sie.

In einer parallelen Realität hätte ich Fuss bei Fuss gestellt und darauf bestanden, dass sie gehen, aber da war etwas völlig Eigenartiges an dem

Gefühl, das ich von den Kindern bekam – dass sie etwas wussten, das wir nicht wussten –, was die Haare in meinem Nacken aufstellte, als hätte der Geist selbst seinen Finger dorthin gelegt. Die Familie würde bleiben, und ich würde alles in meiner Macht Stehende tun, um den Fluch zu finden und zu brechen.

## KAPITEL 47
# EIN GEIST MIT FRIST

ASHA

Ich klemmte das Ouija-Brett unter meinen Arm und machte mich auf den Weg zu Simones Atelier. Dort fand ich das Porträt des toten Jungen – es war schwer zu übersehen – und begann, meinen Kreis darum zu ziehen. Ich hatte Salz, Salbei und duftende Kerzen mitgebracht und ging großzügig mit allem um.

Ich saß im Schneidersitz auf dem Holzboden, gewärmt vom Licht und der Hitze der Flammen. Das war tröstlich, denn ich hatte Höllenangst. Ich wusste, dass mein kugelsicherer Umhang gegen einen Poltergeist nichts ausrichten konnte, wenn er beschloss, dass er mich tot sehen wollte.

Ich saß still da, schaute mit halb geschlossenen Augenlidern in Henrys Augen, bis das Gemälde schimmerte. Ich konzentrierte mich auf nichts anderes als meine langsame, gleichmäßige Atmung und das Gesicht des Jungen, bis ich spürte, wie das Porträt in diesem seltsamen Zwischenraum zwischen unserer Welt und ihrer lebendig wurde.

»Es ist Zeit für dich weiterzuziehen«, sagte ich. »Diese Familie verdient Sicherheit in ihrem Zuhause.«

Die Kerzen flackerten und die Flammen streckten sich. Das Salz bewegte sich kaum merklich auf dem Boden, als ob es magnetisiert wäre. Ich begann mit dem Sprechgesang, den ich aus meinem Buch der Schatten auswendig gelernt hatte.

*Wächter von Meer und Himmel*

*Du bringst das Licht, um die Dunkelheit zu vertreiben*

*Um die Dunkelheit zu vertreiben!*

*Fort, fort, fort.*

*Bedecke uns sicher mit deinen Schatten*

*Bewahre uns, bis das Tageslicht kommt.*

*Du, in dessen Händen das ewige Chaos ruht*

*Selbst Wind, Regen und Sturm*

*Bei dessen Stimme die Ozeane brüllen-*

*Blase böse Kräfte fort! Verschwinde!*

*Fort, fort, fort.*

Ich blies jede Kerze aus, und mit ihnen, so hoffte ich, die Existenz der Phantome im Haus. Und dann wartete ich, denn ich wusste, es würde nicht so einfach sein.

Flammen züngelten aus den ausgeblasenen Kerzen, und trotz ihres Lichts und ihrer Reichweite wurde die Luft im Raum arktisch kalt. Mein Atem war kalter Rauch, wie die Luft in den unterirdischen Eiscremekühlern. Mein Körper spannte sich instinktiv an, und ich schlang meine Arme um mich, zum Trost und zur Wärme. Ich ertappte mich dabei, wie ich für einen Sekundenbruchteil davon träumte, in meinem Garten zu sein, das Sonnenlicht, das meinen Pfad fleckte, sicher und glücklich und heil zu sein, mit den Blättern, die um mich herum atmeten. Dann war ich zurück im grauen Atelier, wo sich Eiskristalle an den Fenstern zu bilden begannen, und sah meinen Atem vor mir wallen.

Ich versuchte, mein Zittern zu kontrollieren, griff nach dem Ouija-Brett und legte es hin, wobei ich meine Hand auf die geschnitzte Elfenbein-schädel-Planchette legte.

»Warum bist du hier?«, fragte ich. »Dies ist nicht mehr dein Zuhause.«

Die Flammen züngelten wieder hoch, was darauf hindeutete, dass der Raum selbst wütend war.

»Ich bin hier, um zu helfen«, drängte ich. »Sag mir, was du brauchst, um weiterzuziehen.«

Die Tatsache, dass der Reinigungszauber nicht gewirkt hatte, bestätigte Catnips Idee, dass ein Fluch die Geister an das Haus band.

»Du willst nicht hier sein«, sagte ich. »Du willst frei sein.«

Ein Sturm blies mir direkt ins Gesicht, als wolle er mich zurückdrängen. Trotz des plötzlichen Winds blieben die Kerzen angezündet.

»Sag mir, was du brauchst.«

Die Planchette zog unter meiner Hand, und ich keuchte, als hätte sie mich mit elektrischem Strom geschockt, wie es die Türklingel getan hatte. Ich versuchte, mein hochspringendes Herz zu beruhigen, und konzentrierte mich auf den grinsenden Schädel.

Langsam buchstabierte er: *Der Mann muss zurückkommen.*

»Welcher Mann?«, fragte ich und dachte an den vorherigen Eigentümer des Hauses.

*Der Sohn. Der Mann mit der Tasche auf dem Rücken.*

»Du machst Witze«, sagte ich. »Der Geisterjäger-Schwindler? Der Scharlatan?«

*JA.*

»Was? Warum? Er ist lächerlich. Und er ist ein Betrüger.«

*JA.*

*Steig die Treppe hinauf.*

Für einen Moment fragte ich mich, ob Nathan Steiger diese Szene irgendwie inszeniert hatte, um mich zu manipulieren, denn niemals im Leben hätte ich erwartet, dass der Spuk nach diesem schrecklichen Mann verlangt. Aber so gerissen Steiger auch war, ich wusste, dass er das nicht arrangiert hatte. Ich konnte spüren, wie die Phantome um mich herum im Raum herumstießen.

Ich war frustriert, aber immerhin hatte ich irgendeine Art von Fortschritt.

»In Ordnung«, sagte ich zu dem kalten Raum. »Ich hole den Geisterjäger zurück.« Dann murmelte ich: »Obwohl ich denke, dass es eine lächerliche Bitte ist. Aber wenn das ist, was du brauchst, um-«

*Das ist nicht alles*, buchstabierte die Planchette. *Wir brauchen auch dich.*

»Ich gehe nirgendwohin«, sagte ich. »Ich bleibe hier, bis dieses Haus für die Delports sicher ist, die ihr bitte nicht mehr terrorisieren solltet.«

*Wir mussten deine Aufmerksamkeit erregen*, sagte das Brett.

»Du hast meine Aufmerksamkeit«, antwortete ich. »Bedeutet das, dass ihr die Delports in Ruhe lasst?«

*Wir werden sie in Ruhe lassen, sobald wir frei sind.*

Ich stieß einen tiefen Seufzer aus. »In Ordnung«, sagte ich. »Ich werde tun, was du sagst.«

*Asha*, buchstabierte das Brett. *Du musst dich beeilen.*

»Okay«, sagte ich noch einmal, obwohl ich noch nie erlebt hatte, dass ein Phantom es eilig hatte. *Ein Geist mit Frist, wer hätte das gedacht?*

*Du musst dich beeilen*, wiederholte das Brett, *oder die Kinder werden sterben.*

Die Kerzen wurden alle auf einmal ausgeblasen, und ich saß in dem dunklen Raum, während die Eiskristalle auf dem Glas unter dem reflektierten Licht des Mondes schmolzen, der subtile Duft von geschmolzenem Wachs und Dochtqualm in der Luft.

# KAPITEL 48

# VINTAGE-TOTENKOPF-PLANCHETTE

ASHA

»Okay«, sagte ich, als ich steif vom Studio zurück in die Küche ging, wo Chione, Byron und Simone saßen. Simone warf einen Blick auf mich, schaltete den Wasserkocher ein und wickelte eine Decke mit Galaxienmuster um meine Schultern. Sie roch nach kleinen Jungen und Zahnpasta.

»Okay?«, sagte Chione. »Sie sehen aus wie eine wandelnde Leiche.«

Byron schaute entschuldigend drein, während er zustimmend nickte. »Was zur Hölle ist da drinnen passiert?«

Ich zitterte immer noch, innerlich und äußerlich. Es fühlte sich an, als würden meine Knochen nie wieder auftauen.

»Die untere Hälfte Ihres Gesichts ist blau«, sagte der Grimalkin.

Ich zog meine Lippen ein und biss darauf, um die Durchblutung anzuregen. Hex weiß, was ich ohne Lippen tun würde, wenn ich sie durch Erfrierungen verlieren würde. Ich würde grinsen wie diese Vintage-Totenkopf-Planchette.

Sie warteten, bis ich etwas aufgewärmt war, dann erzählte ich ihnen, was passiert war. Als ich zu dem Teil kam, Steiger zurückzuholen, sträubten sich die Delports.

Simones Energie veränderte sich von fürsorglich zu glühend heiß in einem Fingerschnippen. »Bist du buchstäblich wahnsinnig?«, fragte sie. »Ich will diesen Mann nie wieder sehen, solange ich lebe.«

»Ich weiß, wie das klingt«, sagte ich. »Glaubt mir, ich will ihn auch nicht zurück. Aber sie haben darauf bestanden.«

»Mit diesem Brett?«, fragte Byron. Er machte keine Anstalten, seinen Zynismus zu verbergen.

»Ja«, antwortete ich.

Beide verengten ihre Augen, und ich konnte spüren, wie ihr Misstrauen während unseres Gesprächs wuchs. Simone hob ihre Hand an die Schläfe, als ob es schmerzhaft wäre, nachzudenken.

»Asha«, begann Byron vorsichtig. »Kannten Sie Steiger, bevor er hier auftauchte?«

»Nein«, antwortete ich. Dann klappte mein Kiefer vor Erstaunen herunter, als mir klar wurde, was er wirklich fragte. »Wenn Sie denken, dass dieser Betrüger und ich in irgendeiner Weise zusammenarbeiten, könnten Sie nicht falscher liegen.«

»Und dennoch«, sagte Byron langsam, während er darüber nachdachte, »tauchte Steiger hier auf, einfach so.«

Darauf hatte ich keine Antwort. Warum hatte der Mann ausgerechnet die Delports ausgesucht, um sie zu terrorisieren?

»Und dieses Brett, das du hast«, sagte Simone. »Das Ouija-Brett. Es ist leicht, Nachrichten darauf zu fälschen.«

Ich schüttelte den Kopf. »Ich würde so etwas nie tun.«

Byron stieß ein verzweifeltes Lachen aus und verschränkte die Arme. »Es ist ein so cleverer Betrug.«

»Es ist kein Betrug«, sagte ich.

»Was ist also deine Masche?«, fragte Byron. »Wie funktioniert es? Ihr bekommt Wind davon, dass eine Familie Probleme hat, sich in einem neuen Haus einzuleben, und dann habt ihr zwei diesen ausgeklügelten

Trick – guter Bulle und böser Bulle –, um die Eigentümer zu manipulieren und abzuzocken?«

Ich legte meine Hände auf die kühle Arbeitsplatte. »Das ist nicht, was hier passiert. Ich verstehe, wie verletzlich Sie sich fühlen müssen, aber lassen Sie nicht zu, dass Ihre Angst Ihre Familie weiter gefährdet. Bitte.«

Chione meldete sich zu Wort. »Asha ist Ihre beste Chance, das hier zu überleben. An Ihrer Stelle würde ich mit der Paranoia aufhören und auf das hören, was sie sagt.«

»Natürlich würdest du das sagen«, sagte Simone zum Grimalkin. »Du bekommst auch deinen Anteil.«

Chione stand auf. »Ich muss mir das nicht anhören. Wir sind hergekommen, um Ihnen zu helfen. Werfen Sie Ihre Verdächtigungen woanders hin oder erleiden Sie die Konsequenzen.«

»Die *Konsequenzen*?«, kreischte Simone. »Drohst du uns jetzt?«

»Nein«, sagte ich. »Bitte. Wir haben keine Zeit dafür. Sie sagten, wir müssten uns beeilen.«

»Beeilen?«, sagte Byron. »Oder was?«

»Sie sagten, wir müssen uns beeilen, sonst-«

Chione gab plötzlich ein seltsames keuchen von sich und griff sich an die Brust, während ihre Augen weit aufgerissen waren.

»Chione?« Ich ging näher zu ihr. »Chione? Ist alles in Ordnung?«

Unter entspannteren Umständen hätte ich sie scherzhaft gefragt, ob sie einen Haarball im Hals stecken hat.

Der Grimalkin würgte eine Antwort heraus. »Da stimmt etwas... nicht... mit den Kindern.«

# KAPITEL 49

# REGLOS WIE SKELETTE

ASHA

Sobald wir verstanden hatten, was Chione sagte, stürmten wir in Camerons Zimmer. Wir kamen gerade noch rechtzeitig, um zu sehen, wie die Kinder in Ohnmacht fielen. Eins, zwei, drei, ihre kleinen, mit Schlafanzügen bekleideten Körper brachen auf dem harten Holzboden zusammen.

»Cameron!«, rief Simone, die ihn als Erste erreichte und seinen Kopf stützte, der gerade auf den Boden geprallt war. Ich schnappte mir Tristan und suchte in ihrem Gesicht nach einem Hinweis. Sie war blass und sah tief schlafend aus. Mehr als schlafend. Komatös.

*Verhext!*

Es schien eine Art Zauber zu sein; irgendeine dunkle Magie, die aus dem verfluchten Haus sickerte. Byron hob Scott hoch und tippte ihm ins Gesicht.

»Wach auf, Junge«, sagte er und schüttelte seine Schultern. Scotts Kopf schwang schlaff zur Seite, der Mund stand offen. »Wach auf!«

Mein Magen war so verkrampft, dass ich dachte, ich müsste mich übergeben. Die Geister hatten gesagt, wir sollten uns beeilen, und da waren wir, in der Küche, streitend. Das Haus hatte beschlossen, uns zum

Handeln zu zwingen. Ich hatte die starke Intuition, dass die Kinder nicht aufwachen würden, wenn ich nicht täte, worum die Phantome mich gebeten hatten. Ich hörte Simone schluchzen, und ich konnte nicht anders, als auch zu schluchzen. Ich hatte kein Recht zu weinen, aber der Laut kam einfach glucksend aus mir heraus, während ich Tristans schlaffen, flach atmenden Körper wiegte.

Immer noch schluchzend hob Simone Cameron vom Boden auf und verließ mit ihm in ihren Armen den Raum. Byron und ich folgten ihr, trugen die Kinder, während sie die Treppe hinauf in ihr Schlafzimmer stapfte. Wir legten die Kinder in ihr Bett und deckten sie mit Decken zu, dann fiel Simone auf ihre Knie, vergrub ihr Gesicht in der Decke und schluchzte. Die Kinder waren reglos wie Skelette.

»Wir haben Zeit verschwendet«, sagte ich verzweifelt. »Henry sagte—«

»Wir haben dir vertraut«, murmelte Simone. »Wir haben dir vertraut.«

*Du warst nie die richtige Person für diesen Job*, sagte eine Stimme in mir. *Du wusstest, dass du nicht die richtige Person warst. Und jetzt schau, was passiert ist.*

»Bitte«, sagte Byron durch zusammengebissene Zähne. »Geh weg. Verlass dieses Haus und komm nie wieder.«

Tränen fluteten meine Augen und ich verließ den Raum, flog die Treppe hinunter und kollidierte auf meinem Weg nach draußen fast mit Chione.

»Wir gehen«, würgte ich hervor.

»Was?«, forderte sie. »Wir können nicht gehen!«

Ich dachte an die drei komatösen Kinder, die oben auf dem Bett lagen. »Sie vertrauen uns nicht. Sie wollen uns nicht hier haben.«

Chiones Augen verengten sich und wurden gelb. Sie verwandelte sich in ihre Katzengestalt.

»Byron sagte, er will mich nie wiedersehen.«

»Byron hat Angst, wie es sein sollte.«

»Ich weiß nicht, was ich tun soll«, sagte ich. »Die Kinder—«

Chione packte meine Arme. »Bei Isis, reiß dich zusammen, Hexe!«

Ich schaute in ihr Gesicht, das sich langsam verwandelte und mit einer feinen Fellschicht überzog. Es ist nicht alltäglich, dass man Ratschläge von einer Katze annimmt.

»Die Kinder sind nicht in unmittelbarer Gefahr. Sie werden in ihrem tiefen Schlaf sicher sein, bis du zurückkommst.«

»Woher weißt du das?«

»Die Geister wollen ihnen nicht schaden—«

»Das hättest du mir auch früher sagen können!«

»Asha!« Ihre Nägel wurden scharf; ich spürte, wie sie sich in meine Haut gruben. »Du musst tun, worum die Geister gebeten haben. Solange die Dinge in Bewegung sind, werden die Kinder sicher sein. Es wird gefährlich, wenn du aufhörst, es zu versuchen.«

»Okay«, sagte ich.

»Du gehst und findest Steiger. Ich behalte die Dinge hier im Auge und informiere dich, wenn es Entwicklungen gibt.«

Ich nickte. Ja. Ich würde Steiger holen und so schnell wie möglich zurückkehren.

»Und Asha?«

Ich holte tief Luft und sah sie an.

»Ich habe das Gefühl, dass dieser spezielle Fluch kein einfacher sein wird. Du wirst deine Energie brauchen. An deiner Stelle würde ich essen, schlafen und mich auf den Kampf vorbereiten.«

Ich ging, bevor ihre Verwandlung vollständig war.

KAPITEL 50

# IN JEDER HINSICHT
# VERLOREN

ASHA

Ich stürzte aus dem Haus der Delports und war völlig durch den Wind. Ich fühlte mich in jeder Hinsicht verloren. Auch hin- und hergerissen: Ich hatte das Gefühl, sie im Stich gelassen zu haben, aber war das wirklich so? Ich hatte alles getan, um ihnen zu helfen. Von Anfang an hatte ich gesagt, dass ich keine Exorzistin bin. Ich hatte gezögert, den Auftrag anzunehmen. Doch Soleil hatte darauf bestanden, und die Hohepriesterin lag selten falsch. Ich hatte den Geisterjäger als Betrüger bezeichnet, und jetzt sahen sie mich im gleichen Licht. Das machte mich wütend, aber ich verstand es trotzdem. Wenn man Kinder beschützt, die eigenen Kinder, weckt das Wildheit, Grimmigkeit. Trotzdem war ich wütend.

Mein Kiefer schmerzte vom Zusammenbeißen, während meine Zähne aufeinander mahlten. Ich konnte das Bild der drei bewusstlosen Kinder in diesem Bett nicht abschütteln. Ich wollte sie nicht verlassen, aber es war eine unmögliche Situation.

*Du holst Steiger*, hatte Chione gesagt. *Und bereitest dich auf den Kampf vor.*

Ich stieg auf meine Wespe, wohl wissend, dass es nicht verantwortungsvoll war. Ich war zu emotional, um zu fahren, zu aufgewühlt, um über den rauen Asphalt zu rasen, der mir die Haut von den Knochen

254

reißen könnte. Tränen verschleierten meine Sicht, und ich merkte, dass ich mich zu stark in die Kurven legte und zu hart bremste. Ich wusste nicht, wohin ich fahren sollte. Mein Zuhause war immer mein Zufluchtsort gewesen, aber ich wusste, dass ich diese Nacht nicht allein sein konnte.

Ich fuhr nach Hause, um meinen Roller zu parken, frische Kleidung anzuziehen und schnell meine Rasselbande zu füttern. Savvy rief an. Dem Klang nach zu urteilen, hatte sie bereits ein paar Drinks intus. Sie klang sehr enthusiastisch.

»Asha!«, schrie sie ins Telefon. »Du absolute *Biatch*.«

»Was?«

»Du hast mich versetzt! Und jetzt muss ich mit irgendwelchen Unbekannten trinken, die ich im verdammten Jolly Roger getroffen habe.«

»Oh je«, antwortete ich.

»Ist das alles, was du zu sagen hast?«, fragte sie, aber in ihrem Ton lag Humor. »Tolle Freundin bist du.«

»Ist Dienstag?«, fragte ich.

»Ja, du kleine *Hexe*. Es ist Dienstag.«

Dienstag war unser wöchentliches Gin-Tonic-Treffen. *Verdammt noch mal.* Als ob ich mich nicht schon wie ein totaler Versager im Leben fühlte. »Es tut mir wirklich leid«, sagte ich. »Ich bin in einem Uber. Soll ich dich abholen?«

»Auf jeden Fall!«, sagte sie. »Beeil dich, sonst trage ich bald Svens Augenklappe.«

»Ich will gar nicht wissen, was das bedeutet«, sagte ich.

Sie lachte ausgelassen.

»Trink nicht noch mehr«, sagte ich. Ich wusste, dass sie eine erwachsene Frau war, die auf sich selbst aufpassen konnte, aber – in Kenntnis ihrer Schwächen – hatte ich einen Beschützerinstinkt für sie. »Ich bin so schnell wie möglich da.«

Das Uber hielt vor der Bar, die voller Gäste war, die schwitzende Bierflaschen und mit Eis und Spirituosen funkelnde Gläser hielten. Ich versuchte, Savvy anzurufen, um ihr zu sagen, dass wir angekommen waren, aber ihr Handy war aus; ich vermute, ihr Akku war leer. Ich seufzte und sagte dem Fahrer, dass ich gleich zurück sei. Ich sprang aus dem Auto in die schwüle Stadtluft, die vom noch warmen Gehweg aufstieg. Ich suchte die Menge im Erdgeschoss ab, konnte Savannah aber nicht entdecken. Ich kämpfte mich nach oben, wo sich die Pizzaöfen und der Balkon befanden. Es war genauso voll, und ich konnte Savvy immer noch nicht sehen. Ich versuchte, sie erneut anzurufen, aber ihr Handy war immer noch tot.

*Verdammt*, fluchte ich leise, während Angst in meiner Brust aufstieg. Männer ließen ihre Blicke über mich gleiten, und ich war froh, dass mein Umhang meine Tattoos verdeckte. Sie waren der perfekte Auslöser für faule Anmachsprüche.

»Deine Tinte ist fast so schön wie du«, sagte jemand hinter mir.

Ich hätte die Augen verdreht, wenn ich die Stimme nicht erkannt hätte. Ich drehte mich um und umarmte Savvy. »Ich konnte dich nicht finden. Ich habe mir Sorgen gemacht.«

Sie kicherte. »Du machst dir immer Sorgen.«

Ich packte ihre Hand, und wir verließen die Bar, während der Duft von Bier, geschmolzenem Mozzarella, Napolitana-Sauce und Holzrauch in der Luft hing.

Wir stiegen gemeinsam ins Uber.

»Danke, dass du mich gerettet hast«, sagte sie.

»Ich bezweifle, dass du Rettung brauchtest.«

»Doch!«

»Du warst nicht in Gefahr.«

»War ich wohl! Ich war in Gefahr, vor Langeweile zu sterben. Die waren todlangweilig. Du warst der perfekte Fluchtplan.«

»Schön zu hören«, antwortete ich. »Tut mir leid, dass ich es nicht früher geschafft habe. Sorry, dass ich so unzuverlässig bin.«

»Ach«, sagte Savvy und winkte meine Entschuldigung ab, als wäre sie nicht nötig. »Ich bin es gewohnt.«

*Autsch.* Ich stieß sie spielerisch an. »Was meinst du damit?« *Ich bin nicht unzuverlässig!*

»Das ist kein Problem«, sagte sie. »Ich liebe dich trotzdem genauso wie immer. Aber weißt du, seit du die Gehirnsache hattest. Die Kopfverletzung. Völlig normal, dass du... aussteigst.«

»Das ist nicht das erste Mal, dass ich dich versetzt habe?«

»Nein«, sagte sie und lehnte sich vor, um mich zu umarmen. Sie hielt mich fest und sprach leise. »Es spielt keine Rolle, weißt du? Das Einzige, was zählt, ist, dass du immer noch bei uns bist. Immer noch gesund.«

»Es tut mir leid«, sagte ich und begann zu weinen. Der Tag war einfach zu viel gewesen. Ich brauchte die Entlastung.

»Nein! Nein, Asha! Wein nicht! Du musst dich nicht entschuldigen. Es war nicht deine Schuld. Nichts davon war deine Schuld.«

Meine Emotionen tobten in meiner Brust. »Ich wünschte, ich wäre gut genug«, weinte ich und fühlte mich wie ein komplettes und völliges Sensibelchen.

»Was? Du *bist* gut genug! Du bist die Beste!«

Ich weinte noch heftiger. Void, ich liebte Savvy, aber sie war so treu wie ein Labrador. Nichts, was ich tat oder wobei ich versagte, würde ihre Zuneigung schmälern. Ich könnte jede Anzahl schrecklicher Verbrechen gestehen, und sie würde mich immer noch lieben. Ich fragte mich, ob die Delport-Kinder noch am Leben sein würden, bis ich zu ihnen zurückkehrte. Ich begann so laut und hässlich zu weinen, dass der Fahrer mir seine Schachtel Taschentücher anbot.

Savvy machte ein tadelndes Geräusch und zog mich herunter, sodass meine Schulter auf ihrem Schoß lag und mein Kopf in ihren Armen ruhte. Ich fragte mich, ob es sich so anfühlte, ein Kind zu sein und von der Mutter getröstet zu werden. Der Gedanke ließ mich noch mehr weinen, und Savvy streichelte meinen Rücken, während ich schluchzte.

KAPITEL 51

# EINE VERRÜCKTE HEXE

ASHA

Der Uber-Fahrer setzte uns am Kupferzahnrad & Ale ab. Ich dankte ihm und gab ihm seine Taschentuchbox zurück, aber er sagte, ich solle sie behalten, also hinterließ ich ihm ein großzügiges Trinkgeld. Das Zahnrad mag wie eine ungewöhnliche Wahl für eine Hexe unter Zeitdruck erscheinen, aber selbst eine Hexe muss ihre Grenzen kennen. Ich fühlte mich so verwundbar wie ein Fluch und hatte den ganzen Tag nichts gegessen. Ich musste meine Kräfte wiederherstellen, sonst wäre ich nutzlos für alle, die meine Hilfe brauchten. Außerdem brauchte ich Zeit zum Nachdenken. Wie würde ich Steiger aufspüren? Vielleicht könnte ich mich in der Kneipe umhören. Er war schließlich ein Halbelfe.

Als wir eintraten, fühlte ich mich so desorientiert, dass ich mich fragte, ob ich träumte. Es war erst elf Uhr abends, wie die Dutzenden fröhlich tickenden Uhren bekräftigten. Mein erschöpfter Körper und mein Herz fühlten sich an, als wäre es drei Uhr morgens, aber die magische Gastwirtschaft machte wie üblich brummende Geschäfte. Das Hauptfeuer loderte und funkelte in seinem Kamin, und das warme Licht der verschiedenen Feuer und Gaslampen reflektierte von jeder Kupferoberfläche, von denen es viele gab. Ich fühlte mich ungemein getröstet, und

259

meine Tränen versiegten, obwohl meine Augen noch immer geschwollen waren.

Jeder Tisch war besetzt, aber als wir nach einem Platz zum Sitzen suchten, erschien direkt vor uns ein neuer Tisch, komplett mit zwei Stühlen. Ich schaute zur Theke und sah, wie Ferra mir zuzwinkerte. Sie war beschäftigt, schnitt etwas mit einer Hand und zapfte mit der anderen ein Bier. Ich winkte ihr dankend zu.

Ich wollte gerade laut fragen, warum es an einem Dienstagabend so voll war, als ein junger rothaariger Zwerg ein Blatt Papier und zwei angespitzte Bleistifte auf den Tisch zwischen uns legte.

KUPFERZAHNRAD & ALE FANTASY-QUIZABEND, stand auf dem Papier.

Nun, ich genieße Kneipenquizze genauso wie jeder andere, aber ich fühlte mich roh wie eine geschälte Zwiebel, und Savvy war kaum nüchtern. Es war nicht die beste Nacht, um unser Meisterschaftsquiz-Debüt zu beginnen. Der Kellner stellte einen Tumbler mit hauseigenem Zimtwhisky auf Eis vor mich und einen gefrorenen Cocktail vor Savannah. Savvy zuckte mit den Schultern, schenkte mir ein schelmisches Lächeln und warf dann ihren Kopf zurück, um einen langen Schluck zu nehmen.

Fighour Fernak, Ferras Ehemann, nahm seinen Platz am Mikrofon ein, das auf halber Höhe seiner Stange auf die richtige Höhe eingestellt war. Er trank ein Pint goldenes Lagerbier, das er offensichtlich genoss.

»Also gut, also gut, also gut«, sagte er. »Willkommen zur zweiten Runde des Kupferzahnrad Fantasy-Quizabends.«

Es gab Jubel und Pfiffe, und einige Leute trommelten auf ihre Tische. »Für diejenigen, die erst kürzlich zu uns gestoßen sind, war es Dervnik Marseilles, der die erste Runde gewonnen hat.« Fig deutete auf den hinteren Teil des Raums, wo ein Gnom seine Brille zurechtrückte und sich vor dem Applaus verbeugte. »Marseilles hat einen Wochenendaufenthalt in SuperNature Safari und ein kostenloses Abendessen heute Abend gewonnen!«

Die Leute jubelten noch mehr und stampften mit den Füßen. Wie auf Stichwort kamen zwei dampfende Teller mit Essen an unseren Tisch. Eine gebratene Hühnerkeule für Savvy und eine Spanakopita-Pastete für mich, zusammen mit einer riesigen Platte Gemüse zum Teilen. Ich schaute zu Ferra, um zu winken und *danke* zu formen, aber ich konnte ihre Aufmerksamkeit nicht erregen. Sie war voll im Multitasking-Modus, schäumte Milch auf, entkernte Kirschen und überprüfte die Würzung einer Portion Pommes auf dem Weg aus der Küche.

»Frage Nummer eins«, verkündete Fig. »In E. Nesbits Roman *Fünf Kinder und Es*, was ist 'Es'?«

Da ich die Antwort nicht wusste, runzelte ich die Stirn in Savannahs Richtung. Sie biss auf das Ende ihres Bleistifts und schrieb ihre Antwort auf. *Eine Sandfee.*

»In *Halbzauber* von Edward Eager entdecken die Kinder eine magische ...?«

»Münze!«, flüsterte ich Sav zu, und sie notierte es.

»Ein Junge namens Wart wird unter die Fittiche eines Zauberers genommen, der ihn in allerlei Kreaturen verwandelt, um seine Bildung zu fördern. Am Ende entdeckt der Junge sein Schicksal. Wie heißt das Buch?«

Wir lächelten einander an, beide kannten die Antwort. *Das Schwert im Stein.*

»In Roald Dahls *Hexen hexen*, in was wollen die Hexen Kinder verwandeln?«

»Im Buch *Bett-Knob und Besenstiel* studiert Miss Price, um eine ... zu werden?«

»In diesem Buch wird ein Junge namens Bastian in eine Mission verwickelt, um Fantasia zu retten. Tatsächlich tritt Bastian sogar in das Buch ein. Wie lautet der Titel des Buches?«

Wir einigten uns auf unsere Antworten und Savvy kritzelte sie nieder.

*Mäuse. Hexe. Die unendliche Geschichte.*

Es fühlte sich lächerlich surreal an, an einem Kneipenquiz teilzunehmen. Ich fühlte mich seltsam außer Kontrolle, als würde ich auf diesem Pfad Schlittschuh laufen und müsste damit weitermachen, bis das Eis schmolz. Wir reichten unseren Antwortbogen ein und beendeten die letzten Bissen unseres köstlichen Abendessens. Ich musste sofort nach Hause. Ich musste schlafen und mich auf den Kampf vorbereiten, wie Chione gesagt hatte.

Ich gab ein Zeichen für die Rechnung. »Ich muss gehen«, sagte ich.

»Was?«, fragte Savvy, ihr Cocktailglas war leer. »Wir sind gerade erst angekommen! Wir sind weniger als fünfzehn Minuten hier! Ich will wissen, ob wir den Preis gewonnen haben!«

Bevor ich darauf bestehen konnte, hörten wir einige erhobene Stimmen in der fernen Ecke. Ich stand auf, um besser sehen zu können. Eine Bösartigkeit von Kobolden schwatzte laut, einige von ihnen standen auf ihrem Tisch. Ein Paar Orks sprang auf, die Stühle krachten hinter ihnen zu Boden. *Was zum Henker geht hier im Reich vor?* Ich hatte noch nie erlebt, dass im Zahnrad eine Kneipenschlägerei ausbrach. Meine Hand wanderte zu meinem Zauberstab, um zu prüfen, ob er da war, dann zu meinem Ritualmesser. Mein Tansanit-Ring leuchtete an meinem Finger. Eine Frau mit scharlachroten Lippen in einem Umhang – ich vermutete, sie war eine Hexe – deutete auf einen Mann, der in der Ecke saß, der sein Messer und seine Gabel niedergelegt hatte und hinter seiner runden schwarzgerahmten Brille ziemlich alarmiert aussah. Erst da bemerkte ich die Fellbüschel, die unter seinem Flanellkragen und seinen Ärmeln hervorschauten, und seinen üppigen Gesichtsbehaarung.

Ich strengte mich an, zu hören, was die Hexe sagte, aber ich hörte nur Fetzen im Tumult. »Mörder«, sagte sie. »Blutrünstige Tiere ... glaubt ihr, wir wissen nicht, was ihr tut? Lasst unsere Kinder in Ruhe!«

Der Werwolf-Hipster sah wirklich verwirrt aus von den Eskapaden der Hexe, aber er erwiderte nichts. Ich sah, wie sein Adamsapfel hüpfte, als er seinen letzten Bissen hinunterschluckte. Die Hexe, frustriert darüber, dass der Wolf wie ein geborener Pazifist erschien, griff dramatisch nach ihrem Zauberstab, wobei ihr Umhang wallte.

Die Kobolde kreischten und hielten ihre Hände über ihre Köpfe. Einige von ihnen duckten sich. Die Orks grunzten und stolperten rückwärts.

»Ihr seid alle gleich«, schrie die aggressive Frau. »Nehmt euch, was ihr wollt, wann immer ihr wollt. Abscheulich! Gewalttätige, wilde Hunde!«

Ihre Wut fuhr durch ihren Arm und Zauberstab und ein Blitz schoss hervor, der die Wand hinter dem Kopf des Werwolfs traf. Der Zauber hätte ihn getötet, wenn er sich nicht im letzten Moment geduckt hätte. Ich griff nach meinem Zauberstab und hielt ihn bereit, um die Wahnsinnige zu entwaffnen, aber ich kam zu spät.

Eine große, schlanke, rothaarige Frau an der Bar, die mit Ferra geplaudert hatte, drehte sich um, den Zauberstab ausgestreckt, und schritt auf die Angreiferin zu.

»Malachay!«, rief sie. Ich konnte nur ihren Rücken sehen, aber ich erkannte sie. Es war Jacquelyn Denna Knight. »Malachay! Leg deinen Zauberstab nieder!«

Die Hexe drehte sich um und knurrte Jax an, die mindestens zwanzig Jahre jünger war als sie. »Du glaubst also, *du* kannst *mir* sagen, was ich tun soll, *Zauberin*?«

»Wir wollen hier keinen Ärger«, sagte die berühmte Zauberschleuderin. »Leg deinen Zauberstab nieder oder geh.«

Ich fühlte mich ein bisschen starstruck. Ich war ungefähr zur gleichen Zeit wie Jax in Copperfield gewesen, aber unsere Wege hatten sich kaum gekreuzt. Es war kein Geheimnis, dass sie eine tiefe und anhaltende Abneigung gegen Hexen hegte, also hielt ich mich fern, trotz unserer gemeinsamen Geschichte als wilde Waisen, die von Copperfield aufgenommen wurden. Soweit ich weiß, wurde Knight eine Art seltsame und geistreiche mittelmäßige Detektivin, und ich hörte nichts mehr von ihr, bis sie und ihre bunte Truppe das Reich gerettet hatten. Von einer leichten Außenseiterin – nur wenige Zauberer sind weiblich – wurde sie plötzlich zur Lieblingszauberin aller. Das war, als sie in den Untergrund ging.

In Erwartung eines Feuerwerks entfernten sich die magischen Kreaturen in der Nähe der streitlustigen Hexe vorsichtig von ihr, als Jax näher kam.

Die Hexe ballte ihre Faust. »Das geht dich nichts an, Knight.«

»Jetzt schon«, erwiderte Jax. »Du bedrohst eine unschuldige Person, was gegen die Gesetze des Reiches verstößt.«

Malachay spuckte, ohne den Blick vom Werwolf zu nehmen, der nun seine Hände in einer Geste der verwirrten Kapitulation erhoben hatte. »Was weißt du schon über die Gesetze des Reiches?«

»Ich weiß, dass ich nicht tatenlos zusehen werde, wie eine Hexe eine unschuldige Person bedroht–«

»Er ist ein mörderischer Hund!«, kreischte sie.

»EINE UNSCHULDIGE PERSON«, brüllte Jax. »Und ich werde nicht zulassen, dass du diese herrliche Kneipe zerschießt, kurz nachdem sie wieder aufgebaut wurde.«

Die Schultern der Frau sanken herab.

»Malachay«, sagte Jax und näherte sich der nun wütenden Hexe. »Ich gebe dir eine letzte Chance, deine Waffe wegzustecken.«

Die Hexe wurde so wütend, dass ich erwartete, dass ihr Haar Feuer fangen würde. Ihr Gesicht zuckte und knurrte; ihr Zauberstab flackerte vor Wut. Sie drehte sich um, um Jax anzusehen, und richtete ihren Zauberstab entsprechend aus, zur großen Erleichterung des Wolfs in der Ecke. Die Leute um die Zauberin herum keuchten und zerstreuten sich.

»Vielleicht solltest du sie den Wilden töten lassen«, sagte jemand in der Menge. Ferras Gesicht war eine blitzende Gewitterwolke, vielleicht wütend, dass diese Art von Hass von ihren Gästen kam, oder vielleicht weil Malachay auf ihre Lieblingszauberin der Welt zielte.

Ich war verwirrt. Was hatte der Wolf getan, um eine so schreckliche Behandlung zu verdienen?

Ferra kletterte auf die glänzende Kupfertheke ihrer Bar, damit sie gesehen werden konnte. »Geh jetzt, Mildred Malachay, bevor du etwas tust, was du bereuen wirst.«

»Ich werde es nicht bereuen, ein Biest zu töten«, antwortete die Hexe. Der Hipster beobachtete sie mit offensichtlicher Verwirrung. Der arme Werwolf war für einen entspannten Abend ausgegangen, vielleicht um sein super-seltenes, noch blutendes Steak zu essen und ein paar Kneipenquiz-Fragen zu beantworten, nur um von einer verrückten Hexe mit einem wolfsförmigen Groll belästigt zu werden.

Savvy, die während des ganzen Austauschs ruhig geblieben war, trat mich unter dem Tisch und warf mir einen fragenden Blick mit weit aufgerissenen Augen zu, und ich zuckte als Antwort mit den Schultern. Ich hatte keine Ahnung, warum das passierte.

»Letzte Chance«, sagte Jax und richtete ihren Zauberstab auf Malachay.

Die Hexe strahlte so viele Emotionen aus, dass ich sicher war, dass sie nicht nachgeben würde, aber dann ließ sie ihren Zauberstab fallen und fiel auf die Knie, zur Bestürzung der Kobolde, die sich unter den verschiedenen Tischen versteckten. Jax atmete sichtbar aus und bedeutete einem Ork in der Nähe, ihr zu helfen, und sie trugen die Hexe aus dem Restaurant, während alle zusahen. Ferra schüttelte den Kopf und kletterte von der Bar herunter, und der mit weit aufgerissenen Augen schauende Wolf fragte nach seiner Rechnung, die Fighour ihm versicherte, dass sie aufs Haus ging.

Erst als Jax an uns vorbeiging, bemerkte ich ihren geschwollenen Bauch. Die Worte der Direktorin Copperfield machten dann Sinn. Jax konnte uns bei dem Fall der vermissten Töchter nicht helfen, weil sie außer Gefecht war und sich um etwas Zartes und Kostbares kümmerte – denn Jacquelyn Denna Knight war schwanger.

# KAPITEL 52
# ZAHN ODER KRALLE

ASHA

»**W**as zum Teufel ist gerade passiert?«, fragte Savvy. Sie genoss das Drama offensichtlich.

»Das war Mildred Malachay«, sagte der rothaarige Zwerg-Kellner, der wie aus dem Nichts aufgetaucht war, um unsere Teller abzuräumen.

»Ja?«, forderte ich ihn auf. »Und?«

»*Maxine* Malachays Mutter«, antwortete der Zwerg, als würde das unsere Frage beantworten. »Die erste der entführten Töchter.«

»Oh«, sagte ich, und plötzlich verwandelte sich meine Verachtung für die Frau in Mitgefühl. Kein Wunder, dass sie nicht alle Tassen im Schrank hatte. »Arme Frau.«

»Was?«, verlangte Savvy zu wissen. »Eher armer Werwolf!«

Ich war immer noch verwirrt. »Warum hat sie gerade *ihn* ange-griffen?«

Der Zwerg balancierte unsere Teller und leeren Gläser geschickt auf seinem Tablett, während er unseren Tisch mit einem feuchten Tuch abwischte, das nach Zitrus und Nelke roch. »Weil man sich auf der Straße erzählt, dass es die Wölfe sind, die es tun.«

»Die junge Mädchen entführen?«, fragte ich. »Warum?«

Er zuckte mit den Schultern. »Ich schätze, diese Wolfsansteckung begann ungefähr zur gleichen Zeit, als die Mädchen verschwanden, also hat jemand zwei und zwei zusammengezählt und fünf herausbekommen.«

»*Oy vey*«, sagte Savvy, ihre Lippen leicht rot gefärbt von dem leuchtenden Beerencocktail, den sie getrunken hatte.

»Korrelation bedeutet nicht unbedingt Kausalität«, sagte ich, mehr zu mir selbst als zu jemand anderem.

Der junge Mann spitzte die Lippen. »Sag das mal den Mistgabeln. Ich erwarte, dass wir noch viel mehr Mildred Malachays in den Nachrichten sehen werden, die für die Sache aufhetzen, bis wir herausfinden, was wirklich mit den vermissten Mädchen passiert.«

Ich seufzte ungeduldig. Genau das, was wir brauchten – eine Fake-News-Pandemie, die die Ermittlungen komplizierter macht. Ich erinnerte mich, wie Soleil mir kurz nach meinem Krankenhausaufenthalt erzählte, dass sich der Wolfsfluch ausbreitete.

*Was haben Werwölfe mit Flüchen zu tun?*, hatte ich in der Hexenzirkel-Sitzung gefragt. Das war, bevor ich meine Erinnerung zurückbekam.

*Die meisten Werwolffälle sind Flüche,* hatte Forsythia erklärt.

*Ansteckende Flüche,* hatte eine andere Zirkelschwester gesagt. *Deshalb haben sie immer Priorität. Sie können durch die kleinste Verletzung über Zahn oder Kralle übertragen werden.*

Dies war ein Problem, dem der Rat Priorität einräumte, da Werwolfangriffe den unberührten Menschen schwer zu erklären waren und die Erhaltung des Schleiers gefährdeten.

Ein Spukhaus. Vermisste Mädchen. Und jetzt ansteckende Wolfsflüche. Als hätte ich nicht schon genug zu tun. Der Zwerg kam mit Kaffee für uns beide zurück. Savvy nahm ihren und sagte: »Gott segne dich, Kind«, obwohl A) sie Atheistin war und B) der Zwerg ein erwachsener Mann war, trotz seiner vertikalen Herausforderungen.

»Also denken sie, dass die Wölfe die Mädchen nehmen?«, fragte Savvy, nachdem er mit den Augen gerollt hatte und vom Tisch weggegangen war.

»Warum sollten sie?«, antwortete ich. »Das ergibt überhaupt keinen Sinn.«

Werwölfe im Reich blieben meist unter sich. Sie wurden als Sicherheitsleute, Drogenspürhunde an Flughäfen und für alle anderen Jobs eingesetzt, die Muskeln, Geschwindigkeit, Wachsamkeit und/oder einen ausgeprägten Geruchssinn erforderten. Sie blieben in ihren Rudeln, waren der Familie treu und verbrachten nicht viel Zeit mit kulturellen Aktivitäten, abgesehen von ihrer jährlichen Kaninchenjagd, die mich immer traurig machte, weil ich schon immer eine Vorliebe für Kaninchen hatte.

Nach meinem – zugegebenermaßen begrenzten – Wissen über Werwölfe suchten sie nicht aktiv nach Menschen oder anderen Wesen, um sie zu verwandeln; sie brauchten keine neuen Mitglieder in ihren Rudeln. Also ergab dieser Fluch, der sich plötzlich mit beispielloser Geschwindigkeit ausbreitete, für mich keinen Sinn. Planten die Wölfe einen Aufstand gegen uns, wie es die Vampire getan hatten? Das schien angesichts ihres Temperaments unwahrscheinlich, aber man wusste ja nie.

»Ich gebe den Hollywood-Muggeln die Schuld«, sagte Savvy.

Ich warf ihr einen verwirrten Blick zu.

»Für die Werwolf-Panik. Sie haben dasselbe mit Haien gemacht, weißt du. Sie stellen Lykaner immer als wilde, blutrünstige Tiere dar. Das ist, als würde man behaupten, dass Haushunde dich umbringen wollen.«

Ich hob die Augenbrauen und nickte. »Ich habe persönlich noch nie einen Werwolf getroffen, der Unschuldigen etwas angetan hat.«

»Genau«, sagte sie und löffelte den letzten Rest Cappuccino-Schaum in ihren Mund.

»Tatsächlich hat Stoker mir geholfen-«

»Wer?«

»Stoker. Der neue Wächter am Haupteingang des Copperfield Instituts.«

»Ah«, sagte sie, ihr Gesicht verfinsterte sich, vielleicht erinnerte sie sich daran, dass Rusty nicht mehr bei uns war.

»Stoker hat mir geholfen, Nicky Landau in Riverside zu finden«, sagte ich. »Selbst als nichts für ihn dabei heraussprang.« Verdammt, das fühlte sich wie eine Ewigkeit her an.

»Vielleicht solltest du ihn fragen.«

»Ihn was fragen?«

Savvy deutete vage in die Richtung, in der der Beinahe-Streit stattgefunden hatte. »Fragen, worum es bei all dem ging.«

Ich nickte. Es wäre gut, mit ihm in Kontakt zu treten, unabhängig davon, ob er etwas wusste oder nicht.

»Es war so seltsam, Jax zu sehen«, murmelte ich.

»Wie?«

»Findest du es nicht seltsam, Jax zu sehen? Sie hat sich so rar gemacht, und jetzt taucht sie mit ihrem Babybauch auf. Deshalb nimmt sie keine Aufträge von der Direktorin an.«

»Ich hatte den Babybauch nicht erwartet«, stimmte Savvy zu. »Das wird ein verdammt gut aussehendes Baby.«

Ich dachte an Darick und nickte. Sie waren kein unattraktives Paar.

»Ein verwirrtes Baby noch dazu«, murmelte Savannah.

»Wieso?«

»Darick ist ein Magier, richtig?«, sagte Savvy. »Ein Heiler und ein Assassine.«

Wir hatten mehr gemeinsam, als ich wusste.

»Und Jax ist eine Dhampyr-Zauberin, die Vampire jagt. Dazu kommt noch, dass Halbblüter so mächtig sind-«

»Ich verstehe, was du meinst. Es wird eine interessante Mischung sein.«

Savvy kicherte. »Also wird das Baby ein vampirischer Zauberheiler-Magier-Assassine sein.«

»So funktioniert das nicht ganz«, sagte ich. »Aber auf jeden Fall glaube ich, dass ich einen formellen Antrag stellen muss, seine oder ihre Feen-patin zu werden.«

»Und warum nicht?«, sagte Savvy lächelnd. »Die Leere weiß, dass jedes verwirrte Baby im Reich eine Hexen-Feenpatin an seiner Seite braucht.«

# KAPITEL 53

# TORKELNDER TOTER

ASHA

**W**ir teilten die Rechnung, bevor Ferra sie zerreißen konnte, und ließen einen Stapel Scheine auf dem Tisch. Wir standen auf, um zu gehen.

»Wartet«, sagte der Zwerg. »Ihr hättet nicht bezahlen sollen.«

»Was jetzt?«, fragte Savvy.

»Ihr habt die zweite Runde des Fantasy-Pub-Quiz gewonnen. Sie haben es nicht verkündet, weil—«

»Ja!«, rief Savvy, sprang aufgeregt in die Luft und gab mir ein High-Five.

»Behalt es als Trinkgeld«, sagte ich mit einem Blick auf das Geld. Ich hoffte, dass es Savvys herablassendes Verhalten ihm gegenüber wieder gutmachen würde. Er bedankte sich überschwänglich und wir gingen. Von Jax, ihrem Sicherheits-Ork oder Malachay war nichts zu sehen.

»Wo gehen wir jetzt hin?«, fragte Savvy mit schelmisch funkelnden Augen.

»Nach Hause«, sagte ich entschlossen und öffnete meine Uber-App. »Ich setze dich auf dem Weg ab.«

»Neeeeein«, protestierte sie. »Ich fange gerade erst an.« Ich konnte an ihrer Körpersprache erkennen, dass sie bereit war, eine weitere Bar oder einen Nachtclub anzusteuern.

»Woher nimmst du nur deine Energie?«, fragte ich.

»Tequila«, sagte sie. »Komm und trink einen mit mir.«

»Ich kann nicht«, antwortete ich. Ich war zwar entschuldigend, aber entschlossen. »Ich meine, ich würde wirklich gerne, aber die Familie, der ich zu helfen versuche, ist in Schwierigkeiten und ich—«

»Okay«, sagte Savvy, zückte ihr eigenes Handy und rief ein Taxi. »Okay. Schon gut. Ich gehe einfach zurück zum Jolly Roger und finde ,Skorbut' Sven mit der ekligen Augenklappe.«

»Du kannst Besseres haben als das«, sagte ich.

Sie sah für einen Moment traurig aus, als ob sie es vielleicht nicht glaubte.

»Du bist wunderbar«, sagte ich. »Bitte gib dich nicht mit schiffbrüchigen, einäugigen Piraten zufrieden.«

»Er hatte eine schöne Singstimme«, sagte sie mit gespielter Wehmut, und ich lachte laut auf.

Ihr Uber musste auf dem Gelände geparkt haben, denn es kam innerhalb einer Minute an. Dienstagabende mit Quizrunden in The Cog waren offensichtlich lukrativ für Taxifahrer. Ich öffnete die hintere Tür, umarmte sie und winkte ihr nach, während ich mir wünschte, eine bessere Freundin zu sein. Ich schaute nach unten, um herauszufinden, wo mein eigenes Uber war, nur um festzustellen, dass ich nicht auf den „Bestätigen"-Button getippt hatte. Gerade als ich das tun wollte, hörte ich einen Mann ein Lied summen. Es war „Dead Man Lurching" von Zombie Apocalypse – eine alberne, dunkle Melodie mit Country-Einschlag.

*Er war ein freier Mann*

*Er war ein freier Mann, brennend.*

*Er war ein toter Mann*

*Er war ein toter Mann, torkelnd.*

*Er kam, er sah, er zog 'ne Knarre*

*Die Kugel drehte sich und tat ihr Werk.*

*Er war ein toter Mann*

*Er war ein toter Mann, torkelnd.*

*Er war ein verlorener Mann*

*Er war ein verlorener Mann, gehend.*

*Sein Schädel zertrümmert, Blut verspritzt*

*Sein Hirn war Futter für einen Haufen Abschaum*

*Er war ein toter Mann*

*Er war ein toter Mann, torkelnd.*

»Ich dachte, ich erkenne dieses Lied«, sagte ich.

Nathan Steiger hörte auf, über den Parkplatz zu stolpern, und schaute in meine Richtung. Er hob die Hand an die Stirn, um seine Augen vor dem Sicherheitslicht hinter mir zu schützen. Als er mich erkannte, grunzte er. »Hm«, sagte er. »Du.«

»Sie haben keine Ahnung, wie froh ich bin, Sie zu sehen.«

Steiger räusperte sich laut. »Man sagt, Sarkasmus sei die niedrigste Form des Witzes.« Er trat daneben und wäre fast umgefallen. Ich fing ihn gerade noch rechtzeitig auf.

»Whoa«, sagte ich. »Sie haben Trollbier getrunken.«

*Trollbier für einen Troll*, konnte ich nicht umhin zu denken.

Er wurde streitlustig. »Na und?«

»Nichts«, sagte ich. »Nur eine Feststellung. Und ich war nicht sarkastisch. Ich bin wirklich froh, Sie zu sehen. Ich war heute bei den Delports und—«

»Ach, halt die Klappe«, sagte er. »Ich will diesen Namen nie wieder hören.«

»Ich verstehe«, sagte ich und zwang mich zu einem Lächeln. »Aber hören Sie, Sie werden es nicht glauben. Ich habe eine weitere Austreibungszeremonie durchgeführt, und sie haben mit mir gesprochen. Die Geister.«

Er starrte mich an, seine Augen beunruhigend flach und ohne Emotionen.

»Klar«, lallte er. »Klar haben sie das.«

»Ich meine es ernst«, sagte ich zu ihm. »Sie haben mit mir gesprochen und nach *Ihnen* gefragt.«

Zunächst war er still und nahm die neue Information auf, dann kreischte er vor Lachen. »Sie haben nach mir gefragt«, kicherte er und hielt sich den Bauch. »Die Geister haben nach dem Geisterjäger gefragt!«

Ich wartete, bis er mit den betrunkenen Übertreibungen aufhörte.

»Wir brauchen Sie«, sagte ich. »Das ist Ihre Chance, es bei den Delports wieder gutzumachen.«

Er streckte die Zunge heraus, machte ein Raspelgeräusch und kicherte weiter. Ich konnte nicht anders, als mir die Stirn zu reiben und zu versuchen, die Fassung zu bewahren.

»Ich verrate Ihnen ein Geheimnis«, sagte er. »Dieses Haus ist nicht heimgesucht. Nicht wirklich. Jedenfalls nicht von Geistern.«

»Was meinen Sie?«

Steiger hickste und würgte dann, wobei er sein teilweise verdautes Abendessen und ein paar Liter billiges Bier verlor. Ich trat gerade rechtzeitig zurück, um meine Schuhe sauber zu halten. Der Mann ekelte mich auf so vielen Ebenen an, aber ich musste ihn verfolgen, weil es das Haus so verlangte.

»Die Kinder sind krank«, sagte ich.

Steiger wischte sich mit dem Handrücken über die Lippen. »Das ist mir egal.«

Meine Finger kribbelten, und ich verspürte den inbrünstigen Wunsch, ihn auf der Stelle zu verhexen – etwas Subtiles und Ärgerliches. Einen kleinen Affen auf seinem Rücken für alle Ewigkeit. So etwas wie seine ganz persönliche Wolke mit schlechtem WLAN-Signal oder ein wiederkehrender Fieberbläschen jedes Jahr an seinem Geburtstag. Ich sammelte jedes Quäntchen Willenskraft, das ich hatte, und presste meine ohnehin schmerzenden Kiefer zusammen. Ich würde nicht kindisch oder rachsüchtig sein. Ich brauchte ihn.

»Die Kinder sind krank, und die Geister sagten mir, dass sie Sie brauchen.«

»Es ist mir scheißegal«, sagte er.

Groll brodelte in meinem Magen. »Sie sind ein schrecklicher Mensch«, sagte ich, müde, nett zu sein. »Nein. Ich nehme das zurück. Sie sind ein *Versager* als Mensch.«

»Ha!«, lachte Steiger. »Das ist lustig. Das ist genau das, was mein Vater immer über mich zu sagen pflegte.« Er wischte sich erneut den Mund ab, und ich sah, wie die Autoschlüssel in seiner Hand im Licht funkelten.

»Sie fahren nicht nach Hause«, sagte ich. »Sie können kaum laufen.«

»Schauen Sie zu«, spuckte er aus und begann, im Zickzack über den Parkplatz zu laufen.

Ich erinnerte mich daran, was Soleil mir neulich angetan hatte, um mich daran zu hindern, das Studio zu verlassen. Ich zog meinen Zauberstab heraus und machte eine Fliegenfischerbewegung. »*Contendis!*«, sagte ich, und die klingelnden Schlüssel flogen durch die Luft auf mich zu. Ich fing sie auf und ließ sie in meine Umhangtasche fallen. »*Protendo*«, sagte ich und versperrte die Tasche für alle Finger außer meinen eigenen.

Er drehte sich wütend zu mir um. »Gib sie zurück«, forderte er zwischen zusammengebissenen Zähnen. »Gib sie mir sofort zurück.« Er begann wie ein wütender Nashorn in meine Richtung zu stürmen, aber ich hatte immer noch meinen Zauberstab gezogen und war zuversichtlich, dass ich mich verteidigen konnte. Der Halb-Elf konnte kaum stehen. Er stürzte auf mich zu, aber nicht bevor ich »*Impedio, dormio*« unter meinem Atem murmelte. Steiger schlief mitten im Sprung ein und krachte auf den Kies unter ihm.

Ich nahm mein Telefon wieder heraus und rief Tayo an, den Taxifahrer von Edison's. »Ich habe hier einen bewusstlosen Mann«, sagte ich. »Ich zahle Ihnen einen Stundenlohn, um bei ihm zu warten und ihn dann nach Hause zu bringen, wenn er wieder auftaucht.«

Tayo stimmte zu. Wir hatten ein Verständnis nach dem, was mit Derek Landau passiert war. Wir hatten keine andere Verbindung außer der Tatsache, dass wir beide Agenten des Guten waren, und manchmal ist das alles, was man braucht, um zusammenzuarbeiten. Ich wartete, bis er ankam, dankte ihm und bat ihn, Steigers Heimatadresse zu speichern und mir per SMS zu schicken. Ich würde sie am nächsten Tag brauchen, wenn ich plante, Steiger trotz seiner Proteste abzuholen. Manche Menschen tun von Natur aus das Richtige, und manche Menschen brauchen etwas mehr Überzeugungsarbeit.

»Ich hoffe, er sprüht nicht die Innenseite Ihres Taxis mit Farbe an«, sagte ich.

»Ich hatte Schlimmeres«, sagte Tayo, neigte den Kopf und lächelte.

Sie fuhren los, und ich drückte die Taste auf Steigers Autoschlüssel-Fernbedienung. Der Porsche öffnete sich mit einem Klicken und blinkte mit den Lichtern, um mir zu zeigen, wo er geparkt war. Ich ging hinüber, machte ein Foto vom Nummernschild und schickte es an Sam.

KAPITEL 54

# KLEINKINDEREINTOPF

ASHA

*Any chance of an ID?* tippte ich.

*Es ist fast Mitternacht,* antwortete er.

*Und trotzdem bist du wach.*

*Von Natur aus Nachteule,* antwortete er. *Also, es ist Geisterstunde. Was treibst du so?*

*Das Übliche. Ziegen opfern. Kinder in einen Kessel werfen. Nackt im Mondlicht tanzen.*

*Ich hätte dich nie für multitaskingfähig gehalten.*

*Okay, du hast mich erwischt. Ich stehe eigentlich auf dem Parkplatz des Copper Cog.*

*Verdammt gutes Lokal,* tippte Sam. *Verdammt gutes Bier. Und das Essen!*

*Vergiss nicht die verdammt gute Gesellschaft zu erwähnen.*

*Ja,* kam seine Antwort. *Die auch.*

*Es gab eine Auseinandersetzung,* textete ich.

*Oh? Wen hast du verprügelt?*

*Ich war nicht beteiligt.*

*Hmm, antwortete Sam. Warum fällt es mir schwer, das zu glauben?*

*Ich erzähle dir später davon.*

*Also wird es ein Später geben?*

*Ich errötete. Ich meinte nicht heute Abend.*

*Asha Viridian Rook. Du weißt, wie man einen Mann zerstört.*

Ich schickte ein lachendes Emoji.

*Dann gab es eine zweite Auseinandersetzung.*

*Ah. Daher das Bild vom Porsche, das du mir geschickt hast.*

*Ja.*

*Muss ich meine Boxhandschuhe mitbringen?*

*Du hast Boxhandschuhe?*

*Nein. Aber ich könnte welche besorgen. Ich habe Verbindungen.*

Ich schickte noch ein lachendes Emoji.

*Keine Boxhandschuhe nötig. Ich habe mich um ihn gekümmert.*

*Das mag ich an dir,* antwortete er.

Ich wusste nicht, wie ich darauf antworten sollte, dann sah ich, dass er tippte.

*Brauchst du eine Mitfahrgelegenheit nach Hause?* fragte er.

*Es ist spät. Du liegst im Bett. Ich nehme einen Uber.*

*Wer sagt, dass ich im Bett bin?*

*Ich habe es einfach angenommen, da es ja Geisterstunde ist und so.*

*Nö,* textete er. *Ich habe auch im Mondschein getanzt usw. Der Kessel ist schön heiß. Lass mich nur kurz dieses Ziegenblut von meinem nackten Körper waschen und ich bin da.*

*Das ist nicht nötig. Ich kann Uber nehmen. Wirklich.*

*Ich bin schon unterwegs. In 20 Minuten bin ich da.*

*Im Ernst?*

*Im Ernst. Wie sonst soll ich die ganze Geschichte über die Auseinandersetzungen hören?*

Da ich nun zwanzig Minuten totzuschlagen hatte, schlenderte ich zurück ins Cog und bestellte zwei Kaffee zum Mitnehmen und einige von Ferras Gewürzkeksen, für die sie bekannt war. Die Atmosphäre war gedämpft, die frühere Ausgelassenheit verschwunden. Pop-Quiz-Zettel lagen auf dem Boden verstreut. Ferra stand nicht mehr an der Bar – wahrscheinlich besprach sie in ihrem Büro, was vorhin passiert war. Ich wünschte, ich hätte mit Jax sprechen können. Ich wünschte, wir könnten Freundinnen sein, aber mehr noch wünschte ich mir, dass wir zusammenarbeiten könnten. Ich verstand, warum sie in der näheren Zukunft außer Gefecht gesetzt war, aber vielleicht danach? Das heißt, wenn ich die Heimsuchung des Delport-Hauses überleben würde. Ich ging wieder nach draußen und schaute zu den Sternen.

FRÜHER ALS ERWARTET HIELT Detektiv Sam Armstrong neben mir.

»Das ist enttäuschend«, sagte er.

»Was denn?«

»Ich hatte voll damit gerechnet, dich nackt im Mondlicht tanzen zu sehen. Ganz zu schweigen von der Aufregung wegen der Ziegenopferung und dem Kleinkindereintopf.«

Wir lächelten einander an, dann sprang er aus dem Wagen, um mir die Beifahrertür zu öffnen, und ich überreichte ihm seinen Kaffee. Das Kupferlogo an der Seite des Bechers glänzte im Licht.

Als wir vom Parkplatz fuhren, warf er mir einen verstohlenen Seitenblick zu. »Willst du darüber reden?«

»Über die Auseinandersetzungen?«, erwiderte ich. »Das war doch der Deal, oder?«

»Ich meinte, warum du geweint hast.«

»Oh«, sagte ich und hob automatisch meine Fingerspitzen zu meinen Augenlidern. »Ich wusste nicht, dass sie noch geschwollen waren.«

»Nicht sehr«, sagte er.

»Aber du hast es bemerkt.«

»Ich bin Detektiv. Es ist buchstäblich mein Job, aufmerksam zu sein.«

Wollte ich darüber sprechen, warum ich vorhin in Savvys Armen geweint hatte? Nein. Ich hatte diese Entladung gebraucht und sie hatte mir das ermöglicht. Es war ein Wolkenbruch der Emotionen gewesen und es war vorbei.

»Ich erzähle dir von den Auseinandersetzungen«, sagte ich.

Während Sam mich nach Hause fuhr, erzählte ich ihm von Mildred Malachays Ausraster in der Kneipe und wie Jax die Situation entschärft hatte. Er war fasziniert von dem Gespräch über die magischen Wesen und die Politik, die damit verbunden war.

»Warte. Jacquelyn? Ich dachte, Zauberer wären männlich«, sagte er.

»Normalerweise sind sie das auch.«

»Ich stelle sie mir immer mit langen grauen Bärten vor.«

»Jax hat keinen Bart. Sie hat einen Zauberstab und eine hammermäßige magische Armbrust.«

»Hatte die verrückte Hexe Recht? Sind Werwölfe gefährlich?«

»Sie können es sein«, sagte ich. »Genau wie Menschen.«

»Stoker scheint ein guter Kerl zu sein.«

Ich nickte. »Ist er auch. Direktorin Copperfield hätte ihn bis ins kleinste Detail überprüft, bevor sie ihn zum Wächter der Akademie gemacht hat.«

»Ok«, sagte Sam und verlangsamte, um eine Kurve zu nehmen. »Also, wem gehört der Porsche?«

»Das musst du mir sagen.«

»Ich kümmere mich gleich als Erstes darum, wenn ich im Präsidium bin.«

»Er geht unter dem Namen Nathan Steiger. Er ist ein manipulativer Betrüger ohne Gewissen. Er bringt verletzliche Menschen um ihr Geld.«

»Verstanden.«

»Ich muss seinen Wohnort durch Triangulation bestimmen. Ich bekomme bald Informationen aus einer anderen Quelle.«

Der Fahrer hatte mir noch nicht geschrieben. Steiger schlief wahrscheinlich noch auf dem Bordstein.

»Eine andere Quelle?«, fragte Sam spielerisch. »Du betrügst mich also.«

Wir hielten vor meinem Haus und ich spürte, wie sich mein Magen vor Nervosität zusammenzog. Oder war es Aufregung? Es war eine Achterbahnfahrt von einer Woche gewesen. Ich hatte jede Menge auf dem Teller und wusste, dass ich das Leben nicht noch komplizierter machen sollte.

»Möchtest du reinkommen?«, fragte ich und hielt den Atem an.

Die Luft im Auto wurde schwer von der Bedeutung meiner beladenen Worte. Normalerweise hätte ich mich auf meinem Sitz gewunden, aber nach dem Tag, den ich hinter mir hatte, war ich in einer selbstbewussten Stimmung, und Detektiv Sam Armstrong sah besonders anziehend aus. Ich sah das Verlangen in seinem Gesichtsausdruck – einen Hunger, der meinem eigenen entsprach – und ich dachte fünf Minuten voraus und sah uns eilig die Haustür aufschließen, uns gegenseitig die Kleidung im Flur ausziehen, und sah Armstrong, wie er mich gegen die Wand drückte und mich küsste –

»Glaub mir, ich würde gerne«, sagte der Detektiv.

Ich blinzelte meine Fantasie weg und versuchte, meine Atmung zu beruhigen, die sich vertieft hatte.

»Aber?« Mein Rücken wölbte sich, mein Becken kribbelte.

»Aber du hattest einen wirklich langen Tag und ich muss in...« Er schaute auf seine Uhr. »...fünf Stunden aufstehen, um das Nummernschild für dich zu überprüfen.«

»Was ist der wahre Grund?«, fragte ich.

Er zögerte mit seiner Antwort. »Du bist gerade an einem verletzlichen Punkt.«

»Ich habe keine Angst davor, bei dir verletzlich zu sein.«

Er sah mich mit Zuneigung und Sehnsucht an. »Dann bin vielleicht ich derjenige, der Angst hat.«

# KAPITEL 55

# ATTENTATE SIND SO VIEL WENIGER ANSPRUCHSVOLL

ASHA

Es tat mir leid, Sam wegfahren zu sehen, aber ich wusste auch, dass es wahrscheinlich das Beste war. Meine Gefühle für ihn waren gewachsen und es wäre so schön gewesen, ihnen einfach nachzugeben, und ihm, und einfach... ich weiß nicht. Eine Stunde damit verbringen, dem Verlangen meines Körpers nachzugeben, völlig loszulassen und das Universum in mich aufzunehmen. Aber es würde nicht passieren – jedenfalls nicht heute Abend. Ich seufzte tief, sog so viel Sauerstoff wie möglich ein, atmete aus und ließ die Frustration ziehen. Heute Abend ging es darum, sich auf den Kampf vorzubereiten, wie Chione geraten hatte. Schöne Vergnügungen müssten warten.

Ich ging langsam in mein Haus und fühlte mich, als wäre ich seit Ewigkeiten nicht zu Hause gewesen, obwohl es nur Stunden waren. Ich hängte meinen Umhang auf und löste mein Ritualmesser. Circe und Odysseus schlangen ihre anthrazitfarbenen Schwänze um meine Waden, und ich hielt inne, um sie zu streicheln. Sie schnüffelten an meinen Handgelenken, vielleicht nahmen sie den Geruch von Chione oder Catnip wahr. Ich atmete weiter tief, fast in einem meditativen Zustand, während ich durchs Haus ging, Trockenfutter in die Näpfe der Katzen füllte, ihnen frisches Wasser gab und dann hinausging, um die Hühner einzusperren.

Die erste Phase des Kampfes würde darin bestehen, den verkaterten Steiger abzuholen, der sich sicher widersetzen würde. Als nächstes müsste ich die Delports davon überzeugen, dass wir ihnen helfen könnten, trotz der gegenteiligen Beweise. Der größte Kampf würde natürlich darin bestehen, die Geister zum Weitergehen zu bewegen und die Familie in Frieden zu lassen. War ich dem gewachsen? Ich würde es erst wissen, wenn ich dort wäre und mich ihnen stellen würde. Keine der Herausforderungen schien überwindbar, aber ich wusste aus früherer Erfahrung, dass ich mich vor einer Konfrontation oft so fühlte. Ich schimpfte still mit Soleil, weil sie mich in solch eine Situation geschickt hatte. Attentate sind so viel weniger anspruchsvoll.

Ich war hin- und hergerissen zwischen der Möglichkeit, die ganze Nacht mein Buch der Schatten zu studieren, und einem Kamillenbad mit anschließendem direkten Gang ins Bett. Mein Kopfkissen gewann. Hauptsächlich, weil ich erschöpft war, aber auch, weil ich mir überlegte, dass es das Beste wäre, gut zu schlafen, wenn ich am nächsten Tag gegen die Mächte der Dunkelheit kämpfen sollte. Ich könnte morgens mit einem frischen Gehirn die Zaubersprüche auffrischen. Ich zog den albernen Schlafanzug an, den Savvy mir gekauft hatte – einen türkispinken Einhorn-Onesie – und fand ihn weich und tröstlich.

Ausreichend zu schlafen schien wie die verantwortungsvolle, erwachsene Entscheidung, aber du weißt ja, was man über gute Vorsätze sagt. Ich könnte nicht sagen, wie viele Stunden erholsamen Schlafes ich bekam, bevor ich von Albtraum zu Albtraum taumelte. Meine Angst und Besorgnis spielten sich in surrealem Technicolor mit all den schrecklichen Szenarien ab, die meine Fantasie aufbringen konnte.

Ein alter, gähnender Baum verschluckte mich ganz und schob mich durch seine Wurzeln in die Erde, um das Myzel zu füttern, das sich durch den Mulch dort zog.

Ein Poltergeist fror meinen Körper ein.

Ein Biss in einen selbst angebauten Apfel enthüllte, dass er voller Würmer war.

Steiger folterte mich mit einem seiner falschen Geräte und lachte wahnsinnig.

Die Delport-Kinder, blass und mit weißen Augen, versuchten, mich von einem Dach zu stoßen.

Ich war wieder im Krankenhaus und die Krankenschwestern tuschelten um mich herum. *Wieder kaputt*, sagte Doktor Gilbert, während sie mich zurück in den Operationssaal schob. Das chirurgische Team schüttelte den Kopf über meine Unvorsichtigkeit. *Zu schade, dass diese Frau nicht weiß, wie man auf sich aufpasst.*

Meine Tattoos verwandelten sich von Illustrationen von Pflanzen und Blumen in ein lebensgroßes Ouija-Brett, und das Planchette schnitt in meine Haut, während der Elfenbeintotenkopf Drohungen buchstabierte.

Mildred, die verrückte Hexe, schrie mich an, weil ich die Untersuchung verpfuscht hatte.

*Du versuchst nicht einmal*, meine Tochter zu finden*!*

Scham brannte in meinen Wangen und meinem Magen.

Sam schubste mich aus seinem Auto. *Ich habe gesagt, ich* will *keine Hexe!*

Der Kaffee verwandelte sich in Blut, aber ich hatte schon zu viel davon getrunken, und ich begann, scharlachrotes Erbrochenes überall zu verteilen.

Ich sah die Delport-Kinder in diesen kleinen, frisch ausgehobenen Gräbern liegen, mit offenen Augen, die in den Himmel starrten. Jemand begann, Erde auf sie zu schaufeln. Ich erkannte, dass ich es war.

Ich setzte mich kerzengerade im Bett auf, als hätte ich einen Stromschlag bekommen. Mein Schlafanzug klebte an meiner heißen, feuchten Haut. Meine Kiefer schmerzten vom Zusammenpressen. Meine Uhr blinkte 3:46 Uhr. *Verdammt.* Ich zog meine Knie an die Brust, versuchte, mein hämmerndes Herz zu beruhigen. Ich war verzweifelt nach Schlaf gewesen, aber wenn mich auf der anderen Seite nur Albträume erwarteten, bliebe ich lieber wach. Ich zog meinen Morgenmantel und meine Hausschuhe an und schleppte meinen müden Körper die Treppe hinunter. Der Wasserkocher brodelte laut in der stillen Nacht. Ich bereitete einen Aufguss aus getrockneten Blättern zu und nahm den dampfenden Becher mit zurück in meinen Zaubertrankraum. Es war ein alter, angeschlagener Becher, aber immer noch einer meiner Lieblinge. Ein Geschenk von Savvy, auf dem stand *ICH WEISS, WIE MAN EINEN STOCK FÄHRT*.

Mein Zaubertrankraum war dunkel und ruhig, genau wie ich es mochte. Ich ließ meine Fingerknöchel knacken und machte mich an die Arbeit.

KAPITEL 56

# PURZELBÄUME IN DEN TOD

ASHA

Irgendwo in einem fernen Universum klingelte eine Türglocke. Ich stöhnte und hob meinen Kopf von dem aufgeschlagenen Buch, auf dem ich eingeschlafen war, noch immer gefangen zwischen Traum und dem Morgenlicht, das die Schatten im Schlafzimmer durchbrach. Diese Nachtangst! Wovon hatte ich zuletzt geträumt? Und wo war ich? Etwas über eine verrückte Hexe und einen torkelnden toten Mann. Und Sam, wunderbarer Sam. Herr Polizist.

Der Schlaf verflog. Ich war zu Hause, in meinem Trankzimmer. Ich war in Sicherheit, aber allein. Ein Krampf der Angst zog sich durch meinen Magen. Es war kein Albtraum gewesen: die trauernde verrückte Hexe, der betrunkene Geisterjäger, die verschwundenen Töchter und die Geister toter Kinder. Es war absolut real, und ich musste aufstehen und mein Bestes tun, um die Dinge wieder in Ordnung zu bringen. Das war schließlich mein Job. Hüterin des Gleichgewichts; Richterin des Unrechts.

Die Türklingel!

Ich hatte vergessen, was mich überhaupt geweckt hatte. Ich sprang mit nervöser Energie auf und wischte mir den Speichel von der Wange.

»Ich komme gleich!«, rief ich. Ich spülte mein Gesicht in dem kleinen Becken ab und betrachtete meine geschwollenen Augen, wusste aber, dass es keinen Sinn hatte, darüber nachzudenken, wie schnell ich gealtert war. Das ist es, was Stress paranormaler Art mit dir macht. Ich konnte nicht umhin zu bemerken, wie sich in meinem Haar eine vorzeitige silberne Strähne zu entwickeln begann. Ich blies sie aus meinem Gesicht. Bei diesem Tempo würde ich mich bald für eine Juniorstelle bei Mason & Sons bewerben.

Ich flog die Treppe hinauf, um die Alarmanlage auszuschalten, und verfehlte dabei nur knapp die Schatten auf der Treppe: die beiden Höllenkatzen, die darauf aus waren, mich in meinem eigenen Zuhause zu ermorden. Eines Tages würde ich über sie stolpern und die Treppe hinunterstürzen, Purzelbäume in den Tod schlagend.

»Wer wird euch dann füttern?«, murmelte ich zu Circe und Odysseus auf meinem Weg nach unten. »Wer wird euch Katzenminz-Kekse geben, wenn ich in meinem Grab ruhe?«

Odysseus miaute und verengte seine Augen. Typisch für eine Katze: Er hatte eine Antwort auf alles.

Als ich die Haustür öffnete, erkannte ich die Gestalt des Besuchers, seinen einzigartigen Hut und die runde Brille. Es war Papa Schlumpf.

»Merlin«, sagte ich, leicht außer Atem.

»Anfängerin«, antwortete er herzlich. »Was um alles in der Welt trägst du da?«

Ich schaute nach unten und bemerkte, dass ich immer noch den Einhorn-Onesie trug.

Merlin schien amüsiert. »Nicht dass dir das nicht gut stehen würde–«

Ich erwiderte sein gutmütiges Lächeln. »Ich habe nicht darauf geachtet.«

Er grinste. »Also eine gute Nacht, ja?«

Natürlich wusste Merlin, dass Dienstage meine Gin-Abende mit

Savannah waren, daher sein Erscheinen mit Morgenkaffee, um den unvermeidlichen Kater zu lindern.

»Du bist zu gut zu mir«, sagte ich und schloss das Tor auf. »Kommst du rein?«

»Ich muss eigentlich los«, sagte er und schaute auf seine Uhr, die aus Kupfer und kompliziert war und von der ich sicher war, dass sie Ferra neidisch machen würde. »Ich treffe einen Kollegen im Sporen-Labor. Wir machen Fortschritte beim Klonen der *Chorioactis geaster*. Es ist spannend.«

Ich hob hoffnungsvoll die Augenbrauen. »Fünf Minuten?« Ich wollte ihn nicht aufhalten, aber ich wollte wirklich seinen Rat einholen.

Er blickte wieder auf seine kupferne Tickuhr und sog Luft durch die Zähne ein, als könnte er sich nicht entscheiden. Dann funkelten seine Augen und er lächelte verschmitzt. »Klar«, sagte er. »Natürlich.«

Er holte seinen eigenen Kaffee aus dem Auto, und wir gingen ins Haus, wobei wir nur anhielten, um den braunbehüteten, schwarzkiemigen *Panaeolus cinctulus* zu bewundern, der über Nacht zwischen der italienischen Petersilie aufgetaucht war.

»Ich habe auch ein paar *Leucocoprinus birnbaumii*«, sagte ich. »Im Pfirsichtopf hinten im Garten.«

Er nickte anerkennend, als hätten die Pilze mich wegen meiner Persönlichkeit ausgewählt und nicht wegen meiner Wahl der Blumenerde. Um ehrlich zu sein, war ich irrational stolz, wenn sie in meinem Garten auftauchten, und fühlte, dass sie mich tatsächlich meinen weniger glücklichen Nachbarn vorgezogen hatten.

Merlin lüpfte seinen Pilzlederhut, als wir das Haus betraten, und wir setzten uns an die Theke, um unsere vom Barista zubereiteten Cappuccinos aus Platelet zu trinken. Ich konnte die Mandelmilch in meinem riechen, bevor ich ihn probierte, und staunte, wie gut der Kaffee war und wie gut der Mann mich kannte.

»Was brauchst du?«, fragte er.

Ich zögerte. Wo sollte ich anfangen? Er hatte weniger als fünf Minuten, und ich hatte ein Problem, das ich nicht einmal beschreiben konnte.

»Da ist diese Familie«, sagte ich.

Er nickte.

»In diesem neuen Haus.«

Er blinzelte und richtete seine Brille. »Ja?«

Okay, das würde nicht funktionieren. Ich beschloss, dass ein schneller, verrückter Monolog stattdessen den Trick tun würde. »Das Haus wird von diesen Geisterkindern heimgesucht, und die Familie ist in Gefahr. Aber sie vertrauen mir nicht mehr, ihnen zu helfen. Und die Geister sagten, ich müsse mit diesem Betrüger zurückkehren, der der Grund dafür ist, dass die Familie mir nicht mehr vertraut. Sonst werden Menschen verletzt. Kinder werden verletzt. Sie sagen das immer wieder – *verletze die Kinder, töte die Kinder*. Aber selbst wenn sie uns reinlassen, weiß ich nicht, wie ich das Problem lösen soll.«

Merlins Augen weiteten sich, und er setzte sich aufrecht hin. »Und du bist darin verwickelt... wie?«

»Soleil hat mich hereingebracht.«

»Hmm«, brummte Papa Schlumpf, offensichtlich nicht beeindruckt von der Hohepriesterin. »Was wirst du tun?«

Ich nahm einen langen Schluck vom Kaffee und zuckte dann mit den Schultern.

»Ich weiß nicht«, sagte ich. »Versuchen, das Haus zu ent-spuken?«

Er lachte alarmiert. »Lieber du als ich.«

»Ernsthaft«, sagte ich. »Ich muss einen Weg finden, die Jung-Spuks zum Weiterziehen zu bewegen. Irgendwelche Ideen?«

Merlins Augen wurden hinter seiner Brille groß, und er hustete ein Lachen heraus. »Ich? Machst du Witze? Ich weiß weniger über Poltergeister als du. Ich schaue nicht einmal Horrorfilme. Ich kann sie nicht ertragen.«

Ich starrte ihn an und schüttelte dann den Kopf. »Entschuldige«, sagte ich. »Natürlich nicht.« Die Wahrheit war, dass ich, obwohl ich den größten Teil meines Gedächtnisses wiedererlangt hatte, Dinge über Merlin vergessen zu haben schien, was mich schlecht fühlen ließ, weil er alles über mich wusste. Ich schloss meine Augen und rieb sie, seufzte schwer. »Ich dachte nur, du könntest eine Idee haben. Irgendetwas. Aber warum solltest du?«

Er war Mykologe, Professor und Biologe. Er befand sich am entgegengesetzten Ende des Spektrums des Geisterjäger-Geschäfts, und jetzt dachte er wahrscheinlich, ich sei ein nutzloser, glänzender Schnickschnack weniger als ein Weihnachtscracker.

Merlin schaute mich so intensiv an, bis ich das Bedürfnis verspürte, mich erneut zu entschuldigen. Als ich meinen Mund öffnete, hob er seine Hand, um mich zu stoppen.

»Warte«, murmelte er. »Nur warte.« Er kratzte sich am silbergrauen Stoppeln auf seiner Wange. »Mir ist gerade etwas eingefallen. Aber...«, er trommelte mit den Fingern. »Ich glaube nicht, dass es dir gefallen wird.«

»Eigentlich zwei Dinge«, sagte Merlin, nachdem er angerufen und sich entschuldigend von seinem Termin abgemeldet hatte, damit er bei mir bleiben konnte.

Ich konnte nicht schnell genug nicken. »Ich höre.«

»Also, da ist dieser Pilz–«

*Das ist nicht dein Ernst*, dachte ich. *Ein Pilz? Um gegen einen psychopathischen Poltergeist zu kämpfen?* Sonne, Mond und Sterne, ich steckte tief in der Klemme. Ich muss panisch ausgesehen haben, denn er hob wieder seine Hand.

»Ich weiß, was du denkst«, sagte Merlin, ohne den Blickkontakt zu unterbrechen, »aber hör mir zu.«

Ich nahm noch einen Schluck von meinem Kaffee.

»Du weißt über Psilocybin–«

Natürlich wusste ich über Psilocybin Bescheid. Welche selbstachtende grüne Hexe würde nicht über die unglaubliche Kraft magischer Pilze Bescheid wissen? Sie waren praktisch erforderlich bei der Initiationszeremonie.

»Es gibt eine ungewöhnliche Pilzgattung mit einer ähnlichen Verbindung wie Psilocybin und Psilocin–«

»Ähnlich?«, runzelte ich die Stirn. Warum hatte ich noch nie von ihnen gehört? Dann, als ich mich an mein Kopftrauma erinnerte, verstand ich, dass ich vielleicht mehr Wissen verloren hatte, als mir bewusst war.

»Armillaria goliath purpura«, sagte er und sprach den Namen langsam aus, damit ich ihn verstehen würde. »Er enthält die chemische Verbindung Coniunctico.«

»Coniunctico? Wie in Verbindung?«, sagte ich, und er nickte. Zumindest war mein Latein nicht allzu eingerostet.

»Nun, ich würde niemandem empfehlen, Goliath tatsächlich zu essen, denn es ist... nun, es ist im Grunde ein Einweg-Pfad in den Wahnsinn.«

Ich sah ihn skeptisch an. »Und trotzdem empfiehlst du es hier.«

Er lachte und winkte meine Bedenken weg. »Es gibt einen Weg, wie du ihn nehmen kannst, um das Risiko zu mindern. Ich helfe dir. Aber was du wissen musst, ist, dass er ein magischer Verstandsbeuger der extremen Sorte ist. Er ist wie Psilocybins großer, böser Bruder. Daher der Name.«

»Erinnere mich noch einmal, warum wir das überhaupt in Betracht ziehen?«

Merlin holte tief Luft und sah sich um, als suchte er nach dem einfachsten Weg, es mir zu erklären. »Weißt du, wenn du Psilocybin nimmst und du dich mit allem und jedem verbunden fühlst? Und du siehst, dass du Natur bist, nicht von der Natur getrennt?«

»Ja.«

»Und du verstehst Dinge auf einer tiefen Ebene, die du nie zuvor verstanden hast?«

»Ja.«

»Mit Coniunctico ist es eine ähnliche Erfahrung, aber verstärkt... *exponentiell.* Psilocybin löst die Grenze zwischen dir und der Natur auf. Coniunctico löst die Grenze zwischen Realität und der Geisterwelt auf.«

Ich blinzelte ihn an.

»Wie du dir vorstellen kannst«, lächelte er, »kann es ziemlich verwirrend sein, wenn du es nicht erwartest. Alle Schichten und Atome des Lebens werden geöffnet – weit und tief und farbenfroh – und explodieren in einen verrückten Cluster jeder Realität, die es gibt.«

Ich saß einfach da und blinzelte ihn weiter an.

»Du willst mit den Geistern in diesem Haus kommunizieren können, richtig?«

Ich nickte.

»Coniunctico reißt die Wände nieder, die uns von ihnen trennen – die sehr wichtigen Wände, die an normalen Tagen unseren Verstand bewahren – damit du auf sinnvolle Weise mit ihnen interagieren kannst. Hoffentlich kannst du zu einer Einigung kommen, und wir werden alle glücklich bis ans Ende unserer Tage leben.« Seine Augen zwinkerten.

»Und dann ist da noch die Kleinigkeit mit dem Wahnsinn«, sagte ich.

Die Heiterkeit verschwand aus seinen Augen, und sein Lächeln wurde gerade. »Nun, ja.«

»Der Einweg-Pfad in den Wahnsinn?«

»Schau, es passiert nicht sehr oft, aber dieses Risiko besteht. Natürlich gibt es das. Manche Menschen sehen die wahre Natur der Dinge, und es lässt ihr Gehirn implodieren. Aber ich kenne dich, und ich denke, dir wird es gut gehen.«

»Tröstlich«, sagte ich.

»Wir sind nicht dazu bestimmt, hinter den Vorhang zu sehen, weißt du. Es ist nicht gut für einen durchschnittlichen Menschen, der glaubt, dass die Realität das ist, was er sieht, der glaubt, dass Bewusstsein der flache Fernsehbildschirm ist, den unsere Netzhaut uns zeigt. Es kann irreparablen psychologischen Schaden verursachen.«

»Nochmal, du empfiehlst mir, das zu tun?«

Merlin zuckte mit den Schultern. »Ehrlich? Keinen fliegenden Pilz wert. Persönlich würde ich das Risiko nicht eingehen. Man weiß einfach nie, wie es ausgehen wird.«

Ich schaute aus dem Fenster. Das Morgenlicht war noch wässrig, die Brise kühl.

»Aber ich kenne dich«, sagte Merlin. »Und das ist genau die Sache, die du tun würdest.«

»Psychedelische Verbindungen einnehmen?«, scherzte ich.

Er lachte nicht. »Dein Leben in Gefahr bringen, um diese Familie zu retten.«

Ich schluckte schwer. »Was ist das andere?«

Merlin runzelte die Stirn.

»Du sagtest, es gäbe zwei Dinge.«

»Oh!«, erinnerte er sich. »Ja. Der Zyanidzahn.«

»Oh, ja, den habe ich«, antwortete ich und berührte das Fläschchen mit Gift, das um meinen Hals hing. Mein Ausweg, mein Ausgangsticket, falls die Dinge jemals zu schlimm werden sollten.

Merlin schaute bedeutungsvoll auf die Flüssigkeit, die manchmal zu leuchten schien. »Was ist dein Gift?«

»Essenz des Grünen Knollenblätterpilzes«, antwortete ich.

Er nickte stolz und lehnte sich zurück. »Ich habe dich gut gelehrt.«

Es war ein seltsam ergreifender Moment, und wir schauten einander voller Zuneigung an.

»Nun«, sagte Merlin, legte seine Hände auf seine Oberschenkel und lächelte. »Ich denke, wir sollten besser auf Pilzjagd gehen.«

»Nun«, sagte Merlin, legte seine Hände auf seine Oberschenkel und lächelte. »Ich denke, wir sollten besser auf Pilzjagd gehen.«

KAPITEL 57

# DER VERWUNSCHENE WALD

ASHA

Mein Handy klingelte. Es war Sam.

»Kann ich dich heute sehen?«, fragte er. Er hatte sich den Tag freigenommen.

Ich zögerte. Ich fühlte mich immer noch ein bisschen gekränkt von seiner Ablehnung am Vorabend, außerdem hatte ich einen vollen Tag mit Geisterjagen geplant, für den ich schon spät dran war. Merlin drehte sich weg, und ich vermutete, dass er mir etwas Privatsphäre geben wollte.

»Klar«, antwortete ich. »Das würde mir gefallen.« Immerhin könnte es das letzte Mal sein, dass ich ihn jemals sah. »Was machst du gerade?«

Sam traf Merlin und mich am westlichen Rand des verwunschenen Waldes, bei dem großen und verrosteten BETRETEN STRENGSTENS VERBOTEN-Schild. Sam schaute auf das alte Schild und die dunkle Ansammlung von Bäumen und lachte nervös. »Ich dachte, du machst Witze, als du gesagt hast, dass er verwunschen ist.«

»Nein«, erwiderte ich, schüttelte den Kopf und lächelte.

Ich stellte die Männer vor, und sie schüttelten sich die Hände. Ich fragte mich, was Sam von dem exzentrischen Hut des Mykologen hielt.

»Bereit?«, fragte Merlin und rieb sich die Hände. Ich glaube, er wurde nie müde, nach Pilzen zu suchen.

Ich hob meinen Sammelkorb. »Bereit.«

Wir gingen in die Dunkelheit unter dem Blätterdach. Gelegentliche Strahlen weichen Silberlichts hoben Mückenschwärme hervor und bedeckten die Laubstreu mit sich verändernden Formen. Ich liebte es, Seite an Seite mit Armstrong zu laufen. Er sah besonders ansprechend in seiner dunklen Kleidung und Schirmmütze aus. Ich hatte den Drang, seine Hand zu halten, aber ich hielt mich zurück.

»Also«, sagte Merlin, »wonach wir suchen, ist ein mittelgroßer Sporophor-«

»Ein was?«, fragte Sam.

»Der Fruchtkörper des Myzels«, sagte ich, und er hob eine Augenbraue. »Der Pilz.«

Armstrong sah ungläubig aus. »Warum nennt ihr es dann nicht einfach *den Pilz?*«

»Weil wir intelligent klingen wollen«, scherzte Merlin. »Die Mykologie steckt voller komplizierter Begriffe und Gattungsnamen. Warum ›Pilz‹ sagen, wenn du ›Sporophor‹ sagen und alle im Raum beeindrucken kannst?«

»Guter Punkt«, erwiderte Sam. »Sporophor. Verstanden.«

»Je nach Alter wird der Pileus die Größe von-«

»Der Hut«, erklärte ich Sam.

»Der Hut wird zwischen der Größe einer Fünf-Rand-Münze und einem Flaschenverschluss sein. Wir werden ihn auf holzigen Sträuchern und Bäumen finden. In der kanadischen Prärie wird Armillaria als ›openky‹ bezeichnet, was auf Ukrainisch ›nahe dem Stumpf‹ bedeutet.«

»Ich wusste nicht, dass Kanadier Ukrainisch sprechen«, sagte Sam.

»Tun sie auch nicht«, antwortete Merlin. Er lachte und ging weiter, wobei er seine Expertenaugen auf den Boden gerichtet hielt und von links nach rechts schweifen ließ.

»Man findet ihn normalerweise in dichten Büscheln, und die Hüte sind hellgelbbraun. Je nach Alter werden sie kegelförmig bis konvex sein.«

»Ähm«, sagte Armstrong. »Hast du damit nicht gerade etwa neunundneunzig Prozent aller Waldpilze beschrieben?«

Merlin war in seinem Element. Er lächelte den Detektiv an. »Ja. Aber wir haben gerade erst angefangen. Es gibt endlose Kombinationen von Pileus, Lamellen, Stielen, Ringen, Sporenabdrücken, Schleiern und Wülsten, also wirst du sehen, dass wir die meisten hellgelbbraunen Sporophore, auf die wir stoßen, ausschließen können. Ich werde jedes Exemplar untersuchen, das ihr findet, aber wonach wir suchen, ist: ein heller Stiel mit einem lila Nadelstreifen, ein Ring an diesem Stiel und gesprenkelte lavendelfarbene Lamellen. Kein Schleier oder Wulst vorhanden.«

»Der Wulst – nicht zu verwechseln mit einem bestimmten weiblichen Körperteil«, sagte ich zu Sam, »ist eine Tasse, die du am unteren Ende des Stiels findest.«

Sam lächelte. »Keine Schleier oder Stielbecher. Hab's verstanden«, sagte er nickend. »Das macht Spaß. Wie eine Ostereiersuche.«

Ich lächelte ihn an. War das derselbe mürrische Detektiv, der mich vor ein paar Wochen fast in meinem Krankenhausbett verhaftet hätte?

»Nun, Armillaria ist die Honigpilz-Gattung«, sagte Merlin, während wir gingen. Ich liebte es, etwas über Mykologie zu lernen, und hoffte, dass Sam sich nicht langweilen würde, aber er schien genauso interessiert zu sein wie ich. »Der größte lebende Organismus auf der Erde ist eine Armillaria-Myzelmatte von zweiundzwanzig Hektar im pazifischen Nordwesten. Es ist eine faszinierende Gattung. Extrem intelligent. Es ist ein Wiesenmacher.«

»Pilze sind intelligent?«, fragte Sam.

»Jedenfalls intelligenter als wir«, sagte Papa Schlumpf lächelnd.

»Was ist ein Wiesenmacher?«, fragte ich.

»Der Pilz wird strategisch Bäume in Gebieten fällen, wo der Boden Sonnenlicht und Wasser braucht. Pionierpflanzen übernehmen dann, und dann erscheint eine Wiese, und Stickstoff wird ersetzt. Das ist nur eine der Arten, wie Myzel das Gleichgewicht im Ökosystem wiederherstellt.«

*Ich bin ein Wiesenmacher*, dachte ich. *Manchmal müssen Dinge sterben, um das Gleichgewicht wiederherzustellen.* Das fasste meine Karriere ziemlich gut zusammen.

Ich sammelte nicht nur Pilze. Ich ließ mir keine Gelegenheit entgehen, das Unkraut und die Wildblumen zu pflücken, die ich als Zutaten erkannte, die ich oft für meinen Tränkeraum brauchte. Ich fand Gundermann, Wegerich und lila Waldsauerklee.

Ich nahm Samen, Stecklinge und sogar einige hübsche Steine mit, von denen ich spürte, dass sie einen gewissen Charme hatten – oder in ihnen. Wir gingen zusammen, ein Team von Entdeckern, in den dunklen Wald. Kletterten über alte Baumstämme, klatschten nach Mücken und lauschten dem Vogelgesang.

Sam rief ab und zu, und wir gingen hinüber, um seine Funde zu inspizieren. Anfangs rief er uns bei jedem gelbbraunen Pileus, den er sah, dann, als wir es ihm beibrachten, begann er, die auszuschließen, die nicht der Beschreibung entsprachen. Sie hatten entweder keinen Ring, keine Streifen oder falsch gefärbte Lamellen. Nach einer Stunde Suche ruhten wir uns auf einer kleinen Lichtung aus, auf einer Picknickdecke aus Klee und Vogelmiere, und öffneten unser Wasser.

Sam inspizierte den Inhalt meines Sammelkorbs. »Du nimmst also etwas Unkraut mit nach Hause?«

Ich stieß ihn spielerisch an. »Das sind Trankzutaten«, warnte ich und weitete die Augen. »Also sei nett zu mir, sonst.«

»Ah«, sagte er. »Ich fürchte mich nicht vor deinen Tränken.«

Merlin brummte ein Lachen. »Das solltest du aber!«

»Warum?«, fragte Sam. »Sind sie so schlecht?«

»Nein«, sagte Merlin. »Sie sind so gut.«

Errötend wechselte ich das Thema. »Ich hoffe, wir finden bald den Goliath.«

Normalerweise würde ich das Sammeln nicht überstürzen wollen, aber wir standen unter Zeitdruck. Es war bereits zehn Uhr, und Steiger würde bald aufwachen.

*Asha,* hatte das Phantom gesagt. *Du musst dich beeilen. Du musst dich beeilen, oder die Kinder werden sterben.*

KAPITEL 58

# FEENFEUER

ASHA

Wir machten uns wieder auf den Weg, meine Augen durch die Erinnerung an die Drohung des Ouija-Bretts geschärfter. Armstrong trug den Korb für mich.

»Warum heißt es 'verwunschener Wald'?«

»Alle Wälder sind verwunschen«, antwortete ich.

Er lachte.

»Damit meine ich, dass alle Wälder magisch sind, was für einen durchschnittlichen Menschen das Gleiche bedeuten könnte. Unberührte Menschen stolpern ständig über magische Dinge in dunklen Wäldern, nicht wahr? Feen, Feenpilze, Werwölfe. Daher kommen all die Märchen, die im tiefen, dunklen Wald spielen.«

»Ich weiß nicht«, sagte Sam. »Ich glaube, ich habe noch nie etwas Übernatürliches gesehen – bevor ich dich kennengelernt habe.«

Ich sah zu ihm hinüber und versuchte, seine Gefühle für mich einzuschätzen. Ich wusste, dass er mich mochte, aber wie sehr genau? Und was fühlte er sonst noch? Misstrauen, Angst, Vorsicht? Die meisten unberührten Männer, die ich kennengelernt hatte, wollten keine Hexe in ihrem eindimensionalen Leben haben, und wer könnte es ihnen verdenken? Hexen sind mächtige, komplizierte Geschöpfe. Das war einer der Gründe, warum ich mich für so viel Tinte auf meiner Haut entschieden hatte; sie diente als Warnung für steife konservative Typen, dass ich nicht ihr Geschmack war. Aber Sam schien weder die botanischen Tattoos noch den Hexenumhang oder die Magie in mir zu stören. Wenn überhaupt, wollte er mich besser kennenlernen; ich konnte seine neugierige Energie mir gegenüber spüren. Ich hatte wieder das Gefühl, dass wir Händchen hielten, obwohl es nicht so war.

Merlin, mit rosigen Wangen, kam näher. »Ich denke, wir sollten uns aufteilen und das Gebiet erobern. So decken wir mehr Fläche ab.« Er schob seine Brille die Nasenbrücke hoch.

»Gute Idee«, sagte Sam. »Ich glaube, ich weiß jetzt, wonach wir suchen. Wenn ich mir nicht sicher bin, pflücke ich es trotzdem.«

»Okay«, stimmte ich zu. Ich wollte mich nicht trennen, aber ich vermutete, dass es das Richtige war.

Merlin und Sam tauschten Handynummern aus, damit wir einander kontaktieren konnten, falls wir den Goliath fänden. Wenn die Dinge nicht gut laufen würden, würden wir uns um zwölf Uhr am Schild treffen. Widerwillig verabschiedete ich mich von den Männern und pirschte vorwärts, entschlossen, den seltenen Pilz zu finden, der mehr denn je der Schlüssel zum Zugang zu den Delport-Phantomen zu sein schien. Das schaffe ich, sagte ich mir. Das schaffe ich definitiv.

Je tiefer ich ging, desto dunkler und stiller wurde es. Vorher waren wir zu dritt gewesen, die auf trockene Zweige traten, Blätter aufwirbelten und seufzten, aber jetzt bewegte sich nur noch ein Paar Füße über den Waldboden, das einzige andere Geräusch in diesem kühlen, unheimlichen Wald. Ab und zu hörte ich einen Vogel über mir oder ein kleines Tier, das auf dem Boden huschte, aber abgesehen davon war da nur ich, gehend, atmend, mit schlagendem Herzen.

Es schien ein gutes Gebiet für Pilze zu sein. Ich bemerkte alle Arten von Arten. Mein Herz machte jedes Mal einen Sprung, wenn ich einen vielversprechenden Hut entdeckte, aber es waren keine Armillaria zu finden. Merlin hatte gesagt, dass dieser Wald der beste Ort zum Suchen sei, aber ich begann, die Hoffnung aufzugeben. Ich entdeckte Ganoderma, Agaricus, Coprinopsis.

Ich verlangsamte meine Schritte und blieb stehen, mir der verrinnenden Zeit bewusst und zunehmend frustriert.

»Komm schon«, sagte ich laut zum Wald. »Zeig mir deinen Goliath.«

Der Wind wirbelte einige Blätter auf, und das silberne Licht tanzte auf dem Waldboden. Die Luft schien zu schimmern. Es war, als ob der Wald versuchte, mir zu antworten, was mir eine Idee gab. Ich holte meinen Zauberstab heraus.

Der Wald hatte keine Stimme, aber das bedeutete nicht, dass wir nicht kommunizieren konnten. Und wer könnte besser mit den Bäumen sprechen als eine grüne Hexe? Ich holte ein paar Mal tief Luft und hob meinen Zauberstab.

»*Arboribus*«, sagte ich. »*Silva*, ich brauche Führung.« Ich schloss meine Augen und stellte mir den *Armillaria goliath* so klar wie möglich vor, wobei ich jedes charakteristische Detail hervorhob. Sobald ich ein umfassendes Bild des Pilzes in meinem Kopf hatte, sammelte ich die Magie, die bereits in meine Brust strömte, und atmete aus, wobei ich die Funken meinen Arm hinunter und durch meinen Zauberstab drückte.

»*Armillaria goliath. Monstras!*« *Zeige dich!*

Als ich meine Augen öffnete, sprang der Zauber wie eine Flamme aus meinem Zauberstab und verwandelte sich in eine Rauchwolke, die sich vor mir wirbelte. Aber anders als normaler Rauch, löste der nächste Windhauch ihn nicht auf. Stattdessen wallte der Rauch vorwärts und führte mich wie eine Karikatur eines hungrigen Kindes, das dem Duft eines frisch gebackenen Kuchens folgt. Ich folgte so schnell ich konnte, aus Angst, die Spur zu verlieren. Ich joggte ein paar Minuten lang, sprang über umgestürzte Bäume und Felsen und rutschte fast auf den trockenen Blättern aus. Ich erinnerte mich daran, vorsichtig zu sein. Das Letzte, was ich brauchte, war ein verstauchter Knöchel.

Genauso schnell wie er erschienen war, löste sich der Rauch auf. Ich nahm es als Zeichen, dass ich das Ziel erreicht hatte. Mit wieder geschärften Augen untersuchte ich jeden Quadratzentimeter des umgebenden Waldbodens. Ich überprüfte jeden Baumstumpf, jeden Stamm und jeden umgefallenen Ast. Ich schaute unter Blätter, räumte vorsichtig das verrottete Material am Fuße der Bäume beiseite. Nachdem ich überall nachgesehen hatte, fing ich wieder von vorne an. Ich wusste, dass er da sein musste. Ich vertraute auf meine eigene Magie und ich vertraute den Bäumen. Der Goliath war da. Alles, was ich tun musste, war, ihn zu finden.

Nachdem ich das Gebiet erneut durchsucht hatte, stand ich immer noch mit leeren Händen da. Mein Kopf hämmerte vor Frustration. Ich hatte versucht, Merlin und Sam anzurufen, aber ich hatte kein Signal auf meinem Handy. Ich war noch kilometerweit von unserem Treffpunkt entfernt und zwanzig Minuten zu spät. Ich versuchte den Offenbarungszauber erneut – *Monstras* –, aber nichts geschah. Tatsächlich schien er die gegenteilige Wirkung zu haben, denn jenseits des Baldachins versteckte sich die Sonne hinter Wolken, und es wurde so dunkel wie in der Nacht. Ich war so tief im Wald, dass ich mich in einem toten Winkel befand, dachte ich. Keine Freunde, kein Signal, kein Licht, keine Magie.

Aber ich irrte mich, was die Magie betraf.

Ich steckte meinen Zauberstab weg und stand mit den Armen an den Seiten, die Handflächen nach oben und empfänglich. Ich begann wieder langsam zu atmen, zog die kühle Waldluft tief in meine Lungen, drückte den Sauerstoff in mein Blut und entzündete die Mitochondrien in meinen Zellen. Ich tat dies, bis ich meinen ganzen Körper kribbeln spürte, lebendig und wach und bewusst und vollkommen auf die Bäume um mich herum abgestimmt. Es wurde dunkler, aber ich hatte keine Angst. Ich konnte den Wald auf meiner Haut und in meinem Blut spüren. Ich gehörte zu den Bäumen. Ich war der Wald. Ich atmete das dunkle Grün ein; als es meine Lungen füllte, fühlte es sich an, als würde es meinen ganzen Körper füllen, meine Seele, bis es sich anfühlte, als wäre ich vollständig absorbiert worden. Ich sah auf meine Hände hinunter und erwartete, dass sie verschwunden waren, aber sie waren noch da. Ich starrte sie an, und da sah ich, dass ich in der Mitte eines Kreises aus Feenfeuer stand.

Ich stand in einem Ring aus biolumineszierenden Pilzen, die grün wie

Elfenglut leuchteten. Ich hatte schon von Fuchsfeuer gehört, aber es noch nie gesehen.

Deshalb war der Wald dunkel geworden – um mir die Pilze mit ihrem sanften Leuchten zu zeigen. Sonst hätte ich sie nie gesehen. Ich flüsterte einen Gesang aufrichtigen Dankes an die Waldgeister und ging auf Händen und Knien, um die Sporophoren zu untersuchen, und bestaunte ihre kleinen Hüte, wie leuchtende Smaragdglut. Die Wolken lichteten sich, und die Dunkelheit hob sich. Wenn sie nicht im Dunkeln leuchteten, war der Pileus von blassem Karamell, der Ring war vorhanden, und der Stiel war mit Lavendellinien durchzogen. Ich pflückte einen und hielt ihn kopfüber, um die Lamellen zu betrachten, mir stockte der Atem. Die radialen Platten waren vom schönsten gefleckten Tyrianpurpur. Diese Pilze waren zweifellos *Armillaria purpura goliath*.

Ich schloss meine Augen und atmete langsam aus. *Danke, danke, danke.*

Als das nicht ausreichend schien, rezitierte ich einen Teil des Tagundnachtgleiche-Stichs, mit dem wir die üppige Wildnis feiern.

*Macht bricht aus ihr hervor wie Lava*

*Flammen rasen entlang brennender Wurzeln*

*Während sie die Zukunft mit ihrem Feuer strickt*

*Aus der Asche wachsen grüne Triebe.*

*Alles, was brennt, wird bald gedeihen*

*und alles, was gedeiht, muss brennen*

*Der Tod ist nicht das Ende, nein, nein –*

*Die Welt dreht sich nur immer weiter.*

Ich saß einen Moment in feierlichem Schweigen, dann begann ich, einige Pilze zu sammeln. Obwohl es dem Myzel nicht schadet, seine Früchte zu pflücken, wollte ich trotzdem nur so viel nehmen wie nötig und nicht mehr. Ich steckte sie in einen kleinen Baumwollbeutel mit Zugband, den ich mitgebracht hatte, und schob sie in meine Tasche, in der Hoffnung, dass sie nicht zu sehr beschädigt würden. Ich wollte bei Gelegenheit einige Sporenabdrücke machen können. Als ich auf mein

Handy schaute, sah ich, dass ich immer noch kein Signal hatte. Merlin und Sam würden sich Sorgen machen. Ich überprüfte meine Kompass-App und begann zum Treffpunkt zurückzulaufen, der, wie ich annahm, etwa vier oder fünf Kilometer entfernt war. Die Mischung aus Erleichterung, Nervosität und Endorphinen sorgte für einen euphorischen Traillauf durch das gesprenkelte Gelände. Ich sah den toten Ast, der quer über meinem Pfad lag, erst, als es zu spät war, und bevor ich es wusste, flog ich mit dem Gesicht voran in einem Gewirr aus Gliedmaßen und Blättern zu Boden. Die Euphorie verließ meine Brust zusammen mit meinem Atem, und ich lag da, nach Luft schnappend, und wartete darauf, wieder normal atmen zu können. Als ich meinen Kopf hob, sah ich die unverkennbare Silhouette eines Vampirs, der auf einem Ast in einem nahen Baum stand.

KAPITEL 59

# EINE WARNUNG VON EINEM VAMPIR

ASHA

»**D**as kann doch nicht dein Ernst sein«, sagte ich, während ich den Schmutz von meinem Mund wischte und aufstand.

*Hat er den Baumstamm absichtlich dort platziert, damit ich stolpere? Blutsauger.*

Ich hatte keine Zeit für einen Nosferatu-Hinterhalt. Zu meinem Ärger war ich mir sicher, dass ich die empfindlichen Pilze in meiner Tasche bei meiner spektakulären Landung zerquetscht hatte.

*Verhext nochmal!*

Die Quetschungen würden die Oxidation des Wirkstoffs beschleunigen und bedeuteten, dass ich noch weniger Zeit hatte, um zu den Delports zu kommen. Ich zog meinen Zauberstab heraus.

»Du wirst nicht der erste Vampir sein, den ich getötet habe«, sagte ich, richtete mich zu meiner vollen Größe auf und straffte meine Schultern. Ich bereitete meinen Körper auf den Kampf vor und zwang meine Muskeln, aufzuwachen.

Der Vampir bewegte sich nicht. Ich kniff die Augen zusammen und versuchte, sein Gesicht zu sehen, aber das Licht war hinter ihm. Er hatte

307

immer noch nichts gesagt. Ich konnte förmlich spüren, wie die Pilze in meiner Tasche verdarben.

»Na?«, forderte ich ihn heraus, während mein Zauberstab in meiner Hand zuckte. »Willst du noch etwas sagen?«

In Sekundenschnelle verschwamm er und stand dann vor mir. Ich umklammerte meinen Zauberstab.

»Den wirst du nicht brauchen«, sagte der Vampir.

»Als ob ich einem Vampir glauben würde«, erwiderte ich durch zusammengebissene Zähne.

Er hatte anthrazitfarbenes Haar und eine Haut so blass wie Papier. Das Einzige, was ihn vom durchschnittlichen Drac unterschied, waren seine intensiven goldenen Iriden und, nun ja, man muss es sagen, sein wahnsinnig gutes Aussehen. Es war faszinierend, ihn anzusehen. Ich schüttelte den Kopf, besorgt, er könnte versuchen, mich mit diesen unglaublichen Augen zu hypnotisieren.

Ich wich nicht zurück. »Sag, was du willst, oder geh mir aus dem Weg.«

»Ich bin hier, um dich zu warnen«, sagte er. Selbst seine Stimme war klar und wunderschön.

»Klar doch«, sagte ich ungläubig.

Eine Warnung von einem Vampir? Jetzt hatte ich wirklich alles gehört. Was kommt als Nächstes? Freddie Krueger, der Kaffee anbietet?

Ich seufzte schwer und ging mit einem Seitenschritt an ihm vorbei, um schnell Abstand zwischen uns zu bringen.

Er drehte sich um und rief mir hinterher: »Er ist nicht der, für den du ihn hältst!«

Ich blieb stehen, verengte meine Augen und drehte mich um, aber der Vampir war verschwunden.

Ich stand eine Weile da, in meine Gedanken versunken, die wie Trümmer in einem Staubteufel um mich wirbelten. Ich starrte auf die

Stelle, an der der Vampir gestanden hatte, während Gefühle von Neugier und Irritation mich überfielen. Seine Attraktivität ärgerte mich genauso wie seine Schweigsamkeit. Was sollte der Zweck einer so wortkargen Warnung sein? War das eine Art Machtspiel? Ich knurrte laut, dann erinnerte ich mich an die Armillaria in meiner Tasche, die sich feucht an meiner Haut anfühlte. Ich zog den fleckigen Beutel heraus, der die Seite meines Hemdes durchnässt hatte, und schaute hinein. Es war schlimmer als gedacht. Ein matschiges Durcheinander, das mit jeder Minute violetter wurde. Ich zog einen der Pilze heraus, wobei die Kappe abbrach, als ich ihn bewegte. Der Stiel war zerquetscht, der Hut gequetscht.

*Natternzunge!* fluchte ich, ließ ihn zurück in den Beutel fallen und steckte ihn wieder in meine Tasche. Ich schloss die Augen und rieb sie, während ich mit den Zähnen knirschte. Meine Hände waren violette Fäuste. Ich stand da, vor Ärger wie erstarrt, und versuchte, meine Gedanken zu beruhigen. Ich dachte, mein Schädel würde vor Frustration explodieren. Ich hatte eine Vision davon, wie mein Kopf wie eine Blüte aufplatzte, eine verrückte violette Blume, die Pollen wie Pilzsporen in die Luft tanzen ließ.

Als ich die Augen wieder öffnete, sah ich auf meine gefärbten Hände hinunter. Meine Tattoos begannen, sich langsam, schön und rhythmisch zu bewegen – Ranken, die sich ausstreckten und kringelten, Blätter, die wuchsen, Knospen, die sich öffneten und starben, um durch neue ersetzt zu werden. Ich fühlte mich ein wenig aus dem Gleichgewicht. Der Wald hieß mich wieder in seiner Umarmung willkommen. Ich fühlte mich warm und geliebt – es war eine gegenseitige Zuneigung – und mir kam der Gedanke, dass ich glücklich wäre, wenn der Boden beschließen würde, mich zu verschlingen. Ich sehnte mich nach nichts anderem, als eins mit der Wildnis zu sein. Ich hatte ein gutes Leben geführt; ich hatte den guten Kampf gekämpft. Ich war im Frieden mit der Idee, dass ich meinen Körper zurücklassen könnte, um den Wald zu ernähren und zur nächsten Phase meiner Existenz überzugehen.

Ich fühlte dies so tief, dass ich, als ich eine moosige Vertiefung auf dem Waldboden entdeckte, zu ihr hinschlich und hineinkletterte, mich in

Embryonalstellung zusammenrollte, bereit, alles und jeden loszulassen, was nun nur noch vage und ferne Konzepte für mich waren. Als meine Haut gegen das Moos und die toten Blätter kribbelte, hoffte ich, dass es mich absorbierte. Meine tätowierten Pflanzen bewegten sich weiter und mein Herz verlangsamte sich. Ich wollte, dass die Baumwurzeln zu mir schlängelten und mich bedeckten, um meinen Körper zu beanspruchen, genauso wie ich in einem anderen Leben einen Baum verzaubert hatte, um einen dunklen Zauberer zu verschlingen. Es hatte damals mein Leben gerettet, und es konnte jetzt mein Leben nehmen. Ich war bereit.

ICH SANK TIEFER in die Erde. *Es passiert*, dachte ich. *Das ist es.*

Meine violetten Finger summten vor Energie. Das Gefühl wurde immer intensiver, bis ich meine Augen wieder öffnen musste, weil ich dachte, ich würde sehen, wie meine Hände explodierten, aber sie leuchteten nur violett, und um sie herum waren mehrfarbige Fraktale, wie Regenbogen-kristalle. Gold- und Silberblätter schimmerten. Meine Sicht wurde zu einer kaleidoskopischen Bühnenproduktion tanzender, glitzernder, funkelnder Formen. Meine seltsamen Finger spielten die Hauptrolle. Ich blinzelte und öffnete meine Augen so weit wie möglich, um zu sehen, was passierte. Ich wurde mit noch mehr geistesverwirrenden Psychede-lika belohnt.

*Oh*, dachte ich. *Ich sterbe nicht. Ich wache auf.*

Der Goliath lockte mich zu etwas hin. Ich sollte mich nicht hinlegen und für immer schlafen. Ich sollte etwas tun. Ich hatte wichtige Dinge zu erledigen, obwohl ich nicht genau wusste, was.

*Die Weisheit der Wildnis wird dich führen.*

Das war schon immer wahr. »Okay«, sagte ich. »Ich bin bereit.«

Herrje. Wenn das alles nur vom Berühren des *coniunctico* kam, konnte ich mir nicht vorstellen, das Zeug tatsächlich einzunehmen. Es war wunderschön und tiefgründig, aber wie viel tiefer konnte man gehen, ohne sich selbst vollständig zu verlieren?

Silberne Feen schimmerten von überall im Wald wie wirbelnde Koins, Glühwürmchen.

»Zeig es mir«, sagte ich zur Wildnis.

# KAPITEL 60

# GEBROCHENE WUNSCHKNOCHEN

ASHA

Ohne Vorwarnung wurde ich aus dem warmen, glücklichen Kaleidoskop herausgeschleudert und landete in einer Schwarzweißwelt, in der alles kalt war und bitter roch. Es war immer noch derselbe Wald, aber die Bäume umarmten mich nicht mehr. Hinter den knorrigen schwarzen Stämmen schien das Böse zu lauern, und die Felsen waren zackig. Unbekannte Kreaturen schlängelten, krochen und huschten um mich herum. Ich begann zu zittern. Ich wurde traurig, als hätte man mich aus dem schönsten Ort der Welt verbannt.

Das Schreien begann.

Eine Frau in weiter Ferne hatte große Schmerzen. Trotz der Angst, die mich packte, bewegte ich mich in Richtung dieses unheiligen Geräuschs. Der Klang war herzzerreißend und brachte mich ein paar Mal zum Anhalten, aber ich musste ihr helfen. Zuerst dachte ich, jemand würde sie angreifen, aber als ich zuhörte, bemerkte ich, dass die Schreie in Wellen kamen. Sie war in den Wehen. Ich musste zu ihr gelangen und versuchen zu helfen. Ich folgte dem markerschütternden Laut und zuckte zusammen, als die Schreie einen furchtbaren Höhepunkt erreichten und dann abklangen, was mich jedes Mal vermuten ließ, dass sie gestorben war, nur um dann wieder anzufangen. Schließlich kam ich zu einem Wäldchen und sah die Hütte.

Sie erinnerte mich an das Kinderbuch *Die verschwundenen Töchter von Evaron* – die Waldhexe, die die Dorfmädchen gefressen hatte – und sah aus wie die Hütte aus dem slawischen Volksmärchen von Baba Jaga, der Knochenbeinigen.

Angst schnürte mir die Kehle zu, aber ich setzte meinen Weg fort, als ein weiterer Schrei die Luft durchschnitt. Die Welt war immer noch monochrom, als ich mich dem Haus näherte. Der Pfad war mit großem weißen Kies gepflastert, der wie Muscheln aussah. Erst als ich genauer hinsah, erkannte ich, dass es sonnengebleichte Tierknochen waren. Gebrochene Wunschknochen und Hunderippen. Ich schauderte. Der nächste Schrei war so laut und so heftig, dass meine Angst in meiner Brust wie eine Flamme emporschoss und dort hell brannte.

Ich nahm ein paar lange, langsame Atemzüge, um einen Zustand der Ruhe zu erreichen, der ausreichte, um die albtraumhafte, mit Todesrelikten geschmückte Hütte zu betreten. Ich stieg die Stufen zur Veranda hinauf und keuchte, als ich versehentlich einen mit Fell bedeckten Stuhl streifte. Ein Windspiel klimperte in der Nähe meines Ohrs. Es schien aus Tierzähnen gefertigt zu sein. Ich hatte dieses Haus schon in meinen Albträumen gesehen. Ich hatte nicht gewusst, dass es die Hütte von Baba Jaga war.

Ich holte noch einmal tief Luft und ging durch die Lücke in der klapprigen Tür. Sofort wurde ich von den Gerüchen einer Geburt überwältigt: erdig, salzig, metallisch. Der Geruch von Blut und Furcht.

Kunstvolle Skulpturen aus Stöcken schmückten die Wände: Pentagramme und andere Symbole, die ich aus verschiedenen Büchern der Schatten kannte. Ihre Schatten tanzten an den Wänden, während ein kleines Feuer in der Ecke flackerte. Eine einsame Kerze flackerte, und das Feuer und die Flamme zusammen reichten aus, um den kleinen Raum zu erhellen, in dem eine Frau auf einer Liege lag und sich wand, die Laken mit Schweiß und Blut befleckt. Sie befand sich zwischen den Wehen und ruhte sich aus, solange sie konnte, bevor die nächste Runde der Krämpfe ihren Körper verzerrte. Ihr Haar war ein Schock aus schwarzen Dreadlocks und verknoteten Fäden, ihr Gesicht ein Mond hinter einer undurchsichtigen Wolkenschicht. Ich wusste nichts über diese seltsame Schwarzweißwelt oder die Frau, aber ich konnte sehen, dass sie am Rande des Todes balancierte.

Sie murmelte etwas zu ihrem geschwollenen Bauch, aber ich konnte die Bedeutung nicht verstehen.

Dann hörte ich es. »Fluch.«

Mit klopfendem Herzen näherte ich mich ihrem Bett. »Ich werde dir helfen«, sagte ich. Ich kannte nur sehr grundlegende Hebammentechniken – die, die uns in Copperfield beigebracht wurden. Als die Hexe nicht antwortete, wiederholte ich mich, aber dabei erhaschte ich einen Blick auf eine Spiegelscherbe, die an der Wand mir gegenüber hing. Ich war nicht im Spiegelbild zu sehen. Ich schaute auf meine Hände hinunter und erwartete, meine lila gefärbten Finger zu sehen, aber ich sah nur die ungefegten Holzdielen. Ich legte meine Hand auf die Decke am Fußende des Bettes, und es gab keinen Abdruck. Ich war nicht nur unsichtbar, ich war ein Geist.

Als Merlin sagte, dass die Goliath-Verbindung es mir ermöglichen würde, mit der Geisterwelt zu kommunizieren, war das nicht das, was ich mir vorgestellt hatte. Was machte ich hier? Ich sollte in der farbigen Welt sein, wo ich aus Fleisch und Blut war und den Delports half. Ich war in eine Art Kaninchenloch auf der anderen Seite der Realität gefallen und fühlte mich, als wäre ich hundert Jahre von dem Problem entfernt, das ich zu lösen versuchte.

Und was war der Sinn, in der höllischen Hütte zu sein, wenn ich der sterbenden Frau nicht helfen konnte?

Die Wehen setzten wieder ein, und die rabenschwarzhaarige Hexe wölbte sich und brüllte. Mein Körper verkrampfte sich vor Mitgefühl. Ich war mir sicher, dass sie sterben würde.

# KAPITEL 61

# DER FLUCH

ASHA

Ich stand auf diesem schmutzigen, monochromen Holzboden und beobachtete, wie sich die Hexe vor Schmerzen wand. Hilflos und verwirrt wollte ich immer wieder die Hand ausstrecken, um zu helfen. Ein Teil der Ausbildung zur Hexe besteht darin, die uralten Fähigkeiten der Hebammenkunst und praktischen Krankenpflege zu erlernen. Copperfield hatte uns die Grundlagen beigebracht, aber auf praktische Übungen verzichtet. Im Nachhinein betrachtet fand ich das zwar logistisch vernünftig, aber nachlässig. Ich wusste über Muttermunderweiterung Bescheid und wann man die Mutter zum Pressen ermutigen sollte, aber das galt für eine normale Geburt, bei der alles glatt lief. Dies war keine gewöhnliche Geburt. Die Hexe brauchte medizinische Hilfe. Aber wir befanden uns mitten in einer Pilzhalluzination, tief in einem verwunschenen Wald, und ich schien ein Phantom zu sein – kein besonders hilfreicher Zustand, wenn eine Frau und ihr ungeborenes Kind vor meinen Augen starben.

Es kam eine weitere Blutwelle, und die Hexe biss die Zähne zusammen und schwang ihren Körper von der Pritsche, die ihr als Bett diente. Ich keuchte überrascht auf, als sie sich, vor Schmerzen gekrümmt, zur kleinen Arbeitsplatte neben dem Kamin schleppte. Sie nahm ihr Ritualmesser auf, dessen Klinge im Feuerschein glänzte. Ich spürte genau diese Klinge in diesem Moment in meinem Magen, so heftig war meine Angst. Die Hexe ließ das Athame in den Topf mit Wasser fallen, der über dem Feuer kochte, und gab sich dann einer weiteren Wehenwelle hin, die sie in die Knie zwang. In absoluter Qual stöhnte und zischte sie und schlug mit der Faust auf den Boden. Nachdem sie sich erholt hatte, holte sie das Messer zurück, wartete kaum, bis es abgekühlt war, und öffnete mit einem brutalen Schnitt ihren Bauch.

Ich war so schockiert, dass ich Sterne sah und rückwärts stolperte. Ihr Heulen prasselte auf mich nieder. Wir lagen beide am Boden. Die Hexe hielt das Messer noch immer fest, bereit, erneut zu schneiden, und ich weinte und bedeckte meine Augen, während ich mich von der Brutalität der Szene wegstieß. Der kuprig-rote Geruch flutete den kleinen Raum. Sie schnitt erneut, diesmal öffnete sie ihre Gebärmutter. Das wusste ich, weil plötzlich eine dritte Person in der ärmlichen Hütte wimmerte, die nach Angst stank. Ich nahm die Hände von den Augen und sah gerade noch, wie die Frau, blass wie eine Schneewehe, ihr weinendes Baby anhob und die pulsierende Nabelschnur durchtrennte.

Ich dachte, die Frau würde innehalten, um sich auszuruhen, aber dafür war keine Zeit. Stattdessen legte sie das Baby in das Nest aus herabgefallener Bettwäsche auf dem Boden, wo es miaute und strampelte, während die Hexe die kurze Strecke zurück zum Feuer kroch. Dort wartete ein Nähzeug auf sie und irgendein dunkler Trank in einer Flasche mit einer Halskette. Sie streckte die Hand aus und nahm das Spiegelfragment von der Wand.

Völlig traumatisiert wartete ich in der Ecke darauf, dass die Hexe ihre Wunden vernähte. Trotz ihrer Qualen arbeitete sie, was sich wie Stunden anfühlte, und unterbrach nur, um an dem Trank zu nippen, der bitter roch. Ich vermutete, es handelte sich um eine Mischung aus natürlichen Antibiotika oder Schmerzmitteln, vielleicht mit Heilmagie versetzt. Wie sonst sollte diese Frau überleben?

Das Neugeborene, von Kopf bis Fuß mit trocknendem Blut bedeckt, schrie die ganze Zeit. Schließlich, endlich, war die letzte Schicht vernäht und die Flasche mit dem Trank leer. Mit ihrem letzten Fetzen Energie griff die erschöpfte Frau nach ihrem Kind, legte es an ihre Brust und legte sich wieder auf den harten Boden. Das Baby, nun heiser, hörte beim Geruch der Mutterbrust auf zu schreien und fand endlich Trost. Es trank gierig, während der Körper seiner Mutter in einen tiefen Schlaf sank. Sie lagen zusammengerollt da, in der Farbe des Feuers, und es gab kein Schreien mehr.

# KAPITEL 62
# HEILIGER SHIITAKE

ASHA

Ich muss auch eingeschlafen sein, denn als ich die Augen wieder öffnete, war die Welt zu meiner Erleichterung in voller Farbe, und Merlins hervorquellende Augen waren mein Himmel. Ich konnte riechen, dass ich wieder im Wald war – im üppig grünen Wald, nicht in dem gruseligen schwarz-weißen Klaviertasten-Wald meiner dunklen Halluzination.

»Rook!«, rief Merlin und schüttelte mich. »Rook! Geht's dir gut?«

Ich blinzelte ihn an und nickte. Mein Mund schien durch das Trauma, das ich erlebt hatte, verklebt zu sein. Tränen rannen in meine Haare, die mit Blättern und Zweigen geschmückt waren.

»Um der Liebe zu allen Pilzarten willen«, murmelte er und hielt sich sein Handy ans Ohr. »Sie ist hier. Es geht ihr gut ... denke ich. Ich schicke dir meinen Standort.«

Er untersuchte meine Hände und klickte missbilligend mit der Zunge, holte Handdesinfektionsmittel aus seinem Rucksack und goss es über meine Handflächen, während er den violetten Fleck mit einem Knäuel Taschentüchern wegrieb.

»Papa Schlumpf«, würgte ich schließlich hervor. Mehr heiße Tränen.

»Heiliger Shiitake, Rookie«, sagte Merlin, schüttelte den Kopf und sah väterlicher aus denn je. »Du hast uns wirklich erschreckt.«

Er zog mich in eine sitzende Position, wo ich meine Hände und mein Gesicht auf meine angewinkelten Knie legte.

»Es tut mir leid«, antwortete ich. »Ich weiß nicht, was passiert ist. Ich habe den Riesen gefunden –«

Merlins Schultern entspannten sich und er lachte. »Das hab ich schon mitbekommen!«

»Und die Dinge wurden einfach immer seltsamer, bis ich in dieses, ich weiß nicht –« Ich schüttelte den Kopf. »In dieses Paralleluniversum fiel, wo schreckliche Dinge passierten…«

»Es ist meine Schuld«, sagte er. »Ich hätte dir sagen sollen, dass du ihn über deine Haut aufnehmen kannst. Du wärst vorsichtiger gewesen.«

Ich runzelte die Stirn und öffnete meinen Umhang, um meine innere Tasche zu untersuchen. Die gequetschten Pilze waren durch die Tüte, durch die Tasche gesickert und hatten meine linken Rippen verfärbt. Merlin reichte mir sein Desinfektionsmittel, und ich schrubbte es so gut wie möglich ab.

»Asha!«, rief Sam, und ich schaute auf. Der Detektiv joggte auf mich zu, und ich verspürte einen Anflug von Zuneigung für ihn. Nach dem Graustufenalbtraum, den ich gerade durchgemacht hatte, war der Anblick des gutaussehenden Detektiv Sam Armstrong in knalligem Technicolor eine willkommene Ablenkung. Mit vor Sorge gefurchter Stirn zog er mich in eine Umarmung. »Wir haben uns solche Sorgen um dich gemacht. Wir waren so besorgt!«

»Tut mir leid«, sagte ich und schmolz in seiner Umarmung dahin, die ich so stark und so tröstlich empfand.

»Ich würde ja sagen, du sollst mir das nie wieder antun«, sagte er, »aber wen will ich hier eigentlich verarschen?«

Merlin reichte mir seine Wasserflasche. Ich trank ausgiebig und dankte ihm. »Kannst du gehen?«

»Ja«, antwortete ich. Beide halfen mir auf, und ich machte ein paar Schritte. Meine Knie waren wackelig, aber ich konnte laufen. Wir machten uns auf den Weg zurück zu unserem Parkplatz. Mein Verstand schien genauso unsicher wie meine Beine.

Sam fragte behutsam nach. »Willst du uns erzählen, was passiert ist?«

Von dem Moment an, als der Wald dunkler wurde und der Hallimasch zu leuchten begann, wurden die Dinge superschnell superverrückt.

Ich schüttelte den Kopf. »Ich weiß nicht, was passiert ist.«

KNAPP EINE STUNDE später erreichten wir die Autos.

»Kann ich euch beiden zu einem späten Mittagessen einladen?«, fragte Armstrong. »Nach eurem Aussehen zu urteilen, könntet ihr eine deftige Mahlzeit und ein Bier vertragen. Und dann ein langes Nickerchen.«

»Ich bin am Verhungern«, sagte Merlin und sah auf seine Uhr. »Ich würde mich gerne anschließen, aber ein Kollege wartet in meinem Labor auf mich.«

Ich dachte an die komatösen Kinder und konnte nur hoffen, dass ich nicht zu spät kommen würde. Es fühlte sich an, als wären Jahrhunderte vergangen, seit wir uns gestritten hatten. Mit immer noch benommenem Gehirn stellte ich mir vor, dass die Kinder in ihrem Schlaf zu Teenagern herangewachsen waren. Ich schüttelte den Kopf, um ihn zu klären. »Ich muss zu den Delports.«

Sam zuckte mit den Schultern. »Keine Ruhe für die Bösen, was? Wie kann ich helfen?«

Merlin drückte zum Abschied meinen Arm. »Fünf Gramm gequetschter Riese sollten reichen. Fang damit an. Du kannst immer mehr nehmen, wenn nötig, aber nicht weniger.« Er zwinkerte mir hinter seiner runden Brille zu. »Wie die coolen Kids heutzutage sagen – du schaffst das.«

Ich setzte eine tapfere Miene auf und winkte zum Abschied, aber ich hatte Angst, dem potenten Pilz wieder nahe zu kommen. Wie es war, hatte ich mich noch nicht vollständig erholt. Ich beobachtete, wie Papa Schlumpf in seinen Oldtimer-VW Käfer stieg und auf der schmalen Straße davonfuhr.

Als ich mich zu Sam umdrehte, sah ich, dass er mein Gesicht betrachtet hatte. Er pfiff und schüttelte den Kopf. »Ich weiß nicht, was dir da drin passiert ist«, er deutete mit dem Daumen hinter uns, »aber ich kann sehen, dass es dich wirklich erschreckt hat. Und ich weiß, dass Asha Rook sich nicht leicht erschrecken lässt.«

Ich nickte und versuchte, den Kloß herunterzuschlucken, der sich plötzlich in meinem Hals gebildet hatte. Ich wusste, dass das, was ich gerade erlebt hatte, nur die Spitze des Eisbergs war. Der Kampf heute Abend würde die wahre Qual sein.

# KAPITEL 63
# SELBSTGEFÄLLIGES OMEN

ASHA

Der Motor des Autos brüllte. Armstrong sah mich an. »Wohin?«

»Zur Goblin City, bitte«, antwortete ich.

Er lachte, und ich liebte es, das Leuchten in seinen Augen zu sehen.

»Ich mache keine Witze«, sagte ich. »Wir müssen Nilve SaltySnap holen.«

»Du meinst, es gibt wirklich einen Ort namens *Goblin City*?«

»Ich zeige dir den Weg.«

Er hörte auf zu lächeln und nickte. »Alles klar. Verstanden«, sagte er und beschleunigte auf die Straße in Richtung des alten Vergnügungsparks.

Die Fahrerkabine duftete nach den Kräutern und Wildpflanzen, die ich gesammelt hatte. Als ich nach hinten schaute, sah ich den Erntekorb auf dem Rücksitz, sicher mit einem Sicherheitsgurt angeschnallt, was mich Sam noch mehr mögen ließ.

Auf der Fahrt war ich still, und Sam ließ mich in Ruhe. Ich brauchte Zeit, um zu verarbeiten, was im Wald passiert war, einschließlich der Episode mit dem nervigen Vampir.

*Ich bin hier, um dich zu warnen.*

*Er ist nicht der, für den du ihn hältst.*

Ich wurde schon gereizt, wenn ich nur an ihn dachte – sein hübsches Gesicht, seine unglaublichen Augen und seine selbstgefällige Art. Dass ausgerechnet ein Vampir mich vor jemandem warnt! Als ob Vampire nicht die selbstsüchtigsten, blutrünstigen Psychopathen im gesamten Realm wären.

Und dennoch... ich stellte fest, dass ich ihn nicht vollständig aus meinen Gedanken verbannen konnte. Etwas in meiner Intuition, wie verärgert ich auch war, hielt an diesem selbstgefälligen Omen fest.

Ich schaute aus dem Fenster, froh, den Wald hinter mir zu lassen. Nicht, dass es die Schuld des Waldes gewesen wäre. Die Wildnis hatte mir gegeben, worum ich gebeten hatte, und mehr. Ich hatte nur noch nicht herausgefunden, was das alles bedeutete. Ich konnte grüne Magie in meinen Adern spüren – viel mehr als sonst – und verstand, dass ich eine Menge davon von den Bäumen aufgesogen hatte. Ich machte mir eine gedankliche Notiz, dass ich vor jedem großen Kampf einen wilden Ort besuchen sollte, um meine natürliche Kraft vollständig aufzuladen. Normalerweise übte ich einige Kampfkünste und Verteidigungszauber in meinem Garten, aber ich konnte spüren, dass dies weitaus wirkungs-voller war.

Salty hatte meine Nachrichten nicht beantwortet, also hatte ich keine andere Wahl, als nach ihr zu suchen. Ich besuchte Goblin City nicht besonders gerne – ich war mir sicher, dass einer dieser maroden Fahrge-schäfte jederzeit versagen und unschuldige Umstehende töten könnte. Dieses schaukelnde Schiff könnte mindestens hundert fettige Goblins zerquetschen, wenn es sich löste, und das uralte Tassen-und-Untertas-sen-Karussell war eine Katastrophe, die nur darauf wartete zu passieren. Aber es war die immer noch existierende Achterbahn, die mir am meisten Angst einjagte. Trotz der tragischen Geschichte des Fahrge-schäfts betrieben die Goblins diese rostige Bahn den ganzen Tag, jeden Tag, ob bei Regen oder Sonnenschein. Aus irgendeinem Grund schien der Reiz nie nachzulassen, obwohl die Farbe schon vor Jahren abgeblät-tert war.

Wir gingen hinein, mehr als einen Kopf und Schultern größer als die größten schleimigen Bewohner. Besonders Armstrong sah aus wie ein Riese und erinnerte mich an die Geschichte *Gullivers Reisen*.

»Sie sollten Helme anbieten«, sagte Armstrong und blickte ziemlich alarmiert auf die Todesfallen, die mit kreischenden Goblins im Inneren an uns vorbeisausten.

»Und Lebensversicherungen«, antwortete ich.

Zusätzlich zu den gefährlichen Fahrgeschäften schien Heart Attack City ausschließlich Junk Food zu verkaufen. In den ersten fünfzig Metern hatten wir bereits Stände mit Mini-Donuts, Zuckerwatte-Skulpturen, Softeis und frittierten Schokoriegeln passiert. Im Gegensatz zu Elfen kümmerten sich Goblins nicht um Langlebigkeit. Für sie ging es nur darum, das Leben zu genießen.

Sam konnte nicht glauben, was er sah. Er gestikulierte und fragte nur: »Wie?«

Ich deutete mit dem Kinn auf die alte Achterbahn in der Ferne.

»Erinnerst du dich, als uns als Teenager von dem schrecklichen Achterbahnunfall erzählt wurde?«

Sam verengte seine Augen und durchsuchte sein Gedächtnis. »... Ja?«

»Und dann boykottierten die Leute entweder GO CITY oder hatten zu viel Angst, es wieder zu besuchen?«

»GO CITY? Es kommt mir wieder in den Sinn.«

»Die nicht eingeweihten Menschen mussten es schließen, aber niemand wollte das Land kaufen, weil es angeblich verflucht war. Hauptsächlich, weil die Goblins den Besuchern Streiche spielten, also wurde es für ein paar Jahre einfach dem Verfall überlassen, während ein paar freche Goblins anfingen, sich niederzulassen. Als GobCom-«

Sam gluckste. »GobCom?«

»Das Goblin-Komitee des Realm. Als das Komitee es schließlich für'n Appel und 'n Ei kaufte, wurde es zum perfekten Ort für sie.«

Die Goblin-Rasse ging von einer Verstreuung über die ganze Provinz dazu über, ihren eigenen Spielplatz am Stadtrand zu haben. Die kinderfreundlichen Restaurants, die Kleinkind-großen Toiletten und die Kinderfahrgeschäfte waren alle ideal für eine Spezies ihrer Größe. Die Jahrmarkts-Snacks passten perfekt zu ihrem Süßigkeiten-Appetit. Die tragische Geschichte des Achterbahnunfalls und die daraus resultierenden Stadtlegenden kamen ihnen auch entgegen, weil sie bedeuteten, dass Menschen ihr Territorium mieden.

Wir bekamen die üblichen Stirnrunzeln von der wimmelnden Menge. Goblins sind von Natur aus misstrauisch und teilen nicht gern. Sie klammerten sich fester an ihre Hotdogs, als sie uns sahen, und bedeckten ihre Schachteln mit übersalzenem Regenbogen-Popcorn, überzeugt davon, dass wir nicht zögern würden, uns zu bedienen. *Es wäre schön, wenn sie auch ihren Speichel für sich behalten könnten*, dachte ich, als eine alte Goblin-Oma in unseren Weg spuckte.

»Nimm es nicht persönlich«, sagte ich zu Sam, der wie angewurzelt stehen geblieben war und sich offensichtlich fragte, was er getan hatte, um die alte Schachtel zu beleidigen. »Sie spucken einfach viel. Wahrscheinlich haben sie deshalb überhaupt ihren Namen bekommen.«

»Ich habe noch viel zu lernen«, sagte er und wich einem jungen weiblichen Goblin aus, der ihm ihre riesigen falschen Wimpern entgegenschlug. Sie war in aufreizende 50er-Jahre-Kleidung gekleidet und verkaufte »pflanzliche« Zigaretten und zweifelhafte Brownies aus dem Tablett, das um ihren Hals hing. Sie trug roten Lippenstift, was wirklich eine Aussage machte, da Goblin-Lippen von Natur aus üppig sind. Als ich einen Moment länger hinschaute als höflich war, blitzte sie mich mit ihren schmutzigen Nadelzähnen in einem bösartigen Lächeln an. Ich bemerkte, dass sie einen schwarzen Riemen um ihren Oberarm trug. Sie trauerte.

»Vielleicht sollten wir ein paar Donuts holen«, flüsterte Sam. »Das könnte uns helfen, nicht so aufzufallen.«

Ich lachte. »Ich würde nichts essen, was hier angeboten wird. Sagen wir einfach, ihre Gesundheits- und Hygieneprotokolle lassen viel zu wünschen übrig.«

»Verstanden«, sagte der Detektiv, der sich vielleicht an den Schleimpfropfen der Taschen-Oma erinnerte.

Ich wusste, dass Nilve befördert worden war, aber ich wusste nicht, wo sie in Goblin City sein würde – wenn überhaupt. Ich kannte den Goblin noch nicht lange, aber sie hatte erwähnt, dass sie eine Führungsposition anstrebe, was, glaube ich, zu ihr passte. Man kann über herrische Goblins sagen, was man will, aber es war verdammt praktisch, einen auf deiner Seite zu haben. Letztendlich wurden Saltys Talente in Goblin City verschwendet. Nilve SaltySnap war die beste Portalzauberin im Realm und sollte wichtigere Arbeit leisten – vielleicht für den Rat – anstatt Tickets zu verkaufen für das, was möglicherweise deine letzte Reise sein könnte. Nicht, dass ich mich beschwerte – ihre Bereitschaft, mir zu helfen, war der einzige Weg, wie ich mir vorstellen konnte, das übernatürliche Terrain der Delport-Spukerei zu durchqueren. Mein Plan war, eine starke Dosis des Goliath-Pilzes zu nehmen und Salty zu bitten, mich ins Geisterreich zu portieren. So, dachte ich, könnte ich definitiv mit Henry und seiner Gruppe sprechen und herausfinden, was sie an das Haus band.

Wir checkten das Waffle House, HobGob und den Perkolator. Die Cafés sahen leerer aus als gewöhnlich. Sam blickte sehnsüchtig auf die zischende Kaffeemaschine im hinteren Teil, aber ich schüttelte den Kopf.

»Wie schlimm kann der Kaffee schon sein?«, fragte er.

»Das willst du nicht wissen«, antwortete ich. Goblin-Kaffee war sauer und ekelhaft und erfüllte dich mit einer Art existenzieller Angst, die tief in deine Knochen drang. Drei Schlucke reichten normalerweise, um deinen Lebenswillen zu zerstören oder dir zumindest eine vierundzwanzigstündige Magenverstimmung zu bescheren, die dich dazu bringen würde, über das große weiße Telefon um Hilfe zu rufen.

Eine kaugummikauende, blasenmachende Kellnerin schlich sich an Armstrong heran und klimperte mit den Wimpern. Sie trug eine Uniform samt Schürze, hatte eine Filterkaffeekanne dabei und einen Bleistift hinter ihr spitzes Ohr gesteckt. Sie sah aus wie ein Gremlin, der sich verkleidet hatte. Als Sam sie ansah, lächelte sie zu ihm hoch und entblößte all ihre Nadelzähne.

Ich warf ihm einen amüsierten Blick zu. Er schien bei den Damen hier besonders beliebt zu sein. Tatsächlich wurde mir bei einem Blick in die Runde klar, dass die Kellnerin nicht die Einzige war, die aussah, als wolle sie den Detektiv zum Mittagessen verspeisen.

»Ahem«, sagte ich, schaute weg und richtete meine Haare.

»Oh«, sagte er. »Richtig.« Er blickte auf die Kellnerin hinunter. »Entschuldigung. Würdest du zufällig wissen, wo Salty ist?«

Das Lächeln der Kellnerin verblasste.

»Ahem«, murmelte ich erneut und räusperte mich.

Sam brauchte einen Moment, bis es klickte, aber dann fuhr seine Hand in seine Tasche, und er zog seine Geldbörse heraus. Er bot der Kellnerin einen hübschen blauen Schein an, der so schnell in ihrer Schürzentasche verschwand, dass es wie Magie wirkte. Das eifrige Lächeln war zurück. Sie kaute ein paarmal mit offenem Mund auf ihrem Kaugummi und sagte dann: »Tut mir leid, Cowboy. Nilve SaltySnap ist tot.«

# KAPITEL 64

# PICKNICK AUF OMAS GRAB

ASHA

Ich hätte nicht geschockter sein können, wenn die Kellnerin einen Taser aus ihrer Schürze gezogen und mich damit geschockt hätte. »Was?«

Sie grinste mich höhnisch an und betrachtete mich offensichtlich als Konkurrenz für ihr neues Liebesinteresse. »Es stimmt.«

»Das stimmt nicht«, erwiderte ich. »Warum lügst du?« Mein Verstand durchlief mögliche Szenarien. »Hat sie dich gebeten, für sie zu lügen?«

»Sie wird heute beerdigt«, sagte der Gremlin. »Es ist die Wahrheit.«

»Ich glaube dir nicht.«

Sie zuckte mit den Schultern. »Das ist mir egal.« Sie warf Sam noch einen letzten komm-her-Blick zu und drehte sich um, um wieder an die Arbeit zu gehen. Ich packte ihren öligen Arm und bemerkte erst jetzt, dass sie auch ein schwarzes Band daran trug, und der Vergnügungspark schien tatsächlich ruhiger als üblich zu sein.

»Wo?«, fragte ich. »Wo wird sie beerdigt?«

»Auf dem Goblin City Friedhof«, antwortete sie, blies eine Kaugummi-blase und ließ sie mit einem lauten *Knall* platzen. »Wo sonst?«

»Das kann nicht wahr sein«, sagte ich zu Sam, während wir uns in Richtung Norden des Vergnügungsparks bewegten. »Ich glaube es einfach nicht.«

»Warum sollte die Kellnerin lügen?«

»Goblins sind pathologische Lügner. Sie sehen die Wahrheit nicht als eine Schwarz-Weiß-Sache wie die meisten Menschen. Sie sind... flexibel mit den Fakten. Und wenn man sie des Lügens beschuldigt, verdoppeln sie nur ihre Unehrlichkeit. Sie sind unmöglich.«

Sam antwortete nicht.

»Es gibt einen alten Witz: Woran erkennt man, dass ein Goblin lügt? Seine Lippen bewegen sich.«

Der Detektiv blieb still. Ich konnte sehen, dass er nachdachte. Wir gingen an den Autoscootern, dem Bällebad und dem großen Zelt des Kaos Karnival vorbei.

»Vielleicht war die Kellnerin nicht hinterhältig«, sagte ich. »Vielleicht will Nilve, dass die Leute denken, sie sei tot. Aus... Gründen.«

»Wie zum Beispiel?«

»Ich weiß nicht. Es ist eine verräterische Gemeinschaft. Vielleicht schuldete sie jemandem Geld. Vielleicht hat sie jemand Wichtiges wütend gemacht.«

»Vielleicht gibt es ein Goblin-Zeugenschutzprogramm«, sagte er.

Sehnsucht entfachte eine Flamme in meiner Brust. »Ich weiß, dass du scherzt, aber es könnte wahr sein. Es gibt eine dunkle Seite im Realm, die... nun, sagen wir einfach, dass sie vielleicht etwas gesehen hat, was sie nicht hätte sehen sollen. Bei Nilve ist das durchaus möglich.«

Aber diese Hoffnungsflamme erlosch bald. Wir wurden langsamer, als wir uns dem Friedhof näherten, meine Füße wurden mit jedem Schritt schwerer. Eine ernste Menschenmenge hatte sich dort versammelt, und nichts davon sah so aus, als wäre es inszeniert.

Der Goblin City Friedhof begann als provisorischer Friedhof im Norden des riesigen Grundstücks, auf dem sich das große Riesenrad drehte. Eine unerwartete Folge der Bestattung toter Goblins war, dass unter dem berühmten Fahrgeschäft ein üppiger Rasen mit wildem Gras spross. Dies wurde zum besten Park in ganz Goblin City – oder vielmehr zum einzigen Park. Goblins, wie sich herausstellte, hatten nichts gegen etwas Makabres in ihrem Leben. Und wer könnte es ihnen verübeln? Der Rest des Vergnügungsparks war sandig und mit Papierservietten, Eisverpackungen, Getränkedosen und ketchupbefleckten Chipstüten übersät. Es gab hier keine Natur, abgesehen von einigen alten Bäumen, die gepflanzt wurden, als der Vergnügungspark zum ersten Mal gebaut wurde. GobComs Verantwortlichkeiten erstreckten sich nicht auf Landschaftsgestaltung oder Gartenpflege. Wenn also ein Goblin sein Date in einen Park mitnehmen wollte oder Goblin-Eltern wollten, dass ihre kleinen Schleimbälle auf dem Rasen spielten, war das einzige Ziel der grüngeteppichte Goblin-Friedhof.

Warum kein Picknick auf Omas Grab machen? Wenn sie nett zu dir war, könntest du ihr Blumen bringen und dich an die Cupcakes erinnern, die ihr gemeinsam gebacken habt. Wenn sie ein toxisches, verdrehtes Ding war, könntest du auf ihrem Grab tanzen.

Es mag für unberührte Menschen besonders seltsam erscheinen, aber mir kam es wie ein natürlicherer Umgang mit dem Gedanken an die Toten vor. Ich fand es immer recht gesund, an den Tod erinnert zu werden, da es uns an den Wert des Lebens erinnerte. Das Lesen der Grabsteine setzte alltägliche Herausforderungen in Perspektive, und das leuchtend grüne Gras diente als Erinnerung daran, dass wir Natur sind – und nur auf der Durchreise.

Aber es gab an diesem Tag keine Picknicks unter dem Riesenrad, nur einen kosmopolitischen Mix aus Menschen, Goblins und Orks. Alle trugen schwarze Armbänder und hatten gerötete Augen. Ich befand mich immer noch in der Verleugnung, überzeugt davon, dass es einen Fehler gegeben hatte.

Es war die Beerdigung eines anderen Goblins.

Es gab eine Verwechslung.

Stille Post.

Falsche Identifizierung.

Ja, das war es. Ich crashte die Beerdigung eines zufälligen Goblins – wie man das eben tut. Aber als ich nah genug war, um Gesichter zu sehen – einige steinern, andere geschwollen und erfüllt von Schmerz – und erkannte sie als Saltys Freunde. Jaquelyn Denna Knight stand neben ihrem gutaussehenden Partner. Isadora Crowe war neben ihnen und hielt ihre mit Chamäleonhaut überzogene Katze. Ein Zwillingspärchen mit verstörten Gesichtern, ein Junge und ein Mädchen mit Zaubererblut. Eine vermummte Frau mit Chinin-Augen stand etwas abseits der Versammlung. Und dann, unmöglich zu übersehen, war die Ork-Patentante, Shagar »Sugar« Khargol, schick gekleidet und flankiert von ihren Leibwächtern und Dutzenden schluchzender Goblins.

Die Zeremonie neigte sich dem Ende zu, und die Freunde begannen, sich die Hände zu reichen und sich zu umarmen. Ich wartete darauf, dass sie gingen, während die Realität von Nilves Tod mit jeder Person, die sich verabschiedete, tiefer sank. Einer nach dem anderen gingen sie, bis nur noch Jax dort stand.

Hin- und hergerissen zwischen dem Wunsch, sie nicht zu stören, und dem Bedürfnis zu wissen, was passiert war, näherte ich mich langsam mit zugeschnürter Kehle. Sam blieb zurück.

»Jacquelyn?«, murmelte ich.

Sie drehte ihren Kopf langsam zu mir, ihr Gesicht fleckig, die Wangen nass.

»Ich bin Asha-«

»Ich weiß, wer du bist«, sagte sie. Sie benutzte ein Taschentuch, um ihre Augen abzutupfen. »Ferra hat mir gesagt, dass wir viel gemeinsam haben.«

»Ja«, antwortete ich und blickte auf das frisch gefüllte Grab. »Einen Goblin-Freund zum Beispiel.«

Jax schüttelte den Kopf und schluckte. »Ich kann nicht glauben, dass sie weg ist.« Mehr Tränen strömten über das Gesicht der Zauberin, und sie schloss die Augen und schniefte.

»Es tut mir so leid«, sagte ich. »Ich kannte sie nicht so lange wie du, aber sie war der beste verdammte Goblin, den ich je getroffen habe. Sie hat mir bei meinem letzten Fall geholfen. Ich hätte es nie geschafft, wenn sie nicht gewesen wäre.«

Jax weinte heftiger.

»Es tut mir leid«, sagte ich. »Ich mache es schlimmer. Ich wollte nur mein Beileid aussprechen und-«

»Es war meine Schuld«, murmelte Jax.

»Was? Ich bin sicher, das stimmt nicht.«

»Doch. Salty hat mir geholfen.«

»Bei einem Fall?«, fragte ich.

Sie schüttelte den Kopf. »Ich darf zurzeit keine Fälle übernehmen. Madame Copperfields Anordnung.«

»So habe ich gehört«, erwiderte ich.

»Captain Morgan hat mich angerufen«, sagte sie. »Bat mich, euch bei dem Fall der vermissten Töchter zu helfen. Sagte, es könnten Vampire beteiligt sein.«

»Ja«, sagte ich. »Das war meine Idee. Tut mir leid. Ich wusste nicht, dass du-«

Ich schaute automatisch auf ihren geschwollenen Bauch.

»Ich wusste nicht, dass du schwanger bist, bis ich gestern Abend im Cog sah, wie du Malachay entwaffnet hast.«

»Ich soll eigentlich nicht arbeiten, aber es ist schwer, aus Schwierigkeiten herauszubleiben«, sagte sie mit einem wehmütigen Lächeln. »Salty half mir, Gizmo zu finden. Mein Frettchen.«

Und dabei dachte ich, ich wäre exzentrisch mit meinen Katzen und Hühnern.

»Habt ihr ihn gefunden? Deinen Frettchen?«

Die Zauberin schüttelte den Kopf und ihr Gesicht verzog sich. Sie legte eine zitternde Hand an ihre Stirn, während sie weinte. Jacquelyn war für mich fast eine Fremde, aber ich konnte sie nicht dort stehen und allein weinen lassen. Ich trat näher und legte meine Arme um sie. Ich erwartete, dass sie versteifen würde, aber sie überraschte mich. Sie gab nach und weinte in meine Schulter, während ich sie umarmte. Ihr Herzschmerz sickerte in mich hinein und mein Körper zog sich vor Kummer zusammen. Der Vorhang der Verleugnung, an den ich mich geklammert hatte, fiel, und ich wusste dann, dass Salty wirklich tot war, und ich stimmte in das Weinen ein.

»Es tut mir so leid«, sagte ich. »Es tut mir so leid.«

Da Jacquelyn Denna Knight das Realm gerettet hatte, konnte ich nichts anderes, als sie zu vergöttern, besonders weil wir aus so ähnlichen Hintergründen stammten. Sie war ein Titan in meinem Kopf; unantastbar. Ich fühlte mich wie eine Pfütze neben ihr. Aber in diesem Moment waren wir in unserer Menschlichkeit ebenbürtig – nur Menschen aus Fleisch und Blut, verbunden durch einen Verlust, den wir beide schmerzlich spürten – und ich war froh, dass ich nur einen Bruchteil des Trostes bieten konnte. In diesem Moment waren wir Schwestern.

Aber es war nicht genug.

»Ich werde dir helfen«, sagte ich, als sie sich schließlich zurückzog.

Sie schaute mich an. »Das hast du bereits.«

»Ich meine, ich werde dir helfen, Gizmo zu finden.«

Sie schüttelte den Kopf. »Das kannst du nicht. Es ist zu gefährlich. Wer auch immer ihn genommen hat, ist Teil einer riesigen Tierhandel-Operation mit magischen Tieren. Es ist größer und tiefer als alles, was ich je gesehen habe.«

»Umso mehr ein Grund zu helfen«, sagte ich. »Tierhandel? Ich werde nicht schlafen können, wenn ich weiß, dass sowas vor sich geht.«

»Ich schätze das, Asha. Wirklich. Ich habe seit Wochen nicht geschlafen. Aber sich mit diesen Typen anzulegen... das ist eine Selbstmordmission.«

Ich schaute zurück zu Armstrong, der geduldig auf mich wartete.

»Hör zu«, sagte ich zu Jax. »Ich habe heute Abend noch etwas zu erledigen, aber ich werde anfangen, mich damit zu beschäftigen, sobald ich mich erholt habe.«

Die Zauberin wirkte interessiert, stellte aber keine Fragen. Sie war offensichtlich entschlossen, aus Schwierigkeiten herauszubleiben.

»Wir werden dann reden«, sagte ich. »Du kannst mir erzählen, was du weißt. Über Gizmo, über den Handel, über Salty.«

Jax schloss kurz die Augen und nickte dann. »Okay.«

Darick erschien mit zwei hellgrünen Milchshakes in durchsichtigen Bechern zum Mitnehmen. Jax stellte uns vor, und er begrüßte mich mit einer goldenen Stimme, die meiner Meinung nach einem Magier gehören musste. Ich fand, die Neonshakes waren ein seltsames Mitbringsel, um eine weinende Zauberin zu trösten, aber dann platzierte er sie auf Saltys Grab, und es ergab Sinn.

»Limette«, sagte er zu mir. »Es war ihr Lieblingsgeschmack.«

Ein Lächeln erschien kurz auf Jax' Gesicht, und dann setzte sie ihr Weinen fort.

Armstrong wartete, bis ich zu ihm zurückkehrte, und zögerte nicht, mich in seine Arme zu ziehen, als wären wir seit langem Liebende. Es geschah leicht und natürlich, als hätten wir es tausendmal getan, und ich fühlte mich beschützter als je zuvor. Ich wusste, dass es zu früh war, um Liebe zu sein, zu neu, aber es war das Nächstliegende dazu, was ich je gefühlt hatte. Menschen mit liebevollen Eltern und Geschwistern nehmen diese Art von menschlicher Berührung wahrscheinlich als selbstverständlich hin, aber für mich war es neu. Ich schwelgte darin trotz der traurigen Umstände, und etwas tief in mir wurde getröstet.

Er drückte mich. »Es war ein höllischer Tag. Lass uns von hier verschwinden.«

Das Letzte, was wir brauchten, war die schrille Darbietung von Fahrgeschäften und schlechtem Essen, aber es war der einzige Weg hinaus. Ich bemerkte mehr Goblins, die die schwarzen Bänder trugen, und dachte,

dass ich selbst eines besorgen musste, und erwähnte dies Sam gegenüber. Wie durch Zauberei war die Zigaretten-Goblin zurück, um dem
Detektiv ein letztes Mal ihre Waren anzubieten, und diesmal bemerkte
ich, dass sie auch Bänder verkaufte. Sam kaufte für jeden von uns eins,
und wir banden sie einander um. Es war ein ergreifender Moment.

»Sie nannte mich immer Herr Polizist«, sagte er.

# KAPITEL 65
# ENTSTEHUNGSGESCHICHTE

ASHA

»Okay,« sagte ich zu mir selbst, als wir in Sams Auto stiegen. »Okay.« Ich atmete tief ein und versuchte, mich zu sammeln. »Ich muss mich zusammenreißen.«

»Du siehst völlig gefasst aus«, sagte Sam. »Besonders nach dem Tag, den du hattest. Du hast mir immer noch nicht erzählt, was dir im Wald passiert ist.«

Ich hatte selbst noch keine Zeit gehabt, das zu verarbeiten, geschweige denn ihm den ganzen Wahnsinn zu offenbaren. »Das muss warten«, sagte ich und prüfte die Zeit auf meinem Handy. »Ich hätte schon, so ungefähr gestern bei den Delports sein sollen.«

Das war keine Übertreibung.

Es sah aus, als würde er sich auf die Zunge beißen – als wollte er sagen: *Das kann nicht dein Ernst sein. Du musst nach Hause gehen und schlafen.*

Stattdessen sah er mir in die Augen. »Ich kann dich hinbringen.«

Ich warf ihm einen misstrauischen Blick zu. »Warum bist du so nett zu mir?«

Er lachte und kratzte sich am Hals. »Weil ich ein netter Kerl bin.«

»So nett bist du auch wieder nicht«, scherzte ich.

»Du hast recht«, gab er zu. »Vielleicht bringst du das Beste in mir zum Vorschein.«

»Das war aber nicht der Fall, als du versucht hast, mich im Krankenhaus zu verhaften.«

»Ah, diese Kleinigkeit. Vergib mir. Ich war nicht ich selbst. Mir war schlecht, nachdem ich diese Tüte mit–«

Ich lachte und boxte ihm gegen den Arm. »Du bist furchtbar. Nur ein furchtbarer Mensch würde so etwas tun.«

»Ich wollte dich nie wirklich mitnehmen. Das weißt du – wir haben das durchgekaut. Es war nur, um dich zur Zusammenarbeit zu bewegen.«

»Ha.«

»Außerdem braucht jedes Paar eine Entstehungsgeschichte.«

*Jedes Paar? Hat er jedes Paar gesagt? Eine Entstehungs-was?*

»Was bedeutet das?«

»Du weißt schon, eine Geschichte, die wir bei Dinner-Partys erzählen können, wie wir uns kennengelernt haben.«

Errötend wandte ich mein Gesicht von ihm ab.

»Asha«, sagte er.

Ich rutschte unruhig hin und her, weil ich nicht wollte, dass er meine geröteten Wangen sah. Ganz behutsam nahm er meine Hand. Ich holte tief Luft und drehte mich wieder zu ihm um. *Heilige Höllenkätzchen, er ist wirklich etwas fürs Auge.* Auf der übertriebenen Seite des Rauen und so verdammt begehrenswert. Ich ermahnte mich erneut, mich zusammen-zureißen, aber Sam entging nicht, was er auf meinem Gesicht gesehen hatte.

»Asha. Heute hat sich für mich etwas verändert. Als wir dich im Wald nicht finden konnten... hatte ich ein schlechtes Gefühl. Ich dachte, ich hätte dich verloren.« Er nahm seine Hand von meiner und fuhr sich mit den Fingern durch die Haare. »Ich hasse es, dass diese Worte aus meinem Mund kommen. Ich höre selbst, wie klischeehaft das klingt.«

»Ich hasse die Worte nicht«, sagte ich, mein Herz schlug schnell.

»Als ich dachte, dir sei etwas zugestoßen, fühlte ich... ich weiß nicht. Es ist schwer zu beschreiben. Aber ich wollte dir das einfach sagen. Dass sich heute etwas verändert hat. Und als ich dich am Riesenrad weinen sah, wollte ich dich einfach in meine Arme nehmen... und als wir dort zusammen standen, fühlte es sich einfach richtig an. Ganz tief drinnen.«

»Mir geht's genauso«, erwiderte ich. »Es fühlte sich richtig an.«

Mein Körper war steif vor Nervosität und Verlangen, meine Atmung zu flach. Ich dachte, der Detektiv würde mich küssen, aber stattdessen seufzte er scharf – vielleicht erleichtert, es von der Brust zu haben – und startete das Auto.

Die Spannung im Auto war spürbar, und wir machten keine Witze mehr. Während der Fahrt versuchte ich, mich auf die Aufgabe zu konzentrieren, die vor mir lag, aber Sams Worte gingen mir immer wieder durch den Kopf, bis mein Magen vor Erwartung brannte.

*Jedes Paar braucht eine Entstehungsgeschichte.*

*Heute hat sich für mich etwas verändert.*

*Es fühlte sich einfach richtig an.*

»Ich brauche deine Hilfe bei etwas«, sagte ich. »Bitte.«

»Ich bin stets zu Diensten.«

»Aber... das ist nicht gerade legal. Ich verstehe also, wenn dich das in eine schwierige Lage bringt. Als... Polizist und so.«

Er schaute mich an, dann wieder auf die Straße. »Nicht *gerade* legal?«

»Damit meine ich, überhaupt nicht legal.«

»Also illegal, oder?«

»Das ist so ein hässliches Wort, findest du nicht?«

Sam lächelte. »Aber technisch gesehen korrekt.«

»Technisch gesehen«, bestätigte ich.

Wir verstanden uns. Wir könnten den ganzen Tag im Kreis herumlaufen und den Narren spielen. Vielleicht würden wir das eines Tages tun.

»Und welches Gesetz würdest du gerne mit meiner Hilfe brechen?«, fragte er.

Ich gab ihm die Adresse, die Tayo, der Taxifahrer, mir geschickt hatte. »Ich brauche dich, um jemanden abzuholen.«

Armstrong warf einen Blick auf die Adresse. »Du meinst, ihn mitnehmen?«

»Ich meine, so tun, als würdest du ihn verhaften, damit er mit uns kommt. Du hast doch Erfahrung damit, oder?«

»Ha, ha«, sagte er. »Also... du willst, dass ich jemanden entführe?«

»Aber du hast eine Dienstmarke«, sagte ich. »Es ist keine Entführung, wenn du eine Dienstmarke hast, oder?«

»Wer ist es?«, fragte er. »Wer ist das Opfer deines hinterhältigen Plans?«

»Derselbe Typ, für den du die Kennzeichendetails bekommst. Der Porsche-Typ. Nathan Steiger.«

»Erinner mich, warum wir diesen Schwachkopf in unserem Auto haben wollen?«

Ich gab Sam die kürzeste Erklärung, die mir einfiel. »Nathan Steiger ist ein Betrüger. Er hat die Delports um Geld betrogen, indem er vorgab, ein Geisterjäger zu sein, während er in Wirklichkeit selbst eine falsche Spuk- geschichte inszeniert hatte. Aber dann stellte sich heraus, dass das Haus *wirklich* von Geistern heimgesucht wird, und jetzt ist die Familie prak- tisch dort gefangen, und die Kinder sind in diesem seltsamen übernatür- lichen Koma. Die Geister haben mir gesagt–«

»Die Geister haben dir gesagt?«

»Ja«, sagte ich. »Ich habe eine Séance abgehalten, und sie bestanden darauf, dass Steiger zurückkommen soll, oder sie würden die Kinder töten. Aber als ich das den Delports erzählte, flippten sie aus und nahmen an, Steiger und ich würden zusammenarbeiten, also haben sie mich auch rausgeworfen.«

»Das ergibt keinen Sinn«, sagte Sam. »Warum wollen die Geister Steiger zurück, wenn er nur ein Scharlatan ist?«

»Ich habe keine Ahnung. Sie mochten meine Fragen nicht. Und mit ihnen zu diskutieren war auch zwecklos. Es stellt sich heraus, dass Poltergeister nicht besonders gut im Kompromisse schließen sind.«

Wir hielten vor Nathan Steigers Haus. Es war nicht weit von meiner Wohnung entfernt, aber die Gegend war eher für junge Berufstätige und kinderlose Paare geeignet. Die Häuser waren kompakt, und die Hauptstraße summte vor Restaurants, Feinkostläden und Geschenkboutiquen.

»Das ist es«, sagte ich und zeigte auf das hellcremefarbene Haus mit der grauen Garagentür. Anstelle eines Gartens gab es Kies, und auf seinem Grundstück war kein grünes Blatt zu sehen, obwohl das Haus an einer Straße voller Bäume lag. *Das sagt viel über einen Menschen aus*, dachte ich. *Keine Pflanzen zu haben. Das ist ein sofortiges Alarmsignal, wie jemand, der keine Tiere mag.*

Ich warf Armstrong einen misstrauischen Blick zu. Mochte *er* Tiere? Und dann erinnerte ich mich an Circe und Odysseus, die ihre Schwänze um seine Beine schlängelten, und wie er sich hinhockte, um sie zu streicheln. Er hatte sie auch gefüttert, als ich im Krankenhaus war, obwohl er mich damals kaum kannte.

»Lass es uns anpacken«, sagte er, und wir stiegen aus dem Auto.

KAPITEL 66

# DER COP UND DIE KILLERIN

ASHA

Wir klingelten und klopften, aber Steiger kam nicht zur Tür. Drinnen brannte Licht, und wir konnten das träge, melodische Dröhnen langsamer Rockmusik hören. Ich drückte erneut auf die Klingel und verfluchte den Mann, als ich mich daran erinnerte, wie er die Klingel der Delports so eingerichtet hatte, dass sie mich bei meinem ersten Besuch unter Strom setzte. *Wie viele dieser Tricks stammten von ihm,* fragte ich mich, *und wie viele von den Poltergeistern?*

Armstrong gab die Idee eines höflichen Eintritts bald auf und hämmerte gegen die Tür, sodass sie in ihrem Rahmen wackelte. »Nathan Steiger!«

Noch immer antwortete niemand. Der Detektiv machte sich bereit, mit der Schulter gegen die Tür zu rammen, aber ich hielt ihn auf und zeigte ihm meinen Zauberstab.

Ich konzentrierte mich auf den Türgriff und verengte meine Augen und meine Aufmerksamkeit, bis ich nichts anderes mehr sah als seine Zarge. Ich stellte mir einen Schweißbrenner vor, der das Metall erweichte.

»*Ignem exquiris*«, murmelte ich, und eine unbändige Hitze strömte aus der Spitze meines Zauberstabes und fand die Zarge, schmolz sie an

341

ihrem Platz und ermöglichte uns den Eintritt in Steigers Haus, wobei ein schwacher Geruch von brennendem Holz in der Luft zurückblieb.

Sam zog die Augenbrauen hoch. Er schien halb beeindruckt und halb missbilligend zu sein. Mir wurde klar, dass er nichts über mich wusste. Wenn ein Einbruch schon einen solchen Blick hervorrief, was würde er erst zu meiner Neigung sagen, nun ja, Leute zu ermorden?

Der Cop und die Killerin.

Mit einer sich langsam ausbreitenden Beklemmung in meiner Brust verstand ich, dass ich mich zwischen der Wahrheit und einer Beziehung mit ihm entscheiden müsste, denn diese beiden Optionen schlossen sich gegenseitig aus. Natürlich würde das keine schwierige Entscheidung werden, denn ich wusste, dass eine Beziehung, die auf Unehrlichkeit basierte, niemals die Jahreszeiten überstehen würde. All die Hoffnung und das Verlangen, die ich eben noch im Auto gespürt hatte, wichen, und eine kalte Einsamkeit nahm ihren Platz ein. Die alte, abgenutzte, schäbige und von Motten zerfressene Gewissheit, die ich immer hatte – dass ich immer allein sein würde, dass ich allein geboren wurde und allein sterben würde – behauptete sich wieder in meinem Herzen und Verstand und hinterließ ihren vertrauten bitteren Rückstand.

Da war auch ein Aufblitzen neuer Erkenntnis: dass ich Detective Sam Armstrong würde gehen lassen müssen.

Als wir vor Steigers Haus vorfuhren, hatte ich Drama erwartet. Vielleicht würde er fliehen und wir würden ihn verfolgen. Vielleicht würde er in seinen Sportwagen springen und direkt durch sein Garagentor fahren. Oder vielleicht hätte er einen Posten an einem Fenster mit Snacks und einem Gewehr eingerichtet, bereit, seine Freiheit zu verteidigen. Ich lag falsch. Sam und ich durchquerten sein unordentliches Haus ungehindert und fanden den Mann bewusstlos auf seinem Sofa vor, ein halb gerauchter Joint und einige Pillen lagen auf einem Teller auf dem Teppich unter seiner schlaffen Hand. Ein halbes Dutzend leerer Bierflaschen standen auf dem Boden direkt neben dem Teppich, wie Kegel in einer Bowlingbahn. Ich betrachtete seinen friedlichen Gesichtsausdruck, den Sabber auf dem Kissen und seine ausgestreckten Gliedmaßen.

*Wovor versuchst du zu fliehen, Nathan Steiger? Warum fühlst du dich so betäubt?*

Die Methode des Detektivs war direkter. »Hey«, sagte er scharf, schleuderte die Beine des Mannes vom Sofa und schlug ihm auf die Wange, um ihn zu wecken.

Steiger kämpfte mächtig darum, seine Augen zu öffnen, und ich konnte das abgestandene Bier an ihm riechen, konnte das verbrannte Kraut in seinem Haar riechen. Da er nicht in der Lage war, beide Augen zu öffnen, priorisierte er sein rechtes Auge und hielt das andere geschlossen.

»Ah«, stöhnte er, als er mich sah. »Hexe.«

»Steh auf«, befahl Armstrong. »Du kommst mit uns.«

Steigers blutunterlaufener Augapfel schwenkte zu Sam. »Wer zum Teufel sind Sie?«

Sam nahm seinen Polizeiausweis aus der Tasche und zeigte Nathan seine Marke. Plötzlich nahmen beide Augenlider ihre Funktion wieder auf.

»Oh, verdammt«, sagte der bekiffte Mann.

Und so konnten wir Nathan Steiger einfangen, nicht mit einem Knall, sondern mit einem Wimmern, und er saß ruhig auf dem Rücksitz von Sams Auto mit seiner lächerlichen Geisterjäger-Ausrüstung, während wir uns schließlich auf den Weg zum Haus der Delports machten.

Ich passte mich seiner schlappen Stummheit an und spürte noch immer die Beklemmung dessen, was ich über die Zukunft – oder den deutlichen Mangel daran – von Sams und meiner Beziehung erkannt hatte. Den ganzen Tag über konnte ich ein langsames und stetiges Abgleiten in die dunklen Gewässer der Depression fühlen. Saltys plötzlicher Tod lastete auf mir, ebenso wie das bedrückende Wissen, dass mit magischen Tieren gehandelt wurde. Das Trauma im Wald hatte sicherlich seine Spuren hinterlassen. Die Gesundheit der Delport-Kinder war eine ständige Sorge, und ich hatte die vermissten Töchter des Reiches nicht vergessen. Die Lasten fühlten sich schwer an, und ich fühlte mich nicht stark. Die Tatsache, dass wir auf dem Weg waren, Krieg gegen Geister zu führen, die unschuldige Kinder als Geiseln hielten, schürte meine Angst noch mehr. War ich dem Kampf gewachsen?

»ICH BIN NICHT IM GUTEN GEGANGEN«, warnte ich Sam, als wir am Haus der Delports ankamen, und trat mit dem Absatz meines Stiefels gegen den Klingelknopf, bevor ich Steiger von der Seite ansah. »Wir müssen vielleicht einbrechen.«

»Schon wieder«, sagte Sam mit einem humorvollen Funkeln in den Augen.

»Ja.«

»Ist das also etwas, was du in deinem Beruf oft tust?«

Bevor ich antworten konnte, trat Steiger vor. »Kein Grund, etwas kaputt zu machen«, murmelte er und zog einen einzelnen Schlüssel aus seiner Brieftasche. Wir sahen zu, wie er mehrmals das Schlüsselloch verfehlte und ihn dann hineinbekam, das Fußgängertor aufschloss und hindurch-spazierte, als gehörte ihm der Ort. Da ich wusste, dass sie vor Sorge außer sich sein mussten, wappnete ich mich für den Zorn von Byron und Simone. Sie enttäuschten mich nicht.

KAPITEL 67

# WIE EINE FLEDERMAUS AUS DER HÖLLE

ASHA

Simone Delport war um ein Jahrzehnt gealtert, seit ich sie zuletzt gesehen hatte. Ihr Morgenmantel war schmutzig mit Erd- und Farbstreifen, und sie roch nach abgestandenem Kaffee und Terpentin. Das wusste ich, weil sie aus der Dunkelheit des Hauses kreischend auf uns zugeflogen kam, nicht unähnlich einer Fledermaus aus der Hölle.

Byron bildete die Nachhut, sein Gesichtsausdruck finster und verzweifelt.

»Wie kannst du es wagen?«, kreischte Simone. »Wie kannst du es wagen, hierher zurückzukommen?«

Steiger, immer noch bekifft, mit seiner Geisterjäger-Ausrüstung auf dem Rücken, hob kapitulierend die Hände. »Die Hexe hat mich hergebracht.«

Simone wandte sich mir zu, und ich konnte ihre Angst in ihr toben spüren. Sie fluchte wie ein Seemann mit Tourette, aber ich verstand, was sie wirklich sagte.

*Wie kannst du nur so grausam sein?*

*Kannst du nicht sehen, wie sehr wir leiden?*

345

»Simone«, sagte ich so ruhig wie möglich. »Wir sind hier, um deine Kinder zu retten.«

Sie konnte mich durch ihre Obszönitäten, durch ihren Terror hindurch nicht hören, aber Byron schon.

»Kannst du das wirklich?«, fragte er, während er auf mich zukam. »Kannst du ihnen wirklich helfen?«

»Ja, das kann ich«, sagte ich und fühlte mich weitaus weniger zuversichtlich, als mein Tonfall vermuten ließ.

»Du«, höhnte Simone ihren Ehemann an. »Du willst *ihnen* vertrauen? Nach dem, was sie getan haben?«

Byron hielt frustriert seine Stirn. »Welche Wahl haben wir denn?«

Simones Gesicht verzog sich, und ich war nicht sicher, ob sie uns gleich anspucken oder weinen würde. »Nein«, stöhnte sie kopfschüttelnd. »Ich werde sie nicht lassen.«

»Simone!«, schrie Byron und packte seine Frau an den Oberarmen. »Sie wachen nicht auf! Unsere Kinder wachen nicht auf! Wir verlieren sie! *Welche Wahl haben wir denn?*«

Die ungewohnte Gewalt in seiner Stimme bewirkte etwas bei Simone. Sie sah ihren Mann an und ihre Knie gaben nach. Byron fing sie auf. Es war die Art ihres Körpers zu kapitulieren, wenn sie keine Energie mehr zum Kämpfen hatte. Byron hob sie hoch und ging zur Haustür, wobei er nur innehielt, um über seine Schulter zu sagen: »Bitte. Kommt rein.«

Sam blickte mich vielsagend an, als wollte er sagen: *Das ist interessant.* Ich neigte zustimmend meinen Kopf. Steiger kam aus seinem Rausch und wirkte ziemlich nervös. Ich bedeutete ihm, hineinzugehen, und er gehorchte.

Byron wickelte Simone fest in eine Decke und setzte sie in einen bequemen Sessel, wobei er ihre Hände tätschelte, um sie zu beruhigen. Er schaltete den Wasserkocher ein und nahm einige Tassen vom Abtropfbrett. Ohne zu warten, bis das Wasser kochte, goss er Whisky in seine Tasse und nahm einen stärkenden Schluck.

»Verzeiht ihr«, sagte er. »Verzeiht uns. Wir sind wahnsinnig vor Sorge.«

»Nur, wenn du uns verzeihst, dass wir dir nicht früher geholfen haben«, sagte ich und trat dann Steiger gegen den Knöchel. Er sah mich verletzt an, und ich trat ihn erneut.

»Oh«, sagte er. »Und verzeiht mir. Bitte.«

»Und?«, forderte ich.

»Und ...«, sagte er und versuchte, meinen Gesichtsausdruck zu lesen. »Und ich werde das Geld zurückgeben, das ihr mir bezahlt habt.«

Ich trat ihn ein drittes Mal.

»Ich meine ... ich werde das Geld zurückgeben, das ich ... gestohlen habe.«

Ich nickte ihm zu. Gut. Das war ein Anfang.

»Um es klarzustellen«, sagte ich zu den Delports, »Nathan Steiger und ich haben noch nie in irgendeiner Weise zusammengearbeitet. Aber wir werden es heute tun, weil das Haus es verlangt hat.«

Sam gab es auf, darauf zu warten, dass jemand ihn vorstellte. »Ich bin Sam Armstrong«, sagte er. »Ich weiß nichts über paranormale Aktivitäten, aber ich bin hier, um zu helfen, wie ich kann.«

Seine Vorstellung klang, als wäre er bei einem AA-Treffen, was ich rührend fand.

»Armstrong ist Polizist«, erklärte ich Byron. Ich spürte einen winzigen Schmerzblitz in meiner Brust. *Herr Polizist.* Ich konnte immer noch nicht glauben, dass der Kobold weg war. Dies war der längste Tag aller Zeiten gewesen.

»Wie fangen wir an?«, fragte Byron.

»Kann ich die Kinder sehen?«

Sein Adamsapfel hüpfte, dann stürzte er den Rest seines Getränks hinunter. »Natürlich.«

Er führte uns die Treppe hinauf ins Hauptschlafzimmer, wo Cameron, Scott und Tristan totenbleich und bewusstlos auf dem Kingsize-Bett lagen. Ich fragte mich nebenbei, wo Byron und Simone geschlafen hatten, und dann wurde mir klar, dass sie wahrscheinlich überhaupt nicht geschlafen hatten.

»Wir verlieren sie«, sagte Byron und wiederholte, was er Momente zuvor draußen gesagt hatte. »Sie werden immer blasser und regloser. Sie schwinden dahin.«

Ich ging um das Bett herum und nahm Tristans Hand. Die sonst rosigen Wangen des kleinen Mädchens waren eingefallen und ihre Haut war jeder Farbe beraubt. Ihre kleine Hand war so kalt und schlaff wie die einer frischen Leiche, was mich zusammenzucken und in Panik geraten ließ. Meine Sicht verschwamm und mein ganzer Körper zitterte, und Sam legte seine Hand auf meine Schulter, um mich in die Gegenwart zurückzuholen. Ich steckte die Hand der Vierjährigen unter die Bettdecke und stellte sicher, dass die anderen Kinder so warm wie möglich waren, als ob das einen Unterschied für das Überleben ihrer Seelen machen würde.

»Catnip ist auch weg«, sagte Byron. »Ich hoffe, sie kommt zurück.«

Nathan Steiger stand in der Ecke des Raumes. Ich hatte ihn nicht hereinkommen hören. Er wirkte jetzt völlig nüchtern und entsetzt über den Zustand der Delport-Kinder. »Was ist passiert?«, fragte er.

»Das Haus hat sie genommen«, antwortete ich. »Es verlangte, dich zu sehen, und als wir nicht gehorchten, nahm es die Seelen der Kinder als Lösegeld.«

Steiger sah verwirrt aus. »Und ich bin das Lösegeld?«

»So scheint es«, erwiderte ich. »Ich war genauso verwirrt wie du jetzt.«

Er schüttelte den Kopf. »Ich verstehe das einfach nicht.«

»Du musst es nicht verstehen«, sagte Sam. »Mach einfach dein Ding.« Er gestikulierte zu Nathans Rucksack mit der Geisterjäger-Ausrüstung. »Was auch immer du tust, um sie loszuwerden.«

Der Betrüger rieb sich in offensichtlicher Qual die Wangen. »Ich wünschte, ich könnte. Glaub mir, ich würde es sofort tun, wenn ich könnte.«

»Was meinst du damit?«, fragte Sam. »Hol einfach deine Ausrüstung raus und mach, was du normalerweise tust.«

Nathan ließ seine Schultern hängen, dann ließ er den Rucksack los, der zu Boden fiel und dabei einen Teil des Inhalts verschüttete, den er bestürzt betrachtete. »Es ist alles Müll, nicht wahr? Ich habe das alles online gekauft, wissend, dass es nutzlos ist.«

»Aber da muss doch irgendetwas sein«, beharrte ich. »Du musst irgendetwas haben, oder wissen, sonst warum würde das Haus verlangen, dass du hier bist?«

Er zuckte mit den Schultern, was meinen Zorn entfachte.

»Was verschweigst du uns?«, forderte ich und machte einen Schritt auf ihn zu, während die Wut meinen Kiefer verkrampfte. Aber dann kam ein kaum hörbares Geräusch vom Bett. Ich vergaß Steiger und eilte zu den Kindern. Doch wie man so schön sagt, ist Hoffnung eine grausame Herrin. Das Geräusch kam von Scott, dem Sechsjährigen in der Mitte, der nicht aufwachte, sondern stattdessen aufgehört hatte zu atmen.

# KAPITEL 68
# GEHEIME FALLTÜR

ASHA

»Scott!«, schrie ich. »Scott! Wach auf!«

Als Byron begriff, was passierte, schrie auch er. »Scott!«

Die Brust des Jungen bewegte sich nicht mehr.

»Holt ihn vom Bett runter!«, befahl Sam. »Legt ihn auf den Boden.«

Ich griff nach dem Jungen, aber Byron übernahm und hob seinen Sohn mit einem Ruck von der Matratze, legte ihn auf den Holzboden, wo Sam begann, seine Brust zu pumpen und nur innehielt, um seine Lungen mit Luft zu füllen.

»Scott!«, schrie Byron erneut, hilflos und vor Verzweiflung taumelnd. Seine Stimme brach. »Wach auf!«

Nathan, immer noch in der Ecke, rieb sich weiter das Gesicht, als versuchte er, sich selbst aus dem Zimmer, aus dem Haus, aus der Realität zu löschen. Angst schnürte meine Atemwege zu, vielleicht aus Mitgefühl für Scott, und ich keuchte, während ich versuchte, genug Sauerstoff einzuatmen, um stehen zu bleiben. Als ich meine Atmung wieder unter Kontrolle hatte, sah ich noch immer zu, wie Sam an einem leblosen Kind Wiederbelebungsmaßnahmen durchführte.

Ich kam zu zwei erschreckenden Schlussfolgerungen. Erstens, dass es nur eine Frage der Zeit war, bis das Gleiche mit Cameron und Tristan passieren würde. Und zweitens, dass keine noch so intensive Herzdruckmassage sie ins Leben zurückbringen würde. Bis ich das Verlangen des Hauses – was auch immer das war – gestillt hatte, würden die Seelen der Kinder von diesem teuflischen Haus gefangen sein.

»Steiger!«, schrie ich. »Wir müssen es jetzt tun!«

Steiger sah verängstigt aus. »Ich weiß nicht, was zu tun ist! Ich weiß nichts über Paranormales! Das war alles nur ein Schauspiel!«

Ich biss die Zähne zusammen und marschierte zu ihm. »Du weißt etwas! Du weißt etwas, sonst hätten sie nicht nach dir verlangt!«

Er verzog wieder sein Gesicht. Er dachte nach. Als ob wir Zeit hätten, herumzustehen und nachzudenken! Ich schaute zurück und sah, dass Armstrong mit der Herzdruckmassage weitermachte, langsam und stetig. Ich war so angespannt, dass ich dachte, ich könnte mir einen Zahn abbrechen. Als ich mich wieder zu Nathan umdrehte, murmelte er etwas.

»Was?«, forderte ich.

»Das Gästezimmer«, sagte er und blinzelte nervös. »Das ist doch, wo Simone Henry gesehen hat, oder?«

»Und?«

Ohne mir zu antworten, rannte er aus dem Schlafzimmer. Ich folgte ihm, kaum ein Atemzug zwischen uns. Wir stürmten die Treppe vom Hauptschlafzimmer hinunter, quer durch das Haus und die Treppe hinauf zum Gästezimmer, wo Scott versucht hatte, aus dem Fenster zu springen.

Henry hatte während der Séance gesagt: *Steigt die Treppe hinauf.* Ich hatte nicht gewusst, was das bedeutete.

Nathan Steiger sah sich mit gehetzten Augen um.

»Wonach suchst du?«

»Einen Schlüssel«, sagte er.

Ich starrte ihn fassungslos an. Scott lag buchstäblich im Sterben, und dieser Irre suchte nach einem Schlüssel?

»Nicht einen tatsächlichen Schlüssel«, sagte er und strich sich die Haare aus den Augen. »Ich dachte vorher, es wäre ein richtiger Schlüssel, und deshalb konnte ich ihn nicht finden. Aber jetzt wird mir klar –«

»Du redest keinen Sinn.«

»Der Schlüssel, nach dem ich suche, ist ein magischer Gegenstand, um den Zauber zu öffnen, der die geheime Falltür verschlossen hält.«

Es gab eine geheime Falltür? Ich musste unwillkürlich an Salty denken. Sie wüsste genau, wie man die Tür öffnet.

»Willst du mir helfen suchen, anstatt nur dazustehen?«

»Ein magischer Gegenstand«, sagte ich zu mir selbst, aber mein Gehirn schien nicht richtig zu funktionieren. Ich konnte nicht aufhören, Scotts schlaffen Körper vor mir zu sehen.

»Es muss etwas sein, das sie mit dem Haus geerbt haben. Etwas, das dem vorherigen Besitzer gehörte.«

»Ich weiß, was es ist«, sagte ich. Ich sprintete zum angrenzenden Badezimmer und nahm das Porträt des alten Mannes von der Wand. Der alte Glotzer. Es war das Gemälde, über das Simone sich beschwert hatte. Sie sagte, es hätte ein Eigenleben und würde sich immer wieder selbst aufhängen und seine Präsenz behaupten, bis sie einfach aufgegeben und es dort belassen hatte.

Steiger schaute auf die kleine Leinwand, und sein Gesicht zuckte. »Das ist es.«

Wir rannten hinunter zu Camerons Zimmer, wo die Familie sich über seltsame Geräusche aus dem Schrank beschwert hatte und Catnip untypischerweise geknurrt hatte. Nathan riss die Schranktüren auf und schob die Kleidung beiseite, die am Boden des dunklen Verschlags lag. Er hob den falschen Boden an und legte die Falltür frei.

»Du wusstest, dass sie hier ist«, beschuldigte ich ihn. Deshalb wollten die Geister Steiger. Um die Falltür zu öffnen.

Er nickte. »Ich versuche schon, sie zu öffnen, seit sie mich angeheuert haben. Ich wusste nie wie, bis jetzt.« Er streckte die Hand nach dem Gemälde aus, und ich zögerte. Der Mann war alles andere als vertrauenswürdig, aber er war unsere einzige Hoffnung.

Ich griff in meine Tasche und holte den Beutel mit den gequetschten Pilzen heraus. Ich gab ihm etwas davon und aß meinen Teil. »Das wird uns helfen, mit ihnen zu kommunizieren«, sagte ich.

Er wollte ablehnen, aber ich unterbrach ihn mit meiner strengsten Stimme. »Um Himmels willen, Nathan Steiger, vertrau mir und iss diesen Pilz sofort.«

Er überlegte noch einen Moment, dann steckte er ihn in den Mund und begann zu kauen. Ich reichte ihm das Gemälde und er legte es auf die Falltür. Es passte perfekt.

Zunächst geschah nichts, also nahm ich an, dass es nicht der richtige Schlüssel war, aber dann entwickelte die Leinwand ein Glühen um die Ränder und begann, im Holz zu versinken.

Nathan atmete tief ein. »Es passiert. Halt dich gut fest.«

Sobald das Gemälde bündig mit dem Holz war, blitzte das Ganze in einem blendenden Licht auf, als ob eine Bombe im Raum explodiert wäre. Gleichzeitig entfaltete der violette Pilz seine Wirkung, und es fühlte sich an, als würde mein ganzer Körper detonieren.

# KAPITEL 69
## EINE MOTTE AUF DEM MOND

ASHA

Ich schwebte im weißen Nichts und war ziemlich sicher, dass etwas schiefgelaufen war und ich ins Jenseits katapultiert wurde. Noch nie hatte ich mich so leicht gefühlt, so euphorisch, als hätte ich die schwere Last meines Körpers zurückgelassen und wäre nur noch Energie – dieselbe Energie wie die strahlende Leere, die mich umgab.

War das der Tod? War das endgültig? Oder war das nur der Zwischenstopp zu meinem nächsten Leben? Würde ich als Katze wiedergeboren werden? Man kann ja immer hoffen.

*Ich atme nicht. Natürlich atme ich nicht – man braucht einen Körper, in den man atmen kann, und Lungen, die sich füllen. Ein Herz, das Sauerstoff transportiert. Nichts davon habe ich mehr.*

Hier gab es keine Sorgen, keine Spukhäuser, keine sterbenden Kinder. Ich schwebte und sank, genoss mein schwereloses Selbst, solange ich konnte. Ich war in meinem Element, wie eine Motte auf dem Mond. Ein enormes Gefühl der Erleichterung – ein unmögliches Gewicht von meinen Schultern – ließ mich ohne Probleme, ohne Bedauern zurück, denn nichts spielte mehr eine Rolle.

Soleil hatte mir gesagt, dass man, sobald man gesehen hat, wie der Tod ist, keine Angst mehr davor haben wird. *Es ist, als würde man nach Hause kommen*, hatte sie gesagt, *in die unendlich liebevolle und annehmende Umarmung der Leere, der Wildnis, der Göttin. Es ist wunderschön und warm und der ultimative Zustand der Glückseligkeit.*

*Die Menschen denken, dass der Tod das Ende ist*, hatte sie zu mir gesagt. *Aber sie könnten nicht falscher liegen. Der Tod ist erst der Anfang.*

Ich entspannte mich noch mehr. Gedanken an die beunruhigten Menschen in meinem prosaischen Leben verblassten im hellen Licht dieses allumfassenden Raumes. Ich musste mir keine Sorgen mehr um sie machen. Ich musste mir überhaupt keine Sorgen mehr machen.

*Ja*, dachte ich bei mir. *Ich glaube, ich bin definitiv tot.*

# KAPITEL 70

# EIN STUMMER ATEMZUG IN EINEM SCHWARZEN LOCH

ASHA

Es gab ein unsanftes Erwachen. Natürlich gab es das. Genau in dem Moment, als die Glückseligkeit fast unerträglich schön wurde, gab der Boden nach, und ich fiel mit ihm in die Tiefe.

Mit dem Herzen im Hals stürzte ich aus dem Licht ins Dunkel, wie Alice im Kaninchenbau. Ich fiel so schnell, dass es sich anfühlte, als würde ich mein Gehirn zurücklassen; vielleicht auch meinen Schädel. Möglicherweise hatte ich mein ganzes Skelett zurückgelassen, denn ich spürte nichts, was mich zusammenhielt. Ich dachte, ich würde schreien, aber kein Ton kam heraus. Ich war ein stummer Atemzug in einem Schwarzen Loch.

Dieses Gefühl hatte ich schon einmal gehabt, nur dass ich das letzte Mal auf der Intensivstation lag und ein Notfallteam mit Wiederbelebungsgerät mich ins Leben zurückholte.

Ich sah Sternschnuppen. Ich befand mich in der bunten Milchstraße. Es war der offene Raum außerhalb der Portaltunnel, durch die ich früher mit Salty gesaust bin. Ich hatte mich immer gefragt, wie die bedauernswerten Kreaturen auf der anderen Seite der durchsichtigen Röhre dort gelandet waren, manchmal starrten sie mit ihren Glubschaugen herein, Hände und Münder wie Saugfische an das Glas gepresst. Waren sie

Opfer fehlgeschlagener Portalzauber? Die Leere weiß, wie viele Geschichten wir in der Schule über missglückte Portalmagie gehört hatten, wahrscheinlich von unseren Professoren gestreut, um uns davon abzuhalten, es zu versuchen, bevor wir wussten, was wir taten. Teenagermagie ist schon unberechenbar genug, ohne Taschenreiche und Portale einzuführen.

Es gab ein Feuerwerk aus blauen und rosa Sternschnuppen und den Geruch von Wunderkerzen, wie bei einer Geburtstagsfeier.

Okay, also war ich nicht tot.

Ich reiste mit einer Art ungebundener, chaotischer Portalmagie, die ich noch nie zuvor erlebt hatte. Die Milchstraße hatte einen violetten Schimmer, und ich konnte mir denken, warum. Ich konnte den Goliath immer noch auf meiner Zunge schmecken.

Ich beschleunigte, sauste durch das Feuerwerk und die Luft, die nach Ozon schmeckte. Schneller, schneller, bis ich Schwierigkeiten hatte, meine Augen offen zu halten oder zu atmen. Der Druck kam, umarmte langsam meine Arme und Beine, dann meinen Oberkörper, bis die Umarmung zu einem Quetschen wurde, und es fühlte sich an, als wäre ich in Gottes Hand und würde von ihr gedrückt werden, wie von einem Kleinkind, das die Niedlichkeit eines neuen Welpen nicht ertragen kann. Der Druck wurde immer stärker, bis ich dachte, ich würde wegen Sauerstoffmangels ohnmächtig werden. Als mein Kopf zu schwanken begann, wurde ich aus seinem Griff befreit, und sofort durchbohrten neongrüne Nadelstiche meine Muskeln, als die Durchblutung zurückkehrte. Meine Augäpfel pulsierten, etwas, von dem ich nicht einmal wusste, dass es möglich war.

*Heilige Hekate*, dachte ich und holte noch einmal tief Luft. Wenn dies der Start ins Portal war, wollte ich gar nicht wissen, wie die Rückreise sein würde. Ich wurde langsamer, ein Zeichen dafür, dass ich fast da war. Ich sah mich ein letztes Mal um. Es war eine schwierige Reise gewesen, aber sie war wunderschön.

Ich landete unsanft. Mein ganzer Körper knallte gegen etwas Hartes und Dunkles. Ich lag da, jedes Glied in Kontakt mit dem Boden, bis der körperliche Schock nachließ und ich mich in eine sitzende Position hochziehen konnte. Ich tastete vorsichtig entlang meiner Muskeln und Knochen. Mein linker Arm und Wangenknochen hatten es am schlimmsten erwischt, aber soweit ich wusste, war nichts gebrochen. Alle meine Zähne schienen noch an ihrem Platz zu sein. Ich sprach ein kurzes Dankgebet zu Bastet, der Göttin des Schutzes, der Katzen und der Kriegsführung, und hoffte, dass Letzteres nicht zum Einsatz kommen würde.

Ich hörte ein Stöhnen und drehte mich um. Nathan Steiger. So viel Verachtung ich auch für diesen Mann empfand, es war gut, jemanden zu sehen, den ich kannte. Ich half ihm auf.

Er rieb sich den Kopf und sah sich um. »Wo sind wir?«

»Das würdest du besser wissen als ich«, antwortete ich. Er war derjenige, der von der geheimen Falltür wusste. Er war derjenige, der den Schlüssel herausgefunden hatte.

»Du bist die *Hexe*«, sagte er.

Ich funkelte ihn böse an. »Du bist derjenige, der viel mehr weiß, als er zugibt.«

Er schaute weg, vermied Blickkontakt, genau wie ich es vermutet hatte.

Steiger berührte seine Lippen. »Was war das für ein Pilz, den du mir gegeben hast?«

»*Armillaria goliath purpura*«, antwortete ich.

»Das klingt wie ein Zauberspruch.«

»In gewisser Weise ist es auch einer. Er soll dir ermöglichen, mit der Geisterwelt zu kommunizieren.«

»Indem man das Geisterreich betritt?«, sagte er mit weit aufgerissenen Augen. »Und du dachtest, das wäre eine gute Idee?«

»Warum sonst sollten wir hier sein?«, fragte ich.

Aufgeregt verschränkte er die Hände hinter seinem Kopf. »Asha Viridian Rook«, sagte er. »Du weißt nicht, was du getan hast.«

# KAPITEL 71

# VON EINEM GESPENST BETROGEN

ASHA

Furcht in Form von eisigem Wasser schwappte durch meine Adern, nur um auf die Hitze meiner Wut zu treffen. Ich trat zu Steiger. »Das mag stimmen«, antwortete ich. »Aber wir mussten etwas tun.«

Ich dachte an Scotts kleinen, schlaffen Körper und an Sam, der sein Bestes gab, um ihn wiederzubeleben.

»Du hast uns ins Reich der Toten gebracht«, stöhnte Steiger, seine Augen dunkler denn je. »Wie gedenkst du, uns zurück ins Land der Lebenden zu bringen?«

»Ich weiß es nicht.«

Um ehrlich zu sein, hatte ich darüber noch nicht einmal nachgedacht.

Er schüttelte den Kopf. »Verdammt typisch.«

*Typisch was?* dachte ich. *Typisch Frau? Typisch Hexe?* Es spielte keine Rolle. Wir hatten keine Zeit zu streiten, denn der Boden unter uns – vorher dunkelgrau und unscheinbar, passend zum Himmel – begann zu vibrieren, als ob ein riesiges Wesen auf dem Weg wäre, um uns zu fressen. Stattdessen begannen Stangen, sich durch den Boden zu schieben, und wir tanzten herum und versuchten, den durchbrechenden Stäben auszuweichen. Ich fühlte mich wie in einem Computerspiel aus den 80ern. Als die Stangen höher wurden, entwickelten sie eine raue Haut und warfen Arme aus. Die Arme warfen Zweige und Blätter aus. Wir erkannten, dass es Bäume waren, und genauso schnell befanden wir uns in einem Wald.

Ich hatte einen Flashback zu meiner früheren Begegnung mit Goliath, früher am Tag, und meine Muskeln verkrampften sich. Ich wollte keinen weiteren Albtraum im Wald. Ich beschloss, diese Reise zu lenken, anstatt eine neutrale Beobachterin zu sein.

»Wir sind gekommen, um mit Henry zu sprechen«, schrie ich in die Dunkelheit. »Deshalb sind wir hier!«

Ein Blitz zuckte direkt über uns und erhellte den Himmel.

»Bitte!« fügte ich hinzu, und Nathan schielte zu mir herüber. Meine Eltern haben mir keine Manieren beigebracht, aber Direktorin Copperfield hat das bei meiner Ankunft an der Akademie schnell nachgeholt.

Nathan seufzte und verschränkte die Arme. »Du glaubst ernsthaft, dass das funktionieren wird?«

»Hier ist eine Idee, Steiger. Tu etwas, anstatt nur dazustehen und zu kritisieren, was ich tue. Wenigstens versuche ich es. Und versuche nicht, das hier« – ich deutete auf die Bäume um uns herum – »mir in die Schuhe zu schieben. Wir haben das Portal gemeinsam geöffnet. Tatsächlich, wenn du deinen Job von Anfang an richtig gemacht hättest, wären wir gar nicht–«

Ein weiterer Blitz erhellte die Luft um uns herum und unterbrach meinen Gedankengang und meinen aufgeregten Monolog.

Ich holte tief Luft und beruhigte mich, dann sprach ich mit leiserer Stimme weiter. »Also. Die Geisterkinder haben mich gebeten, dich zum Haus zurückzubringen. Du musst etwas wissen, das ich nicht weiß.«

Er kratzte sich am Kopf. »Ich war der Einzige, der die geheime Falltür entdeckt hat.«

»Also... wollten sie, dass du die Falltür aufschließt?«

»Sie wussten, dass ich versucht hatte, sie zu öffnen.«

»Warum sollte ein Geist eine Tür aufgeschlossen haben wollen? Das ergibt überhaupt keinen Sinn.«

Nun war Steiger an der Reihe, gereizt zu sein. »Ist das eine Falle?«

»Was?«

Er biss die Zähne zusammen. »Henry ist kaum Casper, der freundliche Geist. Er hat versucht, die Delport-Kinder zu töten. Er hat Simone verletzt. Jemand, der von Natur aus so misstrauisch ist wie ich, könnte vermuten, dass er uns dazu gebracht hat, ein Portal zu öffnen, damit er uns aus dem Weg schaffen kann.«

Mir wurde kalt, und ich rieb mir die Gänsehaut, die auf meinen Armen erschien. Ich erinnerte mich an die drei kindgroßen Sarglöcher, die im Rasen gegraben worden waren. Wenn Steiger recht hatte, waren wir voll drauf reingefallen. Von einem Gespenst betrogen.

»Ich hoffe, ich liege falsch«, sagte er.

Ich schaute ihn an, während die Erkenntnis der Konsequenzen wie Dominosteine in meinem Kopf fiel. Ich hatte Henry geglaubt, als er mich um Hilfe gebeten hatte. War ich wirklich so leicht zu führen, so leicht zu täuschen? Hatte die Verzweiflung der Delports mein Urteilsvermögen außer Kraft gesetzt?

»Wenn das eine Falle ist, sind wir erledigt«, sagte er kopfschüttelnd. »Wenn Henry hat, was er braucht, wird er uns nicht mehr um sich haben wollen.«

Ich fing an zu gehen.

»Was machst du da?« fragte Steiger fordernd.

»Ich weiß nicht«, antwortete ich. »Aber ich muss etwas tun.«

Er wurde zunehmend gereizt. »Wir sollten zusammenbleiben.«

Ich rief ihm über meine Schulter zu: »Du darfst dich gerne anschließen.«

Ich hörte bald seine Schritte, und dann war er an meiner Seite. Wir gingen eine Weile durch den Wald, aber die Landschaft schien sich nicht zu verändern.

»Also«, sagte ich. »Wie hast du dich entschieden, ein betrügerischer Geisterjäger zu werden? Ich kann mich nicht erinnern, dass diese Option in der Berufsberatung in der Schule angeboten wurde.«

Er ignorierte die Frage.

»Arbeitest du speziell als Scharlatan-Exorzist, oder gibst du dich auch als andere Berufe aus? Tust du so, als wärst du ein Klempner oder ein Koch? Oder bleibst du bei übernatürlichen Gaunereien? Ich habe immer noch nicht herausgefunden, wie du das Haus der Delports gefunden hast. Von all den Vorstadthäusern in Johannesburg hast du ausgerechnet ihres ausgesucht.«

Sein Gesicht zuckte. Ärger? Schuldgefühle?

»Und woher wusstest du von der geheimen Falltür?«

»Lass uns einfach darauf konzentrieren, warum wir hier sind«, sagte er.

»Und was ist das?« fragte ich.

»Am Leben bleiben, bis wir einen Weg zurück finden.«

Die Wirkung des Goliath-Pilzes wurde deutlicher. Der Wald nahm ein traumhaftes Aussehen an, und als ich auf meine Hände und Arme blickte, waren sie mit lila Adern durchzogen. Sogar meine Fingernägel hatten einen violetten Schimmer, was darauf hindeutete, dass das *coniunctico* in jede Zelle meines Körpers gelangt war. Ich sah zu Steiger. »Spürst du das?«

Er zögerte, nickte dann.

Das Violett strahlte Wärme von meinem Magen durch meine Gliedmaßen bis in die Fingerspitzen und Zehen aus. Es stieg meinen Nacken hinauf.

*Ich bin hier*, schien es mir zu sagen, mehr als Gefühl denn als Worte. Ich hatte den Goliath-Pilz als männlich eingestuft, aber die Botschaft, die zu mir kam, war die einer weisen Frau. Sie streichelte mich, beruhigte mich.

Die Ruhe vor dem Sturm.

Ich erinnerte mich daran, einen klaren Kopf zu bewahren. Was hatte Merlin gesagt? Goliath zu nehmen, war ein Einwegticket in den Wahnsinn. Er sagte, dass die Pilzverbindung die Grenze zwischen Realität und Geisterwelt auflöste. Die Schichten und Atome des Lebens wurden weit und tief und farbig aufgespalten und explodierten zu einem verrückten Cluster jeder existierenden Realität; dass *coniunctico* die Wände, die uns von der Geisterwelt trennten – die sehr wichtigen Wände, die an normalen Tagen unseren Verstand retteten – niederreißen würde, damit man auf sinnvolle Weise in Kontakt treten konnte.

»Henry?« rief ich in den Wald. »Ich habe getan, worum du gebeten hast. Ich habe Steiger mitgebracht.«

Da wurde es seltsam.

Es gab einen lauten Knall und einen Wolkenbruch, was nicht allzu schlimm gewesen wäre, wenn der Regen uns nicht beim Fallen geschmolzen hätte. Er löste unsere Gestalten so leicht auf wie heißes Wasser, das auf Butter fällt. Ich starrte entsetzt, als Nathan zusah, wie ich schmolz, und dann seinen eigenen Körper betrachtete, der sich verflüssigte. Er begann zu hyperventilieren, als seine Finger abschmolzen, gefolgt von seinen Armen. Bald waren seine Augen verschwunden, und sein schreiender Mund platschte zu Boden. Ich fiel mit ihm auf den Waldboden, und von unseren Körpern waren nur noch Farbpfützen auf den schwarzen Blättern übrig. Es war das seltsamste Gefühl, meine Nerven und Zellen waren noch intakt und übermittelten weiterhin Informationen an mein kaffeefarbenes Gehirn. Ich geriet nicht in Panik.

*Oh*, dachte ich. *So fühlt es sich also an, eine Pfütze zu sein.*

Merlin hatte vor einer holprigen Fahrt gewarnt, aber ich war entschlossen, alles zu tun, was nötig war, um das Rätsel der Delports und Henry zu lösen.

Wir begannen, in die toten Blätter zu sickern und dann in den Boden, der von Leben wimmelte. Der Boden war von geschäftiger Aktivität erleuchtet: Asseln, Regenwürmer, Käfer, Tausendfüßler, Ameisen. Ich konnte sogar Mikroben, Fadenwürmer, Milben und Bakterien sehen. Das Treiben jedes Geschöpfs hatte eine einzigartige Farbe, und der Effekt war eine pulsierende, desorientierte, fast überwältigende Erfahrung. Ich war aufgelöst worden und diente nun als Nährstoff für den Boden. Wäre das nicht mein perfektes Ende gewesen? War das nicht, wonach mein Körper sich immer gesehnt hatte – zurück zu dem Boden zu gehen, der mich immer ernährt hatte?

Aber nein. Das Multiversum wusste es besser. Es war noch nicht Zeit, auszuruhen. Ich musste Henry finden. Als ich dies dachte, wurde ich von etwas aufgesogen, das wie ein riesiges unterirdisches Spinnennetz aus Wolken aussah. Ich erkannte es als Pilzmyzel. Die riesige Mykorrhiza-Struktur schien endlos zu sein und verband die Wurzeln jedes Baumes im Wald. Einmal in den Myzelfilamenten, raste ich ihre Länge entlang, als wären es Glasfaserkabel. Ich raste durch Erde in der Farbe von Kohle. Es ging stundenlang so weiter, ich jagte über den Globus in einem kratzigen geometrischen Muster aus silbernem Licht.

Ich hielt plötzlich an, mit dem Gefühl, gegen etwas geprallt zu sein. Zu diesem Zeitpunkt wusste ich nicht mehr, was ich überhaupt war. War ich immer noch die vom Regen aufgelöste Version meiner selbst? Oder hatte ich mich zu etwas anderem entwickelt? Ein vibrierendes Wassermolekül, eine Amöbe, violett gefärbtes Ektoplasma? Ich sickerte stetig durch die Schichten von Kompost und Erde, durch die geschäftigen Verkehrslichter der Kreaturen und hinauf zum Humus und den feuchten braunen Blättern. Ich stieg zu den Zweigen und Steinen auf und schließlich in die Luft, die ich kühl fand. Gänsehaut machte mich darauf aufmerksam, dass ich wieder Haut hatte und einen Körper mit festen Knochen und funktionierenden Muskeln, was gleichzeitig eine Erleichterung und eine Enttäuschung war. Ich blickte von meinen schlammigen, nackten Gliedmaßen auf und sah wieder das monochrome Hexenhaus – Baba Jagas mit Knochen verzierte Hütte. Ich schrie vor Qual auf.

*Nicht schon wieder. Bitte. Bitte!*

Ich war noch immer traumatisiert von meinem letzten Besuch, und das war nicht, wofür ich gekommen war.

Warum bestand der Goliath darauf, mir diesen schrecklichen Ort zu zeigen? Er versetzte mein Herz in abgrundtiefe Angst. Die Dunkelheit hing um uns herum, das Böse strömte wie schwarzer Nebel in meine Lungen.

»Ich sollte nicht hier sein!« sagte ich verzweifelt in die Waldluft. »Wir verschwenden Zeit! Ich muss Henry finden.«

Wenn die Bäume zuhörten, antworteten sie nicht. Alles, was mir blieb, war, wieder in die Hütte zu gehen und das durchzustehen, was auch immer der Pilz – oder das Portal – von mir verlangte. Ich ging mit schweren Füßen die Stufen hinauf und fürchtete mich vor der Szene, die mich erwartete. Aber diesmal, als ich die Tür aufstieß, war da keine schreiende Hexe. Keine Qual, keine brutalen Schnitte, kein Blut.

Das Innere war verfallener als zuvor. Der Holzboden, der zuvor nur ungefegt war, war jetzt mit Staub und Schmutz bedeckt. Der Wind pfiff durch Risse in den Wänden, und Spinnenseide bedeckte alle vier Ecken der Decke. Das stilisierte Baumsymbol an der Wand war verblasst. Ich dachte, die Hütte sei leer, weil sie vor langer Zeit verlassen worden war, aber ich irrte mich.

# KAPITEL 72

# VON WILD ZU VERTRAUT

ASHA

Aus dem Augenwinkel bemerkte ich eine Bewegung auf dem schmutzigen Boden. Ich erschrak. Ich wollte aus der baufälligen Hütte fliehen. Gleichzeitig heulte draußen ein Wolf, als wolle er mich warnen zu bleiben. Ich konnte mir das wilde schwarzweiße Tier vorstellen, als wäre es im Raum und würde mich anknurren. Zögerlich schaute ich auf die Stelle, wo ich die Bewegung gesehen hatte, während mein Herz wild in meinem Brustkorb schlug, und hoffte, dass was auch immer es war, keinen grausamen Biss hatte. Während der Wolf im Wald immer noch bellte, sah ich, dass die Kreatur in der Ecke weder scharfe Krallen noch furchterregende Kiefer hatte. Es war ein menschliches Baby, alt genug, um selbstständig zu sitzen und mit den Schüsseln zu spielen, mit denen es beschäftigt war. Es blickte zu mir auf, scheinbar fasziniert, dass ein Fremder im Raum war. Es war genauso nackt und schmutzig wie ich und hatte dunkles, verfilztes Haar. Es hob seinen pummeligen Arm in meine Richtung und bewegte seine Finger. Es machte ein seltsames Geräusch, das wohl Freude ausdrücken sollte, und seine bezaubernden Augen waren groß, klar und neugierig. Es konnte mich sehen.

»Hallo, Baby«, sagte ich.

Es rief mir etwas in Babysprache zu, das mit einem aufgeregten Kreischen endete.

»Wo ist deine Mama?«, fragte ich und erinnerte mich daran, wie die Hexe das Kind einen »Fluch« genannt hatte.

Das Baby war eindeutig vernachlässigt, aber es verhungerte nicht. Jemand fütterte es. Ich sah mich um, da ich nicht wollte, dass die Hexe auftauchte und dachte, ich würde versuchen, ihr Kind zu stehlen – jenes, für das sie bei der Geburt in dieser seltsamen, körnigen, monochromen Welt fast gestorben wäre. Aber gleichzeitig, wer würde ein so kleines Kind allein in einer Hütte auf Stelzen lassen, ohne Nahrung oder Wasser? Sollte ich das Kind nicht an einen sichereren Ort bringen?

Als könnte es meine Gedanken lesen, sprach das Baby wieder in seinem wilden, charmanten Gebrabbel zu mir. Ich nickte, als würde ich verstehen.

»Wer kümmert sich um dich?«, fragte ich. Natürlich erwartete ich keine zusammenhängende Antwort; ich äußerte nur meine Fragen laut und hoffte, mein Tonfall würde es beruhigen.

Der Wolf heulte erneut und traf damit meine Entscheidung für mich. Ich konnte ein wehrloses Kind nicht hier lassen, mit einem hungrigen Raubtier draußen. Ich würde es mitnehmen – obwohl ich keine Ahnung hatte, wohin. Aber als es seine Arme ausstreckte, um hochgenommen zu werden, und ich mich hinunterbeugte, um es aufzuheben, glitten meine Hände direkt durch es hindurch. Es hörte auf zu lächeln und blinzelte mich an. Ich versuchte es erneut und scheiterte. Das Baby konnte mich sehen, aber ich war in dieser Hütte immer noch ein Geist, wie ich es bei seiner Geburt gewesen war.

Seine Augen füllten sich mit Tränen und seine Nase wurde rot. Es begann zu wimmern und dann zu weinen.

»Es tut mir leid«, sagte ich, schüttelte den Kopf und war nun verzweifelt darauf bedacht, es hochzunehmen und zu trösten.

*Was sollte das Ganze?*, fragte ich mich erneut. Ich konnte der gebärenden Hexe beim letzten Mal nicht helfen, und jetzt dieses Kind... Ich knirschte frustriert mit den Zähnen.

*Sei Zeuge*, kam die wortlose Antwort; ein Hauch in meinem Nacken.

»Aber... der Wolf«, entgegnete ich. »Sie sollte nicht allein sein.«

*Sei Zeuge.*

Ich verlor die Beherrschung. Ich stand auf und stürzte aus der Hütte, die knarrenden Treppen hinunter und in die Dunkelheit, die nach Blättern und Regen roch. Es schneite. Ich suchte nach dem Wolf und folgte seinem Heulen. Ich nahm einen trockenen Ast und entzündete ihn mit einem Feuerzauber. Die Flammen knisterten und zischten in meinem Ohr, während ich mich dem Geheul näherte.

Als ich das Tier fand, entdeckte ich, dass es mich bereits beobachtet hatte. Es knurrte auf eine Weise, die mich Knochen brechen und Fleisch reißen hören ließ. Er ließ die kleine, frisch getötete Kreatur, die er gerade gejagt hatte, auf den Schnee fallen, Fangzähne blutig, seine Aufmerksamkeit nun auf größere Beute gerichtet. Angst durchflutete mich. Mein Plan war gewesen, meine brennende Fackel zu heben und zu schreien; das Tier weit weg von der Hütte und dem wehrlosen Kind zu jagen. Aber was ich in den Augen des Wolfes sah, sagte mir, dass ich es sein sollte, die weglaufen sollte. In seinen gierigen Augen sah ich meinen eigenen gewaltsamen Tod, und meine Finger zitterten um die Fackel, die ich hielt. Es war ein Patt, und er war derjenige mit der Macht. Er wusste, dass ich meine Magie nicht benutzen würde, um ihm zu schaden; dies war seine Überlegenheit. Aber selbst als er das verstand, verstand er auch, dass es keinen Grund gab, mir zu schaden. Er verlor sein Knurren und entspannte sich. Ich atmete aus und ließ die Fackel fallen. Eine Brise trug meinen Geruch zu ihm, und sein Blick veränderte sich völlig, von wild zu vertraut. Schneeflocken fielen auf sein Fell. Seine Ohren spitzten sich und er neigte den Kopf. Er erkannte mich, und ich erkannte etwas in ihm. War dies der Wolf aus meinen Kindheitsträumen? Seine Augen weiteten sich wieder und sein Schwanz wedelte. Er machte einen zögerlichen Schritt auf mich zu, der Schnee knirschte unter seiner Pfote, und ich hielt wieder den Atem an, erstarrt, mir immer noch der verborgenen Schärfe seiner Fangzähne bewusst. Er kam näher, schnüffelte wieder in der Luft und blinzelte, als könnte er nicht glauben, dass ich es war. Der Wolf bellte fröhlich und begann, auf mich zuzurennen. Ich keuchte, als er absprang, und wie ein heimwehkranker Welpe durch die Luft auf mich zusprang, bereit, auf meiner Brust zu landen und mein Gesicht abzulecken.

Aber ich war nicht real in diesem schwarz-weißen Zwischenreich. Er ging direkt durch mich hindurch. Als sein Körper durch meinen ging, löste es etwas aus. Als seine Pfoten meine Brust berührten, warf es meinen Geist aus dieser schwarz-weißen Welt hinaus.

# KAPITEL 73
## HÖFLICHER POLTERGEIST

ASHA

Ich keuchte in der Dunkelheit und hoffte, zu Hause zu sein, aber ich hatte Henry noch nicht gefunden. Mein Atem klang laut und nah. Ich tastete um mich herum in der Finsternis und stellte fest, dass ich mich in einer Holzkiste befand. Als ich darauf klopfte, machte es ein dumpfes Geräusch, zu dumpf, und ich verstand, dass ich begraben worden war. Ich litt nicht unter Klaustrophobie, fragte mich aber, wie lange mein Sauerstoff reichen würde. Dann erinnerte ich mich, dass ich in dieser verkehrten Welt bereits ein Geist war.

»Henry«, rief ich. Meine Stimme war heiser. »Wo bist du?«

Ich konnte nicht verstehen, warum es sich als so schwierig erwies, den Geisterjungen zu finden. Ich war im Land der Toten. Er hatte mich gebeten zu kommen, und ich hatte Steiger mitgebracht, wie gewünscht. Warum war er nicht da gewesen, um mich zu begrüßen, wie es ein höflicher Poltergeist sicherlich tun sollte? War es eine Falle gewesen, wie Steiger behauptet hatte? Ein Weg, uns beide aus dem Weg zu räumen, damit die Geister die Delports weiter terrorisieren konnten? Ich war mir nicht sicher; es fühlte sich für mich nicht richtig an. Aber was wusste ich schon? Ich war ein unerfahrener Hexengeist in einem Sarg in der Geisterwelt, der gerade dem Wolf aus meinen Kindheitsträumen begegnet war. Die Dinge in meinem Leben waren, wenn überhaupt, unberechenbar.

Das dringlichere Problem war natürlich, zu entscheiden, welche Zaubersprüche der am wenigsten gefährliche Weg wären, um zu entkommen. Als ich begann zu planen, wie ich den Sarg und die zwei Meter Erde überwinden würde, hörte ich ein schabendes Geräusch über mir. Es war rhythmisch. Der Spaten schnitt in die Erde, das Kratzen von Metall auf kleinen Steinen, der Moment der Stille, als die Erde zur Seite geworfen wurde. Schneiden, kratzen, Stille. Schneiden, kratzen, Stille. Es wurde lauter, als der Gräber näher kam. Manchmal hörte es auf, und mein Herz setzte einen Schlag aus. Hatte der Gräber aufgegeben? Hatte er etwas Besseres zu tun gefunden? War er zum Abendessen nach Hause gegangen? Was, wenn er auf dem Weg dorthin von einem Auto angefahren würde? Aber bevor ich es wusste, war die Melodie wieder da. Schneiden, kratzen, Stille, bis ich wusste, dass der Gräber weiterarbeiten würde, bis ich frei wäre. Ich versuchte zu ruhen, wissend, dass ich all die Energie brauchen würde, die ich aufbringen konnte, um die nächste Phase der Portalherausforderung zu überstehen. Ich fragte mich, wie lange ich in diesem Unterreich der Toten gewesen war, diesem seltsamen Limbus, in den ich gekommen war, um Henry und den Rest der Geisterkinder zu befreien.

Ich fantasierte, dass es Detektiv Sam Armstrong war, der da grub, und wenn ich frei wäre, würde er mich in eine warme, erdduftende Ganzkörperumarmung ziehen, und wir würden beide einfach *wissen*, dass wir trotz unserer exzentrischen, unmöglichen Umstände füreinander bestimmt waren. Die Wahrheit war, dass ich noch nie eine Verbindung zu einem anderen Menschen gespürt hatte wie zu Sam. Freunde hatten mich immer enttäuscht, und ich war zu seltsam für sie. Die kleinste, unbedeutendste Sache würde ein Vorwand sein, Schluss zu machen, und ich war danach immer erleichtert, als hätte ich einen kleinen, aber nervigen Affen von meinem Rücken entfernt. Aber Armstrong war so anders. Er ließ die anderen Männer wie Jungs aussehen. Seine Präsenz war solide und tief. Detektiv Sam Armstrong *verstand* mich. So konventionell wie er war und so eigenartig wie ich war, wir fanden trotzdem diese Chemie und diese Verbindung. Ja, er war ein Polizist und ich war... kreativ... wenn es darum ging, das Gesetz zu brechen. Er war unberührt, und ich hatte Magie in meinen Fingern. Er lebte, so nahm ich an, in einem ordentlichen kleinen Haus oder einer Wohnung, und ich lebte in einem urbanen Nahrungswald mit meiner Menagerie. Hatten wir genug gemeinsam, um es funktionieren zu lassen? Ein Außenstehender würde nein sagen. Aber das Gefühl, das ich hatte, wenn ich in seiner Nähe war, ließ den Rest verblassen.

Schneiden, kratzen, Stille.

Der Gräber war jetzt wirklich nah, und ich zuckte zusammen, als der Spaten auf den Sargdeckel traf. Ich hörte aufmerksam zu, wie der Spaten über das Holz kratzte, während er die Erde über mir wegschaffte.

*Gratias Dea*, danke der Göttin. Und danke dem Gräber.

Es war eine Weile still, und dann erschreckte mich ein lauter Schlag auf den Deckel. Es folgte ein Herausziehen der Nägel rund um den Rand der Kiste. Gedämpftes Licht drang allmählich ein, vergoldete die Staubpartikel, die mit meinem Atem wirbelten und wie der Optimismus in meiner Brust glitzerten. Ich begann, meine Gliedmaßen zu bewegen, meine Gelenke zu drehen und mich zu strecken, um die Steifheit in meinem Körper loszuwerden. Als der Deckel schließlich mit einem lauten Krachen abgenommen wurde, hob ich meine Hand, um etwas von dem augentränendem Licht zu blockieren, und versuchte zu erkennen, wer mein Retter war. Er stand mit einem Hammer an seiner Seite und lächelte nicht, und meine Angst blühte auf, als ich sein Gesicht erblickte.

## KAPITEL 74
# VERGESSEN

ASHA

»Was machst *du* hier?«, fragte ich.

Er ließ seinen Hammer neben sich auf den Boden fallen und bot mir seine Hand an, die ich ergriff, und er zog mich aus dem tiefen Loch. Ich spürte unweigerlich den Schmutz und die Blasen auf seiner Handfläche.

»Gern geschehen«, antwortete er sarkastisch. Ich sah, dass er erschöpft war. Seine Schultern hingen schlaff herab und sein Gesicht wirkte matt. Es war eine harte Arbeit gewesen, selbst für einen Vampir.

»Ich bin dir wirklich dankbar«, erwiderte ich. »Mir ist kein Zauberspruch eingefallen, mit dem ich unbeschadet hätte herauskommen können. Und ich habe gehört, wie lange und hart du gearbeitet hast. Danke.«

Der Vampir wischte sich mit dem Handrücken über das Gesicht und hinterließ dabei einen Schmutzstreifen. Es war nicht der erste.

»Es ist sowieso besser, in diesem Land keine Magie zu benutzen«, sagte er. »Die Dinge sind anders im Vergessen. Man weiß nie, wie es ausgehen wird.«

Vergessen?

»Ich pflege normalerweise keine Freundschaften mit Vampiren«, sagte ich.

»Und ich keine mit Hexen«, entgegnete er.

»… aber wenn du weiterhin in meinen Halluzinationen auftauchst, könnten wir uns vielleicht beim Vornamen nennen?«

Mir fiel auf, dass die Innenseite seines Umhangs in einem brillanten Grün leuchtete. Mit etwas Recherche zurück im Land der Lebenden könnte ich herausfinden, zu welchem Clan er gehörte, was vielleicht einige meiner Fragen beantworten würde. Er holte tief Luft und straffte seine Schultern, seine Kraft kehrte bereits zurück. Mit einem imaginären Spritzer Wasser ins Gesicht wurde seine Haut blass und sauber und sein kohlenschwarzes Haar perfekt frisiert. »Ich werde nicht weiter auftauchen«, sagte er, »wenn du nicht weiter in Schwierigkeiten gerätst.«

»Wer hat dich zu meinem Beschützer ernannt?«

Ich hatte es als Sticheln gemeint, aber er wollte die Frage fast beantworten, bevor er sich zurückhielt, was mich vermuten ließ, dass ihn tatsächlich jemand beauftragt hatte. Aber das war verrückt. Vielleicht war ich verrückt. Vielleicht litt ich unter Sauerstoffmangel.

»Nun, wer auch immer es war«, sagte ich. »Ich entlasse dich hiermit. Und … falls du in Zukunft Hilfe brauchst, lass es mich wissen.«

Das Letzte, was ich wollte, war, einem Vampir einen Gefallen zu schulden. Am besten, ich brachte es so schnell wie möglich hinter mich.

»Wir werden einander brauchen«, erwiderte er.

»Das bezweifle ich«, sagte ich.

»Hm«, meinte er. »Du bist genauso stur wie sie.«

»Was?«, fragte ich. »Wer?«

Er wich meiner Frage aus, wie ich wusste, dass er es tun würde.

»Du solltest nicht hier sein«, sagte der Vampir. »Ich glaube nicht, dass du dir bewusst bist, wie gefährlich das Vergessen ist.«

»Ich mache meinen Job, genau wie du.«

»Das Vergessen ist die Messerschneide zwischen den Lebenden und den Sterbenden. Allein durch deine Anwesenheit hier setzt du dein Leben ernsthaft aufs Spiel. Du denkst, es ist schwer, in deiner Welt am Leben zu bleiben? In diesem Land schwebt dein Leben stets in der Schwebe, und es braucht nicht viel, um dich über die Kante zu stoßen.«

Okay, das hatte ich nicht gewusst.

»Ich werde so schnell wie möglich verschwinden«, antwortete ich.

»Und wie planst du das zu tun?«

Jetzt ging er mir wirklich auf die Nerven. Ich hatte keinen Fluchtplan, und meine Portalfähigkeiten ließen viel zu wünschen übrig.

»Ich muss Henry finden«, sagte ich.

Er runzelte die Stirn. »Wer zum Hades ist *Henry?*«

»Der Junge ... das Geisterkind–«

Er sah unbeeindruckt aus. »Asha. Du beschäftigst dich mit unbedeutenden menschlichen Problemen und siehst das große Ganze nicht.«

Seine Arroganz machte mich wütend. Verdammte Vampire. »Das Leben von drei Kindern ist in großer Gefahr«, sagte ich. »Das ist nicht unbedeutend.«

Er seufzte und schüttelte den Kopf. »Eines Tages wirst du es verstehen. Ich hoffe nur, es wird nicht zu spät sein.«

Ich öffnete den Mund, um zu antworten, aber er war bereits verschwunden und ließ mich wieder einmal über seine wahnsinnige Unergründlichkeit grübeln.

Was ich sagen wollte, war: *Vielleicht hörst du eines Tages auf, so frustrierend zurückhaltend zu sein, und sagst mir endlich, was zum Teufel ich verstehen soll.*

Diesmal verfluchte ich ihn nicht. Vampir hin oder her, er hatte hart gearbeitet, um mich aus der Grube zu befreien, und ich war dankbar. Verwirrt, aber dankbar.

Ich fragte mich, wie er hierher gelangt war, in dieses surreale Land, und verstand dann, dass es für Vampire wahrscheinlich einfacher war, hierher zu reisen als für uns, da sie technisch gesehen untot waren. Übernatürliche Stärke, erstaunliche Beweglichkeit, schnelle Heilung ... es gab durchaus einige Vorteile, ein Blutsauger zu sein.

Schade um ihre Persönlichkeiten.

Während ich das Land betrachtete, das der Vampir Vergessen genannt hatte, dachte ich daran, wie ich es vorzog, einen pauschalen Hass und Misstrauen gegenüber Vampiren zu bewahren. Es war viel einfacher, als zu wissen, dass es Ausnahmen von der Regel gab. Ausnahmen waren chaotisch und verwirrend. Was dachte sich dieser Drac? Er sollte wie der Rest seiner Sippe blutrünstig und böse bleiben, dann wüssten wir alle, woran wir als jahrhundertealte Feinde waren.

Die Landschaft war flach und ohne Bäume, Gebäude oder Menschen. Ich fragte mich, wohin Steiger verschwunden war. Wir hatten uns versehentlich getrennt, als wir in die Erde geschmolzen waren. Hatte das Myzel auch ihn in eine seltsame Schwarz-Weiß-Welt transportiert, nur um dann von einem wilden Wolf mit Liebe überschüttet zu werden und in einem unterirdischen Sarg aufzuwachen? Wahrscheinlich nicht. Dieses Portal, durch den psychedelischen Filter des Goliath, war eher ein *Wähle dein eigenes Abenteuer* als eine Reise von der Stange. Ich riss mich zusammen und begann zu laufen.

Die Landschaft veränderte sich um mich herum, während ich voranschritt. Von flach und karg zu Hügeln und Büschen, zu Wüstensand mit silbernen Hitzeschleiern, dann zurück zu einer kühlen, grünen Wiese. Es erinnerte mich an Merlin und daran, was er über den Honigpilz als Wiesenmacher gesagt hatte, und wie ich mich damit identifiziert hatte. Ich lief stundenlang, ohne zu wissen, wohin ich ging, und begann, die Hoffnung zu verlieren. Das Land der Toten selbst schien wie eine unendliche Fata Morgana, nichts war, wie es schien, und meine Beine protestierten. Wie sollte ich eine Chance haben, denjenigen zu finden, nach dem ich suchte?

Der Vampir hatte von der Verwendung von Magie im Vergessen abgeraten, aber ich sah keinen anderen Weg. Ich müsste Henry beschwören.

Das einzige Problem war, dass ich keinen Beschwörungszauber kannte. Ich müsste kreativ werden. Ich könnte wieder *Monstras* verwenden – um etwas Verborgenes zu zeigen –, aber ich rechnete mir damit nicht viel Erfolg aus. Eine andere Option wäre *Contendis*, um etwas zu bewegen. Oder *Volas*, um zu schweben. Würde es bei etwas funktionieren, das nicht zu sehen war? Und würde es bei einem Geist funktionieren? Wahrscheinlich nicht. Ich könnte einen Unsichtbarkeitszauber umgekehrt anwenden oder mit meinem weniger als perfekten *Ianua sit*-Zauber einen Durchgang schaffen. Ich ging im Kopf alle Möglichkeiten durch, nervös wegen der Warnung des Vampirs, dass Magie hier unberechenbar sei.

Ich entschied mich schließlich für einen Beschwörungszauber. Es schien am sichersten. Mein Plan war, Henry lange genug zu beschwören, um ein Gespräch zu führen und das zu erfahren, was ich wissen musste, bevor die *coniunctico* nachließ. Ich setzte mich auf den weichen Kleeboden und verbrachte einen Moment damit, die wilden Gräser und Blumen zu bewundern. Es war ein guter Ort zum Ausruhen. Überraschenderweise stellte ich fest, dass ich trotz der stundenlangen Wanderung nicht durstig war. Ich verschränkte meine müden Beine und setzte mich aufrecht hin, genau wie beim Meditieren. Ich zog einen unsichtbaren Kreis um mich herum und verbrachte eine Weile damit zu atmen und meine Gedanken zu fokussieren.

*Henry*, dachte ich, laut und deutlich. Dann begann ich zu singen, nicht sicher, woher die Worte kamen.

»Bei den Geheimnissen der Tiefe

Bei den Flammen der Wildnis

Bei der Macht des Ostens

Und bei der Stille der Nacht

Bei den heiligen Riten der Hekate

Beschwöre ich dich, HENRY HOLDEN

Zeige dich hier

Und beantworte wahrhaftig meine Fragen

*Evoco et excito, nunc et semper, res ac mortales*

So soll es sein!«

Ein kalter Windstoß zwang mich, die Augen zu öffnen, und ich bereute sofort, was ich getan hatte.

# KAPITEL 75
## KEUCHENDE SCHAR VON LEICHEN

ASHA

Anscheinend gilt im Land der Vergessenheit: Wenn du durch Beschwörung einen bestimmten Geist rufst, ist das eine offene Einladung für alle anderen. Hätte ich das bloß vorher gewusst. Ich hatte ziemlich optimistisch gehofft, dass Henry wie Rauch aus einer Lampe, im Dschinn-Stil, vor mir erscheinen würde, für ein höfliches Gespräch und etwas gemeinsame Problemlösung, und dann würde ich zurück in die Reale Welt kehren, wo meine Magie funktionierte, wie sie sollte. Das wäre natürlich zu einfach gewesen. Stattdessen hatte ich eine Fülle untoter Stalker entfesselt.

Sie kamen langsam über den Hügel, die erste Welle einer Armee von Zombies.

Das war eine große Wendung. Ich war nicht im Kampfmodus, nicht mal ansatzweise. Das Goliathabenteuer war bisher friedlich verlaufen, abgesehen vom Knurren des blutzähnigen Wolfs, also war ich darauf überhaupt nicht vorbereitet. Als mein Herz einen Satz machte, schaltete ich in den Kampfmodus, griff nach meinem Ritualmesser aus dem Halfter und dachte, wie ungewöhnlich klein es sich in meiner Hand anfühlte. War es überhaupt sinnvoll, Widerstand zu leisten? Ich war hundert zu eins unterlegen, und das war nur der Feind, den ich sehen konnte. Wer wusste schon, was jenseits der Hügel lag?

Ich wusste nicht, was diese untot aussehenden Kreaturen waren. Wir waren im Land der Toten, also würde das einen Zombie ... lebendig machen? Mein Verstand überschlug sich, während ich versuchte herauszufinden, wie ich die marschierenden Toten entschärfen konnte. Sie schlurften und stolperten auf mich zu, stöhnten und husteten, knirschten mit den Zähnen.

Eine blonde Frau mit einer Schusswunde im Bauch übernahm die Führung. Sie hatte ihre Hand nach mir ausgestreckt, schmutzige Finger zu einer Klaue erstarrt. Neben ihr war ein dunkelhäutiger Mann mit schmelzenden weißen Augäpfeln und einem verwelkten Gesicht. Ein junger Mann hatte ein Messer im Hals. Ich hatte angenommen, dass sie mich töten wollten, aber als sie näher kamen, verstand ich, dass es Verzweiflung und nicht Bosheit war, die ihren Angriff antrieb. Als ich Henry beschworen hatte, hatten sie gehört, dass ich da war, um ihm beim Weitergehen zu helfen. Sie wollten auch Hilfe, um zu transzendieren. Niemand wollte im Vergessen feststecken.

Sie kamen näher, und ich wich zurück, ohne sie aus den Augen zu lassen. Selbst wenn sie keine bösen Absichten hatten, hatten sie kaum Kontrolle über ihre taumelnden Körper, und ich war mir sicher, dass ich von ihrer Masse zerquetscht werden würde. Ich ging so schnell wie möglich rückwärts, blickte zurück, wenn ich konnte, um nicht zu fallen, bis sie mich einholten und ich gezwungen war, mich umzudrehen und zu rennen. Voller Adrenalin fühlte ich mich geschmeidig und leichtfüßig, sodass es für mich einfach war, meinen Vorsprung wieder zu gewinnen.

Ich musste wieder an dieses Lied denken, das Steiger auf dem Parkplatz vor The Copper Cog gesummt hatte. *Dead Mad Lurching*. Wie lange das her schien; wie vorahnend das Lied war.

Als ich Steiger in der Ferne auftauchen sah, blinzelte ich heftig und dachte, ich hätte ihn durch meine Gedanken an den Zombie-Apokalypse-Soundtrack heraufbeschworen. Aber er war wirklich da, sprintete auf mich zu und rief etwas, das ich nicht verstehen konnte. Er rannte den gegenüberliegenden Hügel hinunter, während ich auf ihn zueilte, und ich strengte meine Ohren an, um zu hören, was er sagte. Meine Lungen begannen zu brennen.

Dann sah ich, wovor er weglief. Er hatte seine eigene persönliche Armee jämmerlicher Zombies, die ihn verfolgten. Wir konnten rennen, so viel wir wollten; die zwei Wellen der Untoten würden über uns zusammenbrechen, und wir würden im Gedränge sterben und uns ihren leichenreichen Reihen anschließen.

*NEIN*, dachte ich. *Nein!* Ich musste überleben. Ich würde nicht von röchelnden Leichen im Limbo niedergetrampelt werden. Ihre kollektiven Knochen krachten über das wild grüne Gras, das erschreckend lebendig und frisch war, auf uns zu.

Die Situation war aussichtslos. Indem ich vor meinen Zombies weglief, lief ich nur auf seine zu. Steiger muss dasselbe gedacht haben, denn er verlangsamte sein Tempo, und sein Gesicht war eine elfenbeinfarbene Maske des Schreckens.

Ich tauschte mein Messer gegen meinen Zauberstab. Trotz der Warnung des Vampirs – der, wie ich bemerkte, diesmal nicht aufgetaucht war, um mir zu helfen, wie ich es bedauerlicherweise erbeten hatte – müsste ich meine Magie wieder einsetzen, obwohl sie unberechenbar und, ganz ehrlich, gefährlich war. Es gab keinen anderen Weg.

»Lauf!«, schrie ich ihn an. Wenn er nahe genug und schnell genug herankommen könnte, könnte ich versuchen, uns beide zu beschützen.

Unglücklicherweise hatte sein langsameres Tempo den Leichen erlaubt, ihn einzuholen, und ein dünner Mann mit langen, fettigen Haaren und einem halb freiliegenden Schädel konnte seine spindeldürren Finger um Steigers Schulter und dann um seinen Hals schlingen. Steigers Augen weiteten sich noch mehr, sein Mund öffnete sich vor Entsetzen.

Meine Stimme ging ein paar Oktaven höher. »Lauf!«

Mein Zauberstab vibrierte in meiner Hand, bereit, etwas Spannung in den Verstorbenen zu entladen, der Steiger würgte, aber ich hatte Angst, versehentlich ihn zu treffen. Selbst wenn ich aufhören würde zu rennen, waren sie immer noch ein bewegliches Ziel, und ich wusste nicht, wie sich mein Blitzzauber im Vergessen verhalten würde. Der Zombie würgte Steiger, der immer noch versuchte wegzukommen, aber nach seiner purpurroten Haut zu urteilen, kämpfte er ums Atmen. Andere

Untote nutzten die Gelegenheit und begannen, auf ihn einzuschlagen. Trotz meiner Bedenken musste ich aufhören zu laufen und meiner Kraft vertrauen. Angst und Adrenalin strömten durch meinen Körper, und ich leitete sie meinen Arm hinunter, in Richtung meines Zauberstabs. Ich beschwor die grüne Energie der Wiese um mich herum, zog die Kraft durch meine Füße nach oben und brachte die Pflanzen und den Boden dazu, die neue Launenhaftigkeit meiner Magie zu mäßigen. Die Stampede hinter mir wurde lauter, eine stampfende, knirschende, keuchende Schar von Leichen.

Ich schwang meinen Zauberstab vor mir und richtete ihn auf Steigers Angreifer. »*Fiat fulgur!*«

Es fühlte sich an, als wären unter meinen Stiefeln Feuerwerkskörper explodiert. Die Energie des wilden Grases schoss wie grüne Flammen meine Beine hinauf, vereinte sich mit der Panik in meiner Brust und wand sich wie eine Bohnenstange um einen Pfahl und entlud sich durch meinen Arm und meinen Zauberstab. Es war ein neongrüner Blitz.

Durch Intuition oder sehr viel Glück wählte Steiger genau diesen Moment, um zu straucheln. Mein Zauber verfehlte ihn um ein paar Zentimeter und traf den großen Schleicher in die Brust, blies ihn in Stücke und elektrisierte jeden Zombie im Gedränge.

Ich hatte noch nie einen solchen Zauber erlebt. Steiger, der inzwischen auf Händen und Knien war, schaute zu mir auf, der Mund hing offen.

Meine Angreifer waren direkt hinter mir, also drehte ich mich um und gab ihnen die gleiche Behandlung. Die unglückliche klauenhändige Frau, die die Hauptlast meines Zaubers trug, wurde in Stücke gerissen, und die Menschen um sie herum wurden durch die Ausbreitung der Elektrizität niedergeworfen. Ich sah ihnen nicht beim Zucken zu. Ich drehte mich zu Steiger um, der eine neue Gruppe von Körpern hatte, die bereit waren, ihn zu verschlingen.

*Heilige Hekate.* Sie schienen unendlich zu sein. Ich hatte nur einen Bruchteil von ihnen zerstreut. Die riesige Armee kam weiterhin in Wellen, und ich konnte bereits Brandflecken auf meiner Zauberhand spüren. Sie würde nur noch für ein paar weitere Blitze gut sein. Steiger hatte es geschafft, aufzustehen und wieder zu rennen. Er würde mich in einer

Minute erreichen und ... was dann? Würden wir gemeinsam unter der Wucht von verwesendem Fleisch sterben, wenn die Wellen über uns zusammenschlagen würden? Er war nicht gerade die Person, mit der ich mein Sterbebett teilen würde, geschweige denn von den stinkenden, keuchenden, taumelnden Toten begraben zu werden. *Nein,* dachte ich. *Es muss einen anderen Weg geben.*

Ich umklammerte meinen Zauberstab und schloss meine Augen. Ich hatte nur Sekunden, um einen Aktionsplan zu entwickeln, aber mein Herz hämmerte gegen meine Rippen und machte es unmöglich zu denken. Mein Zauberstab begann zu zittern, und ich dachte, es müssten meine Nerven sein, die meine Hände zittern ließen, aber dann wurde das Zittern zu einer intensiven Vibration, als hätte er einen eigenen Willen, als hätte er entschieden, was zu tun war, und wartete nur darauf, dass ich den erforderlichen Spruch sagte. Ich durchsuchte mein stotterndes Gehirn, während die Wellen von ranzigem Fleisch und knirschenden Knochen näher kamen, und versuchte, bei dem Klang der verzweifelten toten Körper oder dem fauligen Gestank nicht zu würgen. Steiger sah trostlos und verängstigt aus. Als ich in seine Augen blickte, dachte ich an das letzte Wesen, mit dem ich Blickkontakt gehabt hatte: den Wolf.

*Warum kommt mir das jetzt in den Sinn?* Ich musste all meine Energie darauf richten zu überleben, nicht davon träumen, dass Wölfe im Schnee stehen. Aber dann verstand ich. Ich sah den Wolf mit Schneeflocken auf seinem Fell, auf seinen Ohren, und dachte an den Schneesturm und das Eis des verwunschenen Waldes. Ich wusste, was ich tun musste.

# KAPITEL 76
# TOTE DOMINOSTEINE

ASHA

Mein Zauberstab war so begierig auf Magie, dass er mir fast aus der Hand vibrierte. Ich dachte an die ersten Zeilen des Äquinoktium-Zauberspruchs.

*Sie verbrennt ganze Wälder von Grün zu Schwarz*

*Verwandelt handförmige Blätter zu Staub*

*Sie bedeckt Ozeane mit ihrem rauchenden Eis*

*Bewegt Berge mit furchterregenden Böen.*

Wieder zog ich die Kraft aus der Wiese, aus dem wilden Gras und dem zarten Klee, die alles andere als mächtig aussahen. Ihre zierlichen Blätter zeigten nichts von ihren ausgedehnten Wurzeln und mykorrhizalen Verbindungen, die so große Teile des Planeten durchzogen. Ich hatte es selbst auf meiner Portalreise gesehen, und jetzt nutzte ich das und leitete es durch meinen Körper.

*Macht bricht aus ihr hervor wie Lava*

*Flammen rasen entlang brennender Wurzeln*

*Während sie die Zukunft mit ihrem Feuer strickt*

*Aus der Asche wachsen grüne Triebe.*

*»Sentis arboribus!«* Ich hob beide Arme. *»Augescis!«*

Ein Haufen blattloser, schwarzrindiger Dornenbäume schoss auf beiden Seiten empor, eine sofortige stachelige Wand, die die wandelnden Toten vorübergehend von uns fernhielt. Aber es war nicht genug, um die Leichen abzuschrecken, die begannen, sich durch die scharfen Dornen zu drücken und dabei ihre verwesende Haut weiter zu zerfetzen.

*»Ignem exquiris!«* rief ich und wirbelte meinen Zauberstab herum, während ich auf die kohleartigen Stämme zeigte. Er wirkte wie ein Propanflammenwerfer und setzte die großen beschworenen Bäume in Brand. Sie brannten sofort, flammten und flackerten wie riesiges Anzündholz. Ich spürte die Hitze auf meinen Wangen. Meine zauberspruchschleudernde Hand begann Blasen zu werfen. Ich würde nicht viel mehr tun können. Die Lumpen, die die Zombies trugen, fingen Feuer, aber das schien sie nicht zu stören. Sie behandelten es wie eine kleine Unannehmlichkeit, mit der sie umgehen mussten, während sie sich ihren Weg durch die bösartigen glühenden Dornen kämpften.

*Der blutzähnige Wolf im Schnee.*

*Rauchendes Eis im Subrealm.*

Ich hatte noch eine letzte Sache, die ich ihnen entgegenschleudern konnte. Ich hielt meinen warmen Zauberstab fest, obwohl es schmerzte, und bat die Leere, mir ein letztes Mal zu helfen. Ich hob meine Arme wieder. *»Glaciem exquiris!«*

Eismagie knackte sich ihren Weg durch den Boden nach oben. Es fühlte sich an, als würde sie mir auf dem Weg die Knochen brechen, so kalt und mächtig war sie. Als sie meinen Magen erreichte, krümmte ich mich fast vor Schmerz. Es fühlte sich an, als hätte jemand meine Organe tiefgefroren. Aber ich musste aufrecht bleiben. Ich musste den Zauber vollenden. Meine gefrorenen Finger ließen den Zauberstab fallen. Ich hielt das Keuchen vor Schmerz zurück und zwang mich, zu Ende zu bringen.

*»Terra glacio!«* *Gefriere den Boden!*

Ich brachte meine Arme mit einer ausladenden Geste nach unten und stieß die gesamte Magie aus meinem erschöpften Körper aus, in der Hoffnung, dass es genug war. Kaltes Wasser strömte durch mich hindurch. Ich streckte meine Arme aus und richtete es auf den Boden zu beiden Seiten. Es stürzte auf den Waldboden und überzog ihn sofort mit einer dicken Schicht rauchenden weißen Eises, so glatt wie Thassos-Marmor. Rutschiges Eis unten, feurige Dornen oben. Ich ließ einen langen Pfad ungefrorener Wiese für Steiger und mich zur Flucht, aber die Zombie-Kriecher hatten nicht so viel Glück. Da sie ohnehin nicht viel körperliche Koordination besaßen, rutschten sie aus und fielen, stöhnten und stießen einander um, landeten wie tote Dominosteine. Sie konnten weder auf dem glatten Eis noch durch die flammenden Zweige navigieren.

Fast ohnmächtig vor Erleichterung sah ich zu Steiger. Ich hatte erwartet, auch auf seinem Gesicht Erleichterung zu sehen, und Dankbarkeit, aber seine Augen waren so schreckensstarr wie zuvor.

Er blinzelte. »Asha?«

»Was ist los?« krächzte ich. Bevor er Zeit hatte zu antworten, schaute ich an meinem Körper hinunter und sah, was ihn erschreckt hatte. Meine rechte Handfläche blutete, und meine gelähmten Hände und Unterarme waren schwarz von Brandflecken und Erfrierungen. Meine Haare waren grau. Und meine Beine waren tatsächlich gebrochen, gaben aber erst nach, als ich die Verletzung bemerkte. Steiger fing mich gerade noch rechtzeitig auf.

# KAPITEL 77
# PORTAL DES FEGEFEUERS

ASHA

Steiger warf mich über seine Schultern. Er rannte den nicht gefrorenen Pfad entlang, um den Albtraum der Untoten hinter uns zu lassen.

Als wir in sicherer Entfernung zu sein schienen, verlangsamte er sein Tempo.

»Geht's dir gut?«, fragte er.

Mein Mund fühlte sich wie zugeklebt an. Ich murmelte zustimmend. Er schaute zurück und setzte mich langsam ab, um keinen Druck auf meine Beine auszuüben. Schmerzen aus allen Gliedmaßen kämpften um meine Aufmerksamkeit.

»Ich glaube, meine Schienbeine sind gebrochen«, sagte ich. »Der Eiszauber-«

»Ich hab's gehört«, sagte er. »Ich hab gehört, wie sie knackten.«

Ich schluckte schwer. Das verhieß nichts Gutes für unsere Mission. Ich wischte mir die Tränen weg, die in meine Augen stiegen, verärgert über sie. Es gab nichts zu beweinen – jedenfalls nicht jetzt. Wir hatten doch überlebt, oder? Weitere Tränen liefen über meine Wangen. Zu viele.

Steiger sah erschreckt und erschöpft aus. Er hatte Schmutz an seinem Hals von dem Zombie mit den Nudelhaaren, der ihn gewürgt hatte. »Ich kann dich tragen«, sagte er. »Wir können Henry immer noch finden.«

Ich begann zu schluchzen. Ich konnte nicht anders. Ich sah absolut keinen Weg, das Geisterkind an diesem seltsamen, schrecklichen Ort zu finden. Und ich sah auch keinen Weg nach Hause. Ich war so miserabel in Portalmagie, dass ich uns wahrscheinlich in den siebten Höllenkreis transportieren würde – falls wir nicht schon dort waren.

Tatsächlich würde das einiges erklären.

Die Delport-Kinder waren wahrscheinlich inzwischen tot, und Simone und Byron würden ihnen folgen wollen. Welche Eltern könnten den Verlust aller drei Kinder auf einmal ertragen? Ich war sicher, sie würden an gebrochenem Herzen sterben und ihren klugen, lustigen, liebenswerten Kindern folgen, wohin auch immer gute Menschen gehen.

Tränen rannen über meine Wangen, und ich benutzte meinen nutzlosen Handrücken, um sie wegzuwischen, wodurch mein Gesicht noch mehr verschmierte.

»Mein Zauberstab!«, rief ich, als ich das leere Holster bemerkte und mich erinnerte, wie ich ihn fallengelassen hatte.

Steiger hob seine Hand. »Ich hab ihn«, sagte er und zog ihn aus seiner hinteren Hosentasche hervor, um ihn mir zu reichen. Ich kämpfte darum, ihn mit meinen Fingern zu greifen, die wie verkrüppelte Kohlenstäbe aussahen.

»Danke.«

Er stammelte als Antwort und deutete auf meinen gebrochenen Körper. »Der Dank gebührt ganz allein dir.«

Ich schaute auf meine Beine hinunter. »Ich heile sehr schnell«, sagte ich. »Ich besitze angeborene Heilmagie.«

Als er ungläubig die Lippen zusammenpresste, fuhr ich fort. »Das Pflegepersonal in meinem örtlichen Krankenhaus hat mich auf einer Beobachtungsliste wegen meiner schnellen Genesungsrate.«

Er glaubte mir immer noch nicht.

»Vor ein paar Wochen hat mir ein dunkler Zauberer den Schädel eingeschlagen und mich zum Sterben zurückgelassen. Ich bin ein paarmal auf der Intensivstation von Morningvale gestorben, habe mich dann aber vollständig erholt und bin ein paar Tage später rausspaziert.« Ich blickte wieder auf meine Beine. »Und das war nur mein letzter Krankenhausbesuch, von denen es viele gab. Ich verspreche dir, ich war schon schlimmer dran.«

Steiger versteifte sich. »Hast du Morningvale gesagt? Morningvale-Krankenhaus?«

»Ja. Warum?«

»Mein Vater-«, begann er, schüttelte dann aber den Kopf, seufzte und strich sich die Haare von der schmutzigen Stirn. »Vergiss es. Es spielt keine Rolle mehr. Anderes Leben.«

Ich wurde von einer neuen Wärme abgelenkt, die sich in meinen Schienbeinen ausbreitete. »Es passiert bereits«, sagte ich ihm. »Ich kann es spüren.« Auch meine Hände schienen sich zu erholen, meine blutenden Blasen waren bereits verheilt, und meine Finger weniger taub. »Ich werde bald wieder gehen können.«

Nun war Steiger an der Reihe, Tränen in den Augen zu haben. Er fuhr sich mit einer frustrierten Geste durch die Haare und schüttelte den Kopf. »Was hat das für einen Sinn?«

»Du weißt, was der Sinn ist«, sagte ich. »Henry zu finden und die Delport-Kinder zu retten.« Meine Worte klangen hohl, als sie zwischen uns in der Luft hingen.

»Es ist vorbei«, sagte er. »Siehst du das nicht? Sie sind bereits tot – oder werden es bald sein. Und wir stecken in diesem... Portal zum Fegefeuer fest, ohne zu wissen, wo Henry ist, und ohne Möglichkeit, hier rauszukommen. Die Bewohner sind entschlossen, uns zu töten.«

»Ich glaube nicht, dass sie uns schaden wollen«, sagte ich.

Er lachte, dann wischte er sich das Lächeln vom Gesicht. »Das kann nicht dein Ernst sein.«

»Ich glaube nicht, dass diese Kreaturen – Zombies oder was auch immer sie waren – versuchten, uns zu verletzen. Ich denke, sie waren einfach verzweifelt, hier rauszukommen. Ich glaube, die Wesen, die in Oblivion gefangen sind, sind aus einem Grund gefangen.«

»Völlig vernünftig also«, sagte Steiger sarkastisch. »Der Mann, der versuchte, mich zu erwürgen, wollte wirklich nur ein Wort mit mir wechseln. Und ich war so unhöflich! Ich hätte anhalten und zuhören sollen.«

»Das sage ich nicht.«

»Verdammt«, sagte er. »Wir hätten eine Bude aufmachen und sie bitten sollen, sich anzustellen. Dann hätten wir allen helfen können!«

*Otternzunge, dieser Typ ist ein Arschloch.* »Das ist nicht das, was ich meine.«

»Was meinst du dann?«

»Ich sage, dass Henry hier feststeckt, weil er unerledigte Angelegenheiten im Reich der Lebenden hat. Ich vermute, all diese Wesen haben das. Ihre Geister suchen Menschen heim, während wir hier sind. Ich wette, dass diese Frau mit der Schusswunde nicht weiterziehen wird, bis sie Gerechtigkeit für das bekommt, was ihr angetan wurde. Dieser dürre Mann? Er sah aus, als wäre er hungrig und obdachlos gestorben. Er sucht wahrscheinlich die Person heim, die ihn gefeuert hat, oder die seine Ersparnisse gestohlen hat, und wird ihn heimsuchen, bis jeder Cent ausgegeben ist, dann sucht er die Besitztümer heim, die mit dem Geld gekauft wurden. Erst dann wird er endlich frei sein.«

»Du sagst also, dass sie hier bleiben werden, bis was auch immer sie an die Erde bindet, auf die Weise gelöst wird, wie es gelöst werden muss.«

»Es ist nur eine Vermutung. Ich denke, je länger die Seelen hier bleiben, desto weniger menschlich werden sie. Denn das ist es, was Hass und der Wunsch nach Rache mit dir machen.«

»Was ist mit dir passiert?«, fragte er. »Als wir uns vorhin verloren haben? Als wir in den Boden eingesunken sind?«

»Ich bin in die Erde gesunken und habe alles in mikroskopischem Detail gesehen. Ich bin entlang der Wurzeln und Myzelien gerast und bin in einem billigen Sarg sieben Fuß unter der Erde aufgewacht.«

»Ich auch«, sagte Steiger. »Nun, der Sarg-Teil jedenfalls.«

Ich fragte ihn nicht, wie er rauskam, aber bemerkte, dass seine Fingernägel und Fingerkuppen roh und blutig waren, seine Knöchel marineblau.

»Vielleicht war es wie eine Wiedergeburt«, sagte er.

Ich zog meine Augenbrauen hoch. In einem Sarg aufzuwachen hatte sicherlich den Ton für unsere bisherige Erfahrung hier gesetzt.

Der Knochen in meinem linken Bein klickte, und ich spürte, wie meine Magie daran arbeitete, die Zellen zusammenzufügen. Ich konnte meine Finger bewegen. Alle bis auf einen meiner Finger funktionierten wieder. Mein linker kleiner Finger war immer noch schwarz von Erfrierungen, und ich befürchtete, dass ich ihn trotz meiner beschleunigten Heilung verlieren könnte.

»Was nun?«, fragte Steiger. »Wir kämpfen uns weiter durch die Geister mit ihren Komplexen, bis wir Henry finden? Ich gebe uns nicht viel Chancen. Du bist ziemlich geschickt mit deinem Zauberstab, aber ich bin ein leichtes Ziel.«

»Ich bin sicher, du hast irgendein Talent, das nützlich sein wird«, sagte ich.

»Ja«, antwortete er. »Vielleicht kann ich sie davon überzeugen, uns nicht zu töten.«

# KAPITEL 78
## STOCK UND STEIN

ASHA

Nach einigen Stunden ungeduldigen Ausruhens konnte ich wieder laufen. Meine Beine fühlten sich zerbrechlich an, aber wir konnten uns fortbewegen – wenn auch vorsichtig. Fortschritt erschien wichtig, obwohl wir weder wussten, wo wir waren, noch wo Henry sich befand. Ich betete zur Leere, dass es keine kolossale Falle war, die Henry und die anderen Geisterkinder gestellt hatten, und dass wir nicht geradewegs ins schwertbezahnte Maul eines Drachen liefen. Ich musste ihm vertrauen, weil ich keine anderen Optionen hatte.

Ich wollte nicht versuchen, ihn erneut zu beschwören. Aus dem letzten Mal hatte ich gelernt, dass es eine tödliche Idee war, einen Ruf an die Geister in Oblivion zu senden, selbst wenn man persönliche Namen verwendete. Ich wollte nicht wieder Moses sein; ich wollte kein weiteres rotes Meer von Zombies teilen.

»Wie hast du das letzte Mal mit ihm kommuniziert?«, fragte Steiger und spiegelte damit meine Gedanken.

»Ouija-Brett«, sagte ich.

»Das ist nicht dein Ernst.«

»Ernst wie ein Herzinfarkt«, erwiderte ich. »Aber es war nicht die Art, die man bei CNA kauft. Ich habe es von der ältesten und angesehensten magischen Apotheke des Landes bekommen. Mason & Sons liefern nur Qualitätsware. Das muss ich wissen. Ich bin einer ihrer Lieferanten.«

»Nun, könnten wir hier eines herstellen?«

Ich runzelte die Stirn. »Was? Wie?«

»Das solltest du mir sagen. Ich weiß nicht einmal, wie ein Ouija-Brett aussieht.«

»Aber-«

»Hör zu«, sagte Steiger. »So hast du Henry das letzte Mal erreicht. Es ist unsere beste Chance. Außerdem, sollte dieser lila Pilz uns nicht helfen, mit der Geisterwelt zu kommunizieren?«

Ich nickte.

»Dann sollten wir uns beeilen, bevor er aus unserem System ist.«

»Okay«, sagte ich. Es war nicht so, als hätte ich einen besseren Plan. »Wir brauchen Stöcke, Steine, alles was du finden kannst, um das Brett zu markieren.«

»Richtig«, sagte er. »Setz dich hier hin und ruh dich aus.« Er zeigte auf einen Felsblock. »Ich fange an zu sammeln.«

Normalerweise würde ich es nicht gut aufnehmen, wenn ein Mann mir sagt, ich solle mich ausruhen, während er die Arbeit erledigt, aber da meine Beine bis vor kurzem noch gebrochen waren, entschied ich mich, den bequemen Sitz eines nahegelegenen Felsens zu nutzen.

Einige Minuten später hörte ich Steiger nach Luft schnappen.

»Heilige Hekate«, fluchte ich leise und dachte, dass es eine neue Horde Zombies mit Jenseits-Gepäck gäbe, mit denen wir fertig werden mussten. Ich sprang auf und überlegte, ob ich mein Ritualmesser oder meinen Zauberstab brauchen würde. Zum Glück brauchte ich keins von beiden. Steiger war in Sicherheit, stand allein auf einem Hügel und starrte auf etwas, das die Farbe aus seinem Gesicht weichen ließ.

»Was ist los?«, fragte ich. Er antwortete nicht.

Ich ging vorsichtig hinüber und achtete auf meine Schritte, um nicht zu stolpern und meinen Heilungsprozess zurückzuwerfen. Als ich ihn erreichte, sah ich, was ihn hatte innehalten lassen. Auf der anderen Seite des Hügels lagen Hunderte, vielleicht Tausende menschlicher Skelette.

Er schluckte. »Ich nehme an, es sollte keine Überraschung sein. Da wir uns im Land der Toten befinden.«

»Sicher«, erwiderte ich. »Das ergibt Sinn.«

Aber trotzdem, das Bild störte uns beide. Wir standen eine Weile da und betrachteten die Fläche gebleichter Knochen. Einige Skelette waren vollständig intakt; andere waren schwer beschädigt.

»Sind die geeignet?«, fragte er.

Ich runzelte die Stirn. »Was meinst du? Wofür geeignet?«

»Du weißt schon«, sagte er und strich sich die Haare von der Stirn. »Als Stock und Stein.«

»Trotz der angenehmen Ironie deines Vorschlags halte ich das für eine schreckliche Idee. Das fordert geradezu Ärger heraus.«

Steiger machte demonstrativ eine Geste, indem er sich mit nach oben gerichteten Handflächen umsah, was andeutete, dass es nichts anderes auf der Wiese zu verwenden gab.

»Ist doch keine große Sache«, sagte er.

Ich hob meine Augenbrauen. »Berühmte letzte Worte.«

»Es sind nur Knochen.«

»Knochen sind niemals *nur Knochen*«, entgegnete ich. Grundlagen der Zaubertrankherstellung. Die Rippen einer Ratte zum Beispiel hatten ganz andere Eigenschaften als, sagen wir, der feine Flügel eines Kolibris. Wer wusste, was das inhärente Potenzial dieser besonderen Knochenreste war? Nein, nein, nein. Es war eine furchtbare Idee.

Steiger war frustriert. »Siehst du nicht, dass es das Einzige ist, was wir tun können?«

»Nur weil es das Einzige ist, woran wir gedacht haben, heißt das nicht, dass es unsere einzige Option ist.«

Er berührte mit seinen Fingerspitzen seinen Kopf, um seine Verzweiflung zu zeigen. »Bitte, Asha. Die Zeit läuft uns davon. Wie sonst sollen wir Henry finden? Das ist der einzige Weg, und je länger du brauchst, um das zu akzeptieren, desto geringer ist die Chance, dass die Delport-Kinder überleben. Dass *wir* überleben. Wir haben hier ein schmales Zeitfenster, das wir nutzen müssen, sonst riskieren wir, für immer hier festzusitzen. Willst du von einer dieser furchterregenden Kreaturen getötet werden?« Er packte meine Arme während er sprach. Seine Augen waren wild. »Oder noch schlimmer, *zu* einer dieser Kreaturen werden?«

Ich schüttelte seine Hände ab. Ich wusste, dass das, was er sagte, wahr war.

»Schau. Ich weiß, dass ich ein echter Kotzbrocken war. Ich verdiene das hier.« Er gestikulierte um uns herum. »Aber ich verdiene es nicht, für alle Ewigkeit hier festzustecken. Ich bin bereit, mein Leben zu ändern und die Fehler zu korrigieren, die ich gemacht habe. Lass mich das tun. Ich werde eine Kraft des Guten werden. Du magst mir nicht glauben, und ich würde dir das nicht übel nehmen ...«

Steiger sah aufrichtig aus. Und er hatte Recht. Das Skelett-Ouija-Brett mochte die schlimmste Idee sein, die ich je gehört hatte, aber es sah so aus, als wäre es der einzige Weg, Henry zu finden.

»... aber ich verspreche dir, ich werde alles tun, um den Delports zu helfen und uns hier rauszuholen.«

Ich presste meine Lippen zusammen, verengte meine Augen und atmete tief durch meine Nase ein. Das war meine Art zu sagen: *DAS IST KEINE GUTE IDEE, ABER OKAY, MEINETWEGEN.*

In Steigers Gesichtsausdruck lag Hoffnung. »Heißt das ja?«

»Ja«, antwortete ich. »Aber du solltest besser beten.«

Gemeinsam sammelten wir lange, gerade Knochen, um die Buchstaben des Alphabets zu formen, und legten sie in Form eines Ouija-Bretts auf das Gras. Es würde zweifellos mächtige Magie sein, ich konnte es spüren, während wir arbeiteten. Die grüne Magie, die dem wilden Gras innewohnt, die schlummernde Kraft in den Knochen, die *coniunctico* in unseren Adern. All das würde einen dramatischen Zauber ergeben. Wenn es gut lief, würde es uns die Antworten geben, nach denen wir suchten, und uns dann zurück ins Land der Lebenden katapultieren. Wenn es schlecht lief ... nun, es hatte keinen Sinn, darüber nachzudenken. Wir arbeiteten schnell, in meditativer Stille. Soweit wir wussten, könnte dies die letzte Stunde unserer Existenz sein.

Als ich mit dem Design zufrieden war, traten wir beide zurück und klopften unsere Hände ab, die grau gepudert waren. Die Größe erinnerte mich an das riesige Schachbrett in Copperfield – allerdings an eine ziemlich unheimliche Version davon.

»Es ist gut«, sagte ich. »Jetzt brauchen wir nur noch eine Planchette.«

Steiger neigte seinen Kopf. »Eine was?«

»Das kleine Brett. Das Ding, das sich bewegt, um Wörter zu buchstabieren.«

Wir schauten uns beide um, die Hände in die Hüften gestemmt. Dann erinnerte ich mich an die elfenbeinerne Planchette, die mit dem Brett aus der magischen Apotheke gekommen war. Sie hatte die Form eines Schädels gehabt.

»Wir nehmen einen Schädel«, sagte ich. Das wäre passend.

»Ich hole einen«, sagte er und bewegte sich in Richtung des Knochenufers.

»Kindergröße«, murmelte ich.

»Was sagst du?«

Ich räusperte mich. »Einer in Kindergröße wäre angemessen.«

Er zögerte einen Moment und nickte dann. »Verstanden.«

Einen Augenblick später hielt er eine kleine weiße Kugel hoch. »Asha?«

»Der ist zu klein«, erwiderte ich und schluckte den plötzlichen Kloß in meinem Hals hinunter. Wie unbarmherzig dieser Ort war, wie brutal.

»Dieser hier?«, rief er.

»Ja«, antwortete ich und betrachtete den Schädel, der wie der eines Sechsjährigen aussah, während ich einige verirrte Tränen wegblinzelte. »Der sieht richtig aus.«

# KAPITEL 79

# DRACHENHAUCH

ASHA

Ich holte tief Luft, griff nach meinem Ritualmesser und schnitt entlang Steigers Handgelenk. Ich sah, wie er vor Schmerz die Kiefer zusammenpresste, aber er gab keinen Laut von sich. Der Schnitt war klein und oberflächlich, gerade genug für das, was wir brauchten. Ich tat dasselbe an meinem eigenen Handgelenk, und wir platzierten jeweils einen Tropfen Blut auf der Stirn des kleinen Schädels. Mit zitterndem Finger vermischte ich das Blut und zeichnete ein Pentagramm. Jede Spitze des Sterns symbolisierte ein Element.

»Erde. Feuer. Wasser. Luft. Geist.«

Ich sah Steiger an und gab ihm eine letzte Chance auszusteigen, aber er nickte mir zu, weiterzumachen. Die Nachwirkungen meines letzten Beschwörungszaubers – die erdrückenden Wellen von Zombies – waren noch frisch in meinem Gedächtnis, daher war jeder Muskel in meinem Körper so gespannt wie eine stählerne Violine. Ich hielt den Schädel in meinen Handflächen, als würde ich Wasser aus einem Bach schöpfen, und begann meinen Gesang.

»Bei den Geheimnissen der Tiefe

Bei den Flammen der Wildnis

Bei der Macht des Ostens

Und bei der Stille der Nacht

Bei den heiligen Riten der Hekate

Beschwöre ich dich, HENRY HOLDEN

Dich hier zu zeigen

Und wahrhaftig meine Forderungen zu beantworten

*Evoco et excito, nunc et semper, res ac mortales*

So soll es sein!«

Nichts passierte.

Steiger wollte etwas sagen, aber der Blick, den ich ihm zuwarf, brachte ihn zum Schweigen. Ich bedeutete ihm zu warten. Das Letzte, was ich tun wollte, war, die Leere zu missachten, wenn so viele Leben davon abhingen, dass dieser Zauber funktionierte. Wir standen und warteten, suchten nach irgendeinem Anzeichen von Magie. Endlich konnte ich spüren, wie sie sich sammelte. Trotz der Illusion eines blauen Himmels über uns konnte ich fühlen, wie die Kraft sich mit Macht sammelte, wie Gewitterwolken, die vor einem Sturm heranrauschen. Ich sog scharf die Luft ein und nickte Steiger zu, der mit einem Kopfnicken meine Botschaft bestätigte. Ich konnte die Magie spüren, die sich um uns herum sammelte, aber auch in meinem Körper, als ob es keine Grenze zwischen der Landschaft und meinem Inneren gäbe. Es war so beunruhigend wie wunderbar, vollständig eins mit der Matrix zu sein. Die Luft, die ich atmete, war Teil von mir und ich war Teil von ihr. Der Himmel existierte in meinen Augen, und das Gras unter mir war eine Erweiterung meines Wesens, weitläufig und smaragdgrün, ein Teppich aus Seele. Der Sturm rollte heran und in meinen Körper hinauf und um mich herum. Die Magie sammelte sich und baute sich weiter auf, und ich musste die Augen schließen, trotz der Gefahr, von der ich wusste, dass wir uns darin befanden. Ich atmete tief ein und nahm sie mit jeder Zelle auf, wissend, dass ich sie alle für das brauchen würde, was vor uns lag.

Als ich das Gefühl hatte, nicht mehr aufnehmen zu können, öffnete ich die Augen. Sobald ich es tat, flackerten die Knochen mit grünem Feuer auf, als hätte ich sie heimlich mit Borax bestreut – ein gewöhnlicher Hexentrick, um die Unberührten zu verblüffen – und dann wurden die Flammen orange und rot, und das Gras des provisorischen Riesenbretts, das wir gemacht hatten, verdorrte. Der Schädel in meinen Handflächen wurde warm, dann heiß und explodierte dann in Flammen, wobei meine Augenbrauen und Wimpern beinahe mitgerissen wurden. Instinktiv ließ ich ihn fallen, aber er traf nicht auf dem Boden auf. Stattdessen fiel er ein wenig und schwebte dann in der Luft, was mit seinem blassen Knochen, dem frischen karmesinroten Pentagramm und dem grünen Feuer ein Anblick zum Staunen war.

»Henry Holden«, sagte ich mit einer Stimme, die selbstsicherer klang, als ich mich fühlte. Magie knisterte auf meiner Zunge. Ich hatte mich noch nie so gefühlt. »Henry Holden. Ich habe getan, worum du gebeten hast. Ich bin hier mit Nathan Steiger. Sag uns, was du von uns brauchst, um die Delports in Ruhe zu lassen.«

Es gab keine Antwort.

»Henry Holden«, rief ich, lauter als zuvor. »Ich weiß, dass du und deine Freunde hier gefangen seid, weil ihr unerledigte Geschäfte in der Welt der Lebenden habt. Wir haben gesehen, wie Oblivion ist, und wir wollen euch befreien.«

Eine starke Böe brach aus dem Nichts hervor. Sie raubte uns den Atem und löschte die brennenden Knochen. Der Schädel fiel auf den geschwärzten Boden. Die Luft stand still. Mein Verstand suchte verzweifelt nach Antworten. War es vorbei?

Nein. Genau wie die Böe zuvor, kam eine weitere und entzündete alles wieder, wie ein Drachenhauch. Die Flammen waren höher und heißer als zuvor. Die ganze Welt wurde schwarz, abgesehen von uns und dem Ouija-Brett. Jemand hörte zu.

Der Schädel bewegte sich auf dem verbrannten Stroh, als hätte jemand ihn angestupst. Er bewegte sich ein paar Mal und schwebte dann nach oben. Ich dachte, er könnte wieder seinen Weg in meine Handflächen finden, aber stattdessen schwebte er zum »JA« auf dem Brett. Ich sah das schwächste Bild des Jungen. Vielleicht war der Schädel seiner. Er war nur ein Flüstern blasser Farbe.

»Ja?«, rief ich. Hoffnung schoss in mir hoch. »Du bist hier? Henry?«

Der Schädel buchstabierte »G-E-F-A-N-G-E-N« und dann »K-I-N-D-E-R«.

»Ja«, sagte ich. »Wir sind hier, um euch zu befreien. Ist das möglich? Kannst du uns sagen wie?«

Henry rannte, der flammende Schädel flog durch die Luft auf Steiger zu. Er hob automatisch seine Arme, um sein Gesicht zu schützen, aber der Junge stoppte kurz vor dem Aufprall. Steiger sah mich hilflos an, schüttelte den Kopf. Was auch immer es war, was er zur Party beitragen sollte, er hatte keine Ahnung.

»Was muss Steiger tun?«, fragte ich.

Der Schädel hielt seine leeren Augenhöhlen auf Steiger gerichtet, und die Flammen sprangen in die Luft, was den Mann dazu brachte, einen Schritt zurück zu machen und wieder seine Arme zu heben. Wieder sah ich den Hauch des Jungen.

»Was brauchst du von mir?«, fragte Steiger. Ich konnte erkennen, dass er Angst vor der Antwort hatte. Der Schädel starrte ihn einfach an. Ich sage »starrte«, weil ich nicht weiß, wie ich sonst die Art beschreiben soll, wie diese dunklen, feurigen Löcher ihn anblickten, *sans* Augäpfel.

Er versuchte es erneut. »Was brauchst du von mir?«

Henry verließ uns nicht, aber er antwortete auch nicht.

Mein Körper hatte bei der Beschwörung des Geisterjungen keine seiner magischen Kräfte entladen. Ich fühlte mich immer noch randvoll mit Macht, und ich wusste, dass ich sie bald und vorsichtig einsetzen musste, sonst würde sie verschwendet sein.

»Sag uns, wie wir dir helfen können. Jetzt. Das ist deine Chance.«

Der Schädel verließ Steiger, bahnte sich dieses Mal seinen Weg zu mir. Dann ging er zum Brett und buchstabierte »B-R-I-C-H F-L-U-C-H«.

»Ja«, sagte ich. »Ich bin die Fluchbrecherin.«

»BRICH FLUCH«, buchstabierte er erneut.

Chione hatte mir gesagt, dass auf dem Haus ein Fluch lag, aber ohne zu wissen, welcher es war, war es unmöglich, ihn zu brechen. »Welcher Fluch?«

Henrys Energie und die Flammen begannen zu verblassen. Ich wusste, während es passierte, dass der Goliath fast aus meinem System verschwunden war.

»Welcher Fluch?«, schrie ich. Wenn der Junge nicht schon ein Geist gewesen wäre, hätte ich ihn vielleicht erwürgt. »Verdammt, Henry! *Welcher Fluch?*«

Die ersterbenden Flammen schnellten wieder hoch wie erschrockene Pferde. War er wütend? Nein. Er hatte Angst.

»Was?«, rief ich verzweifelt und knirschte mit den Zähnen. Meine Haare standen vor Verzweiflung zu Berge, mein Körper entließ Magie. »Sprich mit mir!«

Der Schädel flog zurück zum Brett und buchstabierte in zuckenden Bewegungen das Wort »L-A-U-F«.

KAPITEL 80

# FRISCHES MENSCHENFLEISCH

ASHA

»Was?«, sagte ich, hauptsächlich weil ich mir nicht sicher war, ob ich Henrys ruckartige Bewegungen richtig gedeutet hatte. Er würde uns doch nicht sagen, dass wir weglaufen sollen. Das ergab keinen Sinn. Wir waren so nah an einem Durchbruch. Er würde mir erklären, was der Fluch war, und ich würde meine Magie nutzen, um ihn zu brechen. Der Schädel schoss zu mir zurück, und ich sah wieder einen Blitz von Henry, dem Jungen, sein Gesicht voller Entsetzen. *Lauft!* schrie er in einer Frequenz, die ich nicht hören konnte. *Lauft!*

Ich riss meinen Blick von dem Geist los und schaute mich nach der Gefahr um. Wir waren in eine dicke, klebrige Dunkelheit getaucht, die an schwarzen Melassensirup erinnerte. Alles, was ich sah, war der graue Rauch der sterbenden Glut und Steigers weit aufgerissenes Gesicht, bleich wie eine Ballsaalmaske.

»Er sagte, w-wir sollen rennen«, stotterte ich. Wohin rennen? Die schwarze Luft schien, als würde sie uns ersticken. Sie wirkte wie ein multidimensionaler Abgrund, alles verschlingend – als ob wir, wenn wir hineinliefen, in die Dunkelheit fallen und nie wieder herausklettern würden. Dann hörte ich ein Geräusch, das mich für immer verfolgen

403

wird. Wild und grausam dachte ich zuerst, es sei der Wolf aus meiner Schwarz-Weiß-Welt, und dachte, es wäre nicht so schlimm, weil wir zu einer Verständigung gekommen waren. Aber als es näher kam, verstand ich mit schrecklicher Furcht, dass es nicht der Wolf war. Der Wolf war in meinen Goliath-Halluzinationen, die wir zurückgelassen hatten. Dies war das pure Vergessen, das Land der Schrecken.

Nein. Dieses reißzähnige, säuerliche, tiefe Knurren sprach von Tod und Verwesung, von aufgerissenen Körpern und Blutströmen. Ich konnte noch nicht sehen, was es war, aber ich spürte die Größe des Biests. Es war größer als ein Grizzlybär. Sein Stampfen ließ den Boden vibrieren. Das tiefe Knurren ertönte erneut, und mein Magen verkrampfte sich.

*Ich würde tatsächlich lieber sterben*, dachte ich. *Ich würde lieber sterben, als diesem... was auch immer dieses Monster ist, gegenüberzustehen.*

Flüchtig dachte ich daran, das Gift zu schlucken, das ich in meinem Fläschchen mitgebracht hatte – mein Äquivalent zu einem Zyanidzahn – aber meine Feigheit hielt nicht an. Ein Anflug von Mut ließ mich nach meinem Zauberstab greifen und meine Kampfhaltung einnehmen. Ich war doch voller Magie, oder? Ich hatte eine Chance, die Kreatur abzuwehren. Aber als das Biest ins schwache Licht der Glut trat, erstarrte mein ganzer Körper vor Angst, mein kurzlebiger Mut verflog in der Luft wie der Rauch der schwelenden Knochen. Steiger machte ein seltsames Geräusch, und als ich zu ihm hinübersah, dachte ich, er könnte ohnmächtig werden. Ich zischte ihn an und warf ihm mein Athame zu, das er glücklicherweise ohne Verletzung auffing. Wir waren zu verängstigten Kindern reduziert, die einem Kindheitsalbtraum gegenüberstanden – einem Monster so erschreckend, dass es ein Grauen war, es nur anzusehen.

Es war eine Chimäre – zusammengesetzt von einem psychopathischen Doktor Frankenstein, der zu viele griechische Mythen gelesen und vielleicht zu viele halluzinogene Drogen genommen hatte. Sein Kopf – ein bösartiger schwarzer Jaguar mit gefletschten Zähnen – war zu groß für seinen Körper, sodass er den Eindruck erweckte, hauptsächlich aus einem hungrigen, wilden Gebiss zu bestehen. Seine menschenähnlichen Arme waren stark, endeten aber in Adlerkrallen, groß, gebogen und schwarz. Sein Körper bestand größtenteils aus Schatten, aber ich sah ein

Paar schuppiger, muskulöser Beine, die mich an einen Drachen erinnerten. Mit verengten gelben Katzenaugen und zuckenden goldenen Schnurrhaaren schnüffelte er in der Luft, auf der Suche nach dem nächsten Körper, den er in seinen kräftigen Kiefern zermahlen könnte. Sein glattes schwarzes Fell verschwand fast in der Dunkelheit und verstärkte den Eindruck einer Kreatur aus Albträumen. Das Geräusch, das er machte – rasselnd, scharf, blutig, alles gleichzeitig – war der Vorbote dafür, dass er Fleisch zerreißen würde.

Manche Menschen werden von vergangenen Ereignissen heimgesucht, manche von imaginären Monstern. Manche werden von Geräuschen und Gerüchen verfolgt, und dies war ein Moment – sein Gestank, der wilde Laut – der sich für immer in mein Bewusstsein einprägen würde.

Ich vermutete, dass der Erfinder dieser speziellen Chimäre kein drogengesteuerter Arzt mit einer Vorliebe für dunkle Fantasie war, sondern vielmehr eine Kombination der Tiere, die für die menschlichen Knochen verantwortlich waren, die wir für das Ouija-Brett verwendet hatten. Ich hatte unbeabsichtigt ein Monster schrecklichen Ausmaßes heraufbeschworen, ein Amalgam der Bestien, die die Menschen der Skelette getötet hatten.

Steiger stand da und hielt mein Messer, als wüsste er nicht, dass es eine Waffe war. Zu seiner Verteidigung muss man sagen, dass das Messer im Vergleich zu dem Biest wie ein Kinderspielzeug aussah. Alles, worauf ich hoffen konnte, war, dass Steiger zur Besinnung kommen und sich verteidigen können würde. Das Biest schnüffelte erneut in der Luft, und ich erkannte, dass es uns noch nicht sehen konnte. Obwohl es den Kopf eines Jaguars hatte, war sein Sehvermögen schlecht. Ich sprach ein schnelles, stilles Gebet zur Leere und dankte ihr für kleine Gnadenerweise. Es stampfte auf seinen wuchtigen T-Rex-Beinen vorwärts. Es hatte uns gewittert. Wir hatten unbeabsichtigt die Brise mit unserer Lebend-Menschen-Angst parfümiert. Wahrscheinlich hatte es die Angewohnheit, Zombies zu fressen, also wäre etwas frisches Menschenfleisch eine echte Delikatesse.

Ich machte mir Sorgen, dass mein Körper zu steif zum Kämpfen sein würde, so versteinert, wie ich war. Außerdem hatte ich vor Minuten aufgehört zu atmen und war kurz davor, Sterne zu sehen wegen Sauerstoffmangels. Ich musste meine Angst beherrschen und mich lockern, wenn ich eine Chance zum Überleben haben wollte. In dem Wissen, dass es uns bereits entdeckt hatte, gönnte ich mir den Luxus einiger tiefer Atemzüge. Ich spannte meine Muskeln an und entspannte sie, versuchte sie mit so wenig Bewegung wie möglich aufzuwärmen.

Ich umklammerte meinen Zauberstab so fest ich konnte und sagte mir, dass wenn ich jemals ein Monster besiegen könnte, dann heute. Ich schluckte einen letzten tiefen Atemzug hinunter und trat vor, meinen Zauberstab wie ein Ritterschwert schwingend.

»Okay, Chimäre«, flüsterte ich. »Ich bin bereit für dich.«

# KAPITEL 81

# WILDES LÖWENHERZ

ASHA

Die Chimäre fixierte mich mit ihrem bösartigen gelben Blick und knurrte. Sie machte einen Schritt auf mich zu und ließ die Erde erbeben. Wie konnte das Geräusch dieses Monsters so viel Gewalt in sich tragen? Es klang nach aufgeschlitzter Haut und Klingen, die Fleisch und Knochen zerfetzten. Rückgratlähmend, darmauflösend. Ich biss die Zähne zusammen und hielt meinen treuen Zauberstab fest umklammert. Ich peitschte die Magie, die in meinem Körper abkühlte, wieder hoch und ließ sie durch mich hindurchströmen, was leicht geschah. Es schien, als sei die Kraft begierig darauf, von mir genutzt zu werden.

*Am besten keine Magie in diesem Land benutzen,* hörte ich das Echo einer Erinnerung. *In Oblivion ist alles anders.*

*Du solltest nicht hier sein,* hatte der Vampir gesagt. *Ich glaube nicht, dass dir bewusst ist, wie gefährlich es ist. Oblivion ist die Klinge zwischen Leben und Tod. In diesem Land schwebt dein Leben immer in der Schwebe, und es braucht nicht viel, um dich über die Kante zu stoßen.*

Die Chimäre rückte vor, und ich hob meinen Zauberstab. Ja, meine Glieder fühlten sich wie Wackelpudding an, aber mein Zauberstab hatte mich noch nie im Stich gelassen.

*Erinnere dich, wer du bist,* sagte ich zu mir selbst. *Erinnere dich, was du getan hast. Asha Viridian Rook! Wildes Löwenherz, grüne Hexe des Sternenfall-Zirkels, Heilerin, Tränkemeisterin, auserwähltes Kind der Wildnis. Fluchbrecherin und Vigilanten-Assassine.*

Ich hatte schon früher Monster getötet, sie kamen nur in menschlicher Gestalt daher.

Die Bestie knurrte und sprang in die Luft. Ich schrie unwillkürlich auf und umklammerte meinen Zauberstab, zog die Magie durch meinen Körper und zwang sie durch den silbernen Zauberstab. Ich wusste, dass Magie in Oblivion unberechenbar war, aber mein früherer Eiszauber hatte funktioniert.

»*Clipeum glaciei!*« rief ich. *Eisschild!*

Wie zuvor strömte eiskaltes Wasser aus meinem Zauberstab. Diesmal gefror es in der Luft und bildete eine dicke gläserne Barriere zwischen uns und dem Monster, nur einen Sekundenbruchteil bevor es auf uns springen konnte. Es versuchte auszuweichen, aber die Wucht seines Körpergewichts schleuderte es gegen die Eiswand, zerschmetterte sie und ließ sie wie Diamanten in die schwarze Luft zersplittern. Die Chimäre stürzte mit einem Stöhnen zu Boden und schüttelte den Kopf. Es war lediglich eine kleine Unannehmlichkeit. Vielleicht hatte sie augenblickliche Kopfschmerzen davongetragen, aber sie war nicht abgeschreckt – im Gegenteil, sie schien entschlossener denn je, ihr Abendessen zu jagen.

Ich hielt meinen Zauberstab als Warnung hoch, und sie brüllte mich an. Der Lärm war ohrenbetäubend, und ich wollte mir die Ohren zuhalten, aber ich blieb standhaft. Ich schüttelte die Eiskristalle aus meinem Haar. Meine Hand schmerzte vor Kälte, aber ich ignorierte das Unbehagen. Als das Biest spürte, dass ich mehr Ärger machen würde als mein Partner, brüllte es mich noch einmal an und richtete dann seinen Blick auf Nathan, dessen Gesicht vor Angst zerschmolz. Er wich zitternd zurück, schüttelte den Kopf und hielt das Messer vor sich, als glaube er, es sei nutzlos gegen die Macht der Chimäre.

»*Augescis!*« rief ich und richtete meinen Zauberstab auf das Athame. Der Vergrößerungszauber verwandelte das bescheiden große Ritualmesser sofort in ein prächtiges Schwert. Wenn nichts anderes, dachte ich, würde es Steiger vielleicht mehr Selbstvertrauen geben. Es schien ihn aus seinem benommenen Schrecken zu wecken, und er wechselte ein paar Mal die Hände, um herauszufinden, welche Hand den besten Griff am Heft bot. Er entschied sich schnell für die linke Hand und nahm eine Kampfhaltung ein. Ich hatte einen kurzen Moment der Hoffnung, dass er sich verteidigen könnte, aber als die Chimäre knurrte und sich auf ihn stürzte, erschrak Steiger so sehr, dass er die Waffe ganz fallen ließ.

*Höllengebräu!*

So schnell ich konnte, warf ich einen weiteren Zauber in seine Richtung. *»Protendo!«*

Der Schutzzauber ließ einen Zaun aus Rasierdraht zwischen dem Monster und dem versteinerten Steiger entstehen, den das Geschöpf in Sekunden niederriss.

Ich versuchte es erneut. *»Protendo!«*

Diesmal bildete sich eine acht Fuß hohe, doppelhäutige Mauer zwischen ihnen. Wieder zerschmetterte die Chimäre sie, als wäre sie aus LEGO. Mit jedem fehlgeschlagenen Zauber kam das Monster Steiger näher.

*»Glaciem protendo!«* schrie ich.

*Eismauer.* Zerschmettert.

*»Clipeum ignis!«* *Feuerschild!*

Eine riesige Flammenwand schoss zwischen ihnen hoch und zwang die Chimäre zum Zischen und Zurückweichen, aber nicht für lange. Sobald sie ein paar Meter zurückgewichen war, hatte sie die Anlaufstrecke, die sie brauchte, um über das Feuer zu springen.

*»Nein!«* schrie ich. Niemand hörte mich.

Das Tier fletschte die Zähne und rannte los, sprang über das Feuer und auf Steiger zu. Sein Fell fing in der Luft Feuer und es jaulte, fiel zu Boden, bevor es Nathan erreichen konnte. Ich konnte seinen versengten Pelz riechen, und es weckte einen Anflug von Trauer in mir. Würde dieser Schmerz das Tier abschrecken? Aber was wie ein kleiner Sieg aussah, war das Gegenteil, denn das Tier knurrte vor Wut und Frustration, leckte die Flammen, um sie zu löschen und die Brandwunden zu lindern, bevor es Steiger erneut ins Visier nahm.

»Es tut mir leid«, sagte ich. Die Leere weiß, dass ich lieber meine eigene Art verletzen würde als ein Tier, egal wie monströs es erscheinen mag. Aber ich wusste, dass dieses Geschöpf nicht aufgeben würde, und ich musste mich zwischen unserer Rettung und dem zweiten Gang des improvisierten Abendessens der Chimäre entscheiden.

Ich schüttelte den Kopf und wiederholte mich. »Es tut mir leid.«

Das Geschöpf gab mir keine Zeit, mich zu bemitleiden, weder es noch mich selbst. Es hörte auf, seine Wunden zu pflegen, und stellte Steiger erneut nach, der sich als nervtötend hilflos erwies.

»Steiger!« rief ich. *Um der Liebe zum Reich willen.* »Nimm das Schwert auf!«

Er blinzelte mich an und tat, was ihm gesagt wurde, wiederholte noch einmal dieses seltsame Hand-Wechseln, nur um sich wieder für die linke Hand zu entscheiden. Die Chimäre verschwendete keine Zeit. Sie hatte genug davon, Spielchen mit lästigen Menschen zu spielen. Ich konnte immer noch ihren versengten Pelz riechen. Ich musste stärkere Zauber schleudern, oder Steiger würde für immer hier als verstümmelter Zombie festsitzen.

Als hätte er meine Gedanken gelesen, nickte er, schaute auf das Schwert, dann auf das Geschöpf und entschied schließlich, dass er kämpfen würde.

*Okay,* sagte sein Gesichtsausdruck, *es ist jetzt oder nie.* Ich hatte das Gefühl, dass er mental die Ärmel hochkrempelte.

*Okay,* antwortete ich in meinem Kopf und hob erneut meinen Zauberstab. Jetzt, wo Steiger wieder im Team war, war es Zeit, diesem ein Ende zu setzen.

Im Bruchteil eines Augenblicks stürzte sich das Geschöpf auf Steiger. Anstatt zu springen, wie es es bisher getan hatte, schoss es einfach auf den Mann zu, schneller als der Bolzen einer Armbrust. Das albtraumhafte Knurren durchschnitt meinen Körper, als wäre ich diejenige, die angegriffen worden war, und ich stieß einen Schluchzer aus, als die adlerartigen Klauen des Geschöpfs Steigers Oberkörper aufrissen. Steiger schrie auf und stieß das Schwert in die Brust der Chimäre. Ich hatte nur einen Moment zum Reagieren. Ich griff nach dem Fläschchen, das um meinen Hals hing.

*»Veneno imbuis!«* Gift, durchdringe!

Es gab ein leises Ploppen an meiner Brust – das Fläschchen war explodiert – und das Gift bahnte sich seinen Weg zu der Klinge, die in der Brust der Chimäre steckte. Die Kreatur begann zu zucken. Sie schlug ein letztes Mal nach Steiger, der immer noch unter ihr eingeklemmt war, aber Steiger schaffte es, der Klaue auszuweichen. Das Monster begann zu schwanken – wie ein betrunkenes Schiff – und ich wusste, wenn es auf Steiger kippen würde, würde es ihm das Leben aus dem Leib quetschen.

*»Contendis!«* rief ich. *Bewege dich!* Steiger sah mich an, benommen von Schock und Blutverlust. Mein Zauber schoss wie ein neonblauer Lasso hervor und schlang sich um Steigers reglosen Körper. Ich zog so fest ich konnte. Die Kraft reichte gerade aus, um ihn aus dem Weg des Monsters zu ziehen, als es fiel. Der Boden bebte, aber Steiger wurde verschont.

Zumindest dachte ich, dass Steiger verschont worden war.

Es war mir gelungen, ihn aus dem Weg des erdrückenden Gewichts seines Angreifers zu ziehen, aber erst als ich zu ihm lief, sah ich, wie schwer seine Verletzungen waren. Diese schwarzen Adlerkrallen müssen messerscharf gewesen sein, denn als ich Steigers zerfetztes Hemd anhob, musste ich mich fast übergeben bei dem Anblick. Die Schnitte waren lang und tief. Ich schätzte, ein paar Rippen waren gebrochen, die Knochen, die die Klauen davon abgehalten hatten, sein Herz zu stehlen. Da war zu viel Blut – ein Eimer voll Blut – und ich wusste, ich müsste schnell handeln.

*»Wie schlimm ist es?«* fragte er. Er hatte es nicht geschafft, nach unten zu schauen.

»Oh, es ist nicht so schlimm«, log ich und lächelte so aufrichtig wie möglich. »Zum Glück für dich bin ich wirklich gut in Heilzaubern.«

»Ja«, sagte er und lächelte zurück.

Ich war gut im Heilen, das stimmte. Aber selbst der beste Heiler kann kein Blut ersetzen. Blut ist seine eigene Form von Magie. *Verdammt!* Verdammt sei dieser Ort. Plötzlich wurde ich wütend auf alles. Das war nicht schlecht, denn ich konnte spüren, wie meine Magie wieder aufwallte, bereit, benutzt zu werden. Ich kanalisierte die Wut, die ich fühlte – auf Soleil, weil sie mich mit einer so unmöglichen Aufgabe betraut hatte, auf Merlin, weil er die Goliath-Pilze vorgeschlagen hatte, sogar auf die Delports, weil sie überhaupt das Spukhaus hatten. Vielleicht hätte ich auf Steiger wütend sein sollen für den Anteil, den er daran hatte, dass wir hier gelandet waren, und dafür, dass er so ein miserabler Kämpfer war, aber ich konnte nichts als Mitleid für ihn empfinden. In dem Moment, als er das Schwert fallen ließ, sah ich ihn, wie er wirklich war: ein verängstigter kleiner Junge. Was war in seinem Leben passiert, das ihn zu dem Betrüger gemacht hatte, der er zu sein vorgab? Vielleicht würde ich es nie erfahren. Während ich an seinen Wunden arbeitete und versuchte, die Blutung zu stoppen, sah ich, wie seine Lebenskraft schwand. Es wurde kalt.

»Halt durch«, drängte ich. »Ich habe dich im Nu wieder hingekriegt.«

Er nickte, aber seine Haut wurde mit jeder Sekunde blasser. Seine Augen flatterten zu.

»Hey!« sagte ich und tätschelte seine Wangen. »Hey. Bleib wach.«

Er öffnete kurz die Augen, aber ich konnte sehen, dass es eine enorme Anstrengung war. Schließlich schlossen sie sich wieder.

»Steiger!« schrie ich. »Wage es ja nicht. Wage es ja nicht, mich an diesem Ort allein zu lassen!«

Aber er hörte mich nicht. Oder wenn er mich hörte, hatte er keine Möglichkeit zu antworten.

»*Curas vulnum*«, murmelte ich und verband die Muskelschichten und dann die Hautschichten mit der Spitze meines Zauberstabs, der daran arbeitete, sie zusammenzuziehen und zu kauterisieren. Ich zitterte vor Adrenalin und Kälte. Steiger hörte auf zu bluten, aber er brauchte eine Bluttransfusion, um zu ersetzen, was er verloren hatte, oder zumindest eine Kochsalzlösung-Infusion. Er brauchte Antibiotika und Schmerzmittel. Eine Tetanusimpfung auf Steroiden. Ich hatte nichts für ihn. Als ich mit dem Nähen fertig war, zog ich sein zerrissenes Hemd herunter und beobachtete, wie er so flach atmete, dass ich immer wieder nachsehen musste, ob er noch lebte. Sein Herzschlag war gleichmäßig, aber schwach. Ich dankte der Leere für kleine Wunder und brach dann neben ihm zusammen, legte vorsichtig meinen Arm um seine Brust, um uns beide warm zu halten. Völlig erschöpft hörte ich endlich auf zu zittern und fiel in einen unruhigen Schlaf.

KAPITEL 82

# WEHKLAGEN

SIMONE

Ich war seit Tagen wach und verlor langsam meinen ohnehin schon wackeligen Verstand, aber ich wusste, was ich sah.

Byron, Detektiv Armstrong und ich wechselten uns damit ab, die Kinder in unserem Schlafzimmer und die Hexe und den Geisterjäger in Camerons Zimmer zu beobachten. Wir hielten abwechselnd Wache, kochten Kaffee und ruhten uns aus. Asha und Nathan waren beide bewusstlos, seit sie versucht hatten, diese verdammte Falltür zu öffnen. Der Detektiv versicherte mir, dass Asha wusste, was sie tat, aber mein Kopf war so durcheinander, dass ich nicht mehr wusste, wo oben und unten war.

»Sie kommt zu uns zurück«, sagte er zu mir. »Sobald sie einen Weg gefunden hat, den Poltergeist loszuwerden.«

Den Poltergeist.

Das hasserfüllte Geisterkind, mit dem ich anfangs noch Mitleid hatte. Das böse Phantom, das die Seelen meiner Kinder als Geisel hielt.

Detektiv Armstrong hatte es geschafft, Scott aus dem Abgrund zurückzuholen, hatte ihn dazu gebracht, wieder selbstständig zu atmen, aber er lag immer noch im Koma.

414

»Ich kenne Asha«, sagte er zu mir. »Sie wird nicht ohne deine Kinder zurückkommen.«

Das hatte mich getröstet, und ich hatte uns allen große Tassen Kaffee gebrüht. Nicht dass ich ihn brauchte, um wach zu bleiben. Ich stand völlig unter Strom durch meine eigene Angst. Aber das Getränk war warm und beruhigend. Nach dem Kaffee musste Sam aufs Klo, also übernahm ich die Wache über das Paar. Ich konnte nicht stillsitzen. Stattdessen lief ich in dem kleinen Zimmer auf und ab und sorgte mich, dass ich meine Kinder nie wieder zurückbekommen würde.

Da geschah etwas Seltsames. Ich hatte meinen Kaffee ausgetrunken und dachte, dass ich so viel herumlief und mir solche Sorgen machte, dass ich ihn kaum geschmeckt hatte. Ich sah den Boden der Tasse. Dann fühlte ich mich für einen Moment seltsam, als ob ich nur für eine Sekunde eingeschlafen wäre, und als ich wieder in meine Tasse schaute, waren noch ein paar Schlucke übrig. Das war merkwürdig, aber ich hätte es leicht auf Schlafmangel und/oder meinen aufkommenden Wahnsinn schieben können, wenn nicht in diesem Moment Asha angefangen hätte, Zeter und Mordio zu schreien. Ich ließ die Tasse fallen und sie zerschellte auf den Parkettfliesen, der Rest des Kaffees spritzte gegen meine nackten Beine und Füße. Die Porzellanscherben ignorierend, kniete ich mich hin, um nach Asha zu sehen, die sich wand und weinte. Ihr Shirt begann sich purpurrot zu färben.

»Byron!«, schrie ich. »Sam! Byron!«

Sam erreichte uns als Erster, und es dauerte einen Moment, um herauszufinden, was passiert war. Die zerbrochene Tasse und meine blutenden Knie verwirrten ihn, bis ich Ashas Shirt hochschob, um ihm zu zeigen, woher ihr Blut kam.

»Sie hat einfach angefangen zu schreien«, erklärte ich ihm. Dann, während wir zusahen, erschien ein weiterer riesiger Schnitt auf Ashas tätowierter Haut, und wir zuckten beide zusammen, als wir hörten, wie eine Rippe brach.

Sam erstarrte vor Entsetzen und konnte nicht glauben, was er sah, aber es dauerte nur eine Sekunde. Er kramte nach seinem Handy und wählte mit panischen Fingern. Ich hörte ihn die Worte *Krankenwagen, dringend* murmeln. Er mag sogar gedroht haben, die Person feuern zu lassen, wenn sie nicht in den nächsten zehn Minuten ein Team hierher schickten, aber da könnte ich mich irren. Detektiv Sam Armstrong schien nicht der Typ zu sein, der sein Gewicht herumwirft, aber andererseits gab es vielleicht etwas zwischen dem Polizisten und der Hexe. Zwischen ihnen herrschte definitiv Chemie. Das konnte selbst ein Blinder sehen.

*Das beste Krankenhaus*, hörte ich ihn sagen. *Ich übernehme die Kosten.*

Asha holte mich mit einem ohrenbetäubenden Schrei in die Gegenwart zurück. Ich konnte die Qual in ihrer Stimme hören. Niemand verdiente diese Art von Schmerz, und mir war durchaus bewusst, dass sie ihr Leben nur riskiert hatte, um meine Kinder zu retten. Ich würde ihr das nie zurückzahlen können. Alles, was ich tun konnte, war, Decken zu finden, um sie einzuwickeln, und Sam zu helfen, sie zum Vordertor zu bringen, wo drei Minuten vor dem Zeitplan ein heulender Krankenwagen vorfuhr. Die Sanitäter hoben sie aus unseren Armen und schnallten sie auf ihre Trage, schoben sie zurück in das Fahrzeug und überprüften sofort ihre Vitalwerte und legten ihr eine Infusion. Der Jüngere der beiden schnitt Ashas Shirt mit einer Schere auf und war verblüfft von dem, was er sah.

»Was zum Teufel ist mit ihr passiert?«

»Vergessen Sie das«, antwortete der mürrische Detektiv, während er in den Krankenwagen stieg. »Fahren wir los.«

KAPITEL 83

# DER HIMMEL BEBTE

ASHA

»**G**ut gemacht«, sagte ich zu Steiger. »Du hast die Chimäre getötet.«

»Hab ich das?«, fragte er. »Ich dachte, das warst du.«

»Nee«, antwortete ich. »Du bist derjenige, der ihn aufgespießt hat. Du hast uns gerettet. Danke.«

»Ich weiß, was du da machst«, sagte er. »Du versuchst, mir die Anerkennung für das zu geben, was du getan hast. Das ist nett von dir.«

»Ich hätte nicht allein gegen ihn kämpfen können«, sagte ich.

Steiger lachte leise. »Das glaube ich keine Sekunde.«

Ich lächelte ihn an, voller Wärme und Zuneigung. Mir fiel auf, dass sein Hemd wieder ganz heil war, unbefleckt, und er nicht mehr verletzt war. »Hey«, sagte ich. »Dein Hemd.«

Er runzelte die Stirn und schaute nach unten. Auf seinem strahlend weißen Hemd begannen sich rote Flecken auszubreiten.

»Was passiert da?«, fragte ich. Ich hob sein Hemd an und sah ein Ouija-Brett, das in seine Haut geritzt war. Meine Stirn legte sich in Falten. »Was-?«

417

Als ich den Kopf neigte, um wieder in sein Gesicht zu schauen, hatte er sich in die Chimäre verwandelt und knurrte mich an. Ich spürte, wie es in jeder meiner Körperzellen vibrierte.

»Asha!«, rief eine ferne Stimme. »Asha. Bleib bei mir.«

Da war ein roboterhaftes Kreischen und Hupen. Als ich langsam ins Bewusstsein zurückkehrte, krümmte ich mich vor einem stechenden Schmerz in meinem Oberkörper zusammen.

Nein, das stimmte nicht. Steiger war derjenige, der verletzt worden war, nicht ich.

»Asha«, sagte die Stimme. »Wir sind im Krankenwagen. Du wirst wieder gesund.«

Das Kreischen. Es war eine Krankenwagensirene.

Als eine Hand die meine nahm, erkannte ich, dass es Sam war. *Sam!* Ich öffnete meine Augen, aber das Licht war zu hell. War ich zurück im Land der Lebenden?

»Was ist deine Blutgruppe?«, fragte er.

Ich schüttelte den Kopf. Da war eine Chimäre. Ein Ouija-Brett aus Knochen. Zombies.

»Asha«, sagte er, sanft aber bestimmt. »Ein OP-Team wartet auf dich in der Notaufnahme von Morningvale. Bist du gegen irgendetwas allergisch?«

»Nein«, brachte ich hervor. »0 negativ.«

»Gut«, sagte er und tätschelte meine Hand. »Gut. Bleib jetzt bei mir.«

*Oh, Sam,* dachte ich. *Ich wünschte, ich könnte. Du bist so wunderbar. Ich wünschte, wir könnten so tun, als wären wir normale, unberührte Menschen und in einem süßen Haus mit einem Lattenzaun leben. Ich wünschte, wir könnten jede Nacht im selben Bett einschlafen. Die Leute wissen gar nicht, wie gut das ist, weißt du? Mit dem Menschen, den man liebt, einschlafen zu können und es als selbstverständlich anzusehen.*

Ich spürte, wie ich wegdriftete.

»Asha. Bitte«, würgte Sam hervor, aber seine Stimme verblasste. »Ich kann dich nicht verlieren.«

*Oh, Sam. Du hattest mich nie wirklich.*

Ich spürte, wie eine warme Träne meine Wange hinunterlief, und Sams Daumen wischte sie weg.

~

ALS ICH AUFWACHTE, zurück im Land des Vergessens, schluchzte ich, obwohl es meinem Bauch wehtat, der tiefe Schnitte aufwies, obwohl ich keine Erinnerung daran hatte, verletzt worden zu sein.

»Ich hab's nicht geschafft«, sagte ich. Ich musste im Krankenwagen gestorben sein. Ich war so nah dran, zurückzukehren! Ein Leben zu haben. Vielleicht sogar ein Leben mit Sam.

»Du *hast* es geschafft«, sagte Steiger. »Schau. Du bist zurück.«

»Ich bin im Krankenwagen gestorben«, sagte ich. Mein Mund fühlte sich so trocken und geschwollen an, dass es schwer war zu sprechen.

»Welcher Krankenwagen? Asha. Du träumst.«

Ich versuchte, meinen Kopf frei zu bekommen. »Ich bin verwirrt«, sagte ich.

»Wir sind im Land des Vergessens«, sagte er, was mich wieder zum Weinen brachte.

Sein weißes Hemd war nicht zerrissen. Mein Bauch war es.

»Die Chimäre hat dich zerfetzt«, sagte ich.

Er schüttelte den Kopf. »Nein. Du vermischst Dinge. Die Chimäre hat dich zerfetzt. Du hast mein Leben gerettet.«

»Das ist nicht passiert.« Es stimmte, dass ich verwirrt war, aber meine Erinnerung an die Chimäre war ziemlich klar. Das Monster hatte seine Krallen in Steigers Brust versenkt und so viel Schaden angerichtet, dass er zu viel Blut verlor.

»Oh«, sagte ich, während weitere Erinnerungen in mein geschwollenes Gehirn glitten. Er hatte zu viel Blut verloren. Er würde sterben. Ich war neben ihm aufgewacht, keuchend und an seinem Blut erstickend. Sterbend. Ich hatte eine Magie ausgeführt, die dunkler war als die, mit der ich normalerweise komfortabel war, eine, die immer einen hohen Preis hatte. Als mein Magen brannte, verstand ich, dass dies der Preis war, den ich bezahlt hatte.

Als Steiger in seinen Todeskämpfen lag, musste ich etwas Drastisches tun, um ihn am Leben zu halten. Ich hatte die Zeit zurückgedreht – Zauberei, die in allen außer den verzweifeltsten Umständen höchst verpönt ist – und sichergestellt, dass es einen anderen Ausgang gab.

Mit einem riesigen Aufwand der begrenzten Kraft, die mir noch geblieben war, spulte ich zurück zu dem Moment, als die Chimäre mich aufgab und ihre hungrigen Augen auf Steiger richtete. Dann, anstatt schwache Hindernisse zu schleudern, um das Biest zu verlangsamen, rannte ich auf Steiger zu und stellte mich vor ihn. Die Chimäre hatte geknurrt. Ich hatte zurückgeknurrt und ihn dann mit einem Blitzzauber getroffen, was ihn in Rage versetzte. Während er noch aus dem Gleichgewicht war, schickte ich zwei weitere in seine Richtung. Es verlangsamte ihn, aber es reichte nicht aus, um ihn zu stoppen. Erst da erkannte ich meinen Fehler. Das Zurückdrehen der Zeit hatte so viel Kraft gekostet, dass für den Kampf kaum noch etwas übrig war. Ohne Magie war ich dem Monster hilflos ausgeliefert.

Von den Blitzen erzürnt, hob die Chimäre den Kopf und brüllte, und meine gesamte Existenz bebte.

»Nein«, sagte ich und wich zurück. »Nein.«

Ein weiteres Knurren erschütterte den Himmel, und ich stolperte und fiel nach hinten.

»Asha!«, rief Steiger und versuchte, mir aufzuhelfen, aber wir waren nicht schnell genug. Die Chimäre stürzte sich auf uns und zerfetzte meinen Oberkörper mit ihren Klauen, genau wie sie es bei Steiger in der ursprünglichen Version der Ereignisse getan hatte. Ich hörte, wie mein Fleisch riss, meine Rippen brachen. Der Schmerz war unermesslich. Vor Qual schrie ich auf, und Steiger schrie aus Mitgefühl. Das Monster zog eine seiner Klauen zurück, bereit, erneut zuzuschlagen und mein Leben zu beenden, seine Zähne scharf wie Säbel. Ich schluchzte vor Schmerz und Angst. In meinem verstümmelten Körper war keine Magie mehr. Ich zuckte zurück, als die Chimäre ihre mächtigen Kiefer öffnete, bereit, meinen Schädel zu zerquetschen.

Anstatt mich zu töten, jaulte sie plötzlich vor Schmerz auf und tobte herum, wobei sie mich losließ. Erst da sah ich, dass Steiger es geschafft hatte, das Schwert in den Rücken der Kreatur zu stoßen. Als sie umkippte, zog Steiger mich gerade noch rechtzeitig aus dem Weg, als hätte er irgendeine Erinnerung daran, wie er fast zerquetscht worden wäre.

»Du verlierst zu viel Blut«, sagte Steiger besorgt, als er meine Wunden untersuchte.

*Ja, ich weiß*, wollte ich sagen. *Ich weiß, wie das läuft. Bin da gewesen, hab das gemacht, habe das zerrissene T-Shirt.*

»Ich werde okay sein«, sagte ich. Meine Zähne klapperten vom körperlichen Schock meiner Verletzungen. »Ich heile schnell, erinnerst du dich?«

Aber die Wahrheit war, dass meine Magie erschöpft war. Ich hatte beschlossen, Steigers Verletzungen auf mich zu nehmen, weil ich wusste, dass er daran sterben würde, während ich schnell heilte. Aber ich hatte nicht berücksichtigt, wie sehr der Zauber zur Zeitumkehr meine Kraft entleeren würde. Der Blutverlust half auch nicht gerade, denn er machte mich schwindelig und unfähig, mich zu konzentrieren, unfähig, an eine Lösung zu denken. Es fühlte sich an, als stünde mein Körper in Flammen, und ich stöhnte vor Qualen. Es wurde langsam kalt, und ich glaubte nicht, dass ich jemals aufhören würde zu zittern. Steiger zog seine Jacke aus und legte sich neben mich, bedeckte uns beide damit.

»Du wirst okay sein«, sagte er immer wieder. Seine Körperwärme tröstete mich.

Ich glitt von der rutschigen Schwelle des Bewusstseins, aber nicht, bevor ich Steiger flüstern hörte: »Möge die Leere mir verzeihen, was ich getan habe.«

KAPITEL 84

# EIN GEHEIMER KELLER

ASHA

Ich war erleichtert, als ich die Augen öffnete. Ich hatte, unerwartet, die Nacht überlebt und war bereit, meine Segnungen zu zählen, trotz der Schmerzen oder dem Ort, an dem ich mich befand. Ich war auch bereit, nach Hause zu gehen, und würde alles tun, was nötig war, um dorthin zu gelangen. Ich genehmigte mir einen Moment der Schwelgerei, in dem ich an mein Zuhause, meine Tiere und meinen Dschungel dachte. Es schien alles zu schön, um wahr zu sein.

Als ich mich bewegte, um verspannte Muskeln zu lockern, durchzuckte ein Schmerz meinen Bauch, und mein Brustkorb glühte vor Schmerz. Ich stöhnte auf.

»Hey«, sagte Steiger und tauchte in meinem Blickfeld auf. »Du hast es geschafft.«

»Ja«, antwortete ich, mein Mund trocken wie eine Wüstenfata Morgana. »Sieht so aus, als hätte ich das.«

Wenn dies nicht wieder ein Traum war, hatte ich es geschafft. Oder zumindest zur Hälfte geschafft, auf halbem Weg zurück ins Land der Lebenden. Denn wir steckten immer noch in der verdammten Höllen-pampe von Oblivion fest.

»Ehrlich, ich weiß nicht, wie du überlebt hast«, sagte er.

Ich erinnerte mich an den Traum von Sam und dem Krankenwagen und begriff, dass es kein Traum gewesen war. Sam Armstrong kümmerte sich in der realen Welt um mich, und er hatte dafür gesorgt, dass ich die Behandlung bekam, die ich brauchte, um die Nacht zu überstehen. Sobald ich nicht mehr in unmittelbarer Gefahr war, hatte meine Magie den Rest erledigt. Ich hatte Schmerzen, aber als meine Hand meinen Oberkörper nach Verletzungen abtastete, konnte ich fühlen, dass ich bereits gut geheilt war. Sobald ich stabilisiert war, musste meine Magie zurückgekehrt sein. Ich erinnere mich, dass Sam meine Hand gehalten hatte. Das ließ mich noch mehr danach verlangen, in die reale Welt zurückzukehren. Ich hatte dort ein Leben zu leben.

Es war Zeit, den Elefanten im Raum anzusprechen. Ich richtete mich vorsichtig auf und sah Steiger direkt in die Augen. »Henry hat angedeutet, dass du derjenige wärst, der die Macht hätte, ihnen beim Weitergehen zu helfen«, sagte ich. »Du musst etwas wissen.«

»Und er hat angedeutet, dass du den Fluch brechen solltest«, sagte Steiger.

»Ich breche gerne Flüche. Ich liebe es, Flüche zu brechen. Aber du musst mir sagen, worum es geht. Man kann einen Fluch nur brechen, wenn man weiß, was es für einer ist.«

Er mied meinen Blick.

»Sag mir, was du weißt, Nathan. *Ich will nach Hause.*«

Er nestelte eine Weile an seinen Haaren herum, vielleicht überlegte er, wie er seine Antwort formulieren sollte. In der Zwischenzeit versuchte ich, meine Emotionen zu kontrollieren, damit ich nicht die Nähte aufplatzen ließ, die ich vermutlich in der realen Welt hatte.

Schließlich hielt er seinen Nacken, neigte den Kopf und sprach.

»Ich wollte nicht, dass jemand verletzt wird«, sagte er.

Ich funkelte ihn böse an. Menschen waren verletzt worden. Menschen waren sehr schwer verletzt worden, darunter drei unschuldige Kinder.

»Ich wollte nur, dass die Familie aus dem Haus auszieht.«

»Warum?«, fragte ich.

»Damit ich Zugang zum Keller bekommen konnte.«

»Die Falltür?«, fragte ich.

»Ja. Darunter ist ein großer Keller. Der ist nicht auf den Architektenplänen verzeichnet.«

Ein geheimer Keller. Mein Kopf drehte sich. Ich konnte keinen Sinn in dem finden, was er sagte. »Warum wolltest du den Keller finden?«

Steiger seufzte und schaute weg. »Der vorherige Besitzer«, sagte er. »Taranath.«

»Taranath?«, wiederholte ich. Warum kam mir der Name irgendwie bekannt vor?

»Gordon Taranath ist ein extrem reicher Elf.«

Langsam begann ich zu verstehen, worauf er hinauswollte, aber ich drängte Steiger, auf den Punkt zu kommen. »Und?«

»Also muss er einen Zauber auf diese Falltür gelegt haben. Um Leute fernzuhalten.«

»Ist das, was das hier ist?«

»Ich denke schon. Ein Seelenablenkungszauber. Das heißt, er lenkt buchstäblich die Seelen der Menschen ab, sodass es unmöglich ist, Zugang zu erhalten.«

»Das ist der Fluch, von dem Henry gesprochen hat?«

»Ich denke schon.«

Es war einer der eigenartigeren Flüche, von denen ich je gehört hatte. Seelenablenkung? Ich musste meine Zauberbücher wälzen. Ich hatte keine Ahnung, wie man so etwas brechen konnte. Das einzige Problem war, dass wir an diesem trostlosen Ort festsaßen, ohne ein einziges Buch in Sichtweite.

»Weißt *du*, wie man einen Seelenablenkungsfluch bricht?«, fragte ich.

»Natürlich nicht«, sagte er in einem Ton, der andeutete, dass seine Antwort offensichtlich war. »Wir wären nicht hier, wenn ich das wüsste. Wir wären nicht hier, wenn ich überhaupt von dem Fluch gewusst hätte. Es war eine Falle. Ich dachte, der Portalschlüssel würde die Falltür öffnen, und wir könnten in den Keller gelangen.«

»Und du willst in den Keller, weil ...?« Ich kannte die Antwort, sie war ziemlich offensichtlich, aber ich wollte sie in seinen eigenen Worten hören. Ich wollte, dass er seine Gier zugab.

Steiger schüttelte reumütig den Kopf. »Wenn ich gewusst hätte, dass das passieren würde, hätte ich versprochen, mich dem Delport-Haus nicht mal mit einer Drei-Meter-Stange zu nähern.«

»Du dachtest, weil Taranath ein reicher Elf war, dass er dort unten einen Schatz hätte. Gold. Diamanten. Magische Artefakte, die Tausende von Koins auf dem EverShade-Nachtmarkt einbringen würden.«

»Ja«, antwortete er.

»Deine lächerliche Geisterjäger-Ausrüstung war in Wirklichkeit ein Metalldetektor.«

»Ja.«

Endlich begannen die Dinge zusammenzupassen.

»Okay. Du hörst also, dass der alte Elf Taranath krank wird, und schmiedest diesen verrückten Plan, den Delports vorzugaukeln, das Haus sei von Geistern heimgesucht, dann tauchst du mit deinem frisch gedruckten Autoaufkleber und deiner Geisterjäger-Uniform auf und sagst ihnen, du würdest ihnen helfen.«

»Ja.«

»Du inszenierst einen Schwindel und sie glauben ihn. Aber dann stellt sich heraus, dass das Haus wirklich von Geistern heimgesucht wird.«

Steiger schluckte, und sein Adamsapfel hüpfte nervös auf und ab. »Das habe ich nicht kommen sehen«, sagte er. »Ich habe nicht einmal an paranormale Aktivitäten geglaubt, bevor dieser Poltergeist-Bengel auftauchte. Ich wollte diese Falltür finden, aber ich war eigentlich ziemlich erleichtert, als die Delports mich rausgeschmissen haben. Henry hat mir eine Heidenangst eingejagt. Ich konnte nicht schlafen, und wenn ich es tue, habe ich Albträume von ihm.«

Das erklärte seinen zunehmend hohläugigen Blick in letzter Zeit und seinen Versuch der Realitätsflucht durch Alkohol und Drogen.

»Okay«, sagte ich. »Das alles ergibt Sinn, außer wenn es um Henry und seine Entourage geht.«

»Stimmt. Ich konnte es nicht herausfinden.«

»Ein Phantom in Gestalt eines sechsjährigen Jungen – von dem wir wissen, dass er hier in Oblivion gefangen ist – spukt im Haus der Delports. Nicht nur spuken, sondern richtigen körperlichen Schaden anrichten. Wir denken, dass die Leute, die hier feststecken, diejenigen mit unerledigten Geschäften in der realen Welt sind, und sie werden wahrscheinlich hier feststecken, bis sie das lösen, was sie hier festhält.«

»Ja«, stimmte Steiger zu.

»Also sind Henry und seine Poltergeist-Bande an das Delport-Haus gebunden, aber wir wissen nicht warum. Und er sagt immer wieder, er werde den Kindern wehtun.«

Wir saßen eine Weile schweigend da. Meine Verletzungen heilten jetzt schnell. Ich konnte praktisch spüren, wie das Gewebe wieder zusammenwuchs, die Haut verschmolz. Der Schmerz ließ nach. *Das ist gut*, dachte ich. *Wir kommen irgendwohin*. In meinem Kopf formte sich ein Plan. Ein guter Plan. Ich spürte eine Welle neuer Energie. Ich stand auf, und es war nicht annähernd so schmerzhaft, wie ich erwartet hatte. Die Dinge sahen definitiv besser aus.

Steiger sah besorgt aus. »Was werden wir tun?«

»Wir müssen herausfinden, wie wir den Fluch brechen können. Und dafür müssen wir Taranath finden.«

Steiger sah bestürzt aus. »Taranath finden? Aber das ist unmöglich. Er ist im Land der Lebenden.«

»Also müssen wir zurück ins Land der Lebenden.«

Steiger gestikulierte auf die elende Landschaft, von der wir ein Teil waren. »Du sagst das, als wäre es eine Option.«

»Es ist eine Option«, erwiderte ich. Zumindest hoffte ich das. Es war ein verrückter Plan, aber immerhin ein Plan.

Nathan sah mich an, als wäre er plötzlich besorgt um meine geistige Gesundheit. »Nach Hause zurückkehren?«, fragte er. »Ich sehe nicht, wie.«

»Das liegt daran, dass du die beste Portalmeisterin im gesamten Reich nicht kennst«, antwortete ich. »Und zum Glück sind wir genau an dem Ort, um sie zu finden.«

KAPITEL 85

# WIRF EINE MÜNZE

ASHA

»Ich habe keine Ahnung, wovon du sprichst«, sagte Steiger.

»Ich kenne einen Kobold«, sagte ich. Als er ungläubig schnaubte, packte ich seinen Arm. »Ich weiß, das klingt verrückt.«

»Verrückt?«, sagte Steiger. »Es klingt wie der Anfang eines schlechten Witzes. Kam der Kobold in eine Bar?«

»Spotte ruhig weiter«, sagte ich und ließ ihn los. »Du wirst nicht wissen, wie du mir danken sollst, wenn ich uns nach Hause bringe.«

Er seufzte und deutete dann mit rollenden Fingern, dass ich fortfahren sollte. Es war eine arrogante Geste, also beschloss ich, sie zu ignorieren und einfach mit dem Fluchtplan weiterzumachen.

Diesmal blieb ich von den geschwärzten Knochen fern und beschloss, den Beschwörungszauber super einfach zu halten. Nilve SaltySnap war eine Freundin von mir und sollte daher ziemlich leicht herbeizurufen sein. Zumindest hoffte ich das. Ich zeichnete einen Kreis auf den Boden, indem ich auf einem Fuß stand und mit dem anderen eine Vertiefung in den Sand machte. Ich löste das schwarze Band, das um meinen Arm gewickelt war, und hielt es in meiner Handfläche. Da ich keine duftende

428

Kerze zur Hand hatte, schnippte ich mit den Fingern, um eine Flamme zu erzeugen, und konzentrierte mich darauf, während ich den Beschwörungszauber aufsagte, in dem ich inzwischen recht geübt war.

»... Bei den heiligen Riten der Hekate

Beschwöre ich dich, NILVE SALTYSNAP

Erscheine hier

Und beantworte meine Bitten wahrheitsgemäß

*Evoco et excito, nunc et semper, res ac mortales*

So sei es!«

Die Flamme, die auf meinen Fingern tanzte, erlosch sofort, als ich den Zauber beendete. Ich hielt den Atem an und hoffte wider alle Hoffnung. Dann erschien der Geist eines Kobolds.

»Salty?«, murmelte ich. Trotz meines früheren Selbstvertrauens hatte ich nicht wirklich geglaubt, dass der Zauber funktionieren würde. »Bist du das?«

»Ah!«, rief der Kobold aus. »Hexe!« Sie grinste und zeigte mir all ihre schmutzigen Nadelzähne. Es war definitiv das glücklichste, was ich je bei der Schleimkugel gesehen hatte. Normalerweise hasste sie es, wenn ich sie kontaktierte. Sie wusste, dass ich immer nach einem Gefallen suchte.

»Salty!«, rief ich. »Was ist mit dir passiert? Ich bin zur Koboldstadt gegangen und-«

»Ja«, antwortete Nilve. »Es gibt viel zu besprechen. Mein vorzeitiger Tod ist eines dieser Themen.«

»Jax ist völlig außer sich«, sagte ich. »Sie denkt, es wäre ihre Schuld.«

»Unsinn!«, sagte der Kobold und spuckte auf den Boden. »Nun, es war nicht ganz ihre Schuld.«

»Ihr Freund-«

»Darick«, ergänzte Salty.

»Darick hat euch zwei Limetten-Milchshakes gebracht. Zu deinem Grab am Riesenrad. Ich fand das rührend.«

»Guter Mann«, nickte der Kobold. Ihre Wangen verfärbten sich in ein seltsames, blasses Lila. Wurde sie rot? »Hat er Waffeln mitgebracht? Es gibt, zu meiner bitteren Enttäuschung, keine Waffeln in Oblivion.«

»Ähm«, sagte ich und überlegte, ob ich die Wahrheit verbiegen sollte, wenn es sie geliebter fühlen ließ. Aber sie durchschaute es sofort.

»Geizhals«, sagte sie, aber ihr Ton war liebevoll.

»Salty, Jax sagte, dass du nach Gizmo gesucht hast. Was hast du herausgefunden? Wer hat dich getötet? Du musst mir alles erzählen.«

»Langsam, Jungspund!«, schrie sie. »Erst erzählst du mir, was du an diesem höllischen Ort machst und wer dieser gutaussehende Mann ist, der hinter dir finster dreinblickt? Habt du und Herr Bulle Schluss gemacht? Sag, dass das nicht wahr ist. Ich mochte ihn. Und dich auch, wenn wir ehrlich sind.«

»Du hast eine seltsame Art, das zu zeigen«, sagte ich.

»Ja«, lächelte sie, als hätte ich ihr ein riesiges Kompliment gemacht. »Das habe ich, nicht wahr?«

»Das ist Nathan Steiger. Wir brauchen deine Hilfe.«

Ihr Gesichtsausdruck verhärtete sich. »Natürlich braucht ihr die«, sagte sie und fluchte dann im Kobold-Slang. »Man sollte meinen, dass ich nach meinem Tod eine Chance zum Ausruhen bekomme, oder? Man sollte meinen, dass *tot zu sein* tatsächlich wie Urlaub wäre. Aber neiiin. Hier sind eine Hexe und ihre neue Flamme, die mich in meinem Nachleben besuchen, um nach Hilfe zu fragen.« Sie spuckte wieder aus.

»Du solltest froh sein«, sagte ich. »Du wirst geliebt und gebraucht. Wir brauchen dich.«

»Du meinst, du brauchst mich, um deine Drecksarbeit zu machen«, sagte sie. »Es ist immer dasselbe mit euch magischen Leuten.«

»Salty«, sagte ich, »bitte. Wir müssen zurück ins Reich der Lebenden. Und du musst alles loswerden, was dich hier festhält, damit du weitergehen kannst zu... wohin auch immer gute Kobolde nach ihrem Tod hingehen.«

»Halloween-Himmel«, sagte Salty und heiterte sich auf. »Das hat Jax zumindest immer gesagt.«

»Ja«, sagte ich. Das klang perfekt. »Halloween-Himmel.«

»Okay, Hexe«, sagte sie und verschränkte ihre glitschigen Arme. »Ich höre zu. Es sollte besser gut sein.«

Steiger kam näher, um den Plan zu hören, und Nilve wackelte mit ihren Augenbrauen in seine Richtung, auf eine Art, die sie wohl für verführerisch hielt, die für mich aber eher wie haarige Raupen beim Moonwalk aussah.

*Hey, Hübscher*, konnte ich sie fast denken hören. *Was macht ein gutaussehender Teufel wie du an einem Ort wie diesem?*

»Der Plan ist einfach«, sagte ich. »Du portalst uns zurück in die reale Welt, damit wir den Mann finden können, nach dem wir suchen, um den Fluch zu brechen und unseren Fall zu lösen. Im Gegenzug werde ich deinen Mord rächen, und ich werde es genießen. Du wirst diesen gottverlassenen Orbit von Oblivion verlassen können und den Rest deines Lebens damit verbringen, Süßigkeiten aus elektrisch-orangefarbenen Kürbiseimern zu essen, die in einer Sweatshop-Fabrik in China hergestellt wurden.«

Der geisterhafte Kobold dachte eine Weile nach. »Ich würde wirklich gerne von hier wegkommen«, sagte sie und stocherte in ihren Zähnen. »Es ist ein sehr guter Plan.«

Hoffnung keimte in meiner Brust auf. Es war lange her, seit ich ein reines und positives Gefühl verspürt hatte, und ich fühlte mich davon mitgerissen. Ich drehte mich um und grinste Steiger an, der aufmunternd nickte.

»Aber es gibt ein großes Problem«, sagte sie, warf ihr strähniges Haar zurück und entkreuzte ihre Arme. »Also wird es nicht funktionieren.«

»Was?«, fragte ich. »Wir können das sicher umgehen? Einen Plan machen? Ich tue alles.«

»Alles?«, fragte sie.

Plötzlich wurde ich verärgert, obwohl ich wusste, dass es überhaupt nicht in Ordnung war, auf die Toten wütend zu sein, besonders wenn man sie um einen Gefallen bat.

»Salty. Wenn es ums Geld geht, gebe ich dir alles, was ich habe. Obwohl ich denke, dass das Popcorn im Halloween-Himmel vielleicht kostenlos ist.«

»Es geht nicht um schmutziges Geld, Hexe«, höhnte sie. »Ich stehe über solchen Dingen jetzt.«

Ah. Also stand sie über Geld, aber nicht über Waffeln.

»Gut zu wissen!«, antwortete ich. »Was ist dann das Problem?«

Sie klimperte mit den Wimpern. »Dir ist vielleicht aufgefallen, dass du auf deinem Weg hierher *außerhalb* der Röhre gereist bist.«

»Ja«, sagte ich.

»Und normalerweise, wenn man portalt, reist man *innerhalb* der Röhre.«

Gute Göttin, könnte der Kobold endlich zum Punkt kommen?

»Ich sehe die Relevanz nicht«, sagte ich. Ich hoffte, es gab eine Relevanz, oder ich würde durchdrehen.

»Bei der Durchführung von Portal-Magie ist es ziemlich einfach, das Portal zu öffnen, jemanden in die richtige Richtung zu weisen, die Koordinaten festzulegen und sie im Grunde durch den Raum via ihrem speziellen durchsichtigen Tunnel zu schleudern.«

»Ja«, sagte ich. Einfach für sie jedenfalls. Niemand sonst, den ich kannte, dachte, dass Portal-Magie einfach war, nicht einmal Professor Fitch vom Copperfield-Institut, der einen fortgeschrittenen Abschluss in der Wissenschaft der Gateway-Magie hatte, aber trotzdem notorisch und konsequent daneben lag.

»Nicht viel kann schiefgehen, wenn du sicher in deinem kleinen Zylinder aus gehärtetem Glas bist und an deinem gewünschten Ziel herauskommst. Du bist wie einer dieser Umschläge in einem Rohrpostsystem.«

»Richtig«, sagte ich.

»Aber das Portalen ins Land von Oblivion ist völlig anders. Es sollte unmöglich sein, und die meisten Leute werden darauf bestehen, dass es das ist. Und doch, hier bist du. Also müssen die Geschichten wahr sein.«

»Welche Geschichten?«

»Die, die man von Leuten geflüstert bekommt, die man nicht kennen sollte, an Orten, die man nicht besuchen sollte.«

»Wir dachten, wir würden eine Falltür öffnen, aber sie war mit einer Falle versehen – einem Seelenumlenkungszauber – und so sind wir hier gelandet.«

»Ja«, sagte Nilve. »Außerhalb des Tunnels.«

»Ich vermute aus dem, was du sagst«, sagte Steiger, »dass du von hier aus kein Portal öffnen und uns durch den Tunnel zurückschicken kannst.«

»Aha!«, sagte der Kobold. »Er spricht! Und was noch besser ist, er spricht vernünftig. Genau das versuche ich zu sagen.«

»Dann schickst du uns eben außerhalb der Röhre«, sagte ich, aber in meiner Stimme lag eine Frage. Irgendwie wusste ich, dass es nicht so einfach sein würde, aus Oblivion zu entkommen.

»Nein, Hexe! Pass auf! Du kannst nicht außerhalb der Röhre reisen ohne einen Führer. Du wirst dich in der Leere verirren und für immer verschwinden. Du denkst, Oblivion ist schlimm? Hier gibt es wenigstens Dinge zum Anschauen. Auch wenn die Dinge, die du ansiehst, dich möglicherweise töten könnten. Das hält die Sache interessant! Aber in der Leere zu schweben ist ein Einwegticket in den Wahnsinn. Nichts zu sehen, zu hören oder zu berühren. Dein Gehirn kann ein Vakuum nicht ertragen. Glaub mir, es ist der schlimmste Weg zu gehen.«

»Ohne einen Führer«, wiederholte ich.

Salty sah mich an. »Hmm?«

»Du hast gesagt, man kann nicht außerhalb der Röhre reisen ohne einen Führer.«

»Richtig«, sagte der Kobold, erfreut, dass ich endlich folgte. »Jemand mit ausgezeichneten und überlegenen Portal-Magie-Fähigkeiten.«

»Es gibt nur eine Person, die ich kenne, mit ausgezeichneten und überlegenen Portal-Magie-Fähigkeiten.«

»Wieder richtig!«, sagte sie. »Vielleicht habe ich mich in dir getäuscht. Vielleicht hast du doch ein Gehirn, das größer als ein Schnoog ist.«

»Vielleicht«, erwiderte ich und wartete darauf, dass sie anbot, uns zu eskortieren. Sicher würde sie es um unseretwillen und um ihretwillen tun? Als ein solches Angebot nicht kam, fragte ich sie direkt.

»Nilve SaltySnap, würdest du bitte Steiger und mich zurück ins Land der Lebenden begleiten?«

Sie zögerte nicht mit ihrer Antwort. Sie schüttelte den Kopf. »Nein, Hexe. Nein, nein, nein.«

»Warum? Es ist eine saubere Lösung für uns alle.«

Salty lächelte, aber diesmal lag Traurigkeit in ihren Augen. »Nicht für uns alle.«

Ich blinzelte sie an und versuchte zu verstehen.

»Es läuft auf einfache Arithmetik hinaus, verstehst du? Zwei Seelen rein, zwei Seelen raus. Nichts kann das Gesetz der Mathematik ändern. Die Algebra beugt sich nicht, selbst nicht für die mächtigste Magie.«

Es dauerte eine Weile, bis Steiger und ich es kapiert hatten. »Du zählst als Seele.«

Sie zischte mich an, und Speichel flog durch die Luft. »Natürlich zähle ich als Seele, du widerliche Zauberin!« Zum Glück war es Phantomspeichel, also erreichte er mich nie.

»Ich meine, nicht du speziell. Der Führer. Der Führer zählt als Seele.«

»Ja«, sagte sie. »Und wenn es dort niemanden zum Tauschen gibt, bleibt der Führer zurück. Also werde ich zurück ins Reich versetzt. Sozusagen.«

»Sozusagen?«, fragte ich.

»Nun, soweit ich weiß, wurde das noch nie zuvor gemacht. Also sollten wir unseren Geist offen und die Erwartungen niedrig halten.«

»Zwei Seelen raus, zwei Seelen rein«, sagte ich, mehr zu mir selbst als zu jemand anderem.

»Sehr gut, Hexe. A+.«

Die Konsequenzen dessen, was Salty sagte, sickerten langsam ein. Wir könnten alle für immer in Oblivion feststecken, oder wir könnten zwischen Nathan und mir wählen, wer die Gefängnisfrei-Karte bekommen würde. Bevor wir diese Reise angetreten hatten, hätte ich keinen zweiten Gedanken daran verschwendet. Ich hätte mir diese Karte geschnappt und wäre gerannt. Aber Steiger hatte sich am Ende als okay herausgestellt, und plötzlich war es nicht mehr so einfach. In Oblivion zu bleiben war für uns beide schlimmer als der Tod. Ich tastete nach dem Giftfläschchen um meinen Hals und fand es intakt, wiederherge-stellt nach meiner Zeitreise.

»Oh, schaut nicht so betrübt, Menschen«, sagte der Kobold. »Werft eine Münze!«

Der Geisterjäger-Betrüger und ich schauten uns an.

»Du gehst«, sagte Steiger. »Du bist diejenige, die es verdient zu leben.«

Ich erinnerte mich daran, wie er das Schwert in die Chimäre gestoßen hatte, um mich zu verschonen.

»Du hast mir das Leben gerettet«, sagte ich zu ihm.

Steiger schenkte mir ein sanftes Lächeln. »Und du meins.«

Nilve verschränkte die Arme, entkreuzte sie, tippte mit dem Fuß und machte dann ein großes Theater daraus, zu gähnen, während sie auf ihre unsichtbare Armbanduhr schaute.

»Kommt in die Gänge, Leute«, sagte sie. »Dieser Beschwörungszauber hält nicht ewig.«

»Du gehst«, sagte Steiger fest. »Ich bleibe.«

»Du verdienst das nicht«, sagte ich. »Niemand verdient das. Ich kann dich hier nicht zurücklassen.«

»Doch, das kannst du«, sagte er. »Es ist das Richtige. *Dulce et decorum est pro beneficium mori.*«

*Es ist süß und ehrenvoll, für das Gute zu sterben.*

Seit wann tat Steiger, was gut war? Und seit wann sprach er Latein? Ich fühlte mich äußerst unwohl.

»Asha, lass mich das für dich tun. Und für die Delports.« Steigers Gesicht war aschfahl, aber entschlossen. »Sie brauchen dich. Du bist die Fluchbrecherin.«

# KAPITEL 86

# HALT DICH FEST, ZAUBERIN

ASHA

»Halt dich fest, Zauberin«, sagte Salty. »Das könnte eine etwas holprige Fahrt werden.«

Natürlich war das ein Euphemismus. Bei der Reise, die wir antraten, gab es so etwas wie einen Sicherheitsgurt nicht. Meine Nerven machten meinen Magen schwer und meine Fingerspitzen kribbelten.

Der Kobold schaute zu mir auf. »Bereit?«

Ich hatte Steigers Blick gemieden, weil ich mich zu schuldig fühlte, um mich mit seinem Schmerz auseinanderzusetzen, aber jetzt war es Zeit, Abschied zu nehmen.

»Ich werde tun, was ich kann, um dich zurückzubringen«, sagte ich, aber wir alle wussten, dass die Chancen dafür verschwindend gering waren.

Steiger versuchte, mir das Athame zurückzugeben, das wieder seine normale Größe angenommen hatte, aber ich sagte ihm, er solle es behalten. Es war nicht besonders nützlich gegen eine Flut von Zombies, aber besser als mit leeren Händen dazustehen. Wir beide trugen das grimmige Wissen, dass er es, wenn nichts anderes half, benutzen könnte, um sein eigenes Leiden zu beenden. Dennoch lehnte er ab.

»Viel Glück«, sagte er. »Vielleicht kannst du die Reichtümer im Keller für einen guten Zweck spenden. Wenigstens könnte dann etwas Gutes aus all dem entstehen.«

»Ja«, antwortete ich und nickte, nach jedem Hoffnungsschimmer greifend. »Das werde ich tun.«

Er fügte schnell hinzu: »Nachdem du den Delports ihr Geld zurückgezahlt hast.«

»Natürlich«, sagte ich. »Ich werde versuchen, alles in Ordnung zu bringen.«

Er nickte. »Danke.«

»Leb wohl, Hübscher«, sagte Nilve und zwinkerte ihm zu, während sie königlich winkte. Sie hatte bereits den Kreis auf den Boden gezeichnet, und wir traten hinein. Sie nahm meine Hände in ihre schleimigen und schloss die Augen, murmelte leise und schnell. Bevor ich überhaupt Zeit hatte, mich zu fragen, wie lange der Zauber dauern würde, erhoben wir uns einige Meter in die Luft. Wir schwebten einen Moment, und dann wurden wir nach oben gewirbelt und wieder nach unten, aber als wir landeten, lösten wir uns in Pixel auf und fielen in Kaskaden durch den Boden. Von dort aus wurden wir sofort in etwas geschleudert, das wie der Weltraum aussah, unsere Körper kometengleich. Obwohl Nilve wie ein herabstürzender Asteroid aussah, konnte ich immer noch erkennen, dass sie es war. Sie hielt mich nah bei sich, und ich fühlte mich zum ersten Mal sicher, seit Sam mich am Riesenrad in die Arme genommen hatte. Wir rasten durch die schwarze Luft, keine transparente Röhre in Sicht, keine Lauerer, keine Hindernisse. Keine Gefahr. Halsbrecherisch, rasend, es war beängstigend, euphorisch, lustig. Wir bewegten uns so schnell, dass ich schwöre, ich alterte rückwärts. Als ich wieder atmen konnte, lachte ich laut und fragte mich, wann ich zuletzt eine solche Freiheit und Freude gespürt hatte. Jahre. Jahrzehnte. Jahrhunderte.

Ich dankte der Leere, der Wildnis, dem Multiversum und jedem Gott und jeder Göttin, die zuhörte. Ich dankte ihnen, dass sie mir dieses fast unmögliche Ding erlaubten: aus dem Vergessen zurückzukehren.

Das Adrenalin ließ nach und mir wurde kalt. Ich konnte keine Arme finden, um mich zu umschlingen. Meine Gliedmaßen waren verschwunden. Ich schaute zum grünen Kometen hinüber und ohne Worte zu benutzen, sagte Salty zu mir: *Es ist okay, Asha. Schlaf.*

Ich weiß nicht, ob es eine Anweisung oder ein Zauber war, aber ich verschwand sofort.

Ich wachte zitternd auf und spürte, wie jemand eine zusätzliche Decke über mich legte, was tröstlich war. Ich lag auf einem Bett. Es war nicht mein Bett, aber ich war in Sicherheit. Jemand hielt meine Hand. Der Griff war stark und warm. Ich öffnete die Augen.

»Sam«, krächzte ich. Ich war zurück.

Die Augen des Detektivs sahen aus, wie sich meine anfühlten - wie Schmirgelpapier. Sein ganzes Gesicht brach vor Erleichterung zusammen. »Asha.« Er hob die Hand, die er hielt, und küsste ihren Handrücken, wobei er vorsichtig den Verband vermied, wo die Infusion angeschlossen war. Es war das erste Mal, dass er mich je geküsst hatte, und ich würde es für immer in Erinnerung behalten.

Ich blinzelte und schaute an meinem Körper hinunter, erwartete ein Gemetzel zu sehen, aber alles, was ich sah, war die Decke, und ich spürte keine Schmerzen, wo die Verletzungen gewesen waren.

Sam las meine Gedanken. »Wir haben dich mit einem zerfetzten Oberkörper hierher gebracht. Zwei gebrochene Rippen – du hast eine kollabierte Lunge um Millimeter verfehlt – und tiefe Schnittwunden. Fast tödlicher Blutverlust. Wir haben dich gerade noch rechtzeitig hierhergebracht. Das Operationsteam war brillant. Oder das ist zumindest das, was die Nachsorgeärzte sagen, denn wie sonst könnten sie deine schnelle Heilung erklären?« Er lächelte verschwörerisch. »Sie waren hier und staunten. Ich musste sie schließlich hinauswerfen, mit der Hilfe von Doktor Gilbert, die nach dir sehen kam.«

Ich öffnete den Mund, um ihm zu erzählen, was passiert war; wie verängstigt ich gewesen war, wie hoffnungslos, wie dankbar ich war, sicher und warm zu sein und seine Hand zu halten, aber ich erstickte an den Worten. So viel war passiert. Zu viel. Alles, was herauskam, war ein leises Schluchzen, dann wurde es lauter, da war ein Stöhnen völliger Erleichterung. Tränen strömten über meine Wangen. Sam, angespornt von meiner emotionalen Reaktion, zog mich sanft zu sich, stets vorsichtig mit meinen Wunden und dem Infusionsschlauch, und drückte meinen versehrten Körper an seine Brust, bettete meinen Kopf in den warmen Raum zwischen seinem Hals und seiner Schulter. Ich schluchzte und schluchzte, während er meinen Rücken und mein Haar streichelte. Er ließ mich weinen; er sagte mir nicht, ich solle aufhören. Er ließ mich weinen, bis ich wieder erschöpft war, und als mein Körper schlaff wurde, gab er mir einen Schluck Wasser und legte mich wieder hin zum Schlafen.

Jemand zwang mein linkes Auge auf und leuchtete mit einem grellen Licht hinein. Ich stöhnte. Sie wiederholten die Beleidigung an meinem rechten Auge, und ich hörte, wie die Pupillenlampe ausgeschaltet wurde. Mein trockener Mund ließ mich die Augen öffnen und nach Wasser suchen.

»Ah!«, sagte eine freundliche Stimme. »Sie lebt!«

»Hallo, Doc«, sagte ich.

Gilbert reichte mir einen Becher Wasser mit einem Strohhalm, und ich trank ihn komplett aus. Sie drückte einen Knopf, der mich in eine sitzende Position hob.

»Nun«, sagte sie und blickte von ihrer Klemmbrett auf. »Ich würde sagen, es ist schön, Sie wiederzusehen, aber unter den Umständen-«

»Sam?«, fragte ich.

»Er ist Kaffee holen gegangen. Ich habe ihn dazu gebracht. Ich glaube nicht, dass er geschlafen hat, seit Sie hier angekommen sind.«

Ich zog die Decke herunter, wollte den Schaden inspizieren, aber mein gesamter Oberkörper war in einen sauberen wasserdichten Verband gewickelt.

»Körperlich werden Sie in Ordnung sein«, sagte die Psychologin. »Worüber ich mir mehr Sorgen mache, ist Ihr Geisteszustand.«

Als ich nicht antwortete, fuhr sie fort.

»Ich werde für Sie Termine für eine Posttrauma-Beratung einplanen.«

»Das ist nicht nötig«, sagte ich.

Gilbert beäugte mich. »Ich könnte Ihnen zustimmen, aber dann würden wir beide falsch liegen.«

Sams großzügiger Körperbau füllte den Türrahmen. Er hatte drei Kaffees, von denen er einen der Ärztin gab, nachdem er die Aufschrift an der Seite überprüft hatte. Sie dankte ihm und ging. Er reichte mir denjenigen, auf dem »Nuss-Latte« gekritzelt war.

Ich ergriff seine Hand und segnete ihn. »Mögest du sanft durchs Leben gehen und seine Schönheit an allen Tagen deines Lebens erkennen. So soll es sein.«

Er lächelte mich an. »Ein 'Danke' hätte auch gereicht.«

Ich trank schnell, schwelgte im warmen Komfort der Milch und dem Kick des Koffeins. Ich würde es für das brauchen, was als Nächstes kommen würde.

»Wo ist Salty?«, fragte ich.

Sam runzelte die Stirn, sein Gesichtsausdruck war trostlos. »Asha. Salty-Snap ist tot. Wir haben gesehen, wo sie begraben wurde.«

»Ich weiß, dass sie gestorben ist«, erwiderte ich. »Aber ich habe sie zurückgebracht.« *Oder zumindest hat sie mich zurückgebracht.*

»Zurück von wo?«

Ich seufzte. »Das ist eine lange Geschichte. Sie verdient eine Flasche von Ferras Zimtwhisky.«

»Ich werde äußerst glücklich sein, dem nachzukommen«, sagte der Detektiv. »Sobald wir dich hier rausbekommen haben.«

Nilve SaltySnap war nicht hier? Mein Körper wurde schwer vor Enttäuschung. Wo war der verspielte Kobold? Dann stellte ich die andere Frage, vor der ich Angst hatte. »Wie geht es den Delport-Kindern?«

Sams Gesichtsausdruck war immer noch niedergeschlagen. »Sie sind zu Hause«, sagte er. »Sie halten durch, aber es sieht nicht gut aus.«

»Steiger?«

Sein Gesicht verdunkelte sich weiter, und er schüttelte den Kopf. »Tut mir leid.«

»Tot?«

»Vor ein paar Stunden.«

Ich schloss die Augen und seufzte. Was für eine kurze und holprige Beziehung wir gehabt hatten. Ich konnte nicht anders, als mich zu fragen, wie er sein Ende gefunden hatte.

*Leb wohl, Nathan Steiger. Mögest du Frieden finden.*

»Das erinnert mich daran«, sagte Sam. »Die Zulassungsdetails für das Kennzeichen, nach denen du gefragt hast, sind eingetroffen. Stell dir vor. Der Sportwagen, den Steiger gefahren hat, ist auf einen Alistair Taranath zugelassen.«

*Was?*

»Du meinst Gordon? *Gordon* Taranath?«, fragte ich. Der reiche alte Elf. »Der vorherige Besitzer des Delport-Hauses?«

Sam schüttelte den Kopf. »Nein. Nicht der alte Mann. Sein Sohn. Alistair.«

Mein Gehirn surrte so laut, dass ich es fast hören konnte. »Steig die Treppe hinauf«, flüsterte ich.

»Was?«

Ich schüttelte den Kopf. »Steigen bedeutet klettern. Steiger. Alistair. Steig die Treppe hinauf.«

Sam sah besorgt aus, vermutlich wegen meiner geistigen Gesundheit. »Ich glaube, ich rufe Doktor Gilbert zurück.«

»Nathan«, sagte ich. »Taranath.«

»Oh«, sagte Sam und setzte sich wieder. Er hatte es verstanden. »Nathan Falscher-Name Steiger ist Alistair Taranath.«

Ich nickte. »Gordon Taranaths Sohn. Deshalb hatte er einen Schlüssel zum Haus.«

»Gordon Taranaths *verstoßener* Sohn«, sagte Sam.

Ich schaute ihn an. »Woher weißt du das?«

»Ich habe das Testament des alten Mannes überprüft. Keine Erwähnung eines Sohnes oder irgendwem sonst.«

»Also«, sagte ich. »Steiger – ich meine, Alistair – wird von seinem reichen alten Vater enterbt, also schwindelt er sich in das Delport-Haus, um sein Erbe zu beanspruchen.«

»Klingt etwa richtig«, sagte Sam.

»Außer dass der böswillige alte Elf einen seelenablenkenden Zauber auf die Falltür zum geheimen Keller gelegt hat.«

»Einen was?«

»Einen Fluch«, sagte ich. »Der Grund, warum wir in den Äther geschleudert wurden. Der Grund, warum ich verletzt bin und Alistair tot ist.«

»Warum sollte er so etwas tun?«

»Weil er ein Elf ist«, sagte ich, und der Detektiv sah verwirrt aus. »Um seine Schätze zu schützen«, erklärte ich. Unberührte Menschen wussten nicht, wie habgierig Elfen sein konnten.

Ich schaute Sam an. »Wie hat Gordon Taranath sein Vermögen gemacht?«

»Die Aufzeichnungen waren undurchsichtig«, antwortete er. »Formulierungen wie 'Expertenberatung' und 'Import-Export'. Nichts Konkretes. Standardsprache für einen korrupten Geschäftsmann. Seine Vorstrafen sind nicht gerade makellos.«

»Was meinst du?«

»Nur ein paar Wirtschaftsdelikte. Die übliche weltliche Geldwäsche und Veruntreuung, die die Anwälte reicher Leute zu bereinigen wissen.«

»Hm«, sagte ich.

Sam knackte mit den Knöcheln. »Wie der Vater, so der Sohn.«

»Steiger hat sich rehabilitiert«, sagte ich und fühlte mich seltsam beschützend gegenüber dem falschen Geisterjäger.

»Was ist mit dem Spuk im Haus?«, fragte Sam. »Hat der alte Taranath das auch getan? Um Leute vom Haus fernzuhalten?«

»Ich weiß es nicht«, sagte ich. »Aber ich werde es herausfinden. Um die Delport-Kinder zu retten, brauchen Henry und sein Gefolge diese Falltür offen, und ich bin diejenige, die sie öffnen wird.«

Ich zog meine Infusion heraus und schwang meine Beine aus dem Bett. Mein Magen war wund, aber der Schmerz war erträglich.

»Hey«, warnte Sam. »Was machst du da? Du wurdest gerade erst von der Intensivstation verlegt.«

»Danke für den Kaffee.«

»Hmm«, murmelte er. »Warum habe ich das Gefühl, dass ich diesen Film schon einmal gesehen habe?«

»Das war anders«, sagte ich. »Beim letzten Mal bin ich aus diesem Krankenhaus ausgebrochen, weil ich vor einem gemeinen Detektiv weggelaufen bin, der mich wegen Notwehr verhaften wollte.«

»Und diesmal?«, fragte er.

»Diesmal habe ich einen Job zu erledigen. Einen Fluch zu brechen.«

# KAPITEL 87
## DAS ENDE VON UNS

ASHA

»Ich komme mit dir«, sagte Sam.

»Das geht nicht«, antwortete ich. Was ich in den nächsten fünf Minuten vorhatte, war, streng genommen, nicht legal. Eigentlich war es sogar höchst illegal. Ich fand meinen Zauberstab in der Schublade meines Nachttischs.

»Asha. Du bringst jeden vernünftigen Menschen zum Wahnsinn. Du bist gerade erst aus der Gefahrenzone raus. Bitte. Mein Herz hält das nicht aus.«

Ich zögerte einen Moment. Er hatte diese Angst nicht verdient. Er war schon die ganze Nacht wach gewesen. Schnell wog ich meine Möglichkeiten ab. Ich konnte ihn entweder mit einem Zauberspruch einfrieren oder ihn mitnehmen. Es war nur ein kurzer Weg, ein Gang den Flur hinunter, aber es würde unsere Beziehung beenden.

Ich hob meinen Zauberstab gegen ihn.

»Asha«, warnte er mich. »Tu nichts, was wir beide bereuen werden.«

Mein Zauberstab zitterte. Er hatte Recht. Es war nicht fair, ihm das vorzuenthalten. Das Ende der Delport-Taranath-Geschichte, und was das Ende von uns sein würde.

»Wir werden es so oder so bereuen«, sagte ich, aber ich senkte meinen Zauberstab.

Ich ging voran.

»Wohin gehen wir?«, fragte Sam. »Dir ist schon klar, dass dein Krankenhaushemd hinten offen ist, oder?«

Ich versuchte, es zusammenzuhalten, aber es gelang mir nicht besonders gut. Ich spürte immer noch einen beunruhigenden Luftzug. »Nur den Gang runter«, sagte ich. »Zum VIP-Flügel.«

Bei meinem letzten Besuch war ich versehentlich durch den VIP-Flügel gelaufen, den Bereich des Krankenhauses, der den Milliardären vorbehalten war, die sich nicht mit uns gewöhnlichen Leuten mischen wollten. Sie hatten *à la carte*-Sechs-Gänge-Menüs, Masseure und Friseure auf Abruf und schicke Bademäntel ohne Schlitze am Rücken. Noch wichtiger war, dass ihre Namen auf Schildern eingraviert waren. Ich hatte Taranaths Namen gesehen, eine Tatsache, an die ich mich wahrscheinlich nicht erinnert hätte, wenn Steiger nicht erwähnt hätte, dass sein Vater in diesem bestimmten Krankenhaus lag.

Fünf Türen in den Erste-Klasse-Flügel hinein entdeckte ich seinen Namen genau dort, wo ich ihn beim letzten Mal gesehen hatte. Wir schlüpften hinein, aber nicht, bevor ich die Überwachungskamera im Flur ausfindig gemacht und sie mit einem schnellen, aber effizienten Blitzschlag ausgeschaltet hatte, der jede Spur von uns löschen würde.

Der alte Taranath lag schlafend, mit fahler Haut, in seinem King-Size-Bett. Seine Atmung war gleichmäßig, aber nur, weil ein Beatmungsgerät neben seinem Bett Luft in seine Lungen pumpte. Er war an eine weitere komplizierte Maschine angeschlossen, die seine Vitalfunktionen mit beruhigendem Piepen überwachte. Seine Karteikarte bestätigte, dass er Gordon Taranath war und keine Angehörigen hatte. Es wurde vermerkt, dass er einen Herzschrittmacher hatte. Ich betrachtete seine fahle Haut, sein brillantes silberweißes Haar, das bei älteren Elfen so häufig ist, und seinen gemeinen Mund.

*Deine Habgier hat deinen einzigen Sohn getötet*, wollte ich ihm sagen. *Deine Verbitterung und deine Gier. Du könntest jemanden haben, der deine Hand hält, aber du hast diese Hand abgeschnitten. Dein Sohn brauchte Führung, aber stattdessen hat er von dir gelernt, ein Plünderer zu sein.*

Henry, das Geisterkind, hatte mir aufgetragen, den Fluch zu brechen, den Taranath auf die Falltür gelegt hatte, und ich war endlich hier, um das zu tun und Henry und seine Freunde zu befreien. Henry würde im Gegenzug die Delports befreien: Simone und Byron von ihrem Terror, ihre Kinder von ihrer grausamen Trance.

Es war Zeit. Ich umklammerte meinen Zauberstab und atmete tief ein, um meine Magie in mir wirbeln zu lassen. Sie war nicht stark, aber es reichte. Ich begann zu singen, während Sam mit Unsicherheit in den Augen zusah. Ich warf ihm einen entschuldigenden Blick zu. Ich hatte keine Hexensteine zur Hand, also legte ich Silberkoins auf Taranaths geschlossene Augen. Es erschien passend. Ich erinnerte mich an Alistairs Worte - *Dulce et decorum est pro beneficium mori.* Süß und ehrenvoll ist es, für das Gute zu sterben.

Ich schickte einen kleinen, aber wirkungsvollen Blitzzauber zum Beatmungsgerät und verbrannte das Kabel.

*Mögest du Frieden finden in der Verheißung*

*der nie endenden Nacht*

*Dass jede Wendung, die du spürst, reich an Einsicht ist*

*Lass den Kreislauf der Natur ungebrochen und wahr*

*Licht zu deiner Seele und Gelassenheit zu dir bringen*

*So sei es, du bist frei von diesem klebrigen Nest*

*Freue dich an der Dunkelheit und finde Ruhe in der Stille.*

Ich wartete darauf, dass Gordon Taranaths Herz aufhören würde zu schlagen und die Maschinen zu heulen beginnen würden, um die Ärzte mit ihren Notfallwagen und Adrenalinspritzen herbeizurufen. Aber sein Herz schlug weiter. Das Beatmungsgerät war ausgefallen. Er atmete selbstständig.

Ich fluchte leise. Ich versuchte, dies auf die gnädigste Art und Weise zu tun, die ich kannte, aber der Elf klammerte sich an das Leben, wie er sich an seinen Reichtum geklammert hatte. Es sah so aus, als müsste ich etwas direkter vorgehen.

Ich richtete meinen Zauberstab auf seine Brust, wo ich seinen Herzschrittmacher vermutete.

»Was tust du da?«, fragte Sam. »Asha?«

Ich warf ihm einen weiteren entschuldigenden Blick zu. Ich wusste, wenn ich Taranaths Leben beenden würde, würde ich gleichzeitig unsere Beziehung beenden.

»Tu es nicht«, sagte er mit sanften Augen.

Der Schmerz, den ich in meiner Brust spürte, war greifbar. Es standen Leben auf dem Spiel, und ich hatte Versprechen zu halten. Es war herzzerreißend, aber es war ein Opfer, das ich bringen musste. Ich spürte, wie Tränen in meinen Augen brannten.

*Freue dich an der Dunkelheit und finde Ruhe in der Stille.*

Ich blickte zurück zum alten Elfen und mein Zauberstab hörte auf zu zittern.

»*Fiat fulgur*«, flüsterte ich.

# KAPITEL 88

# ELEKTRISCHER PFEIL INS HERZ

ASHA

Der Blitzzauber war schwächer als sonst, aber er trug genug Ladung, um Gordon Taranaths Herzschrittmacher zu stoppen. Es schien in stiller Zeitlupe zu passieren.

Sam, der mich anflehte, nicht zu töten.

Mein silberblauer Magiestrom, der meinen Zauberstab verließ und den alten Elfen wie ein elektrischer Pfeil ins Herz durchbohrte.

Ich sah zu, wie er starb, und spürte, wie sein mächtiger Fluch wie ein Knochen zerbrach.

Der Monitor mit der Flatlinie erkannte endlich die Gefahr im Raum und kreischte um Hilfe.

Sam packte meine Hand und zerrte mich dort raus, aber nicht bevor ich das Fläschchen mit dem leuchtenden Elixier auf Taranaths Nachttisch sah und einsteckte.

Sam griff nach meinem Handgelenk, und ich dachte, er würde mir Handschellen anlegen und Verstärkung rufen. Wir standen einen Moment still und sahen uns in die Augen.

Anstatt mich zu fesseln, zog Sam mich aus dem kreischenden Zimmer und die Treppe hinunter. Ohne ein Wort setzte er mich auf den Beifahrersitz seines Autos und wir rasten zum Haus der Delports.

Byron und Simone begrüßten uns langsam, ihre Gesichter hohl und hoffnungslos.

Ich ging direkt zur Falltür im Schrank in Camerons Zimmer.

Ich konnte Spuren von Henry im Raum sehen, und auch die anderen Poltergeistkinder, die mit sanftem Licht auf ihren Gesichtern warteten, wie der Schein eines Feuers. Dies war der Moment, auf den sie gespenstert hatten.

Mit Sams Hilfe riss ich die Falltür auf. Jetzt, da Taranaths Fluch endlich gebrochen war, öffnete sie sich, ohne mich durch die Leere zu schleudern, was ich zu schätzen wusste, aber ein furchtbarer Gestank strömte aus dem geheimen Keller. Es war nicht der Geruch von Diamanten, Juwelen oder seltenen magischen Artefakten. Es war ein tierischer Gestank.

Ein menschlicher Gestank.

Sam und ich verzogen die Gesichter, als er uns traf, unsere Ausdrücke eine übereinstimmende Mischung aus Ekel und Verwirrung.

In dem Moment, als sich die Falltür öffnete, geschah noch etwas anderes, das schwer zu beschreiben war. Henry und seine Begleiter nickten mir zu und winkten. Sie waren endlich frei, weiterzuziehen. Das Haus vibrierte, aber nicht auf irdische Weise. Es war, als würden die Wände und der Boden in ihre Grundfarben zerfallen und dann wieder normal zurückspringen.

Sam blinzelte und streckte die Hände aus, um zu sehen, ob sie Teil dieser glitchenden Matrix waren. Waren sie nicht. Der Raum war klar, und ich konnte die Geisterkinder nicht mehr spüren.

»Henry«, sagte ich. »Henry hat das Haus verlassen.«

Wie auf Stichwort schrie Simone von oben zu Byron.

»Byron! Sie sind wach. BYRON, SIE SIND WACH!«

Ihre Stimme enthielt so viele Emotionen auf einmal: Erleichterung, Liebe, Erschöpfung, fast Hysterie. Wir hörten Byron die Treppe hinaufstürmen zur Melodie von Simones lautem Schluchzen.

Sam sah mich an und nickte. Er nahm seine Pistole heraus und untersuchte die Öffnung des Kellers. Ich umklammerte meinen Zauberstab. Wir hatten Angst vor dem, was wir finden könnten.

Während ich versuchte, den schrecklichen Geruch zu ignorieren, rief ich in die Dunkelheit des Kellers hinunter. »Hallo?«

Nichts.

Ich rief lauter. »Hallo?«

Plötzlich gab es eine Bewegung. Es war unmöglich zu erkennen, was es war, nur ein Schatten im Dunkeln. Mein Magen verkrampfte sich; meine Finger drückten meinen Zauberstab.

Salty erschien mir wie eine Einbildung.

*Keine Angst, Asha Viridian Rook. Du bist eine Drachentöterin. Oder zumindest eine Chimärentöterin. Du warst im Vergessen und wieder zurück. Du kommst mit allem klar, was in diesem Keller ist.*

Ich schätzte das Vertrauen des Geisterkobolds in mich, aber ich war mir nicht so sicher, ob ich es glaubte. So oder so, ich müsste meine große-Mädchen-Höschen anziehen und da runter gehen. Ich versuchte es noch einmal. »Hallo?«

Wieder diese Bewegung, dieser Schatten. Ich entzündete meinen Zauberstab und leuchtete in den Keller hinunter, den Atem anhaltend. Aus dem schwarzen Wasser der Dunkelheit auftauchend, starrte mich ein blasses Gesicht an und fauchte. Ich keuchte auf und ließ meinen Zauberstab fallen.

KAPITEL 89

# LICHTGEHUNGERTE SETZLING

ASHA

Sam Armstrong erschrak genauso heftig wie ich, und er packte mich und schob mich zurück. Sein Finger lag am Abzug.

»Halt«, sagte ich. »Es ist ein Kind.«

Die mondgesichtige Kellerbewohnerin hatte mich erschreckt, aber ihre Gesichtszüge waren rundlich und jung. Sie war ein Kind von etwa sieben Jahren und höchstwahrscheinlich harmlos. Trotz des Zischens waren keine Fangzähne zu sehen, und sie war nicht bewaffnet. Oder zumindest war sie es nicht gewesen, bis ich meinen Zauberstab fallen gelassen hatte.

Ich krabbelte trotz Sams warnender Hand, die meine Haut berührte, wieder zum Loch.

»Lasst uns in Ruhe«, sagte die zischende Stimme. Ihre Stimme klang wie Wasser, das auf heiße Steine gespritzt wird.

Ich schaute zu ihr hinunter. Sie sah aus wie Henry! Sie sah aus wie das Gemälde, das Simone vor einer Ewigkeit in ihrem Atelier gemalt hatte. Skelettartig und so blass, dass ihre Haut fast durchsichtig wirkte.

»Wir sind hier, um Ihnen zu helfen«, sagte ich. »Henry hat uns geschickt.«

452

Alle Wildheit verschwand. »Was ... haben ... Sie ... gesagt?«

Ich schluckte schwer. »Henry hat uns geschickt.«

Sie wollte mir glauben, das war offensichtlich, aber sie schüttelte den Kopf. »Mein Bruder ist tot.«

»Er ist da unten gestorben«, sagte ich. »Bei Ihnen.«

»Ja«, sagte sie.

»Seine Liebe zu Ihnen war stärker als der Tod«, sagte ich. Meine Stimme zitterte. »Er hat uns gerufen, um Sie zu befreien. Wir werden dafür sorgen, dass man sich um Sie kümmert. Hier oben gibt es Essen. Warme Kleidung.« War sie überhaupt stark genug, um herauszuklettern? Sie sah so schwach aus wie ein lichthungerter Setzling im Wald.

Ihr Gesicht strahlte vor Hoffnung, aber diese verwandelte sich schnell in Misstrauen. »Sie versuchen, mich zu täuschen.«

»Sie wurden hier hereingetäuscht«, sagte ich. »Aber jetzt ist es vorbei. Gordon Taranath ist tot.«

Das Mädchen vergrub ihr Gesicht in den Händen und begann zu weinen, dann brach sie zusammen.

Detektiv Sam Armstrong steckte seine Pistole zurück ins Holster, und gemeinsam kletterten wir die Stahlsprossen hinunter. Die Stiche in meinem Bauch schmerzten, aber ich ignorierte es. Ich prüfte, ob das Mädchen atmete. Sie atmete. Ihr übelriechender Körper, in schmutzige Lumpen gekleidet, war unglaublich leicht. Wie lange war sie wohl da unten gefangen gewesen?

Sam warf sie sich über die Schulter und kletterte zurück zur Öffnung. Als ich beobachtete, wie er sich auf den Weg zum Lichtkreis machte, stieß ich einen langen Seufzer aus. Es war vorbei. Ich hatte den Fluch gebrochen, und es war endlich vorbei. Ich hob meinen Zauberstab auf, der am Ende noch immer leuchtete, und wollte Sam gerade nach oben folgen, als ich hinter mir ein schleifendes Geräusch hörte. Meine Eingeweide verwandelten sich zu Eis. Langsam, ganz langsam, drehte ich mich um, um zu sehen, wer mich aus den dunklen Nischen beobachtete, und Dutzende von Kindergesichtern starrten zurück.

# EPILOG

KELLERKINDER

ASHA

**A**uf der Straße herrschte ein wahres Fest der Einsatzfahrzeuge. Krankenwagen, Polizeiautos und Scorpion-SUVs drängten sich um das Delport-Haus, vibrierten und machten einen Höllenlärm.

Im Inneren des Hauses war es nicht viel ruhiger. Ein Team von Sozialarbeitern kümmerte sich um die Kellerkinder. Sie machten Fotos, fragten nach ihren Namen – falls sie sich noch erinnerten – während Simone Sandwiches und heiße Schokolade verteilte. Alle identifizierten Gordon Taranath anhand seines Porträts als ihren Entführer, sagten aber, sie hätten ihn schon länger nicht mehr gesehen. Sie waren am Verhungern und ernährten sich von verschiedenen Nagetieren, die den Keller mit ihnen teilten, aber selbst die Ratten wurden knapp.

»Morgan«, hatte ich von unten aus dem stinkenden Keller in mein Handy gesagt. »Du solltest das unbedingt sehen.«

Sie traf innerhalb von Minuten ein, während ihr Ork-Fahrer Gnrok die Straße draußen mit verbranntem Gummi dekorierte. Wir hatten gehofft, unsere vermissten Mädchen in der Schar der zerlumpten Kinder zu finden, aber die Sozialarbeiterin teilte ihre Liste mit uns und schüttelte den Kopf.

»Nein«, sagte sie. »Keine offiziell vermissten Kinder hier. Sie sind alle ›adoptierte‹ Waisenkinder.« Ihre Mundwinkel zogen sich nach unten. »Leichte Beute für einen reichen Mann wie Gordon Taranath.«

Sam berührte mich an der Schulter und erkannte die emotionale Delle an, die dieser Begriff, den ich so hasste, bei mir hinterließ.

»Waisen«, wiederholte ich und wusste nur zu gut, dass ich genauso hätte ein Opfer sein können wie sie. Alles, was unsere Schicksale trennte, waren zwanzig Jahre, Copperfield und ein bisschen Magie.

»Natürlich hätte er sie nicht selbst geschnappt«, sagte Morgan. »Er ist nicht die Art von Mann, der sich gerne die Hände schmutzig macht.«

»Dann werden wir herausfinden, wer schmutzige Hände hat«, sagte Sam und sah mir in die Augen. »Wir werden nicht ruhen, bis wir es wissen.«

Wir sprachen mit Simone und Byron, während Cameron, Scott und Tristan im Fernsehzimmer einen Film auf ihrem iPad schauten. Catnip war zurückgekehrt und klebte auf Camerons Schoß. Ich glaubte, Chione aus dem Chaos von Sanitätern und Polizisten heraus zuzwinkern zu sehen, aber dann verschwand sie. *Kaum ein Zufall*, dachte ich und fragte mich, wo der Grimalkin den verlorenen Catnip gefunden hatte.

»Lass sie nach draußen gehen«, hatte Byron Simone zugeflüstert. »Sie brauchen frische Luft.«

»Sie gehen nirgendwohin«, erwiderte Simone. Obwohl sie erleichtert war, dass die Kinder aufgewacht waren, war sie immer noch besorgt und würde Zeit brauchen, um das Trauma zu verarbeiten und zu heilen. Sie würde ihre Babys so bald nicht aus den Augen lassen.

»Mir recht«, sagte Byron. »Sie können für immer zu Hause bleiben. Ich muss mir nie Sorgen machen, dass Tristan Freunde mit nach Hause bringt.«

»Sie ist *vier*«, sagte Simone und verdrehte die Augen, aber sie lächelte, etwas, das ich schon lange nicht mehr gesehen hatte.

»Viereinhalb!«, rief die kleine Maus aus dem anderen Raum.

~

Ich erzählte ihnen von Taranaths Fluch und meinem und Steigers Albtraum in Oblivion. Ich berichtete, wie wir den alten Taranath im Krankenhaus gefunden hatten, und ließ den Teil mit seinem »defekten« Herzschrittmacher geschickt weg.

»Wie passt Henry in das Ganze?«, fragte Simone.

»Henry und seine Poltergeist-Kumpel waren Kellerkinder«, antwortete ich. »Er hat eine Schwester, die überlebt hat, die wir heute gefunden haben.«

»Er muss im Keller gestorben sein«, sagte Sam. »Zusammen mit ein paar anderen armen Kindern. Taranath hat sie und ihre Spielsachen im Garten vergraben.«

»Oh mein Gott«, sagte Byron, der wahrscheinlich an die mysteriösen sargsförmigen Löcher dachte, die im Rasen erschienen waren, und an die seltsamen, schlammigen Spielsachen.

»Wir dachten, er würde euren Kindern drohen«, sagte ich, »aber er versuchte, uns von den im Keller gefangenen Kindern zu erzählen. Ihnen war das Essen ausgegangen, und er wusste, dass sie sterben würden, wenn wir sie nicht bald finden würden.«

*Verletzt die Kinder*, hatte Henry gesagt.

Er versuchte, uns zu sagen, dass Taranath die Kellerkinder verletzte, nicht dass er den Delports' Kindern etwas antun würde. Henry tat, was nötig war, um unsere Aufmerksamkeit zu bekommen, bevor mehr Kinder starben. Bevor seine Schwester starb.

»Warum hat Taranath das getan?«, fragte Simone. »Warum sollte er fast zwanzig Kinder in seinem Keller halten?«

Ich schaute sie an und seufzte. »Wir werden es nie erfahren«, log ich. Das Fläschchen mit dem Elixier, das ich von Taranaths Nachttisch stibitzt hatte, leuchtete in meiner Tasche. Meine Vermutung war, dass der dunkle Zauberer den Kindern Blut abgezapft hatte, um sein lebensverlängerndes Elixier herzustellen.

Wir erzählten den Delports, was sie wissen mussten, um weitermachen zu können, aber nicht mehr. Vor allem erzählten wir ihnen nicht die Einzelheiten dessen, was wir in ihrer Keller-Blutfarm entdeckt hatten. Sie brauchten kein weiteres Trauma in ihrem Leben.

Leider erstreckte sich dieser praktische Mangel an Wissen nicht auf uns. Das Öffnen der Falltür hatte, wie eine Büchse der Pandora, mehr Fragen als Antworten freigesetzt – vor allem nach der Identität des Waisenkinder-Entführers.

Ich suchte in Sam Armstrongs Augen nach einem Hinweis auf seine Bedenken mir gegenüber. Er war immerhin Polizist, und er hatte mich einen Mann ermorden sehen. Das war sicherlich das Todesurteil für unsere Beziehung. Er wusste sicherlich, dass wir keine Zukunft hatten. Aber als er meine Hand nahm, gab es keinerlei Vorbehalte in seinen Augen und keine Kälte zwischen uns, als er sie drückte. Ich spürte, wie meine Schultern sich entspannten. »Als ich die Kinder dort unten sah... hoffte ich so sehr, dass wir die vermissten Töchter des Reichs gefunden hätten.«

»Ich auch«, sagte Morgan und verschränkte die Arme. »Aber sieh die positive Seite. Du hast den Delports ein Leben voller Leid erspart und außerdem ein paar Dutzend Kindern das Leben gerettet. Nicht schlecht für einen Tag Arbeit.«

Sams Gesichtsausdruck war müde und sanft. Wo ich Ermahnung erwartet hatte, fand ich nur Bewunderung. Ich lächelte beiden zu. *Ja,* dachte ich, *nicht schlecht, aber nicht gut genug.*

Ich hatte noch viel zu tun. Ich musste mit vielen Leuten Kontakt aufnehmen. Salty, Jax, Merlin, Soleil, Direktorin Copperfield, Dusty... aber zuerst würde ich nach Hause gehen und Circe und Odysseus füttern, und die Hennen. Ich würde eine Tasse Tee trinken und ein Nickerchen machen. Ein Kerzenbad nehmen und ein Glas von Ferras wärmendem Zimtwhisky. Ich würde Musik aufdrehen, Salbei räuchern und versuchen, die hässlichen Dinge der Welt zu vergessen, wenn auch nur für eine Nacht. Ich warf Sam einen sehnsüchtigen Blick zu. Vielleicht würde er anbieten, mich nach Hause zu fahren, vielleicht würde er sogar über Nacht bleiben.

Als es an der Zeit war, verabschiedeten wir uns und versprachen, bald nachzuhören, und Morgan umarmte mich. Sam legte seine Hand auf meinen unteren Rücken und führte mich sanft zur Haustür. Ich konnte es kaum erwarten, nach Hause zu kommen. Die Tür war leicht angelehnt, nachdem so viele Menschen ein- und ausgegangen waren. Ich zog an der Türklinke, und als ich das tat, spürte ich eine deutliche Dunkelheit auf der anderen Seite; eine unwillkommene Energie. Ich griff hastig nach meinem Zauberstab, aber kaum hatte ich ihn, wurde er mir aus der Hand gerissen und zusammen mit Sams Revolver in die Hecke auf der anderen Seite des Gartens geschleudert. Ich hörte mich selbst nach Luft schnappen.

»Waffen werden nicht nötig sein«, sagte der Vampir, der dort stand, sein mittlerweile vertrautes Gesicht blasser denn je unter dem Licht der Veranda. Seine goldenen Augen bohrten sich in mich. »Ich habe geduldig auf deine Rückkehr gewartet, Asha Viridian Rook. Und jetzt ist meine Geduld am Ende.«

Ich erwiderte seinen intensiven Blick. Im Hintergrund blitzten immer noch Polizeilichter.

Der Vampir bleckte seine Fangzähne. »Wir müssen reden.«

ENDE

# BÜCHER VON JT LAWRENCE

*URBAN FANTASY*

**BLOOD MAGIC**

1. The HighFire Crown

2. The Dream Drinker

3. The Witch Hunter

4. The Ember Isles

5. The Chaos Jar

6. The New Dawn Throne

**CURSEBREAKER**

1. The Dusk Reapers

2. The Haunted Portal

3. The EverShade Ring

4. The Obsidian Castle

5. The Pick Pocket's Curse

6. The Eternal Betrayal

***STANDALONE NOVELS***

The Memory of Water

*(steamy psychological thriller)*

Grey Magic

*(witchy magical realism)*

EverDark

*(urban fantasy)*

~

***SHORT STORY COLLECTIONS***

Sticky Fingers

Sticky Fingers 2

Sticky Fingers 3

Sticky Fingers 4

Sticky Fingers 5

Sticky Fingers 6

**WHEN TOMORROW CALLS**

*(Futuristic kidnapping thriller)*

The Stepford Florist: A Novelette

The Sigma Surrogate

1. Why You Were Taken

2. How We Found You

3. What Have We Done

~

NON-FICTION

The Underachieving Ovary

*(memoir)*

~

**www.jt-lawrence.com**